近世小説を読む

西鶴と秋成

佐々木昭夫

翰林書房

近世小説を読む——西鶴と秋成——◎目次

第三部　秋成を読む

まえがき

本書は、東北大学名誉教授 故佐々木昭夫先生の近世小説関係のほぼ全論文を集成した著作集である（個人的には遺稿集と呼びたい思いを持つ）。

佐々木先生は昭和四十年に東京大学大学院人文科学研究科比較文学比較文化専攻を退学され、東海大学を経て、昭和四十六年、東北大学文学部に赴任された。附属日本文化研究施設比較第二部門助教授として、「比較文学」「フランス語」などの授業を持っておられたが、すぐに国文学講座の専門科目や卒業論文・修士学位論文の指導も担当されるようになり、「国文学特殊講義」「国文学講読」「国文学演習」などではもっぱら井原西鶴の作品をおとり上げになった。その間、継続して上田秋成・井原西鶴の論を公表してこられた。平成八年に東京家政学院筑波女子大学に移られたのちも西鶴研究を続けられ、集中的に『武道伝来記』論に取り組んでおられた。本書に収めた論考は、院生時代の昭和三十八年に執筆された書評「佐藤春夫『雨月物語』」（本書第三部第四章）から約四十年にわたる。

佐々木先生にとって文学研究の方法の核は「読む」ことにあった。『講座　比較文学』第3巻（昭和48年　東京大学出版会）掲載の「秋成とポー」（本書第一部第一章）は次のように起筆されている。

筆者に与えられた題は「秋成とポー」である。また本講座はExplication de texteの方法と精神を基本にすべしとの命もあった。これには大賛成である。この細分化された印象批評ともいうべき方法以上に有効な文学研究法は今日考えられない。

ここで言われる「細分化された印象批評ともいうべき方法」は「『雨月物語』「白峯」論――冒頭部の観察――」（本

書第三部第一章）の序説部分でより具体的に説明されている。

作品の力の源泉が、作者の明確な意図に発し、それゆえ、近似的にせよ普遍的な正しい読みが存在し得るたぐいの芸術作品にあっては、我々読者は、作品から受ける印象、すなわちその力に動かされた自らの意識の跡、を克明に辿ることで、作者が作り上げた作品の有機的構造を浮かび上がらせることができる。

お書きになる論文はもちろん、授業においても、いかに作品を読み解くかに焦点を据えられた。文字遣いから語の選択、文の続けようから篇の構成に至るまで、印象の因って来たるところを、テキストの細部に分け入って分析するものであった。その徹底ぶりは、原本の一丁半、千字に足りない本文を四百字詰め原稿用紙にして百二十枚を費やして詳細に分析して見せられた右の「白峰」論に端的に現れていよう。本書の書名を『近世小説を読む―西鶴と秋成―』とした所以である。

さて、本書は三部で構成した。第一部「比較文学の視点から読む」には、論文三篇と論評一篇を収めた。西洋文芸との比較をとおして西鶴・秋成を論じたものであり、佐々木先生の近世小説研究にとって基層をなすものと言えよう。第二部「西鶴を読む」には、『好色五人女』『本朝二十不孝』『武道伝来記』『日本永代蔵』の解読を試みた論を四章に編成しておさめた。『好色五人女』論の第一〜三節と『武道伝来記』論とは、それぞれ一連の論として紀要に連載された長編論文であるが、便宜的に節に分けたことをお断りしておく。第三部「秋成を読む」は『雨月物語』「白峯」「菊花の約」「夢応の鯉魚」を解釈した三篇に書評一篇を収めた。

本書の白眉をなすのは第二部「西鶴を読む」と私は考える。佐々木先生は西鶴の小説の中で『武道伝来記』をもっとも高く評価しておられる。

その意図が散文作品に最も成功した形で実現されることになるのは、恐らく、三十二篇を敵討という同一主題によって統合した『武道伝来記』においてであろう。（「井原西鶴の表現手法」本書第一部第三章）晩年の先生は、『武道伝来記』全八巻、三十二話を論じ尽くそうとしておられた。最後の勤務校である東京家政学院筑波女子大学の紀要に巻四までの論を発表され、御退職後も残りの巻について考察を続けておられた。少なからぬ草稿・メモが残されていたとも伺った。御自身の『武道伝来記』論を刊行する心づもりもおありだったようである。印刷公表された論文を集めた本書を「遺稿集と呼びたい」と冒頭に記したのは、そうした先生の御遺志が想われるからである。

こうして一書に集められた御論考を改めて読み返すと、冷徹に作品を解読していく文体とは対照的な、柔和な先生の俤が、目の前に浮かんでくる。

佐々木昭夫先生は平成二十一年一月二十五日に逝去された。七十五歳であられた。

（石川秀巳記）

なお、本書の編集にあたったのは以下の八名である。いずれも東北大学において佐々木先生の指導を受けたものたちである。

佐藤伸宏（東北大学）　石川秀巳（東北大学）
平林香織（岩手医科大学）　佐倉由泰（東北大学）
深澤昌夫（宮城学院女子大学）　空井伸一（仙台高等専門学校）
大久保順子（福岡女子大学）　三浦一朗（弘前学院大学）

第一部

比較文学の視点から読む

第一章　秋成とポー

筆者に与えられた題は「秋成とポー」である。また本講座は Explication de texte の方法と精神を基本にすべしとの命もあった。これには大賛成である。この細分化された印象批評ともいうべき方法以上に有効な文学研究法は今日考えられない。秋成とポーの間に影響関係は存在しないから、勝手に作品を取り上げて扱う。秋成の『浅茅が宿』とポーの『ベレニス』で、この二者はある類似と、本質的な相違を示し、その検討が両作品のいっそうの理解に資するところがありはしないかと期待される。だが、この二者のように部分と全体が緊密な有機的関連にある短篇小説に本物の Explication をほどこすのは、限られた紙数では無理かもしれない。論旨が説得性を欠くことを覚悟のうえでいくつかの部分だけを取り上げる。

一

左に掲げるのは、『浅茅が宿』で主人公の勝四郎が戦乱のため帰れないでしまった故郷に永の年月の後やっと戻っていったくだりである。ここに到るまでの物語の中には実に多くのことが語られていた。幾重にも変化する叙法によって、またあまりに適切な語句を用いるため意味が文脈から離れて独り立ちしはるかに多くの事柄が暗示され喚起される秋成独自の手法によって、さらに沈黙にさえよって、勝四郎が家に帰りそびれたいきさつの細部、また、いったん妻を忘れたかに見えたのがやはり気になって帰って行ったという事実の深い心理的意味、そして何よりもはるかな過去からの年月そのものが表現されていた。このくだりに入る時、読者はこれまでに体験したあまりに長い時間の重みに、落魄の勝四郎同様ほとんど倦み疲れている。（紙数の関係で説明している余裕はない。各自作品に当たられよ。）ところが、この作品で描写はここからようやく始まる。ここに到るまではおそらく三種の異なる叙法が見分けられるが、そのどれもが描写でなくいわば説明の範疇に入るものであり、また秋成はそれらが少しでも描写の性格を帯びることを注意深く避けていた。読み進めてゆくわれわれ読者の時間が、作品世界の時間の進行と一致する感覚はここからようやく始まる。これほど、帰り着いたのだ、いま故郷に降り立っているのだという主人公の感慨を、読者に親しく共有させる手法はないであろう。

……古郷《ふるさと》に帰り着ぬ。此時日ははや西に沈《しづ》みて。雨雲はおちかゝるばかりに闇《くら》けれど。旧《ひさ》しく住なれし里なれば迷《まよ》ふべうもあらじと。夏野わけ行に。いにしへの継橋《つぎはし》も川瀬におちたれば。げに駒《こま》の足音《あおと》もせぬに。田畑は荒《あれ》たきまゝにすさみて旧《もと》の道もわからず。ありつる人居《いへゐ》もなし。たま〳〵こゝかしこに残る家に人の住とは見ゆるもあれど。昔には似つゝもあらね。いづれか我住し家ぞと立惑《まど》ふに。こゝ二十歩《ほ》ばかりを去《さり》て。雷《らい》に摧《くだか》れし松の聳《そひ》えて立《たて》るが。雲間《ま》の星のひかりに見えたるを。げに我軒の標《しるし》こそ見えつると。先喜《まづうれ》しきこゝちしてあゆむに。家は故《もと》にかはらであり。人も住と見えて。古戸《ふるど》の間《すき》より燈火の影もれて輝《きら》〳〵とするに。他人《こと》や住。もし其人や在《いま》すかと心躁《さはが》しく。門に立よりて咳《しはぶき》すれば。内にも速《はや》く聞とりて。誰《たそ》と咎《とが》む。いたうねびたれど正しく妻の声なるを聞て。夢かと胸のみさわがれて。我こそ帰りまゐりたり。かはらで独自浅茅《ひとりあさぢ》が原に住つることの不思議さよといふを。聞しりたればやがて戸を明るに。いといたう黒く垢《あか》づきて。眼《まみ》はおち入たるやうに。

結《あげ》たる髪も背《せ》にかゝりて。故《もと》の人とも思はれず。夫《をとこ》を見て物をもいはで潸然《さめざめ》となく。勝四郎も心くらみて……

この部分に入るとただちにきわめて印象的なのは、文章が今までには無かったひとつの調子、詠歎を籠めた暗く沈んだ調子を帯びて語り出されることである。それはまず第一に初めの部分の特異な句読法が生み出す音調からくる。(1)

此時日ははや西に沈《しづ》みて。
雨雲はおちかゝるばかりに闇《くら》けれど。
旧《ひさ》しく住なれし里なれば迷《まよ》ふべうもあらじと。
　夏野わけ行に。

最初の三句は音数をほとんど規則的に増加させていくことによって、ここからいよいよ描写されることになる作品世界の現場、すなわちこの暗く寂莫とした夏の野に急速に深く落ち込んでゆく感覚を与える。さらに、

いにしへの継橋《つぎはし》も川瀬におちたれば。
　げに駒《こま》の足音《あおと》もせぬに。
田畑は荒《あれ》たきまゝにすさみて旧《もと》の道もわからず。
　ありつる人居《いへゐ》もなし。

たま〳〵こゝかしこに残る家に人の住とは見ゆるもあれど。
昔には似つゝもあらね。

の六句は繋がり方はそれぞれ異なって三通りだが長短二句ずつ対になっていることが意味のうえから明らかである。「此時」以下の三句によって、急角度で早急に沈み込んだ調子は、「夏野わけ行に」でいったん停止し、前の「旧《ひさ》しく」より短い「いにしへの」の句からあらためて出発し、今度は短い句を交互に挿入することによって前よりゆるい傾斜で、さらにいっそうの深みへと落ちてゆく。この場合短い句は三句ともほとんど同じ音数のため、それぞれに先立つ長い句の音の漸増を際立たせている。いかに不注意な読者でも最後の二対には気がつくだろう。「たま〳〵こゝかしこに」の句は作品中もっとも長い。韻文ではなくてもこのような音の秩序はある韻律、歌を感じさせ、時には意味内容を強めるようなある感情を付与するが、とくにこの最後の二対四行また第三句「旧《ひさ》しく」と「夏野わけ行に」のように極端に対照的な長＝短のリズムは、何か祈りにも似た深い詠歎の調子を表現するように思われる[2]。

このような語調で何が語られるか。すでにこれ以前の部分で表現されたさまざまな事柄によって、「此時」の語にさしかかった時、ただちに読者はいよいよじかに物語の現場に入るのだと悟って身構え、その具体的な有様が眼前に示されることを期待する。するとまず読者の目に映ずるものは、ただ空一面の暗い雨雲とその下に拡がった荒涼たる夏野ばかりである。いずれもただ漠々と広く、読者はそれを実在として感じ、その中に入った感覚さえ得るけれども、一方なんらか具体的な物に目を魅かれることを待ち構えている読者の注意力にとって、やや頼りなく捉えどころがない。そしてそのほかでは、日ははや西に沈み、いにしへの継橋は川瀬に落ち、駒の足音もせず、もとの道もわからず、ありつる人居もなし、と単なる名詞としては次々に出てくるのに、そしてここで名詞は具体的な事物の映像を示す力を獲得しているはずなのに、それらはすべて次の瞬間には否定され打ち消されてしまい具体物の形をとらない。ここで読者の感じる頼りなさは、予想以上に変わり果てた故郷の姿を知った勝四郎の心細さを共感する手助けとなる。そしてこれらの否定、打消しはそれぞれ端的に暗黒、荒廃、静寂、昏迷、喪失を意味しているが、それらがこのように加算され相乗されることによって、なんら具体物の映像が示されないにもかかわらず、このうえない寂寥感があたりを領する。また、とくにこの死のような静寂は、干戈の響と民衆の叫喚が遠雷のようにその背後から聞こえてくるかのような、あの繰り返し記され記憶された鳥瞰的視野からの戦乱の記述と著しい対照をなして、いままさにここがあれら戦火の荒れ狂った跡なのだと実感されるとともに、いまさらながらその荒廃のひどさが強く印象づけられる。

次々に打ち消された名詞のうち、初めのほうの「いにしへの継橋《つぎはし》」と「駒《こま》の足音《あおと》」は万葉の東歌「足音《あのおと》せず行かむ駒もが葛飾の真間の継橋飽かず通はむ」を踏むという。ここで「いにしへの」といっても万葉時代の橋が今まで残っているというわけではなく、いにしへの東歌に歌われた橋という意味で、この継橋として駒の足音は現実の存在ではなく古歌の中のものとされる。表向きの意味としては一応、今は東歌のひなびて平和な世界とはすっかり変わってしまったという事実を漠然と示すであろう。だが同時にまたこれはこの作品世界で過去に実在した橋、勝四郎がかつてこのあたりに住んでいた頃本当にあった継橋という第二の意味も有する。その頃は継橋もあり馬の蹄の音も聞こえたのだと。むしろその意味のほうが大きいだろう。「いにしへの継橋《つぎはし》」はその前後に出てくる「旧《ひさ》しく住なれし里」「旧《もと》の道」「ありつる人居《いへゐ》」によってこの意味を強めている。とくにあとの二つは次にそれを打ち消す語がくるという点で「いにしへの継橋《つぎはし》」と同じ形を持っているからなおさらである。そしてこの二重の意味は互いに意味を弱め合っている。継橋と駒の足音は完全に過去の文学作品の中だけのものではなく、完全に現実の過去に存在したものでもない。

古典の借用は日本古来の伝統的手法であり、意味の二重性も古来掛詞や枕詞がすべてそうなのだが、ここでは極端に意図的に使われている。それが果している効果を見るとまず第一に、この作品と万葉東歌との間にある繋がり、類縁関係が生じているということだが、これについては後述する。ここで注意すべきは、次の瞬間に打ち消さるべき具体物である継橋および駒の足音が、半ば過去の作品中の存在であるということのためにますますその具体性を稀薄にしていることである。継橋は落ちて無く、駒の足音は聞こえずといっても、継橋や駒の足音は本来ならばここにあるべきであり聞こえてくるべきであるとは半ばしか言えないわけである。そして勝四郎の歩いてゆく夏野はそのため無と沈黙という性格が純粋さをそれだけ強めることとなる。

さらにこの「げに駒《こま》の足音《あおと》もせぬに」はまず「足音せず行かむ駒もが」の古歌通り足音がしないという意味だが、上記の意味の二重性から古歌の世界とは別の第二の意味とされた時、「げに」はただひたすら馬の蹄の音もせぬ静寂を強調する役割を果すこととなる。この場合「げに」は感歎詞であり、その感歎は半ば勝四郎のものとして読者をして勝四郎の心事に共感させる働きをもつとともに、一面これは作者自身の言葉であり、作者秋成自身がおのれの創造しつつある作品世界の深海のような沈黙に耳をすまし、深い寂寥感に打たれて発した嗟嘆の声である。古典の借用によって、作者がなまの声でおのれの感慨を半ば伝えることが可能となったわけである。

話を前に戻して、次々に否定される一連の名詞をもう一度振り返ってみると、これらが作品世界の中での実在性の稀薄なものから強いものへと順に排列されていることに気づく。「継橋《つぎはし》」「駒《こま》の足音《あおと》」は半ば古歌というこの作品世界とは別の次元にあったのが、「旧《もと》の道」「ありつる人居《いへゐ》」は完全にかつてはここにあったものとなる。「田畑」

は一面に拡がっていて、前に出た「雨雲」「夏野」と同様むしろこの場の背景であり、また「旧《もと》の道もわからず」と一つ句に続き重要性は明らかにこの後半にあるから、あまり注意を惹く名詞ではない。むしろ「荒《あれ》たきま丶にすさみて」のほうが意味がはるかに強くそれはむしろ「旧《もと》の道」云々に繋がる。「たま〳〵こ丶かしこに残る家」でまぎれもなく今そこにある具体物となる。だがこれも漠然とあちこち点在し、その点「雨雲」「夏野」「田畑」と同列で多少強く注意を惹く程度である。しかも「昔には似つ丶もあらね」として、「落ち」「わからず」「なし」のように存在を打ち消されているわけではないが、やはり変わってしまったものとされ、過去の記憶によって現在の価値を否定されているわけである。

行き暮れた勝四郎の困惑と心細さは続く。しかし彼は気が動転してしまったわけではない。あたりの暗い静けさが彼の心を浸し、彼はひたすら閉ざされたおのれの内部に沈んでゆく。その時ふと気がつくと松の大樹の近くに来ていた。

「雷《らい》に摧《くだか》れし松」それに「雲間《ま》の星のひかり」はこの作品で最初の具体物といえる。「此時」以降描写が開始されながら、そこには背景となる雨雲、夏野という遍在する物しかなかった。その世界の荒廃と沈黙はあれほど表現されていながら、具体的な個物はその名が出る片端から否定され続けていた。その末にようやく出て来たということのため、さらにその「雷《らい》に摧《くだか》れし」というまぎれもない特殊性と「聳《そひ》えて立《たて》る」大きさによって、この松の大樹は読者をして勝四郎の目を通してそれを見させ、その映像をしっかりと脳裏に印する力を得ている。また松が「雲間《ま》の星のひかり」と組み合わされていることもその力を生むのに大きく貢献しているのを見逃してはならない。星は「雲間《ま》の」と映像になりやすいように限定され、夜空一面に拡がって背景となっているのではない。先刻夏野にわけ入って以来の暗黒の世界の実感のうちに、ふと示された「雲間《ま》の星のひかり」の文字はそのまま、僅かばかりの星の冷く神秘な光を一瞬読者の目に沁み入らせる。そしてその時、黒々と聳える松の樹はそこに存在することが親しさをもって感じられることとなる。それに落ちかかるばかりの「雨雲」は作品世界に閉された息苦しさを与え、暗さとともに昏迷の実感を生んでいた。その雨雲が初めて僅かに切れてその彼方に遠い星影が見え、そこに読者の注意が引き込まれた時、ある安堵感が生じその感覚が読者の意識をその時の勝四郎の心事に共感せしめるに役立っている。彼は、懐しく見出すはずだった故郷が予想を越えた変わりようで、まったく見知らぬ姿を見せていた時に、雷に摧かれたというまがうことない特徴をそなえ、かつては長年の間朝夕見慣れて忘れようもない松の姿を、しかも果してそうだろうかと遠くから自問しながら近づいたのではなく、逡巡のひまなく不意にすぐそこ（二十歩は約三十メートルだという）に認めた。「げに我軒の標《しるし》こそ見えつる」と言うに言われぬ心持なのである。だからこの奇怪な形をした松に読者も珍しさよりもむしろ懐かしさを感じるのであろう。

読者が作品中の人物とともにみずからその場にあるかのような感覚を得るということは、この瞬間に読者が完全に作品世界の中に入るということであり、それはまたこの瞬間が作品の構造上作品世界の現在として決定されるということを意味する。そしてこの作品で重要なことは、その時これまでに書かれたこれより以前の事柄が、同様にすべて作品世界の過去として決定されるということである。勝四郎が夏野をさ迷っていた直前の数刻は直前の過去、京の人人に別れを告げたのはその少し前の過去となる。「七とせがほどは夢のごとくに過しぬ」の七とせは夢のようなはるかな過去となり、もはやわれわれの視線がこの文字を通過した数分前の過去ではない。これまでの叙述の粗密はそのまま記憶の濃淡を表現することになり、過去はその遙渺たる広がりのままに作品世界にしっかりと定着する。おそらく勝四郎の宮木との再会が可能になったのは、このためもあるのだ。

勝四郎に同化した読者の意識は彼とともに先へ進む。「家は故《もと》にかはらであり」は、この一句を境にして作品世界が超自然の境域へ入るのだが、あたりのすべてが変わり果てているのに家だけがそのままという不自然さに気を取られることもなく、まことになにげなくそれをそのまま受け入れてしまう。そしてその直後、またもや異常に強い実感を伴った一句が示される。「古戸《ふるど》の間《すき》より燈火の影もれて輝《きら》〱とするに」ここでまた読者はこの光をみずから見る思いをする。これは同じようなきらめく光という性質のために、先ほどの「雲間《ま》の星のひかり」がまだ現実だったのに「燈火」はもう超自然の幻だという違いを弱め、ほんの数語が経過する間に越えられた重大な境界を忘れさせる。それに星の光は光としてはまだ弱く、暗い夏野の寂寥感を消し去るものではなかったのに、このともしびの洩れた光はより明るくあかく、怪しいながらも親密なある懐しさをもって心に沁み入り、とくにこの「輝《きら》〱」の一語によってさながらその光が目を射、それと気づかぬうちに読者の脳髄を瞬時麻痺させるほどの力を持つ。日本語特有の擬態語は強い実感のためにあるが、これほどの成功例も少ないであろう。それには隙間を洩れる燈火という設定のためもあるだろう。光源は遮蔽物の向うにあるということでその僅かな隙間に注意力は惹かれるし、まわりが全部真っ暗ということなら見えないのが当然で、この小さな光のきらめきだけが映像として浮べばよいからである。だがもちろん何よりも、松と星を見てから読者はその場に立つことを許され、勝四郎の意識とともにあるからこそ、この燈火でもこれほどの実感を持つのであり、また逆に、ここでふたたび前にもまして強い実感を得たことによって、読者はさらに一段と深く作品世界の中に没入し、勝四郎と心の顫動を一致させ動悸さえ覚えながら、住むのは果して宮木か他人かと自問する。もちろん、読むのが二度目以降でそれは宮木の霊だと前もって知っている場合もまったく同様である。

　そしてこれらのことはすべて、勝四郎の宮木との再会をいかにして読者に体験させるかのためにある。宮木が生きているはずなどあり得ないことは、変わり果てた故郷の荒涼たるさまで完全に確実になっている。それに過去の長大な年月が真実の時間として定着されたこともそれに力を貸すであろう。にもかかわらず、ここで宮木はどうしても本当に姿を現わさなければならない。秋成の驚くべき筆力は読者をその場にあらせることによって、またおそらくは過去の時間の定着という事自体によって（何故なら、何かあれほどの過去の時間があった後、勝四郎がいま家に帰って来た以上、亡霊だろうと何であろうと宮木にいま一度なりとも逢わないということはあり得ない、と感じさせるのも事実だから）この難事を克服した。

姿を現わす前に「誰《たそ》と咎《とが》む」、しかもそれが「正しく妻の声なるを」と宮木のものであることが疑い得ぬ声を先に出したのも当然の配慮である。これなしで姿を現わし、しかもひどく変わっていたのに勝四郎にはすぐ宮木とわかったという設定にするならば、その姿の描写の前に「現われたのは宮木であった」という説明がどうしても避けられず、読者を勝四郎の意識から離してしまうだろうからであり、また勝四郎の読者とともに揺れ動く心の状態に、「夢かと胸のみさわがれて」と緊張の最後の段階がここに設けられることを、宮木の声は可能にしたからである。この声は作品で初めての人の声であり、それだけ印象が強い。(3)「いといたう黒く垢《あか》づきて。眼《まみ》はおち入たるやうに。結《あげ》たる髪も背《せ》にかゝりて。故《もと》の人とも思はれず」あれだけの用意によって完全にそこに立ち勝四郎の目を通して見ているから、われわれはまさに宮木を見る。つまりこれは、星と松、戸の隙間を洩れる燈火に続きその前二者によって支えられた第三の、実感を伴った映像である。だがこの四句はまた、作品で初めての描写である。前の二つの映像はあれほど鮮明であったが、けっして描写されたわけではなかった。その前の夏野も同様である。それらに比べるとくどいくらいの細密描写だが、松と星や燈火のように瞬間的に目にしたのではなく、勝四郎は呆然と立ちつくして妻を見つめているからである。だが何としてもここで初めての手ばなしの描写は、宮木をぜひここに絵空事でなく存在させたいという、秋成のこの作品についての根本的な意図のひとつを感じさせる。そしてここでこの四句ははっきりした音秩序を持つ。四句ともほぼ同じ長さで、いずれも八＝五、七＝五、七＝六、七＝五の同一の調子を持ち、その直前まで勝四郎の心理の緊張の波につれて規則正しさを欠いていた文体に、不意に始ったこの韻律は静かに歌い出された哀歌を感じさせ、それは宮木の姿の痛々しさを読者に訴えかける。

「夫《をとこ》を見て物をもいはで潸然《さめぐ》となく」は容貌の細密な描写とは反対に、どこにも力の入ったところがない簡潔で素直な一句だが、それが描く宮木の動作は非常な自然さと必然性を持つ。この一句の適確さは宮木の無量の思いを伝え、あの長い年月夫を待ち続けたことがこの女にとってどういうことであったかを一瞬にしてわれわれに悟らせ、黯然たらしめる力を持っている。これまでに書かれたすべてはこの一句のためにあった。この句は六＝七＝七の同じ音数の節に分かれるが、それは容貌描写の七五調の沈んだ調子と対照をなしてやや切迫し、また「——見て——いはで」とあるひたむきな調子を帯び感情の高まりを訴えるとともに、ひた泣きに泣く涕泣の単調さを映す。

幸田露伴は『蝸牛庵語彙』の「文章講義」に『浅茅が宿』の全篇を採録し、簡単な前書のほか数個所に註を付しているが、この個所についてこう言う。「此時より以下潸然と泣くに至るまで、筆墨霊ありて、人をして目睹身接するの思あらしむ。而して精察するに、裁縫縝密にして、針線滅尽すと雖、良工の苦心して、才子の嘔血するものあるを知る。文を談ずるもの、漫に妙文おのづからにして成るといふなかれ」。まことに正しい評言で付け加うべき何ものもない。小論の以上の観察がこの「裁縫」の跡をいくぶんかあきらかにしたならば幸いである。

二

次に検討するのは翌朝の勝四郎の体験である。前節で見た部分とここの間には勝四郎と宮木の対話その他があり、それは左の引用部の表現力に重要な役割を果している。つまり、勝四郎の目覚めとともに朝は前夜とは異なる新しい次元に入るという感覚を強め、だがそれは完全に断絶しているのではなくやはり繋がっているのだという印象も生じ、さらにはまた宮木の不在に、それが唐突ではなく必然的であるという性格を与えている等である。紙数の関係でその部分について検討する余裕はない。各自作品に当って考えられたい。

……五更《ごかう》の天明《そらあけ》ゆく比。現《うつゝ》なき心にもすゞろに寒かりければ。衾被《ふすまかづき》んとさぐる手に。何物にや籟《さや》〳〵と音するに目さめぬ。面《かほ》にひや〳〵と物のこぼるゝを。雨や漏《もり》ぬるかと見れば。屋根は風にまくられてあれば有明月のしらみて残りたるも見ゆ。家は扉《と》もあるやなし。簀垣朽頽《すがきくちくずれ》たる間《ひま》より。荻薄《をぎすゝき》高く生出《おひ》て。朝露うちこぼるゝに。袖湿《ひち》てしぼるばかりなり。壁《かべ》には蔦葛《つたくづ》延《はひ》かゝり。庭は葎《むぐら》に埋《うづも》れて。秋ならねども野らなる宿なりけり。さてしも臥《ふし》たる妻はいづち行けん見えず。狐などのしわざにやと思へば。かく荒果ぬれど故《もと》住し家にたがはで。広く造《つく》り作《なせ》し奥わたりより。端《はし》の方。稲倉《いなぐら》まで好みたるまゝの形《さま》なり。呆自《あきれ》て足の踏所《ふみど》さへ失《わす》れたるやうなりしが。熟《つら〳〵》おもふに。妻は既《すで》に死《まかり》て。今は狐狸の住かはりて。かく野らなる宿となりたれば。怪《あや》しき鬼《もの》の化《け》してありし形《かたち》を見せつるにてぞあるべき。若《もし》又我を慕《した》ふ魂《たま》のかへり来りてかたりぬるものか。思ひし事の露たがはざりしよと。更に涙さへ出ず。我身ひとつは故《もと》の身にしてとあゆみ廻《めぐ》るに。むかし閨房《ふしど》にてありし所の簀子《すのこ》をはらひ。土を積て壠《つか》とし。雨露をふせぐまうけもあり。夜《よべ》の霊《れゐ》はこゝもとよりやと恐しくも且《かつ》なつかし。水向《むけ》の具《ぐ》物せし中に。木の端《はし》を刪《けづ》りたるに。那須野紙《なすのかみ》のいたう古《ふる》びて。文字もむら消して所〳〵見定めがたき。正しく妻の筆の跡なり。法名といふものも年月もしるさて。三十一字に末期《いまは》の心を哀にも展《のべ》たり

　さりともと思ふ心にはかられて世にもけふまでいける命か

こゝにはじめて妻の死《しゝ》たるを覚《さと》りて。大に叫《さけ》びて倒《たを》れ伏す。去《さり》とて何の年何の月日に終《をは》りしさへしらぬ浅まし

さよ。人はしりもやせんと。涙をとゞめて立出れば。日高くさし昇《のぼ》りぬ。……

まず冒頭の勝四郎の目覚めは、目覚めて意識を取り戻した時に、自分がいま正気の現実に立ち帰ったこと、眠りに就くより以前から昨夜は自分が超自然の夢幻の境にあったことを呆然として初めて悟る、そうした性格の目覚めである。こういう性格は、目覚める当人の感覚では、多少たりともあらゆる眠りからの目覚めに備わりその本質をなすものかもしれない。そうだとすれば勝四郎のこの目覚めは目覚めの典型と言えるだろう。そしてこの場合のように、しらじらと明けてゆく肌寒い夏の朝の新鮮さと侘しさほど、それにふさわしい状況はあるまい。それを秋成は、勝四郎の意識がしだいにはっきりしてくるにつれて彼の意識に入り込み、その朝の景が彼の半醒の目に映じるままにその意識を通して表現することによって、極度の実感をもたらし得た。しかもその実感は、前節で検討した昨夜の夜の世界を表現した時の実感とは質的に異なるものである。このことを検討する。

「五更《ごかう》の天明《そらあけ》ゆく比」ここでは作品の視点はまだ勝四郎の意識の外にある。明けゆく空は眠りこけている彼の意識には映じない。あるいは無意識裡には感じとっているのかもしれないが、われわれがいかに毎朝の自分の体験を振り返ったところでそんなことはわかるものではない。だがこの前の個所で彼の熟眠を十分に表現したあと、「五《ご》更《こう》の天明《そらあけ》ゆく比」と、かえってはっきり勝四郎の意識外のこととしたためか、眠っている彼とその上に拡がる朝空のイメージは何かそのような疑問を生じさせるものがある。「現《うつゝ》なき心にもすゞろに寒かりければ。衾被《ふすまかづき》んとさぐる手に」は、やや醒めかけた、だがやはりまだ眠りの領域にある彼の、無意識裡の動作を外から描いたものであろう。こういう時、人は寒さを感じるものだろうか。感じるとしても意識に昇りはしないであろう。まさに「現《うつゝ》なき心にもすゞろに」なのだ。しかしともかくもわれわれにはそんなことはわからない。だが「衾被《ふすまかづき》んとさぐる」ほどの動作には現われる。ここではこうした微妙な境地を表現して半ば勝四郎の意識に入りかけているわけである。次の「何物にや」は彼が心中こういう問を発したのではなく、半睡の状態でふと怪訝な気持に襲われたのだが、その気持を「何物にや」という作品の地の文の言葉で代弁したもの。ここではほとんど彼の意識に同化してしまったと言えよう。それゆえすぐ次にくる、まさしく彼の耳が聞いた「籟《さや》〳〵」と、目覚めの一線を境として彼の顔にこぼれた朝露の「ひや〳〵」は、読者も異常に鮮やかな実感をもって聞き、感じる。この二個の擬態語は擬態語の第一の目的たる実感という点で、前夜の「輝《きら》〳〵」とよく似た、だがいっそう効果的な用いられ方をしている。既述のように「輝《きら》〳〵」は闇夜に戸の隙間から洩れるともし火ということのため、この光以外の何物も見えないはずである。現実にその場に居たならもっといろいろな物が見えたに違いないという潜在意識を読者は持たないですむ。想像力を緊張させる必要がないわけだ。そこから「輝《きら》〳〵」の文字がさながら目を射る鮮烈な実感が生じる。ここで「籟《さや》〳〵」と「ひや〳〵」は勝四郎が半睡半醒の境にあって聞き感じたもので、この瞬間彼は自分がどこに居るかさえ知らず、彼の目は何も見ていない。つまりここでこの二つの擬態語の示す感覚以外の感覚を、作品世界中でそれを感じる主体たる人物は持たないから、読者はその二つの感覚だけに順次に同化すれば、その人物の意識に同化することとなる。その感覚を生じる原因となる物の名が「何物にや」「物のこぼるゝ」と伏せられているのも当然の配慮である。これほど読者にその感覚を実感させ、読者の意識をその感覚の主体である作中人物の意識に同化一致させてしまうのに有効な手法はないであろう。「五更《ごかう》の天《そら》」からここまで、ふと目覚める勝四郎そのままに、数句にして実になにげなく、読者は彼の意識の中に入ってしまう。「雨や漏《もり》ぬるか」はかなりはっきりした意識による疑問。おぼろに見開かれた眼はまず仰臥したままの姿勢で「風にまくられた屋根」と「有明月のしらみて残りたる」空を見、それを認識し、次いで怪訝そうに目を移し、半身を起しもしたろうか、壊れた扉、崩れた簀垣、その間から生い茂った萩薄と順にまじまじと見つめてゆく。その萩薄に露がこぼれるばかりにおりているのを見て、自分の袖も露にひどく濡れているのに気づく等々、以下「こゝにはじめて妻の死《し》たるを覚《さと》りて。大に叫《さけ》びて倒《たを》れ伏す」まで、完全に勝四郎の意識に即し、「意識の流れ」の手法を思わせる個所さえある。そしてその自然さと必然性ゆえ読者はほぼこの意識に同化し続ける。

それに個々の語や語の集まり自体も、朝と目覚めを適確に表現している。「五更《ごかう》の天明《そらあけ》ゆく比」は、その直前に表現された夜と熟眠に対照されて、文字通りの明けてゆく朝空を感じさせる。「現《うつゝ》なき心」「すゞろに」「何物にや」は、勝四郎の意識への同化ということを離れても、これらは朝になって眠りが浅くなって行きやがて目が覚めるそのすぐ前の状況にいかにもぴったりした語であり、また「すゞろに寒し」「ひや〱と物のこぼるゝ」などというかすかな冷たさは夏の早朝に似つかわしい感覚である。「有明月のしらみて残りたる」は、それだけでは常套的だが、こうして夏の朝を表す他の語とともにあるため、またぼんやりと目覚めた目に最初に映じたものとしていかにも適切なため新鮮さを取り戻している。「籟《さや》〱」は直前の「何物にや」とまことによく調和し、そこに言うに言われぬ不思議さの雰囲気をも生じ、それがそのまま早朝の静かさの中の荒庭全体に及んでいる。

何ゆえにこれほどの実感の強さが必要なのか。このような強い実感はこれが二度目である。昨夜故郷に帰りついた勝四郎がようやく松の大樹の前に立ち星を仰いだ時、すでにわれわれは「目睹身接するの思」があった。だがあの時の実感と今とでは性格が違う。昨夜は読者は勝四郎の心情への共感を漸次強め、彼の意識にしだいに近づいていったと言えよう。いまこの朝のように、彼が意識を恢復したそもそもの初めから彼の意識の中に入り込み、彼の意識だけを通して見かつ感じるというわけではなかった。そのため今朝のほうが実感により強い現実味がある。それに昨夜はまさに超自然の境に入る時の、今はそこから醒める時の実感だった。昨夜の作品世界はこのうえなく夜であり、今は典型的な翌朝である。また例のきわめて重要な役割を果たしていた擬態語の伝える感覚自体にも、昨夜と今朝の差が特徴的に現われている。昨夜の「輝《きら》〳〵」は前述のように、その時までに十分に表現された暗黒の中にあって、眩いくらいに読者の目に沁み、かすかな眩暈、瞬間的な脳の麻痺のごときものさえ覚えさせ、同時に逆にあたりの深い闇を印象づけ、それは作品世界の夜の世界という性格を強め超自然の世界と化してしまうのに大きな力があった。それに対応してこの朝は「何物にや籟《さや》〳〵と音するに目さめぬ」「面《かほ》にひや〳〵と物のこぼるゝを」の、聴覚と触覚に関する擬態語だが、読者に与える実感の強さは「輝《きら》〳〵」と甲乙つけ難いとしても、この二つほど、幻滅と正気への立ちかえりの意を含んだものとしての目覚めという現象にふさわしい語はあるまい。ともにけっして強い感覚ではなく、ひそやかでありながら明瞭でかつ新鮮であり、ある神秘の感を持ちながら早くも索漠とした冷やかな現実世界をそれとなく予告するかのような感覚。早朝よく人を自然に目覚めさせるのは、音では「さや〳〵」触覚では「ひや〳〵」といった感覚であろう。また昨夜雲間の星と松の大樹を目のあたりにした時、作品世界はその瞬間が現在と決定され、以後作品の進行とともに現在が続いたはずであったのに、いま勝四郎の意識を通して、夢から醒めたように呆然とした正気の眼で、朝のほの白い明るさの中の荒れた庭を見廻しながら、読者は今こそ真に現在でこれこそ現実なのだと悟る（読者の悟り方は勝四郎よりも早いかもしれない。彼はあまりに度を失っている）。なぜなら、この早朝の光景やあの「籟《さや》〳〵」「ひや〳〵」の擬音語が持つ新鮮さの感覚そのものが現在に属すべきものであり、それに反して三、四ページほど前の実感はいかに強かったにしても、いま感じているこの新鮮さとの対比によってその幻想的な性格がいっそう強められ、薄い靄がかかったように、いかにも過去のものになってしまう。さらに今は朝で明るく、勝四郎の目を通して見ているのだから、当然煩瑣なほど荒れた庭の具体物が出てくるのに反して、昨夜読者が目睹した具体物は、松の大樹と星の光、古戸の隙間から洩れた燈火、宮木の姿の三つだけであった。もちろん闇夜だからだが、このことはまた、現在である今朝から振り返った時、これら昨夜の具体物がすでに幻覚の中で心に沁みて後に残った、記憶に属する映像と化してしまったように思わせる。要するに昨夜は夜、超自然境、過去という三重の性格が互いに他を強め合い、それに対し今朝は朝、現実、現在という性格を持つ。そのことによって、昨夜と今朝とでは、同一作品内でありながら作品世界がほとんど別の次元に移ってしまったとさえ思わせる。単に作品世界の時間が進行して現在になったのではないと言えよう。（実はこうした効果が生じるには、昨夜のその後の部分が大きな役割を果しているのだがその点の説明は割愛せざるを得ない。）ともかく、この朝で現在が新たにされ、真の時間の進行はここから開始される印象を生じ、昨夜は今朝とは切り離された異質の時間、そして現在では取り返しのつかぬという過去一般の属性が強調された過去となる。（しかし完全に切り離されていてはならない。そこで昨夜と今朝を一筋の糸で繋ぐのが、露伴が「字少くして情饒し」[4]と評した「窓《まど》の紙松風《かみまつかぜ》を啜《す》りて夜もすがら涼しきに。途《みち》の長手《ながて》に労《つか》れ熟《うま》く寝《いね》たり」の一文である。これが無かったならば作品世界が二つに分裂し、ちぐはぐな断絶を生じたであろう。そのことは作品に当って検討すれば容易にわかる。）

昨夜と今朝をこのような別次元とさえ言える関係に置いたのは、作者秋成が、昨夜の出来事つまり宮木の出現を、何としても絵空事でなく真に作品世界に生起した真実のこととしようとし、一方、作品世界における今朝を現実――そこでは宮木ははるかの昔に死んでいたということのほうが真実である――の水準に引き戻そうと努力したのだが、さらにこの二重の現在とも称すべき作品構造は作品に非常な深みをもたらしている。それはこういうことである。前に述べたように昨夜読者が松と星を目の当りにした時その瞬間が作品世界の現在となり、それと同時にそれ以前のすべてが過去として定着され、その長大で重い時間そのものが作品世界の現実の過去となった。今朝、昨夜の現在があのように過去へと一変した時、この長大な時間はそのままそれ以前の過去となり、こうして一段階うしろへ遠ざかることによっていっそう動かし難い真実の過去として感じられ、それとともにいっそう茫漠たる謎と忘却の渾沌の中に深く没する。こうしたことが、この作品を読み終えた時にわれわれが抱く、長篇小説や長篇叙事詩にさえ必ずしも常には感じられないほどの、深く重い読後感のもととなっているのであろう。

目を覚してから「こゝにはじめて妻の死《しゝ》たるを覚《さと》りて。大に叫《さけ》びて倒《たを》れ伏す」まで、意識の内側から辿られる勝四郎の心の動きはこのうえなく自然で、当り前の筋道を行くように読者には感じられるが、これは微妙な人間心理の正確な把握が背後にあるからである。目覚めてしばらく呆然とまわりを見廻した後、彼はやっと妻の居ないのに気づく。「さてしも臥《ふし》たる妻はいづち行けん見えず」。だが自分の居た場所が一夜にしてあまりの変貌を遂げていることであっけに取られてしまっているから、妻がいなくなったこと自体はその驚きの中の一項目に過ぎない。読者も既にここまでで、作品世界が昨夜とは別の次元に入ったとさえ感じているから、宮木がいないのをむしろこの場にふさわしいことと受け取る。「狐などのしわざにや」は勝四郎にとってまず出てくる解釈だが、これは現代のわれわれには無いことである。と言ってもそのために彼の意識から離れてしまうことなどない。だが「故《もと》住し家にたがはで」を知り彼の驚きはさらにつのる。「呆自《あきれ》て足の踏所《ふみど》さへ失《わす》れたるやうなりしが」。そして「広く造《つく》り作《なせ》し奥わたりより。端《はし》の方。稲倉《いなぐら》まで好みたるまゝの形《さま》なり」とここでも光景をひとつひとつ勝四郎が見つめてゆくままに記されている。「好みたるまゝの形《さま》」は懐しさの感情も混じることを示す。そのため驚きはつのりこそすれ減じるようなことはないが、やがて「大に叫《さけ》びて倒《たを》れ伏す」に到達するためのひとつの潜在的な心の準備となっていると言えよう。

呆然としながらも、勝四郎もしだいにこれこそが現実なのだと悟ってくる。現実世界は昨夜いつの間にか超自然の世界に入ってしまう以前がそうだった。だから今、彼は以前の意識の水準に戻ったわけである。「思ひし事の露たがはざりしよと。更に涙さへ出ず」。七年前「妻も世に生《いき》てあらじ」と至極当り前に推測し、以来万が一という希望を抱くこともなく、しかも年月が経つにつれてますます妻の死は事実上確実になっていった。勝四郎にとって妻はずっと昔に死んでいるわけである。いまさらあらためて涙が出ることはない。だがこの状態は実は妻の死を知らぬ状態である。実のところ正確には本当に死んだかどうか知らないばかりでなく、それとともに妻の死の真の意味も知らない。目が覚めて現実世界に立ち戻ったようでも、この現実界も真実に直面することのない、「七とせがほどは夢のごとくに過しぬ」その続きの夢のような状態である。（重ねて言うが、あのような性格の異なる二つの実感、二重の現在ともいうべき時間構造、それがもたらす作品世界が昨夜と今朝では別次元にあるという印象のために、読者の意識はこの勝四郎の心理に完全に一致し得る。今この朝こそ現実なのだと。）

勝四郎に可能な合理的解釈はいまだにまず「怪《あや》しき鬼《もの》の化《け》して」だが、その推測と同時に、しだいにひょっとしたら「我を慕《した》ふ魂《たま》」ではなかったかという考えが大きくなっていく。「我身ひとつは故《もと》の身にして」「夜《よべ》の霊《れゐ》はこゝもとよりやと恐しくも且《かつ》なつかし」。いくら昨夜が今朝と切り離されていても、昨夜の妻の姿は鮮明に記憶に残っているからである。つまり、昨夜宮木と再会したのは現実ではないにしても、あれこそ真実なのではなかったかという疑問が、無意識裡にしだいに頭を擡げてくる。それが墓を見、宮木の辞世の歌を読んだ時、「こゝにはじめて妻の死《し》たるを覚《さと》りて。大に叫《さけ》びて倒《たを》れ伏す」。妻の死が確実となった一瞬その疑問が肯定される。彼は逃れようのない真実に突き落された。

どうしてこのようなことが可能となったか。まず第一に妻の死が確実となったからである。それに藤原敦忠の作を借りた辞世の歌の哀切さの果すところは大きい。だがもし白昼故郷に帰り着き、ただちに墓を見たとしたなら、これほど瞬時にまた完全に妻の死の意味を悟ったろうか。昨夜の超自然事の体験は不可欠である。いつかは知れぬ過去における妻の死を確実なものと知ったと同時に、昨夜の宮木の姿は狐狸の変化などではなかったことが即座に理解される。昨夜の妻がまさしく亡霊だったと悟るということは、妻の「夫《をとこ》を見て物をもいはで潸然《さめ〲》となく」「今は長き恨みもはれ〲となりぬる事の喜《うれ》しく侍《はべ》り。逢《あふ》を待間《まつま》に恋死なんは人しらぬ恨みなるべし」と言って「又よゝと泣」いたことの意味、つまり宮木は遂に夫に再会することなくして死に、亡霊となってもなお夫を待ち続けてきたことの意味、夫を待った幾星霜はいかなる時間であったかということと、亡霊ゆえ逢えたのは昨夜限りで、以後永遠に別れなければならなかったのだという事実を悟ることである。

勝四郎にとってこのことはまた、はるかな過去にあったはずの妻との死別が、一挙に昨夜いや今朝、現在へと来てしまったこと、また逆に、昨夜はともにいた妻をはるか彼方——何年もの過去という時間的な遠距離へと奪い去られてしまったことになるであろう。だから彼はせめてその距離を知ろうとする。「去《さり》とて何の年何の月日に終《をは》りしさへしらぬ浅ましさよ」。それを知ったところで、この作品世界の過去を覆う時の神秘の一端さえ明したことにならないのだが[5]。

重要な役割を果すこの歌の登場にも当然ながら周到な用意が窺われる。漠然とした周囲からやや大きな物すなわち塚へ、それから塚の一部である那須野紙へと焦点が絞られるが、その過程は完全に勝四郎の目を通して進行する。(「我身ひとつは故《もと》の身にしてとあゆみ廻《めぐ》るに」で現在のままの進行という性格が薄れているのは、その過程の出発点として焦点がぼかされているわけである。勝四郎の注意力もここではしばらく前よりも散漫になっているからそれが許される。彼はただ呆然として歩き廻っている。「我身ひとつは故《もと》の身にして」はいかにも彼の呟きそのものながら、これは例の「月やあらぬ」の古歌を利用したものであるため、けっして直接話法でなく、彼が心中繰り返したことの的確な要約になっている。彼が歩み廻る時間はこの一句を読者の注意が通過する時間と同一ではあり得ない。)勝四郎は荒れた屋敷内を歩きまわりながらふと土の塚の築かれているのに目をとめて近づく。あるいはそのすぐ近くに来て気がつく。まず塚の様子に注目し「簀子《すのこ》をはらひ。土を積て」云々。すぐに宮木の墓であろうと察し、そこで強い関心をもって細部を見る。ここでも「水向《むけ》の具《ぐ》物せし中に」とやや広い範囲から、その中の塔婆という一点へと焦点が絞られる。勝四郎が目を近づけたからである。「木の端《はし》を刪《けづ》りたるに。那須野紙《なすのかみ》のいたう古《ふる》びて。文字もむら消《ぎえ》して所〳〵見定めがたき」は凝らされた彼の目に映じるとおりだが、これはもうひとつの重要な映像である昨夜の宮木の描写をしのぐ、作品中随一の細密な写生である。しかもここでは対象のささやかさ小ささ自体が読者の注意を惹きつける。さらに消えかかって読みにくいので、勝四郎は妻の筆跡と気づくまでしばらく手間どり、そのためはっと気づいた瞬間の緊張が強まっている。そしてその文字を読もうとするが、この木片がいかにも塔婆風なので妻の筆跡で法名や死亡の年月が書いてあるはずがないのを忘れ、無意識に法名を読みとろうとして歌に気づく。

　こうした極微な物への注意力集中は、この歌がぼろぼろの那須野紙に消えかかって書かれているという具体的な姿で目に浮ばせるためである。それはみすぼらしい小さな墓標の映像が宮木の死そのものの哀切さを伝えるとともに、そのひどく古びた様によって、遠い過去からここにあるのだということを読者にも如実に実感させなければならないからである。同時にこの注意力の集中は、むら消えして見定め難いのを判読したという興味深さも手伝って、歌そのものも強く読者に印象づける。

　歌の「世にもけふまでいける命か」は、昨夜宮木の霊が語ったきわめて印象的な言葉「狐鵂鶹《きつねふくろう》を友として今日まては過しぬ。今は長き恨みもはれ〴〵となり」云々を必然的に想起させる。この二つの「けふまで」は意味も前後関係もほとんど同じであり、はるか昔のいまはの際に「今日まで」であったものが、昨夜もまた「今日まで」ということから、宮木は死によっても夫を待つことを止めず、本当に霊となっても待ち続けてきた、昨夜の宮木の姿は勝四郎の幻覚ではなかったと教え、また、昨夜限りで今度こそ本当に宮木は消え去ってしまったということも一種不思議な印象深さで読者に悟らせる。だから「こゝにはじめて妻の死《しゝ》たるを覚《さと》りて。大に叫《さけ》びて倒《たを》れ伏す」勝四郎の姿にわれわれは粛然たらしめられるのであろう。

逃れ得ない真実を知った勝四郎の絶望を象徴するかのように夏の日が高く昇り、作品は新しい局面に入ってゆく。

三

ポーの『ベレニス』(*Berenice*)は数個の点《アステリスク》の列で四段に分たれるが、作品の総分量の半ば以上を占める第二段の末尾で、読者の注意力は作品中のある具体物すなわちベレニスの歯に集中し読者は明確なその歯の心像を得る。そしてそれが作品の主軸をなす。つまり第二段のすべて、いや冒頭からここに到るまでのすべては挙げてこのことのためにあると言え、ここでこれが成功した時、あとは簡単で、必然の筋道を辿って事件は可能となる。実感の強さという点で共通するから、比較すれば『浅茅が宿』の解明の一助ともなろうかと期待されるのだが、若い病女の歯と、雲間の星のさやけき光のもと懐しく聳えている大きな松とでは、連想するだに不自然と言えるかもしれない。だが両者の差は映像が与えるそうした印象の差だけだろうか。共通性が確実である以上差を明確にすることが肝要であろう。以下検討する。

ベレニスの歯の映像が網膜に灼きつくという生理現象をわれわれ読者に生じさせるべくポーは非常な技巧を駆使しているのだが、それは一口に言うと、大病によるベレニスの肉体上容貌上の変化に対して読者の関心、恐怖の混った好奇心を次第に高め、最高度に達したところで彼女の顔を見せるという手法である。まずベレニスの大病とそれが齎した変化が語られ、それには肉体上の変化もあることがほのめかされてから、話頭が変って話者であるエゲウスの偏執狂《モノマニア》の説明が長く続き、やがてその説明の一環としてさりげなくベレニスの名がふたたび出現し、そのあたりから彼女の恐るべき変貌ということがしだいに読者の意識の中で大きくなり、しかしながら具体的にどう変わったのかは何ひとつ知らされず、読者の好奇心は刺激による高まりと弛緩を繰り返させられながら高まっていく。紙数の関係で左にその最終段階の三節《パラグラフ》のみを掲げる。

And at length the period of our nuptials was approaching, when, upon an afternoon in the winter of the year, — one of those unseasonably warm, calm, and misty days which are the nurse of the beautiful Halcyon*, — I sat (and sat, as I thought, alone) in the inner apartment of the library. But uplifting my eyes I saw that Berenice stood before me.

Was it my own excited imagination — or the misty influence of the atmosphere — or the uncertain twilight of the chamber — or the grey draperies which fell around her figure — that caused in it so vacillating and indistinct an outline? I could not tell. She spoke no word, and I — not for words could I have uttered a syllable. An icy chill ran through my frame; a sense of insufferable anxiety oppressed me; a consuming curiosity pervaded my soul; and sinking back upon the chair, I remained for some time breathless and motionless, with my eyes riveted upon her person. Alas! its emaciation was excessive, and not one vestige of the former being lurked in any single line of the contour. My burning glances at length fell upon the face.

The forehead was high, and very pale, and singularly placid; and the once jetty hair fell partially over it, and overshadowed the hollow temples with innumerable ringlets now of a vivid yellow, and jarring discordantly, in their fantastic character, with the reigning melancholy of the countenance. The eyes were lifeless, and lustreless, and seemingly pupil-less, and I shrank involuntarily from their glassy stare to the contemplation of the thin and shrunken lips. They parted; and in a smile of peculiar meaning, *the teeth* of the changed Berenice disclosed themselves slowly to my view. Would to God that I had never beheld them, or that, having done so, I had died!

……………………………

＊For as Jove, during the winter season, gives twice seven days of warmth, men have called this clement and temperate time the nurse of the beautiful Halcyon. — SIMONIDES.[6]

引用部の最初の節《パラグラフ》にもそれまでと同様直前の前節末で高められた緊張の弛緩と節末での急激な高まりという形が見られる。だが異常な緊張をここでさらに一旦緩めるのは難事である。それに at length the period of our nuptials was approaching で、これまですべて説明だったのが、いよいよ「具体的な描写の段階」に入ることを予告し、when, upon an afternoon と性急に特定の日を決定してしまうことによって、このあたりでは緊張は緩むどころか逆に強まりさえすると言えるだろう。そこでポーはさまざまな手段に訴える。まず an afternoon は one of …… days と言い換えられ、その days が多くの修飾語句で強調されているため重点が one よりも days に置かれ、折角 an afternoon と特定の一日が取り出されたのに複数の同じような日々へと注意が拡散される。nurse of Halcyon の詩的な固有名詞は注意をこの場面から外らす。それに付された脚註は、内容は常識的で無意味だが一定時間読者の視線を本文から離れさせる。主文の「私は坐っていた」I sat は作品最初の具体的動作であるにもかかわらず、I sat (and sat ……) と括弧で言い換えられていわば正副の二重写しとなり、また挿入句 I thought という異分子が混じる等のことによって具体性を稀薄にし、alone と in the inner apartment もそれぞれその正副二つの sat に係るとは言え、ともにエゲウスの坐しているさまを修飾しながら、これも括弧の内と外に分れまた一方は I thought で事実に反する頭の中だけのこととされているため、そのさま I sat を読者の映像としないことに役立っている。つまり話がある日の午後になったということ、それが小春日和の冬の日だったこと、エゲウスが書斎に坐っていたということ、これらは筋の上で語られなければならないことである。だが具体的な事柄なのに、読者の注意ができるだけこれらの上にとどまらないように、またその場の光景として読者が思い描いたりしないようにしなければならない。何故か。それは作品の緊張と読者の注意力をできるだけ弛緩させておき、あたかも油断の隙を見すますようにしていきなりのっぴきならぬ事態を読者につきつける。「だが目を挙げた時私はベレニスが前に立っているのを見た」。純粋にこの事態だけに読者の関心を集中させ他に気を取られることがないようにし、いやが上にも衝撃力を強めようとするのである。作品に当って見れば分ることだが、実際問題として前節末以上に緊張を高めるには、もはやベレニスの登場以外にはないと言えよう。ベレニスの容貌を知りたいという、不安と恐怖の混った好奇心が一挙に立ち帰って来て、読者は金縛りにされてしまう。

ようやくのことでベレニスが現われたが、肝腎の顔が見せられるまでにはさらに一節《パラグラフ》待たなければならない。この節では首から下だけがそれもごく僅か示されるに過ぎない。「私の昂奮した想像力のためであろうか。靄のようなあたりの大気の影響であろうか。部屋の不確かな薄明りであろうか。彼女の姿の周りに垂れた灰色の衣のためであろうか」——or the grey draperies which fell around her figure. とここでやっと衣そして姿が出、それはすぐ「そこにあれほど揺れ動く不明確な輪郭を生ぜしめたものは」と続き、貪るような読者の目が見るのは何かぼんやりした姿である。だが読者が見ると果たして言えるか、そうしたぼんやりした姿を生ぜしめた原因として my imagination ― or atmosphere ― or twilight ― or draperies と無形のものから具体的なものへと並べられ、最後の draperies は彼女の姿の一部なのだが、このように列挙されて四者はまったく平等となりまた「そのいずれかは分らぬ」と総括されているために、draperies は前の三者――無形の atmosphere はおろか純粋にエゲウスの内面に属する imagination にさえ同化される現象が生じていて、draperies ひいては her figure は具体的映像として読者に見えてくる力がはなはだ弱い。ポーにとってはベレニスの姿の輪郭が vacillating で indistinct だと言っただけでは足りないので、なにしろ読者は飢えたようにベレニスの姿を求めているのだから vacillating で indistinct な姿のまま、明確な映像で読者に印象づけられるようなことがあっても困るのだ。映像自体が vacillating and indistinct でなければならない。何故なら次の節の終りにベレニスの歯が示された時、ただそれだけが強烈な映像を与えなければならないからである。そして彼女の姿についてはそこまでで一旦中止され、二人とも押し黙って一語も発せず向い合っていたという記述が来て緊迫した様子を伝え、自然にその時のエゲウスの生理的反応へと移る。「氷のような冷たい物が私の身体を走った。耐え難い不安の感覚が私を圧迫した。身を灼くような好奇心が私の魂を領した」と。ところでこの同一の構文で告げられる戦慄・不安感・好奇心の三つの反応は、実は読者が今まさに感じているものに外ならない。それをエゲウスのものとして記すことによって、既に「私はベレニスが目の前に立っているのを見た」以来ほぼエゲウスの目を通して見ている読者をさらにいっそう彼の意識に同化させる。このことは読者が自分の現在の心理状態に無意識裡に異常さと後めたさを感じ、それを放棄しようとすることを防ぐ。主人公に共感しているのだと納得すれば正当なこととなるからである。同時に「氷のような」「耐え難い」「身を灼く」という強い形容詞によって、読者の戦慄、不安、好奇心は強められさえする。このようにして直後の「椅子に深く腰をおろして」sinking back upon the chair、「少時の間私は息をつめ身動きもしなかった」I remained for some time breathless and motionless、「眼を彼女の身体に釘づけにして」with my eyes riveted upon her person と三通りに区切って順次記されるエゲウスの姿を、読者はおのれの動作と姿勢として感じることができる。その末尾に読者が同化し得たエゲウスの視線の対象として her person が、はなはだ漠然とした her figure が示されて以来しばらくぶりで出てくる。そして my eyes riveted upon と今度こそはっきり見れると期待させるが、それに続くベレニスの身体の記述は未だ具体的な描写にはほど遠い。「あゝその痩せようは非常なものであった」はあまりに簡単であり、またどこがどう痩せ細ったのかを教えない。「嘗ての存在のたったひとつの痕跡たりともその輪郭のただ一本の線にも潜んではいなかった」もたんに変化のひどさそのものだけを言い、具体的な映像は何ら与えない。するとそこへ「私の燃えるような視線は遂に顔に注がれた」My burning glances at length fell upon the face が来てこの節を終える。これはベレニスの身体は恐るべき変貌の主要部分ではなく顔こそが問題なのだということを今一度確認し、その顔がいよいよ次の瞬間には見れるのだと読者を身構えさせて極度の緊張に達せしめる。なおこの at length の語は、ようやく（at length）願望が叶えられるのだというその読者の気持を先取りして代弁し、そのことによって読者の眼をよりいっそうエゲウスのそれに一致させるが、また読者の願望を正当化する働きも持つと言えるだろう。読者はここでも無意識のうちにこの願望もその程近い充足も、すべて作者によって設けられた、読者を導く筋道なのだということを諒解するからである。この節は内容から六つの部分に細分されるが（各部分の最後の単語を示せば、――tell, ――syllable, ――soul, ――person, ――contour, ――face）、こうして次々に記述の方向を変えることによって読者の注意を引きつけ続け、この節の間ベレニスの具体的な変貌のさまを見せずにすんでいるといえる。そしてこの節も、前節末の緊張をある程度弛緩させたのち最後にまた急に高めるという、これまでの三節と同じ型に従っている。

そして次の節に入った途端、あれほど長いこと先へ先へと延ばされてきたベレニスの顔は、不意に惜しげもなくそのすべてが示される。顔立ちとその特徴のひとつひとつが無残なほど露わに凝視され確認され記されてゆく。ここにはもはや Alas! its emaciation was excessive のような痛ましさとか慨嘆といった余裕のある感情の表出はなく、たんなる観察と言ってよいが、それは見たいという願望が極点に達したあといきなり目の前に示されてただひたすらに一語一語を追い、身動きもならずまじまじとベレニスの顔の明確な映像を見つめるしかない読者の意識の動きを導いていくのにもっとも相応しい。その顔があれほど脅され期待させられてきただけの恐ろしさを備えているかどうかは問題ではない。顔立ちとして何が書かれてあったとしても読者はただ貪るようにそれを見たであろう。感情的な要素は強いて言えば singularly placid, jarring discordantly, fantastic character などの判断に伴う副詞あるいは判断そのものに属する形容詞に感じ取れるかもしれないが、これは観察と判断の途中での一過性の印象といった受動的なもので、これらの点在は読者の恐怖と驚異を持続させる役割を担う。容貌の記述にはほかにもさまざまな注意が払われている。"The forehead was high, and very pale, and singularly placid; and ——"; "The eyes were lifeless, and lustreless, and seemingly pupil-less, and ——" と and を全然省略しないのは、いかなる形容語たりとも残さず映像の明確化に役立てようと待ち構えている読者に、おのおのの形容語をさらにいっそう映像化しやすいように懇切にもひとつひとつ間を置いて提供するものである。また、まっ黄色の髪は誰でも言うように「老いたる船乗の歌」から来たのかもしれないが、それよりもここで指摘すべきことは「嘗ては漆黒であった髪」once jetty hair と「今は色鮮かな黄」now of a vivid yellow の間の距離で、これは衝撃力を備えるべく正確に計算された長さであろう。その間の「額にかかり、無数の捲毛で虚ろな顳顬を覆っていた。」fell partially over it, and overshadowed the hollow temples with innumerable ringlets では、髪の色は once の語によって不確かとなり今はどうなのかという不安があっても読者の映像としてはむしろ黒髪である。それが最後に now of a vivid yellow となるから黄の色がどぎつく目を打つとともに、なるほど恐るべき変化だと納得される。だがもっとも空恐ろしいのは目で、とくに「奇妙に平静な額」や「虚ろな顳顬」とともにベレニスの精神的廃疾を示す「一見瞳孔の無いような」seemingly pupil-less の語である。そして「そのガラス玉のような凝視」their glassy stare と続くから、読者もこの眼にじっと見つめられたほどの戦慄とたじろぎを感じ、ごく自然に「薄い萎びた唇」thin and shrunken lips に視線を移す。そこへ「唇は上下に分かれた」they parted はその即物的な記述、つまり smile という判断が後に来る書き方によって、現に映像として目に見えているままの唇の動きとなっている。その上これまでずっと静止した物として描かれて来た顔立ちに初めてのこの動きゆえ、読者はあたかも現に見ている薄気味悪い彫像がいきなりにやりと笑いでもしたといったたぐいの感覚を得る。読者の全注意力はこの一点に凝集し、歯がゆっくりと現われるのをまざまざと見てしまう。they parted のあと my view までの無駄の多いゆっくりした語の運びは歯の露呈される遅い速度を表わす。なお、「特殊な意味を籠めた薄笑い」はベレニスに於ける何らかの人間的感情の存在を初めてかすかに感じさせるが、それはこれまでの顔立ちの記述と矛盾しない。つまり白痴にさえ見られるそれである。meaning が読者の気にかかるということはなく、ただ薄笑いの映像をより明確にするのに役立つのみである。最後の「歯を見さえしなければよかったものを。見てしまった以上、私は死んでしまえばよかったのだ」という押し殺したような叫びは惨劇の予告として読者を一瞬慄え上らせるが、この予告は歯の映像のあまりの強さに読者が無意識のうちにそれを忘れ去ろうと努力したりしないように、歯が強く印象づけられたのは正当なことで、歯はこれから重要な役割を果たすから記憶しておくべきものなのだと教えるものである。

四

前述のように『浅茅が宿』で「此時日ははや西に沈《しづ》みて」以降、読みつつあるわれわれはしだいに深く作品世界の中へ入ってゆき、遂にその場におり立つ。そのほとんど神秘な体験と、ベレニスの歯がわれわれの網膜に灼きつく瞬間の生理とは似ても似つかない。松や星と廃疾の少女の歯の違いではない。『浅茅が宿』でわれわれは文字に記されているよりはるかに多くのものを感じることができる。夜気はわれわれの身を包み、夜の夏野の匂さえ実感される。翌朝勝四郎が目覚めるくだりも同様で、ここでは多くの物の名が挙げられるが、それらは協同して、冷たく露に濡れた夜明の大気を読む者に感じさせる。『ベレニス』にはそういうことは全然ない。ここには作品世界なるものが存在しないのだ。あの日は「冬とも思えぬほど暖かく、穏かで、靄のかかった午後」であった。異常な事件が起ったのはこういう小春日和の日でなければならないとする。われわれには窺いしれぬポーの詩的精神の要請があったことはもちろんだろう。だがこの雰囲気《アトモスフィア》はまずベレニスの身体の輪郭を明確ならざるものとし、ひいては顔をそして最後には歯をそのぼんやりした背景から明確に浮き出させるためのものであった。そして顔が生々しく示されている時、直前の痩せた身体ぼやけた輪郭は読者の意識の中で用済みとなってほとんど忘れられ、歯が現われた時、顔はもはやあまり重要でないものとして背景にしりぞく。すべてがいかにして歯の明確な映像を読者に与えるかに奉仕していてそれ自身の存在理由を持たないからである。『浅茅が宿』でも雲間の星のひかり、松の大樹、古戸の隙から洩れる燈火などは、すぐ後に現われる宮木の姿をいかに実感させるかに奉仕していると言えるだろう。だがこれらは読者を作品世界に導き入れるもので、そうすることで宮木の姿を見せるのであった。だから宮木が現われ、「夫《をとこ》を見て潸然《さめぐ》となく」時、われわれがどれほど黯然たる思いに打たれようとも、雲間の星のひかりが忘れ去られることなどない。それは記憶として残っている。そして前にも言ったように、『浅茅が宿』では順次記憶として残っていくことが大切なのだ。それによって作品世界内での現実の過去となるのだから。ベレニスの歯の映像があまりに鮮明だからといって、またそれを齎す技法に『浅茅が宿』のそれと似たところがあるからといって、われわれは思い違いをしてはなるまい。われわれが歯を見るのは作品世界の中に入ってそこで見るのではない。作品を読みつつある現実のわれわれが見るのだ。『浅茅が宿』では技巧いや表現の努力自体が「針線滅尽」していたのに、『ベレニス』では第三節での検討からも分るように大体表面にはっきり現われていて誰にでも気がつくものが多いが、このこともそれと関連する。詳述している余裕はないが、『ベレニス』に於けるポーにとっては、読者の目に彼の技巧の大筋が見えてしまうことはいっこうに構わなかった。読者を作品世界におり立たせるのではなく、ただその心理を誘導してベレニスの歯に対する一時的な偏執狂《モノマニヤ》にしてしまうためには、そしてとくにこれを読むのが二度目以降の読者の場合、歯にまで到達する運動の筋道がある程度目に見えたほうがその運動に乗りやすいからである。

『ベレニス』に作品世界など存在しないことの、あるいはわれわれ読者はいくら積極的に努力してもそれを構築できないことの、もっとも大きなあらわれ、あるいは主要な原因は、この作品の時間構造が偽りだということである。例えばこの古い邸宅、広大な庭園は、僅かばかりの語句によっても十分にその詩的な雰囲気が伝えられている。だがそれが作品世界であるとは言えないのはそこに時間的な関係が皆無だからである。『ベレニス』は回想形式に拠っている。だがこの形式はただあの事件を記すのに好都合だから、もっと端的に言えば第二段の末尾で歯の映像に達するのに好都合だから借りただけで、過去の回想などここには無い。そのことに少し説明を加える。

まだ美と健康に溢れていた頃のベレニスの姿は、詩的で断片的な語句によっていくつかのきれぎれの映像が、しかしそのひとつひとつがきわめて鮮明で印象的に示される。「お、アルンハイムの叢林に遊ぶ空気の精《シルフ》よ」、あるいは「朝まだきの灰色の中、真昼の林の中の幾筋もの陽の光のもと、夜の書斎の静寂の中、彼女は私の目の片隅を軽やかによぎった」などである。これは「軽快、優雅で、精気に溢れた」彼女の姿にふさわしい示し方であり、また回想して書いている今、エゲウスの想い出に鮮かに残った映像とされている。だがそれは名目に過ぎない。これはすぐ後に書かれる「それから――それから全ては神秘と恐怖である」、また「そして今――今私は彼女の姿を見て慄え上るのであった」の大病と何か知らぬがその大病によるという変貌の恐ろしさを、対照によって際立たせ強調すべき役割を持ち、またその変貌が遂に明かされ、顔が示された時にも、その不動の病的映像を対照によって強く印象づけるべく、このような性格を与えられたものである。つまり歯の映像に達するためのメカニズムの一部を担っているわけだ。一路歯へと疾走する運動は第一段の第二節から早くも開始されているといえるだろう。この第一段では家系→家屋敷→誕生前→誕生→成長となっているから、おのずと一定方向の運動が生じその行き着く先は→現在＝歯の現れた瞬間となる。(7) そしてエゲウスの生前の記憶と称する aerial forms は、これもベレニスがエゲウスの前に突っ立った時の映像を、spiritual and meaning eyes は例の glassy stare を、それぞれ対照によって強調するもので、そのためかけっしてはるかな過去というヴェールを纏うことはなく、敢えて言えば数分前数頁前の過去に過ぎず、そうした過去と現在との間に流れたはずの時間の感覚が全然表現されていないのは、エゲウスの単調な半生という事情はあるものの、『浅茅が宿』と比べるまでもなくやはり特徴的な現象と言えよう。

また回想といいながら「それから全ては神秘と恐怖そして口にすべからざる物語となる。病気が、致命的な病気が……」の物語（tale）は病気のみを指し、そこには断じてエゲウス本人によるあの凄惨な行為は含まれていないことは考えてみれば妙ではないか。だがその非合理に気がつく読者はいないだろう。「あ、破壊者は来たり去った。

そして犠牲者は、彼女はどこへ行った」Alas! the destroyer came and went, and the victim—where was she? I knew her not. で、エゲウスはこれを書きながら、犠牲者は同一人ながら自分が第二の破壊者である事を身に沁みて思い出さなかったのだろうかと考える読者もいまい。そのことは奇妙と言えないか。とくに二頁ほど前の作品の冒頭では「歓びから悲しみが生まれる」として「それは過去の至福の記憶は現在の悩みとなるからであるか、現在あるこの苦悩はその起源を嘗て存したかもしれぬ恍惚境に有しているからである」なる文で、前半はダンテ以来の常套句だが後半は ecstasies が、悲鳴を上げるベレニスを押さえつけ口をこじ開けて一本一本歯を抜き取っている時のエゲウスのそれを示し、彼が自分の凶行のみか現在の苦悩さえ語っていることとなるからなおさらである。だが実はそんなことは奇妙でも何でもない。読者はこの回想形式は名目だけだと暗に悟ってしまうから、たとえ何遍目の読者でも、いや何遍も読み返す読者ほどこの不合理に気がつかない。「破壊者」や「口にすべからざる物語」は歯に達する運動の一部を成し、「恍惚境云々」は二度目以降の読者のために、無気味さ空恐ろしさを作品に纏いつかせ、それによって作品を統一する機能を果す。

回想は偽りだろうと構わない。読者が現実に第二段の終わりで一過性偏執狂になりさえすれば。そうすれば第三段第四段つまり結末まで現在のまま進行する感覚を得るであろう。むしろそのためには歯以降が回想に含められない方が好都合である。(8) ポーの意図はそうしたものだったであろう。事実、歯の映像を得てから歯が床に転がるまで、現在が続いているのだというわれわれ読者の実感はすさまじいほどである。だがこの、それ以前の過去という時間を持たない、そこだけが切り離された三十余時間は果たして時間と言えようか。『浅茅が宿』に比べる時、これは実感ではなくむしろ錯覚と呼ぶべきものと思われてくる。三十数時間ではなく読者の現実の数分間である。作品世界を持たないとはそういうことを言う。

『浅茅が宿』ではその比類のない時間表現が作品に驚くべき深みと拡がりを与えていた。あの夜、勝四郎が帰り着き、読者が初めて作品世界に入ることを許された時、過去から現在に至る遙かな時間がそのすべての意味と重みのままに実現されたということ、さらに翌朝の二重の現在の構造によって作品世界のその長大な過去が一段と真実の時間になるという事実、これらはすべて、この物語を絵空事では終らせまいという秋成の必死の努力が生み出した奇蹟である。粗密幾通りもの叙法の駆使などは秋成の作品でもこれにしか見られない。秋成はみずから創造しつつある勝四郎宮木のこの不思議な、だが素朴でありふれた物語に、たんなる共感と言っただけでは足りない、もっと全面的な感動を覚え、作品世界におのれの主体を激しく投入した。そして勝四郎と宮木の運命に思いを凝らし、彼らの哀歓や願いをわが物としていった時、無量の思いが彼の内部でこの謎に満ちた長大な時間の表現を彼に強いたのであろう。そのことにあれほど成功したのに彼にはまだ足らず、この作品世界をさらに千年の過去へと何としてでも拡大しようとする抑え難い希求が手児奈の話を最後に登場させた(9)。

実感の強さとそれが作品の重要な要素となっている点で共通しているのに、こうして見てくるとこの二作品はほとんど正反対の性格で、同じ短篇小説なるジャンルに組み入れることさえどれほどの意味があるかを疑いたくなるほどである。その差は要するに『ベレニス』が純粋に作品の表面だけに自己を限定しようとする、小説がこれ以上狭くはなり得まいと思われるほど狭く固く閉された作品なのと対照的な意味で、『浅茅が宿』は開かれ無限に拡大してゆく作品と言えよう。それは創作態度の差から来る。秋成にとって『浅茅が宿』の世界は彼を魂の根底から揺り動かすものだったのに反し、『ベレニス』のポーは偏執狂《モノマニヤ》でもサディストでもなく、ただ或る異様な恐怖感を現出させるために全力を傾けたのであった(10)。

註

（1）以下の議論は句読が秋成の意図通りであることを前提としている。その点筆者は何ら確かな知識を持たない。大方の御教示を仰ぐ次第だが、これほど効果的な句読法は、別に板木職人が勝手に気をきかせたのでなければ、逆に秋成の意志がこうした点に働いていたことを示すものであろう。それもここだけではない。本書での秋成の引用は、特に断りがない限り、すべて『上田秋成全集』（中央公論社）による。

（2）他に適切な例がすぐ浮ばないが、例えば三木露風作「現身」の中に「願ひはありや日は遠し、花は幽《かすか》にうち薫ず／遠き光に魂の」と、七五調の中に一行だけその倍となっている。

（3）例えば七年前、京へ出発する前夜の勝四郎と宮木の対話は、けっして直接話法ではなかった。

（4）幸田露伴『蝸牛庵語彙』、幸田文編　昭和三十一年　新潮社）

（5）わかりきった勝四郎の心理をくどいくらいに説明したのは、次のような驚いた見方があるからである。

「……妻宮木の無事を知って夢かとばかり喜び、その夜はともに臥して語り明かすのであるが、たちまちにしてその所在を失い、あるいは疑いあるいは恐れ、ついにそれが亡き妻のもとの姿を現わしたものであることを知って、驚き悲しむのである。ただここで不満に思うのは、勝四郎が朝露のこぼれるのに目覚めて、妻の姿の見えないのを疑い、その行方を求めるにあたり、その感情を写すことをもっぱらとせず、

熟《つら〳〵》おもふに、妻は既に死《まか》りて。今は狐狸の住みかはりて、かく野らなる宿となりたれば、怪しき鬼《もの》の化して、ありし形を見せつるにてぞあるべき。若し又我を慕ふ魂のかへり来りてかたりぬるものか。

というがごとき反省を加えしめていることである。これではその塚を見て、「夜《よべ》の霊はこゝもとよりやと恐しくも且つなつかし」という言葉も生きてこず、妻の末期の心を述べた和歌を読んで「こゝにはじめて妻の死したるを覚りて、大いに叫びて倒れ伏す」というがごとき言葉も、深い感動を与えることなしに終ってしまうのである。ここにこの作の欠点がある。勝四郎の反省とともに冷まされた読者の心は、たちまちに彼を去っておのれに返り、勝四郎の慟哭の姿をも、よそごとに見てしまうのである。」（重友毅「『雨月物語』に描かれた怪異」『秋成の研究』文理

書院　一九七一年。なお秋成の引用はすべて重友氏引用のまま）

根拠の無い悪声はこの先まだ続くが、どうやら重友氏は「熟《つらく》おもふに」以下を勝四郎の「感情を写す」ものではなく、何か不自然な理性的思考のようなものと考え、目を覚まして妻のいないのに気づいた時、勝四郎はすぐに「驚き悲しみ」夢中で「その行方を求める」べきだと考えているらしい。そんなことはあるはずがないではないか。昨夜と今朝では次元が違うのだ。狐狸その他については今日のわれわれは秋成や勝四郎のような連想は不可能だが、それにしても目を覚した勝四郎の呆然たる気持に同化できないとはお粗末すぎる。ただ重友氏の情状酌量のために推測すると、原因としてひとつ考えられるのは、氏はこの作品を近代小説を読むような態度で読んでしまったのではないかということである。そうすれば同じ誤ちを犯す人は多いはずだ。この作品の言葉は詩の言葉ではないにせよ、近代小説の言葉のようなたんなる記号ではない。言葉がさし出す一義的な意味だけを受け止めてどんどん先へ読み進めていく受動的な態度では、これほど豊かな意味を盛った簡潔な言葉で書かれた物語は、猛烈な速度で後へ疾走し去って意味をなすまい。一字一句に立ち止まって省察を加え、さまざまに連想を働かせたりしなくとも、豊かな意味を暗示しわれわれに立ち止まることを促す語句にさしかかった時くらい、その意味を十分にくみ取ってから先へ進むべきであろう。この作品の諸所で「文は繁きが故に貴からず情饒きを以て貴しとなす」「字少くして情饒し」と繰り返す露伴の言に学ぶべきである。

（6）引用部の訳を次に掲げておく。

「而して遂に余等が婚礼の日取は次第に近づきつつあつた、さうした頃のとある午後であつたが、——それは冬の日の、あの季節外れに暖く穏かで靄のかかつた日々、美はしき波流鶯《うみうぐひす》の養ひ親である処の日々のうちのひと日*——余は図書寮の奥なるひと間に腰を掛けて居つた（さうしてその時の余の考では独りで腰を掛けてゐた）。だが目を挙げた時、余はベレニスが余の前に立つてゐるのを見たのである。

余の熱を帯びた想像力の故であらうか——あたりの雰囲気《アトモスフエーア》の靄の如きものの影響であらうか——部屋の不確かなる薄明であらうか——渠《かれ》の身の回りにかかる灰色の衣であらうか——渠が姿にかくも揺れ動き定かならざる輪郭を

与へたものは。それは分からぬ事であつた。渠は一言も口を効かず、而して余——余も亦断じて一語をも発する事あたはなかつた。氷の如き戦慄が余の五体を走つた。耐難い不安が余を圧した。身を灼くやうな好奇心が余の心を領した。そこで余は椅子に深く背をもたせて、少時の間息を飲み身動きもせずして渠の身に視線を釘づけにしてゐた。嗚呼その痩せ様は非常なるものがあつた。嘗ての姿のたゞひとつの痕跡なりとも、その輪郭のたゞの一線にも残つてゐなかつた。余の燃ゆるが如き眼は遂に顔に注がれた。

　額は高く、而してひどく青ざめ、而して奇態に平静であつた。嘗て漆黒であつた所の髪がそこにかかつてゐた。そして虚なる顳顬を無数の、今や真つ黄色の捲毛で覆つてゐた。それはその何か気紛れな感じによつて、容貌全体を領する悲愁の感といかにも不調和であつた。両の眼は生気が無く、光が無く、見たところ瞳を持たぬかのやうであつた。そして余はそのどんよりとした凝視に覚えず目をそらして、薄い萎びた唇に見入つた。唇は二つに分かれ、特別の意味を含んだ薄笑ひのうちに、病み呆けたベレニスの歯がゆつくりと余の目にその姿を現した。歯を見さへしなかつたならば！　でなければ見た以上は余は死んでしまふべきであつたのだ。

＊なんとなればユピテル大神は冬の季節に七の二倍の日数の暖き日をば恵み給ふのである。人は古来かかる温和な時をば美はしき波流鶯《うみうぐひす》の養ひ親と呼び慣はしてきた。——シモニデス。」

(7) もっとも先祖から始め、しかも代々幻視の人だなどというのはポーのもっと人間的な主人公たち、例えばロドリック・アッシャの場合でもそうである。ポーはこの辺では、エゲウスにたんなる視点の担い手以上のものを見ている。

(8) 筆者はこの作品の初出の形を知らないが、ボードレールの仏訳やプレイヤード版のそれへの註を見ると、どうやら冒頭最初の節の終りに「余はこれからその本質が恐ろしさに満ちているひとつの物語をお話いたさねばならぬ云々」という一文があった。ポーが後にそれを削ったのは、これが作品全体を回想の枠の中に閉じ込めてしまうのを嫌い、第三、第四段は現在のまま進行するよう意図したものであろう。

(9) これはまた他の文学作品への作品世界の拡大とも言える。そして注釈書が教えるようにこの作品には『雨月』の他の諸篇には見られぬほどさまざまな過去の文学作品が影を落しているが、それも同じ意味に考えられないであろうか。中には「足音せず」や「月やあらぬ」のように特殊な目的に利用されているものもあり、あるいは「さりともと」のように、まったくそのままで用いられている例もあるが、逆にいくつかの珍しい語句からようやくそれと解るものなどさまざまである。だがそれらは、すべて作品世界をさらに拡大しようとする意図に基づくのではなかろうか。多くの人が材源だという『剪燈新話』の「愛郷伝」も同じである。創作の最初の契機だったかもしれないが、これがとくに『浅茅が宿』と関係が深いということはあるまい。たいていの場合、想を得たというだけでは本質的には無関係である。『源氏』の「蓬生」あたりとほぼ同じで、ともに言われるほどの本質的類似はなく、どことなく似ていて、質ははるかに落ちるというだけだが、いずれもむしろ特徴的な単語が採られていることによって『浅茅が宿』とつながりを持つ。おそらくそれによって秋成の意識では類縁関係のようなものが成り立ち、「蓬生」や「愛郷伝」は『浅茅が宿』の影のような存在となり、『浅茅が宿』の作品世界がそれらの他の作品世界と混り合って拡大するように思えたのであろう。そして無数の過去の作品中類縁関係が最も近いのは『万葉』の「東歌」である。

(10) お断りしておきたいのは、筆者はこの二作品の価値の差を主張する意図は毛頭持たないということである。本論で述べたところでも、この二つの短篇小説が、とうてい価値の高低を比較することができないほど全然別の原理に基いて書かれ、それぞれの原理に従う限りではともにこの上なく傑れた作品であることは明らかにされたであろう。だが、ともにある部分の実感の強さが顕著であり、それが構成上の最も重要な軸となっているという点でこの二作品を選び、その類似性自体はなんら作品の本質にかかわるものでないことが見出されたと報告するにとどまるならば、たとえ副産物としてこの二作品への理解が得られ、また短篇小説ひいては小説なるものの一般的な考察に関して幾分か資するところがあるにしても、ポーと秋成なる個々の作家の本質についてはかえって誤った知識を与える危険もあろう。とくにポーの短篇には例えば時間なるものの特異な表現に成功した例もあるから、あわせて論じなければ片手落である。だが他の機会に譲るほかない。

第二章　西鶴の描いた恋愛——フランス十七世紀文学と対比して——

フランス文学、それもなるべく同時代十七世紀のフランス文学との対比において西鶴を論ぜよとの課題を与えられたとき、筆者がまず思い浮かべたのは、写実小説の元祖とされる、雑多な庶民社会を描いたスカロンの『ロマン・コミック』、やや時代が下がって、ルサージュの『ジル・ブラス』といった作品と西鶴の町人物との近縁性であった。

西鶴を全く無関係の外国作家と対比して考えるという作業は、筆者にとって無経験のことだったが、これらフランス庶民作家との対比は、背景となる社会の特性の解明など、双方の作家の社会観を超えた大きな問題を幅広く把えねばならない。それより前に、人間そのものに深い関心を抱いていた西鶴が、人間の情念と行動をいかに表現したかを見る方が限られた紙数では先ではないかとも思われた。そこで標記のテーマで西鶴を考えることにする。

十七世紀のフランス文学は人間の心理なるものに特別な関心を寄せ、特に恋愛心理の複雑微妙で神秘な動きを解き明かし明確に表現しようとした。見るべき作品はごく少数の詩人作家に限られるものの、ラシーヌなど次の世紀に古典主義文芸の神の如く尊崇される稀有の天才の存在は、この関心が永くフランス文学の伝統として流れ続けることを許した。古典主義の規範を打破しようとしたロマン派の作家も例外ではない。散文作品では心理小説、roman d'analyse の嚆矢とされるラファイエット夫人の『クレーヴの奥方』がある。

こうした作家たちを念頭に置いて西鶴を見ていくこととする。

恋愛特に十九世紀初頭にスタンダールが言った意味での情熱恋愛なるものは十二世紀ヨーロッパの生んだ西欧特有の文化的現象であるとする説が、主として西欧人自身によってなされることがあり、その都度我々はそれより以前の『源氏物語』の例えば光源氏の藤壺への永い思いを想起してその誤りを意識したりする。だがこのようなことは実はどうでもよいことなのではないか。スタンダールにしても『恋愛論』に見られる恋愛観は、多くの卓見を含むとともに彼自身の特殊事情とその時代を反映している。四種の恋愛の分類にしても、なるほど情熱恋愛と趣味恋愛を峻別したのは彼のレアリスム精神の厳しさを示すが、趣味恋愛自体今日の西欧でもスノブとも言うべき特殊な人間にしかあり得まいし、虚栄恋愛など現代では理解も困難、今日の男女の間は単なる情事がほとんどで、それが時折肉体恋愛と言えるほどのものになり、極くまれに情熱恋愛が存在するということに過ぎまい。

西鶴の描いた恋愛のうち、その異常な執念が読む者を驚かすにしても、そこにこめられた高度の精神性から西欧的なるものとしての情熱恋愛に近いものとしてまず念頭に浮かぶのは、遺憾ながら男性同性愛である。すなわち『男色大鑑』巻三の五「色に見籠《こむ》は山吹《ぶき》の盛《さかり》」のそれであろう。

偶々出遇った大名の寵童とも見える美少年奥川主馬を見初めた若侍田川義左衛門は、浪人してその大名屋敷の門前に空しく佇むこと半歳、日々恋心に噴まれ、今ひとたびその面影を見ることを願う。参勤交代で出雲へ帰国する大名行列の跡をついて行き、道中、二、三度主馬の姿を見ることができる。翌年は江戸に戻る大名行列を追い、江戸では屋敷の塀の外から歎くのみ、さらに翌年また出雲へと追い慕って行く。

この過程で強調されるのは、第一に、恋する相手の姿を見るというただその事だけが義左衛門の唯一の生甲斐になってしまったこと、第二に、その機会がきわめて稀にしか訪れないこと、第三に、それが足掛け三年という長い時間、そして参勤交代という特殊な制度を利用した果てしもない長い距離、この時間空間の長大さの設定、第四にこの男が次第に落ちぶれていくことである。

義左衛門が望むのはただ相手をひと目見るだけであり、愛し返されるという望みは皆無である。少なくとも次第にそうなってしまう。非人となった後、主馬にためし斬りされるのを承知するあたりのこの男の姿にそれは明らかである。だが相手を目にする機会が二度目に訪れるのは実に七箇月後である。江戸、出雲間を一往復半という長い旅路を慕い行き、足掛け三年という長い時間にも、その機会は数えるほどしかない、というこの設定は、かれが極めて僅かの希望で自分の思いを持続し得たことを示す。スタンダールは僅かの希望で恋し得る人物を繰り返し称揚するが、義左衛門が賛嘆すべき性格の強さを持つことは明らかである。だがここでは、このことは彼の恋愛感情が単なる執念というよりもなにか宗教的とも言える純粋に精神的な性格のものであることをも示す。

この男が次第に落ちぶれていく様子は注意深く書かれている。最初に出雲に辿り着いたときは「世《よ》を渡《わた》る業《わざ》とて。枴《おうこ》に肩《かた》をいたませ」と、土方仕事で日銭を稼いだが、翌年また後を追って江戸に戻ったときには、「姿《すがた》もおかしくなりていかに恋《こひ》なれは迚《とて》。武士《ぶし》たる者《もの》の身の程をしらず。次才《しだい》に憔悴《せうすい》とおとろへるは。(1)」とされ、その翌年また出雲へと後を慕い行く時は「見初《みそめ》て三年《とせ》其身を捨《すて》ければ。袖口も裂《ふくろび》。襟《えり》から綿《わた》をあらはし。脇指《わきざし》ばかりになつて。」そしてようやく再度出雲に着いた義左衛門は、「足をいたませ。むかしの形《かたち》はなくて。浮世《うきよ》もかきりに近《ちか》し。」と、もはや人足仕事さえ思いも寄らない。「おのづから袖乞《そでこひ》となつて。朝《あした》の霜《しも》を簑笠《みのかさ》によげ。夕の嵐《あらし》に足《あし》をちゞめ。」という状態になってしまう。落ちる所まで落ちたのは本意ではなかった、止むを得ずそうなったと言えるのだろうか。それを避けようとする意志や行動は全く見られない。落魄を避けるとは恋することを止めることであり、それは生の意味を失うことだからあり得ない。六百石の知行を放棄し、進んで浪々の身となった時から予想されていた結果と言える。だが、野垂れ死に寸前の乞食非人にまでひたすら自己を滅ぼしてゆく、緩慢ながら一直線の落下は、この人物の内部に確固としたある信念の存在することを感じさせる。自己犠牲の歓びか、ひたむきにおのれの価値を下落させてゆくことによって相手をより美化し聖化しようとするのか、それは不明である。だが、もはや死も間近に迫ったこの男が、主馬との出遇いからのすべてを書き留めた巻物を肌身離さず持っていたという設定は、彼が狂人ではなかった事実を証すのみならず、その恋が、いかに彼自身の精神の内部だけの問題であったかをも示している。問い詰められるまでの十日間、差し出すこともなかったから、相手にぜひとも読んでもらおうという望みがあったわけでもない。

この一話は、いかにも西欧的な異常に高い精神性によって、西欧文芸に描かれた情熱恋愛に比肩し得る。だが虚構の作品ならどんなに途方もない事柄でも作品に定着することが可能だ。問題は、ほとんどあり得ない程のことでも、現実に起こり得たのだと、読者を納得させる書き方がなされているかである。この一話での西鶴は周到に諸々の条件を整え、義左衛門のあの驚くべき行為を現実に可能な事とし、遂に彼と主馬が、「命切《いのちぎり》の戯《たはふ》れ」——死を覚悟して結ばれる——ことまでをも、作品世界に実現させた。その諸条件とは何か。

例えば義左衛門の性格があのような情熱を可能とする強さを持っていたことなどは、結果として明らかになることである。またさまざまな好運の偶然事——彼の手記を主馬と大殿が読むなどといったことは、特に工夫された設定ではない。何よりも重要なのは、最初主馬を身初めたときのこの男の状態である。つまり少し前まで彼はなんらかの事情で浪人をしていた。それが首尾よく解決してもと通りに仕官したという境遇である。「思ひのまゝ成春《はる》をうれしく」とされるが、このように心を占めていた心配事が消えて、春のおだやかな日に安らかな気分でいるような時こそ、出遇いが雷の一撃のような力を持ち、宿命的な恋心が生まれるということがあり得るのだ。また、直前までの浪人の経験は、再び惜し気もなく六百石を捨てる決意を容易たらしめた筈である。

　半年以上も姿を見られなかったのに諦めてしまうことがなかったのは、義左衛門の性格の強さを示すのは確かだが、六百石という知行を捨てて再び浪人になってしまった以上、ほかに選択の余地がなかったのも事実である。

　この日、義左衛門は江戸の西郊を散策中だった。当時としてはさほどの距離ではなかったろうが、冒頭近くの「果《はて》しもなき野《の》すゑに澁谷《しぶや》といふ里《さと》に」の一句が印象的である。これはのちに江戸と出雲を往復する長い道のりを読者に予告しているが、同時に義左衛門の意識でも、この日散策ののち目黒不動で主馬に出会い赤坂まであとを付けて行った行程がなにか果てしもない平原にあったものと受け止められたことを示す。その記憶は後に長い旅路をどこまでも追って行く決心を容易にしたであろう。そうすればまた逢えそうな気がしたのだ。

　最初主馬の姿を見たのが目黒不動の滝のもとであり、半年後に鴫立沢のほとり、三度目が宇津の山と、偶然名所が重なったとする設定は、義左衛門が心中にいやが上にも相手を美化するのを助けたばかりでなく、相手を見る幸福が、稀にであろうとこの先も自分に訪れるに違いないと錯覚させ――長い道中に名所は数多いのだから――、その感覚は果てしなく追ってゆく行為を持続させる。

　しかも、相手の主馬がこちらを全く無視するのではなく、「眼《まなこ》を居《すへ》て見込《こめ》ば見合《あはせ》給ひ」「千嬌《ちのこび》ある御皃《かほ》ばせにて。婀娜《やさしく》も見かへし給へり。」と反応を示すようになるのは、義左衛門の恋心の維持と強化にこの上なく役立っている。つまり希望は、いかに乏しく稀であっても、義左衛門が恋心を失ってしまわずむしろ一層深めてゆくべく、ぎりぎりのところで与えられていると言えよう。

　一方主馬の方を見ると、この男も義左衛門のことが次第に心に掛かるようになるが、決定的なのは、三年後出雲への道中、「せめては言葉《ことば》をかはして思ひ晴《はら》しにと。中山の松陰《まつかげ》に待《また》せ給ふに。男《おとこ》は追付《をつつき》がたく。其後《のち》は行方《ゆき》もしれず」という挿話である。これまで追い続けてきたのに遂に足でも痛めたのか、この上ない貴重な幸福をみすみす取り逃がしてしまった義左衛門に対して読者の同情をかき立てるが、折角哀れに思って言葉を掛けてやろうという気になったのに果たさなかったということは、主馬の義左衛門への関心がここで一段と強まったであろうと判断させるという点で、卓抜な設定である。

このように「色に見籠《こむ》は山吹《ぶき》の盛《さかり》」では主人公の恋はまさに西欧においては情熱恋愛と呼ばれるべきものであり、ほとんど想像を絶するほどの異常な激しさに達している。それが厳密な心理的必然性を持つべく、周到極まる外的条件の設定が施され、決して荒唐無稽に陥ってはいない。だがこの高度の精神性はこの恋が男色だったからか。それは遺憾ながら否定できないように思われる。より平凡な、男女の恋を扱った一篇として『西鶴諸国はなし』巻四の二「忍び扇の長歌」を見る。

向井芳樹氏によれば「色に見籠は山吹の盛」はこれを「下敷にして書いた」とされる。(2) 氏も指摘しているようにこちらは遥かに短く、また軽い書き方である。下級武士が大名の姪を見初め、その屋敷に住み込んで勤めるうち、姫君の方でもいつとなく男に思いを寄せ、遂に首尾よく駆落ちして裏店住まいということになる。男は「やうく中小姓《ちうこしやう》ぐらいの風俗《ふうぞく》。女のすかぬ男也。」とされ、やはりなかなかあり得ぬほどの恋の成就だが、「色に見籠は山吹の盛」ほどには男の情熱の異常さが強調されているわけでない。むしろ駆落ちして半年後探し出されて男は処刑され、女は自害を進められたとき、「我《われ》すこしも不儀《ふぎ》にはあらず」——女が一生に男を一人持つことは不義ではないという論理を彼女が展開することが話の眼目である。異常さは男がとんでもない高望みをしたことよりも、女が男の恋心に応えたことの方にある。そしてこの場合には、この女性の基本的な設定が二つの点でこのことに真実味を付与している。第一に、男が最初女を見たとき、女はすでに「廿《はたち》あまり」であり、駆落はさらに二年後というこの女の年齢と置かれた立場である。この時代に二十歳を大きく越え、ほとんど政略結婚の可能性もなく、大名屋敷の奥に飼い殺し同様、彼女自身言った通りまさに「男なき女」である。(3) この一事がこの話から荒唐無稽さを取り払い、あり得る話としている。こういう立場の女性が、いかに下級の奉公人であろうと、しきりに自分の乗物に「目をつけ」て恋心を示し続ける男に、次第に関心を持ち始め、心を寄せ、やがて本物の恋心に到る、という事態は決してあり得ぬことではあるまい。第二にこの女性の性格がかなりロマネスクに現実離れしていたらしいことも示されている。万一他人の手に落ちた場合をおもんばかったということもあろうが、黒骨《くろぼね》の扇に書いた長歌で自分の思いを告げたり、駆落に男装して現れたことでそれは明らかである。こういう女性が「命《いのち》をかぎり」と思い詰め、身分に懸隔ある男と駆落ちするという思い切った行動を取ったのは、そう不自然なことではない。付言すれば、自害を迫られたときの堂々たる弁明は、彼女が比喩的な意味でも決して「狂人」の範疇に属するものではないことを証明する役割も果たしている。

以上のように「忍び扇の長歌」は「色に見籠は山吹の盛」のような高度の精神性は無く、はるかに普通の男女の恋沙汰だが、身分の大きな違いという高い障害を乗り越えて駆落に到った女主人公のあり方から、やはり稀に見る恋愛事件であろう。この両篇での西鶴は、内的外的な諸条件を整備することによって初めて、描かれた異常とも言える恋が絵空事でなく、現実に可能な事ととした。フランス文学でもこのような厳しい現実認識は十七世紀にはまだない。激しく偉大な情熱であるような恋はいかに宿命的な避け難いものに見えようとも、実は様々な現実の諸条件に規制され、それらのメカニズムがうまく働いた場合にのみ生じるとするのは、十九世紀初頭のスタンダールを待たねばならない。いやスタンダール固有の特殊現象かも知れない。二十世紀に到ってさえ、オルテガはその『恋愛論』で、スタンダールの情熱恋愛をあまりにもペシミスティックであるとして、擬似恋愛と断じているからである。その根拠はスタンダールの言う「結晶作用」とは恋する者が妄想で相手を飾りその真実の姿を見ないということと同時に、恋は「生み出され」また「死ぬ」ものであるとする認識がオルテガには我慢できないのだ。

十七世紀に恋愛心理が文芸の重要な題材となったとき、恋の発生を可能にする条件などということが作家詩人によって意識されることはなかった。クレーヴの奥方のヌムール公への恋心の発生のメカニズムなど全く書かれていない。いわば不可抗力で恋するのみ。描かれるのは恋してしまったあとの彼女の恋愛心理であり、作者が目指したのは、夫に自分の恋を告白するという考えられない行為に出たり、夫の死後も遂にヌムール公の愛を受け入れなかったりという一見不自然な行為が、いかに彼女にとって必然的な心の動きであったかを描き切ることであった。「色に見籠は山吹の盛」や「忍び扇の長歌」での西鶴は、厳しい現実認識という点でフランス十七世紀文芸を越えていたことになる。だが一体なぜそんなにまでして異常と言えるほどの恋愛を書いたのか。答えは簡単である。そうした情熱が現実にあり得ることを深く希求したからだ。だがこの点はひとまず措いて、西鶴にはこれとは正反対の立場で恋を描く場合のある事実を見てみる。

「色に見籠《こむ》は山吹《ぶき》の盛《さかり》」と同じ『男色大鑑』しかも巻四までの前半にも、異常な恋が心理的必然性もなく、ただ異常なこととしてそのまま記されるのみで、あり得る事と読者を納得させることの全く無い話、ごく常識的な意味でのレアリスムの規範に合致しない作品はいくらもある。一例を挙げれば巻二の四「東《あづま》の伽羅《きやら》様」である。自分の家の店先に立ち寄って去った市九郎にひと目で恋い焦れ狂乱に陥る十太郎の姿は異様だが、読者を納得させ共感あるいは同情させるものではない。この男が十三才の時に『夏の夜の短物語』を書いたということは、彼が当時の田舎インテリで書物を読む人間であることを示し、そのわざとらしい言動は書物からお手本を得て学び取ったものに違いないことを示している。恐らくこれは武士の衆道の猿真似をする町人を嗤った一篇で、誇張によって滑稽感は生じたが、現実味はいささか失われたということであろう。『剪燈新話』の「渭塘奇遇記」その翻案の『伽婢子』「船田左近夢のちぎりの事」から受け継いだ夢の奇縁のモチーフ(4)は、この一話にまことに良く調和している。先行の二作品と違うのは、恋する二人が同じ夢を見たという設定になっていない点である。ここでは市九郎は十太郎という少年が自分を恋していることなどまだ知らないのだから当然だが、そのため十太郎の恋を求める積極性が特に目立つこととなり、これも十太郎のわざとらしさの印象を強めている。

これほど大きく異なる二篇が『男色大鑑』という同一の作品のうちに共存するということは、西鶴特有の現象である。彼以降の浮世草子には決して見られない。この二篇の場合その差は、人物の行為の必然性をきわめて自然に、技巧を表に現さず、だが深い真実味をもって読者に感じ取らせようとするか、その努力が全く払われていないかにある。こうした差があると、我々はどうしても前者を文芸的価値の高い作品と判断せざるを得ないが、それらを同時に存在せしめたところにこそ、作品の真の意味があると見なければならない。「色に見籠は山吹の盛」と対比させたのがここでは偶々「東の伽羅様」だったが、ほかの小篇との間にはまた別の尺度での大きな懸隔があろう。多様性、いや絶対的な相対性とも言うべきものが、西鶴のこうした同一主題の短篇集といった形式の作品の本質なのだ。それが一番はっきりしているのは『武道伝来記』か、三十二篇中同じ価値観の小篇は二篇とない。恐らくこれは、現実なるものを可能な限りそのまま作品に映し取ろうとする写実精神の要請によるものだが、このことについてここでは掘り下げることはしない。『男色大鑑』でも、本来ならその一、二篇を取り出して論じるのではなく、全篇を全的に受け止めて考えなければならないが、ここではその余裕はなく、偏った見方にならざるを得ないのをお断りしておく。

以上、不可能とも思える恋の発生を、諸条件の整備によって現実に可能なこととして説得力を持って書くのは、西鶴にあり、フランス十七世紀小説にはまだ無いことを述べたが、それ以外の点で西鶴とラファイエット夫人に始まる心理小説の大きな違いは何か。二つの点を指摘したい。

第一に作品の物理的な量の差である。『クレーヴの奥方』は簡潔さが謳われるものの、それは長大な牧歌小説に比しての話で、筆者の手元にあるガルニエ版で一五六ページ。ところが、同一の主題で数十話を集合する西鶴の浮世草子ではその各篇の長さに限界がある。「色に見籠は山吹の盛」は僅か五丁、定本西鶴全集で六ページに過ぎない。これは重要である。前者は近代小説、後者はそれとは異なるジャンルの文芸であることを示している。近代小説特に内容が長い年月に亘るような長篇・中篇小説とは、ページを繰り文字面に目を走らせていく読者の読書の時間を利用する形式である。数時間数十時間の読書中、筋を追っていく読者の意識無意識は作品世界の非日常の出来事で占められるが、その時費やされたエネルギー、時間の感覚、実際に読者に残る生理的心理的な重い疲労は、その出来事を自分が体験したかに錯覚させ、読み終えたあと脳裡に残された作品世界の記憶に濃密な現実感を与える。だから長さは不可欠であり、冗長な饒舌といえども許される。西鶴の各篇はより純粋である。読者の時間など全く当てにしていない。いかに長大な年月に亘る主題でも一篇の長さに限界があるから、叙述は簡潔を極め、一語一句が豊かな表現力を発揮せねばならず、時には暗示的たらざるを得ない。

このことは第二の相違点と大きく関連する。近代小説では言葉を費やすことに制限が無いのだから、人間の心理とくに恋愛心理のような複雑微妙な対象を表現するときにも、すべてを記し尽くすことが当然となる。当然というより特に心理小説（roman d'analyse）では人物の心理の襞に分け入り明晰にすべてを描くことを最大の目的としている。ところが西鶴の小篇を集成する形式の作品では、人物の人間性を写実的に深く把えて表現する際も、たかだか数丁の範囲内ではどうしてもすべてを明瞭に表現することは望めず、暗示的たらざるを得ないし、曖昧さも残る。いや、結論を先に言ってしまえば、いかに写実を旨とした場合にも、西鶴は決して人物の心の動きのすべてを明確に述べようとはしなかった。用いることのできる言葉の量が限られていることはむしろ好都合だったであろう。不明、曖昧な箇所を故意に設け、時には読む者に複数の解釈の可能性を残しておく。これは十七世紀に始まるフランス心理小説との大きな相違点であろう。「忍び扇の長歌」に姫の恋心の成長過程は書かれていない。これなど十九世紀小説では好個の題材として大量の言葉を費やして描くこともあろうが、ここでは「縁《えん》は不思義《ふしぎ》なり．あなたにもいつともなふ．おぼしめし入られ」とあるのみ。読者が自由に想像することはでき、いやむしろ前述のそれとなく示されたこの姫君の立場などから、読者はそうするよう促され、そして想像されたものは読者一人一人によってさほど大きく異なるということはないだろう。

複数の解釈の可能性を作者西鶴が意識的に設定した典型的な例は、貞淑でしっかりした人妻が地味で律気な使用人との恋に陥るという容易にあり得ぬ事件を、荒唐無稽な奇談としてでなく、現実にあり得ることとして表現し得た『好色五人女』巻三「中段に見る暦屋物語」の第二章「してやられた枕《まくら》の夢《ゆめ》」である。[5]

おさんと茂右衛門は純然たる過失によって情交という決定的な事態に到ってしまったのか、あるいは、過失にしてもそれは決して単純な偶然ではなく、おさんの内部に、自ら決して意識することはなかったにせよ、茂右衛門への恋心が存在していて、それがもたらした結果という面もあったのではないか。いずれとも考えられる。腰元のりんのために茂右衛門への恋文の代筆をしてやったこと、茂右衛門から来たはなはだ無礼な返事への怒り、女どもと一緒になってなんとか茂右衛門をはめてやろうと、再度りんに代わり今度は気持ちをこめて恋文を書く、といった様々な偶然の積み重ねが、自覚せざるおさんの恋心を決定的に深めていった、とも解釈できるように書かれているのだ。つまり、彼女の意識下の恋の発生は、はるか以前、嫁入り前からだったかも知れぬし、恋文の代筆を契機としたのかも知れぬ。過失による情交は、おさんに、これまで意識下に押さえ続けてきた恋心をまざまざと自覚させたとも考えられるし、おさんの恋はこのあやまちがそもそもの発端だったのかも知れぬ。重要なのは、複数の解釈のいずれかを読者が選択するというのではなく、選択はむしろ不可能であり、複数の解釈が対等に可能であると読者が認識するよう書かれていることだ。そう認識したとき、おさんの心はあくまで不透明となる。

同じことは恋愛でなく犯罪心理を描く場合にも見られる。『本朝二十不孝』巻二の二「旅行《りよかう》の暮《くれ》の僧《そう》にて候」の主人公小吟は、九才の時、父親に旅僧を殺して小判を奪うことを唆すが、生まれながらの犯罪者だったのか。「いまだ此むすめ九歳《さい》の分《ぶん》としてかゝる事を親にすゝめけるは悪人なり」と明記されている。だがどの程度悪人だったのか。行き悩む当の旅僧を自宅に伴い休ませたのはませた行為だが、親切な真心からとして書かれている。だから強殺の教唆はこの年頃の小利口な少女にありがちな思い付きに過ぎなかったのかも知れない。この年頃の少女はこんな風に残酷な言動はいくらもある。山家育ちなのに「小判《こばん》といふ物見しりけるも不思儀《ふしぎ》なり」は前生からの悪因縁さえ思わせるが、一方このような少女ならそう不思議なことでないかも知れない。後にあのような悪女に成長したのは、もともとそうなるべき素質があって、強殺の教唆もその現れのひとつに過ぎなかったのか。あるいは娘の教唆を父親が天啓のように受け取って実行してしまったという事実が、この少女の精神に取り返しのつかない傷跡を残したのが決定的だったとも考えられないか。生々しく描かれた血腥い兇行は、彼女が実見したわけではないにせよ、幼い想像力に映じたものが何であったかを示すし、家が豊かになってから「此冨貴《ふうき》は自《みつから》が智恵《ちゑ》付《つけ》て箇様《かやう》に成《なり》けると折〻《おり〳〵》大事をいひ出し子なからもて餘《あま》しける」とは、そのことが執拗にこの少女の意識に蘇り続けたことを教える。世間体の立派な暮らし向きが、兇悪な、そして特に一旦は真心から介抱してやった相手を殺して金を奪うという卑劣な犯罪を基に成立しているということは、その暮らしを送っている当人たちにとって、たとえ良心の呵責は皆無だったとしても、何かひどく違和感の伴うものだろう。処刑を前にした父親のほっとした様子はそのことを示す。子供は大人と違ってそうした気持ちを紛らしてしまうことはできない。特に小吟の場合は、それがこの自分から発したという自覚がある。成長後の自堕落で気まぐれな性格は生来のものだったのかも知れないし、このようにして出来上がったのかも知れない。あるいは萠芽としてあったものが、あの事件とその記憶によって大きく伸張したということなのかも知れない。あの事件さえなかったら平凡な生涯を送ったかも知れないとすると、不運だったということになるが、生来の悪人だから、必ずなにかああした事件を引き起こした筈だとも言える。それは誰にもわからない。婚約を済ませた男を嫌って逃げ、その理由が「この男の耳《みゝ》の根《ね》に見ゆる程《ほと》にもなき出來物《てきもの》の跡《あと》をきらひ」ということに過ぎず、武家屋敷に奉公して主人を誑し込み、男が反省して自分を相手にしなくなると「奥様《さま》をふかく恨《うら》み」、寝所に忍び入って殺害するまで、簡潔に記された成長後の小吟のすべてが、この上ない的確さと必然性を持っている。自分が選んだ男を嫌ったのは、父親が世間並みに、「世をわたる拵に愚ならぬ聟《むこ》なりと。一しほよろこひ」という態度だったのに反発したのだとか、奥様のように正しいきちんとした生を送る同性の人間は、小吟のような女にとって、もともと憎悪の対象だったなどという説明は一切ない。説明の無いことが現実味を生む。父が処刑されたあと姿を現し自分も処刑される。その行為もまことに自然でいかにもありそうなのだが、世間一般の彼女への憎悪を記すばかりで、小吟の心理的背景は一語も書かれていない。単なる愚かさに過ぎないのか。自棄的とも言える自分の生に対する自堕落な態度の続きなのか。父が処刑されたことを耳にして悔恨が心に生じたというのか。それとも満足感か、むなしさか。幾通りにも考えることが可能であり、だが可能であること自体に読者が気付くように全体のテクストが書かれている。そして気付いたとき、いずれも等しく成り立ち得る解釈なので、いずれかを選ぶことはできず、読者はそのままの形でこの人物を受け入れざるを得ない。するとこの人物は限りなく不透明となり、だが奥深い実在感を帯びる。

前述のように『クレーヴの奥方』では主人公の恋の発生過程はほとんど書かれない。そして、彼女の置かれた立場や周囲の状況がそれをもたらしたという理解も不可能である。例えばあのような母親を持ったということがクレーヴ夫人のヌムール公への激しい恋を準備したのだと納得する読者はいないだろう。この母親の役割は、不倫の恋がいかに不幸をもたらすか、貞節はいかに平穏な幸福を約束するか、それは女性にとっていかに困難であるかを娘に教え込み、恋の発生でなく、その後の貞節を、夫への告白また夫の死後激しく恋し合うヌムール公を拒み通す結果の方を必然的たらしめるものであり、そのことはいかにも直接的で容易に理解できる。

もともと、これほどの分量で人物の意識無意識の心理が明晰に委細を尽くして説明されていると、読者が書かれている以上のことを様々に推測し想像力を働かせる余裕はない。西鶴では、人物の心の動きが細かく辿られていなくとも、読者はあれこれ推測せざるを得ないように誘われ、しかも何らかの判断が正しいと保証されることがないため、人物はますます謎めき、強い実在感を備える。僅かな丁数限られた言葉数で書かねばならぬという偶然が作用したに過ぎないのでは決してない。そうではなく、これはむしろ作者の人間観自体が基本にある。そのことを悲劇作家ラシーヌを見ることで考える。

コルネイユと共に十七世紀フランスを代表する悲劇作家ラシーヌと、コルネイユ及びコルネイユと基本的に同質のラファイエット夫人との間には決定的な相違点がある。コルネイユはあるべき人間を描き、ラシーヌはあるがままの人間を描いたと云われるが、コルネイユの多くの人物たちもクレーヴの奥方も自らの情念と戦い遂にそれに打ち勝つ悲壮さを示す。ところが、ラシーヌの人物とくに女性たちは、自らの激しい情念に絶望的に抵抗したあと遂に敗れ去る。その敗北の姿が読者・観客の心を打つ。それは何故か。ラシーヌにあっても人物の心理に不透明な部分など残されていないのは同じだ。また幕が開いた時事態は既にカタストロフ直前にあり、人物の心理の基本的態度はとうに決定しているから、恋心の発生、成長が描かれることなどもない。だが、自らの情念に敗けてしまう人物を好んで描いたとはどういうことか。コルネイユや『クレーヴの奥方』では最後におのれに打ち克つ人物は英雄的で崇高でさえある。だがその心は、途中大きな動揺を見せるとしてもまるで彫像のように硬い。作品はそれに強い光を当て、すべての凹凸、細やかな陰翳を疑問の余地なく示そうとする。一方ラシーヌでは、おのれの情念に敗れた瞬間とは、その硬い外殻が内部の激動のため耐えきれず破綻する一瞬である。どろどろの深淵のような人間の内面がそこに露呈する。

一例を挙げると、『アンドロマク』第二幕第二場エルミオーヌの言葉「でも、そうしている間に、ピリュスがアンドロマクを妻にしたらどうしましょう」(570行)がある。これは、トロイア王族の生き残り、補虜として預かったアンドロマクを愛してしまい、なんとか彼女を妻にしようとしている、ギリシヤ全土への裏切り者ピリュスに対し、全ギリシヤをして武器を取らしめ徹底的に懲らしめねばならぬと、ピリュスへの絶望的な恋を撥ねつけられ続けているエルミオーヌが叫び、オレストが、貴女がここピリュスの王国に留まっている必要はない、貴女自身がギリシヤに戻り、皆に訴えて共にピリュス膺懲の軍を催そうではありませんかと応じた時に、発せられた言葉である。ピリュスへの深い恋心から我にもあらずつい発してしまった赤裸な叫びであり、我々読者・観客は一瞬驚きのため息も止まる思いがする。だがここで注意すべきは、彼女のピリュスへの一方的で宿命的な恋心をすでに我々は充分知っているという事実である。オレストだってそのことは知っている。だが彼も「えっ、姫」（571行）と驚くのはなぜか。このオレストの驚きは、もちろんエルミオーヌの隠された恋心を知ったからではない。エルミオーヌを絶望的に恋している彼が幻想を打ち砕かれたというわけでもない。人間というものは、恋ゆえに、直前の自分の言葉を真っ向から裏切るというような、これほどはしたない振舞をしてしまうという事実への驚きである。しかもこの場合、エルミオーヌがうっかり心の恥部をさらけ出して見せてしまった相手は、取り付く島なく拒否し続けているのに自分を恋い焦れている男オレストという、最も避けたい人物である。エルミオーヌが慌てて「ピリュスがトロイア女の夫になどなったら我々すべてにとっての恥辱ではありませんか」（571-572行）と、一瞬のうちに体勢を立て直して、一応もっともな言い訳でその場を取り繕おうとするのに、相手の失敗を見て見ぬふりをし言い訳をまともに受け取るべきその男は委細かまわず「貴女がピリュスを憎んでいるですって？　白状なさい姫よ、恋の焔は魂の中に閉じ込めておけるものではありません。すべてが恋心を暴露します。声も、沈黙も、眼差も。下手に隠そうとする情火はかえって輝き出るのだ」（573-576行）と追求する。こういう言葉をオレストが発してしまうのは、生々しい人間心理の深淵をまざまざと見てしまった驚きから、ほとんど嗜虐的な衝動に駆られているのだ。読者・観客に等しい心理である。自らの恋は絶望的だから自虐的とも言えるが、単なる非礼という以上に、エルミオーヌは以後決して彼を許さないだろうから、自分自身の破滅を確実にする失敗でもある。

特に刺激的な際立った例としてこのエルミオーヌの台詞を挙げたが、同じ『アンドロマク』の中にもこうした場面は夥しい。四人の主要人物中、作者の同情・共感は、亡夫エクトールへの想いを胸に、一子アステュアナクスの生命をなんとか守ろうとしているアンドロマクに集中しているが、このすぐ前の第一幕第四場には、アンドロマクがピリュスと問答中に、亡夫への想いが俄に胸に迫り、ついそれが言葉に表れ（359－362行）、ピリュスが絶望と怒りに震える、という場面がある。アンドロマクの心は、ピリュスにとって初めて知った意外なことではないのだ。ラシーヌは、人物の心の動きの微妙な細部まで知り尽くし謎は皆無という場合でも、なおその奥に情念の恐るべき強さという未知の力を感じ取ろうとし、そのことに歓びを見出し、それを表現しようとした。コルネイユとラシーヌの違いは、自ら創造した人物の心理のすべてを理解して描き切るところで留まるのか、なおその奥にあるものを求めずにはいられないかである。フランス心理小説の創作態度には、源流から基本的に異なるこの二通りの流れがある。非情冷酷にすべてを知っているかの態度を示すスタンダールが、人間性の「思い掛けないもの」にあれほど固執し、発見した時には「人間の心の深部」を見たとして狂喜し感動するのは、彼が後者の系列に属することを示す。人の心をよく知る作家が、さらに深く未知の領域を求めるとき、その動機は単なる好奇心ということはあまりなく、畏怖、賛美、渇仰等、要するに人間性なるものをこの上なく高い価値あるものとして見ざるを得ない態度が根底にある。

西鶴が人の心の動きについて不透明な部分を残すのは、執拗な探究心に欠けているからだろうか。不可知として安易に諦めてしまった、と言えるだろうか。むしろ、いかに深く知り得た作家といえども、自ら創造した作中人物のすべてを知るわけではないとする厳しい認識、現実なるものへのきわめて謙虚な心的態度のもたらしたものだったのではないか。その謙虚さは、人間性の神秘なほどの深さへの畏怖の念からきている。だから現実尊重の性向は、いかなるフランスの作家、詩人よりはるかに強かったと言えよう。

ところで、ひたむきに恋し合う男女の心理に神秘も屈折もなく、作者にとっても読者にとっても二人の心の動きに不明な個所や謎は存在しようもなく、複数の解釈の可能性などあり得ず、彼らの恋を激しく燃上らせた好個の条件としては、ただ障害の高さのみという幸福な恋愛もあり得ることを西鶴はよく知っていた。種々の外的条件が偶然うまく整えられた場合にのみ情熱恋愛が生起し得ると断言したスタンダールにしても、後の彼の小説特に短・中篇のたぐいには、二人の男女が心理的曲折を経ることなく簡明に恋し合い結ばれる恋愛も描かれる。『恋愛論』に付された、創作の処女作品とされる「エルネスティーヌ別題恋の誕生」は、いかに感銘深い恋愛が描かれているとしても、やはり暗く絶望的な恋だろう。後年のイタリア・スペインに材を取った作品は、長篇『パルマの僧院』を含めて次第に幸福な恋を描こうとするようになった。

西鶴の描いた幸福な恋は『武道伝来記』巻二の第一「思ひ入《いれ》吹《ふく》女《をんな》尺《しやく》八」に見られる。小督《がう》と村之助の恋は単純明快、二人は何のためらいも、気取りも疑いも手管もなく、一直線に求め合い、急速に灼熱する。しかもこの一篇で作者西鶴の女主人公小督への思い入れは際立っているのだ。

蹴鞠が生垣を隔てた隣屋敷の庭に落ちたのを拾ってくれた娘の美しさに茫然となった少年が、鞠をさし出した少女の手を握る。「さし出し給へる手《て》をしめて。互《たが》ひに面《をもて》を見合《あはせ》ける社恋《こそこひ》のはじめなれ」と、二人の恋は発端からほとんど同時に始まり、全く対等である。「其内にすゑの女のあまた來れば。村之《むらの》助是非《ぜひ》なく立歸り裝束《しやうぞく》ぬぎ捨《すて》各〻《おの〳〵》より跡《あと》に殘り又竹垣《たけかき》をみれば。彼娘《かのむすめ》も殿めづらしく恋《こひ》をふくみかさねて花薗《はなその》に立出《いで》しにわりなく物いひかはして」と庭へ下りる双方の動作も等しく、「筆にて心をかよはす迄《まで》もなく忍《しの》びてゆかばといへばそれをいやとはいはぬ女と」手紙を書くまでもなかったとは、わざわざ記す必要もないようだが、彼らの恋の気取りも衒いも飾りもない一途な自然さを示す重要な一句である。「男に約束深《やくそくふか》く闇《やみ》になる夜《よ》を待《まち》て。裏《うら》道より高塀《たかへい》をこへ身を捨《すて》て通《かよ》へば女も偽《いつは》りなく猿戸《さるど》の鑰《かぎ》を盗《ぬすみ》出し人しれず我《わが》ねまに引《ひき》入ふたりが命をかけて」どこまでも「男は」「女も」と対になって書かれ、まさに生命を投げ出して結ばれ得たのは二人の恋心が対等の激しさを持つ故であることを示す。「ふたりが命をかけて。二世迄《まで》かはるなかはらじと互《たが》ひに小指《ゆび》を喰《くひ》切。其血《ち》をひとつに絞《しぼ》り出し女は男の肌着《はだぎ》に誓紙《せいし》をかけば男は女の下着《したぎ》にかきかはして。後《のち》には恋《こひ》の詞《ことば》も盡《つき》て逢《あふ》たびに物はいはす泪《なみだ》に更《ふけ》て別《わか》れを惜《をし》み次才《しだい》につのるは此道のならひぞかし。」畳みかける語句の息詰まるような性急さは、彼らの恋の激越さと一直線の高まりをそのまま伝える。逢うたびに言葉もないとは恋人同士の完全な合一を示す。ところが、引用の最後の「次才につのるは此道のならひぞかし」からは、それまでの作者の感動と共感がじかに伝わる語調に比べて、急に対象から大きく身を引き離し、まるで傍観者の慨嘆である。殆どつのる処までつのってしまった恋に「次才につのるは」とは見当違いのようだがそうではない。これほど一気に昂揚した恋でも、決してその最高の燃焼度のまま持続することはない。危険と隣合わせの緊張があるからだれることはなくとも、ある意味で習慣化したことは否めない。この一句の調子はそれを巧みに表現している。西鶴の現実認識の厳しさが失われていないわけだが、少しあとで「腹躰《はらなり》おかしげになりぬ」と笑いも生じる。

　これは恐らく西鶴の描いた最も完全で幸福な恋である。心理の綾など何も書かれず、もともと必要でもない。これを成立させた好条件としては、武家社会における禁じられた恋として名誉と生命の危険を冒さねばならぬという障害の高さだけである。単純明快な激しさが読む者を感動させる。西鶴のこの作品での簡潔な叙法がここでは表現力を強めていると言えるだろう。

　だがこの一話は単純な恋物語ではない。村之助は間もなく小督の親が取り決めた許婚者甚平によって斬られ作品から姿を消し、小督は永年の辛苦の末、村之助との間の一子村丸を育て上げ、遂に首尾よく敵討に成功する、諸国敵討の一話でもある。『武道伝来記』全三十二話で、敵討についての作者の姿勢は様々に異なっているが、この一話はほぼ完全に作者によって肯定されている。二人が「命をかけて」誓った恋で、男が死んでしまったあと女には死あるいは敵討しかあるまい。だからこの一話は小督が生命を賭してあくまで恋を全うした長い恋物語とも言える。彼らの短い幸福な恋への作者の賛美が敵討をこの上なく正当化しているわけだ。このことは村之助が打たれて公儀の調査という騒ぎになった時の「小督《こかう》是迄と思ひ定《さだ》め長刀《なぎなた》振て出《いつ》るを乳女抱留《めのとたきとゞ》めて敵《かたき》はかさねて打品《しな》有。先《まつ》は屋形《やかた》を退《のき》給へと」という彼女の姿、さらに陋屋に出産する時の、「守刀《まもりかたな》を身《み》に添《そへ》て諸神《しよじん》も憐《あはれ》み給ひ男子《なんし》をよろこはせ爺《ちゝ》村之助敵《かたき》甚平を打せ給へもしも女子《によし》ならは立所を去《さら》ず腹掻《はらかき》切て果《はつ》べしと此一念《ねん》の通《つう》じ初音《はつこゑ》つよく男子《なんし》を設《まう》け」という決意にも示される。敵討ちは彼女にとって、村之助と生命にかけて不変を誓った恋の実践であり成就なのだ[6]。

　だがそれにしても、こうした小督の姿への作者の賛美、感歎の姿勢はほとんど無限であり、しかも読者の同意を強要するかのようにさえ感じられる。例えば、最初登場するのは村之助の目から見た姿だが、迫り来る秋の夕闇の中にその服装は白、赤、金、紫といった色彩鮮やかに現れ、読者はこの女性の美と個性とを強く印象づけられる。

　しかも、彼女は決して雄々しく激情的なだけの女性とされているわけではない。成長した息子が敵討ちに出立するとき、彼女も乳母と共に男装し深編笠の姿となり、三人尺八を吹いて行くが、この小督の姿は最初登場した時の華やかな姿との大きな懸隔が印象的であり、それは落魄というより、この女の内面にはこういう一面もあったことを改めて感じさせ、さらに「三人の連吹鳴音《つれふきなくね》も自から哀れに物悲《かな》しく」という尺八の音は小督の深い思いを暗示している。さらに途次、石山寺に参詣した時、小督は紫式部を思い出したことが書かれる。「結縁《けちえん》に拜《をかみ》て古《いにし》へはか、る女も有し世と女の身には殊更《ことさら》に感《かん》じて心静《しつか》に下向するに」は、読者にこの女の内面を一段と深くうかがわせる。生を賭した恋のさなか、不意に恋人を奪われ、あくまで恋を貫くべく賤が屋に十数年間息子を育てあげ、今敵討ちに旅立つという並大抵でない生のあり方を、この女自身も自覚していることがわかる。小督はあの古今に冠絶する『源氏物語』を書いた女性の偉大な生を思い、まるで別の世界のこととして感慨に打たれているのだが、彼女自身は意識せずとも、作者はこれによって、恋に殉じた彼女の生もそれに比肩すべき重みを持つものと暗示しようとしている。西鶴自身がこの女主人公を賛美するあまりほとんど感情移入の域に達していることを示す。

最後に村之助の念友だった大谷勘内が登場して後見として敵討ちを助ける。助太刀としては最もふさわしい人物であろう。十三才の少年村丸と女二人では「骨骸《こつから》たくましく殊《こと》に大力《りき》」という甚平を打つのは不可能だろうから、成功を荒唐無稽なつくり事としないための設定である。今はそれ以上の意味は考えないでおく。

以上、西鶴をラファイエット夫人、ラシーヌ、スタンダール等と考えあわせて判明したことと言えば、作品に生命力溢れる恋愛を表現しようとするなら、作家には現実への厳しい眼と同時に、対象たる恋愛沙汰またその恋人たちに対する飽くことない人間的共感が不可欠である、といった常識的な結論に過ぎない。

だが、ここで触れた西鶴の作品が、人間性への透徹していると同時に生き生きとした洞察という点で、西欧の文芸にいかに比肩しまたそれらを凌駕していようとも、彼の文学のほんの一部である。恋を描くこと自体西鶴の一端に過ぎず、その場合にも様々な創作態度を取る。矛盾さえ含むほどの多様性こそ、古今に無比の彼の特質であろう。

註

（1）本書での西鶴の引用はすべて『定本西鶴全集』（中央公論社）による。
（2）向井芳樹氏「（読む）「忍び扇の長歌」をめぐって」（『日本文学』第29巻第4号　昭和55年4月）
（3）「二年の経過から、大名の姪の年齢がすでに二十歳をかなり越えていることになる。（中略）この女性は、未婚のまま一生を送らせる予定として、大名は処遇していたのであろう。」（宗政五十緒氏『井原西鶴集(2)』（日本古典文学全集39　昭和48年　小学館　148ページ頭注））。「実は不思議なことではなかったのである。」（西島孜哉氏『近世文学の女性像』（昭和60年　世界思想社　88ページ））
（4）暉峻康隆氏『西鶴　評論と研究　上』（昭和23年　中央公論社）、笠井清氏『西鶴と外国文学』（昭和39年　明治書院）等による。
（5）本書第二部第一章第二節参照。
（6）「小督を支えたものは、村之助への愛の真実ではなかったか。」（西島孜哉氏註（3）前掲書　114ページ）

第三章　井原西鶴の表現手法

井原西鶴の作品群は、特に浮世草子の場合、創作の順序が上梓の順に概ね一致すると見做すことが可能だが、俳諧から浮世草子まで、従来はややもすると作品間の内的連関と発展の相が軽視され勝ちであった。だが、表現手法に主眼を置いて個々の作品を詳細に検討すれば、そこに確固たる作家的発展の歩みが明瞭に見てとれる。

小説作品に着手する以前、独吟の形による俳諧は、西鶴にとって偶発的に採用されたものではなく、表現への強い内的要請がもたらしたものと判断すべきである。それが、矢数俳諧のような句数の極端な量的膨張に立ち到ったのも、単なる競技者としての闘争心といった外的な要因のしからしめたものではなく、表現意欲の亢進から様々に表現形式を模索していた或る段階で、必然的に行き着いた表現手法という側面を持っていた。

俳諧において独吟はやはり異例であるが、それによって西鶴が意図したものは、多様な世界の多様な角度からの把握と表現ということであった。複数の作者によって小宇宙が形成されるのが俳諧の正常なあり方としても、それに慊らず飽くまで自己の世界観と主観によって統一し、しかもなお、そこに表現された世界が決して一方的な角度からのみ見られ、個人の目のゆがみを残すものとなる畏れはないとする自覚は、現実を見るおのれの視点が固定することはあり得ず、千差万別の視点に自由に立ち得るとする確固たる自信に裏付けられていた。むしろ西鶴は二人以上数人という限られた人数により、しかも座の文芸として儀礼の場としての制約を多く受けざるを得ぬ通常の俳諧興行よりも、独吟こそはるかに多面的に無限の豊かな世界を表し得ると考えたに違いない。それが、大矢数という競技の形を借りてにせよ、句数の驚異的な膨張・拡大に到ったのは、矛盾を孕んで渾沌とした巨大な現実世界を、その無限の多様性そのままに表現せんとする必死の意欲の現れにほかならなかった。

やがて、より端的に人間的な世界のみを対象とするため、俳諧を捨て散文作品に赴いてからも、このような表現者としての態度は一貫している。多くの曲折を経たのち、その意図が散文作品に最も成功した形で実現されることになるのは、恐らく、三十二篇を敵討という同一主題によって統合した『武道伝来記』においてであろう。ここでの各篇は、主題の性格と凝集された表現によって、ほとんどすべて、近代小説的基準からすれば、長篇小説と呼ぶに足る豊かな内実を備えている。それが三十二篇集中されたとき、作品全体は比類ない巨大な世界を開示する。同一主題という作者みずから選んだ制約は、現実世界の多様と矛盾をそのままに際立たせ表現するための、最も有力な手法だったと言えよう。

多様性への執念は、同一主題であるにも拘らずこの三十二篇中、類似した性格、同一の価値観を備える複数の諸篇が皆無であるという点にも現れている。それは内容と形式の双方について言える。敵討という、習俗に根ざしながらも倫理的判断を前提としそれを強要する主題であるにも拘らず、この行為への本質的評価が三十二篇ことごとく異なり真っ向から矛盾する場合もしばしば見出される。肯定・否定・判断中止に様々な段階があり、情緒的反応も反撥と讃美を両極として多彩を極め、各篇間の矛盾は倫理的判断をすべて相対化する。(これは次の『武家義理物語』さらにその後のいわゆる町人物についても同様である。だから例えば或る一篇のみを取り上げて西鶴の義理観を云々するなどは誤りである。) 全体として表現されたものは、現実世界そのものである。このことは形式についても言える。例えばほとんどの篇が敵討の発端たるべき事件から、最後の大団円たる敵討の成就あるいは失敗まで、かなり長い歳月を閲して物語が展開するが、作品としての統一性の度合いは三十二篇それぞれ異なる。統一性を完全に喪失している篇さえある。

これらすべては完全に西鶴自身によって意図されたものであるが、それはなんら作家における矛盾・混乱ないし無思想性、況んや不誠実を示すものではない。それは西鶴の、現実世界をその多様の相において把握しようとするレアリズム作家としての謙虚さ、および、あらゆる価値判断は相対的であり、個人が現実について見通し得るものは有限であるとする信念の現れに過ぎない。近代以降この点が無視されてきたのは、西欧近代小説においては、作家が作品ごとに、況んや同一作品中で転々と倫理的立場を変えるのは、非誠実と軽薄さ以外の何物でもないとする偏見が、我が国でもごく普通のことだったためである。

『武道伝来記』のこうした性格は、かつて俳諧において目指したものが、この作品において最もよく実現されたことを示すと言えるが、そこに到るまでの道程には幾多の曲折があった。最初は一人の行動的な主人公を取り上げ、その転変する運命を追うことによって現実世界の様々な面に必然的に触れようと試みたが（『好色一代男』および『好色一代女』。この両作品の差は、前者が俳諧の痕を多くとどめて作者の人間観がより観照的であるのに対し、後者は主人公を中心とする登場人物への人間的関心が深まっている。）、長篇小説の主人公として個人の内面的発展を無視し得ず、そのためいかに波瀾に富んだ筋立てを設けても、主人公が現実を見る視野はおのずと狭隘化せざるを得ず、主人公は視点の担い手としても不充分だった。そこで次に、複数の物語を統合する形式を考えた。『好色五人女』である。だが、この五篇は一篇一篇それなりに成功していることは確かだが、全体として見た場合、各主人公に素人の人妻または娘という共通の立場を設け、その五人の恋愛沙汰という共通の主題を設定したにも拘らず、五篇ではあまりに数が少なすぎ、また各篇が量的にも内容的にも大きくなり、そのためあまりに独立し過ぎ、渾然として矛盾のうちに統一されるようなことにはならなかった。それら難点を改めたとき、『本朝二十不孝』に始まる、同一主題の短篇を数十篇集中させるという形式に到達したわけである。

『武道伝来記』に、そうした形式による芸術的達成の最初の頂点を見るのは、第一に、先述した如く、共通の主題がこれに先立つ『本朝二十不孝』『男色大鑑』におけるそれに比べ、作者の人間観、倫理観と深くかかわるものであり、且つそれに対し、相互に矛盾するほど多様な対応を示したという点であり、第二に、『本朝二十不孝』『男色大鑑』ともに、主題は短篇でも処理可能なものであり、事実多くの篇がその扱いを受けていたのに反し、発端の経緯と成就への過程に重きを置いた敵討なる主題は、多くの場合、長大な長篇小説にふさわしいものだったという点である。にも拘らず、『好色五人女』の先例から、数量的制限は前提条件で、数丁にまとめなければならない。そこで凝集的表現が必然的に要請され、ありとあらゆる表現形式、小説技法が工夫され行使されることとなった。西欧近代小説の常識では、二十世紀に入ってから案出され、表現の幅を大きく拡大したとされる様々な手法に近いものも、すでにはっきりとここに用いられているが、多くは後に類を見るに到っていない。

以後、『武家義理物語』さらにいわゆる町人物においては、共通の主題による統一と、その主題に纏わる価値観の相対性の強調という性格は次第に薄れ、ただ多彩な現実の様相を多様に描き出すことに重点が移る。もちろんこれも、矢数俳諧、『好色一代男』から始めて、すべての作品において西鶴が一貫して追求してきたものではあった。遺作たる『西鶴置土産』などはその性格が最も強く、全篇を同一の常識的価値観が支配している。そしてこの性格が西鶴以後の浮世草子の諸作品に受け継がれることになる。

第四章　論評　堀大司「秋成とメリメ」

筆者の旧師、故堀大司先生の「秋成とメリメ」（南雲堂刊『スウィフト その他』所載）は、この二作家をさまざまな点から縦横に論じ得て、殆んど間然するところがない。時と所を異にする二作家を併せ論じた文章の一例として極めて意味深い。ここでは、二作家の同質性を最初から抽出してその前提で両者を切ったり、彼らをむりやり枉《ま》げてその物差に合わせたりすることは全く見られない。普遍化は行なわれず、導き出された理論も無い。筆者はあくまであるがままの秋成、メリメそのものに関心を注ぐ。ことさら類似点が数え上げられているわけでもないのに、作品のみならず、むしろそれ以上に実人生における彼らの姿や運命が不思議に似かよっていることがおのずから示され、二つの個性の間に、本質的に「霊犀相通ずる一点の存する」ことが無理なく暗示されている。このことを齎したのは著者堀大司教授の、メリメ、秋成への深い愛着である。彼らが、実人生において狷介な皮肉屋、白眼の徒などの仮面の裏に感じやすい温かな心をかくしていたことを指摘する筆致には、著者の二人に対する思いやりが溢れる。そして、自己を語ることが極度に少なく、もっぱら彼ら自身をして語らしめているにも拘わらず、著者自身の彼ら二人との同質性もその行間に滲み出ている。

こうした理論的に系統立っていない著述、一語一句が表情豊かに多くのことを語る文章は、要約を紹介しても無意味である。別のものになってしまうだろう。およそ百枚ほどの全文を転載することも不可能な以上、むしろ手当り次第にその一節を取り上げて示すことにした。以下筆者の文章は、旧師の説を矯めようとするものではなく、示唆と洞察に充ちた師の言葉に触発されて、この二作家について自分なりにさまざまに考えてみるよう強く促されたその結果である。

メリメ、秋成の残酷趣味、それはここで「異常な嗜欲」とよばれ、両者の本性に根ざすものと考えられている。作品に表現された場合には、残虐な事件、血腥《なまぐさ》い事物は、それと表裏をなす超自然の出来事と同様、秋成にあっては大抵の場合メリメよりも遥かに強い実感に富んでいるが、それはともかく、「嗜虐性」なるものが彼ら両者の抜き難い好尚の一面であったことは、彼らが書き残したさまざまな種類の文章に徴しても否定できないであろう。

だがそれだけではない。「嗜虐性は人間の蔽はざる本能の真相を見究めんとする関心にも繫ってゐる」。これは著者特有の断定を避けた言い方だが、私見によればここにこそ秋成、メリメ両者の残虐好きに共通する要素がある。つまり彼らの場合は赤裸々でなまなましい人間の実相に対する興味関心が、嗜虐性とただ繫っているというよりもむしろその源そのものとなっているのではないだろうか。おそらくそれは世間一般の異常者の場合と逆の現象か。

歴史に対しても彼らの関心の的は、しばしば無名の人物も含めてもっぱら具体的な個人の身の上、逸話で、個人の歴史的意義や全体との関連はどうでもよいこととなる。そして彼らの反応は常に嗜虐ばかりとは限らない。堀教授は共感をこめて言う。「歴史の大きな渦中に泛ぶ泡沫にも等しい個人」、「これに心を惹かれるのは秋成やメリメの如き傍観者のみで、彼等の心から、純粋の――換言すれば、何の実効を伴はぬと共に全く無償の――私的同情が流露し、彼等自身が平常嘲笑する実践家たちの嘲笑を買ふのである」。また彼らは、歴史、学問、文学における一切の理論化を嫌い、主義、理想、信仰、功利性、パリサイ主義を敵とする。すべて事の真実の姿をゆがめてしまうからだ。「畢竟彼等は自他を問はず人間を常に嗤ひつ、憐れむ他は無い。彼等懐疑者の不幸の一つは概念化理論化普遍化によって忽ち真実でなくなる直観の他に彼等の誠実を表す方法を持たない事で、振り翳すべき信仰も理想も持たない彼等はたゞ人の嫌がるその時々の偽り無き実感を談る他はない。斯かる誠実は通常 cynisme と呼ばれてゐる――」こうした彼らが残酷な事柄に異常な関心を寄せたとしても不思議はない。そこでは朝鮮人殺しの引かれていくのを見物する女たちや息をころして絞首刑を見守るバレンシアの少女たちのようなそれを傍から見聞する人間たちをも含めて、生きた人間のなまの姿がまざまざと露呈されるからである。同情、嗜虐、皮肉。厭人家ではあるにしても彼らは畢竟「矛盾だらけの感傷的な厭人家」であり、スウィフトのように「孤独でありながら、たゞひとり佇つ人の力が無い。彼等は常に人に惹かれる、愛憎は畢竟一つ関心の表裏、所謂 ambivalence であるに過ぎない」。このような彼らに、いくつもの共通な現象が見られるのは当然であろう。堀氏も指摘しているように、両者とも悪漢《ピカロ》物語を書いているなどもそのひとつである。だがそれに触れる前にもひとつ別の点から彼らの嗜虐性を考えてみる。

「古風な道徳の潔《いさぎよ》さを一皮剝げば実質は原始人的片意地の生み出す避け難いカタストローフの息詰るやうな残虐味」という点において「ますらを物語」は「マテオ・ファルコーネ」に通じると堀教授は言う。何気なく言われているがこれはある洞察を含む語なのである。「ますらを物語」では主人公渡辺源太の行為は作者によって肯定されている。秋成が事件の四十年後の源太に実際逢ったことがこれを書く動機だったらしいが、「此座につどへる人々の中に、はやうより參りたる翁あり、渡邊源太と申す、齢六十を越え給へど、わらは顔してうるはしくおはす、酒好み給ひて物のたまへるけはひ、いとかはらか也」とはじめに書かれ、物語の終わった後も、「けふ此翁の人に交りていとうらやかに心よげなるを見れば、そのかみのありのすさび、實にしかこそ有りつらめと思ふ、猶くはしき事は漏らしつべし。老がたど〳〵しき筆には又も瑾《きず》つけやすらん」とあり、昔の有名な事件の主人公が爽やかな快男児だったことを知った驚きと感動がうかがわれる。かつて事件当時受けた印象と現在の好ましい老爺の間になんの矛盾も無かった。それは秋成にとって讃嘆と畏敬の対象であった。だが一方それと共に、妹をつれてその恋人の屋敷に乗り込み結婚を許さない恋人の父親の面前で彼女の首を刎《はね》るという、事件自体の珍しさ奇怪さへの興味も、これを書く動機にあったと思えるのだ。これよりほんの少しあとで同じ題材の「死首のゑがほ」が書かれるが、そこではこうした要素がはるかに強い。四十年後の主人公の姿などはすっかり省かれてしまったが、それは「ますらを物語」を大きく変質させたことを意味する。妹の許婚者にかなりの重点が置かれた事もあってか、主人公のいさぎよいますらおぶりの描写は減る。そして事件の猟奇的性格は、許婚者が斬り落とされた首を袖につつんで平然と立ち去るとか、斬られた首が「ゑみたるまゝにありし」などによってしきりに強調しようとする努力が見られる。そのためか人物の行為と性格に説得力が大幅に減じた。「ますらを物語」が短時間のうちにこのような性格の「死首のゑがほ」に変えられ得たということは、「ますらを物語」の主人公の行為、事件が「原始人的片意地の生み出す避け難いカタストローフの息詰るやうな残虐味」たる一面を持つという認識が、秋成にあってはそれへの讃美と同時に共存し得たことを示すと言えよう。一方、引き合いに出されたメリメの「マテオ・ファルコーネ」はどうであろうか。ここには秋成におけるような一見矛盾するものの共存はない。主人公と事件に対する作者メリメの判断、感情は、メリメの創作の例として用心深く伏せられている。だが主人公の呈示の仕方などから判断しても、主人公マテオはメリメにとってスペインの山賊たちと同一の範疇に属する事が明らかである。創作でない『スペイン便り』創作ではあるが故意に『スペイン便り』と同じ筆法を採る『カルメン』の一、二章ではためらいなく彼らに対するメリメの感情が語られるが、それはいわば内的共感を欠いた親愛感というべきものである。心理的習慣や価値観の全然違う相手に対して自己の優越を意識しながら示す一種の親愛感。そして作品中の人物が実在の人間以上に緊密な作者との内的繋がりを持つということはメリメには殆んどなく、むしろその逆が普通であるから、主人公マテオに対するメリメの態度はもっと冷淡で、作品からじかに汲取れる以上のものはない。これは「原始人間的片意地の生み出す避け難いカタストローフの息詰るやうな残虐味」を作品の目的とする事となんら矛盾しない。「マテオ・ファルコーネ」には「古風な道徳の潔《いさぎよ》さ」に対する肯定も否定もない。堀教授が「ますらを物語」は「マテオ・ファルコーネ」に等しいとするのは、「秋成とメリメ」を執筆当時「死首のゑがほ」はまだ世に出ていなかったらしいだけに一層卓見であるが、それにしても「死首のゑがほ」では失われるにせよ、主人公の行為を賛美し偽りなき真実を伝えようという意図も同時に存した事は、やはり秋成のメリメとの無視し得ない違いであろう。

彼ら二人に悪漢《ピカロ》物語のあることを堀教授は正当に指摘している。これを執筆当時、教授は「樊噲」の後半を読んでいないにも拘わらず、主人公大蔵の比類ないスケールの大きさが、秋成のあのような何物にも捉われず、具体的な人間の姿に真実があるとする柔軟で正確な人間観から来ていることを見ている。「樊噲」は典型的な悪漢小説でありながらそれを超えている。そして人間なるものに対する態度においてあのような共通性を有する二人ではあるが、この作品に見られる秋成の人間観の深さはメリメのどこにも見当たらない。これを悪漢の悔悛という点で連想される「練獄の魂」と比べても二人の差は明らかだろう。ドン・ファンの突然の悔い改めをメリメは、極度の心理的肉体的疲労、幼時に見た絵の記憶、その時の気候等あらゆる内的外的条件を注意深く整えて、合理的ないかにもあり得べきものとしている。それは充分納得がいくのだが、「樊噲」の「手にすゑしかば、只心さむくなりて」の、一句にして人間なるものの底知れぬ奥深さを感じ取らせる説得力に、レアリスムの点から言っても遙かに及ばない。それにそもそもメリメは、自分が工夫してしつらえた諸条件で一人のドン・ファンを悔悛させ、それをひそかに嘲笑していて、それが作品の眼目であった。それに反して秋成は作者として干渉制約を加えず、主人公大蔵を勝手気儘に躍動させている。死に際の大蔵に「釈迦・達磨も、我もひとつ心にて、曇りはなきぞ」と言わせるような秋成の自由奔放な人間観と倫理がその根底にある。それがこの作品に、人間存在一般の可能性の大きさを示すという結果を齎した。

本質的な共通性を持ちながらも彼らがまたこのように違っている原因は、秋成が何物にも捉われまいとする努力からさえ自由だったのに反し、メリメは捉われぬことに虚栄心の歓びがあったということであろう。

第二部

西鶴を読む

第一章　『好色五人女』解

『好色五人女』の五巻は主題が等しいにも拘らず、各巻においてその主題の扱い方自体、また手法、更には創作態度さえ微妙に異なっている。これは同一主題による短篇集の形をとる他の西鶴作品でも同様だが、『好色五人女』をその最初のものとすべきであろう。そこで、以下、ひと巻ごと順に見てゆくが、共通の着眼点として、主に人物の心理と行為の表現という点に注目する。『五人女』の各巻で特に目に立つ特徴がいずれもそこにあると思われ、しかも各巻決して厳密に同じではないからである。

第一節　巻一「姿姫路清十郎物語」論

巻一の「姿姫路清十郎物語」で、著しい特徴のひとつは、主として第二章で語られる主人公二人の恋愛の発生と進展が、全く無理なく書かれていること、つまり、外的な諸条件は偶然のもたらしたものとされていても、それら諸条件が決定してゆく心理の動きは完全に必然的であり、しかもその筋道がかなりはっきりと読者に示されていることである。そして、最初相手に恋をしかけるのはお夏の方だから、このことは特に彼女の心理の動きに著しい。お夏は非常な美貌とされ、さらに「其年十六迄男の色好ていまに定る縁《えん》もなし」つまりおのれの美貌を誇る驕慢な処女である。それが清十郎を熱烈に恋するに到る心理的メカニズムは、非常な的確さと精密さで示される。何よりも、清十郎が美男子だったことが第一の基本条件としてあろう。しかしそれだけではとても足りない。ところが、お夏が見初めた頃の清十郎は美貌を鼻にかけるようなこともなく、すっかり地味になってしまって、真面目一本に勤めている。「殊に女の好《すけ》る男ぶりいつとなく身を捨戀にあきはて明くれ律義《りちぎ》かまへ勤《つとめ》ける」女に見向きもせず、お夏の気を引こうなどとは思いも寄らない。この矯慢な娘の関心を引くのに、これ以上適切な条件は考えられない。そしてそこへ、「くけ帯よりあらはる、文《ふみ》」の小事件が起きる。お夏が清十郎に強い関心を抱き、それがすぐに恋心へと変っていくきっかけとして、これはまた最適の出来事というべきである。この恋文の発見がお夏と彼女をめぐる女達に教えたものは、要するに清十郎が過去において大勢の女に愛されたこと、しかもそれが、当時にあっては女性的魅力の体現者として一般に認められていた傾城なる存在であり、それは、ことに素人女にしてみれば一種の侮蔑と敵愾心があっても——「是なれは傾城《けいせい》とてもにくからぬものぞかし」という、手紙を読んだ女達の感想は、こうした感情が彼女等に普通であったことを示す——、それは、相手をとてもかなわない優越者とする意識の証左であり、羨望から憧れにも転じるものであったような存在、しかも重要なことにそれが驚くべき多数であり、更にいずれもが商売気からではなく、本気で思いを寄せていたらしいということなのだ。発見された手紙の持つこのような二重三重の意味を、作者はそれぞれその重さを計算しその機能をたしかめながら恋愛発生の要因として設定したことは、このあたりの書き方に充分現れている。すなわち、十四、五枚と言って多数を強調しながら遊女名をあらためて十四人分くりかえすなど。

當名《あてな》皆清《みなきよ》さまと有てうら書は遠《ちか》ひて花鳥うきふね小太夫明石《あかし》卯の葉筑前《ちくぜん》千壽《せんしゅ》長州市之丞《しょういち》こよし松山小左衛門出

羽みよしみな〳〵室君《むろ》の名ぞかし

これは抽象的な多数を強調するだけでは足りず、その多数の遊女一人ひとりがそれぞれ清十郎一人との間に持った情事の歴史を、一通一通読みながら女達が実感した事を表す。(1)また続いて「いづれを見ても皆女郎のかたよりふかくなづみて氣をはこび命をとられ勤《つとめ》のつやらしき事はなくて誠《まこと》をこめし筆のあゆみ」という、形容語の煩瑣な積み重ねは、手紙がたくさんあってそれを一通づつ読んでいったことを暗示するから許されるが、これも、女達が遊女達の清十郎への思慕をいかに真剣なものとして受け取ったかを強調しようとする作者の意図を現している。更にその直前の、お夏の美貌は島原の太夫以上と京の人が折紙をつけたという一句は、決して単なる彼女の美貌の形容乃至説明ではない。この評判はお夏本人の耳にも入っていたであろうことを想像させるから、それ以後の彼女の美貌自慢の気持のうちでは、常々傾城なる存在を競争相手として意識していたであろうことを示す用意周到な設定である。

お夏にとって清十郎は、今まで、なるほど美男には違いないが地味でどうということもなさそうに思え、しかし一向こちらの魅力に感じないらしいのが何となく癪で気になる男として存在していたに過ぎない。それが突然恐るべき男性的魅力を帯びて現れ、さまざまな空想をさそう「さて内證《ないしやう》にしこなしのよき事もありや女のあまねくおもひつくこそゆかしけれ」それにもし、今ひどく律気にしている様子から、この男の過去に何か色恋沙汰に関する深刻な事件があったことを、恋する者の想像力でお夏が見抜いたとすれば、これもまたひとつたいした魅力をこの男に付け加えたわけだ。それにかつて「浮世《うきよ》ぐるひ」した男とあれば、今は取りつく島もないように見えても根っからの堅物ではない。島原の太夫にも優ると言われたわが美貌にいつかは気付き、わが想いに応えてくれるかもしれないという希望が持てる。これは、特に芽生えんとした恋心が育っていく上で重要である。このエピソードはなにしろ重宝なのだ。

お夏の恋心を燃え立たせるにはほかにも様々な状況が設定される。手紙のエピソードが影響したのは他の女達も同じである。小間使や下女など、もともと男への片想いに陥るのにそれほど特別好都合な状況を必要としない。そしてこれら多数の女達がみなそれなりに清十郎に恋してしまったということは、彼女らほど容易に清十郎に接近し得ない立場のお夏にとっては、いかに美貌に自信があろうともどうにも気が気でなかったであろう。発生した恋心を昂進させるための設定である。「魂《たましゐ》身のうちをはなれ清十郎が懐《ふところ》に入て我は現《うつゝ》が物いふごとく春の花も闇《やみ》となし」云々は、ただうつうつと相手を想い続けているお夏の姿を示すが、それと対照的に他の女たちは「はこばでも苦《くる》しからざりき茶を見世にはこび」あるいは「目黒《めぐろ》のせんば煮《に》を盛《もる》時骨《ほね》かしらをゑりて清十郎にと氣をつくる」など具体的な求愛行為に出る。ここにはひと言も書かれていないお夏の焦りの気持も読み取らねばならない。しばしば見られる西鶴の特殊性のひとつは、文字に書かれた事柄だけが表現された事ではないという現象である。抱姥《だきうば》の滑稽なエピソードも無駄に点描されたわけではない。これは清十郎がこうした類の厚顔な年増女たちからの、直接的な性的誘惑にさらされているという訳だが、それに気付くであろうお夏が不安と焦立ちに苛まれる姿を同時に示しているのだ。お夏が清十郎に「便《よすが》を求《もとめ》てかず〳〵のかよはせ文」を渡すということは、他の女達の求愛の種々相が描かれた直後に出てくる。これではならじと彼女が慌てて自分に出来る積極的手段を取り始めたことを表すわけである。相思の仲となってからは互を隔てる障害が二人の思いを更に燃え立たせたのに役立っている。そして「命は物種《だね》此戀草のいつぞはなびきあへる事もと」とは、逢えないならば生きている甲斐もないが、それでも生きているのはただいつか結ばれるかもしれない一縷の可能性の為だというわけで、ほとんど二人の恋がとんでもない命がけの行為に出ずばやまないところまで高まった事を示し第二章第三章への準備をなす。

一方の清十郎はどうであろうか。第二章がお夏の恋心の発生を描き暗示し納得させることに、これほど工夫をこらし努力を払っているのに反して、清十郎の「戀にあきはて」から「清十郎ももや〱となりて」までの変化は、それほどの用意周到さで書かれてはいないと言えよう。だが決して不自然あるいは唐突なところは無い。自分の身を捨てたつもりが、大勢の女に恋されて有難迷惑に感じた時、美貌において格段にすぐれ、しかし頻繁に顔を合わせることのかなわない一人に心ひかれることは自然であるし、それ以前に、女たちが一斉に求愛のそぶりを見せ始めたことは、つい蕩児であった時の気分を清十郎に蘇らせるという形で、お夏の愛に応えるべく彼の心を準備したとも言えるであろう。叙述の順序がその辺の機微を示している。「あなたこなたの心入清十郎身にしては嬉《うれ》しかなしく内かたの勤《つとめ》は外になりて諸分《わけ》の返事に隙なく後には是もうたてくと夢に目を明風情《あくふせい》なるになをおなつ便《よすが》を求《もとめ》てかず〱のかよはせ文清十郎ももや〱となりて」そして恋愛が発生して相思の仲となってからは、お夏と同様、障害の大きさがその昂進に寄与するのも当然である。だが、もともと清十郎と言わず一般に男の側の心の動きは、それほど注意深い条件の設定と整備によって導く必要はないと言える。

清十郎については、第一章が彼の放蕩三昧と突然の勘当、更に心中に死に遅れた事情、奉公人に身をやつした次第を告げる。第一章の存在は、彼がお夏に会うまでの半生に、年少にしてすでに多くの有為転変を経験し、それが消し得ぬ過去としてこの人物の内部に重く澱んでいることを読者に感じさせる。彼は過去のある男なのだ。重要なのは、人生の空しさを知ってしまったこのような人物に、今ひとたび訪れた恋愛は絶望的に激しく昂る筈であり、その人物の生命を奪ってしまうこともあり得るという事である。清十郎の過去が、お夏の目に彼を何かしら悲劇的な陰影の濃い男性として映じさせ、それがこの種の娘にとっては抗し難い魅力となった事情は前述した。それに加え彼の過去は、このように彼自身の現在の内面をも物語の展開を必然的たらしめるものとしている。第一章は絶対に必要不可欠なのだ。読後にわれわれが抱くこの男の印象は、何らこれと言った個性が強調されているわけでもなく、お夏と異なり明確な人間像というには程遠いにも拘らず、いかにもあるひとつのあり得る人生を、長い年月かけて確かに生きた存在として理解される。悲劇的人物というよりもこれはいかにも小説的な、正確には長篇小説的な、重い不透明な実体を感じさせる人物である。巻一の主人公は清十郎であるという判断はそれ故まことに適切なのだ。[2] ただ筆者は、巻二巻四が女物語であり巻五が男物語であるというほど、巻一の主人公は清十郎一人とは考えない。登場のさせ方、物語世界の中で果たす役割は全く違うけれども、お夏は決して副次的人物ではない。

さて、第二章の終りで二人の恋はこの上なく高まった。第三章第四章はその必然的帰結を書く。こののどかな花見の一日は、あたかも二人の最初の契りの場として物語に選ばれたというただそれだけの理由でこれ以外ではあり得ぬ必然性を感じさせる。勿論そのためには描写が必要だ。ことさら細密ではなくても、この重要な一日が他からかけ離れて読者の印象に強く残らなければならない。それは充分成功している。西鶴の決して多くを語らぬ暗示的な描法にもよるが、自然描写がこの巻でここだけなのも大きく役立っている。松の緑、華やかな夕日の光、女達の色とりどりの衣装、これら多彩な美しさは一様に何かある夢幻的な色合を帯びているが、おそらくこれは、その後引き裂かれて不幸になった二人が、忘れ得ぬこの一日を幾度となく思い浮かべた時、彼らの熱におかされたような脳裡にくり返し甦った風景を暗示しようとしたのであろう。行きが「夕日紅《くれない》」で半日もたって帰る時も「夕日かたふけば」という作者が間違えようもない矛盾も、その効果に大きく寄与しているから、やはりこれは故意の技巧だったと思われる。

この章でのお夏の大胆な振る舞いを「町女房はまたあるまじき帥《すい》さま也」と作者の筆までさもあきれた風だが、

しかしこれが特にお夏の好色性を示すとも思われない。当代の素人娘は結構大胆なことを平気でやらかすものなのだという一般的判断が基にあるだろうが、特にお夏の場合はこういう思い切った行為に出るほど思いつめていたのだ。それに、もともとお夏が清十郎に最初認めた美点は彼が過去大勢の遊女に恋されたということであったし、加えておのれの美しさの自覚も、島原の太夫なにがし以上といった、要するに遊女を強く意識したものだったから、清十郎について、あるいは自分たち二人の運命について様々に思いめぐらした時、彼女の空想が好色とは決して言えなくてもかなり大胆なものであったに違いなく、純粋に素人娘らしい夢想だったことはとうていあり得ないとも言える。「町女房はまたあるまじき帥《すい》さま」の語はむしろそのことを読者に思い出させる。

二人が慌しく抱き合っていた時、それを見ていた柴刈り人がいたというエピソードの滑稽さ、また「ふんどしうごかしあれはといふやうなる皃《かほ》つきしてこゝちよげに見て居《い》るともしらず」といった下品で露悪的な書き方は、「おもひなしかはやおなつ腰《こし》つきひらたくなりぬ」などと同様作者の微笑を感じさせるが、一方この二人にとって重大な行為に、現実味を付与するのにこの上なく役立っている。

第三章の、極く自然に運命が展開するといった感覚は次の章まで続いている。二人の駆け落ちがまことに偶然的な事件のため最後のところで失敗するのも決して不自然ではない。飛脚が状箱を置き忘れたという設定は作者の御都合主義を感じさせない。あのようないきさつで恋仲となり、あのように結ばれた二人の運命の行く末は、なにかこうしかならなかったことを信じさせる。小説がひとつの世界を内に備え、独立して進行する感を与える時、こうした偶発事は宿命を感じさせる。それは滅多に不自然でない。

またこのくだりは前述の西鶴的手法の好例である。ここには駆け落ちする二人の不安や緊張感を示す言葉はひとつもない。だがそれは果してここに表現されていないと言えるであろうか。

濱《はま》びさしの幽《かすか》なる所に舟待をして思ひ〳〵の旅用意《たびやうい》伊勢參宮の人も有大坂の小道具《だうぐ》うりならの具足《ぐそく》屋醍醐《だいご》の法印高山の茶筅師《ちやせんし》丹波《たんば》の蚊屋《かや》うり京のごふく屋鹿嶋《かじま》の言《こと》ふれ十人よれば十國《とくに》の者乗合《のりあい》舟こそおかしけれ船頭声高《せんどうこはだか》にさあ〳〵出します銘《めい》〳〵の心祝《いはひ》なれば住吉さまへのお初尾《はつを》とてしやく振《ふつ》て又あたま数よみて呑《のむ》ものまぬも七文づゝの集銭《しゆせん》出し間鍋《かんなへ》もなくて小桶《おけ》に汁椀《しるわん》入て飛魚《とびうを》のむしり肴《さかな》取いそぎて三盃《ばい》機嫌《きげん》おの〳〵のお仕合此風眞艫《まとも》で御座ると帆《ほ》を八合もたせてはや一里あまりも出し時備前よりの飛脚《ひきやく》横手《よこて》をうつて扨も忘《わすれ》たり刀《かたな》にくゝりながら状箱を宿に置《おい》て來た男礒《いそ》のかたを見てそれ〳〵持佛堂《ぢぶつだう》の脇にもたし掛て置ましたと働《どや》きけるそれが爰《こゝ》から聞ゆるものかありさまにきん玉が有かと船中声〳〵にわめけば此男念を入てさぐりいかにも〳〵二つこざりますといふいつれも大笑になつて何事もあれじや物舟をもどしてやりやれとて楫取直《かぢとりなを》し湊《みなと》にいればけふの首途《かとで》あしやと皆〳〵腹立《ふくりう》してやう〳〵舟汀《みぎは》に着ければ

まず、国ごとにいかにもその国にふさわしい職業の人を列挙し、「十人よれば十國の者乗合舟こそおかしけれ」で結ばれるというありふれた職業づくしがあるが、これはその事の興味のためにここに書かれたというよりも、その形を借りながら、実は駆け落ちする二人の目に映じた船客の姿を描いている。さまざまな職業だがいずれも当時ざらに見られた平々凡々たる俗世間を代表するかのようなこの人たちは、恐怖と不安と緊張と、自分たちが追われているという意識のために、日常世界とは別の次元に移されてしまったかのような異常な心理状態にある二人にとって、まるで別世界の人のように見えるのだ。「十人よれば十國の者乗合舟こそおかしけれ」という、作者の地声を感じさせる文も、主人公二人および二人の心理に感情移入し得た読者にはその下らなさと呑気さがいかにも腹立たしく感じられる。「おかしけれ」は「おかしい事など何もないじゃないか」と反撥させる機能を持ち、あまりに呑気なため無責任をなじりたくなるような船客たちの与える気分を代表するものとなり得ている。次の船頭の言葉から始まる「三杯機嫌云々」は、ぼんやりそれを眺めている二人の眼に、その行為のいかにも日常的なふるまいが何か不思議なことのように見え、そのあまりの呑気さ屈託の無さには羨望を禁じ得ない。再び自分たちもあのような何の心配もない日常世界に戻る日があるのだろうか。「はや一里あまりも出し時」で二人はようやく安心している。だから「状箱を置き忘れた」という男の声は青天の霹靂のように聞こえるわけである。ひょっとしたら舟を戻すことになるのではあるまいかという血も凍るような心配をよそに「ありさまにきん玉が有か」などと騒いでいる船客が皆無情な人間のように思える。その騒ぎが滑稽にまた馬鹿々しく書かれているだけ、それと対照をなす二人の何とも名状し難い心理は読む者に痛いほど実感されるのだ。「小説」なるジャンルでは、本筋と無関係なエピソードの挿入は作品世界を拡大するものとして無制限に許される。それがここでは主人公達の心理表現という今ひとつの機能を同時に果たしている。これも直接的に書かれていない事が表現された例だが、ここではなによりも「二人は見ていた」といった主人公自身についての記述が全く省かれていること自体が、この現象を可能にした基本条件としてあろう。(3)

第四章までのたいらかな進行に比べると最後の章のお夏が狂い出るくだりは、ややとってつけたような趣きがある。それは何といってもお夏清十郎の悲恋物語は清十郎の死をもって終ったので、第五章は後日談に過ぎず、物語の筋の展開とはもはや関りがないことが感ぜられるからであろう。しかし物語以前を語る第一章が存在するからには、以後を語る第五章があった方が作品の均整がとれるとも言える。最初は二人が出逢う前の清十郎一人、最後には清十郎が死んだ後のお夏一人というわけである。そしてこのために悲劇的事件はその前後に格段に拡げられた時間の幅を持つことになる。そこに生じるのは、小説のみよく表現することの出来るあの、流れてゆく時のうちに事件は胚胎し発生し展開し終結するが、その後も、起こった事件の記憶をとどめながら依然として時は流れ去る感覚である。こう考えると西鶴の創作意識もこうした意味でのまぎれもない小説作品の創出にあったと言えるだろう。もっともそれは『五人女』のすべての巻に共通する特徴ではない。

このような性格とは相反するが、巻一についてはもうひとつ指摘しておくべき点がある。この巻が多くの語句をいくつかの謡曲に負っていることは、諸家の指摘される所である。それは『一代男』以下多くの西鶴作品に見られる現象だが、この『五人女』巻一の場合に限って、ただ個々の文辞を借りたというだけではないのではないか。第一章の冒頭の語句は「室君」によったものかとの指摘がある（日本古典文学大系47『西鶴集上』昭和32年　岩波書店、堤精二氏の注）。この謡曲は、二人の室君が奉納する神楽にひかれて室の明神が韋提希夫人として姿を現し舞を舞うという、単純でまことに目出たい筋である。読者は第一章冒頭で「室君」を連想するならば、第四章に到ってこの物語でも室の明神がお夏の夢に現れた時、再び「室君」を思い起す。そしてこの物語が「室君」とはまるで違うのに気付くのだ。韋提希夫人となって現われ無言で舞を舞う、そのまま本地垂迹を身をもって示している神々しい姿に対して、作品中への神性の顕現という点では共通しながら、お夏の夢に現れる老翁たる室の明神は、卑俗な長々とした説教調で、神性にかけた人間の愚かな幻想と迷妄を打ち砕く。神仏に祈って願いをかなえてもらおうなどとは人間の勝手極まる利己主義だとするのは西鶴自身の持論だが、ここではそれを意地の悪い口調で神自身が語ることで、諷刺の苦い哄笑をさそう。この巻一はだから「室君」の意味を百八十度逆転させたパロディだと言える。

また末尾に書かれたお夏の狂乱は、「謡曲『水無月祓』『隅田川』『雲雀山』などに詞想を得て、一篇の結末を美化した」（岩波文庫『好色五人女』昭和34年　東明雅氏の解説）、それ以外にも「賀茂物狂」や「籠太鼓」など。だがこれらの狂物では、失われた男を慕うあまりの狂乱はお夏の場合と同じだが、大抵は男と再会し得てめでたく終るのに対し、ここでお夏は刑死した清十郎を慕っている。西鶴はまるで謡曲に異を立てて女が本当に狂うのはお夏のような場合だと言っているかのようである。(「隅田川」は悲劇だが、子を慕う物狂である。男を慕う狂乱物でハッピーエンドに終らないものはないのではないか。)

さらにもうひとつ、第三章では、冒頭のいくつかの言葉が「高砂」を思わせる。「木の下蔭の落葉かく」「四海波静かにて」「松が枝の葉色は同じ深緑」これは『五人女』の「さらへ手毎《ごと》に落葉《おちば》かきのけ」「海原静《うなばらしづか》に」「高砂曾祢の松も若緑《わかみどり》立て」などと共通する。もともと舞台が同じ、季節もほぼ同じだから、こうしたありふれた単語でも連想が働く。ところがここでも言葉を取っただけでなく、意味の逆転が行われている。このあまりにも目出度い謡曲では、高砂と住吉の相生の松の精は老夫婦として現れ、後段では舟で住吉におもむく。若いお夏清十郎は、翁と姥が松の落葉を掻いていた場所で慌しく情交を行った。彼らも共白髪まで添いとげることを夢見たであろうに、第四章で難波へと向かった彼らの舟は逆もどりして夢はついえた。

このようなパロディ構造は、知的、人工的な形式感を作品に齎すから、この巻の渾然たる長篇小説的とも言える世界を破壊する方向に働く。西鶴の意図は何よりもパロディの面白さそのものをねらったのであろうが、彼の意識の中には、謡曲という既存の傑出した舞台芸術に対して、おのれが拓きつつある全く新しいジャンルの散文芸術にあっては、目出度さや幸福な結末よりも、むしろ挫折や失意など人生の真実こそが書かれるのだという自負が全然無かったとは言えまい。もっとも、謡曲にしろその他の古典作品にしろ西鶴が文辞を採った作品が、作品全体が有する意味でもって西鶴の当の作品に拘っている例は他にちょっと思い出せない。

註

（1）西鶴作品における固有名詞列挙の特色は、それがここでのように意識的な手法と見られる場合にも、その果たす役割が場合々々で様々であるということにあろう。詳述する余裕はない。

（2）神保五弥「『好色五人女』ノート」（野間光辰編『西鶴論叢』昭和50年　中央公論社　所収）

（3）拙論と対比的な解釈を紹介すると、水田潤氏はこの場面を「緊張性の欠除と世俗性の交錯」の好例と見、「西鶴がなぜふたりの不安・緊張をよそに、駆落ちの場の緊迫性を無視して乗合舟の図式化に描写を拡散し、「状箱は宿に置て来た男」の愚物性を哄笑的に描いたのか。悲劇を純粋結晶として造型しようとするなら、原罪意識やそれとの葛藤として描かれなければならない。近松の『五十年忌歌念仏』がそうであったし、「情を入し樽屋物がたり」にしても、その「歌祭文」の悲劇構造がそうであった。」と言い「西鶴は意識して悲劇の構造を「俗」に転化し、反叙情の通俗や、非事件性の興味に主題を拡散したのである」と述べる。（「『好色五人女』の俗的構図」『西鶴論序説』昭和48年　桜楓社　所収）主人公二人の不安緊張がここで忘却されているという点拙論と違っているわけだが、むしろ気になるのは、水田氏が本筋と関係ない挿話の混入を作品の欠点としていることで、私見によれば、舞台劇の狭い規準を西鶴の散文芸術に当てはめるべきではない。もっとも、西鶴の意図が事件の説話化にあったという水田氏の指摘自体は極めて示唆的で貴重な意見である。

第二節　巻二「情を入し樽屋物かたり」

巻二の「情を入し樽屋物かたり」は、読後一種の混乱した印象を与える。巻一のあの小説的時間の長い流れはここには無い。また執筆直前の現実の事件だったというおせんの姦通は最後の第五章に到ってようやく述べられるが、貞淑な職人の妻だったおせんが姦通に走って身を滅した心理的ないきさつとその書き方がいささか解りにくいのだ。これは前巻で、的確な恋愛心理発生過程の構築を見せられた後だから、自然このより異常な行為にも明晰な説明を求めてそう感じるのか。あるいは説明不足は事実に引きずられた作者の技術的欠陥に過ぎないのか。だがこの巻の一種こなれの悪い読後感の原因は、この巻が、読後そこに書かれていたことをそのまま受け入れるだけでは足りず、初めに戻って解釈し直さなければならない必要を覚えさせるが、一方それが容易でないことを予感させる種類の作品だからである。それは、何よりも作者自身がこの姦通事件の異様さ不可解さを、わざわざ強調しているかに見えるということである。事実に引きずられたのであろうか。しかし事実を尊重するとしても、すっきりした納得のいく説明はいくらでも考えられた筈である。例えば「樽屋おせん歌祭文」では、姦通はおせんの意志ではない。おせんは、子供に刀を突きつけられて無理に犯され自害し果てたという烈女ぶりで、これなら貞淑な妻たる姿との間に何の矛盾も無い。この説明の、都合のよすぎる点とあまりの通俗性はひどい潤色を疑わせるに充分だが、万一そうではなくてこの方がより事実に近かったとするならば、あるいはこれが事の真相として巷間流布していた噂であるならば、西鶴はことさら事件を不可解なものに変えたわけである。第四章の末尾はおせんと樽屋の仲睦まじい夫婦ぶりに引き続いて突然、世間一般の女の浮気っぽさと「移《うつ》り氣《き》」を長々と語る。

されば一切の女移《うつ》り氣《き》なる物にしてうまき色咄《いろはな》しに現《うつゝ》をぬかし道頓堀《たうとんほり》の作《つく》り狂言《きやうげん》をまことに見なしいつともなく心をみだし天王寺《てんわうじ》の櫻《さくら》の散前藤《ちりまへふぢ》のたなのさかりにうるはしき男にうかれかへりては一代やしなふ男を嫌《きら》ひぬ是《これ》ほと無理《むり》なる事なしそれより萬《よろつ》の始末《しまつ》心を捨《すて》大焼《たき》する竈《かまと》をみず塩《しほ》が水になるやら……（中略）……かやうのかたらひさりとは〳〵おそろし……（中略）……かくし男をする女うき世にあまたあれ共男も名の立事を悲《かな》しみ沙汰《さた》なしに里へ歸しあるひは見付てさもしくも金銀《きんぐ》の欲にふけて曖《あつかひ》にして濟《すま》し手ぬるく命をたすくるがゆへに此事のやみがたし世に神有むくひあり隠《かく》してもしるべし人おそるべき此道なり

これは何を言おうとしているのか。おせんの良妻ぶりがいかに世間の女と違う当代稀に見るものであるかを言うのか。そうではない。「されば」でここまで続いてきた調子が一転し、もはやおせんの良妻ぶりについての記述は二度と現れない。そして次の章ではおせんの浮気姦通が書かれる。だからこれはその序となっているのだ。第四章の末尾すなわちこの長い談義の最後のところが「世に神有むくひあり隠《かく》してもしるべし人おそるべき此道なり」で、第五章の末尾、悲劇を書いたあとのつまり作品全体の最後は、「あしき事はのがれずあなおそろしの世や」と、ほぼ共通していることからも言えるだろう。つまり第四章末の一切の女の浮気と第五章おせんの姦通は対応し、後者は前者が敷衍されている。また一切の女といっても、その範囲は狭く、その階層はおせんと同じ町人の女房であり、これも対応関係を強めている。ところが作者はこのように両者を相似形に対応させた上でその内容を全く違えている。一切の女はこうだと言ってくどくどと説明されるその姿と、すぐ次章に記されるおせんの場合とは似ても似つかないのだ。「されば一切の女移《うつ》り氣《き》なるものにして」そうか一切の女と言うからにはおせんも浮気するのか。予想が当たるのはそこまでで「うまき色咄《いろはな》しに現《うつゝ》をぬかし」になるともうおせんは違う。おせんの相手の糀屋《かうじ》の旦那は、「うるはしき男」などとはどこにも書かれていず、その上父親の五十年忌を取り行った時「我《われ》なからへて是迄吊《とふら》ふ事うれし」と言うほどの高齢である。（歌祭文の方は「色にぎろ〳〵目のひかる」「悪性者」といかにも強姦犯らしい）。さらにおせんの姦通は「作《つく》り狂言《きやうげん》をまことに見なし」の浮ついた気分などでは全然なくて、麹屋の女房が嫉妬心から亭主とおせんの無実の仲を疑い、うるさく言い立てたのに対する怒りから生じたものである。

おせんめいわくながら聞暮《きゝくら》せしがおもへば〳〵にくき心中とてもぬれたる袂《たもと》なれば此うへは是非《ぜひ》におよばすあの長左衛門殿になさけをかけあんな女に鼻《はな》あかせんと思ひそめしより各別《かくへつ》のこゝろざしほとなく戀となり

つまりまるで序でのようにして「一切の女」云々と言った目的は、おせんの姦通がいかに特殊なケースだったかを強調するにあった。浮ついた気持からというなら、それは世間にざらにあることだ。ところがおせんが相手に選んだのは今までなんとも思っていなかった年寄の隣人である。そして、たった一度きりの逢瀬――「跡《あと》にもさきにも是が戀のはじめ」――は、事もあろうに夫が寝ている傍に男を引っぱり込むという性急な、破滅をみずから求めるかのような無謀な態度である。「いやがならず」は必ずしも男の側の無理矢理の強制を意味しない。当然ながら次の瞬間――「下帯《をび》下紐《ひも》ときもあへぬに」とまさに次の瞬間なのだ――事は露見し、おせんは自害し果てる。ここでも第四章末に述べられた一般の浮気女との著しい違いがある。「男も名の立事を悲《かな》しみ沙汰《さた》なしに里《さと》へ歸しあるひは」「曖《あつかひ》にして濟《すま》し手ぬるく命をたすくる」のが普通一般だというのに、おせんは「かなはしとかくごのまへ鉋《かんな》にしてこゝろもとをさし通《とほ》しはかなくなりぬ」である。「かくごのまへ」、助かるとは全然考えなかったのか。それにいち早く自分で死んでしまっては、恋人の長左衛門だってせっかく金持なのに、「金銀《きんぐ》」で「曖《あつかひ》にして濟《すま》」すことはできなくなるではないか。夫の樽屋の実直な性格では許してくれそうもないのは事実だが、それにしてもあんまり性急に死に急いでいる。ところが、このように一般とはいかに隔絶しているかを強調された異常と不條理の設定は、あの、相手の女房の嫉妬に対する意地と反撥と敵愾心というおせんの動機をいやが上にも際立たせる。ここの異常と不條理を説明するにはまさにあの動機以外には考えられない。憎悪に駆られた復讐心は目的のためには自己の破滅をかえりみないからである。

西鶴がおせんの場合の特殊性を強調したのは、難問をまず提出して、それに対するおのれが発明したこの心理的解答の見事さを誇示せんとする作家的虚栄か。そうではあるまい。この解答この動機はその設定の鮮かさが際立てば際立つほど、つまり我々読者が動機として納得すればするほど、これは文字通り動機いわば単なるきっかけに過ぎなかったことがより強く意識され、そもそもこういう動機からあれほどの行為に到ったおせんなる人物は何者かとの問を禁じ得ないことになるのだ。

殊更男《ことさらおとこ》を大事に掛雪《かけゆき》の日風の立時《たつとき》は食《めし》つぎを包《つゝみ》をき夏《なつ》は枕《まくら》に扇《あふぎ》をはなさず留守《るす》には宵《よひ》から門口をかため夢《ゆめ》〳〵外《ほか》の人にはめをやらず物を二ついへばこちのお人〳〵とうれしかり年月つもりてよき中にふたり迄うまれて猶々《なを〳〵》男の事をわすれざりき

これは例の第四章末の「されば一切の女移《うつ》り氣《き》なる物にして」云々の直前に置かれていて姦通事件との落差を明らかに強調しているが、あの動機から、「ほどなく戀とな」って、これほど大切にしていた亭主を裏切るに到ったとはどういうことなのだろう。動機が説得力を持てば持つほどこの疑問は深まる。要するに動機とは別の真因は何か。おせんの平常の性格の其の裏の深いところには何があったか。

このあたりのひどく技巧的な持って廻った書き方は、まさに読者をしてこうした疑問に導くのが作者西鶴の意図だったことを示すものだろう。『懐硯』や『西鶴諸国はなし』のような説話的作品の調子でそのまま事件を叙述したならば、読者は何の不審も感じないで、すんなり受け入れた筈である。貞淑な人妻が突然夫を裏切るなどという古今東西世間にざらにある話を聞かされても、我々は決してその深い理由を問うことはない。それなのに西鶴は、執拗に読者心理をあやつり、飽くまで何故と問わせようとしている。そこで読者は、おせんについて何が語られていたかを想起しようと、この巻の初めの五分の四近くを占める、おせんが樽屋と夫婦になるいきさつを振り返らざるを得ない。

だが振り返ってみたところで、別に明快な謎解きの鍵のような代物が見つかるとは限らない。一応明示されていることに注目していくと、まずわれわれはおせんの性格が初めから終りまで一貫し、しかも作者がそれを強調しようとしていることに気付く。おせんは、「自然《しぜん》と才覺《さいかく》に生れつき御隠居《いんきょ》への心づかひ奥《おく》さまの氣《き》をとる事それよりすへ〴〵の人に迄あしからず思はれ其後は内藏《うちぐら》の出し入をもまかされ此家におせんという女なふては諸《しょ》人に思ひつかれしは其身かしこきゆへぞかしされ共情《なさけ》の道をわきまへず」云々と冒頭に説明されているが、この当代稀に見る物堅いしっかり者は第二章でいたづらかゝの狂言にだまされる姿で、すなおな人の善さ、親切といった美徳も備えているらしいことが知られる。第三章冒頭では、おせんの主家の女あるじの無闇に贅沢な日常が書かれ、「惣して世間の女のうはかぶきなる」と、それが女性一般に拡張されて批判されているが、これは暗におせんはそうでないことを示す。案の定すぐ後に、おせんが伊勢への抜け参りのために用意した荷物の中味が詳しく報告され、その貧しさつましさは女あるじの無益な贅沢といやでも対比させられる。しかもおせんがそのことに不満を持っているような様子は全然無い。

そういう性格だったからこそ実直な樽屋を夫とし、あまりぱっとしない長左衛門を姦夫に待ったとも言える。さらに今一度一般の女とおせんを対比する第四章末の「されば一切の女」云々の機能については前に言った。おせんの性格の首尾一貫性は姦通にまで及んでいるわけだ。あっさり死んでしまういさざよさもそれと矛盾しない。

冒頭のおせんの紹介は引き続いて「され共情《なさけ》の道をわきまへず一生枕《まくら》ひとつにてあたら夜《よ》を明しぬかりそめにはふれ袖つま引にも遠慮《あんりよ》なく声高《こはだか》にして」と、彼女の男嫌いを告げる。この厳しさは、長左衛門女房の嫉妬と猜疑への反撥という例の動機を連想させる。そして娘の時分にもこんな風だったからこそ、後にあらぬ浮名を言い立てられた時ひどく腹を立て意地づくになったのだという風に納得される。つまり彼女は全然浮いた女ではなく、またそのことを自覚してもいるわけである。ただ、だからと言って復讐心から姦通に走ったとなると、われわれはもっと深い理由が欲しいというだけだ。

ところでおせんには意外な行為が前にも一度あった。男嫌いの筈なのが樽屋との結婚のきっかけとなった情事を持った。あの事自体が考えてみれば、貞淑な妻が姦通に走ったのと本質は同じではないか。そしてほかならぬこの情事のいきさつがこの巻の主要部分を占めている。だが、男嫌いの娘が豹変して男狂いするなどというのはざらにあることであり、それがこれも一応納得いくように書かれているから、読者は特にその意味を問うことなく読み進め、書かれていることをそのまま受け取り興趣を味わうのだが、最後の章の姦通事件まで読み終えた時に始めて、姦通を意外とするならこの最初の情事にも不審を立てなければならなかったのだと知り、改めて全巻の五分の四近くの部分により深い意味を探る必要を感じるわけである。

第三章冒頭の「うはかぶき」な世間の女と対比されたおせんの物堅さは抜け参り道中の荷物の品目に象徴的に明

示されているので、この道中はなんとも猥雑に描かれているにも拘らず、おせんが一時的にせよ「うはかぶき」浮ついた気分になったように思えない。というより、読者にそう判断させるのが、第三章冒頭の部分に作者が負わせた機能なのではないか。おせんが一時的に人が変ったようになるのは、次の章の初め、樽屋に焦れている個所だけである。もっとも周囲の人の眼に見えたわけではない。抜け参りのくだりでは、彼女の性格の一貫性は守られていることが感じられる。そうなるとこのおせんの行為は、人がみな普段から知っている彼女の性格とは別のところに根ざすものだということになる。これは姦通の時と同様、もっと内奥の深いところから発する衝動の如きものを予想させる。だがこの場合にはもっと目に立つひとつの外的要素がある。それはつまり「いたづらか丶」こさんの存在で、おせんはこの老婆に瞞されて情事に走ったとなっている。ではこの婆は一体何者か。どう書かれているのか。

老婆こさんは、冒頭井戸替えの場面で、媚薬にする井守をいじっている。彼女はかつて「子おろし」をしていた。樽屋の恋の成就を請け合い、自分は過去に数千人の男女を計《はかりごと》をもって結びつけたという。当時市井にいくらも見出されたろうが、何しろいかがわしい存在である。第二章では、本人の口から、たった今若づくりして群衆に立ち交じったが、闇の中でも「かりそめに我尻《しり》つめる人もなく」と口惜しがるグロテスクな下卑た様子が描かれる。要するにこのうさん臭い老婆は、過去から現在まで低次元のどろどろした人間愛欲の世界にどっぷりつかって生きている。いかにも「いたづらか丶」とよばれるにふさわしい人物なのだ。こんな人物の計略で結ばれた樽屋とおせんはたとえ実直で正直者同志の夫婦となっても、どこかその関係にいんちき臭い所が残るのではないかという思いは自然に湧いてくる。

婆がたいした報酬の当てもないのに樽屋とおせんを結びつけようと努力したのは、今でこそそうめんの粉などひいて細々と暮してはいるが、実はこの女の存在理由は、人間の情欲的世界での活動以外になく、つまり久しぶりに計略でもって一組の男女を結びつけるという生き甲斐の感じられる仕事を見出したからだ。第一章より第二、三章の方がずっと若返っているように見えるのもそれを示すものであろう。

ところでこういう卑俗の女にあり勝ちなことだろうが、世間を広く知っていそうなものなのに、人間の多様性を認めることを頑なに拒み、自分の狭い低俗な価値規準に自信を持って他人を判断する。判断された方ではまた不思議とその判断に伝染されてしまい勝ちで、こうした人物は案外周囲に影響を及ぼすものなのだ。第三章の伊勢への抜け参りがああいう猥雑さの調子を帯びたのはまったく自然と言える。確かに久七の存在でその猥雑さは一層際立ち、またあれほど巧みに表現されたが、いなくても同じだったろうと想像させる。なにしろ婆が同道しているからだ。だが、おせんは彼女の毒に感染したと言えるのであろうか。また、男嫌いが一転して樽屋に惚れたのは、ただ婆のはかりごとに乗せられたというだけだろうか。おせんの方にもそれに感応するものがあったのではないか。

第二章、盆踊り最後の夜の翌朝、おせんは婆を見舞い、婆が「我ははやそなたゆへにおもひよらざる命をすつるなり自娘《みつからむすめ》とても持さればなき跡にて吊《とふら》ひても給はれ」とぼろの数珠袋と革たびを形見だと言って渡すと「女心のはかなく是を誠《まこと》に泣出《なきだ》し我に心有人さもあらば何《な》にとて其道《そのみち》しるゝこなた与をたのみたまはぬぞおもはくしらせ給はゞそれをいたづらにはなさじと云」。この言葉は男嫌いのおせんとしては意外である。暉峻康隆氏はこれを、「こさんに対する傷心から心が傾きはじめた。それに乗じたこさんにたきつけられて、おせんもやうやくなびき心になり、逢はぬ先からその男をこがれ」、要するに婆こさんに対する「傷心」がおせんの恋愛結婚のそもそもの動機だとする[4]。私見によれば、傷心は、おせんがここで心を解いてつい本心を言ってしまったきっかけに過ぎない。そしてこのおせんの言葉から判断できるのは、彼女が前夜婆を驚かした男のことを少くとも気にかけているらしいということだ。婆を見舞ったのも隠居に命じられたのかもしれないが、内心その男についてもっとよく知りたいという下心が無意識裡にあったのではないかと疑われる。前夜婆は何をし、何を言ったのだったか。

年の程二十四五の美男《びなん》我にとりつき戀にせめられ今思ひ死《しに》ひとへ二日をうき世のかぎり腰《こし》もとのおせんつれなし此執心《しうしん》外へは行《ゆく》まし此家内《かない》を七日がうちに壱人ものこさず取ころさんといふ声《こゑ》の下より鼻高《はなたか》く皃赤《かほあか》く眼《まなこ》ひかり住吉《すみよし》の御はらひの先《さき》へ渡《わた》る形《かたち》のごとくそれに魂《たましひ》とられ只物すごく内かたへかけ入のよし語《かたれ》ば

という。化物を見たと言ってころがり込んだのだ。美男が次の瞬間執心のため天狗に形相が変るとはほとんど化物だろう。皆驚くがしかし

隠居泪《ゐんきよなみだ》を流《なか》し給ひ戀忍《こひしのふ》事世になきならひにはあらずせんも緣付《ゑんつき》ごろなれば其男身すぎをわきまへ博奕後家《はくちこけ》くるひもせずたまかならばとらすべきにいかなる者ともしれず其男《そのおとこ》ふびんや

誰もが婆の話を信じたわけではないことがわかる。婆はたしかに誰かおせんに執するあまり自棄的になった男につかまって訴えられたらしいが、暗闇でもあるから、「鼻高《はなたか》く……」云々は婆の誇張だろうと思った者もいただろう。隠居の言葉がそれを示す。もっとも隠居が「其男《そのおとこ》ふびんや」と言ったのは、真相を大体見やぶり、こんないかがわしい婆に頼る男を哀れと思ったのかもしれぬ。そうは言っても第四章では、この家に「よからぬ事うちつゝ」いた時「誰《たれ》がいふともなくせんをこがるゝ男の執心《しうしん》今にやむ事なく〳〵」とあり、信じた者の方が多かった事が想像される。ところがこの場面のしめくくりの「此かゝが仕懸《しかけ》さても〳〵戀にうとからず」という地の文での感嘆は何を

意味しようとしているか。一体何が成功したというのか。ひとつには隠居にああした感慨を持たせたことがあるかもしれない。だがむしろ、これは婆が化物かと思ったほどの執心とは一体どういうことか、一体どんな男かと、化物を信じなかった者にも強い関心を持たせ、それは当の本人おせんにおいて一層著しかったということなのであるまいか。このあたりのおせんの心理は、はっきり書かれてはいないが、どうもこの男嫌いの娘は、浮ついた世間並の恋愛遊戯では我慢がならないが、本気で惚れられたのが事実なら受け入れてもいいと思っているということらしい。それはわかるが、その執着心がまさに化物にまがうばかりの激しさだったことをこの娘は一向気味悪く思わず、むしろその方がいいと思っているらしい。また婆もそのことを先刻承知の上で事を運んでいることはちょっと驚かされる。さらに婆の「年比《としころ》の口上手にていひつゞけければおせんも自然《しぜん》となびき心になりてもだ〳〵と上氣していつにても其御方にあはせ給へといふ」この様子から想像されるのは、おせんは一方的に受身に老婆の言葉に説得されているというだけではなく、なにかこの、人間の最も低次元の情欲的世界に関しては百戦練磨の古強者たる婆の勧めに遭うと、この物堅い娘も安心してみずから心中の抑圧を取り去り、快楽の予想に遊ぶことができるらしいということではないか。その抑圧は「男嫌ひ」で通しているため人一倍強かったのであろう。老婆も自分の存在型態の本質、その虚飾を去った下品さ自体をむしろこの上ない武器と自覚しているわけで、だから前夜ころげ込んだ時も、化物に出遭う前に自分が暗闇を幸い若い女のなりをして人込みに混ったがだまされる男がいなかったのを「すこしはむかしのおもはれ口惜《くちをし》」など、自分の真の姿をわざと露わに示しているわけだ。またおせんも、見舞いに来た時、「其道《そのみち》しるゝこなたよ」とそのことはもう充分承知していることが知られる。あるいは前夜の事件も老婆の手管だということも感づいていたのかもしれない。しかしそれは一向に気にならないどころか、老婆のいんちき臭さが増すほど、その与えてくれる逸楽のわくわくするような予想により安心して身をまかせられるというものだ。

婆が「よき折ふしとはじめを語《かた》り今は何をかかくすべしかね〳〵我をたのまれし其心ざしの深《ふか》き事」と、昨夜の事件はいんちきで、且つその男は前から知っていたことを手もなく打ち明け、ついさっきの「我ははやそなたゆへにおもひよらざる命をすつるなり」も従って「自娘《みつからむすめ》とても持さればなき跡にて吊《とふら》ひても給はれ」も全部嘘ッ八なことを白状してしまうが、おせんはたいして気にする風でもなく、反撥する様子もなく、むしろ「なびき心」になる速度が速まるくらいなのだ。昨夜の事件を大体見抜いていたと判断せざるを得ないし、「女心のはかなく是を誠《まこと》に泣出《なきだ》し」は、文面とは違って、(5)それを本気にしたのではない。泣き出したのは婆の哀れさに瞬間的に打たれたということなのだろう。更にもうひとつ、婆が子おろしの術を心得ているから万一の場合の後始末が安心だという事もあったか。

さて、婆の勧める男が未知の人物だということも、おせんの好色の本能を引き出すための必要条件だったことは充分考えられる。第三章、抜け参りの道中に久七を登場させたのも、それをはっきりさせるためということが目的のひとつにあったのではないか。久七の登場の理由はいろいろ考えられる。何よりも、女一人に男二人の設定によってこのくだりに猥雑な滑稽さが活き活きと表現されることになった。この章がこの巻中で最も生彩を放っているのはひとえにこの工夫による。だが、おせんの変化に注目してその実相を作品から探り出そうとしているわれわれには、久七の登場が多くのことを教えてくれる。ようやくきざしたおせんの男欲しさの気持は邪魔が入ったためますます高まるということがあったかも知れない。また邪魔に気を取られて、樽屋をよく観察し、男ぶりじゃ美男じゃという婆の保証の真偽を検討する余裕もなかったであろう。だが最も目に立つのは次の点である。おせんを物にしようというつもりになっているのは事情のわかっていない久七の方で樽屋はそれを邪魔しようとしているという違いはあっても、二人の行為は同質のものが対になって書かれているということである。「宵《よひ》ににし枕《まくら》の久七は南かしらにふんどしときてゐるは物参りの旅《たび》ながら不用心なり樽屋は蛤貝《はまぐり》に丁子《てうし》の油を入小杉《すぎ》のはな紙《かみ》に持添《もちそへ》むねんなる皃《かほ》つきおかし」と言葉数まで大体同じである。「久七寐《ね》ながら手をさしのばし行燈《あんとう》のかはらけかたむけやがて消《きゆ》るやうにすれば樽屋は枕《まくら》にちかき窓蓋《まとふた》をつきあけ秋も此あつさはといへば折しも晴《はれ》わたる月」そのゆきつくところ、彼らの取る具体的な姿勢そのものにそのシチュエーションが表現される。大津馬を借りて三宝荒神に三人が乗った図である。「おせんを中に乗《のせ》て樽屋久七兩脇《りやうわき》にのりながら久七おせんが足のゆびさきをにぎれば樽《たる》屋は脇腹《わきばら》に手をさし忍《しの》ひ〳〵たはふれ」この形象化された三角関係の姿が読者に抱かせずには置かない疑問は二つある。まず、おせんにとって一体、久七ではなくて樽屋でなければならなかった理由は何かということである。久七は軽卒で軽薄な男らしく、樽屋の実直さは第一章から明らかであるが、おせんには、久七はともかく樽屋の性格は全然知られていない。婆さんの話にはあったろうが、もともとあまり信を置いてなどいないだろう。おせんにとっての樽屋と久七の違いと言えば樽屋が未知の男だったというに尽きる。なぜだろう。物堅い女という良き評判を維持するためには、情事は飽くまで秘密でなければならない。店の同輩を相手にしたら必ず噂が立つ。その点婆の紹介する樽屋は安心だということもあったであろう。また未知という事自体がその男に魅力を付け加えたか。特におせんの男嫌いは目に見える限りの男への理由のない漠たる悔蔑といった性質のものだったとすればこの特性は大きな魅力となる。しかし西鶴の想定がどうだったか、はっきりしたところはわからない。それと同時に、それと裏腹に、三宝荒神の殆んど本質の抽象化といった形がわれわれに強く感じさせる今ひとつの疑問は、左右対称に並んだ樽屋も久七も要するに同じことではないかとの思いである。一応おせんにとっては同じではなかった。だがそれは未知かどうかという、当の男の本質、性格、志向とは全然関係ない属性による。このくだりにおせんの心理は全く書かれない。行為から判断すると、いつもと違って手きびしく久七を却けることが不可能な状況とは言え、おせんはしかし、焦々したり腹を立てたりする様子が全く無い。樽屋に脇腹に手をさし込むのを許すと同時に、久七には足のゆびをいじらせる。見ぬ恋なるものは、見たあとでもますます当の相手に執するものであるらしいが、おせんはそれと違って、本当の処樽屋だろうが久七だろうがほかの誰かだろうが、この場合同じことだったのではないかと我々は強く感ぜざるを得ない。

ふり返って過去の情事におけるおせんの心を探ろうとする時、見出されるのは以上に尽きる。あとは樽屋との一度の情事をおせんは忘れ得ず、心もそらにうかうかとなり、(6) やがて主家に認められて首尾よく夫婦になったというだけである。以上をまとめるとこうなる。長左衛門との姦通に際し、西鶴はこの男が浮気の相手たる資格を何ひとつ備えていないことを強調し、それによってそこにおせんの異常な憎悪といった情念の存在を示した。それはおせんの内面をのぞきたいという欲求を読者に抱かせるものであった。そこで過去を振り返った時わかったのは、おせんが樽屋を情事の相手として選んだ時、西鶴は久七の登場というたくみな技巧によって、この場合にも特に相手が樽屋でなければならない本質的な理由は何もないことを明確にした。そしてそこにうかがわれたおせんの情念は何か抑圧されたリビドーといったものであるらしかったということである。強い情念という点で共通するに過ぎない。これは予想外の行動が一度あったのだから、もう一度あってもおかしくないとか、樽屋との馴れそめが、婆や久七といった外的要因のためにいかにもいんちき臭かったから、後々までろくな事はないだろうといった類の、つまり一読後誰でも抱く感想と殆んど同質である。以上の考察が教えたものはむしろおせんの心理にはますます不分明なものが残るという事そのものである。西鶴のおせんの書き方は不分明であり不可解であるために、一層その精神の内奥に表面の心の動きとは違う何ものかが潜むことを感じさせようとする。それもただ男嫌いを通して身を堅く持している娘は、かえって抑えられた性欲が強いなどというはっきりしたものではあるまい。それに、最初がいんちきだったから後まで尾をひいてやがて姦通事件として突発したとするなら、その場合にも最初の体験の痕跡が残る場所は、おせんの深層心理である。

　現実の事件は、特にその当事者たちの心理が常にわかりにくい。一応の動機が遅かれ早かれ見出されても、どこか曖昧で不透明なところが残る。明晰な説明、例えばこの場合歌祭文のようなものは嘘を感じさせる。西鶴はその現実感を害わずに事件を表現し、さらに読者をしてその不透明な濃霧のような人間精神の内奥を手探りさせ、はっきりしたものは何も捉えられなくても、その濃霧の中には確かに何かある恐るべき物が実在することだけは感じさせようとした。作中人物の、表面から見えず本人の自覚にも無い心の動き、これを作品の表面に目に見えるように文字で説明することを西鶴は控えたのだ。それは恐らく、西鶴自身にも、おのれが創造した作中人物の意識下の心理や衝動のすべてを知ることは出来ないとする、真のリアリズム精神特有の謙虚さがあったのであろう。最後に意味不明ながら今ひとつ気になる点に触れておく。第二章の副題「人はおそろしや蓋《ふた》して見せぬ心有」は、以上の考察からするとおせんの深層心理といったことを表してでもいるかのように思えるがどうであろうか。題の「踊《おどり》はくづれ桶《をけ》夜《よ》更《ふけ》て化者《ばけもの》」や三行目の「世におそろしきは人間ばけて命《いのち》をとれり」から判断すると、このおそろしやとは婆の奸計を指すと考える方が自然である。だが婆さんはあのようにすぐ自分の奸計を白状しているから、とても「蓋《ふた》して見せぬ心」とは言えまい。またそれに続く「心はおのづからの闇《やみ》なれや」も、本当は人間が一番恐ろしいのにそれを知らず狐や狸を問題にする暗愚な精神、あるいは婆の計略にまんまとひっかかるおせんの愚かさ、と取るべきであろうが、一方、そこから何がとび出してくるかわからない深い沼のような人間の精神という意味で、おせんの心の深層を象徴するようにも解釈できないこともない。なおよく考えるべきであろう。

　更にそれと関連して、第一章の井戸替えでいろんなものが井戸から出てくるが、この「蓋《ふた》なしの外《そと》井戸」も、中から何がとび出してくるかわからない闇に閉された人の心、とくに主人公おせんの精神の深層を象徴するという解釈も成り立つかもしれない。もっとも井守が心に潜む情欲の象徴はいいとして、例えば薄刃庖丁はおせんの血腥い最期、針さした昆布は長左衛門女房への遺恨、駒引銭は夫婦のつましい生活、目鼻なしの裸人形は裸で逃げた長左衛門、かたし目貫は処刑、涎かけはおせんの産んだ子をなどと読み込むのは行き過ぎだろう。それにもし西鶴の意図がそうだったとしたら彼のために惜しまねばならない。あまりに技巧的に過ぎて作品の価値が損なわれるからだ。しかしとまれ冒頭のこの場面、すなおに読めば少くとも何かある一種の無気味さを感じさせる。無気味且つひどく人間臭いいくつかの物体が、ひとつの深い陽の射さぬ場所から現れてくるという現象は、それだけで、ある漠然とした怪しい雰囲気と、謎めいた不安感の如きものを作品にもたらし、結末の不可解な惨劇の予兆となっていることは否定できない。

こうして見てきたこの巻は結局成功した作品と言えるか。それは疑問であるとしなければなるまい。結末の手のこんだ技巧に気付いた時に始めてそれとそれ以前の部分との間に何か或る有機的関連が潜んでいることを感じさせるこのような作品、つまり最後まで読んだ時読者に、その読みでは足りなかったのではないかと反省させる「小説」は渾然たる作品たり得ないからである。

註

（4）暉峻康隆『西鶴 評論と研究 上』（昭和23年　中央公論社）
（5）この西鶴特有の手法については第三節で詳述する。
（6）この個所の詳しい説明は紙数に余裕がないので他の機会に譲る。

第三節　巻三「中段に見る暦屋物語」論

一

巻三の「中段に見る暦屋物語」は、最初に、女主人公の姿を紹介するだけで話の本筋とは関係のない「姿《すがた》の関《せき》守《もり》」の章段が置かれている点、他の四つの巻と異なる。このような趣向は外の巻にはない。巻一の第一章も一見物語と関係ないが、これは事件に先立つ主人公一方のいわば前史として全体と重要な関わりを持つことは第一節で言った。巻三の第一章は前史ではない。ここに何がどのように書かれているかを見る。

女主人公おさんは章の末尾で登場し、不思議な強い印象を読者に与えて去る。そこでそれがこの章の目的だったと理解されるが、その効果はどのようにして生じたか。

舞台に登場するのはおさん一人ではなく、先立って四人の女が次々に現れては消え、彼女は五人目の女としてようやく花道に現れ、完璧な美しさで先の四人を圧倒する、という手法である。しかもこの四人も、特に選ばれた四人というわけではないにせよ、「たそかれの人立《ひとだち》。東山に又姿《すがた》の山を見せける」とまず雲霞の如き美女の大群の存在が記され、その中から四人がはっきり目に見える姿を現したという順序だから、最後に四人を圧した五人目の女の美しさは無比のものだったと感じさせる。五人の女の記述は七丁余の章中五丁余を占めるが、五人それぞれの描き方は甚だ技巧的で多くを示唆する。目立つ点から見ていく。五人を描く言葉の分量は一丁前後と大体同じである。基本的な点で公平さを期しているわけで、五人目おさんに特に多くの言葉を用いて讃め上げたなら、抽んでた第一人者という判断は客観性を欠く感を与えたであろう。

現れては去る五人の叙述の間を繋ぐ語句は、「間《ま》もなふ其跡《そのあと》よ」「さて又」「其跡《そのあと》に」「また」と似たようなものだが、おさんの登場のところが最も軽く、なにげなく四番目の女に続く。

推定年齢は、三十四五、十五六、二十一二、二十七八、十三四と、一番若いおさんまで大きな振幅を持たせ、順番も無秩序である。

描き方の共通の特色としては、いずれも衣裳について、多くの言葉を費しひとつひとつ具体的に描かれている点がまず目につく。この当時のそれも京都で、美貌を誇る女達が遊山の人波に立交じる時、服飾や髪型に念を入れ凝った趣向や趣味の良さを競ったのは、今日では想像できない程だったであろうから、これは当然と言える。ただ現代の我々には、三番目の、人目を気にせず、みすぼらしいみなりにも一向無頓着な赤貧の美女を除き、四人とも贅を尽くした華やかな服装らしいということしか、すぐには理解できない。また衣裳自体が、それぞれの女の外からわかる個性と照応しているらしいとも想像できるが、そのことをこの具体的な材質、染め、模様、それらの組合せの列挙等から実感することはもはや不可能である。例えば当時の「敷瓦《しきがはら》の折《をり》ひろうど」の帯なるものが現存していてそれを実見することができたとしても、それが当時の人びと一般にとって如何なる価値と連想つまり意味を持っていたかはわからない。三十年後には正確にはもうわからなくなっていたろう。「さりとは子細《しさい》らしき物好《ものこのみ》」といった寸評でそうと知るだけだ。

だがこう煩瑣なほど詳しく書いたのはその事のためだけではない。細かく衣服を報告するのは、極く正確な写生が手っ取り早く行われているということである。少くとも今日と違って衣裳文化が高度に発達し広く普及していたこの時代においてはそうだったであろう。「敷瓦《しきがはら》の折《をり》ひろうど」が何たるかを知っている当時の読者にとっては、この語が書かれただけでそれはその意味と質感や量感を伴う映像とを備えて、否定しようもなくそこに存在することになる。人体は衣服に覆われているから、頭のてっぺんから足の先まで髪型も含めて外から見える衣服を報告すれば、そうした資格を備えた読者の脳裡には、人物が一人的確な映像を得て出現する。用心深い作家があまりこれをやらないのは、意味が間もなく激変するのを恐れるからであろう。

だが西鶴のこの作品のように、最大限度に言葉が節約されたテキストの中に、突然これほど夥しい言葉による衣裳の羅列が出現すると、その意味どころか明記された色彩以外は材質や模様のイメージさえ簡単に持ち得なくなった現代の我々読者にも、人物が眼前に登場する感覚そのものは充分に得られる。その強さは恐らく当時の読者と大差ない。次々と五人現れては消える設定のためもあろう。

おさんに先立って登場する四人の女は年齢や衣裳以外にも、いやそれと結びついて、それぞれ特徴的に描き分けられる。共通して言えるのは、皆その欠点にしろ長所にしろ「地《ぢ》女」つまり素人の女としてのそれであり、総じて地女ぶりが強調されていることである。一番目の女は五人中最も詳しく顔立ちが描かれるが、三十四五にもなって「首筋《くびすじ》立のび目のはりりんとして」という美形ぶりは遊女にはあり得ない。「音《をと》もせずありきて。わざとならぬ腰《こし》のすはり」も地女の良さだろう。そうした良さを台無しにしてしまう致命的な欠陥である「下歯《したば》一枚《まい》ぬけし」も玄人にはあり得まい。二番目の女も同様である。既婚者ということは地女の長所にはならないが、恐らく富裕な良家の女らしい品のよさを強調し、続いて欠陥として顔の打ちきずを言う。三番目は一転して極貧の女で、お洒落の余裕などなく、見また見られるこの時代のこのような折に他人がどう見るかに全然無頓着「身《み》に様子《やうす》もつけず独《ひとり》たのしみて行《ゆく》」、この態度は最も地女らしいと言えるかも知れない。貧という、本人の美醜と無関係の欠点だから、品定めしている男達も他の三人に対するように冷笑を浴びせて否定し去らない「聞《きく》に胸《むね》いたく煙《けふり》の種《たね》ぞかし」。しかし当時衣裳は外観から見た女の価値を決定する上でずいぶん大切な要素だったらしいから、貧はやはり致命的な欠点に違いない。「独《ひとり》たのしみて行《ゆく》」三番目と対照的に四番目の女は人に見られることを極度に意識している。笠を「皃自慢《かほじまん》にあさくかづき」など。着ているものもひどく気取っているのであろうか。さらに「ぬきあし中びねりのありきすがた」と、遊女を真似ていきがっているところに逆に地女らしさが露呈していると言える。それ自体も欠点なのだが、それと呼応し効果的に結びついた形で三人の子持ちという事が大きな欠点になる。当然女もそれを自分の気取りと真向から矛盾する事として無視しようとしている様子「跡《あと》からかゝよ〳〵といふを聞《きか》ぬ振《ふり》して行《ゆく》」だから、男達も一層小憎らしさを感じて嘲笑を浴びせる。

地女ぶりを強調するのは、この場合品定めをする四人の男たちが「きのふは嶋原《しまばら》にもろこし花崎《はなさき》かほる高橋《たかはし》に明《あか》しけふは四条川原《でうかはら》の竹中吉三郎云々」の蕩児で、おまけに鑑定の正しさをより一層高めるための「役者《やくしゃ》のかしこきやつを目利頭《めきゝがしら》に」加えてだから、地女を意識したわけだが、これは西鶴および読者を含めて、やはり遊女が美女の規範だったからこそ、こうした男達が設定され、常に遊女と比較しての美女選びとなったわけであろう。

そして最後に登場するおさんは、その四人がそれぞれ代表したような地女にありがちな欠点が無いという意味で完全な美を備え、またこうした男四天王連中を茫然たらしめる美女ということで一流の太夫たちをしのぐということになる。

ここでその登場の姿がどう書かれているかを具体的に検討しなければならないが、その前に、おさんが語られるのはこれが二度目で、彼女は段の初め冒頭から二行目で先ず一応紹介されていることを思い出す必要がある。引用して見ると、爰《こゝ》に大經師《だいきやうじ》の美婦《びふ》とて浮名《うきな》の立《たち》つゞき。都《みやこ》に情《なさけ》の山をうごかし祇薗會《ぎをんゑ》の月鉾《つきぼこ》かつらの眉《まゆ》をあらそひ。姿《すがた》は清水の初櫻《はつざくら》いまだ咲《さき》かゝる風情《ふせい》。口びるのうるはしきは高尾《たかを》の木末《こずへ》色の盛《さかり》と詠《なが》めし。すみ所《ところ》は室町通《むろまちとをり》。仕出《しだ》し衣《い》裳《しやう》の物好《ごの》み當世《たうせい》女の只中廣《たゞなかひろい》京にも又有《またある》へからず。

表紙の「みやここよみ」の語、題の「中段に見る暦屋物語」、冒頭の「暦」の語、そしてここで「大經師《だいきやうじ》の美《び》婦《ふ》」とくれば、当時の読者には、この巻で語られるのがつい四年ほど前の事件だったおさん茂右衛門（茂兵衛）の話だということが、すぐわかったであろう。野間光辰氏が推察するように『五人女』が当時流行の歌祭文づくしに則って書かれたとすればなおさらである。(7) おさんなる名は現れなくともこれはおさんの紹介である。そしてどう紹介されているか。「都《みやこ》に情《なさけ》の山をうごかし」と、その美貌がたいした評判で無数の男に恋い慕われたというのは、末尾の登場の際の男四天王が思わず息をのんだほどの美しさと呼応し、「仕出《しだ》し衣裳《いしやう》の物好《ごの》み」と、流行の最先端を行く洗練された美女とは、末尾の具体的に書かれた華麗な衣裳に結び付く。その美貌はここではひどく凝った形容がされている。祇園会、清水、高尾と京都の地名の羅列は、美女の多い都での美女また都会的な美女たることを言い、月鉾、桂、初桜、紅葉と美なる物象の積み重ねによってその美しさを強調する手法を採り、まず知識としておさんの美貌を観念的に教え込む。だがこれはあまりに抽象的な形容語ばかりだから、一方で読者は、具体的には一体どうなのかともどかしく期待させられる。章末になってやっと本人が身をもって舞台に登場し、それが彼女だと知らされた時、読者の彼女を見たいという潜在的な願望がかなえられる。そして具体的に描かれたその時の姿が、冒頭の空疎な説明と対照されて、実際に彼女を目にしたのだという実感を強めることができる。二段構えの紹介の目的はおそらくそこにあった。(8) 末尾での登場は左の如く書かれる。

またゆたかに乗物《のり》つらせて。女いまだ十三か四か髪《かみ》すき流《なが》し先《さき》をすこし折《をり》もどし。紅《くれなひ》の絹《きぬ》たゝみてむすび前髪《まへかみ》若衆《わかしゆ》のすなるやうにわけさせ。金鬠《きんもとゆひ》にて結《ゆは》せ五分櫛《ぶぐし》のきよらなるさし掛《かけ》。まづはうつくしさひとつ〳〵いふ迄《まで》もなし。白《しろ》しゆすに墨形《すみかた》の肌着《はだぎ》上は玉むし色のしゆすに孔雀《くじやく》の切付《きりつけ》見へすくやうに其うへに唐糸《からいと》の網《あみ》を掛《かけ》さてもたくみし小袖《こそで》に十二色のたゝみ帯《をび》素足《すあし》に紙緒《を》のはき物。うき世笠《がさ》跡《あと》より持《もた》せて。藤《ふぢ》の八房《ぶさ》つらなりしをかざし。見ぬ人のためといはぬ許《ばかり》の風義《ふうぎ》今朝《けさ》から見盡《みつく》せし美女《びぢよ》とも是《これ》にけをされて其名《そのな》ゆかしく尋《たつね》けるに室町《むろまち》のさる息女今小町《そくぢよいまこまち》と云捨《いゝすて》て行《ゆく》。花《はな》の色《いろ》は是《これ》にこそあれいたつらものとは後《のち》に思《おも》ひあはせ侍る

髪に関してはくわしいのに、冒頭とひとしくここでも顔の造作の具体的な記述はひと言も記されない。それなのに我々は一人の美女が眼前をよぎったかの如き印象を得る。その効果にはこれまた、先立つ四人の女が重要な役割を果たしている。

だが、もともと容貌の具体的描写なるものは、一番目の女のように、ある衆知の一典型に属することが、それによって効果的に示される場合、またあのように瞬間的に現れるだけの点景人物にはいいが、長篇小説の主人公には不適切である。典型の暗示ではなくて、作者が、自分一人が抱いている比類を絶した個性的美貌のイメージをなんとか伝えたいという誘惑に駆られて、個々の顔の造作についての具体的描写を積み重ねたりすれば、その場限りで読者には強く印象づけられても、その人物が作中で生き始めた時、読者の脳裡の彼の像にはその容貌がついてまわることはない。彫像や肖像画の描写が映像を最後まで定着させるのと対照的である。むしろ逆に、人物に対して固化した印象、さらには死の連想を付与するために、容貌の細密描写を利用する技巧さえ存在する。

西鶴はその事を知っていたか。だがおさんの顔が描写されなかった理由はそれだけではない。いずれにせよ描かれる筈はなかった。それは追々述べるとして、まず五人のうち最初の二人は描かれていた点に注目すべきである。この場面では五人がこう次々に読者の目の前に現れるのに顔を全然書かないのも不自然である。そこではじめの二人は書いたということもあろう。それに最初の二人は欠点が抜け歯に頰の傷跡と顔にあったからとも言える。一番目の女は特に大変印象的である。「首筋《くびすじ》立のび目のはりりんとして額《ひたい》のはへぎは自然《しぜん》とうるはしく鼻《はな》おもふにはすこし高《たか》けれども。それも堪忍比《かんにんごろ》なり」今日の我々でも鮮明な映像を得る。凄艶と言っていい程だ。二番目は心持ち描写が簡単になり、これほど明確ではない。「目のはりりんとして」と「目にりはつ顯《あらは》れ」では、後者が幾分主観的また抽象的である。且、容貌そのものから、耳や手足の指へと焦点がいくらかずらされ、一番目が「鼻《はな》おもふには少し高《たか》けれども」だったのが、「耳《みゝ》の付やうしほらしく」と情緒的な判断に代る。三番目では「面道具《おもてだうぐ》ひとつもふそくなく」とただ一句だけで、しかも具体性は全然無い。四番目になると、果たして顔について書かれているかどうか疑問であろう。笠を「皃自慢《かほじまん》にあさくかづき」とあるだけである。この一番目三番目四番目の三人は（二番目は筆者には不明）、それぞれある際立った典型を代表し、その事を示すのに、三番目四番目は一番目と異なり、顔の描写は特に必要でないという事情もあるだろう。四番目のひどく気取った二十七八の女など当時の読者には直ちにそれと了解され、その姿が目に浮かんだに違いない。

顔の記述が少くなるのと反比例して、髪のそれが三番目から次第に増えてきて、五番目のおさんに到って最も詳しい。一番目二番目は顔が書かれていたのに髪には一言の言及もない。一番目の「額《ひたい》のはへぎは」二番目の「ぬり笠《かさ》」は違うだろう。三番目の、顔については「面道具《おもてだうぐ》ひとつもふそくなく」の一句だけだった女から髪の記述が始まる。「髪《かみ》はいつ櫛《くし》のはを入しや。しどもなく乱《みたれ》しをついそこ〱にからげて」、これは描写とは言え極く簡単で、具体的映像の形成は読む者に任せている。もっとも、対象が単純だから誰が読んでも映像は大体同じだろう。四番目になると、顔については皆無となるのに反して髪はくどいくらいである。「髪《かみ》はなげ嶋田《しまだ》に平髻《ひらもとゆひ》かけて。對《つい》のさし櫛《ぐし》はきかけの置手拭《をきてぬくひ》。吉弥笠《かさ》に四つかはりのくけ紐《ひぼ》を付て。皃自慢《かほじまん》にあさくかづき」と、まず髪自体は髪型を示す術語を用い、続いて具体的な髪の付属品名を列挙する。「皃自慢《かほじまん》に」の皃の語しか記されないのに、置手拭と浅くかぶった笠によって顔自体もある程度暗示されていると言える。そしておさんになると、髪は髪型の名称ではなく、「髪《かみ》すき流《なが》し先《さき》をすこし折《をり》もどし」以下詳しく描かれ、「紅《くれなゐ》の絹」「金髻《きんもとゆひ》」「きよらなる五分櫛《ごぶぐし》」という三つの付属品は、四番目の女の時のような単なる羅列ではなく、髪の形状の描写と入り混り、描写の一部を成している。ここには紅と金という、髪については始めての華麗な色彩が加わり、これは鮮明に読者の網膜に印せられる。と同時にその鮮明さは、この二色と強い対照を成す、髪の書かれてはいないつややかな漆黒をもはっきり脳裡に浮ばせる。

　ところで、このように髪が明確な映像を持ち得た時、そこにひと言も書かれていない、しかし当然そこに同時に見える筈の顔は一体どうなるのか。特に「前髪若衆《まへかみわかしゆ》のすなるやうにわけさせ」という髪の形などは、その前髪のかかる少女の両頬のうら若いみずみずしささえ当然予想させる。するとそこへ来るのが「まづはうつくしさひとつ〳〵いふ迄《まで》もなし」の一句である。われわれはここで一瞬、筆舌に尽し難い美しい面影が目も眩むようにそこに存在することを感じる。実はこの句は顔を説明するのではなく、これまでの髪の叙述を統合し総括して、美しいと判断を下す語であり、加えて、直後に続く「白《しろ》しゆすに墨形《すみかた》の肌着《はだぎ》」以下句読点なしで述べられる衣裳についての記述にもその判断を幾分か及ぼしている。だから、「うつくしさ」の語から美しい顔の存在そのものを感じるのは一時の錯覚に過ぎず、それは間もなく消える。だがその錯覚こそ西鶴が意図したものではなかったか。先立つ四人の順次の登場という設定の果たす機能も第一にそこにあるのだから。もう一度くり返すと、衣裳についてのほぼ同一の詳しさ、単調な量的に一定した記述は、それと著しい対照をなす顔と髪の記述の変動ぶりを強く意識させる。つまり顔についての記述が、一番目の女のあれほど印象強かった描写から急速に減ってきたため、読者は次第にその不足の代償をあたかもそれに応じるかのように与えられ始めた髪の記述に求めてきた。そしてこの五番目の女に到って髪について鮮明な映像さえ持ち得た時、当然そこに見える筈の顔はどうかと強く身構え期待する。つまり髪の記述の具体性は決してそれだけで顔の描写の代替物となり得ず、むしろ逆に、顔を見たいという渇望を増大させたわけである。髪の映像が異常な鮮明さを持った時、顔の記述の非在、空白は耐え難いから、そこに出てくる「うつくしさ」が、あっと言う間にその空白を埋めてしまい、うつくしさそのものというべき顔がそこに一瞬感じられるという現象が生じる。この一句はだから「姿の関守」全体のクライマックスをなす。あの強い映像と渇望の高りの後で、もし何もなかったら、あるいは逆に顔についての第一の女の時のような描写が来たなら、文全体が強い違和感に崩壊してしまったであろう。ここはどうしてもこうした純粋な抽象語が必要であった。抽象語が描写の代りをする不自然さは、この語は実は髪と衣裳をまとめて判断する語なのだという直後に来る認識によって救われる。

仔細に観察すると、その力をより効果的にするため、この一句には他にも工夫が凝らされている。「まづは」はこの場合殆ど感動詞と言ってよいだろう。作者が思わず発した嗟歎の声を伝え、これまで髪について客観的な叙述を積み上げて来たのに、あまりの美しさにもうこれ以上書き進めることに耐えられぬとばかり「うつくしさ」と言ってしまったという形である。この突然の眩暈のような主観性へのぐらつき、これは読者のあの一瞬の幻覚を強め、且つ或る程度その正当性を保証してくれる。「ひとつ〳〵いふ迄《まで》もなし」ここにも主観性は続いているから、これは深く美に打たれた作者が感動のあまり言うべき言葉を失ってしまったと嘆く生《なま》の声を感じさせ、ひとつひとつの顔の造作など言えたものかという怒ったような語調さえ伝える。単に髪やその付属品、衣装についての語ではない。事実、この世ならぬ美少女を一瞬眼前にする幻覚を得た読者にとっては、顔の描写は必要ない。むしろあってはならない。完全な美女は顔の造作のひとつひとつを超越する。かなり長時間見たとしても不思議と記憶に残らない。そしてその事こそ、先述の、主人公だからという理由以上に、西鶴が飽くまでおさんの顔を描かなかった第一の理由であろう。そしてこの美しさそのものというべき美貌は、まさにあの最初の女の、読者の記憶に強く残っているあのはっきりした目鼻立ちとの対照を強く感じさせ、あれではなくこれこそが本当の美だと教える。また「うつくしさ」は単純な抽象名詞だが、ここでは直前の「きよらなるさし櫛」の「きよら」によって、限定とまではいかないにせよ、それとなくある陰影を加えられていて、より少女にふさわしいものとなっている。

またこの一句の直前の髪を叙する文章のリズムも注目すべきであろう。「……すき流《なが》し」「……折《をり》もどし」「たゝみてむすび」「……わけさせ」「……にて結《ゆは》せ」「……さし掛《かけ》」と重層的に語を切れ目なく盛り上げ、その頂点にあの主観性によって崩れるような「まづはうつくしさひとつ〳〵いふ迄《まで》もなし」が来る。[9] それはすぐにまた「白《しろ》しゆすに墨形《すみかた》の肌着《はだぎ》」以下煩瑣な衣裳の記述へと落ちこんでいくから、この一句が少くともおさん登場のこのくだりにおけるクライマックスを成すことはその点からも理解できる。

以上、作者は渾身の力を揮い、技巧の限りを尽して、ここを読む者に、美女おさんを眼前にした経験に近い感銘そのものを与えようとした。

ひとつ付言すると、この「うつくしさ」のように、形容詞の語幹に接辞「さ」が加わった抽象名詞で容姿を端的に表現するのは、二番目の女の場合に既に見られる。「ぬり笠《かさ》にとら打て千筋《すじ》ごよりの緒《を》を付。見込《みこみ》のやさしさ……」ここでは髪ではないが笠とそこから顔の両側に下る緒が直前に置かれる点、また「――打て」「――付」と重ねた後に出てくる点なども似ているが、この場合それほど表現力が強くないのは、何よりも顔が既に少し前に「皃《かほ》は丸くして見よく。目にりはつ顕《あらは》れ――」と描かれてしまっていることが大きいだろう。だが同じ形式をこうして最初に弱い形で出したことで読者に或る用意を促し、あの異常な力を持つ第二の例を受け入れやすくしているとは言える。(10)

さて、「白《しろ》しゆすに墨形《すみかた》の肌着《はだぎ》」以下衣裳の叙述については、例えば、四番目の女との年齢個性の差が衣裳にもよく表れているらしいといった事は、容易に見て取れるが、前に言った通り特に言い得ることは無い。詳しさの程度は、貧しい三番目の女も含めて、ほとんど同じであり「さてもたくみし」の如き感動詞も大体皆に見られる。「素足《すあし》」は、一番目と三番目の女で足袋に言及されていただけだから、やはり印象強く、それとなく新鮮な艶めかしささえ感じさせると言えよう。

「藤《ふち》の八房《ぶさ》つらなりしをかざし。見ぬ人のためといはぬ許《ばかり》の風義《ふうぎ》」このわざとらしからぬ気取りは、古歌の連想のせいもあろうが、いかにも優雅な雰囲気を醸している。藤の花は冒頭近くの「安井《やすい》の藤今《ふぢいま》をむらさきの雲《くも》のごとく」を回顧させる。藤もようやくそのひと房の具体的な美しい姿が、ここにこの少女同様そして少女にかざされて現れたということになる。そしてこの自然の美の一部が彼女を飾っているのは、前の四人にはなかったことで、この点は平等を欠くわけだ。特に藤の花の品のよい香りは、今まで美貌と目もあやなる衣裳など美は主として視覚的要素だけだったのに、初めて読者の嗅覚に訴え、この香りの連想は、あの「まづはうつくしさ」による瞬時の眩惑感の余韻の感を与える。ところで、「見ぬ人のためといはぬ許《ばかり》の風義《ふうぎ》」とは、この少女が藤の花を、それを見ぬ人のためにかざしてゆくのだ、というのが勿論第一義だが、藤の花に匹敵して美しく現に今藤の花と共にあるこの少女自身を見ぬ人のために、といった第二の意味も感じさせる。そしてそれは、自己の美貌を誇示する少女らしい驕慢を示すとともに、見ぬ人つまり読者のために、少女が眼前を過ぎる思いをさせた作者の自信をも伝えるのではないか。

「今朝《けさ》から見盡《みつく》せし美女《びちよ》とも是にけをされて其名《そのな》ゆかしく尋《たつね》けるに」すでに読者にとってこの少女は、この章で先立って言及されたり現れたりした美女すべてを凌駕しているが、「けをされて」の語は四天王の意識の中でも同じ現象が起ったこと、またそれと共に、四天王自身も圧倒されて息を呑む思いだったことを示す。だから彼らは先立つ四人に対したのと違ってひどく静かである。特に対照によって彼女を際立たす四番目の女は、遊女気取りなのだから、日ごろの彼らの目利きぶりを発揮するのに絶好な相手とばかり「是〱是しやだまれとおの〱近《ちか》づくを待《まち》みるに」などその騒々しさが活写されていた。「どやきて笑《わらひ》ける」その哄笑の声が聞こえぬうちに「またゆたかに乗物《のり》つらせて」と少女の一行が見えて来る。そして登場し、描かれ、その間男達の反応は一語も書かれず、息を凝らして少女が前を通り過ぎるのを見守ったことが暗示され、ようやく我にかえって行列の最後の男にでも「其《その》名《な》ゆかしく尋《たつね》ける」である。名を尋ねるのは当然彼女が通り過ぎた後だから、前の四人に対しては、いずれも何らかの形で、本人を目の前にしての四天王の反応が、例えば「いつれも見とれて」などと、描かれていたのと対照的である。

するとと「室町《むろまち》のさる息女今小町《そくぢよいまこまち》」なる返事が返ってくる。すでにこの少女が女主人公おさんの若い頃の姿だろうと読者はほぼ確実に推定しているのがここで確認される。この返事が冒頭の「すみ所《ところ》は室町通《むろまちとをり》」と呼応すること、また「今小町《いまこまち》」の語によってである。確認はすこし先、章末の「いたつらものとは後《のち》に思《おも》ひあはせ侍る」でも繰り返される。もちろんここでもあくまで「おさん」の名は出ない。美少女登場の実感を守りぬくためであろう。おさんだという事がわかるのと、文中にその名が書かれるのとでは大きな違いである。

ところで、十三四才の娘おさんを出すのなら、なぜ冒頭で天和二年と言い、大経師の美婦ありと言い、そのまま叙述を進めて来たのか。これは延宝五年の或る日のことだという断りを言い忘れたというのか。実際はこの矛盾は詩的でしゃれていて、要するに俳諧的だからか、一向に気にならない。[11] 時間の食い違いむしろ遡行が叙述のどの地点で起こったのかという詮索に誘われることもない。重要なのは西鶴が意図的に「室町《むろまち》のさる息女《そくちょ》」によって「室《むろ》町通《まちとをり》」を、そして、それと共に「天和二年」を読者に想起させようとしていることである。それは何のためか。婚家も実家も同じ室町というのも、事実そのままなのかもしれないが一方そのための設定とも考えられよう。[12]

ふり返ってみると、冒頭いきなり「天和二年の暦《こよみ》正月一日吉書萬《きつしよよろづ》によし」と暦そのままの文句が高飛車な有無を言わせぬ調子で置かれ、この巻の物語が天和二年にあること、少くともそこに始まることに異議を挟ませない。「萬《よろづ》によし」が早くも物語の不吉さを感じさせるかどうかは今問わない。だが少し先に「爰《こゝ》に大經師《だいきやうじ》の美婦《びふ》とて浮《うき》名《な》の立《たち》つゞき」と続けば、少くとも当時の読者は、彼らの記憶になまなましいあの事件と直ちに理解する。遠からぬ過去に起こった、有名な一美女の異様な凄まじい情事と刑死、それがこれから物語られるのだと。その理解のまま読み進めて章末近くに到り、読者は、殆どみずから晩春の街角に立って、たそがれの光の中を比類を絶する美少女が現れるのを目の当りにするかの感覚を得、やがてそれがおさんの娘の頃の姿だと知る。それによって読者の受ける或る複雑な感銘は、今日でも当時と、質において大差なくても、その強さは比べものにならなかったであろう。つまり、この少女の運命は過去に完成されてしまっているから、これほど確実な事はない。一方、その運命が前途に待つことを少女自身は知らない。そこからその美しさは不吉な悲哀感を色濃く帯び、痛ましさが読む者の胸を打つ。仮にこの夕べが延宝六年のことだなどとはっきり規定されていたら、この効果ははるかに稀薄だったであろう。また、登場したのが天和二年情事に走る直前のおさんだったとしてもこうはいかなかったに違いない。

同時に、時間がいつの間にか遡ったのに気付いた時、読者は自分がすでに実際の事件から離れて物語の世界に入ったことを知る。「爰《こゝ》に大經師《だいきやうじ》の美婦《びふ》とて」以下、あの空疎な形容を重ねた叙述は過去に属するが、それは事実としての事件の報告、つまり現実世界のものだった。それに反して、まざまざとその美しさを実感させるこの現実感、これは過去の過去であり、物語はここから始まる。そしてわれわれはこの時の少女の姿こそ、作者西鶴の筆による、虚構の、だがこの上なく真実な存在なのだと悟る。

この少女が、いわば運命に向けて据えられてしまった存在だと知った途端、それを裏書きしてくれる「いたつらものとは後《のち》に思《おも》ひあはせ侍る」の章末の語は、少女がおさんだということを確認するために書かれたというよりは、「いたつらもの」の語の露骨さで読者を緊張させ、関心と好奇心をかき立てるためのものである。そしておさんの運命は決まっているわけだから、これはむしろ、作者は如何に彼女の事件を書いてみせてくれるのかという期待となる。

ところで、先立つ四人の女はこの点に関しても効果的に機能している。四人はみな多少とも、何か飽き飽きするほど陳腐な日常的なドラマといったものを、その姿にまつわらせていた。個性的な美貌やら気取りやらの特徴、それに、抜歯はともかく、高年齢、顔の傷痕、貧困、子持ちといったそれぞれの欠点自体がそうだった。それに比べると最後の少女だけは、その姿に、そうした浮世の様々な散文的な事件を想像させるものが欠けている。彼女のは超越的な美貌なのだ。特に種々の点で彼女と際立った対照をなす四番目の女の、三人の子持ちという属性は、その女の人生が平々凡々すでに安定し、先が決まってしまったものであることを示す(13)。少女の人生はまだどう展開するのかわからない。ところが彼女がおさんの娘の時の姿であると明かされ、「いたつらものとは後《のち》に思《おも》ひあはせ侍る」の衝撃を受けると我々読者は、この少女には過去や現在にではなく未来にこそ、真に恐るべき非日常的ドラマが待つこと、そしてそれを今少女は夢にも知らないことを想い出す。

これほど周到で技巧の限りを尽くした導入部の存在そのものは一体何を示すか。美女品定めのエピソードが二段以降に話の筋として有機的に繋がることなど全然無い(14)。

この巻が龍頭蛇尾に終らないためには、以下結末に到るまでの物語の実質がよほど充実していなければならないが、それはほぼ達成されている。また逆に、このような序章を持つこと自体がこの巻に他には無い物々しさを与えていることも明らかである。この章の真の意味は巻三全体の検討を終えた時に明らかになるわけだが、今言い得るのは、『五人女』全五巻の中央に、西鶴は最も重い物語を置こうとしたことである。重い物語とは西鶴がこれを最も重視し力を入れていたということで、それは否定出来ないように思われる。それは恐らく、もとになった事件が、巻二のおせんとともに時間的地理的に身近だったからという理由もあろう。だが何よりも西鶴が現実の事件のおさんに強い人間的関心を持ち、その悲劇的な生と死に強く動かされたということではなかろうか。

二

「してやられた枕《まくら》の夢《ゆめ》」では、おさん茂右衛門の情事の発端が書かれる。巻一の第二章でお夏と清十郎、特にお夏の恋心の発生と進展が、情況と事件を的確に設定することで、必然の筋道を辿らしめられる次第は第一節で見た。ここでも主人公二人のうち特におさんが、何故あれほど激情的破滅的な愛欲に身を委ねるに到ったかは、巻一と同様、諸々の条件の巧妙な設定という技巧によって、ほぼ必然のものとなっている。そして巻一でもすべてが文字によって表現されていたわけではなかったが、ここではそれが極端に達し、おさんの心理は殆ど描かれない。我々が知り得るのは、ひょっとしておさんの内部に茂右衛門に対する恋心が進みつつあるのではないかと想像した時、作品中時折示されるおさんの外に表れた行為や態度が、どうやらそれを確実に裏書きしてくれるのに気がつくということだけである。また自覚されないままにおさんの恋心が昂進しているとするなら、要所要所で現れる偶然の諸情況が、それを促進するのにいかにも好都合なものばかりだということである。おさんの心理が、心理としては全然書かれていないこと、これは彼女の場合恋心の発達は、決定的に取り返しがつかない事態に到るまで、彼女自身によって全然自覚されていないから、当然とも言えるが――「彼女は自分が恋していることを知らなかった」という書き方を避ける作家はいくらもいる――、それればかりではない。その事については後述する。

まず我々は、おさんの恋心が、彼女の魂の深いところで発展していった道筋を、作品の指し示すところ、テキストの表面に現れたいくつかの指標に従って、丹念に辿らなければならない。その指標はひどく乏しいとは言え、この場合かなりわかりやすいから、この作業は読者の義務として要求されているかもしれないのだ。巻二のおせんの場合に、まるで舞台の書割を裏から眺める感のあったのとは大きな違いである。

さて、主人公おさんに恋心を募らせるという事はお夏の場合とは比較にならないくらい困難である。おさんは人妻であり、しかも夫婦仲がよい貞淑な、家事にも万遺漏ないしっかりした理想的な人妻たることが強調されているからである。相手の茂右衛門は、律気一方で一向に冴えない地味な男だが、そのことはおさんの場合特に恋心の妨げになるまい。そうした地味な様子は、おのれの無類の美貌を意識していると同時に貞淑なおさんの眼には、むしろ美点と映ったかもしれないのだが、それにしても、その二人があいう関係に到るとは、ちょっと想像だにできないのも事実である。それを可能にするために西鶴は絶妙の技巧を駆使した。彼女の心の動きを辿っていってみる。

まず、茂右衛門がまだおさんの実家に奉公していた時とか、婚家の方に移って来た頃とか、ともかく以前からおさんは彼に気があったのかどうか。これはわからない。作品のどこにもそれを暗示するような事はひと言も書かれていない。西鶴にだってわからなかったろう。(15) 腰元りんが茂右衛門に恋していると知らされた時、おさんに茂右衛門への関心が生じたことは当然である。しかしそれは恐らくほんの瞬間的なものであり、恋心のそもそもの芽となるようなものだったかどうかはわからない。恋文の代筆をしてやろうと言った時、それはおさんの無意識の心理にひそむ何かが言わせたのか。それもはっきりしない。それは皆無だったのだろうと一応考えられる。ともかく最初のうちはなんにもわからないのだ。しかし次第に確実なことが増えて来る。恋文を代筆してやったとなると、その恋文が相手の男に一体どんな反応を惹き起すのだろうか。その好奇心は絶対に否定できない。そしてそれがそもそもの間違いのもとだったのだ。おそらくこれが、あの凄絶な愛欲図の最初の萌芽である。すぐにも消えてしまう筈のその萌芽を、西鶴は大切に守り育てていく。まず、この手紙がひどくぞんざいに書かれたという事が強調されている。「江戸《ゑど》へつかはされける御状《ごぢやう》の次手《ついで》に。……ざら〳〵と筆《ふで》をあゆませ茂のじゐまいる身よりとばかり引むすびて。かいやり給ひし……」これはおさんが、この段階では、どうやら茂右衛門風情には鼻もひっかけないといった風に、全くの無関心だった事が暗示されていると言えよう。すなおに読み取れば、この最初の代筆は決してうわついたふざけ心からなどではなく、ほんのなにげない親切心からと考えるべきである。

重大なのは、いかにぞんざいだったとしても、またたとえその手紙の宛てられる男本人には全然無関心だったとしてさえ、男に与えた反応は多少は気になるということと、そんなぞんざいな手紙だったから、茂右衛門がそれに応じてあんなふざけた返事を書くという事態が生じてしまったという事実なのだ。この返事はかなり決定的な重要性を持つ。主要部分がそのまま紹介されているのはそのためだろう。

おほしめしよりておもひもよらぬ御つたへ此方《このほう》も若ひもの、事なればいやでもあらず候へどもちぎりかさなり候へば取あげば、がむつかしく候去《さり》ながら着物《きるもの》羽織《はをり》風呂《ふろ》銭《せん》身だしなみの事共を其方から賃《ちん》を御かきなされ候は丶いやながらかなへてもやるべし

この返事を読まされた時おさんに生じた反応が、およそどんなだったかを、ほぼ正確に我々は想像できる。いや想像することが要求されている。そのためにこの手紙が直接引用されているのであろうから。普段は代筆した事すら忘れていても、返事が来たとなると急に気になる。自分が書いてやった手紙の効力が示されている筈だ。開封する時、心躍るような期待と好奇心はかなり高まっていただろう。それは、この返事はりんに宛てられたものだという事が瞬間的に念頭を去ってしまうほど強かったに違いない。そこで文面に目を走らせた途端、目も眩むような衝撃。「うちつけたる文章《ぶんしやう》」とは、中身が露骨で厚かましいという事だが、まるでこのいきなりおさんをうった打撃そのものを表すかのようだ。おさんのような美貌と育ちの女には、いまだかつて、自分に向かってこのような言葉が、直接であろうと手紙の文面であろうと、発せられたことは無かったであろう。なにしろ、嫌だけれどお前さんを抱いてやろうと露骨に言われたのだ。最初の衝撃に続いて怒りがこみ上げてくる。既にその怒りは、りんのための義憤として自覚している。「去迚《さりとて》はにくさもにくし世界《せかい》に男《おとこ》の日照《ひでり》はあるまじりんも大かたなる生付《うまれつき》茂右衛門め程成男《おとこ》をそもや持かねる事や有」だが本当はおさんは何も怒ることはない筈だ。代筆恋文は一応効を奏したわけでもあるし、ひどく露骨でふざけた調子は、おさんの手紙がいかにぞんざいだったかを反映するに過ぎない。茂右衛門だって、この返事の文から我々が誤解してしまいそうな嫌味な男ではない。手紙を読んだ茂右衛門の反応は「りんをやさしきと許《はかり》におもしろおかしきかへり事をして」とされる。恋文をもらった事を嬉しく思い、りんに対して

情愛めいた気持も湧いているらしい。ただその恋文はぞんざいに書かれていたから、心動かされるというよりも、浮き浮きした気分になってしまったのであろう。それに、安易な相手と見、親密な愛情を感じるあまり、相手のデリカシーを傷つけるようなことを言ったりしたりしてしまうのは、まさに彼のような、根は真面目で、経験が浅く、正直な男にかえってよく見られる失敗である。伊達者だったら、たとえりんに全く無関心であっても、こんな返事を書く筈がない。さて、衝撃をりんのための怒りにすぐに転化してしまえたにしても、おさんの心に残ったその影響は重大である。手紙の、願いをかなえてやるからその代りにと持ち出している交換条件「去《さり》ながら着物《きるもの》羽織《はをり》風呂《ふろ》銭《せん》身だしなみの事共を其方から賃《ちん》を御かきなされ候は丶」は、律気者の茂右衛門が精一杯ふざけて偽悪的に出たわけで、いかにも厚かましく露骨だが、おさんのような階層の女にはあまりぴんと来なかったかも知れない。そうすれば残るところは、全文露骨な情交の申し出のみである。おさんが代筆した恋文にも、こちらの思いに応えてくれという事を書いた筈なのだが、それが一体どんな形でなどとはたいして考えなかったろう。なにしろ深い考えもなしに上の空で書いたのだった。そこへこの直截な情交の提言だから、その卑猥さは貞淑なおさんの隠された性的情念を直撃し揺り動かすといった事が生じたかもしれない。そこまでいかなくても、これは、おさんのような富裕な町人の家で大切に育てられた、しかも絶世の美女にとっては、知ってはいても自分とは関係無いと思ってきた使用人階層の男女間における性的放縦、それが間接的ではあれ、にわかに自分と或る係わりを持つことになった。その事をこの返事の文面はおさんに思い知らせる。それは彼女の心理の深いところに何らかの影響を残したことは否定できない。

万人がおのれの美しさの前にひれ伏すことを未だかつて疑わず、今度も、外ならぬこの自分が書いた手紙への返事だから、茂右衛門も当然りんの前にひれ伏すものと期待していた返事のこの厚かましさ、自分に直接言われたのではないにしてもかつて経験した事のないこの不興さ、それは彼女を逆上させたが、同時に、事のあまりの意外さから来る或る清新な驚きはなかったか。これほどの美女がどうしていつまでもそれを恨み続けることがあり得ようか。この驚きは、茂右衛門本人への強い関心を呼び起こす。

茂右衛門の返事がおさんの意識無意識の心理に齎したものは以上である。恋心が発生すべき土壌は、おさん本人が全然知らないうちに、充分に彼女の心に整えられた。意識の表面ではあくまでも、怪しからぬ茂右衛門に対する義憤がある。その怒りを背景にして、茂右衛門をだまして罰するために第二の手紙を代筆することになる。前の手紙は、ぞんざいだったから、夫への手紙のついでだったから失敗した。今度は身を入れて書かねばならぬ。「かさねて又文にしてなげき茂右衛門を引なびけてはまらせんとかづ〳〵。書《かき》くどきて」この簡単な数語の表現する事態は空恐しい。手紙を効力あらしめるために、今度は本気になって書かなければならない。恋しているりんの心を心として、自分が深く茂右衛門を恋しているつもりになって書かねばならない。たとえ本当に恋心を募らせながら書いても、そのつもりになっているだけだと信じ込んでいるから、そうと自覚しないで済む。抑制はすべて取り除かれてしまった。それに茂右衛門処罰のたくらみには、すでにまわりの大勢の女達が参加して事がおおやけになっていることも、それを助ける。この第二の恋文代筆がおそらく致命的だったのだ。この時のおさんが、正確に恋愛心理の道程のどの辺の段階にあったかはわからない。しかしこれを書いている時間、さらにはその返事を待つ時間に、おさんの意識しない恋心がどれだけ進行したかは計りしれないものがある。

すると「かづ〳〵。書《かき》くどきてつかはされける程に茂右衛門文《ふみ》づらより哀《あはれ》ふかくなりて始《はじめ》の程嘲《あざけり》し事のくやしくそめ〳〵と返事をして」最初の手紙の時との茂右衛門の反応の大きな違いは、おさんの手紙が今度はどれほど真剣なものだったかを反映している。それに「文《ふみ》づらより」とわざわざ言っているのは、最初の時は「ながな事はおさんゟの手ともしらず。りんをやさしきと計《はかり》に」、つまりりんから恋文が来たというだけで、或る情愛が動いたのに、今度はりんの面影を思い浮べてなどでなく、真底からの恋情を吐露したこの手紙そのものに打たれた事を示す。おそらく、彼の無意識の心理では、りんの人柄とおさんの手紙を結びつけることができなかったのではあるまいか。おさんの恋文は殆んど崇高でさえあったかもしれない。りんは優しい少女ではあってもそんな手紙がふさわしいとは思えない。「文《ふみ》づらより」はそうした事情を暗示してくれる。これはまた最後に、自分と通じた相手がりんでなくおさんだったと知った時、ただちにおさんに乗り換えてりんを思い捨てる心理の伏線ともなっている。「そめ〳〵と返事をして」と茂右衛門からの返事も本気で恋に応えてきたものだった。それを読むおさんの心理、それは複雑でも、手に取るようにわかる。浮き立つような嬉しさ、奥には感動さえあろう。それを偽手紙がやっと成功した喜びと自分では理解している。またもや情交の約束を言って来た。「五月十四日の夜はさだまつて影待《かげまち》あそばしけるかならず其折《そのをり》を得てあひみる約束《やくそく》」こんな事を言って来たのも自分の手紙の力なのだと思った時、性的逸楽の空想が頭をかすめたかもしれない。なにしろ前の返事より、ずっと具体的に、日時まで指定した申し出だからだ。

そして「おさんゟいづれも女房《にょばう》まじりに声《こゑ》のある程は笑《わらひ》て」という現象はいかにも自然で、確かにこの時の茂右衛門の姿は女達の目にひどく滑稽に映ったわけだが、少くともおさんの高笑いには別のニュアンスも含まれる。性的に成熟した女性は、不意に快楽の予感を持った時、往々にして高笑いを発するものである。この場合のおさんがそうで、それが、こうした返事を得ての安堵や、皆と同じ表面の意識にある茂右衛門に感じる滑稽さと混じっての哄笑である。

間もなく新なる不安が生じたであろう。この手紙はりんに宛てられたので、自分にではないという当然の事実から来る不安感、それが意識下で自信と交錯した筈である。その不安が彼女をして、茂右衛門を罠にかけて嬲りものにするためのりんの身替りを、他の女が勤めることを許させない。また、直ちにこのことが相談されたから、不安の真に意味するものを反省しないで済んだ。おさんがこの役を引き受けることになったのは、意識下での好色な期待というよりもこの不安感からだろう。もしかして皆が駈けつける前に、身替り役と茂右衛門が情交に達しでもしたら大変だ。意識上の皆の貞操への心配と、意識下の茂右衛門を誰かにとられる事への怖れは、この場合完全に重なり合う。間違いはわたしなら大丈夫と思ったことで、しっかり者の、且つおのれの美しさを自覚している美女にありがちな自己過信である。

茂右衛門が指定した逢引の夜が五月十四日というのは、あまりに先の事すぎる感がある。こう言ってきた現在が大体いつ頃なのかもわからないが、なにしろ神無月に手紙のやりとりが始まったのだから。彼にとって適当な機会がそれ以前には無かったか。あるいは作者西鶴が、エロティックな間違いを生じさせるにはこの季節の夜が相応しいと考えたか。西鶴の作中の時間設定のルーズさは屢々指摘されるところだが、これは、おさんがりんの身替りとなって茂右衛門をひっかける計画をたててから当夜までの日数を、ある程度長く設定したいという願望の現れではないか。つまり茂右衛門をはめるべきその夜の首尾を、おさんが様々に夢想する期間を、充分に取らなければと考えた、とも思われる。いずれにせよ、この計画が立ってから実行の夜までの間に、彼女の意識せざる心理の内奥で、茂右衛門への想いが時にはかなり色情的な性格のものになることもあったわけだ。こうなれば来たるべきあの夜の事件はもはや必然に近い。

以上、西鶴がいかに工夫を凝らして女主人公を姦通に導くかを見た。貞淑な人妻が道ならぬ恋の深みに陥るには、彼女は恋心の進展中に決してそれと意識してはならないのだ。希望、不安、反抗、期待、安堵など、心中に激しい動揺が起こるたびごとに、その原因は何かほかのところにあると思い込んでいなければならない。一瞬たりともこれは恋ではないかという疑問が閃いてはならない。もっとも本人が貞淑であればある程、またその恋愛がひどく不似合だったり、許すべからざるものであればある程、その疑問、反省は生じにくい。おさんの場合には、西鶴の巧妙極まる誘導によって、あろうことか、それと自覚せずに殆ど同衾少くともそれに近いことの予想を楽しむことまで可能になってしまった。わくわくするようなスリルといたずら心もそのままにである。

ところで実は、以上の説明は、作品に則した唯一の可能な読み取り方ではない。無意識の心理の筋道の大要は変わらなくても、おさんの恋心の発生をもっと以前に想定することもでき、そうなると作品に記された個々の事柄の意味が、本筋は同じでも多少変わってくる。最後まで自分の恋心に気がつかないとする点では変わりない。だが、最初恋文を代筆してやろうと思い立ったのは、腰元りんへの気軽な親切などではなく、たとえ本人はそう意識していたとしても、実は、恋する茂右衛門に思いのたけを訴えるべき好機を、無意識のうちにとらえようとしたのだ、とする。またその時、その代筆ぶりがひどくぞんざいであり、夫への手紙のついでだったのは、恋する相手に恋文を書くという恐るべき行為を、無意識裡に抑制し正当化しようとする本能が働いたのだ。また、すでに恋していたからこそ、あの返事であれ程怒ったのだ。

こういう読み取り方を可能にするのに大きく寄与している要素のひとつは、茂右衛門がおさんの実家の使用人で、二人は前から顔見知りだったらしいという設定である。もとになった事実がそうだったのかもしれないが、このあたりでの作者西鶴は、ただ事実がそうだからというだけで不用意にそのままを作中に移すということはあり得ない。この設定は恐らく意図的で、ひょっとしたら彼女は娘の頃から彼に特殊な感情を持っていたのではないかと、読者に想像させる。一二五ページの前言と矛盾するようだが、これは飽くまで外的設定に過ぎず、心理的な意味を暗示するものは実は何も無い。ただ読者が想像力を働かせる余地を与えるだけである。

第二の想定もこうして充分成り立ち得よう。そしてこの曖昧さは恐らく作者によって意図されたものである。おさん自身、茂右衛門と結ばれた後に、自分のこれまでの心を振り返った時、一体いつごろ自分が茂右衛門を恋し始めたか、いくら考えてもわからなかったであろう。最初の返事に自分が逆上したのも、すでに恋していたからのようにも思えるし、無礼を怒っただけのようにも思える。それをどうして作者のおのれがわかるのか、と西鶴は言うだろう。この故意の曖昧さは、みずから創造した人物――この章あたりのおさんは全くの創造――といえども、その心の内奥の正確なところは、作者自身にも知り得ないのだ、という主張さえ感じられる。

いよいよ間違いを起こす問題の夜の叙述も、これまでと同じく用意周到な書き方である。「りん不断《だん》の寐所《ねどころ》に暁《あかつき》がたまで待給へるにいつとなく心よく御夢《ゆめ》をむすび給へり」これも不自然ではない。おさんはひどく緊張していたに違いないが、このように外的な刺戟の全然無い緊張が長時間「暁《あかつき》がたまで」続く場合、急に眠りに陥ることがある。そして眠ってしまったということは勿論重要である。茂右衛門と寝たいという無意識の欲求があっても、覚めているところに茂右衛門が入って来たのだったら、「声《こゑ》たて」て最初の計画通りになり、その後何事も起こらなかったであろう。もちろんおさんは事の間中、終始眠りこけて意識不明だったわけではない。一見そのように読みとれるが、それはここでもあくまでおさんの表面の意識に即して書いているからである。床に入って来た茂右衛門にいきなり抱かれた時――「下帯をときかけ」「裸身《はだかみ》をさし込心のせくま丶に言葉《ことば》かはしけるまでもなく」はその不意打ちぶりを強調する――目を覚ましかけたに違いないのだが、あまり不意だったので、理性による自制力が発動する暇もないうちに抱擁され、茂右衛門とわかって夢中で遂にそれに応じてしまったのだ。(16) すでに見たように、作者が昂進せしめたおさんの無意識裡の恋心に、次第に色欲的な面を持たせたのは、ひとえにこのことを可能にする準備だったであろう。(17) おさんが半睡状態ながら茂右衛門の抱擁に激しく応じた事実は、事の終わったあとの茂右衛門の述懐ではっきり示されている。「まだ今やなどりんが男心《おとこ》は有ましきと思ひしに我《われ》さきにいかなる人か物せし事ぞとおそろしく」。立ち去る時「又寐道具《ねだうぐ》を引きせ」つまりふとんを掛けてやったのに、おさんが正気を失ったままでいるというのも、この慌しい情交に、彼女が如何に激しく燃焼し得たかを示す。恐らくは安堵感もあって再び短い眠りに落ちていったのであろう。

其後おさんはおのづから夢覺《ゆめさめ》ておとろかれしかは枕《まくら》はづれてしどけなく帯はほどけて手元になく鼻紙《はながみ》のわけもなき事に心はづかしく成てよもや此事人にしれざる事あらじ此うへは身をすて命かきりに名を立《たて》茂右衛門と死《し》手《て》の旅路《たびち》の道づれと

「おのづから夢覺《ゆめさめ》ておどろかれしかは」とは、彼女がはっと我にかえった様子である。茫然としてまわりを見廻すと、「枕《まくら》はづれて」以下の驚くべき情況である。だがこれは、眠りから覚めて、記憶にも残らぬ睡眠中の身に起った事態を推察したというのではなく、今しがたの甘美な、半ば夢の中の出来事が現実には何を意味するかを、明け方のほの白い明かるさの中にはっきり浮かんだこれら現実の物体が、まざまざと彼女に教えてくれたということである。茂右衛門を抱いた時の歓びの記憶があるから、その時「心はづかし」かったわけである。そして姦通の罪悪感は今や完全にその意識にある。過失などではないのだ。だから事態をなんとか糊塗しようなどとは夢にも思わない。「人にしれざる事あらじ」は事実だろうが、まるでそのこと、つまり取り返しがつかないことがこの上ない僥倖でもあるかのように「此うへは身をすて命かきりに名を立《たて》茂右衛門と死手《して》の旅路《たびち》の道づれ」と即座に決意してしまう。これは罪悪感と同時に、これこそ自分が長い間待ち望んできた事だったのだという、遂に到達した自覚と、それに伴う深い歓喜を示す。早くもここで生命の放棄を自明のこととしているから、どうして引き返すことがあり得ようか。

相手はりんだと思っていた茂右衛門が、おさんと知ってなお、その命がけの恋につっ走った次第はあまり詳しく記されない。相手は絶世の美女でもあるし、男はこういう無鉄砲にも容易に走り得るのも事実である。それでもそれを不自然としないだけの設定はある。少女のりんとばかり思っていたのに激しく応じられたものだから「おそろしく重てはいかな〱おもひとゝまるに極《きは》めし」とされるが、これはりんへの思いを断つ事を自然たらしめる準備である。りんだと思ったから恐しかったので、一方では相手に懐しさもおぼえたらしいことは、事を終えた直後の「袖《そで》の移香《うつりが》しほらしや」の述懐を示す語から理解される。この二つは一見矛盾しているが、それを設定した事は、彼がおさんに「心底《しんてい》申きか」された時に、りんを思い捨て、おさんの方に遥かに強い想いを移すことを、心理的により自然にしている。それに前にも言ったように二度目の手紙に「文《ふみ》づらより哀《あはれ》ふかくなりて」の反応を示したとされることも、おさんにあの手紙を書いたのは自分だと打ち明けられたであろう時、りんからおさんへの転換を容易にするひとつの伏線であった。

前に戻って、りんが茂右衛門を恋いそめるきっかけとなった、灸をすえる場面は、なまなましいほどの実感がこもって詳しく描写されている。この印象の強さはこの場面の機能を考えさせる。おさんの無意識の恋心の発生をこの時より以前に想定すると、これが或る意味をもってくるという事はあろう。おさんがその場に居合わせたなら無論のこと、そうでないとしても「お姥《うば》から中ゐからたけまでも其あたりをおさへて」と何人かの女達がいて、その連中から面白おかしく報告を受けたろうから、「是より肌《はだ》をさすりそめて」の官能的な感覚を実感して、焦りを覚えたかもしれないというわけだ。しかもそれを機としてりんが茂右衛門に恋したというのだからなおさらである。

だがむしろこのエピソードの挿入は、りんにおける恋愛感情の発生とおさんのそれとを対照させるためにあったのではないか。少女のこれはいかにも表にあらわれて誰にでもわかる典型的な恋愛心理なのに反し、おさんのそれは本人も知らない深いところで進行する。「りんかなしく」の真情と、「是より肌《はだ》をさすりそめて」の肉感が結びついたところに、牧歌的なほど可憐で、ありふれた恋心が表現される。おさんの、抑圧され、屈折し、激情的に突出し、崇高さに達する恋心とは、まさに反対の極にある。この灸すえの場面は、章末のおさん茂右衛門最初の情交の場面が、詳しい描写と露骨な語句にも拘らず肉感性が全く欠けているのを際立たせる。だが、茂右衛門にとって「よき事」は極度の緊張のうちに行われたし、おさんの歓喜は肉感性とはまるで違うものだったからそれは当然でもあるのだ。この挿話は茂右衛門も、りんの恋を受け入れていたら、平凡な夫婦として無事に生を終えたであろうと想像させ、そうあり得た可能性は、実際の彼の、刑死に到る切迫し高揚した異常な生に、一層のなまなましい現実味を添える。

この段は、人間の思いもかけぬ変化を描く時の西鶴の特異な手法を典型的に示している。おさんの無意識の心理の解明は多少くどかったかもしれないが、先学諸氏の研究にこのたぐいの解釈が管見に入らなかったので、やむを得なかった次第である。多くの論者はおさんが姦通に到るのは、「全くの錯誤」「偶然の過失」つまりうっかり茂右衛門と契ってしまったことをそもそもの始まりと解する。その中で森山重雄氏のみが、それ以前から「おさんの潜在意識には腰元りんの恋が感染しつつあったといわざるを得ない」と指摘されているのは(18)、テキストに即した詳しい説明を欠くとは言え卓見である。筆者はりんの恋の感染よりも、恋文代筆がもたらした影響あるいはずっと前からの恋心の存在を重視するわけだが、それとしてはひと言も書かれていない「潜在意識」での事態の進行を認める点、基本的には筆者の解と大差ない。差はむしろ筆者が従来の解も共存し得ると考える点にある。

だがなぜ西鶴はこうして人の心理の動きをはっきり言葉で説こうとしなかったのか。それはひとつにはその名に価するリアリズム作家特有の謙虚さである。特に潜在意識での動きを書く場合、彼はおのれに見えるのはほんの浅いところで、本当のところは何もわからないのだと認識していた。だから心理の筋道が時折途切れたり曖昧になったりするのだろう。[19]だが人は言うかもしれない。心理の筋道なるものは、創作上の土台工作に過ぎず、作者だけが心得ていればよい。その土台の上に人間の行為が描かれるから、それは真実で的確なものとなる。読者はその、作品の表面に書かれた行為だけを受け入れればよい。一言も書かれていず、当の人物にも自覚されない心理など、作者にまかせておけばいいのだ、と。これは一理あり、西鶴でも多くの場合はそれでよい。だが、例えばこのおさんが典型的であるように、人物が劇的に変化する場合、西鶴は、その変化を必然たらしめた心理のメカニズムを見えかくれさせ、読者に、ぜひともそれを読み取るように誘ってやまないのだ。

そしてそれを読み取ろうとする時、この心理のメカニズムは幾通りにも成り立ち得る。西鶴の意図そのものが、多義性、意味の多層性を目指していた。だから彼にとっては「全くの錯誤」「偶然の過失」という解も当然許容し得たであろう。第一それは当時の殆どの読者のものとして彼に意識されていたに違いない。[20]彼らは、偶然とか錯誤といった些細なことが、主人公二人にとって人生の岐路となるその面白さだけに目を奪われたわけであり、それはそれでひとつの読み方として充分成り立つのだ。その上いかに多義性を認める読み方に立っても、些細な偶然の積み重ねが重大な役割を果たしているのも事実である。例えば、おさんの寝床にもぐり込んだ茂右衛門があんなに事を急がなかったら、またおさんが一瞬早く目を覚ましたら何事も起らなかった筈なのだ。

西鶴にとって、現実とは幾つもの解釈を許すもの、むしろそうでなければならないものであった。

だが、筆者はここで、この多層の意味を読み取った当時の読者のことを思い浮べざるを得ない。実在したかどうかは別として、それこそ真に西鶴が念頭に置いていた少数の理想の読者ではなかったか。それは封建制下のしかも経済停滞期の、特に町人とは限らなくても、ともかく実際社会で活躍している市民、あくまで現実的、ストイックに人間の表裏を知り、偏見や神話に惑わされることのない合理的精神の持ち主である。彼らといえども、ありうべからざる事件を聞き、荒唐無稽な説話を読むのは楽しいだろう。だが、人間性について幻想を抱くことが決してない彼らに、西鶴は、あらゆる内的外的な諸条件が整いさえすれば、人間といえども、絵空事でなく現実に変り得る可能性を持つことを教えた。諸条件の必要性の強調は、彼らにとっては決して人間の自由の否定ではなく、逆に、人間が自由たりうる可能性を指し示すものだったと言えよう。

三

巻三の第三章「人をはめたる湖《うしほ》」以下巻末まで筆者の解は管見に入った諸家の高説とそれほど根本的な違いはないように思われるが、やはり私解の続きを示すべきであろう。その僅かな差をはっきりさせることが、作品のより深い理解への契機になれば幸いである。

この巻三全体を読み終えたとき、我々の受ける強い印象は、ともかくこれだけ僅かな量の言葉によって、主人公二人の密通・逃避行から刑死に到る短い生の実体が、なまなましい現実味を備えてずしりと重く、殆ど疲労感を覚えるほどの執拗さで読後の脳裡に残ること、また、異常な生と宿命がいかにもそれ以外にはなかった自然さをもって説得的に書かれていることへの驚嘆の念である。語句の量の少なさとそれらが表現し得たものの大きさの対照は奇蹟を思わせる。

我々が読み馴れているところの近代長篇小説なるものは、膨大な言葉とページを湯水の如く浪費し、読者の物理的時間を有無言わせず利用する。読書に際して読者は想像や連想の発展、作品世界からの自由な離脱、感慨や判断といった面倒な作業を要さず、いや殆ど生理的に許されない。要するにそれは、単位時間内で使用される享受者のエネルギーがいかに希薄であっても、時間の集積によって自然にその総量が大きなものになるという仕組みを有する特異な言語芸術である。その安易さのため我々はその読み方が癖になってしまい、殆どのジャンルの散文芸術に同じ態度で接する。短篇小説さえその密度の薄い読み方を前提として書かれ、ただ量的な短小さがもたらす種々の結果を逆に利用しているに過ぎない。一例を挙げれば、読者の抱くであろう読後の感慨に大きく依存するといった点などである。

『好色五人女』巻三は、そうした短篇小説として読むことを読者に許さない。むしろ大長篇を読むと同じエネルギーを——敢えて同じ時間とは言えぬにせよ——費やすことを強いる。この巻のそういう異常な高密度の表現は何によって可能だったのか。

それは言うまでもなく第一に言葉の表現力である。これは、語とその組み合わせが単なる意味の和を超える表現力を持ち、そのため、選ばれて書かれた事柄の背後に無限に豊かな現実の存在を感じさせる作者の才能による。だがそれだけではない。語句、文辞、モチーフ、構成のすべてに亘って、周到な、時に、比類を絶した技巧が凝らされていることを見逃してはならない。以下それを指摘していく。

第三章の「人をはめたる湖《うしほ》」は、野間光辰氏によれば、歌舞伎・浄瑠璃、特に開帳物ともいうべきそれの趣向取りの好例であり、なかんずくそれは湖上遊覧の道行の技法に顕著である、とされる。二人が丹後に逃亡するのは、もとになった事実通りらしいが、野間氏によれば、作品でその発端となった石山寺の開帳はこの頃には無く、第三章はほぼ全体が虚構であり、事実は歌祭文にあるように愛宕参りにかこつけて丹後に逃げたというあたりだろうとされる[21]。たしかにここで西鶴は鮮やかな趣向取りを見せてくれているのであろう。だが、同時にこの設定は決して人工的装置の運動そのものが読者に与える一種の美的感覚の満足、要するに知的遊戯の次元にとどまらず、構成上に重要な役割を果たし、作品全体の表現力を大きく高めているのも事実である。また森山重雄氏はこの琵琶湖周遊と偽装入水の設定は、道行文中に水に縁ある語がつらねられていることからもわかるように、水の要素を強調するものであり、水なるものの有する人の本性を露顕せしめる力が、主人公二人を「男女としての本性に立ちかえらせる」という興味深い解釈を下す[22]。筆者はより素朴に、主人公二人をまっすぐ丹後に逃亡させず、この回り道を設定したことによって、何が書かれたのかを見るにとどめる。

まず冒頭「世にわりなきは情《なさけ》の道と」と、前章末からの続きを示したあと、石山寺の開帳の様子が書かれる。これも森山氏によれば、こうした公開の場に男女二人で来て衆人の前に身をさらすことによって「おさんははじめて自己の変貌を認識し」「恋に生きる女への変身を遂げる」という意味を持つとされる[23]。だが、それと同時に、この「都人袖をつらね」「今風《いまふう》の女出立《でたち》」「皆衣裳《みないしやう》くらべの姿自慢《すかたじまん》」と群衆特に贅を尽くして着飾り浮かれ出た女たちの群れは、直ちに我々をしてあの第一章、あの在りし日の春の夕べの人立ちを想い出させる機能を持つ。そして、痛感される違いは、あの時、その美々しい女たちの群の中にまぎれもなく立ち交じっていて、その群れからいかにひとり卓越し神秘の域に近づいていたにせよ、それは女たちがみな少しづつ備えている属性の目指している価値たる現世的美しさによってであったところの、あの主人公おさん本人が今ここには不在なことである。なるほど「其比おさんも茂右衛門つれて御寺《みてら》にまいり」とはあるが、物理的位置関係はいざ知らず、彼女は決して他の女たちに交じってはいない。なによりも、群衆は「どれかひとり後世《ごせ》わきまへて參詣《まうで》けるとはみへさりき皆衣裳《みないしやう》くらべの姿自慢《すかたじまん》此心ざし観音《くはんをん》様もおかしかるべし」と、作者によって軽い揶揄の調子で観察され、それに対しておさんは「花は命にたとへていつ散《ちる》べきもさだめがたし」とその心中が記され、少なくとも自己の生死の意識についてはまるで正反対の極にいる。(24) おさん自身が群衆と違ってしまった現在の自己を意識していないからといって、つまり、群衆がおさんの目で眺められ、それらが自分とは無縁の世界にあることを彼女が感じているなどとされていないからといって、彼女の心境を見誤ってはなるまい。そうした感慨を抱かざるを得ないのは読者の方である。

おさんは群衆には目もとめなかったのであろうか。彼女がこの時強く魅かれたのは自然の美である。その心境は、「花は命にたとへていつ散《ちる》べきもさだめがたし」「比浦山《うらやま》を又見る事のしれざればけふのおもひ出に」と紹介される。この続けて書かれた二文ともに、それぞれかなり曖昧である。まず前句について見れば、あくまで「花」が主で人の「命」はただ花の短さを譬えるために用いられているのだが、譬えは即時の自然な連想が働いたことを示すから、そう連想した人物の心境をも暗示する。それをつきつめればこうなろう。通念とは逆に、花の譬えに命が用いられるなどとは、よほど生死の観念に始終付きまとわれ、それに馴れ親しむまでになってい、しかもそれをひとごとのように軽く扱おうとする――なぜなら譬えに用いられるものは譬えられるものよりその瞬間はるかに価値が低いから――心的態度、といったものである。また、「比浦山《うらやま》を」以下は、第一義的にはなんということない陳腐な意味で、例えば長旅に出ようとする人がいくらも発する余裕ある発言と受け取れる。だが一方では、この一句は死の接近を知った者、いや死にゆく者の心境、すなわち、初めて見るかのように新鮮に目に映じ始めたおのれの周囲の自然の美を、今生の見おさめとして目に留めておきたいとする願望を意味することも可能である。そして読者は、現在のおさんにあってはむしろ後者の意味合いが強いことを、特に先立つあの「花は命にたとへて…」によってすでに知っている。だから二つの方向の意味を有するこの一句は、主人公のかなり深刻な内面を、曖昧なそれゆえある程度緩和された言い方で表していることになる。そして、これは直接説法では決してないにしても、彼女の心境と語った言葉を巧みに要約した形で示しているから、この緩和は、彼女が死を間近に感じながらもなおこの時点では現世にひかれてい、接近する死を直視するまいと無意識に努力しているらしいことを暗示する。

少しあとの「長橋《ながはし》の頼《たのみ》をかけても短《みしかき》は我〳〵がたのしひ」にも似たことが見てとれる。現在の愛欲への耽溺が必至の死のためやがて断ち切られることを知ってい、それを悲しんではいるが、ここではまだ逸楽の思いの方が主として彼らの脳裡を占め、死はただそれを邪魔するものとして、ひとごとのように意識されている。それはやがて大きく変わることになる。

ところで、ここから始まる道行文は、野間光辰氏によって浄瑠璃の趣向どりと判断すべき有力な根拠とされたが、いきなり七五調で歌い出されるこのくだりも、当時の読者にとってはそれほど不自然でなかったであろう。そして、ここで表現され得たものが何であるかこそ、この道行文の設定された真の意味であろう。古浄瑠璃を精査したわけではないが、このように逢坂を越えて石山寺を通過し、勢田の長橋から床の山、鏡山、比良の高嶺等々の名所、歌枕を冒頭部に持つ道行はかなり多数を占めるのではないか。それは、主人公が都を落ちて東国へ下る場合が多いということであり、それは道行の淵源たる『太平記』の「俊基朝臣再関東下向事」や、さらに遡って『平家物語』の「海道下」がともにあずまへの海道下りだからとも言える。あるいは湖上を舟でか湖畔を行くかして越前の方向へ下る場合もあり、その時は堅田などが付け加わる。多くは悲劇的な主人公の海道下り、それを道行で表現する技巧は、ひとつのトポスとして成立し生きていたのであろう。さらに、都の観客——あるいは読者——にとって最も印象深かったのは、彼らが熟知している逢坂の関や勢田の長橋を始めとする琵琶湖南部の歌枕だったに違いなく、だからこそ多くの道行で、東国までの道中、出現する歌枕の地理的密度は、京をわずかに離れたこのあたりが最も高いわけでもあろう。また多くの海道下りの道行の主人公が前途に悲劇的運命を控えているのは、主人公である重衡、俊基ともに刑死を逃れぬ自己の運命と自覚しているあの二つあるいはそのいずれかの軍記物の設定を、伝統として忠実に遵守していたからか[25]。

西鶴は、こうした性格を持つこの伝統的常套的手法を主人公二人に応用することによって、彼らの前途には死のみがあることをここで暗示し、さらに過去の無数の著名な悲劇の主人公——しかも多くは貴種に結びつけることによって、二人の悲劇に大きな普遍性を与えようとした、と言えるかも知れない。この道行は勢田から白髭神社までの短い距離だから、多数の琵琶湖周辺の歌枕を盛り込むことができたわけで、それら地名にはすでに多くの道行によってさまざまな悲劇的連想が纏いついている。だからその列挙も、それと結びついた常套的文辞とともに彼らの悲劇をより普遍的なものとしている。

ところが、西鶴は他面この二人のみの特殊性をも強く表現しようとしている。貴種か町人かは別として不義の男女の逃避行が、軍記物から浄瑠璃に到る道行の系列で歌われたことが果たしてこの時までにあったかどうか、歌謡など他のジャンルではどうかといった問題は未考であるが、近松以降では道行と言えば直ちに連想されるこうした性格が、当時の主流だったということはあり得まい。ところが、ここではとくに前半「浪《なみ》は枕《まくら》のとこの山あらはるゝまでの乱髪《みだりかみ》物思ひせし皃《かほ》はせを」と、直前の「短《みしかき》は我〳〵がたのしひと」に続き愛欲の深淵に沈淪する彼らの姿がきわめて効果的に、しかし決して露骨ではなく含羞の美さえ伴って点綴されている。「あらはるゝまでの乱髪《みだりかみ》」などの性愛的な文句が道行文中に挿入されることは異例ではなかったか。そしてそれが「鏡《かゝみ》の立山も曇世《くもるよ》に」などというこの上なく常套的な文辞——道行での鏡の山は主人公の泪に曇ることはいくらも例があろう——と結びついている。

やがて変化が生じる。「堅田《かたゝ》の舟よばひも若《もし》やは京《きやう》よりの追手《をつて》かと心玉もしづみて」とこの律調の突然の乱れは、あれこれ思いわずらう憂愁に鎖された物思いから、主人公が不意に現実に引き戻されたことを示し、特に「若《も》やは」というなまなましい危機的な間投詞がその効果を高めている。おさんはここで舟よばいの声を追手かと錯覚し、一瞬血も凍る恐怖に戦いたのであろう。直前の「鰐《わに》の御崎《みさき》ののがれかたく」はまだ七五調の歌が続いているが、この瞬間的恐怖に心理的必然性を準備している。逃れ難さをかみしめていたから、舟よばいの声に怯えたわけだろう。ともかく、勢田から舟出してかなりの距離を来て、彼らにはここで逃亡ということが次第に現実味をもって感じられてきたことがわかる。「心玉もしづみて」のあと「ながらへて長柄山《ながらやま》」と五五のおだやかな調子に戻り、(26)錯覚とわかって恐怖がすぐ沈静したことを示す。しかし、死の想念は念頭を離れず、そこに甘美な性愛の幻影が交じることは既になく、おさんの思いは暗さを増して乱れ続け、それを反映して七五調はもはやほとんど現れず、道行文は自然に解消していく。「ながらへて長柄山我《ながらやまわか》年の程も爰にたとへて都《みやこ》の富士廿《ふじはたち》にもたらずして頓《やか》て消《きゆ》べき雪ならばと幾度《いくたび》袖をぬらし志賀《しが》の都《みやこ》はむかし語《かたり》と我もなるべき身の果《はて》ぞと一しほに悲《かな》しく竜灯《りうとう》のあがる時白髭《しらひけ》の宮《みや》所につきて神いのるにぞいとゞ身のうへはかなし」もともと下心には逃亡のもくろみがあったのだが、決心がつかず迷い続け、ぐずぐずと物思いに耽っているうち、舟よばいの声を追手のそれと錯覚したとき、不意に逃亡の可能性を愕然として実感し、その恐ろしさが直ちに成功の絶対的な不可能性を痛感させた。その絶望感から、死がいよいよ現実のものとして迫り、こうしておさんはより一層の憂愁にとざされたわけであろう。前半は「あらはるゝまでの乱《みだり》髪《かみ》」などと、道行の常道に従って主人公を外から書き、その心境を間接的に表していたのが、ここでは主人公おさんの意識そのものが主となる。「我《わか》年の程も」「我もなるべき身の果《はて》ぞ」などと一人称さえ現れる。そして、おのれの儚い生に涙する様子がここでくどいくらいに長々と強調されるのは、こうして彼女の意識の流れに即しているから当然であるが、これは、実は逃亡以後の彼女の姿との差を明示し、次章でその変化を強調するために役立つことともなる。

以上、要約すると、この道行文の導入は、第一に伝統的手法の採用による主人公の悲劇の普遍化の機能を果たし、第二には、道行文を利用することで主人公の一定時間内の心境をきめ細かく、また実感をもって描出し、しかもその間における微妙な変化を表現することを可能にしたということであろう。

このように、ひたすら死を思いつめる絶望感のくどいほどの表出のあとで、おさんの決意として「莵角《とかく》世にながらへる程つれなき事こそまされ此湖《みづうみ》に身をなげてなかく仏國《ほとけくに》のかたらひ」と入水心中の願望が書かれると、それが単なる口先ということにはなり得ない(27)。そして茂右衛門が偽装心中によって生き延びることを提案すると、「おさんよろこび我も宿《やど》を出しより其心掛《がけ》ありと金子五首兩 挿箱《はさみはこ》に入來《きた》りしとかたれば」と書かれる。死以外に撰択肢のない追い詰められた現状に、ともかくもうひとつの撰択肢が現れてある余裕が生じほっとしたから「よろこび」である。逃亡を考えて用意したのだが、決意しきれず、むしろその困難ゆえにそれは念頭から消え、死のみ思い続けた。ここで、より安易な即座の死の決意を経ることによって、逃亡を選択することが初めて可能になった。もちろん偽装心中という方策によってややその困難が減じるかに思えたということもある。おさんは男に逃亡を提案されて初めて、自分がその用意をしてきたことを思い出したかのようである。また逆に、茂右衛門の方も、情死をおさんから云われたとき、驚き慌てる様子もなく、予期していたかのようである。むしろ彼も同じ身投げ心中を考えたからこそ、偽装心中に思い到ったのだろう。「思ひつけたる事こそあれ」がそれを暗示する。このくだりは、今ひと思いに死んでしまうのと、いま少し生き延びるのは、彼らの意識にあって大差ないことだったという事実を示そう。「此湖《みづうみ》に身を投げてながく仏國《ほとけくに》のかたらひ」というおさんの言葉と「惜《おし》からぬは命《いのち》ながら死《しん》でのさきはしらず」という茂右衛門の言葉は、ほとんど同じ意味になる。両者とも相手のように考えたことがあったに違いない。

二つの行為は殆ど等価である。だから彼らはその撰択の当否をあとあとまで時々疑うことにもなる。そして、死よりも生を選んだ理由は、「仏國《ほとけくに》のかたらひ」の可能性が保証されていないというだけだから、これを文字通りに受け取れば、ここで選ばれた生は二人のかたらひ、愛欲の行為がそのすべてを領することになる。「惜《おし》からぬは命《いのち》ながら」の命とは、愛欲を単なる一構成要素とする他の豊かな可能性と価値に充満した生を意味するわけではない。彼らにとっては生がそうしたものだったとは思い出すこともできない。だから死と置換可能とされる。情死者一般の心理であろう。おさん茂右衛門の問答の設定は、以上のことをはっきりさせるためにあると言えるであろう。

実説には無いとされる偽装心中の設定そのものの意図は何か。もしこれが無く、単なる旅先からの逃走だったとしたなら、以後主人公二人の追手への恐怖は遙かに強かったであろう。いくら死を避け難い運命として覚悟していたとしても、それとは関係なしに、一瞬の心安んずる折もなく捕縛の恐怖におびえ続け、追い詰められていったに違いない。西鶴はそれを避けようとした。とは言え逆にまた、彼らがまんまと世間を欺きおおせたと確信し安心してしまうわけでもない。作者がそう設定しようと望んだならそれはいくらでも可能だったであろう。恐怖と一応の安心が際どくバランスを保っているという状態が設けられたため、彼らは不定の未来に確実な死を自覚している存在であり、一方、にも拘らず激しくやむことない愛欲への耽溺が可能となる。そのためにあのような形での偽装心中が設定されたと考えるべきであろう。

ところで、不定期間猶予された死までの残された生のすべてを愛欲によって満たすことを真に決意するのは、ほとんどおさんの方だけである。第四章の「小判しらぬ休み茶屋」で、逃避行の苦難におさんが倒れるときの様子はこう書かれる。

次第にたよりすくなく脈《みやく》もしづみて今に極《きは》まりける薬《くすり》にすべき物とてもなく命《いのち》のおはるを待居《い》る時耳《み、》ちかく寄《よせ》て今すこし先《さき》へ行ばしるべある里《さと》ちかしさもあらば此浮《うき》をわすれておもひのまゝに枕さだめて語《かた》らん物をとなげゝは此事おさん耳《み、》に通《つう》しうれしや命《いのち》にかへての男じやものと氣《き》を取なをしけるさては魂《たましい》にれんぼ入かはり外なき其身いたましく

この有名なまた実際印象的な場面は、しかし決しておさんの無類の好色ぶりを示すものなどではない。「此くるしさ息《いき》も限《かきり》と見えて」と、現在の苦しみに、おさんは仮死状態に陥る直前、生を撰択したことを悔む気になったのであろう。少し前の「おもへば生《いき》ながら死《しん》たぶんになるこそ心なからうたてけれ」は、その後悔、さらにはそもそもの茂右衛門との情事のすべてへの悔恨さえ暗示する。逃亡に踏み切りさえしなかったなら、必ずしも刑死に到るとは限らず、茂右衛門と別れることにはなっても、夫に許されたかも知れないといった思いが彼女の念頭を掠めることさえあったかと、この一句は我々に想像させる。だから、ここで彼女は生きてゆく意欲を失い、生理的にも生命力をどんどん喪失していった。それが茂右衛門の一語に甦ったというのは、単に愛する男を抱ける歓びの予想に気が浮き立ったというようなものではあるまい。彼女は、死にかけたこの瞬間に、有限な短い生の意味、つまり「男」こそそれを満たすべき唯一の内実なのだと歓喜に満ちて悟り、あの選択の正しさを知る。そこで、その生を生きる決意と共に死の淵から立ち返ったわけである。別の言い方をすれば、すでにおさんには愛欲以外のすべてが失われているのだが、まだ失われた諸価値への執着が少し前まで残っていた。彼女が半ばその領域の中に入った死によってこの瞬間その執着がすべて消え、その空白に茂右衛門の一言が啓示のように響き、この悟りと決意という逆転が可能となった、ということである。「魂《たましい》にれんぼ入かはり外なき其身」といった句は文字通りに受け取るべ

きなのだ。

現在の我々読者は、生理学的に不可能だからという理由で、単なる失神くらいに考え、おさんがここで殆ど一時は死のうちに入りそこから蘇生したという設定を受け入れない。だからこの挿話はおさんの好色ぶりを示すものなどと誤解してしまう。さらに我々は、生き生きと描かれた現実的表層の下に、しばしば、なまの観念がそのまま図式化される、この西鶴独特の手法を見逃しがちである。この挿話は主人公おさんの内面の大きな転回点を示す。

また、ここで読者には、湖上遊覧の道行文との対比が強く意識される。あのときくどいほど示されたおさんの心境の主調は、遠からず死すべきわが生命の儚さをひたすら歎き悲しむものだった。それが、この死からの蘇生には見られない。「うれしや」の一語が強い感銘を与えるのはそのためだ。このときを境に、おさんの後悔は払拭され、近い未来の死を歎くことも二度とない。なるほど、のちに是太郎に縁組を迫られたとき、「おさんしのびて泪《なみた》を流《なか》し此行《ゆく》すへいかゞあるべしと物おもふ」と自分たちの運命を悲しむが、それも、茂右衛門が「口惜《くちをし》さまたもうきめに近江《あふみ》の海《うみ》にて死《しぬ》べき命をながらへしとても天われをのがさずと脇差《わきざし》取て立を」という態度に出ると、「さりとは短《みぢ》かし」とその短気をたしなめ、かつ容易にこの窮地から脱する。茂右衛門はまだあの撰択を後悔し、また残された生の意義を自覚してもいないから、簡単に決死の覚悟を見せたりするわけである。未来を思い煩うことがあっても死が接近すると悩むことを止め落ち着いて判断を下すおさんとの、際立った対照がここでは意図されているのだ。

四

休み茶屋の出現は、もうここまで来れば、ひとまず追手から逃れられたという、一応の安心感を充分に表現するものとして、いかにも適切に布置されている。だが、これはまた、こうして通常の生とはまったく次元を異にする生を生きることになった二人、特におさんの目の前に再び現れた現実、日常世界の姿としての意味を備えている。細密で具体的な描写は、白昼の悪夢から醒めたような彼らの茫然たる目にまざまざと映じた事物としての、明確な映像を与える。「わら葺《ふけ》る軒《のき》に杉《すき》折掛《かけ》て上〻諸白《もろはく》あり餅《もち》も幾日《いくか》になりぬほこりをかづきて白き色なし片《かた》見世に茶筅《ちやせん》土人形《つちにんぎやう》かぶり太鞁《たいこ》すこしは目馴《めなれ》し都めきて」埃だらけなど田舎臭さの強調はこのような片田舎が都会人たる彼らにとっての異郷であることを際立たすが、同時にそれがどことなく都めいているとするのは、都こそ彼らにとって「現実世界」を端的に代表するものだからである。だから「爰なん京《きやう》への海道《かいたう》といへり」「すこしは目馴《めなれ》し都めきて」「京ゟ此所十五里」と、京とのつながり京への連想が「馬《むま》も行遠《ちか》ふ程の岨《そは》に道」以下の田舎風の強調とともに交互にくり返される。彼らが山の中からぽっかりと出てきた場所は、異郷であると同時に現実世界でもあったわけだ。現実世界の一端であるから、「小判《こばん》見しらぬ里もあるよとおかしくなりぬ」と早速滑稽な情景、そして主人公らの感じた滑稽感が出てくる。喜劇性こそ、人間的現実的世界の必須の属性だからである。(28)

岩飛の是太郎母子の挿話も同じような機能を果たしている。これは江本裕氏が指摘するように、ある苦境を脱した主人公らが再び苦難に見舞われるという、浄瑠璃劇に普通見られる構造がここに取り入れられていることはあるだろう。(29)だが、生き生きと描かれ、ある典型の表現にまでなり得ているこの二人の人物の登場は、主人公の生の意味を明らかにする上できわめて重要な役割を担わされている。

この茂右衛門の伯母は、予告もなしに不意に登場する点でも、これまたまぎれもない現実世界の一端としての属性を示す。そして、「親《をや》の茂介殿の事のみいひ出して泪片手《なみたかたて》夜すがら咄《はな》し」は巧みにあるタイプの老嫗らしい姿を描くものだが、主人公二人を中心として展開してきた物語に不意に登場した人物が、また別の人物「茂介殿」のことを語るということで、現実が次から次へと無限に外部に広がることを示し、しかも伯母の頭を今占めているこの茂介も、茂右衛門はまるで関心がなくむしろ困惑ぎみであり、しかもそれが本当は茂右衛門にとって赤の他人ではなく亡父だというのだから、彼がそんな伯母や亡父などの世界とはまるで無縁の世界に来てしまっていることを語る。

次に登場する是太郎も、そのグロテスクに誇張された明確な映像とその言動は、ある典型を確実に示し、強い存在感を与えるが、それは、都会人たる当時の読者には恐らく直ちに了解される体の人物像である。西鶴がここで読者の哄笑を喚び起こそうと意図したことは疑い得ない。そして読者はここではもはや例えば第二章の読者の意味で読者ではなく、ほとんど観客の立場にあって物語の展開を見守る。伯母が勝手におさんを嫁にと決めてしまい、二人が困惑している最中、読者も当の是太郎とはいかなる人物かと期待を募らせている。しかもその期待は、伯母の滑稽な言動から推して当然笑いを期待している。喜劇の上演に当たっては、笑わせられる期待を抱き笑おうと身構えている観客の方が笑わせやすい。いかに滑稽なるものでも、純粋の不意打ちでは人は滅多に笑わない。そうしたいわば観客の立場にある読者の眼前に、極端に誇張されたある典型を登場させるという手法である。描写の冒頭に置かれた「其様《そのさま》すさましや」の一句も、読者の爆笑を無理にでも引き出そうとするかのようである。そして事実、笑おうと身構えている読者はこの抽象語だけで笑いを爆発させる。それに続く具体的描写は、「すぐれてせい高《たかく》かしらは唐獅子《からしゝ》のごとくちゞみあがりて髭《ひげ》は熊《くま》のまぎれて眼赤筋《まなこあかすぢ》立て光《ひかり》つよく足《あし》手其まゝ松木にひとしく身には割織《さきをり》を着《き》て藤縄《ふぢなは》の組帯《くみをび》して」とリアルながら転合書き的な誇張である。殆どが都会人だった当時の読者は、漠然たる優越感も支えとなって、これを笑うのはたやすかったであろう。単純な笑いである。これはきわめて安易な方法とも言えるだろう。

しかし、同時にこの人物は、作品の世界をさらに豊かにし、また主人公二人の生を別の角度から照射し、より深い理解を齎していることも確かである。例えば、「女房《にようばう》共は上方《かみかた》そだちにして物にやはらかなるが氣《き》にはいらねど も親類《しんるい》のふしやうなりとひざ枕《まくら》してゆたかに臥《ふし》ける」のくだりなどは、愛すべき田舎者の負けおしみとして最も爆笑的な個所であろうが、これは同時にある深い真実をも明らかにしている。彼らの生以外にも、全く別の価値体系を備えた全く別の生が存在する可能性を、ひとつの現実として作品中に突き付けてみせるからである。いかに異常に白熱していようとも、死を前途に予期する恋人同志が意識する生ほど、鎖された狭い世界はないだろう。読者もいつの間にかそれにつれて作品の世界を鎖された狭いものにしている。恐らくそれが偽りとして耐え難かったから、西鶴は、茶屋のおやじ、伯母、是太郎と、繰り返し喜劇的な人物と場面を登場させ展開させるのであろう。主人公二人とは異なった生のあり方を提示することによって、主人公二人の生の特殊性が明らかにされると共に、それは現実のすべてではないとして相対化される。また読者の爆笑という生理的現象自体が、読者が脳裡に作り上げてきた作品世界の悲劇的性格を破壊し、主人公二人の生が無限に拡散して、読者の生ともつながる現実世界の単なる一小部分と化し、しかもその現実の中に確固として定着することになる。こうした相対化は当然、主人公二人の姿をも侵し、「またもうきめに近江《あふみ》の海《うみ》にて死《しぬ》べき命をながらへしとても天われをのがさずと脇差《わきざし》取て立をおさん押《をし》とゞめて」はすでに充分滑稽である。そんなに思い詰めていたのに翌朝やすやすと逃げ出すことができるから一層そうである。このくだりは前述のように、生と死に対する彼らの突き詰めた二様の態度を示すのだが、その悲劇的性格はそのままに、それを喜劇の一構成部分として場面全体の滑稽さに汚染させ、そのようにしてどうしようもなく相対化、現実化する。こうしてこの場面は決して脇道などではない。だが、いかに演劇的にしつらえられていようとも、実はこういうことが許されるのは、これが広い意味での小説だからでもある。

主人公二人自身も、その意識が悲劇のうちにとらえられているとは言え、現実世界のこうした性格を感じないわけではなく、またその影響も受けざるを得ない。是太郎の姿に対して彼らが、「かなしき中にもおかしくなつて」と反応するのは、山中の茶屋の場面で「おかしくなりぬ」とあったのと同じで、そのことをはっきり示している。

それにしてもこの「かなしき中にもおかしくなつて」は、おそらく当時も今日と同様、日常生活で意味についてのことさらの反省もなくいくらも発せられる、何の変哲もない手垢にまみれた常套語だったに違いなく、勿論ここでもまず第一にそうした言葉として使われているわけだが、それがこの場合いかにも適切と感じられるのは、日常的使用によってこびりついた常套性という付加物を取り去って、この言葉自体の純粋な意味を抽出したとき、それが、悲劇的な内実を保ったまま喜劇的な世界の中にいるという、主人公たちのこの場のシチュエーションを端的に表現するからだ。この言葉では今悲しくまたおかしく感じているのが彼らの主観に限られるというだけの違いである。こうした重層的な意味を持たせた言葉の使用は西鶴にしばしば見られ、この上ない適切さの印象を与える。

五

内実は悲劇である彼らの存在自体がそのまま喜劇に化するという現象は、次の切戸の文珠堂参籠中の霊夢の場面にも見られる。また、この挿話は主人公の内面について実に多くのことを語ってくれる。これは西鶴の卓抜な技巧を示す。

彼らがここに参籠したのは、もちろんただ一夜の宿を借りる方便というだけのことではあるまい。もしそうだったら霊夢が訪れる筈がないからだ。彼らが遠くない未来に刑死を予想し、そのことによって世間一般の人びととは別の生を生きることになっているにも拘らず、その刑死の時が近づかないように祈ろうとするわけであろう。他国への逃亡によって僅かでも生を延ばそうとした以上、そして前途にあって彼らの生を断ち切るべき死は接近したり遠のいたりし続けていたから、これは自然の行為である。神ほとけに縋ろうという気になるのを彼らの弱さとするわけにはいかない。

夢に現れた文珠のお告げは、彼らが意識下で自覚していることが何かを示すものである。この場の文珠は、巻一の室の明神と違って、彼らの知らないことを教えてくれるわけではない。普段醒めているときは意識に上らせまいと努めてはいるが、実は二人にとってとうに分かりきったことを言うに過ぎない(30)。夢は人の意識下の心理や認識を表現するという現在では陳腐な事実を西鶴もわきまえていたのであろう。当時の読者も、もちろん大多数は単なる説話的興味から霊夢の不思議と有難いお告げに吃驚し、主人公のそれへの反撥に呆れたであろうし、西鶴もまず第一にはそうした読者を考えてはいただろうが、夢なるものの意味を西鶴同様知っていた者もいたに違いない。文珠のお告げはこう書かれる。

切戸《きれと》の文珠堂《もんしゆだう》につやしてまどろみしに夜半とおもふ時あらたに㚑夢《れいむ》あり汝等《なんぢら》世になきいたづらして何國《いつく》までか其難《そのなん》のがれがたしされどもかへらぬむかしなり向後《きやうかう》浮世《うきよ》の姿《すかた》をやめて惜《をし》きとおもふ黒髪を切出家《しゆつけ》となり二人別《わかれ》〳〵に住《すみ》て悪心《あくしん》さつて菩提《ぼたい》の道に入ば人も命をたすくへしとありがたき夢《ゆめ》心に

文珠の言葉はいかにも有難い説教調だが、冒頭の「世になきいたづら」からして、彼ら自身の自覚を感じさせる。罪の意識である。注目すべきは「されどもかへらぬむかしなり」の一句で、これは過去に犯した罪の取り返しのつかなさを言う陳腐な語だが、この巻のこれまでに表現され得たことの豊かさのため、実に印象的である。「むかし」の語は、最初の姦通の頃が、実際の月日はそう経っていないにも拘らず、彼らの意識内ではいかに遙かな遠い過去となってしまったかを暗示している。そして「かへらぬ」と結びついているため、彼らが内心、あるいは意識下でその取り返し難いのを惜しんでいるのではないかと疑わせる効果を持つ。意識下では、今でも悔恨めいたものが時には目覚める折もあるのではないか、それほどではなくても、もしああいう最初の間違いが無かったら、今ごろは京で、つまり現実世界で日常の平凡な生を以前同様に続けていただろうという思いが、念頭をよぎることはあり、そうした失われた日常的世界に或る懐かしさを感じることもあったことを暗示する。次に、別れて仏道に入れば「人も命をたすくへし」というのは、事実彼らが助かる唯一の手段である、彼らもそれを知らないわけではあるまい。普段は考えまいとしているだけだ。それを文殊様のお告げとしてここで夢に見るのはきわめて自然である。この文殊堂という場所の連想から無意識に出家に想到するのは理にかなっているし、しかも祈りの内容は捕縛されないことと延命であったに違いなく、それを必死に祈ったときほど、それが出家以外には不可能であることが、意識下で否応なしに強く感じられることはあるまいからである。だが、その助かる手段なるものは、彼らの生の唯一の意味を完全に否定することだから、当然彼らは即座に反撥し、生命を代償としてしかしそのため愛欲生活という確固たる単一の内実を備えるを得た、彼らの選んだ生の価値に彼らは必死でしがみつく。「ありがたき夢《ゆめ》心にすへ〳〵は何にならふともかまはしやるなこちや是がすきにて身に替《かへ》ての脇《わき》心」と。この「身に替《かへ》ての」とは、自分たちの未来にはこの撰択しかなく、それはもう決定しているのだという自覚である。いや、ここで悟ったというよりむしろ、彼らがここで残されていた一縷の可能性を積極的に放棄する行為に出たと理解すべきだろう。それは文殊堂参籠の動機とは全く矛盾する撰択だが、その撰択は、意識下に抑えていた助命の唯一の方法が参籠によって意識されてしまったため、否応なしになさざるを得なかった行為だったのだ。「文殊《もんじゆ》ゟは衆道《しゆだう》ばかりの御合点女道《かつてんによだう》は曾《かつ》てしろしめさるまじ」と夢で言い放つのは、仏道へ入るという味気ない生への嫌悪から愛欲耽溺の充実感が改めて強く甦ったのであろう。しかし、ここでまた彼らが確認した生命よりも愛欲という撰択はやはり辛く、それはまた、現に祈願している神仏の加護を拒否するという空恐ろしいほど罪深い行為だから、絶望的な堕落の思いは非常に強い。究極的な救済の否定をも自ら選んでしまったという自覚である。だから「いやな夢」なのだ。ところが一方、そうした霊夢への彼らの反応、その居直りの言葉のふざけた調子と当時の常套といえ文殊―衆道の連想の持つ卑猥さは、その彼らのこの上なく悲劇的な姿をひどく滑稽なものにする。つまり、瀆聖的な言葉で神仏に抗し、死を選んで情交を重ねるというきわめて深刻で絶望的な状況と、強い喜劇性――むしろ下品な笑劇性の双方をこのくだりの二人の姿は併せ持ち、そのことによって限りない真実性を備え得ている。次いでそれは儚い無常感のうちに収斂してしまう。「……女道《にょだう》は曾《かつ》てしろしめさるまじといふかと思へばいやな夢覺《さめ》て橋立《はしたち》の松の風ふけは塵《ちり》の世じや物となをく〳〵やむ事のなかりし」神仏にも見離され、前途には死、そこに到るまでの生にはただ愛欲生活のみという自覚は、荒涼として虚ろな思い「塵《ちり》の世じや物」へと解消する。この捨鉢なせりふは、彼ら自身の姿を含んだこの世界全体が儚く無意味なものとして認識されていることを示そう。このくだりについては後にまた取り上げる。

六

第五章の「身の上の立聞」は、また別の角度から主人公らの体験に新しい豊かな内実を与え、またそれによって読者に彼らの生の真実を一段と深く感じ取らせてくれる。この段は末尾を除き、一言にして言えば、世を忍ぶ犯罪者の怯えの典型的で的確な描出と言える。この驚くべき生々しさと実感の伝達は、人の心理を描く中古物語以来の伝統の重みを感じさせる。

この冒頭、「あしき事は身に覺て」以下まず大經師についての記述が来るが、この人物をごく常識的な世俗の人、ありふれた寝取られ男として定着してしまおうとするものと考えられる。この人物を物語の上で全く無視してしまうわけにはいかない。といって、この章での筋の進行の上での役割は、末尾近く主人公二人を捕えさせた主体というだけである。だが全然書かれないでしまったら読者は気になったであろう。それでこのように平凡な人物として描いているわけだが、第二章の冒頭と矛盾する要素もない代わり、その人間像がより深まるということもない。「おさん事も死《しに》けれは是非《ぜひ》もなしと其通《そのとを》りに世間をすまし年月のむかしを思ひ出てにくしといふ心にも僧《そう》をまねきてなき跡《あと》を弔《とふら》ひける」も、良識ある普通の社会人としてごく当然の心理と行為である。ところでこのくだりにはもうひとつの役割がある。暦屋ひいては世間一般がおさんの死を信じていることをあらかじめ読者に教えておくことが、すぐ後に続きこの章の主要部分を占める茂右衛門の人目を忍ぶお尋ね者としての心理を描き出す上で必要なのである。それについては後述する。

そこで、茂右衛門の京のぼりだが、この突飛な行為に出たこと自体も、この上ない自然さを感じさせる。それはやはり西鶴の人間洞察力から来る心理的な必然性に裏打ちされているからである。何よりも、偽装心中があのような形のものだったから、当の本人二人には、完全に成功したのかどうか、筋書き通り世間全体をだまし了せたかどうか、不確かだということがある。かなりの遠国へ落ち延び、ある程度日数を経、あるいは成功したのではないかとの思いが日増しに募っていたろう。だがそれが不安感を消し去ってしまうようなことはなく、むしろ成功不成功をなんとかして確認したいという衝動が次第に強まり、居ても立ってもいられなくなる。これは逃亡する犯罪者の心理の一面と言えよう。

さらにもうひとつ茂右衛門京再訪の動機には、別の面での心理的必然性がある。「いつとなく身の事わすれて都《みやこ》ゆかしくおもひやりて」彼ら二人は不定ながら前途を死によって区切られた意識を持ち、鎖された特異な生を生きている。単に彼らの居る場所が丹後という他郷であるばかりでない。必死の恋に生きるという完全な異郷、別次元の世界である。しかし茂右衛門にあってはその自覚はおさんほどしっかりしていない。二人の意識にはこの点では差がある。こうした場合女の方が一途なのは普通である上、なによりもおさんは逃避行に入った直後、ひとたび半ば死のうちに入り、自己の残された生には恋のみがあるとの意識を持って甦ったのであり、さらに文珠堂の一夜では神仏による救済を拒否さえしたからである。自覚の足りない茂右衛門にとっては、現在の生がいかに異常な生であっても、日々なんの変化もなく続けばその異常さ自体が急速にある日常性ともいうべきものを帯びてくる筈である。「いつとなく身の事わすれて」はその心理の機微を示そう。すると、自分たちの生が現実世界から切り離されていることに慊らなさが感じられてくる。みずからその生を選んだ以上そう感じるのは不当な筈だが、ともかく、曾ては自分たちもその中にいて日々呼吸していたあの平穏無事で散文的な現実世界との間に、なんとか或るつながりを持ちたいという気になる。京なるものが京育ちの両人にとって、そうした世界そのものを意味するものであることは、逃亡の初期、生死の境をさまよい、人も通わぬ山中を彷徨し、やっと現実世界に降り立ったとき、まず目に入ったあの休み茶屋が京に通じる街道にあり店の陳列品が都めいたものを二人に感じさせたと説かれていたことからも明らかである。いや西鶴はあのくだりでそのことを前もって明記しておくことで、茂右衛門の京のぼりという行為をより心理的必然性の強いものとしたと言うべきである。だからこれは単なる懐郷の念ではない。茂右衛門京のぼりの意味は以上だが、殆ど心理を書くことがないにも拘らず、簡潔な叙述によってすでに表現されてあるものを読者に想起させ、ごく自然に暗示している。この設定に不自然さ唐突さを感じさせないのはそのためであろう。

途中、広沢の池のあたりで、つい少し前に別れたばかりのおさんを想って涙を流す姿も自然である。それは京に近付いたからである。曾て見馴れた風景の持つ懐かしさは、この恋する男の内部において恋人への思いと同化し涙こぼさんばかりになる。おさんはその地に生まれ育ち、自分たちの恋の最初の舞台もここだったという感慨と土地への懐かしさとが渾然となって胸に迫るわけであろう。そしてこのくだりは、茂右衛門が京のぼりに出発したのは決しておさんに飽いたからではない、意識下でおさんからの解放を願ってなどではないと読者に念を押し、そうした疑問が生じる可能性を封じ、この行為の前述の意味をより明確にしている。

京のぼりを思い立ちそれを実行に移すということ自体、その動機は犯罪者の心理として納得がいくのだが、いよいよ京の町中に入ってから翌日ほうほうの体で逃げ帰るまでは、人目を忍ぶ犯罪者、誰かに自分と知られたら最後、即座に身の破滅という立場にある者の怯えと恐怖がいかなるものかが、的確無比に描き出されている。

茂右衛門が、昔の同輩たちの集まって夜なべをしながらの無駄話をひそかに立ち聞きし、自分のこともあれこれ噂に出るのを聴くという設定は、何を表現するために案出されたか。西鶴のねらいとしては第一に、皆に死んだと思われている男が、自分についてあれこれ言われているのを聞く、だが顔を出すわけには絶対にいかないというシチュエーション自体の面白さがあったであろう。だが、それはまた、ここで主人公茂右衛門の意識と心理を如実に示す装置として設定され、そこで交わされている会話も、その目的のためきわめて巧妙かつ技巧的に配置されていることを見落とせない。

それはまず、こうした若い手代たちが仕事片手に四方山話する情景を生き生きと描く。そうした風俗描写が、風俗描写の通例に反し、極度に少ない言葉で成功しているのだ。そして、そのいかにもありふれたお決まりの情景、その完全な日常性は、立ち聞きする茂右衛門に、それと対照しての、そこから疎外された現在のおのれの立場の異常性を痛感させるものであったろう。これは曾て自分もその一部分としてその中で日夜呼吸し、いわば自分の最も馴れ且つ知悉した世界だ。茂右衛門の京のぼりの衝動が、自分がそこからとび出した現実世界への郷愁というべき心理から発したとするならば、これはまさにお訴え向きの場面であり、茂右衛門にとっての現実世界の第一の典型、それを代表するものとして作者が選んだ情景である。これまでの彼の異常な生に充分共感し得ている我々には、その情景に接した茂右衛門の意識そのものは一言も書かれていなくとも、手に取るように理解し共感することができる。

だが、しばらく立ち聞きを続けているうちに風向きが変わり、「さてこそ我事申出しさても〳〵茂右衛門めはならびなき美人《びじん》をぬすみおしからぬ命しんでも果報《くはほう》といへばいかにも〳〵一生のおもひ出といふもあり」ということになる。おさんの葬式が行われたことを我々は知っているから、この手代たちが茂右衛門を死者として扱っていることに驚かないが、ここでは茂右衛門のそれを聞いての反応が示されていないことが彼の心理を雄弁に伝える。偽装心中の成功不成功は不確かだったから、こうした科白を耳にしたらもっと喜んでいい筈なのだが、改めてこう聞くと、それが成功して皆が自分たちの死を信じていることが何か当然至極のように思われ、自分も以前から成功を疑ったことは一度もなかったような気さえするのだろう。

そのあとすぐ「此茂右衛門め人間たる者《もの》の風うへにも置《をく》やつにはあらず主人夫妻《ふさい》をたぶらかし彼是《かれこれ》ためしなき悪人と義理《ぎり》をつめてそしりける」という科白があり、それを茂右衛門が歯ぎしりして口惜しがるという設定も多くのことを教えてくれる。第一にこう激怒したりする余裕があるということは、偽装心中の成功という点に関しては、茂右衛門が先ほど耳にした科白でいかに安心してしまったかということ、またこの律気な男にして人間のさがのいかに身勝手なものであるかをグロテスクに誇張して示す。死んだと思われているだけでもこの男は感謝しなければならないのに、それが当然のような気になって、自分に言われた悪口に腹を立てるなど、身の程を忘れた態度と読者は呆れ且つ憫笑を誘われる。それにしても、この批難の科白に茂右衛門が恐怖のかけらも感じないのは面白い。

この㐂介なる人物の似而非正義漢としての言葉は、茂右衛門を弾劾する社会そのものの声を代表し、それは厳しい制裁と直結するものであることを彼自身承知している筈なのに、ひたすら強い反撥を感じるだけというのは、捕縛の可能性への彼の恐怖がいかにこの瞬間薄らいでいたかを物語り、次の科白から受ける反応をこの上なく強めるための準備となっている。だが、この㐂介なる人物の科白に罪の意識を刺激され道徳的反省を促されるようなことのないのは、いかに律気な茂右衛門にとっても当然である。たとえ相手の言う事が図星でも、こうした同輩しかもあまり仲のよくない同輩が、正面から正義漢づらして「義理をつめて」批難する科白を聞けば反撥を感じるに決まっている。だから「哀《あはれ》をしらずにくさけに物をいひ捨《すて》つるやつかなおのれには預《あつか》り手形《てがた》にして銀八拾目の取替《とりかへ》あり今《いま》のかはりに首《くび》おさへても取べし」の心内語が来る。「哀《あはれ》をしらず」とは、死者を鞭打つ行為への憤慨であるが、また、自分たちの、生命と引き替えの必死の恋、それを冒瀆されたように感じたということもあろう。しかし、㐂介が無視した、彼の嘗めている艱難辛苦も、自ら選び自らに引き寄せた苦しみだから、これも読者に滑稽な身勝手さを感じさせる。それでも、読者をしてこの場の茂右衛門に憎悪を感じさせる程でもないのは、㐂介の言葉の、珍しくもないが常に嫌悪すべきものである普遍的な偽善性のためばかりでなく、茂右衛門が心中に呟く「哀《あはれ》をしらず」に読者も共感するところが多いからである。特にここでは「哀《あはれ》」の語でおさんの姿も読者の念頭に浮かぶ。二人一緒の必死の恋の陶酔と苦難は読者も充分に知るところだからだ。特にこの語は、少し前におさんの弔いに伴って贅を尽くした生前の衣裳が菩提寺の幡天蓋になったというくだりで、「哀《あはれ》や」の詠歎が挿入されていたため、それの無意識の想起から読者がこう感じるのは一層容易となっている。「銀八拾目の取替《とりかへ》あり」を思い出すとは茂右衛門の呑気さ加減をグロテスクに誇張するものだが、この憤慨にはまた、今眼の前にしてい、すぐにも踏み入っていけそうな現実世界から、自分が不当にも排除されていることへの苛立ちも伝え、僅かな借金というひどく現実的な瑣事を思い出すのも、自分にはその世界と交渉を持つ権利があることを主張するかのようである。「首《くび》おさへても取べし」も、その世界の中に今にも踏み込んでその一員としての具体的行動をとることを、身の程を忘れて想像しているわけだ。「世にかくす身の是非《ぜひ》なく」と辛うじて自制しているが、ここで示された茂右衛門の意識はもうほとんど彼らと共にある。だが茂右衛門自身は今忘れているが、実はそうしたとんでもない思い違いが許されるのも、自分の死が皆に信じられていることを確信できるということが唯一の拠り所である。

その折も折、聞こえてくる科白は、その拠り所をあっという間に取り払ってしまい、現実世界とおのれとのかかわりがいかなるものであるかを彼に思い知らせる。「又ひとりのいへるは茂右衛門は今にしなずにどこぞ伊勢のあたりにおさん殿をつれて居《い》るといのよい事をしほると語《かた》る」これは作者の鐘骨の一句かと思わせる豊かな表現力を持つ。この科白はいかにも気楽な気分で無責任に発せられ、発した当人もその内容に自身たいして信を置いているわけでなく、この上なく平凡で俗っぽいこの場にいかにもぴったりした、この場で発せられるのが当然至極といった趣きを備えている。すでにおさんの葬式が記されていて、死が信じられていることを知っているから、読者にはこの時にたいした根拠のあるわけでないことが分かっている。「どこぞ伊勢のあたりに」とは彼らの隠れているのと正反対の方角で頓狂な間違いだから、この憶測が他愛ない興味本位の噂に過ぎないことを茂右衛門にも教える筈だが、死体の揚がらぬ心中事件だから当然とは言え、そうした噂が生じること自体、彼らの死が完全に確実なものとして信じられているわけでもないことを示し、その僅かな可能性だけで茂右衛門を真底から脅かすに足りる。これは単なる噂の紹介であり、最初に描かれた二つほどの科白、また描かれなかったが他にもあったと想像される多くの同じような科白と、発言者の無責任さ、自己の発言内容への関心の薄さの点で軌を一にする。その点乞介の義憤調だけは違っている。乞介の科白は最後の科白のこういう呑気な性格を際立たせる。この最後の科白がそれらと違うのは、茂右衛門の死を前提としていないという一点に過ぎないが、それが彼に衝撃を与えた。「主人夫妻《ふさい》をたぶらかし彼是《かれこれ》ためしなき悪人」という乭介の断罪は、茂右衛門の生死という観点を捨象していた。偽善的な内容とともにそのことも彼にとってこの科白が違和感を感じさせ打撃にならなかった理由である。いずれの科白も現実世界の側からするおさん茂右衛門の異常な生に対する通俗的判断の性格を持つが、「おしからぬ命しんでも果報《くはほう》」「一生のおもひ出」は、彼の死を前提とした上での彼の生についての判断であり、その死が過去に属するだけの違いで、実際の茂右衛門の生も未来《いまい》に死を前提としているのだから、こうした捉え方は彼にとってそれほど見当違いと感じられなかったであろう。その生が例のない幸福だというのも、俗臭芬々たる判断ながら意外に真実を衝いている。最後の科白は違っている。「よい事をしほる」は「しんでも果報《くはほう》」「一生のおもひ出」と一見同じ意味の判断と受け取れるが、これは死によって完了した事実でなく、現在進行中のことを述べるという違いである。これは図らずも茂右衛門の実相を衝いてしまった。死がいかに確実とはいえ未来に置かれ、その時期が予見不可能で動揺している限り、現在には生が続き、その生は続きつつある間に刻々と日常性を帯び現実世界に近づくという事実を、この一句は茂右衛門に突き付ける。おさんは知らず少なくとも茂右衛門にとっては、彼が送っている生はもはや生命と引き替えての愛欲ではなく、現世的逸楽の性格を強めていたに違いない。前に「果報《くはほう》」という俗的判断に特に反撥しなかったことがそれを裏書きする。「よい事をしほる」は、茂右衛門のそうした罰せられずに済む筈のない現在の姿を、端的且つこの上なく的確に言い当てた。しかも「どこぞ——のあたりに——居《い》るといの」と、現にすぐそこに、まぎれもなく今この現実世界の一隅に立っている彼を指さすかに感じられる科白に続いているのだ。この最後の科白が彼に悟らせたものは、現実世界そのものの恐ろしさ、つまりそこには掟なるものが間違いなく厳存し、おのれらの生はいかに次元を異にするかに見えても、現実世界の中にあり、容赦なくその掟の支配を受けるという事実であり、それはその掟の指定する罰以上に彼を圧倒したと言えるだろう。この気楽な調子で発せられた科白が茂右衛門の耳に飛び込んで来たときの異常なまなましさの実感を高めるため、これが四つの科白の中で最も強い直接話法的性格を与えられている点にも注目すべきである。特に直前のあの茂右衛門を弾劾した科白が、半ば間接話法、つまり直接話法の外観を持ち口調と内容は忠実に伝えるが発語された通りではない、といった性格を備えているから特に強く感じられる。その効果は当時の京坂の読者には更に顕著だったであろう。

「是を聞と身にふるひ出て俄《にわか》にさむく足ばやに立のき」、恐怖の心理を描かず当人の知覚した生理的な反応を記しているのはまことに適切である。このように、いわば生存の足場がおのれの足もとには存在していなかったことに気付いた場合、当人の意識は極度に混乱し、自覚されるのはこういう生理的な感覚だけとなるからである。

以後茂右衛門は絶望的な恐怖の虜になる。「我身《わかみ》の事すへ〳〵しれぬやうにと祈《いのり》ける其《その》身の横《よこ》しまあたご様も何として助け給ふへし」これは前章末の夢中でのお告げへの反抗と対照的な姿である。神仏に縋ることその祈りの内容ともに、この男が自己の生の何たるかをすっかり忘れてしまったさまを示すが、このように現実世界の精神的習慣を取り戻しているのは、捕縛されずにいる間に彼の生がどんどん世俗化したためもあろうが、最前の恐怖の体験で現実世界そのものの重みに圧倒されて、一挙にその価値観に汚染されてしまったとも考えることができる。神仏への身勝手な祈願を嗤うのは作者西鶴の常套だが、「其《その》身の横《よこ》しま」という非難のきびしさは、不義自体に向けられたというより、捕縛を逃れたいという茂右衛門にあっては殆ど理屈に合わない望みの愚かさに呆れていると見るべきである。

それでもこの祈りでやや緊張が取れでもしたのか、翌日この男は性懲りもなく現実世界への接近を求めるという愚かさを見せる。おのれの置かれた事態を悟った筈なのに、それがあまりに恐るべきものなので、否定したいということがまずあろう。ごく自然の心理である。そして「都《みやこ》の名殘《なこり》とて」は前述の京のぼりの動機のひとつがまだ彼の念頭から消えていないことを示そう。芝居小屋をのぞいたのは、「何事やらん見てかへりておさんに咄しにも」と、これも現実世界の習俗に従おうとする動機で自己弁護しているが、あるいはこの行為は、自分の今生きている世界が恐怖のためにまるで悪夢のような異様な相を帯びているのに耐えられず、舞台という現実世界の内部に二重に設定された虚構の別世界に接することで、悪夢から覚めるようになんとかそこから脱却できようかという誤った期待も意識下にあったのだろうか。勿論それは不可能である。舞台の上に繰り広げられる世界に没入することなどとてもできない。「もしも我をしる人もと心元なく」「狂言《きやうけん》も人の娘《むすめ》をぬすむ所」さらにとどめを刺すように「ならび先のかた見れはおさん与の旦那《たんな》殿」という衝撃が来る。これは怯えから来る他人のそら似かあるいはほんものが偶然まさにそこにいたのか、それは分からない。むしろ、作者のその点に関する説明が書かれていないことが、かえってこの挿話に恐るべき実感を齎している。ともかく茂右衛門本人がそう見、恐怖に気も動顛したのは確かである。「たましゐ消《きへ》てぢごくのうへの一足飛《とび》玉なる汗《あせ》をかきて木戸口にかけ出丹後《たんこ》なる里《さと》にかへり其後は京こはかりき」この凝縮した切れ目のない記述は、一目散に逃げ帰った様子を哀れさと滑稽感を伴いながら表現し、また、恐怖が第二の衝撃から以後ずっと彼の心理を占め続けるようになることを示す。

前夜と今日の二度に亘るこの恐怖の体験は、おさんと違って自己の存在の意味を充分わきまえず、現実世界に未練を持ち、そこから疎外されている境遇に不満で、そことの繋がりをなんとか恢復したいと願って近づいた茂右衛門を、現実世界がその凄まじい様相によって弾き飛ばしたさまを現す。

以上のように見てくると、これだけ技巧の粋を尽くして表現された茂右衛門京のぼりのエピソードは、茂右衛門の精神の現在を教え、また彼ら二人のいる世界が現実世界の中で持つ意味を感覚的に読者に悟らせる機能がまず第一だが、さらにもうひとつの意図を持つように思われてくる。これは、その後に来る二人の捕縛、刑死をあのようにあっさりと書くことを可能にするためにも設けられたのではないか。この章はもっぱら茂右衛門だけを中心に書かれ、おさんが忘れられているとの不満を漏らす評家もいる。私見によれば、むしろおさんはここでは触れられない必要があるのだが、それは後述するとして、なによりも彼女は前章まででですでにその覚悟は充分に描かれた。茂右衛門はまだ自己の撰択した生の意味を把握しきれずふらついている。だがこの章で、現実世界の非情を悟り絶望的恐怖を持ってしまったあとでは、その恐怖の対象たる捕縛の到来は、彼には一面むしろ待ち遠しくさえ思われ、いよいよその瞬間に立ち到ったときには、まるで予期していた当然の運命のように感じるであろうから、また、これほど強い実感で彼の怯えと恐怖が書かれ読者もそれに共感しているから、捕縛が単なる記述で済み、刑死もその潔い最期にふさわしい淡々たる語り方が可能となった。もし京再訪のエピソードが無く直ちに最後の場面に続いたら、あの最期を二人のものとして書くことはできず、茂右衛門は忘れられたという印象を読者は拭いきれなかったであろう。

その捕縛までの間にその端緒となった栗売りの挿話がある。その機能は何か。この挿話の舞台は、茂右衛門が立ち聞きしたと同じ暦屋の店頭である。そしてその情景は、あの時と同じありふれた日常性に浸されている。これはあの時と同じ代表的な現実世界であり、茂右衛門が逃げて行ったあとも、現実世界は何事もなく続いていることを示すわけだ。栗売りと暦屋との対話は、あのとき茂右衛門が立ち聞きしたような平凡な日常会話であり、しかも、あのときと同じ強い直接話法性を持っている。特に「それはてこねた」と言う暦屋の吐き捨てるような短い科白は、こんな場合まさにこれ以外には発言されなかっただろうと思わせるほどの実感が籠っている。例の「よい事をしほる」とその点好一対だが、西鶴はそう受け取られることを意図したに違いない。ともかく、あの夜の場面とこの場面は、双方ともに平々凡々たる日常性という特性はそのままに、前者は立ち聞きする茂右衛門に絶望的恐怖を与え、後者はおさん茂右衛門の生存がそこで暴露されるという恐ろしいことが行われる。これこそ西鶴の示したかった現実世界なのだ。栗売りは個性が示されるだけの余裕がないが、その科白などで平凡な俗人と分かり、暦屋は近松作品のような意地の悪い敵役でなく、多少胆汁質だが良識的現実的な凡人である。しかしそうした両者が、現実世界の代表としておさん茂右衛門を破滅させる。それが現実世界の非情さである。特に密告者たる栗売りは丹後の人間だから、おさん茂右衛門が隠れた他郷も別世界ではなかったことを示す。「切戸邉《きれとのあたり》に有けるよ」の地名から、前章末を読者は想起させられ、「なを〳〵やむことのなかりし」と、ひたすら愛欲に突っ走ったおさん茂右衛門の異次元の生が、丹後の現実世界でも、異端として排斥されることがあったと教える。

七

二人の最期を記して巻全体を終える最後の数行は、記述の簡潔を保ちつつ、いや簡潔さそのものによってさえ、殆ど言語の表現能力を超える豊かな内容を表現し、しかもそれを巻末に置いて全巻の特異な構成のかなめとして機能させるために、鏤骨の努力が払われているのを見るべきである。

中《なか》の使《つかい》せし玉といへる女も同し道筋《みちすぢ》にひかれ粟田口《あはたくち》の露草とはなりぬ九月廿二日の曙《あけほの》のゆめさら〳〵寂後《さいご》いやしからず世語《よかたり》とはなりぬ今も淺黄《あさき》の小袖の面影《おもかけ》見るやうに名はのこりし

この最後の数行について小野晋氏は、「短章の中に満腔の憐情をこめて、おさんへの鎮魂歌をかなでているようである」「潔い最後とその艶姿に限りない愛惜の情を吐露している」と述べられた。(31)同様の解は多い。筆者も全く同感であるが、そういう効果を生み出しているテキストのメカニズムの一端を指摘しておきたいと思う。

まず末尾の「名はのこりし」の「し」がある。完了の助動詞「き」の連体形止めは常に見るところだが、文法書の教えるところによるとこれは詠歎を表すと言い、あるいは必ずしも常にそうではないと言う。だが、ここでのように章の末尾に用いられた場合、これが詠歎の意を含みやすいことは確かだろう。これでもってひとつの章ひとつの作品が終わる場合、これは何か言葉足らずの印象、言うべきことのすべてを言わずに途中でふと途切れたように口を鎖すという趣きを持ち、言わずにしまったであろうことが豊かな余韻として後に残るとともに、中途半端さから来るある果敢無さ、途中で断念してしまった諦めの感を同時に漂わせる。諦観の色濃い、そして特に主観性の強い詠歎と言うべきだろう。いや、少なくとも、それに先立つテキストの意味が既に詠歎的であったり、テキストの進行が前途に詠歎を必然とするものである場合、その先に置かれ、しかもそれが章末や作全体の末尾に位置する場合には、この「し」はそうした機能によって間違いなくその詠歎性を強めるとは言えよう。他の、例えば「き」などと比較すればそのことは明らかである。特にここでは、直前の「露草とはなりぬ……世語《よかたり》とはなりぬ」と、動詞「なり」に付く完了の助動詞「ぬ」の二度の繰り返しという、それ自体詠歎的主情的な手法で彼らの生の完了、終焉が強調されたあと、主語の僅かな、謂わば提喩的な移動で「し」が来、しかも「のこり」に付いているという対照から、余情をあとに残す効果が極めて高い。

ところでこの「し」は、そのように印象が強いため、それがここ終章の末尾だけでなく前章末にも使われて同じような効果を生み、似たような感情を漂わせていたことに、読者は直ちに気付く。霊夢を見、文珠のお告げに反撥する直後の「いやな夢覺《さめ》て橋立《はしたち》の松の風ふけは塵《ちり》の世じや物となを〳〵やむ事のなかりし」だが、これは末尾の

「し」のみならず、共通する性格を持った多くの語句が、読者をしてこの部分への回想をさそうことは明らかである。「夢」と「ゆめ」の語、「なを〳〵」に対応する「さら〳〵」の擬態語、「橋立《はしたち》」と「粟田口《あはたくち》」という名高い地名、それに続く「松の風」と「露草」も殆ど同一の範疇に入る詩語である。「松の風ふけは」と「露草とはなりぬ」は句としても対応し、共通する「世」の語からそれを含む「塵《ちり》の世じや物」と「世語《よかたり》とはなりぬ」が対応することも感じ取れる。この最後の二対は、微妙な差はあっても或る無常感といった情緒が付き纏う句である。ありふれたささやかな自然物が宇宙の虚無を啓示することはいくらもある。

この繰り返しの設定が意図した効果は何か。前章末ではおさんの愛欲の姿が索漠たる虚しさのうちに詠歎され、ここではその死が悼まれる。意味合いは異なるにしてもそこに共通する無常感が、作品そのものの性格として確認されるということがまずある。だがそれだけではない。「し」が付いているのは前章では「やむ事のなかりし」ここでは「のこりし」と、共に持続を示す語である。そこで映像の持続を言う後者から読者は愛欲の持続を思い出すわけだ。いつまでもぐずぐずと皆の記憶に残っているとされ、読者の映像ともなるおさん刑死のときの姿は、曾ての、ひたむきに愛欲に沈潜していったあの彼女の姿と二重映しになり、読者の意識の中で二つの姿はひとつに融け込む。逆に、前章末のおさんは、すでに必然の死を未来に覚悟していた彼女の内面を反映するかのように、読者の意識でも、その愛欲の姿がいわば死の影のもとにあるように感じられた。それがここで確認される。これほどの救い難い愛欲の激しさでは、まっしぐらに死に向かうようなものと思われたのが、やはり本当にそうなってしまった、という感慨を読者は抱くのだ。二重の終わりと言える。救いを喪失した愛欲の深淵への沈淪はすでにひとつの死であり、さらにそれを苛酷な処刑による死が断ち切る。

ところが、もうひとつ重要なことは、終章末から前章末へと丁度一章分一気に遡り得た読者の意識の運動は、

――その間におさんの記述が殆ど無く、茂右衛門に視点が集中していた事がそれを容易にする――決してそこにとどまらず、どんどん過去へ遡行していき、この巻に現されたおさんの姿全体を、悼尾の主観的な詠歎の感慨をもって一挙に想起しようとする、ということである。もっとも、巻末の数行の持つ強い回顧的な力の源泉は前章末との類似だけではない。それは追い追い指摘する。

さて、このくだりには「中の使《つかい》せし玉といへる女」なる人物が突然出てくる。これは、諸家の考証によれば、実在の人物でもとになった実事件に現れたものとされる。恐らくそうであろう。だがこれを、第二章の「してやられた枕《まくら》の夢《ゆめ》」の腰元りんと同一視し「この女の実名は第五章の終りにあるように玉といったが、主家では専らりんと呼びならわされていたもの」（岩波文庫『好色五人女』昭和34年　の東明雅氏による補註）という説が多いようである。だが、例えば重友毅氏は、玉は実在の人物りんは作中の人物とし、最後に玉が出てきたのは「巷説そのままを筋書的に語る」(32)としている。賛成である。りんは虚構中の人物であり玉は実在である。考証の如何によらず、テキストそのものが間違いなくそれを教える。偏見を去って読みさえすればそれ以外の読みはあり得まい。りんは中の使いなど一切しなかった。一緒に処刑される理由は何もない。また「九月廿二日」という具体的な目付けがこの事実性を強める。読者は、この巻が実話をもとにしていること、姦通の咎による刑死が事実でありそれが九月二十二日だったことを感じ取らずにはいない。西鶴はここで、虚構の世界から現実の地平へと移っているわけである。ここで作者西鶴が、みずから続けてきた虚構化、正しくは作品世界構築の努力を、意図的にそしてはっきりと読者の目に見える形で放棄した、そう考えてよくない理由があろうか。これはあたかも作者が、実在のおさんの運命への「満腔の憐情」のあまり、それを虚構の作品に仕立てあげる自分がこれまで頼み重ねてきた努力を一瞬忘れてしまったかの様子を見せるもの、あるいは、その虚構を虚構と自認することによって惜しげもなく崩壊させるという犠牲を払ってまで、実在のおさんの事実の運命に「限りない愛惜の情を吐露」（小野晋氏）せずにはいられない作者自身の姿を示そうとするものである。これは一面作者の謙虚さである。なぜなら、処刑という事実はその不條理性、その絶対的な苛酷さによって、そうした虚構化の努力や人間に対する洞察力、天才的技巧などを、どうしようもなく超越し、それらを無意味にしてしまうからであり、また、その運命に相対したときのおさんの潔さは、作品中のいかなる美しさにもまして作者の讃美を誘うからである。作者の主観、その抑えきれぬ感情を無言のうちに表明し、読者にそれを共感させるのにこれほど強力な技巧があろうか。読者はたとえ実説の存在することさえ知らずとも、この処刑が事実だったことをまざまざと悟るが、それと同時に、作者の卓抜な技法によっておのれの脳裡に築き上げてきた作品世界がここで崩壊するのを感じる。あれほど濃密で重苦しい世界、主人公二人の切迫し白熱した異常な生の実感が、一瞬にして否定される。それはしばらく恢復しない。恢復するのは読者が巻三を読んでいる時間とは別の時間のうちに入り、一旦崩壊した作品世界が読者の記憶になったときであろう。だが、実は、その崩壊の瞬間に否応なく読者の感じる長い夢から醒めた感覚いや、殆ど虚無的な喪失感もまた、作者が狙った効果ではないか。処刑というなまなましい事実の強いる厳粛な気分とともにこの感情こそ、作者たちが感じたというおさんへの哀切な同情と無常の思いを読者に強引に実感させる上で大きく役立っているからである。そしてこういう極端な非常手段にさえ訴えざるを得なかった作者の真情に読者は打たれざるを得ず、だから作品世界の崩壊に不満を抱くことがない。「今も」は読者の今ともなるのだ。またこの作品世界の崩壊は、恋愛発生の心理、偽装心中、喜劇的場面、茂右衛門の怯えなどいくつかの際立った挿話を後景に退ける。時間が経ってこの作品世界を思い出したとき、それらは読者の意識の中で明確過ぎる輪郭を失っている。作者の冴えた技巧の印象も消え、異常な世界の実感だけが漠然と、そしてそれだけある重苦しい重量感を持って甦る。現実の過去の体験にそれは似ている。このことも作者の意図だったであろう。

ところで、西鶴がまず第一に意識した読者は、勿論同時代の京坂の市民たちであろう。彼らは西鶴と同じようにおさん茂兵衛の事件をつい数年前のこととしてよく知ってい、西鶴はそうした彼らにむけて、おさんの恋愛発生についての一解答その他巻々の趣向を提供してきたのだから、ここで事実の次元に戻るのはごく当然の成り行きで、無理なところは全然無い。これまで書かれてきた事柄が虚構であることを疑う読者はいなかったであろう。西鶴はここで技能と筆力の誇示をやめ、事実である主人公らの死を、彼ら読者と共に哀悼するわけである。だが、そうした作者のポーズ自体が、おそらく西鶴によって、作品の要求する高次の目的のために設定されたものである。処刑を実見したかどうかは別として、恐らく西鶴は現実のおさんの運命に深く打たれたから、それが事実であることを、時空を異にするいわば普遍的な読者に教えようとするとともに、その悲劇を普遍的なものに高め、作品として永遠化しようとしたのだ。そしてやや矛盾するこの二つの目的を同時に実現するために、上述のようななり振り構わずこうした読者の共感を求めようとする態度とともに、いかにも同時代の京坂の市民たちという目先の読者に訴える形で書くことが、その有力な方法として採用された。

例えば、虚構としてそれまでの作品世界を否定し去ったあとの、巻の最後の一句、「今も浅黄《あさき》の小袖の面影《おもかげ》見るやうに名はのこりし」は、処刑の際のおさんの映像が今でも目にありありと残っているというのだが、それは一体誰の目なのか、言うまでもなく、それは作者だけでなく、この事件に関心を持った人びと、京坂の市民を中心とした不特定多数、特にその処刑を見物に行った連中で、いわば、作者を含めた「われわれ」ともいうべきものである。だが、一面この暗示された「われわれ」自体も高次の虚構として西鶴によって意識的に使用されている。作者、いや正確には話者を含めた多数、漠然としたみんなの眼底にありありとその最後の潔い姿が残っているという言い方、これはそのわれわれの抱く温かいほのかな同情を知らず知らずのうちに伝え、共感を誘う。これはいかにも親密でひそやかな懐かしさを現す。「世語《よかたり》」「名はのこりし」は、われわれにそういう感情が共通し、彼女の面影が共通する思い出である事を示す。それが、この巻末を覆う哀切の気分のさ中にあって、ささやかな救いとなっている。「世語《よかたり》」「名はのこりし」の語に拘らず、野次馬的な騒がしさは皆無である。前章末の荒涼たる絶望の思いとこの巻末の寂蓼感に包まれたしっとりした或る暖かみの印象は対照的である。それは「松の風」に対する「露草」の効果もあろうが、この「われわれ」の暗示的導入が基本である。おさんの激しく絶望的な異次元の生は、少なくともその終焉によって現実世界に受け入れられ、ひと筋の人間的な救いさえ得た。そして作品はそういう気分のうちに幕を閉じて定着する。

作者自身の手によってそれまでの作品世界が虚構として一時的に破壊されたとき、最後の三行以外にもそれを免れた部分はいくつかある。それが前述の、後に甦る異常な世界の漠たる実感と相俟って、作品の内実を形成する。冒頭は「天和二年の暦《こよみ》正月一日吉書萬《きつしよよろづ》によし」と始まるが、前述のようにこれは現実の水準にあった。(33) それがいつの間にか虚構の世界へと入っていったわけで、最後に再びそこから抜け出るわけである。だから冒頭は勿論崩壊しない。だがそれだけではない。第四章末は前述のように、終章末との文体上、語彙上、意味上の重復と類似、また、そこに表現された感情の共通性によって、否定さるべくもなく残る。それに内容から言っても、事実におけるおさんが、逃避行中に必死の愛欲にひたむきに溺れていったであろうことは、その最期の潔さと同様、推測や洞察によらずとも、決して否定できない真実だったであろう。

さらにもうひとつ、「浅黄《あさき》の小袖」は、作品世界崩落後に書かれた、最初のそして結局は唯一の具体物である。これは強く読者の視覚に訴える。それは読者が、これからは事実の次元に入ると身構え「今も」が読者の今と重なった直後に現れるためであり、また皆が思い出に抱いているおさんの面影だというつつましい共感によって、さらに「見るやうに」（傍点、引用者）なるそれに続く実際の語句そのものによって、また、「淺黄《あさき》の」と僅か一語とは言え、色彩という視覚に最も直接的に訴える具体的な限定が付されていることによって、である。作者は、この囚人服を着ているのがおさんの最後の姿であり、読者もその映像を眼底に残して欲しいと念じているから、そういう工夫は当然である。ところがこの強い感覚は、直ちに読者の心中に、自分が曽て感じた一層強い同種の感覚の記憶を喚び起こす。言うまでもなく、それは、第一章の「姿の関守」の末尾ではじめて現れた少女の頃のおさんの、読者の眼底に染みるように残っている、この世のものならぬ美しさの実感である。だから、あの時のおさんは虚構として否定されることがない。最初と最後のおさんの姿は、虚構化、さらにその虚構の否定という破壊を免れる。そして最後の姿を覆う哀切の感情は、読者の脳裡で、あの春の夕暮れに藤の花をかざして街角に佇んだ神秘な少女の記憶をも侵すことになる。

具体的な形容詞の付された衣類の記述は、第一章以後ではこの最後のおさんの囚人服まで皆無である。そのため最後のおさんの姿から最初の姿へと読者の意識が遡るのが容易になっているのだ。いや、是太郎の描写には衣服の記述があった。だが、あれはあまりに粗野な格好だから連想が及ぶことはない。さらに「小袖」の語は一度だけ途中で現れる。しかもおさんの小袖である。それは終章に入ってからの「哀《あはれ》や物好《ものずき》の小袖《こそて》も旦那寺《たんなてら》のはたてんかいと成無常《むじやう》の風にひるかへし」である。最後の「淺黄《あさき》の小袖」はおさんの死に際しての衣裳であった。ここではおさんは皆に死んだと思われているだけだが、実は茂右衛門との愛欲に沈倫し、殆ど死の影のもとにあった。だから、「哀《あはれ》や」「無常《むじやう》の風にひるかへし」の詠歎はなんら間違いではない。二つのくだりともに強い哀感に鎖されている。ところで「物好《ものずき》の小袖《こそて》」は生前いや駆け落ち前のおさんの贅を尽くしたさまざまな衣裳をも連想させる。だから最初の章末のおさんが身につけていた、小袖としては「さてもたくみし小袖《こそて》」だけではあったが、物づくし的に列挙されたおさんのあの美々しい衣裳をもそれらは含んでいたかもしれない。そこで「物好《ものすき》の小袖《こそて》」は、巻末のおさんの姿から、最初の姿へと読者の意識の遡行をより確実にする意図で書かれたと考えられる。そしてまた、最初のあのきらびやかな衣裳から、それらが幡天蓋となり果て、最後におさんが身につけていたのは浅黄の囚人服だという変りようも、哀れさを限りなく強め、その運命に対する深い感慨に読者を誘う。(34)

以上この巻の西鶴は、超人的な努力で、現実の一人物の悲劇を作品化しようとしていることが分かる。これは単なる素材としての利用ではない。主人公に対する人間的関心はこの巻が最も強い。それは現実の事件の主人公に対する内的関心が基にある。実説を無視し、作品自体を検討した結果、この作品における素材の重要性を認識せざるを得ないが、それは現状以上に明らかになることは望めないらしい。だが、一面それは一向に構わないとも言える。以上の検討から知り得たように、創作中の西鶴の創造精神は素材を超えて虚構の世界を作り上げ、更にその虚構を超えて、人間の生の普遍的表現に到ったからである。残された仕事は、『好色五人女』全篇を検討して、他の巻々と比較することで、この作品における西鶴の人間観、創作意識を更に探っていくことであろう。

註

（7）　野間光辰『西鶴年譜考證』昭和27年　中央公論社

（8）　この素朴な美女表現法は洋の東西を問わず馴染深い手法だが、西鶴はここで、その観念性と表現力の薄弱さそのものを巧妙に利用したわけだ。空疎だ常套的だと非難するのは当を得ていない。

（9）　美女の衣裳を詳細に紹介する場合、このように連用形の中止法を重ねる形が生じるのはむしろ自然とも言えよう。

『西鶴俗つれ〳〵』巻四の三「御所染の袖色ふかし」と四「是ぞいもせのすがた山」にその好例が見られる。だが、そこではこれがひとつの手法として、何らか表現上の機能を果している訳ではない。

(10) これに直接先行する美女尽しは、先学諸氏が指摘するように『諸艶大鑑』巻五の五「彼岸参の女不思議」であろう。美女ばかりではないが何か特徴のある女が、人立ちの中に次々に七人現れるわけだが、最後に登場してそれまでの全部の女を圧倒する太夫あがりの女の表現にも「うつくしさ」の一語がなまで文中に置かれている。その他趣向の面で随分共通するところが多いのに、美女登場の実感がまるで希簿なのは不思議な位だ。先行する女たちの列挙が主としてそれ自体の興味のためにあり、最後の一人に奉仕する技巧が充分尽くされていないからである。暉峻康隆氏は『西鶴　評論と研究上』(昭和23年　中央公論社)で『諸艶大鑑』のこの手法について詳しく論じ、これが風俗画譜やそれに触発されて成った『都風俗鑑』から来た斬新かつ独創的な方法と述べている。また森武之助氏は、「西鶴小説技法の諸相」(慶応義塾大学国文学研究会編『西鶴　研究と資料』昭和32年　所収)でそれ以前の仮名草子における美女の描写を挙げているが、私見によればおさん登場にみられる実感を目ざした技法は、遠く王朝物語における「かいま見」の手法に遡って考えるべきである。

(11) 先学諸氏の評ではこれを西鶴作品に屢々見られる時間的矛盾の一例とし、作品の欠陥と見做す傾向が強いように思われる。鈴木敏也『西鶴五人女評釈』(昭和10年　日本文学社)、谷脇理史「好色五人女論序説」(『西鶴研究序説』昭和56年　新典社　所収)、江本裕「『好色五人女』試論――浄瑠璃とのかかわりを中心として」(野間光辰編『西鶴論叢』昭和50年　中央公論社　所収)

(12) もっとも諸氏の考証によれば(特に諏訪春雄『近松世話浄瑠璃の研究』(昭和49年　笠間書院)が詳しい)、現実の大経師の住所は室町通か烏丸通の綾小路あたりにあったことは事実らしい。それに室町は、当時の京中で最も繁華な区域だったであろうから、富裕な町人として設定されたおさんの実家をもここに持ってくるのは、創作にしてもまことに自然である。西鶴の不用意などではない。

(13) すぐ前の女との際立った対照は四番目の女と五番目のおさんの間にかぎらず、五人の間の四つの関係すべてに見られる．つまり一番目の女は年輩の美女で二番目は若い美女、二番目が富んでいるのに対して三番目は貧しく、三番目の他人の目を気にせぬ自然さに対して四番目は極端な気取り、とそれぞれ異る範疇で、前の女と両極の性格を示す。

(14) 次の段に現われる大経師をここの男四天王の一人とする解釈が多いが、承服しかねる。日本古典文学大系47『西鶴集上』（昭和32年　岩波書店）の堤清二氏の註「大経師屋が四天王の一人であるのではない。」に従うべきである。

(15) だが茂右衛門が以前からおさんの実家に奉公していたとわざわざ設定されていることの意味如何という問題がある。これについては後述する。

(16) 別解を一例挙げておく。「こうした交合の場は希有なことかも知れないけれども、仮眠中の野婦の下腹部に蛇の入った説話もあって、あり得ないことではなかろう。」（小野晋「「中段に見る暦屋物語」について」『国語国文論集』第5号　昭和50年2月　所収）。小野氏は、おさんは完全に意識を失っていたと解し、それは「作者のおさんに対する思いやり」であると判断している。

(17) ただおさんの若さで長く孤閨を守った後だからというだけの解釈はむしろ不自然だろう。個人差もあろうが、長い間交わらなかった場合の方が、ここでのように不意に抱かれた時、抵抗はむしろ強いのが普通ではないか。

(18) 森山重雄『封建庶民文学の研究』（昭和35年　三一書房）。この解釈は講談社現代新書『西鶴の世界』（昭和44年）でもやや発展してくり返されているが、更にそこでは女主人公おさんの把握――「疑うことを知らぬ上層出身の美女」「貞潔なるが故に自分を疑うことを知らない」「無知と無垢の未分化なあり方」等――も妥当なものと思われる。

(19) 本論のこのくだりは昭和五十三年七月初めの東北大学日本文化研究施設の研究会での発表をもとにしている。その際、出席中のコロンビア大学教授ドナルド・キーン氏から、ここでのように、作中人物の、本人も知らない意識下の心理が作者による直接の説明なしで、作品に表現される例は、近松にもいくつか見られるといった趣旨の指摘があった。氏の言う処は恐らく『鎚の権三重帷子』のおさゐなどがその典型と思われるが、これは実は西鶴のおさんとは全然異なる。氏の言う処は恐らく『鎚の権三重帷子』のおさゐの心理は、説明とまで言えないにせよ用意周到な暗示によって、この上なく明白である。

これに気付かぬ観客・読者はあり得ない。浄瑠璃と西鶴の小説ではジャンルが違う。戯曲ではこれは屢々見られる手法である。さらに重要な違いは、おさゐの心理は単純明快、おさんのような曖昧さは無く、解釈の多重性が皆無だということである。

(20)　この種の読者とそれへの西鶴の対応については、谷脇理史「「好色五人女」論序説─その読者意識の持つ意味を中心に─」(『近世文芸』15号　昭和43年11月)が充分意を尽した説明を与えてくれる。

(21)　野間光辰「西鶴五つの方法」『西鶴新々攷』昭和56年　岩波書店　所収　134頁以下

(22)　森山重雄「好色五人女研究」『西鶴の研究』昭和56年　新読書社　所収　108頁

(23)　同

(24)　原本では「其比おさんも」からちょうど丁の裏になっている。意図的かどうかはわからないが、効果的である。

(25)　喜劇的人物の道行もいくらもある。浄瑠璃との関係が殆ど認められない場合も多い。例えば仮名草子「元のもくあみ物語」冒頭近くの道行。また西鶴作品における他の例を探すと『日本永代蔵』巻二の三「才覚を笠に着大黒」、『諸艶大鑑』巻二の一「大臣北国落」などだが、それぞれの作品中で道行の果たしている機能については今は触れない。

(26)　「ながらへて長柄山」は、前の「鏡の山も曇世に」の「世に」から「世にながらへて」と続くように感じさせる。読者は自然に七五調を求めているからだ。それゆえ「鰐の御崎の」以下、切迫した調子の部分が、突然その間に割り込んだ印象を強める。そのための五五調でもあろう。

(27)　別の解として例えば、「おさんは茂右衛門のこの返事を期待して気を引いてみたまでのこと、家から持出した五百両の金が雄弁にそれを物語っている。もし男が自分の申し出に同意すれば、逆に説得したところであろう」小野晋　註(16)論文がある。同様の解は多い。

(28)　「これらは本質的には滑稽道中譚に過ぎず、後の『道中膝栗毛』を思わせる」重友毅「好色五人女の本質」(『西鶴の研究』昭和49年　文理書院　所収　176頁)などこの章の休み茶星、是太郎母子の挿話を、作品の本質とは無関係の脱線と見る解は多い。

(29) 註（11）江本裕論文 332頁。さらに同論文は「あのむくつけき岩飛の是太郎とおさんをめぐる「かなしき中にもおかし」き悲喜劇は、やはり浄瑠璃系から考案された趣向であると考えられるのである。かくておさん茂右衛門の丹波越え以後の逃避行もまたその中で起こる悲喜劇も、忠実に浄瑠璃の展開方法を踏襲したものであった」（334頁）とする。

(30) 「西鶴はおさんの心内闘争を夢にたくして描いてゐる」とする暉峻康隆氏（註（10）前掲書304頁）も、この霊夢の本質を大凡このように理解しているものと思われる。

(31) 小野普　註（16）前掲論文　しかしこの箇所に作者自身の詠歎を全然認めない見解もある。

(32) 重友毅　註（28）前掲書162頁以下。しかし、重友氏は西鶴が実説を完全に無視するわけにいかなかったので、最後になって「窮余の策として」玉の名を出したとし、「きわめて拙劣」と評する。暉峻康隆氏も、似たように解釈し「例のずぼら」とする。註（10）前掲書304頁

(33) もとになった事件の知識が皆無な読者にとってもこれは同様である。作品冒頭の具体的日付けは非虚構を感じさせるのが普通だからだ。少くとも、近代小説のように、全体が完全な虚構であることが前提となっているような作品以外ではそう言える。

(34) 後景に退いた作品の虚構部分から浮かび上った四つの箇所、すなわち、繰り返された終結である第四章末と全巻末が、第一章の冒頭および末尾と、遠く隔たって呼応し合う作品の特異な運動構成には、他にもいくつかの要素が働いている。第四章末の夢に現れた文殊の言葉にある「惜《をし》きとおもふ黒髪《くろかみ》を切」は、第一章末で描かれた少女おさんのあの黒髪と呼応する。同じ第四章末尾の「なを〳〵やむ事のなかりし」は、第一章冒頭の「男女《なんによ》のいたづらやむ事なし」を微かに想起せしめる。この冒頭部ではこれに直接先行する「神代《かみよ》のむかしより此事戀《こひ》しり鳥《とり》のをしへ」によって普遍化されていた人間情欲の世界が、主人公らの場合は、文殊の言葉のはじめで「汝等《なんぢら》世になきいたづらして」と、逆にその異常性が強調されている。さらにこの「いたづら」の語は、他にも、第一章末尾で「いたつら

ものとは後に思ひあはせ侍る」と、あの衝撃的な強さを持つ使われ方をし、問題の四箇所からは外れるが、第三章末尾の「是非もなきいたづらの身や」の詠歎、終章はじめの「いたづらかたぎの女」と、この短い作中で五度用いられ、最初を除きすべておさんについて言われ、五度目を除き、おのおのそのコンテクストがきわめて強い力をこの語に付与している。これは、事実におけるおさんの、世俗的判断からする本性と行為を端的に現す語で、それが作品の要所に点綴され、全体をひとつに縫い合わせている。

第二章　西鶴の描いたヒロインたち——『好色五人女』の世界から——

井原西鶴の『好色五人女』は五篇の恋物語を集めるが、その女主人公はいずれも町人階級の女性という共通点を持ちながら、その境遇と事件が違う上、それぞれ際立った個性を備えている。ここで問題にしたいのは、作者西鶴のこの五人の女性の描き方自体がそれぞれ異なっているという点である。

なかでも特徴的なのは巻二の女主人公おせんと巻三のおさんの二人で、この二人の恋と罪に到る心理と行動の軌跡は西鶴の周到な用意と卓越した筆力によって謎に満ちた神秘な奥深さをもって表出されている。その手法は近代小説の常套を超える。この二人を中心に見ていきたい。それに反し、巻一のお夏、巻四のお七の人物像はより明快単純であり、読者にとって理解しやすい。すなわちお夏は、当時の女性美の体現者たる遊女に周囲の人びとによって比定され、本人もそのことを強く意識し、それが彼女の行動の基になっている。またお七に関しては、恋人と今ひとたびの逢瀬を実現せんとしていかにして放火という大罪を犯すに到ったかの心理的経過が、きわめて納得のいく形で示されている。この二人は恋に殉じようとするひたむきの積極性で共通する。なお、巻五のおまんは、恋に積極的で大胆な若い娘という以上のいかなる個性をも持たず、娘としてのいかなる典型にも属さない。他の四人の女主人公が、限られた数の語句で描かれているにも拘らず、深く重い印象を読む者の心に残すのとあまりに対照的である。おそらくおまんの恋を描くことも、その人物造形もこの篇の西鶴の意図にはなかったのだ。相手の源五兵衛が、徹底した男色家だったのにおまんの誘惑によって女色家に一変するあたりに一篇の眼目があろう。

最も現実味濃く作品世界に存在するのは、巻二と巻三のおせんとおさんであることは間違いない。共に舞台が西鶴の居所に近く、もとになった事件も時間的に近い。そのこととも無関係ではあるまい。だがこの二人についても、個性や事件が違っているように、西鶴の作者としての態度もやや違っているように思われる。

まず巻二を検討する。結末の第五章で、おせんは夫ある身で姦通に走り即座に身を滅す。なぜそんな恐ろしい罪を犯すに到ったかの次第は簡潔に書かれる。近所の糀屋長左衛門という恐らく町役人を勤めていたでもあろう富裕な町人が法事を行うので、町内の主婦たちが手伝いに行き、樽屋の女房おせんも納戸で働いていたが、長左衛門が棚から鉢をあやまって取り落としおせんに当たって髪がとけてしまった。嫉妬深い糀屋の女房は、主人と隠れて情事を行ったから髪がそのように乱れているのであろうと邪推し、冷静にありのままを述べたおせんの言葉を信じず、たてこんで大勢が働いている中で一日中あてこすりを言い続ける。これに対するおせんの反応はこう書かれる。

おせんめいわくながら聞暮《きゝくら》せしがおもへばにくき心中とてもぬれたる袂《たもと》なれば此うへは是非《ぜひ》におよばずあの長左衛門殿になさけをかけあんな女に鼻《はな》あかせんと思ひそめしより各別《かくべつ》のこゝろざしほとなく戀となり

これが、貞女ともいうべきおせんの心中に不倫の恋心が生じた叙述のすべてである。そして女たちが宝引縄につどい興じる正月二十二日の夜ふけ悲劇が生じ物語は終る。

（長左衛門は）おせんがかへるにつけこみないく約束今といはれていやがならず内に引入跡《あと》にもさきにも是が

戀のはじめ下帯《をび》した紐《ひも》ときもあへぬに樽屋は目をあきあはゝのがさぬと声《こゑ》をかくればよるの衣をぬぎ捨《すて》丸裸《はだか》にて心玉飛《たまとぶ》かごとくはるかなる藤《ふち》の棚《たな》にむらさきのゆかりの人有ければ命から〲にてにけのびけるおせんかなはしとかくごのまへ鉋《かんな》にしてこゝろもとをさし通《とほ》しはかなくなりぬ

夫が寝ているところに情夫を引き入れるという無謀に近い大胆さであり、相手の長左衛門もはなはだ不器用、拙劣な間男ぶりである。男にはこんなこともあり得るだろうが、常に賢明で落ち着いているおせんとしては何とも異様な行動である。「いやがならず」の語は激しく狂おしい恋のために盲目になっていたというわけではないことをはっきり示している。

読者にはこういうおせんの破滅はなんとも納得のいかないものとして痛感される。だが重要なことは、読者にそうした感覚を与えるべく作者西鶴が意図的に努力している事実だ。これは明白である。筆力の不足あるいは作中人物の心理への洞察が浅いなどということでは決してない。仕えていた主家からも祝福され首尾よく夫婦となった樽屋とおせんは、

相生よく仕合《しやわせ》よく……（中略）……殊更男《ことさらおとこ》を大事に掛雪《かけゆき》の日風の立時《たつとき》は食《めし》つぎを包《つゝみ》をき夏《なつ》は枕《まくら》に扇《あふぎ》をはなさず留守《るす》には宵《よひ》から門口をかため夢《ゆめ》〲外《ほか》の人にはめをやらず物を二ついへばこちのお人〲とうれしかり年月つもりてよき中にふたり迄うまれて猶〻《なを〱》男の事をわすれざりき

この理想的な人妻像とあのような血腥い罪を犯す姿は、くどい説明ぬきで連続して記されているため、その間の

深い断絶が読者に衝撃を与える。さらに情人となる長左衛門は父親の五十年忌を取り行うという老人であり、とてもおせんが浮気心で相手に選ぶような男ではない。それはこの引用の直後に軽薄で浮気な女性一般を批判する文が続き、

されば一切の女移《うつ》り氣《き》なる物にしてうまき色咄《いろはな》しに現《うつゝ》をぬかし道頓堀《たうとんほり》の作《つく》り狂言《きやうげん》をまことに見なしいつともなく心をみだし天王寺《てんわうじ》の櫻《さくら》の散前藤《ちりまへふぢ》のたなのさかりにうるはしき男にうかれかへりては一代やしなふ男を嫌《きら》ひぬ是《これ》ほと無理《むり》なる事なし

と述べられていることで明白であろう。おせんは世間一般と全く違うことを強調しているのだ。裸で逃げた長左衛門が「はるかなる藤《ふぢ》の棚《たな》」（傍点、引用者。以下、同）ににげのびたとされているのも、この「藤《ふぢ》のたなのさかりにうるはしき男にうかれ」を読者に想起させるための工夫であろう。読者は長左衛門が「うるはしき男」などではなかったことをあらためて強く印象づけられるわけである。

ではおせんの内面には一体何があったのか。西鶴の巧みな手法、構成によって読者はほとんど袋小路に立たされた感がある。しかし、その昏迷のうちにも、我々読者は必然的にこの篇の大部分を成すおせんと樽屋が夫婦になるいきさつを振り返り、そこにこの不可思議な人物の内面をくみ取ろうとせざるを得ない。書かれたことから様々に推理をくり返したとき、ある程度この人物がこのような行動に到る心理的必然性のようなものが見え隠れしてくる。そしてこうした読者の作業は、このおせんなる人物をこの上なく現実的な重みのある人物として意識させる。これは明らかに作者西鶴の意図なのだ。

おせんはどのような人物として描かれていたか。冒頭近くにはこう紹介されている。

自然《しぜん》と才覺《さいかく》に生れつき御隱居《いんきよ》への心づかひ奥《おく》さまの氣《き》をとる事それよりすへ〴〵の人に迄あしからず思はれ其後は内藏《うちぐら》の出し入をもまかされ此家におせんという女なふてはと諸人《しよ》に思ひつかれしは其身かしこきゆへぞかし

つまり、賢明ですこぶる気が利き、皆に信頼されて評判よく、大きな商家で物事を取り捌いている模範的な奉公人だという。さらに続いて、

され共情《なさけ》の道をわきまへず一生枕《まくら》ひとつにてあたら夜《よ》を明しぬかりそめにたはふれ袖つま引にも遠慮《ゑんりよ》なく声高《こはだか》にして其男無首尾《ふしゆび》をかなしみ後は此女に物いふ人もなかりき是《これ》をそしれど人たる人の小女《むすめ》はかくありたき物なり

身持ち正しい堅物だったとも言う。ところでこの引用の最後の「人たる人の小女《むすめ》はかくありたき物なり」は話者の讃辞でもあるが、同時にそうした讃辞を他人から得ようとするおせんの努力をも暗示する。そしてその後の経過によって、案の定おせんはたの者が考えるほど男嫌いだったわけではないことが次第に明らかになってくる。それと共に、理想的な奉公人としての彼女の姿自体も、まわりにそう思われようという虚栄心からの努力だったという面が、強く印象づけられてくるわけである。

第二章で「いたづらかゝ」こさんを見舞ったおせんは、かかの巧みな弁舌に乗せられてまだ逢いもせぬ樽屋にあこがれ「自然《しぜん》となびき心になりてもだ〳〵と上氣して」といった状態になり、熱心に樽屋の様子を尋ね、逢引の手筈をかかと相談し始める。これはとても物堅い女とは言えまい。おせんがこのような姿を見せたのは、かかの「口上手」に説得されたからとされているが、周囲の状況がそれら一切を可能にしていることを読み取らねばならない。樽屋から恋のなかだちを請け負ったかかこさんは、前夜物に襲われたような取り乱し方でおせんの主家にかけ込むという奇策を弄する。

此門ちかくなりて年の程二十四五の美男《びなん》我にとりつき戀にせめられ今思ひ死《しに》ひとへ二日をうき世のかぎり腰《こし》もとのおせんつれなし此執心《しうしん》外へは行《ゆく》まし此家内《かない》を七日がうちに壱人ものこさず取ころさんといふ声《こゑ》の下より鼻《はな》高《たか》く皃赤《かほあか》く眼《まなこ》ひかり住吉《すみよし》の御はらひの先《さき》へ渡《わた》る形《かたち》のごとくそれに魂《たましひ》とられ只物すごく内かたへかけ入のよし語《かたれ》ばいつれもおとろく中に隠居泪《ゐんきよなみだ》を流《なか》し給ひ戀忍《こひしのふ》事世になきならひにはあらずせんも縁付《ゑんつき》ごろなれば其男身すぎをわきまへ博奕後家《はくちこけ》くるひもせずたまかならばとらすべきにいかなる者ともしれず其男《そのおとこ》ふびんやとしばし物いふ人もなし此かゝが仕懸《しかけ》さても〳〵戀にうとからず

結果的には策略も成功したわけで、巧妙だと褒めているが、もし隠居がたまたまその場にいなかったらうまくいった筈がない。この評言は皮肉さえ感じさせる。

隠居の言葉は決して人のよい老人のそれではない。隠居はかかの大袈裟な芝居も見破り、「壱人ものこさず取ころさん」の言葉に何の脅威も感じず、天狗に一変した化け物のような男の姿も信じていない。隠居の言葉からは、常々おせんが他人の眼を気にして無理に男嫌いの態度を取り続けていると知っていることさえ感じられ、「其男《そのおとこ》ふびんや」は、このようないかがわしい老婆になかだちを頼むほかない男への同情であろう。

このような隠居の冷静な判断はすぐまわりの皆に伝染したであろうし、だからこそおせんが翌朝かかを見舞うこともできたと言える。隠居本人あるいはその他主人筋の誰かに勧められたのかも知れない。

かかが「我ははやそなたゆへにおもひよらざる命をすつるなり自娘《みつからむすめ》とても持されはなき跡にて吊《とふら》ひても給はれ」と、革足袋一足と数珠袋を形見にとおせんに渡したとき、おせんはそれを本気にして泣き出し、「我に心有人さもあらば何《な》にとて其道《そのみち》しるゝこなたゟをたのみたまはぬぞおもはくしらせ給はゞそれをいたづらにはなさじ」と言う。こういうことを口にできたのは、すでに隠居のあのような意図がすでにおせんにも分かっていたからである。主家のお墨付きであればいつもの堅い心の姿勢は崩れ去り、主家にも近所の者たちにも知られさえしなければ、逢引さらには情交まで夢見るに到る。ここで印象深いのは、おせんの隠されていた人並みの好色性が露呈したということもあろうが、むしろそれを隠し続けてきたこと、すなわち外見と評判を何よりも気にするおせんの性格であろう。先に引用した理想的な人妻としてのおせんの姿もこうした性格が作り上げたものだったと読者には感じられてくる。完全に保ってきたその誇りが不條理に破壊されたとき、すなわちりんき深い糀屋の女房によって不貞の疑いをかけられその場の多くの人間に知れ渡ったときのおせんの怒りの激しさ、ほとんど自棄的な絶望は、読者は充分納得できるというわけだ。

過去のおせんについてもうひとつ、樽屋に対する愛なるものが消極的で稀薄だったことも諸家の指摘するところである。「恋愛の相手に対しては知的にも感性的にもまったく知るところがないままに手をさしのべ、そのままずるずると恋愛状態にはいり」（暉峻康隆『西鶴研究と評論上』296頁）伊勢への抜け参りの道中はからずも同道せざるを得ない破目になったおせんの同僚久七はことごとに樽屋との対称性を強調され、読者にはこの二人が男としてのあるいはおせんの恋人としての価値からすれば全く対等であることを感ぜざるを得ない。馬を借りおせんを中央に両脇に二人の男が乗る三宝荒神の姿は図像的にそれを明示している。これは二つのことを示そう。

二人の男が等価であるにも拘らずおせんがあくまで樽屋を選択するのは、同僚である久七に対し樽屋は未知の男という絶対的優位性を持つ。未知の男だから情夫にしても安心できる。久七などという同僚と情事を持ったら、今まで保持してきた堅い女という評判が崩れ去ろう。そういうおせんの虚栄心の強さがここでも強張されるということがひとつ。さらに重要なことは、未知という事実でさえ対象の最大の美点となるというのは、対象の本質的な価値如何は全く考慮の外にあるということだ。単に、理想的な人妻と見えても、夫への愛がいいかげんのものだったから他に男を求めたとしても不思議でないということだけではない。

第二章第三章から痛感されるのは、おせんのひたすら外見を気にする虚栄性、さらにそれ以上に、選ぶべき者を表層的一次的な資格によって一旦みずから決定した以上、その本質の内容には関係なく、最後までそれに固執して疑うことをしない、頑固で保守的、いわば優等生的なおせんの姿である。後に長左衛門になさけをかけようと思いつくときも、相手の価値は判断の尺度になり得ないから容易だった。

そのように多くの点が、おせんの犯行に合理的解答を与えてくれる。だが、それですべてが解き明かされているとはとても言えない。あまりにも破滅的で、無意味な恐ろしい行為である。怒りと絶望で自暴自棄の行為に走るなどということは、瞬間的現象のはずで、一定の時日継続するとはどういうことか、西鶴は謎の半ばまでしか光を当てず、あとを暗闇の中に放棄している。だがそのためにこそ、このおせんという人物とその引起こした事件に比類のない現実感がもたらされているのではないか。おそらく西鶴にとっても、みずから創出したこの人物と事件のすべてはわからなかったのであろう。

「人はばけもの」と嗟嘆をこめて端的に言い切る西鶴の人間観がおせんを描く基本的態度である。これに似た言葉自体この巻に散見する。「世におそろしきは人間ばけて命《いのち》をとれり心はおのづからの闇《やみ》なれや」と第二章の冒頭部にあり、これはもちろん人間一般についての普遍的真理を言うのだが、西鶴がすでに、おせんの不可解な犯罪に対して読者に心の準備をさせているのだ。目録にあるこの章の副題「人はおそろしや蓋《ふた》して見せぬ心有」も同様であろう。第一章では井戸替えの様子が描かれ

濁水《にごりみづ》大かたかすりて眞砂《まさこ》のあがるにまじり日外《いつぞや》見えぬとて人うたがひし薄刃《うすば》も出昆布《こんぶ》に針《はり》さしたるもあらはれしが是は何事にかいたしけるぞやなをさがし見るに駒《こま》引き銭《せに》目《め》鼻《はな》なしの裸人形《はだかにんぎやう》くだり手のかたし目貫《めぬき》つぎ〳〵の涎掛《よだれかけ》さま〳〵の物こそあがれ蓋《ふた》なしの外《そと》井戸こゝろもとなき事なり

と種々の不気味であやしげな物が深い井戸の底からあがる。これらは先にくみあげた、媚薬に用いるいもりとともに、後に書かれるおせんの異常な犯罪を暗示している。

日本、西欧を問わず、近代小説の作家はみずから創作する作中人物の内面はしっかり掌握している。そのすべてを作品中に開陳するかどうかは別として、これはほとんど近代小説のひとつの特徴とさえ言える。ところが西鶴にとっては、人間は底知れぬ奥深さを有する。作中人物であれ現実の人間であれ、その内面は決して常にすべてが分かるようなことはなく、時には想像するほかないものだった。西鶴によるおせんの内面の洞察が恐るべき深みに達

していたとしても、最後に彼は不可知なものは不可知なままに表現した。これは作家の現実に対するこの上ない謙虚さである。

巻三のおさんについて語る余裕はない。簡単に結論だけを述べる。

おさんなる人物についても同様な西鶴の人間観が見られる。しかしここではおせんのように内面の深奥の部分を不可知として残しておくのではなく、読者を誘って多様な段階の判断に導くように書かれていると思われる。巻三の第二章で、おさんは大勢の下女たちとともに、茂右衛門をわなにはめて懲らしめようと、腰元のりんになり代わり、りんの寝床に横たわるうち不覚にも寝入ってしまい、茂右衛門と密通してしまう。ほんの間違いから姦夫姦婦となったわけだが、西鶴はその事件に到るまでの何か月かのいきさつを、簡潔な叙述でおさんも完全に外部から描きながらも、その間おさんの心中に、もちろん自ら意識することはないが、茂右衛門への恋心が生じかつ成長していったのかも知れぬと、読者が思いつく可能性のあるように書いている。問題の夜のあやまちがすべての端緒だったのか、あるいは以前から恋心は萌していたのか、それがどの段階でなのか、それはさまざまに考えることが可能であり、読者の判断に委ねられていると言ってよい。そしてそれと共に、そのようなあやまちが発端だったとしたら、おさんは平凡で軽薄な「いたづらもの」だが、果たしてそうなのか。もしずっと以前から無意識に恋心とその成長を抑制し続けていたとするなら、むしろ崇高な貞女ではないかと、この人物への読者の価値判断もこの上ない大きな幅を持つことになる。人間の心理を深く的確に捉えることのできた西鶴が、同時に謎は謎のままに残し、すべてを知り得たとする過信に陥ることなく、それをそのまま作品に表現しようとしたのは、根底に具体的な個々の人間存在への畏怖の念があったことを示そう。

第三章　『本朝二十不孝』解

第一節　巻四の一「善悪の二つ車」論

一

放蕩の揚げ句食い詰めた不孝者二人が、それぞれ野臥の老乞食と組んで、自分らを親子に見せかけ孝子を装い世間を欺き、初めて乞食行為に成功したというのは、彼らに同情した世間一般人の心情と徳義への冒瀆ではないのか。しかも、組んだ老人を虐待した方は破滅し、偽親に「まことの親《をや》のごとく孝《かう》をつくし」た方は救われる。本物の親への不孝は全くそのままである。「西《にし》の國《くに》」広島に親を棄て、東へ進み岡山で一人は救われ、方向を変えることなく遥かに遠い東国へと行ってしまう。もう一方も播磨までと、やはり東へ進みそこで果てる。だが二人の偽親への態度の違いを西鶴は「善悪《ぜんあく》」と明記する。

本物の親への不孝の罪が帳消しになるほどの源七の善行と云っても超人的な英雄行為などではさらさらない。普通の人間の心のうちにある人間的な優しさというべきである。苛められている方の老人に示した親切もなんら困難なものではない。「一しほ哀《あはれ》まさりて」と真正の同情がまずあるが、それも当り前のことだろう。自決を思った老人が、「我空敷成《われむなしくなり》て後《のち》。何《なに》をしからねどせめて骸《からだ》を犬狼《いぬをゝかみ》のせゝり捜《さが》さぬやうに。影隠《かげかく》して」と言った時、「自然《しぜん》の事有《あり》とても。其氣遣《そのきつかひ》はし給ひそ。我《われ》此所に有《ある》うちは悪敷《あしく》は取置《とりをき》申まじ。少しも心にかけ給ふなと頼《たの》もしくいふにぞ。」と真心から出たにせよ言葉だけのことだ。行為は書かれない。だがこの言葉が老人の心を打つ。「老人《らうじん》手《て》を合《あは》して拝《をが》み。扨《さて》も〳〵嬉《うれ》しやと袖《そで》に玉《たま》をながしぬ。」他方甚七の悪行だってそう極悪非道というわけではない。酷薄で憎むべき行為に違いないが、これまた凡人誰でも陥り易い意地悪に過ぎない。「老人《らうじん》に按摩《あんま》をとらせ終夜《よもすがら》蚊《か》をはらはせ。年寄《としより》の草臥《くたびれ》をゆるさず。眠《ねぶれ》ば胴骨《とうぼね》を踏《ふみ》たゝき迚《とて》も腰抜役《こしぬけやく》のおのれめとつらくあたるを。」だが西鶴はこの二様の態度を善と悪に峻別し、救済と破滅の二様のむくいで裁断する。

　この一話で西鶴の言わんとするところ、訴えようとする倫理と論理は極度に明快、いかに大胆であろうとも何の疑点をも残さぬように見える。人間にとって肝要なのは他の人間、弱者へのいたわりである。それが善であり、弱い他者を苛めるということは許しがたい悪である。これは形式的な親への孝不孝などという事をはるかに超える。偽親でも孝を尽くすのが重要、本物かどうかは問わない。親は偽物でも孝は本物であればよい。

　民衆が甚七に施しを与えるのをしぶり出したのは甚七の姿に偽りを感じたからであり、「此老人《らう》をまことの親《をや》のごとく孝《かう》をつくしぬ。」という源七には施しを増やしていったというのは、民衆の直感的な判断力は、親子が偽物か本物かではなく、孝不孝を超えたより高い次元での倫理的価値を感覚的にせよ知っていたとする。甚七の偽りは見破ったが源七には欺され続けたといったことでは決してない。「天《てん》まことを照《てら》し善悪《ぜんあく》をとがめ給ふにや。」の語は、事を朧化しているようで、実はかえって民衆の本質的な賢さを言う。最初はお上から教え込まれた孝道の規範通りにふるまうが、すぐではないにせよやがては気付く。影印本を見れば「天《てん》まことを照《てら》し」と「まことの親《をや》のごとく」（傍点引用者、以下同じ）の「まこと」の二字は二行を隔てて同位置に並び、同じ語のくり返しに気付かぬ読者はいない。偽親への孝は、それがうわべの動作だけではなく本心から出た場合には「まこと」となり、本ものの親への孝と全く等価となることを強調している。真の善悪が何であるかを民衆も実は知っていた。西鶴はおのれの信念を主張するのに民衆を引き合いに出していると言える。[1]

このように露骨に筋張って孝道規範に背きかねないこの一話も、西鶴はお上の嫌忌を呼ぶ畏れを感じなかったであろう。ひとつには諸氏の指摘する『明良洪範』に記された板倉重矩の事蹟がある。孝子を装った乞食の出現に、「悪事さへ似せたる者は本罪より軽かるべし況や善事を似せたるに罪すべき事かは殊に孝行の似せこそやさしけれ其儘差置べし」[2]という言葉はいかにも賢君の名判断を思わせるが、これを知っていた西鶴は安心して「此老《らう》人をまことの親《をや》のごとく孝《かう》をつくしぬ。」と書くことができたのだろう。西鶴はさらに一歩を進めて、弱者としての老人を敬いいたわることが大切なので、実の親か否かは二義的に過ぎないという所まで言ってしまったわけだ。いまひとつ、この一話はまぎれもない孝行美談でもあるということがある。源七を救い甚七を罰した武士金弥、落魄の父親を辛苦の末めでたく探し出した孝子である。だがその孝子金弥の孝道もこの一話の説く価値観を強化もしている。彼は源七の過去、乞食に身を落としたいきさつを問わない。ただ「此たびの心ざしを感《かん》じ我抱《か》へ申べし」と、「此たび」すなわち現在の善行ゆえにこれを救う。それは遥かな東国へと連れていく事だから、「親達《をやたち》をさらりと西《にし》の國《くに》に捨置《すてをき》」と書かれていた過去の源七の本物の親への不孝を決定的なものとしてしまったわけだ。また侍らしい厳しさの権化といえる金弥も同時に弱者をいたわる精神も持っている。源七の相棒だった方の、どこの馬の骨とも分からぬ老人についても、当然の対応ながら「今壱人の乞食《こつじき》も老足《らうそく》なれば駕篭《かご》に乗《のせ》東路《あつまぢ》に下りぬ。」とさりげなく書かれている。

二

一話の論理の明快さは、後述するようにその最も重要な点で極めて曖昧、むしろ両義の意味を残す。それはこの極度の明快さそのものから生じ、またそれとの対照で読む者の注意を強く惹かざるを得ない。

この作品の明快さは冒頭、甚七と源七が「心から姿《すがた》から是程《これほど》似《に》たる人世間《せけん》廣嶋《ひろしま》にも又有《ある》まじ。」と、類似性の強調がなされることから始まる。ところがその強調によって物語がある方向に力を持ち、読者が自然に動かされるというよりもむしろ、強調する作者の意図そのものを読者は感ぜざるを得ない。そしてそのこと自体を西鶴が意図したとも解せられるのだ。次のくだりにそれがうかがえる。

壱《いち》人は備中屋《びつちうや》の甚《じん》七ひとりは金田《かなた》屋の源《げん》七といへり。此ふたり親《をや》にかゝりなれば。浮世《うきよ》の挊《かせぎ》をしらず。枚年《すねん》貯《たくは》へおかれし金銀《きんぐ〱》我物《わがもの》を盗《ぬすみ》つかひ所《ところ》の長者《ちやうじや》といはれしも家次才《いへしだい》にさびて。十年《ねん》餘《あま》りに淺《あさ》ましく成《なり》ぬ。親仁若《をやじわか》盛《さかり》にいろ〱の堪難《かんなん》を碎《くだ》き。今老《をひ》の入前《いりまへ》かゝる身なし。朝夕《てうせき》も烟絶〲《けふりたへ〲》になりぬ。縁付比《えんつきころ》の妹《いもと》ありて母親《はゝをや》自然《じねん》拵《こしら》への衣類《いるい》手道具《てだうぐ》迄《まで》盗《ぬすみ》出《いだ》して賣払《うりはら》ひ其銀《そのぎん》もあげ屋の物《もの》となりぬ。娌《よめ》も裸《はだか》では呼《よふ》人なく哀《あはれ》や腰本《こしもと》つかひの奉公《ほうかう》に出《いだ》され。世上《せじやう》の兄親《あにをや》のやさしき仕形《しかた》をみて。一しほ恨《うらみ》ぬ。

二人が「心から姿《すがた》から」酷似していたばかりでなく、家族や境遇までそっくりだったことを父親と妹を複数では言わないことで強調している。二人にそれぞれ父親がいたとは、備中屋、金田屋の名が直前に出ているから自然である。その二人の父親が両方とも若い頃から苦労して身代を稼ぎ上げたということも納得し得る。なぜなら、先に「此ふたり親《をや》にかゝりなれば」とあって、二人が同様に父親の脛を齧っていると分かり、「枚年《すねん》貯《たくは》へおかれし」以下で二人が父親との関係も同等の身の上だったことが分かるからである。百歩譲って「親仁若盛《をやじわかさかり》に」と父親個人に焦点が定められたとき、読者にふといずれの親仁かとの疑念が萌したとしても、二人の父親が共にそうだったのだろうとたいした困難もなく納得する。父親の記述の最後にある「朝夕《てうせき》も烟絶〻《けふりたへ〴〵》になりぬ」が、記述の直前の二人あるいは二人の家に関しての「十年《ねん》餘《あま》りに淺《あさ》ましく成《なり》ぬ」と意味も重さも殆んど同じことも、その機能を持つ。

父親で慣らされているから次の妹も受け入れやすい。「緣付比《えんつきころ》の妹《いもと》ありて」と語り出された時、父親はとも角、妹までもとなると、やや極端ではないかとの軽い違和感を読者がふと持ったにしても、二人に同じ年頃の妹があったのだろうと自分を無理にも納得させて読み進める。しかし「世上《せじやう》の兄親《あにをや》のやさしき仕形《しかた》をみて。一しほ恨《うらみ》ぬ」と、妹個人の感慨にまで説明が及ぶとき、偶然の一致とは言えやはり不自然ではないかとの思いを抑え難い。そこで注意して読み返したとき、――二人に同じ年頃の妹があって――という意味を示す語や句が全く見当たらないことに気付く。それさえあればこの違和感は無いのにそれを欠くとはどういう事なのか。これは説話文学などに見られる単純な杜撰では決してなく完全に意識的である。妹を一人のように書く方が、二人が一心二体と言えるほど似ていたことをより強調できると作者は考えたのだ(3)。だがそれは何程の実効も無い。むしろ示されるのは、そう表現したいという作者の意図である。

おそらく西鶴は、主人公二人の同一性とその善と悪両極端への分化を、民話、説話文学の一般的な型「隣りの爺」等から取ったのであろう。だがそうして寓話としての明快な論理を得ようとし、民話の型を強化して取り入れた場合、作品は民話とは正反対に極度に人工的な性格を見せ、作者の意図が露呈する。西鶴はそのことを知ってい、それを逆手に取って、甚七源七が同一人物と言える程似ていたと強く主張するおのれの姿を読者に感じ取らせようとした。

三

作者の意図を明示してまで強調された二人物の同一性は、後の善悪二方向への分化をそれだけ驚異的なものとし、二つのモチーフは一体となって話を構成している。

二人が善悪の二筋道に分かれるのは岡山で初めて乞食行為に成功した日の夜からで、同一人物と言えるほど酷似すると強調されたあの二人が、老人を苛めるかいたわるかの異なる行動に出、それが一方は善他方は悪と作者によって裁断されたとき、読者は衝撃を受け、何故にそうなったのか、一体いつからか、とふり返らざるを得ない。ふり返ったとき、昼間の一方は老人を片輪車に乗せて引き一方は背負って歩いたという、特に気をとめることもなかった二様の行為こそ、冒頭以来の二人の最初の別々の行為であったという事実が、異様な重要性を帯びて思い出される。

成功する以前、二度に亘り乞食の試みの失敗が語られる。まだ広嶋にいるころ節分の夜お厄払いに出たのと、岡山まで来て路銀尽き、乞食を始めたときの様子とである。二人はほとんど一体として記されていた。「節分《せつぶん》の夜闇《よくら》きをかまはず。甚《ぢん》七源《げん》七。紙子頭巾《かみこづきん》を被《かふ》り…」「漸〻《やうく》二人の中《なか》に銭《ぜに》十八文…」次には主語の順序が逆になり、「源《けん》七甚《ぢん》七古里《ふるさと》を去《さつ》て備前岡山《びぜんをか》より路銭《ろせん》なくて此所《このところ》に足《あし》を踏《ふみ》とめ袖乞《そでごひ》するに。」いずれかが主導的役割を担っていることはなく全く対等、「二人」の語も用いられ、主語は両名だが動作は全く同一である。(4) くり返された失敗の記述は、最後に偽孝子を装ったときの成功を際立たせるためもあろうが、むしろそこにおいて執拗に二人を一体として描き続け、初めて二人がそれぞれ別の行動を取る事になった瞬間そのものに決定的な重要性を与えるためではないか。「二人の才覚出《さいかくいだ》して足腰《あしこし》の立《た》ざる野臥《のぶし》の非《ひ》人をかたらひ。甚七はかた輪車《わくるま》をつくりて七十にあまる老人《らうじん》を乗《のせ》て。」野臥の老乞食を仲間にすることを考えついたままで主語は二人で、ここが冒頭以来彼らが同体として語られる最後である。次いで初めて一方の甚七だけを主語として彼一人の行為が延々六行に亘って書かれ、そのあとようやく「源《げん》七も年老《をひ》たる者《もの》を屓《をひ》て其《その》ごとくありきしに。」と続く。もっとも、この一話を初めて読んでいる読者にこの箇所でこの行為の分化はそれほど強く訴えることはない。二人とも成功したわけであるし、似たようなやり方と気にも留めない。あくまでその夜の善悪に峻別されたふた通りの行為を知ったとき、ふり返って〈片輪車〉と〈背負う〉というふた通りの行為こそ二人の初めて取った別行動だったと気付く。そのように——ふり返って気付いた——ということのために、二人の昼間の二行動と夜の二行動が密接に結びついて感じられる。

　そしてそのとき、事の示す意味は一語も書かれていなくとも自明である。じかに背負えば肌を接して背中に老人の体温を感じ、親密さと連帯感も生じるであろう。片輪車ではそれが無い。車を引いた甚七には、相棒の老人が自分にだけ苦労させておのれは楽をしているように思えた筈だ。身体を接触させることは孝の現れであるとは、この一話では、典型的な孝子金弥が父親を発見したとき、「橋《はし》本内匠様《たくみさま》かと取付ぬれは金弥かと」すなわち身体を急接近させるという行為に出たことでも示されている。

　これほど些細で日常的で具体的な、そして人間にとって根源的なことが、善と悪への、そして救済と破滅に到るそもそもの最初の分岐点だったことを読者は痛感する。この一話の最大の眼目はそのことにあったと言えるだろう。だが、そうだとしても、このように精緻にして強力な作品のメカニズムでこの一点に凝集された読者の注意力は到底そこだけにはとどまり得ない。どうしてそうなったのか。そこに到るなんらかの契機がそれ以前にあったのか。例えば片輪車を作る材料が一台分しかなかったといった事があって、甚七がそれを選んだのは偶然だったのか。すると甚七は不運だったことになるが、二人の同一性が完璧だったとするならそういうことになる。だが、全く同一と思えるほど似ていたこの二人の間にも、汚い老乞食を背負う事への抵抗感にほんの僅かな差があった、という事なのか。そうするとそこには一筋の必然性があったことになる。作品はこの点について何も教えてくれない。この沈黙は異様である。善と悪に到る決定的な契機として、ここで分化した二人の行為に強力に焦点が絞られているからである。だが、テクストを読めば、むしろ偶然必然の双方とも同じ可能性を持つように周到に配慮されていることが分かる。両義性は明らかに意図されている。次にそれを見る。

四

まず、冒頭からあれほど強調されてきた二人の同一性は、当然ながらこの行為の分化を偶然なものと感じさせるように働く。だが作品のテクストには、読者がそのように感じることを妨げるように働く要素がこの辺り以後明瞭に仕組まれている。成功した乞食行為の記述を左に掲げる。

> 二人の才覺出《さいかくいだ》して足腰《あしこし》の立《た》ゞざる野臥《のぶし》の非人《ひ》をかたらひ。甚《ぢん》七はかた輪車《わくるま》をつくりて七十にあまる老人《らうじん》を乗《のせ》て。町筋《まちすじ》に出《いつ》るより涙《なみだ》ぐみ。國《くに》を申せば安藝《あき》の國《くに》。年《とし》を申さば廿三。いかなる因果《ゐんぐは》の報《むくひ》にや。ひとりの親《をや》を養《やしな》ひかね面《をもて》をさらし勧進《くはんじん》す何もお慈悲《じひ》は御ざらぬかと聲《こゑ》かなしく誠《まこと》がましく歎《なげ》きしに。人施《ほとこ》して銭《ぜに》こめすこしのうちに山なして後《のち》は車《くるま》に積《つみ》あまりぬ。源《げん》七も年老《をひ》たる者《もの》を肩《をひ》て其《その》ごとくありきしに。人みな心ざしを感《かん》じて情《なさけ》をかけられければ野末《のすへ》に篠竹《しのたけ》をかこひ。朽木《くちき》の有《ある》に任《まかせ》て拾《ひろ》ひ集《あつ》め。棟《むね》をならべて菴《いほり》の形《かたち》を作《つく》り雨露《あめつゆ》わが家《いへ》にて凌《しの》ぎ昨日迄《きのふまで》は雲《くも》を見て臥《ふし》たる事を思へば。今宵《こよひ》のたのしみ此上《うへ》何か有べしと。土釜《つちかま》に野沢《のざは》の水《みづ》を汲《くみ》こみ貰《もらひ》し物《もの》をひとつに焼《たけ》ばつかぬ米有新米有赤米眞搗《こめありしんまいありあかこめまづき》小豆《あつき》に限《かぎ》らず。様ゝ《さまぐ》の色《いろ》なして天目《てんもく》に竹窓生《たけまどしやう》あれば食《しき》有と腹《はら》ふくるゝに外《ほか》の願《ねが》ひもなし。甚《ぢん》七老人《らうじん》に按摩《あんま》をとらせ

初めて二分化した行為の描き方は、単に〈片輪車〉か〈背負った〉かということだけではない。二人について全く違った書き方がなされている。すぐ目につくのは甚七の長広舌である。年齢・生国などおのれを隠さず正直に言い、そのことをまた露骨に訴えているのは、これまでの失敗に終わった乞食の試みで「死《し》なれぬ命《いのち》の耻《はぢ》ながく。」「男泣《をとこなき》の泪《なみだ》豊嶋《てしま》莚《むしろ》をもつてよ所《そ》の見るめも耻《はづ》かし。」と意識されていた〈恥〉を、いやが上にもかなぐり捨てること自体が、成功に繋がるように思えたのであろう。生国や年齢は読者の知っているあるいはそうと想像しているこの男の実像である。それを露骨に白昼人前でそら涙を浮かべ七五調で「聲《こゑ》かなしく誠《まこと》がましく」大声で唱えるという文字通り恥知らずの行動はなまなましい現実感を持ち、偽孝子という詐術のいかんともしがたい欺瞞性を強く表現する。ところが源七については「源《げん》七も年老《をひ》たる者《もの》を肩《をひ》て其《その》ごとくありきしに。」とだけ記されている。「其《その》ごとく」というからには、源七も全く同じように、憫れみを請う乞食のいや味な嘆き節を叫んだに相違ないのだが、それを如実に描写されたのと、「其《その》ごとく」とでは大きな違いである。源七は甚七のように唾棄すべき偽孝子の姿をじかに示してはいない。読者は頭の中で、彼も同様だったろうと観念的に理解するだけだ。もっとも、甚七のせりふのこの欺瞞性は、むしろその夜以後、老人を虐待する姿が書かれた後の甚七によく当てはまる。陰では老人を苛めながら、乞食に出るとしおらしい孝子のように見せかけたとき、この長広舌はいかにもそれにふさわしい欺瞞性に満ち、これではやがて貰いが無くなるのも当然だろうと思わせる。しかしなんと言っても、これが老人を苛めることが書かれる以前、片輪車を選んだことが記された直後に書かれているということは、やはり乞食行脚における甚七の欺瞞性と、片輪車の選択の間に或るつながりが存在することを感じさせる。いや、錯覚させると言うべきか。甚七のみの欺瞞性とは、ここではまだ真実ではなく、技巧によって誤って感じさせられるに過ぎないのだから。

民衆の彼らへの対応の仕方の書き方も、甚七には、「人施《ほどこ》して錢《ぜに》こめすこしのうちに山なして後《のち》は車《くるま》に積《つみ》あまりぬ。」源七には「人みな心ざしを感《かん》じて情《なさけ》をかけられければ」と、明らかに差があり、甚七の欺瞞と源七の誠実の印象を強める。「人」と「人みな」では、後者にやや普遍性がある。「施《ほどこ》して銭《ぜに》こめ」と「心ざしを感《かん》じて情《なさけ》を」とでは、甚七には無機的、物質的であり、源七には精神的である。前者は、儒教精神に則った政道が正しく行われていたこの地で、人々が孝道奨励の規範のまま反射的に反応したという民衆の一面を、後者はより人間的な同情を誘われたという彼らの他の一面を示すとも言えよう。民衆の目にも片輪車にはやや冷淡な親子の間が感じられ、背負っている方がより親密な親子に見えたということもあろう。だが現実に民衆の対応にこのような差があったとはっきり書いているわけではない。甚七に対し「心ざし」を感じた者もいたろうし、源七に対して機械的に施した者もいた筈で、いわばただ仮に甚七への対応と源七への対応と二つに分けたに過ぎないと言える。理屈ではそうだが、それが甚七と源七に割り当てられているのは、明らかに意図的である。源七の記述の分量が甚七の長広舌に比べて随分短いようだが、次に堀立小屋をこしらえた次第が記され、その時の主体はより源七のものと感じさせる――錯覚させる、ということがある。主体が二人ということは、「棟《むね》をならべて菴《いほり》の形《かたち》を作《つく》り」の「ならべて」の語で明示されている。この語がなかったら堀立小屋建立は完全に源七一人の作業になってしまったろう。この語の導入により、二人がしっかり前提となっているにも拘らず、読者がそうした錯覚を持つのは、まず、堀立小屋造成の書き出しが「人みな心ざしを感《かん》じて情《なさけ》をかけられければ野末《のすへ》に篠竹《しのたけ》をかこひ。」と、句読点なしで前から続けられていることがある。この「人みな」の慈善行為の対象となっているのも、前述したように完全には源七ひとりではないにせよ、読者はまずそう解して読んできている。それは当然次の「朽木《くちき》の有《ある》に任《まかせ》て拾《ひろ》ひ集《あつ》め。」にまで及ぶ。だがそれよりも、最初甚七の長広舌が長々と具体的に紹介されていた、その同じ長さの記述を「源七も」の後にも読者は無意識裡に期待するからである。それは冒頭以来、あれほど執拗に二人が同体として記され、ここで初めて行為が分化し、「甚《ぢん》七は…」「源七も…」と主語が大きく離れ、それぞれ別の行動が記され始めることから生じる当然の期待である。だが、「棟《むね》をならべて」と、念のため二人がそこにいて同行動を取ったことを暗示する語句が置かれていることもあって、主体は二人との感覚は次第に強まり、「貰《もらひ》し物《もの》をひとつに焼《たけ》ば」で決定的となる。「ひとつに」とは、施し物の種々の雑穀類を一緒に土鍋にぶち込んだことを言うが、もちろんここでは土鍋は一個しかなく、それゆえ主体は完全に乞食に出る前の二人に戻っている。「ひとつに」は二人が別々にではなくひとつにの意味にもなる。「甚《ぢん》七はかた輪車《わくるま》をつくりて」から「後《のち》は車《くるま》に積《つみ》あまりぬ。」までの記述は一七六音、「源《げん》七も」から「ひとつに焼《たけ》ば」の直前「貰《もらひ》し物《もの》を」までが一つ違いの一七七音、偶然であろうが、できるだけ同じ長さにしようとしたことは否定できない。ここで示された重要なことは、「雨露《あめつゆ》わが家《いへ》にて凌《しの》ぎ昨日迄《きのふまで》は雲《くも》を見て臥《ふし》たる事を思へば。今宵《こよひ》のたのしみ此上《うへ》何か有べしと。」が、二人がはっきり同体性を取り戻す以前に書かれているため、久しぶりで堀立小屋に身を置けることとなった満足感が、二人というよりもより源七のものとして読者に感じられるということである。この満足感には感謝の気持も含まれ、分を知る謙虚さを示し、老人を苛めた甚七よりも、いたわった源七にこそふさわしい。だから自然で適切な叙法である。だがこう書くと、そのあと「貰《もらひ》し物《もの》をひとつに焼《たけ》ば」以下、再び完全に同体性を取り戻した二人についても「天目《てんもく》に竹窓生《たけまどしやう》あれば食有《しき》と腹《はら》ふくるゝに外《ほか》の願《ねが》ひもなし。」と、同様の満足感が書かれ、その直後に甚七の老人虐待が始まるではないかと反論されそうだが、似ているにしてもこの二つの満足感にはやはり僅かな違いがあろう。一般的に住と食の願望達成の差が常に必ずしもそうだということもなかろうが、物を食って満腹したときの万人共通の感想には、謙虚さから来る無欲のような精神性は乏しく、それよりも外の事はさし当って面倒臭い、先の心配をするのも大儀だといったような、直接的、動物的な満足感が強かろう。「天目《てんもく》に竹窓生《たけまどしやう》あれば食有《しき》と」には無欲と感謝の気持が少しはあるにしても、「腹《はら》ふくるゝに外《ほか》の願《ねが》ひもなし。」は満腹感の持つこういった卑俗さを充分表現している。だから直後の、甚七が老人に命じて自分を按摩させ夜中蚊を払わせたという記述は、満足しているのにそんな行動に出るこの男の不埒さを印象づけると同時に、一面では非常に自然でもあるのだ。

二人の動作が再びひとつとなり、以前のように完全な同体として語られる形が戻ったのも、満腹になったときまでの束の間で、すぐ再び別行動となる。

甚《ぢん》七老人《らうじん》に按摩《あんま》をとらせ終夜《よもすがら》蚊《か》をはらはせ。年寄《としより》の草臥《くたびれ》をゆるさず。眠《ねぶれ》ば胴骨《とうぼね》を踏《ふみ》たゝき迚《とて》も腰抜役《こしぬけやく》のおのれめとつらくあたるを。源《げん》七は各別《かくべつ》にいたはりて。さりとはさやうにすべき事に非《あら》ず。まづは親《をや》と名付然《なづけしか》も其《その》影《かげ》にて今日《けふ》の身うへをたすかれば。其恩《をん》は忘《わす》れじと念比《ねんごろ》にあたるを却《かへつ》て甚《ぢん》七嫉《そね》み。

直前に二人の行動が暫時もとに戻って同体として書かれていたのは、この一話の最も重要なこの二度目の行動の分化をより驚異的なものとして際立たせるためであったとも言える。当然ながらこの二つの態度は対になっている。「甚《ぢん》七…」「源《げん》七は…」と主語は二つ、ともに「つらくあたるを」「念比《ねんごろ》にあたるを」と、老人への対応を示して同じ語で終り、語数も七十七音対八十一音とほぼ同数である。直後「却《かへつ》て甚《ぢん》七嫉《そね》み。」の語が来ているのは、甚七に戻って音数のバランスを取ろうとしているのか。これを加えれば甚七の記述の方がやや長くなる。内容は、甚七のむごさが具体的で強烈な印象を与えるのは当然であり、後に書かれた源七のやさしさは平凡ではあるがそれとの対比で強い力を持っていると言える。

くり返すが、初めて読む読者にとって、この夜になって善と悪に峻別される行為の両極への分化は衝撃的である。

あれほど二人は一人物が仮に二つの身体を取っていると言えるほどの同一性を持つと教えられてきたからだ。だがいかに衝撃的であろうとも、決して不自然ではない。それは以上見たように、欺瞞的な長広舌をより多く甚七のものと錯覚させられ、堀立小屋に身を置いた時の感謝の気持ちも混じった満足感をより多く源七のものと感じさせられ、また彼らに施した民衆の態度を記す表現の微妙な差などから、振り返った時、甚七が老人を苛め源七がいたわるのを、読者ははなはだ自然な成行きと感じる。この自然さは当然、遡って片輪車か背負うかの第一の行為の分化にすんなり行き着く。あれこそ、そもそもの最初の契機だったのだ、と。

またこれらの件りは、やはり読者が振り返った時、一方が偽親を片輪車に乗せて引き、他方はじかに背負って歩いたということの、心理的な意味を暗示する役割を果し得てもいる。それは読者の錯覚に依存するわけではない。あくまでも暗示による、捉えにくくとも錯覚より深く真実を衝いた表現である。甚七は老人と身体を離しているから、接触から生じる連帯感など無い。彼にとって老人は、単に人々から施しを引き出すべく利用する装置に過ぎず、老人に対して人間的な感情を持つとしたら、車に乗せて引いてやっているのだという思いから来る憎悪しかあるまい。それが孝子を装うということは真赤な偽りであり、仮に甚七が自己自身の行為に対して意識的な判断を下したとするなら、それはまさに〈欺瞞〉の一語以外には無かったであろう。だからあの長広舌と態度の欺瞞性、そして特に「誠《まこと》がましく歎《なげ》きしに」の一句がある。この句は甚七のこうした内面をも暗示する。「誠《まこと》がましく」は源七にも共通だったかも知れないが、このように一面ではまさに甚七だけのものでもあるのだ。また源七については「人みな心ざしを感じて」の言い方がされている。背中に老人の身体の温かさを感じ続けるという新しい体験は、施しを与えられるという、これまた初めての体験と同時に進行した。二つは源七の内面で次第に分かち難く結びつき、そのことから生じる喜びや感謝の気持ちが、おのずから彼の態度にも表れてきたのであろう。「心ざしを感じて」

の一句は、人々が甚七に対しても取った態度かも知れないが、一面では、そうした源七だけの事情を間接的かつ暗示的に、だがある意味ではこの上なく的確に言い当ててもいる。ところで、このような乞食行為の過程での二人の心理については、暗示されるのみで一言も明言されていない。それを書かないことは、最初のきっかけ――〈片輪車〉と〈背負う〉という第一の行為の分化――のなにげなさ、些細さをこの上なく巧妙に表現してもいる。老人との身体的な距離の差が二人の内面に及ぼした影響を読者に教えるような、直接的な語句がもしあったとするならば、最初の行為の分化は、夜になって恐るべき第二の分化として立ち現れる以前に深刻な意味を持ってしまい、ほんのちょっとしたきっかけという性格を失ってしまっただろう。このように人間の心理をじかに書かず、外側からそれとなく暗示し、そのことによって比類のない現実味を生み出すのは日本文芸の伝統的な手法のひとつである。西鶴はそれをここで充分活用している。

以上のようにこの件りは、老人を片輪車か背負うかという甚七源七の最初の選択が、一日の乞食行脚の間中彼らの内面にもたらし根づかせたものが何かを間接的ながら暗示しつつも、甚七の欺瞞性源七の善良さを読者に錯覚を与えてまで強く訴えようとしている。ところがこれは、読者が関心を遡らせて彼らの最初の選択――第一の行為の分化――そのものの意味を求めようとする時、彼らの本来の性格そのものと感じられて来ざるを得ない。二人に強調された欺瞞と誠実は、この一日に成ったものではなく、それ以前から彼らの内部の深いところにあり、老乞食をじかに背負うことへの抵抗感の強さの差として、最初の選択に微妙に影響したのではないかとの疑問を禁じ得ない。要するに、甚七が老乞食を背負いたくない気持ちは源七より強かったのではないか、なにしろ彼はこれほど恥知らずで欺瞞的なのだから、との判断を誘われるのだ。そしてそれは実は何の根拠もなく、精妙にして特異な表現のもたらす錯覚から来るに過ぎないことを、少なくともここまで問うた読者は容易に気付く。だがそう気付いたとき、読者にそのように錯覚を与えるべくテクストをしつらえた作者の意図そのものをかえって読者は感ぜざるを得ない。ここでも、作者は彼自身のなまの意図を読者に知らせようとしている。前に強調された主人公二人の完全の同一性は、第一の行為の分化をまったくの偶然とし、ここでは正反対に一筋の必然性が存在した可能性をなんとかしてもたらそうとしているわけだ。明らかに両義の解が同時に存在し得るように作者が努力を傾けている。(5)

五

二人を悪そして破滅、善そして救済へと導いてゆくきっかけとなった片輪車か背負うかの選択の心理的事情を明記しないことは、作者西鶴の現実への謙虚さを思えば当然であろう。作者は自らが創造した人物であろうともその内面をすべて知っている訳ではなく、知ることもできないと確信している。

だが以上見たように、その選択が全くの偶然であったとも、一筋の否定しきれぬ必然性があったとも、その双方が考えられるように技巧を尽しているのは何故か。この一話が、人間たるもの万人ひとしく、ほんのちょっとした具体的なつまらぬきっかけで、善にも悪にも陥ってしまう可能性があるものだ、という教訓を説こうとしていることは明らかである。そうとするなら、甚七源七が全く同一と言えるほどの人格だった、片輪車か背負うかは完全な偶然あるいは不注意に過ぎなかったとしたままの方が、その教訓の効力ははるかに高かったのではないか。何故それと正反対に、二人のその選択には一筋の内的必然性があり得た、という可能性も主張するのか。夜になっての、老人を苛めるかいたわるかの二筋道への分化をより自然にしようとしたために、そのつもりもないのに、うっかりそうなってしまったのか。そういうことはあり得まい。西鶴は意識的に意図的に意志的に、偶然必然正反対の解がひとしくあり得るように書いている。

まず考えられるのは、西鶴はやはり、主人公二人を完全に相似、同一の人間として描くことができなかったのではないかという単純なことである。いわばレアリスム作家の本能から、完全に同一な二人物などというものは、単なる作家の思想伝達のための生命のない操り人形に過ぎなくなるとし、人間として描くなら、いかに似ていても魂の奥所、作家または本人たちの理性の光の届かぬ所に違いが必ずある筈だ、それはなにかのきっかけで二人を大きく変えることにもなる筈だ、と考えた。

だがそれと同時に、人間として生きている彼らの内面の深いところは誰にも知り得ず、知る必要もない、という醒めた非情な認識と結びついた強固な価値観の主張があるのではないか。心理的動機がどこにあったかなどは問題ではない。正反対の二様の解釈の成り立つことを力説したのは、むしろ暗にそんなことはどうでもよいと主張するためだったのではないか。空恐ろしいほどの虚無と紙一重のところで、この作家は老人を苛めるのが悪でいたわるのが善、この善悪の価値だけは厳然として存在することを言おうとした。

六

『本朝二十不孝』の二十話中、このように殆ど寓話的と言えるほど単純・明確な構成を持ち、しかも深い人間観を窺わせるものはこの一話だけである。以上明らかにしたような、底知れぬ虚無と境を接したぎりぎりの人道性とでも呼ぶべき作者の態度は、他の作品にも散見し、西鶴の背骨をなして常に存在した心情と思われるが、それをもって本作品の他の十九話を、あるいはその一部をさえ見ることは許されない。「善悪《ぜんあく》の二つ車《くるま》」の直前巻三の四「当社《たうしや》の案内《あんない》申程《ほど》おかし」は典型的な怪異談であり、直後の巻四の二「枕《まくら》に残《のこ》す筆《ふで》の先《さき》」はまたがらりと趣を変え、孝・不孝・善悪などの倫理的判断のとても及ばぬ、人間の意識の奥に潜む業の如きものの相克が必然の道筋で惹き寄せる絶望的な悲劇を、的確・精妙に描いている。拙稿は最初巻四の一と二の二話を併せ論じ、二者の間の深い断絶を示そうとしたのだが、枚数が許さなかった。二十話すべてがそれぞれ独立した全く別の作品であり、明暗様々な世界を持ち、作者の倫理さえ一見違って見えることさえある。まず我々は一話一話に何がどのように書かれているかを作品の本文に即して見極めなければならない。『本朝二十不孝』そのものへの判断はその後に来るべきである。序文すら二十話の意味を纏めるものではない。先学諸氏の説は様々に異なっているが、ひとつの見方を全体に及ぼそうとしているきらいがあるのではないか。二十話中には、孝道奨励策批判もあれば、談理の姿勢を示したものもあり、人間性の悪を抉った作品も、転合書に近いのもある。だから最低限言えるのは、いかんともし難く矛盾し相容れる筈のない様々な原理が雑然と混在するこの現実なるものを、そのまま写し出そうとした作品ということである。(6)

なお、佐竹昭広・井上敏幸氏らは、この作品の二十話を、『二十四孝』『本朝孝子伝』等広く行われていた孝道説話の孝子像を逆転して不孝者とした作品と説く。これは貴重な指摘であり、一話一話を読んでゆく際念頭に置かねばならないであろう。だが、「善悪《ぜんあく》の二つ車《くるま》」でこれは大きな意味を持たない。(7)

註

(1) 先学の所説ではこの一話に明快・単純な論理を読み取るものは管見に入らなかった。例えば「甚七はたちまち、邪険の罪で、命が助かるだけがまだしもというはめにおちいる。しかし、それは彼が、真実の親と虚構の親に二重に親不孝だったからであろうか。どうも、この話では、孝不孝の対立が、虚構においてなされているので、そのテーマ性がうすれ、善悪の問題に転換しているように思われる。」日本古典文学全集『井原西鶴集』(2)(昭和48

年 小学館）への松田修氏の頭注（270頁）。「この章は説話型であるが、また善悪の対比がある。本当の親子ではないが、老人をあるいはいたわり、あるいは虐待するという行為に、孝不孝を象徴させたのであろう。」野田壽雄氏『日本近世小説史 井原西鶴篇』（平成2年 勉誠社 306頁）。（二人の乞食行為の成功は）「もうこうなれば不孝者が困窮の揚句の果てに孝行を演出するという皮肉であり、孝の行動はその内容が実は不孝に端を発するという危険の上に存在する、一歩誤ればいつ孝は不孝に変化するか分らないまことに不安定なものである事に対する諷刺であり嘲弄であった。しかもこれが諸藩の中でも特に儒教の教学に熱心な岡山藩でその似非孝行が一応の成功を見る所に滑稽さがシニカルである。これはひいては幕藩体制への屈折した批判・揶揄を含みもっている。」丸木一秋氏『「本朝二十不孝」私論』（『愛媛国文研究』第27号 昭和52年12月 95頁）。この一話での西鶴の大胆な論理をもっと素直に受け取るべきである。

（2）『明良洪範』（明治45年 国書刊行会 12頁）

（3）父親と妹の書き方に触れた文で管見に入ったのは、本田香織氏「『本朝二十不孝』に描かれた孝」（東北大学『日本文芸論叢』第5号 昭和61年3月）である。「「縁付比《えんつきごろ》の妹《いもと》ありて」と記されているが、この妹がいずれの妹なのかは不分明で、甚七源七は二人一組であって区別する必要のないことがわかる。」（47頁）

（4）「ここまでの本文に描かれた数々の不孝の行状には、甚七と源七の区別が全くつけられていなかったことに注目したい。」石原千津子氏「『本朝二十不孝』論」（奈良女子大学『叙説』昭和54年4月 42頁）

（5）昼間の二人の初めて分化した行為と夜の老人への対応の差との結びつきに注目した先行の論は管見に入らなかった。「二人は家出して乞食をする。その一種の限界状況で始めて天性の差が表われて、爾後の運命を変えることになるが（以下略）」（傍点引用者）吉江久弥氏『西鶴文学研究』（昭和49年 笠間書院 335～336頁）こういう見方が多い。

（6）この多様性を欠点とする論があまりに多い。「もし西鶴が始めから「不孝」をテーマに新しく不孝譚を一つ一つ書き下ろしたのであれば、あれ程テーマから逸脱する怪奇譚など書かなかったであろうし」太田久美子氏「「本朝二十不孝」の主題」（東京女子大学『日本文学』第58号 昭和57年9月 28頁）。読者としてこれは極力避けるべき態度ではないか。だが次の見方もある。「『二十不孝』は一つの揺るぎない世界を顕現しているのではなく、流動的な相のもとに存在しているように思われるのである。…（略）…それは作家西鶴の資質そのものが招来したものであった」藤江峰夫氏「私攷『本朝二十不孝』」（神保五彌編『江戸文学研究』平成5年　新典社　71頁）。これは重要な指摘である。西島孜哉氏も、横山重・小野晋氏による岩波文庫の解説（昭和38年）が『本朝二十不孝』に「主題を見失っているかのような観を呈した」怪奇譚のごとき説話が含まれるのを欠点とし「西鶴といえども、不孝咄の二十話を集録するに、かなりの困難さを感じたらしく…（略）…強いて主題に合わせようとして、やや不手際に終ったものもあったとすべきであろう」としているのに反論し、「困難とするのは…（略）…不孝を主題として決定してしまった解説が、それに外れたり、不手際であるものを、混入と捉え、いかに解釈するかに苦慮した結果なのである。」と明言している（『西鶴と浮世草子』平成元年　桜楓社　200頁）

（7）『絵入 本朝二十不孝』古典を読む26（平成2年　岩波書店）「善悪の二つ車」の章（初出は『成城國文學論集』第19輯　昭和63年7月　初出時のタイトルは「『本朝二十不孝』私見」）で、佐竹昭広氏は、甚七は『本朝孝子伝』の孝子「柴木村甚介」を逆転したものとする。備中屋甚七の名はここに由来し、甚七の偽親への無情な仕打ちは、母が眠らない間は自分も寝につかない甚介の孝の逆であるという。さらに佐竹氏は『三綱行実図』『孝行物語』の孝子江革が、時には母を背負い時には車に乗せて引いていたことを指摘し、「善悪の二つ車」の典拠としている。極めて興味深い指摘であるが、西鶴の場合そこに留まっているわけにはいかない。むしろそこにこだわり過ぎると作品が見えなくなる危険もあろう。西島孜哉氏前掲『西鶴と浮世草子』（199頁）で、典拠・素材のみを過度に重視することを疑問視しているが、三浦邦夫氏の次の言葉も忘れられない。氏は「『本朝二十不孝』論」（『秋田高専研究紀要』第6号　昭和46年1月）冒頭で巻二の三「人はしれぬ国の土仏」を例に挙げ、「この親不孝譚が纐纈城説話を素材に構成されていることは明瞭である。」とした上で「依拠した素材を除去することによって、この親不孝譚はその構造を露呈する。」と主張する（1頁）。これは読みの最初にまず必要な操作であろう。

平成七年五月稿

第二節　巻四の二「枕に残す筆の先」論

私事に亘るが、筆者は「巻四の一「善悪の二つ車」論」（本章前節）を書き、そこに「拙稿は最初巻四の一と二の二話を併せ論じ、二者の間の深い断絶を示そうとしたのだが、枚数が許さなかった。」と記した。巻四の一と二の二話を併せ論じるべしと考えたのは、この二話が、そこに描かれた不孝のあり方もその書き方も全く異なることを言いたかったからである。このような小話集成形式の西鶴の浮世草子に大なり小なり共通するが、全体を構成する複数の小話が、最も基本的な主題――『本朝二十不孝』では不孝――が辛うじて共通するだけで、まるで違った性格を有し、相並んだ二話の間に、この巻四の一と二がそうだが、ほとんど断絶さえ見られることもある。もっとも中には巻五の二「八人の猩ゝ講《せうゞこう》」と巻五の三「無用《むよう》の力《ちから》自慢《じまん》」のように、不孝のあり方も、その表現手段も、両話の文芸的価値も、作者の思想さえも殆ど差の無い二話が連続して置かれることもあるが、そのこと自体が作品全体の多様性のひとつの表れと言え、それら小話の混在、むしろそれらによる全体の構成なるものが、極めて豊かな世界を創出し、どうしようもない矛盾を含んだ現実そのものに限りなく近付く。多様性こそ西鶴がこの形式で目指したものである。付言すれば、後年の『世間胸算用』『西鶴置土産』でこれは殆ど見られなくなり、この形式を受け継いだ次代の「浮世草子」にこれは皆無である。

そこで巻四の二「枕《まくら》に残《のこ》す筆《ふで》の先《さき》」を見る。この一話でまず特徴的なのは、二十話の中でもとりわけ内容と対比してそれを表現するために用いられている言葉が少ないという事であろう。嫁・姑の心理的対立から生じる悲劇といった、きわめて隠微な双方の心理的葛藤を基底とする一話としては、このように言葉を惜しんだ書き方は、はなはだ分かりにくく、曖昧模糊たる部分を残す。前話巻四の一「善悪《ぜんあく》の二《ふた》つ車《くるま》」の明快な構成とはまさに対照的である。他にも例えば巻一の四「慰《なぐさみ》改て咄《はなし》の点取《てんとり》」なども分かりにくいが、読者が主人公の奇妙な行動を、分かりにくさはそのまま、書かれている通りに素直に受け入れることはさほど困難ではない。それに反し「枕《まくら》に残《のこ》す筆《ふで》の先《さき》」では、読後ふり返ってよく考えてみると、表面的一義的に何が書かれているかがあまりはっきりしない箇所がある。しかもそれが決して作者の無能・過誤によるのではなく、明晰な意識のもとに意図されたもののように感じられる。不分明な叙述は恐らく故意の技法であろう。それによってきわめて暗示的に表現される話の内実は、その不分明さゆえにこそ、まことに豊かで深い現実味を帯びる。

この一話を冒頭から、およそ読者なるものに普遍的に共通する態度に従い、ということは、書かれていることをさほどの困難もなく素直に受け入れてきた読者は、末尾近く、母親自死の後一年ほど経って発見された書置きに衝撃を受ける。

一とせあまりも程過て書置《かきをき》せし枕《まくら》とり出しみれば、はゝ親の筆《ふで》にして書付《かきつけ》おかれし。世を見るに娌《よめ》としよりて姑《しうとめ》となる人の心のおそろしきに艶《やさ》しき狼《を・かみ》を恐《おそ》れる。子のかはゆさあまりておしからぬ身なれば。千《ち》とせもちらぬ花娌子《よめご》に命をまいらすと書残《かきのこ》されし

これは書き手の妄執が、目をそむけたくなるような生々しさで露呈されている恐ろしい書置きである。死を前にして姑としての自我が意識するのは我が子よりむしろ嫁であり、嫁への怨嗟、憎悪がこの短い書置きに充満しているかに思える。最初「娌《よめ》としよりて姑《しうとめ》となる」と言いながら、あとで「千《ち》とせもちらぬ花娌子《よめご》に命をまいらす」と、

文意が真っ向から矛盾し書き手の心の錯乱を伝える。前者は相手もいずれ自分と同じになるのだと、相手よりもむしろ自分自身に向けて強調して安心しようとし、後者には、美しさではとても対抗できぬ相手への複雑な憎悪がある。「人の心のおそろしきに艶《やさ》しき狼《をゝかみ》を恐《おそ》れる」は意味が捉え難い。「人」と言うが、これは広く世人一般を言うのか嫁を暗に指しているのか。「艶《やさ》しき狼《をゝかみ》」の語も何とも無気味だが、一般的な事実を言っているつもりか、この狼はおのれの事を指すのか、全体として人の心は狼より恐ろしい事を言うのか。だがその分かりにくさが、一種奇怪な露骨さとも言うべきものを強めている。これは絶食を始めた直後のものではなかろう。次第に死に近づいて、しばしば陥る混濁の合間に辛うじて目覚めた意識が書かせたものである。崇高な自己犠牲による精神の浄化などどこにも見られず、まさにそれとは正反対に、憎悪のため肉体的精神的痛苦は凄惨なものだったことが伺える。[1]

　要するにこの書置きが読者に与える衝撃とは、まず第一に、絶食を始めてから死までの十九日間という長い時間のどこかで、この女はこのような精神状態に陥っていたという無残な事実であり、第二にはこの書置きと自死を決意した時の書かれていた心境とのあまりにも大きな相違である。もっとも息子への思いだけは一貫して不変である。「子のかはゆさあまりておしからぬ身なれば」と書置きにあるが、これは自死を決意した時の、「独《ひと》りの子なれば不《ふ》便《びん》とはかり思ひ込《こみ》」「我《われ》さへ身を捨《すて》ければ。子の命のかはり」と意味は等しい。もっとも書置きは「子のかはゆさあまりておしからぬ身なれば。千《ち》とせもちらぬ花娌子《よめご》に命をまいらす」と続いているから、嫁への悪意ある関心の方が子への愛情よりむしろ強かった事実を示している。この一文の力点は明らかに後半にあるからだ。このような嫁その人への悪感情はこれより以前全く書かれていなかった。「兎《と》角は娌我《よめわれ》をうるさく思ふ故《ゆへ》ぞと終夜《よもすがら》物案《あん》じて」には嫁への憎悪や嫉妬は無い。してみるとこの姑は、死を目前にした時、それまで自身にも押し殺してきた嫁への憎しみが、ようやく意識の表面に否定しようもなく浮かび上ってき、長い死の苦しみの中で日夜その妄念に嘖まれたということなのか。読む者の目を灼くようなこの書置きの意味はそこにある。

だが、いかに強い衝撃を受けるにしても、ここに不自然さは全く無い。それは、なんと言っても「兎《と》角は娌我《よめわれ》をうるさく思ふ故《ゆへ》ぞと終夜《よもすがら》物案《あん》じて」は、この悪感情に今一歩の所まで近付いていて、読者は書置きを知らされたとき、いかにもさもありなんとの思いも同時に禁じ得ないからである。読者が慌ててここでこの人物あるいは嫁など他の人物の記述をふり返り、そこに表面に文字で記されていたとは別の、隠されて本人の意識にも昇ってこない潜在心理的動機を求め始めるなどという事は、まず無い。これまで素直に受け入れてきたこの一話の記述が実は偽りであったと否定され、作品世界が崩壊するようなことはなく、むしろ逆に、それらが真の奥深い現実味を獲得さえすると言える。何故なら、我々が普段遭遇する現実の事件は殆どが曖昧で、本当らしいものと不可知なものが入り混じり、細部を知り得たとしても真実を捉えることは容易でない。大抵一応の筋道の通った解釈はつき、それが多くの謎を残しながらも、恐らくはある程度真実に近いものだろうと想像できるが、また別の解釈の可能性も大抵の場合無い訳ではない。それは単なる可能性として漠然と感じられるだけで、最初の解釈より不確かなことが多いにしてもである。この一話はそうした現実の事件に極めてよく似せて書かれている。同質にして相似の世界である。くり返すが、この一話には、姑の書置きを知らされて初めてその意味が分かる、いわばそれによって答を与えられる謎がしつらえられているようなことはなかった。ここまで来てようやく、あれは実はそういう意味だったと納得でき、最初の読みは大なり小なり誤解だったと知る、といった事柄は無い。ここでは、意味が一新されるのではなく、新しい意味が僅かばかり付け加わるのだ。それは冒頭から、選び抜かれた言葉で精妙な構成力をもって書かれているからである。以下、ふり返ってそれを見る。

都《みやこ》には今四十《よそじ》の内外《うちそと》をかまはず法躰《ほつたい》して樂隱居《らくいんきよ》をする事専《もつは》らにはやりぬ。頭《かしら》丸めしとて金《かね》さへあれば色《いろ》里の太夫もそれにはかまはず。自由《じゆう》になる。川原《かはら》の弥郎《やらう》も猶遊山《なをゆさん》にかはる事なし。世《よ》の六《むつ》かしきめに逢《あは》ぬが此徳何《とくなに》にかはかゆべし。され共女心は愚《をろか》にして娵子《よめ》に家《いへ》を渡《わた》す事いつ迄《まで》もをしみぬ。京も田舎《いなか》も見るに聞《きく》に其通《とを》りなり。土佐《とさ》の畑《はた》と云《いふ》所に鰹屋《かつほ》の助八《すけ》とて獵船《れうせん》を仕立《したて》て出す者有しに。かしこく世《よ》をわたる海《うみ》の上《うへ》を心におさめ次才《しだい》に分限《げん》になりて助《すけ》太郎と云《いへ》る子を持《もち》ける。独《ひと》りもひとりからと利發《りはつ》にして親《をや》の氣《き》を助《たす》け諸人《しよ》の讃《ほめ》られ者親《ものをや》の身にしては一しほ嬉《うれ》しかりき。十九の時同《をな》じ所の美《び》なる娘《むすめ》を見立《たて》て何に不足《ふそく》なく娌《よめ》に取《とり》此上《うへ》に思ひ殘《のこ》せし事もなく。表屋《をもや》の裏《うら》に座敷造《ざしきつく》りて助八是に引込《こみ》。萬《よろづ》の鎰《かぎ》を助《すけ》太郎に渡《わた》し商賣《しやうばい》は律義《りつぎ》なる手代二人後見《うしろみ》させければ。此身《しん》躰鬼《たいをに》に金持《かねもた》せ根強《ねつよ》ひ事隱《かく》れなし。助太郎夫婦《ふうふ》あひのよき事をふふり《ママ》の親《をや》かぎりもなく嬉《よろこ》び。此上に孫《まご》の㒵《かほ》見る事をねがひ。いまだ振袖《ふりそで》の身なれば下〻も我まゝ出《た》して臺所《だいど(ママ)》そこ〲に始末《しまつ》の事も心もとなく母親幾度《はゝをやいくたび》となく見舞《まひ》て。末〻迄氣《すへ〲までき》を付給へば。あまたの下子《す》共奉公《ほうこう》を大事に影《かげ》なく働《はたら》きぬれば。万事艫《とも》の廻《まは》りて舟問屋《ふなどひ》の勝手《かつて》は是で持《もつ》たかみ様《さま》の御飯貝《おだいかい》といへり。朝夕《てうせき》おかしき事斗仰《をせ》られ御年はよられてもお心ざし和颯利《わつさり》といづれも行末頼《すへたの》もしく身を任《まか》せ骨《ほね》をゝしまず袒《はたらき》ける。され共娌《よめ》の習《なら》ひとて是程あしからぬ姑《しうとめ》を嫉《そね》み。春雨《さめ》のふりつゞき。物の淋敷曙《さひしきあけぼの》に

この一話も『本朝二十不孝』の他の多くの話と同様、前書き——「枕」と呼ぶ方がふさわしいが、本話の題そのものに枕の字があるのでここでは前書きと言っておく——で始まっている。「京も田舎《いなか》も見るに聞《きく》に其通《とを》りなり」までである。西鶴の作品で前書きなるものは重要な因子である。表現に大きな機能を果たしている場合も多い。『本朝二十不孝』の二十話だけを見ても、それを全く欠く話もあれば、あっても話ごとに長短さまざま、その意味

も機能もみな異なっている。話の本体に入る前段階としてあるから、まずごく一般的に世間の状況を述べたり、舞台となる場所の地理的背景について一言したりし、話がこれから語るところを格言のように巧みに言い当てる場合もあれば、その格言が話全体とあまり関係のない場合もある。つまり前書きと話の本体との関係は様々で、意味の方向が常に素直に一致するとは限らず、大幅なあるいは僅かなズレを生じる場合が多い。[2] 言えるのは、我々が話の意味を考えるとき、前書きに頼ることはできないという事だ。

そこで、「枕《まくら》に残《のこ》す筆《ふで》の先《さき》」の冒頭部を見ると「都《みやこ》には」と始まり京での風俗がまず書かれる。このように前書きに具体的な地名が出、話の事件が起る場所はそれとは違うのは、二十話中この四の二だけである。すなわち「土《と》佐《さ》の畑《はた》と云《いふ》所に」で、ここに「鰹《かつほ》屋の助《すけ》八とて」と語り出される人物の生は、都とは違うことが読者に意識される。都での最近の流行の風俗は、四十歳以下でも隠居し、金にまかせて色遊びにうつつを抜かす。「色《いろ》里の太夫」「川原の弥郎《やらう》」（傍点引用者、以下同じ）と言い、その贅沢は決して地方在住者にはかなえられるものではないと強調している。その差は大きい。事実話の最後で助八は妻にも先立たれ、耳も遠く、息子夫婦には「あるにかひなくをしこめて。顔《かほ》見る事もなかりき」の扱いを受け、しかもその一人息子も死んでしまうという悲惨な状態に陥る。だがそれ以前でも隠居してからの助八の姿は京の楽隠居とはかなり違っている。最初書かれた助八の至福は、前書きの存在によって、対照的に何かつましくわびしい性格も伴う。彼の至福は一人息子助太郎のあり方に完全に負っている。「利發《りはつ》にして親《をや》の氣《き》を助《たす》け諸《しよ》人の讃《ほめ》られ者《もの》」とは、それほど親孝行が強調されているわけではない。それよりもここではやはり一人っ子に対する親の態度がはっきり窺える。[3]「親《をや》の氣《き》を助《たす》け」が嬉しいのはよいとして、それを皆が讃めたというのは金持ちに対する阿諛ではないか。少なくとも単なる礼儀の要素が多かろう。それを「一しほ嬉《うれ》しかりき」とはやはり一人っ子の親である。わざわざ「親《をや》の身にしては」と記されているのもその感を強める。助太郎に美人の嫁を取ったときも、複数の子持ちの親よりも大きな満足感がある。助八の幸福は危うい基盤の上にあった。「此上《うへ》に思ひ残《のこ》せし事もなく」は前書きの「世《よ》の六《むつ》かしきめに逢《あは》ぬが此徳何《とくなに》にかはかゆべし」と同一の現実的条件から発しながら正反対の心境である。世俗の欲望をきれいさっぱり放棄した清潔感と共に、まるで出家でもしたかのような寂寥感も含まれ、京の隠居の、うるさい公的な役目から解放された気楽な享楽生活への期待とは大きく違っている。そのあと「此身躰鬼《しんたいをに》に金持《かねもた》せ根強《ねつよ》ひ事隠《かく》れなし」で表現される経済的な安心感の強調によってそれは一層強まっている。

　前書きで楽隠居の風俗が書かれたあと、「され共女心は愚《をろか》にして娵《よめ》子に家《いへ》を渡《わた》す事いつ迄《まで》もをしみぬ。京も田舎《いなか》も見るに聞《きく》に其通《とを》りなり」と書かれる。法体して遊び呆けている楽隠居も、いつまでも家政の実権を嫁に譲ろうとしないその妻も、当時の読者の目には見慣れた光景だっただろう。この「京も田舎《いなか》も」の言葉は、「都《みやこ》には」と書き出され、太夫や川原の語でまさに京都の特殊現象であることが明白な楽隠居のあり方と対比されてその普遍性が強調される。そしてすぐ続いて「土佐《とさ》の畑《はた》と云《いふ》所に」と田舎の地名が出て話が始まり、助八なる人物の隠居の次第が語られるから、ここでは当然そのあと、家政にしがみつく姑の愚かしい女心も語られるであろうとの期待が、読者の心中に漠然と生じる。前書きを読者は本話を予告するものとして読むからである。この作品を順序正しく読んできたとすれば、巻一の三その他必ずしも常に前書きが話の本体と一致するとは限らないと知っている筈だが、まずその心的動きは変らない。だがここでは期待通りにはならない。もっとも、京の楽隠居とはだいぶ違い、関心が息子に集中している、つまり前書きと大きな差のある助八の事情が長々と語られるのはそれを不自然にしない。そして、隠居助八の妻は、最初夫助八と併記され、さりげなくごく自然に登場する。「助太郎夫婦《ふうふ》あひのよき事をふり（たカ）の親《をや》かぎりもなく嬉《よろこ》び」と。息子夫婦の仲が良いのを極度の歓喜と共に迎えるのも、息子が一人っ子だからだが、ここに示されるのは、前書きの暗示する愚かで意地の強そうな老女ではなく、夫と共に一人息子を何より大事にする優しい母親の姿である。「此上に孫《まご》の皃《かほ》見る事をねがひ」も同様。当然で平凡な親としての感情である。ところが、「いまだ振袖《ふりそで》の身なれば下〻も我まゝ出《た》して臺所《だいど(ママ)》そこ〳〵に始末《しまつ》の事も心もとなく母親幾度《はゝをやいくたび》となく見舞《まひ》て」と、まだ誕生したわけでもない孫から突然その孫を生むべき嫁に関心の対象が移動するが、「振袖《ふりそで》の身」である存在、嫁の主語を欠く。これは小さな飛躍だが、嫁の語が明示されていないだけ、子を生む性的存在であることを感じさせ、未成年を指すごく平凡な「振袖《ふりそで》の身」の語にもある色気が生じ、これは遡って「助太郎夫婦《ふうふ》あひのよき事」に当然含まれていた性的な意味にも改めて念を押す。「孫《まご》の皃《かほ》見る事をねがひ」からの飛躍だからこのような関心は助八夫婦のものだが、読者にとっても「美《び》なる娘《むすめ》」としか教えられていなかったこの嫁を、急に或る存在感あるものにしている。そしてこれも「下〻も」以下この嫁の無力さと共に語られるから、姑のやや過度とも言うべき保護者的態度を正当化している。

「母親幾度《はゝをやいくたび》となく見舞《まひ》て」までは姑として当然の態度としても、次第に干渉的な面が強まるような書き方である。「末〻《すへ〴〵》迄《まで》氣《き》を付給へば」は「見舞《まひ》て」からすんなり続いているとしても、ここで遂に許されるべき埒を越えたとも判断できる。「末〻《すへ〴〵》」という瑣末な事柄に不都合があった場合には嫁の失態になるからだが、相変わらずそれは決して否定的に書かれてはいない。しかも直後の一句が姑の行為を完全に正当化している。「あまたの下子《す》共奉公《ほうこう》を大事に影《かげ》なく働《はたら》きぬれば。万事艫《とも》の廻《まは》りて」である。大勢の使用人を影なく働かせることほど、舟問屋を営む者として価値ある行為はないだろう。ここでくり返される「ば」の語尾が耳につく。「いまだ振袖《ふりそで》の身なれば」「氣を付給へば」「働《はたら》きぬれば」である。それぞれの行為の主体、嫁・姑・使用人の三者間の力関係が、同一語尾の使用によって、まるで等号と不等号で表現された数式のように厳然と示される。嫁の力不足と姑の絶対的実力は明らかである。それはそのまま嫁の感じた心理的圧力だったであろう。「万事艫《とも》の廻《まは》りて」は舟問屋だから舟の比喩を使ったのだろうが、いささか大袈裟にさえ感じられる。大きな舟問屋では勝手向きが順調にいく事が不可欠なのだろうが、多勢の人間が働く戦場のような現場を順調に保っていくこの姑の力量は並大抵のものではない。そして「舟問《ふなどひ》屋の勝手《かつて》は是で持《もつ》たかみ様《さま》の御飯貝《おだいかい》といへり」ということになれば当初の「始末《しまつ》の事も心もとなく」の動機から大きく離れてしまい、いささか出過ぎた感は否めない。勿論これは、嫁の来る前、助八隠居前からこの女がずっとやって来た仕事なのだが、叙述が、すでにあった嫁の領分を姑が侵食し次第にエスカレートしたかのように故意に描き出し、しかし一方その叙述の進み方がいかにもスムーズで自然なので、姑の行為自体の正当性の強調もあって、姑の我侭を感じさせない。「朝夕《てうせき》おかしき事斗仰《を、せ》られ御年はよられてもお心ざし和颯利《わつさり》と」これはこのやり手の姑にいかにもふさわしい。男性的で気性のさっぱりした元気一杯の老女というこの姿は、前書きの「女心は愚《をろか》にして娵《よめ》子に家《いへ》を渡《わた》す事いつ迄《まで》もをしみぬ」の一文から想像される陰険で吝嗇で小心な老女とは殆ど対極にある人物像と言える。しかもここでは嫁はまだ成年に達していず、また姑は家政に執着していつ迄も手放さないでいるわけではない。松田修氏はこの「おかしき事」に注釈して「単なる笑話ではなく、性的なニュアンスもあるだろう。「孫の顔」を待ちのぞむことと、母の深層意識ではからんでいるのではないか。」と指摘する。(4) このコンテキストでは色ばなしの意味はあるだろう。しかしそれが母の深層意識でどうだったかをこの段階で問う読者はいない。このあたり「是で持《もつ》た」という使用人達の口調、かみ様、御飯貝《おだいかい》、おかしき事、和颯利《わつさり》の語の語感はいかにも的確にこの女の性格とこの職場で果たしている役割を言い当て、「いづれも行末頼《すへたの》もしく」の使用人達の心理がきわめて自然である。「影《かげ》なく働《はたら》きぬれば」「骨《ほね》をゝしまず祖《はたらき》ける」の似た句が重ねられ、ひとつの喧噪を極めた、だが至極うまくいっている世界がここにある事を教える。この姑の姿に非難すべき点は全くない。ではなぜあの前書きがあったのか。それを考える前に、引き続いて書かれる嫁の姿を見ておく。

　され共娌《よめ》の習《なら》ひとて是程あしからぬ姑《しうとめ》を嫉《そね》み。春雨《さめ》のふりつゞき。物の淋敷曙《さひしきあけぼの》に久〻の部屋《へ》住《ずま》ひ今といふ今《いま》氣《き》を懲《こら》しぬ。おいとしさ限《かぎ》りなきに。思ふ中の別路《わかれぢ》うきよとはかゝる事ならんと。長枕《なかまくら》の端《はし》に書殘《かきのこ》し。男の夢《ゆめ》にもしも見られぬうちと。閨纒斗《ねまきばかり》の乱《みだ》れ姿《すがた》にして。此宿を忍《しの》び出身の行末《すへ》は定《さため》ず成《なり》ぬ。

　まず最初に「娌《よめ》の習《なら》ひとて」とこの嫁が姑を嫌うのは特に異常というわけではないことが記される。「嫉《そね》み」とあるが、この語は古くは単なる嫌悪の意味もあったらしいが、ここではやはり劣等の者が優位に立つ者をねたむ意味だろう。姑は家政に関し圧倒的な実力を持つ存在として示されていたからこれは自然である。それにしてもこれはあまりに簡単で、心理の説明というより行動の記述である。「春雨《さめ》のふりつゞき。物の淋敷曙《さひしきあけぼの》に」は、この話で初めて具体的なひとつの時間に焦点を定めての情景描写だが、この嫁が長い鬱屈した思念の末遂に我慢の限度に達した瞬間の背景としてまことにふさわしい。いつ迄も続く生暖いじめじめした雰囲気、そこには或る儚くわびしい気配もこもる。そのしめやかな静かさは直前にあったあの、多勢の人々が構成する、姑を中心として騒々しく回転する世界と巧みな対照を成す。現在ここで多くの注釈書は「久〻の」から「かゝる事ならん」までを括弧に入れ、家出する嫁の書置きの文と決定しているが、「おいとしさ」以後はもちろん書置きとしても、どこから始まるかは曖昧のままであるべきだろう。「今といふ今氣《いまき》を懲《こら》しぬ」はまだ書置きの中味としてははっきり一人称で語られるというわけでもなく、半ばは地の文の説明でもあろう。部屋住みが長いのが鬱屈の原因だとは、本人の主観だけではなく、半ばは客観的な事実でもあるかのように書かれている。もっともそれはあまり重大な違いではない。西鶴ではほとんどの場合、地の文という事が客観性を保証する訳ではないからである。

　夫への愛情はまざまざと表れてはいるが、「閨《ね》纏斗《まきばかり》の乱《みだ》れ姿《すがた》」はこの家出が衝動的なものであることを示す。ここで遂に耐えきれなくなって尼寺へ馳せ込むということなのだ。「おいとしさ限《かぎ》りなきに。思ふ中の別路《わかれぢ》」の書置きの文句は夫への執着の並々ならぬものであることを示していたから、離縁を望むとはいささか異様でさえある。こう書かれると一体姑のどこが嫌だったのか読者も気になるが、実はこの娘もあまりはっきり分かっていなかったのではないか。「此身出家《しゆつけ》の望《のぞみ》はなくて。只よを捨《すつ》ると云《いふ》にぞ子細《しさい》有べしと様〻《く》詮義《せんぎ》の折ふし」はその事を暗示する。この一話の分かりにくさはそこにある。それは、人物自身がはっきり分かっていない心の状態を、作者が読者に向かって説明してくれるということを西鶴は決してしないからである。

　助太郎については、「助太郎此女を恋焦《こが》れ親《をや》の事は外《ほか》になして。彼寺《かのてら》に行て夫婦《ふう》は二世《せ》と戯《たはふ》れ。日数《ひかず》を重《かさ》ね宿に戻らず。科《とが》なき母親邪見《をやじやけん》の名を立ける」と書かれる。この男が親不孝者になった次第がここで初めて記されている。それは、遂にここで親よりも嫁の方を選んでしまい、その罪の自覚があったため、尼寺に追っていって何日間もそこで女と戯れるという罪深い行為を重ねてしまう。小心者としてはもうあともどり出来ず、立派な不孝者である。だから「科《とが》なき母親邪見《をやじやけん》の名を立ける」にも平気で、母の死にも「助太郎は時節《じせつ》の死去《しきよ》と歎《なげ》かず」とあり、父親に対しても「あるにかひなくをしこめて。顔《かほ》見る事もなかりき」の態度を取る。嫁が悪女だからその影響で親不孝になったという訳では全くない。母が助太郎を「不便《ふびん》」と思ったのも、単に家に帰らないということの外に、彼がこうした罪深い行為に陥ったということもあるのだろう。これも一人っ子への溺愛ぶりの一端である。「独《ひと》りの子なれば」とそのことを明記している。

　嫁の出奔という具体的な事件が始まると、以後やや話は分かりにくくなる。この嫁は何がそれほど耐え難かったのか。なぜ姑がそれほど嫌だったのか。人の好き嫌いに別に理由など必要ないのは確かで、だからこそ明瞭に理解のいく書き方がされていないわけだが、嫁の書置きの文で、あるいは嫁の心理として書かれていた「久〻の部屋住《へずま》ひ」という動機に読者は疑念を持たざるを得ない。助太郎は正確には決して部屋住みではなかった。「萬《よろづ》の鎰《かぎ》を助《すけ》太郎に渡し」と父助八は完全に隠居していて、母が死んで尼寺から戻ったときも「むかしのごとく世間を勤《つと》め」とその事は強調されていた。家政のことはすべて姑が切り盛りしていて、それが嫁に自分が部屋住みであるかの実感を与えたのだろう。しかし振袖の身では姑が家政の実権を握るのは当然である。遠からず解放される可能性のある「久〻の部屋住《へずま》ひ」という原因だけでは、夫に愛情を持ちながら傍らに寝ている夫のもとをそっと離れ、家をとび出し尼寺にかけ込み、そこで追ってきた夫と何日も戯れるという行為は激しすぎるように思われる。嫁のことは家出の時まで何も書かれていず、以後も本人がよく自覚していないらしいから、この本人にも隠された嫁の心理を追う読者は必然的に姑の行為を振り返る。

振り返るとき、作品の精妙きわまる技巧が読者の心理を導く筋道は、くり返しになるが、次のようなものである。まず、姑が勝手向きを動かしていたことは事実である。だがそのあり方は前書きの「され共女心は愚《をろか》にして娵《よめ》子に家《いへ》を渡《わた》す事いつ迄《まで》もをしみぬ」とは違う。この前書きがあるからこそ、この姑はそうではないこと、形は同じでも中味は違うことが分かった。助八の前書きとの違いは明瞭である。前書きは都のことでここは田舎だからだ。妻の方は「京も田舎《いなか》も」とされながら前書きとは違うことになり、その違いが読者にはよりはっきりと印象づけられる。では何なのか。前書きと違うということは、はっきりした答えが得られていないということに外ならない。そのまま姑の自死まで語られ、読者には姑も嫁もはっきりしたことは分からぬままに終りそうなのだが、最後に姑の書置きが出てくる。読者はここにこそ答がある筈と異様な力で引き付けられる。だがそれは、姑の本心がなまなましく露呈されていても、ほとんど解読不能と言える。読者はこの書置きからいろいろなことが言えよう。すべては想像の域を出ない。いかなる解釈も正しさを保証されることはない。むしろこの書置きは、その気になれば読者が多様な解釈を下すことができるように書かれているのかも知れない。

例えば、松田修氏は前にも引いた「日本古典文学全集」の頭注で、「この嫁と姑は親不孝話という枠を越えて、一人息子をめぐる妻と母の、深く暗いテーマに迫ろうとしているようである。姑が嫁を嫉むその裏には、姑の息子への愛が当然考えられるだろう」。また、「淡々と事件の経過だけを追う筆の奥には、かなりどろどろとしたものがひそめられているようである」と言い、姑の遺した書置きに関して「ここには姑と嫁はなく、むしろ女と女がいる」と指摘し[5]、一人息子助太郎を中心とする姑と嫁の心理的争い、お互いに対して抱く嫉妬心と把えている。筆者の解もそれに近いが、単なる嫉妬ではなく、この姑には息子夫婦の性生活への一種の好奇心——性的関心とでも呼ぶべきもの——が強かったのではないかと考える。書置きの「艶《やさ》しき狼《をゝかみ》」「千《ち》とせもちらぬ花娌子《よめ》」の文句からそれを感じるわけだが、この書置きはどうとでも取れる代物だから何の根拠にもならず、これは単なる推論に過ぎない。しかしこの推論は嫁と姑の行動をかなり説明するだろう。姑がしばしば勝手向きを見舞ったのもそのためだったかも知れず、そのわくわくするような楽しい気分から元気が出て、家政の采配を揮うのにも油が乗ったということがあるのかも知れない。と言って別に若夫婦の寝室をひそかに覗いたりしたわけでもなかろう。自分の意識ではあくまで慈母としてあるからである。嫁は姑の自分たちへの「性的関心」を明確に認識したことはなかったろうが、何かその類のことに薄々気付いたに相違なく、気付けば耐え難い嫌悪感に襲われたろう。だから家を棄てて尼寺でなら男と存分に戯れることも出来た。「長枕《なかまくら》」に書置きしたということで同衾が明示され、そこから抜け出て他の場所に移り情交を重ねる。このことの意味は暗示的である。家では建物が離れていても、姑の意識が常にこちらに向けられているのが何かと感じられたのだろう。一方助太郎はもちろんこんなことに気付く由もない。姑の死もこう考えると自然である。姑も「性的関心」など最後まで自覚することもなく、息子夫婦への慈愛と思っていたろうから、嫁が自分を嫌ったのを知ったときは深い怨嗟の思いが生じたであろう。また書置きでは息子より嫁に多くの関心が集中していたのもこのことで説明できる。

だが、いかように推論しようとも、得られるものはひとつの解釈に外ならず、解釈者自身にもきっとこれだという自信など持てる筈がない。作品にはあまりにも、それを保証する根拠が足りない。だがまさにそれこそ西鶴の意図したところではないか。書かれる事件について多様な解釈が成り立つよう努力を惜しまない。前書き通りに、愚かな姑が家政の実権をいつまでも握りたがっていたというありふれた事情が悲劇の原因だったと素朴に解釈するのが最も普通で正当な解なのであろう。また、松田修氏や筆者のようにいろいろと想像を巡らした後で、そうとしても結局はこれもやはり一人の愚かな姑だったのだとの思いに改めて深く打たれるということもあろう。息子夫婦の自死についても、いろいろに考えることができる。単に人とのつき合いが欠けて生きていけなくなったのか。姑の書置きが彼らの精神に何らかの深刻な打撃を与えたのか。その点について何も書かれていず、どのようにでも解釈できる。西鶴はこの一話をできるだけ現実そのものに近づけようとしたのだ。

読む上での重大な誤りは、ひとつの解釈に固執する余り、それを保証してくれる叙述の不足を欠点と見なしてしまう事である。松田修氏はこの過誤を犯している。前記の頭注で「「あしからぬ姑」だからいとわしいのである。その嫁の状況は描きえても、微妙な心理のあやは描きえていない。それが西鶴の限界であったが」と述べ、姑の書置きについての頭注で「ここには姑と嫁はなく、むしろ女と女がいる。この話もまた、不孝話から逸脱し、しかもその逸脱が十分形象化されぬ傷をもつものであった。」と非難している。(6) この態度では、せっかく正しく把えた細部の意味が全体の理解にまで達することを妨げる。偏見から脱し作品をありのままに見ることが肝要である。言葉を費して明確に描ききるべしとするのは近代小説の偏見に過ぎない。この一話のように、書かれていないことによって豊かな内容が表現されることだってある。松田氏は「形象化」と言うが、近代小説におけるそれだけが形象化なのではない。西鶴作品の方が、はるかに自由で多彩であり、それによってより深く広い世界を「形象化」し、要するにより良く現実を写している。

最も素朴に読むのでない限り、助太郎夫婦はそれほどひどい不孝者とは言えない。形式的にはれっきとした親不孝の行動でも、やむを得ずそうなったとも考えられる。かと言って、筆者の解では多少リビドーの強過ぎたというだけの姑を悪者とするわけにはとてもいかない。ここでは善悪の規準で人物を判断できない。いわばそれぞれ業を負った人物たちである。その点前話巻四の一との間には断絶と言えるほどの大きな違いが或る。二十話の一話一話が読者に要求する読みの態度はすべて異なると考えるべきであり、我々は一話ごとに先入見を完全に取り払って当たらねばならない。その時はじめて、現実世界を可能な限り全体的に把えようとした西鶴の意図が生かされる。

註

（1）この書置きの前半部について現代語訳二種を引用する。「世間をみるに、嫁が年よって姑《しゅうとめ》となる。いつかは自分も姑になるのに、姑を憎むとは恐ろしい人心。これに比べれば狼《おおかみ》などやさしいもので、狼を恐れて人の心を恐れないのはおかしいことです。」日本古典文学全集『井原西鶴集』（2）（昭和48年　小学館　274頁）松田修氏の訳。「世の有様をみるに、嫁も年を取ると姑になって邪慳《じゃけん》になるものだ。そういう姑気質《かたき》を恐ろしく思うので、どんなにやさしくしても嫁は私を狼のように恐れるのであろう。」対訳西鶴全集10『本朝二十不孝』（昭和51年　明治書院　106

〜107頁）麻生磯次・冨士昭雄氏の訳。両者の間にかなり大きな意味の違いがあるが、いずれが正しいとは言えまい。他にも違った意味の取り方がいくらでも可能で、要するに西鶴が、多義的で極度に曖昧な文を意図したことは否定できない。

（2）中村幸彦氏は「『本朝二十不孝』助作者考」（『江戸時代文学誌』第8号　平成3年12月）で『二十不孝』の若干の章から「当時の世相風俗、花街から町人社会に及んで紹介する如き文章の存在」（3頁）を指摘し、この「枕《まくら》に残《のこ》す筆《ふで》の先《さき》」では冒頭から「見るに聞《きく》に其通《とを》りなり」までを、それとして挙げている。他の章から中村氏が列挙している例は、必ずしも筆者が枕（前書き）と考える部分と一致するわけではないが、四の二では偶然一致している。これを中村氏は「浮世草子風文章」と呼び、これは「全体の筋には、殆ど、又は全く係っていないのである」とし、それゆえこれらの部分は「その章が一応筋を通して出来上った後に、追加挿入したものとしてよいのではあるまいか」（以上5頁）と考え、さらにその追加挿入の生じた主な理由として、この作品の巻一の一を除く十九話の多くは数人の助作者の書いたものと想定し、それに西鶴が「浮世草子風の面白さを加味」（6頁）するために書き加えたのがこれらの部分だと言う。『本朝二十不孝』が数人の筆に成るとは興味深い仮説である。だがそれは作品の本文に即して実証されているわけではない。「一寸不思議なことに、浮世草子風文章を省略しても、その前後の文章はそのままで、又は若干語句を補えば、十分に文章は続いて、意味が通るではないか」（5頁）つまりこれらの部分は話の筋に無関係であるという事だけでは、決して追加挿入と判断する根拠にはならない。最も警戒すべきは、このような見方で最初からこれらを異質の部分と決めてしまうと、一話全体の中でこうした部分が果たしている有機的機能が見えにくくなるという事である。中村氏も巻一の一については、これらの浮世草子風文章（筆者が前書き・枕と称するものはすべてこのうちに入るだろう）が「全体の筋に十分参加している」（5頁）。だから「一章あげて西鶴の筆なる事を」「疑う処はない」（3頁）と言う。巻一の一については、すでに西島孜哉氏が『西鶴と浮世草子』（平成元年　桜楓社）第七章「『本朝二十不孝』の主題と方法」（193頁以下）でこの一話の構成を克明に分析し、これが序文の構造に極めて似ていることを説得力を持って実証し、「『二十不孝』全体は、「身過」という観点から把握しなければならず、また同時に、その渡世を生み出しているところの「常ならざる」人心を描くことが、西鶴の基本的な創作意識であったとみるべきである。」（198頁）との結論を導き出している。西島氏の分析では当然この枕の部分も作品構成の重要な一部を成している。我々は他の十九話を見る時にもこの態度に学ぶべきである。中村氏の言うように、他の章では異質の部分がいかに話全体と不調和に混在していたとしても、たとえ別人の筆に成ることが実証されたとしても、それらがその一話全体の表現になんの影響も及ぼしていないなどということはあり得ない。

（3）『本朝二十不孝』の不孝者には一人っ子が多い。しかし一人っ子に対する親の態度まで含めて描かれ、それが大きく問題とされるのはこの巻四の二である。

（4）日本古典文学全集『井原西鶴集』（2）（昭和48年　小学館　272頁）

（5）日本古典文学全集『井原西鶴集』（2）（昭和48年　小学館　引用箇所は順に272頁、273頁、274頁）。重友毅氏も『西鶴の研究』（昭和49年　文理書院　301頁）で次のように言っている。「（人物の善悪は）いずれがいずれともいいがたく、そこには女性同士の、いつの世にも変らぬ、陰湿な対立関係が見られるのであり、しかもそれが実に急所を抉って写し取られているのである。なるほど表面の話は、いかにも親不孝物語である。しかしそれはむしろ平凡で、裏面の話として語られた嫁姑物語の方に遥かに深みがあり、それによってこの話は、いつまでも忘れられないものとなっているのである。」

（6）日本古典文学全集『井原西鶴集』（2）（昭和48年　小学館　順に272頁、274頁）

平成八年三月稿

第四章　『武道伝来記』論

第一節　巻一の構成

一

『武道伝来記』の三十二話は、一話一話がそれぞれかなり違っている。まるで作者西鶴の人間観自体が一話一話で異なっているかに思え、我々読者は最初とまどいを禁じ得ない。しかし丹念に読み込むと、作品に描かれた様々な同時代の武士の姿に対する作者の倫理的態度は、極めて精妙ながら何か確固たるものがあり、それは作者の人間精神の底知れぬ深みにまで透徹する眼—すなわち人間観察のこの上ない正確さと表裏一体をなすことがわかる。それよりも捉えにくいのは、三十二篇の一篇一篇の作品自体に対する作者の態度が様々に異なっていることである。みずからの描き出す世界に対しあくまで冷静である場合もあれば、作者や語り手が作中人物への怒り、賛美、恨み等様々な人間的な態度を取り、それがあからさまに作品の表面に出ている場合もたくみに隠されている場合も、隠しきれていないと思われる場合もある。西鶴の場合には作品の表面に言葉であらわされた評価が必ずしも作者の本心を示すものではないことが多い。例えば「天晴《あつぱれ》はたらき残《のこ》る所なし。」「武勇《ぶよう》此時國中《こくちう》に其名《な》をあげける。」といっためでたく喜ばしい言葉が書かれているからといって作者西鶴自身がどの程度めでたいと思っているのか、真底からそう思っているのか口先だけなのか、それは千差万別である。要するに作者は主観の表出を極力抑えているのではないか、淡々と書いているときも大変な努力の結果ではないかと感じざるを得ない場合も多いのだ。読者は勝手読みの愚に陥ることを避けるためには一話ごとに細心の読みが必要である。そのような面倒はやめ、ただ作品の指示する通りに受けとればよい、少なくとも同時代の読者は無頓着であった一面もっと素朴で素直だったのではないか、とするのはどうも西鶴の場合には適当ではないように思える。少数の注意深い読者にだけ読み取ってもらえばよい、そう考えたとしか考えられない箇所が時折目につく。それが同時代の現実の読者層の一部に存在したのか、そんなあてなぞ全くなく、いわば後世をたのみとしたのか、それはここでは問わない。

一話ごとの多様性は各話の文芸的価値にまで及んでいる。古典作品の優劣を言うのははやらないらしいが、敢えて言えば『武道伝来記』は十二話一つ一つを取り出せば、その点でも様々である。そして少なくとも、話の内容に賛嘆から共感、疑問、冷笑、怒り、その他何であれ作者自身の情念的主観が強くこめられ表にあらわれたり極力かくされたりし、表現に工夫を凝らし、それがうまくいっている場合は、そのたいていが一話として優れていると言ってよいだろう。この点には三十二話の多くに触れたあとで戻ろう。

混乱し矛盾してさえいるかに見える『武道伝来記』の構成について西島孜哉氏は成立論から説明されている。(1)執筆が同時進行中の二つの作品を急遽一つにしたことから生じる混乱、不統一という見方には説得力はあるが、たとえそうではあってもこの形にまとめたとき、やはり西鶴にはそうまとめる上でそれなりの創作意識もあったように感じざるを得ず、特に最初の巻一にはそれがはっきりうかがわれるように思われる。そこで本稿は巻一がどのような巻であるかを順次一話ずつ見てゆく。

二

巻一の第一「心底《しんてい》を弾琵琶《ひくびわ》の海《うみ》」はいかにも全三十二話の成す膨大な一篇の冒頭に置かれるにふさわしい。書き出しの一文

武士《ぶし》は人の鑑《かゞみ》山くもらぬ御代《みよ》は久かたの松《まつ》の春《はる》。千鶴萬亀《せんくはくばんき》のすめる江州《かうしう》の時津海《ときつうみ》。風絶《かせたへ》て浪《なみ》に移《うつろ》ふ安土《あづち》の城《じやう》下《か》はむかしになりぬ。

は例によって、松平、つまり徳川の治政の繁栄を寿ぎながらそのまま、波静かな琵琶湖の様子と、この一話が安土城が湖に姿を映していた過去の時代を舞台とすることを告げる。諸国咄的に多くの話を集めた西鶴の浮世草子で、冒頭の一話でこの湖つまり近江の国が舞台になることはなく、むしろ中央部分に来ることが多いが、ここでは悠然と始まる書き出しの一文は、この一話のみならず、今から一篇の巨大な長篇が開始される事を告げているかのようである。すぐに「其比平尾修理《そのころひらをしゆり》といへる人」と本話の主人公の紹介に移るが、これも「天武天皇《てんむてんわう》の末裔《はつえう》にして高家《かうけ》なれば。」とこの人物自体が、高家としてきわめて古い過去を背後に持つ設定だから、人物の説明文そのものがこの一話の悠々たる叙述の歩みにうまく適合している。そして琵琶湖に舞台を設定したため、仏道の修行に励む人物の心境が現実の湖の光景に託され、仏教用語を多用して表現され「生死目前《しやうじもくぜん》の湖是則《みづうみこれすなはち》弘誓《ぐぜい》の丸木船《まるきぶね》。一大事踏《だいしふみ》はづしては有べからずと。観念《くはんねん》の南窓《みなみまど》に。」、また妥女、左京の二人が蓑笠の姿で小舟に乗り琵琶、琴をかきならしながら月の夜庵室のうしろにまわるという行為が、際立った美文調で書かれることが可能となった。「旅鳫《りよかん》心あら

ば其聲《そのこゑ》にして此歎《なげ》きつげよ掛浪《かけなみ》の玉《たま》には濡《ぬれ》ぬ四つの袖。」美文調の頂点が眼夢が琴にあわせて歌ったという「歌臺暖響《かたいのだんけい》春光融〻《しゆんくはうゆう〳〵たり》。舞殿冷袖風雨凄〻《ふてんのれいしうふううせい〳〵たり》。」の杜牧の一節の引用と言えるだろう。

このような美文が一話の前半部を占めるのはこの一話がこのような舞台で、このような筋立てによって成っていることから必然的に思えるが、三十二話中の第一話としてもやはり極めてふさわしいとも言える。全体がもっと短く、十話かせいぜい二十話だったならば、この一話を中央部分に置いたとしても構わなかったろう。一話一話がいかに多様で区々様々であったにしても、全体をふり返るときの読者の関心にあって、単なるその中の一つとして影が薄くなってしまうこともあるまい。ところが三十二話という数になると、その冒頭に置かれるということは、もっと少ない場合に比べ、それだけで強い印象を読者に与えることになり、一方逆にあまりにも謎めいていたり、深刻、悲劇的、その他強い個性を感じさせる一話であってもならないだろう。

この一篇の愁いを含んだ悠々たる進行はほぼ中央に置かれた眼夢の怒声から一変する。

おのれら爰《こゝ》に來《きた》れる者《もの》にあらず。年月我をそむき前後《ぜんご》わきまへぬ非道《ひだう》。其枚《かず》かさなつて須弥山《しゆみせん》にもあまれり。然《しか》れどもゆくすゑ此姿《すがた》の願《ねが》ひあれば。日比《ごろ》の情《なさけ》にそれをとがめず。まつたく對面《たいめん》正八幡《まん》も照覽《せうらん》あれ。七生《しやう》までの勘當《かんだう》とあらけなく仰《をゝ》せければ

美文調はそのあとの「歸る浪《なみ》のうちふして。」の一句にわずかに名残りを見せるだけで一切無くなってしまう。湖畔の庵室に変装した二人が舟で近づくという場面がその風景の風流さもあって、あのような書き方が可能となっていたわけである。ところでこの眼夢入道の怒声はこの一話の登場人物全員に通じるある性格をはっきりと示して

いる。「心底《しんてい》を弾《ひく》琵琶《ひわ》の海《うみ》」では、登場人物がすべてきわめて明確にくっきりと描かれ、行動と心理が一致しているから、行動からその裏にある複雑微妙な精神の動きがなんとかうかがわれるといったことは全くない。きわめてわかりやすい、人物すべてが一見非現実的なほど単純に書かれた一篇である。

眼夢は小船で自分の庵室の前に現れた二人が釆女、左京だと知ったとき、「取みださせ給ひ」つまり心の動揺があったからこそ、嘘も方便と「年月我をそむき前後《ぜんご》わきまへぬ非道《ひだう》」などと怒って見せた言葉がこの上なく荒っぽくなったに違いないが、それにしてもこの眼夢の言葉はきびしい。二人に追腹ならぬ先腹を切らせることになるだけの強さを持たなければならないのだ。刺しちがえる若者二人の行為もはなはだ明快であり、疑念をよぶ点なぞ全く無い。それに対する眼夢の行為はきわめて自然だがどこか笑いをさそう面がある。それを西鶴が意図したのは否定できないように思われる。

此事眼夢《かんむ》に申あぐれば御せいごんもわすれさせ給ひ。やう〳〵庵室《あんじつ》をはなれさせ給ふに。御足立せ給はぬを人ゝ肩《かた》にかけ屋かたにうつしければ。此有さまに取みたさせ給ひ。

誓言を守りきることをあんなに強くめざしていたのに、と思う必要はない。これはきわめて当然の結果と言えるだろう。眼夢のショックはそれほどひどかったのだから。しかしここで、作者の宗教心の皆無なことは感じられ、やはり作者西鶴の冷笑は厳存する。「老足《らうそく》なれ共此道は追付《をつつく》べし」左京の脇差を腹につき立てようとし、世の評判を気にする家来たちに無理矢理とどめられる次第。さらに「是より御心もつかれさせ給ひ三日も立《たゝ》ぬに御命かぎりとなり。」にも笑いがあるが、それは釆女、左京二人の若者の行動があまりにも立派で一点の非の打ちどころなく、いわば直線的だったから、それと対比されて眼夢の姿が、最初の仏道修行の志以後すべてある滑稽さを帯び、若者二人に比べて一段も二段も劣った日常的、常識的なものとなるからである。

そのあとで出てくる関屋爲右衛門も、いつの世にも存在する中年の男で、卑劣きわまりない俗物性ははじめは左京と、左京の死後は釆女弟求馬との対比でこれも明確に鮮やかに描かれている眼夢への冷笑を含んだ眼差とは違い、はっきりした悪人の爲右衛門には語り手の主観が露わである。左京に恋文を送り、はじめは左京も爲右衛門の恋心を思いやってひそかに「主命《しうめい》そむく事ぞんじもよらず」ときっぱりと言ってきかせたのにきかないので「外《ほか》にも聞人の座《ざ》にて。爲右衛門一分立《ふんたゝ》ぬ程に返事《へんじ》申きれば。中〳〵いきては堪忍《かんにん》ならぬ所を日比の大膽《たん》とは遠《ちが》ひ。おめ〳〵と其通《とを》りに濟《すま》しけるが。」というのは、侮蔑、嫌悪がはっきり現れた文だが、このような人物には語り手がそうした主観の表に出た書き方をするのはむしろ当然で自然なように思われる。

それにしても左京死後「此たび左京は命《いのち》を惜《をし》み主《しゆ》人御恨《うら》みあれは暇乞《いとまこひ》すて他國《たこく》といふを釆女《うねめ》引とゞめ。申かはせし通《とを》り是非《ぜひ》さし遠《ちが》へて二世《せ》の同道《とう〳〵》と。義《ぎ》理にせめられいたい腹《はら》を切《きり》けると申なしぬ。」とつくり話をこしらえ、自分がかつて執心していた左京の名誉を汚すという卑劣さには驚くが、「國《こく》中に此さたさせける事人倫《りん》にはあらず。」というから、それを信じた人間もずいぶんいたのだろう。むしろ爲右衛門の嘘言は、大多数の人々に、いかにもそうありそうな事と感じられる点を持っていたのだ。西鶴は大衆の愚かさをよく知ってい、この作品の読者の中にも、釆女、左京は全く違いなく書かれ、死に顔さえ「二人ながら中眼《がん》にひらき笑《わら》へる皃《かほ》ばせ」と書かれていたのを忘れ爲右衛門の嘘言に或るレアリテを感じる読者がいそうだ。なにしろ全く同一な二人の青年などあり得ないと考える者は多いだろうからと考えたに違いない。だから釆女の弟求馬の言葉は「左《さ》京釆女《うねめ》いづれかあひおとるべき心底《てい》にあらず。」の語に続いて「然《しか》も左京は釆女にまさるるの所ありて。」と全く矛盾したことを言う。これは外面的には自分の兄のことを少しへりくだって言っている言葉だが、むしろ作者が、そうすることによって左京、采女の対等性等価性を読者の心理のうちに確認しようとしているのではないか。くり返すが、いくらとんでもない嘘言と知っていても、いかにもありそうな話と一瞬感じてしまった読者は、やはり二人の行為の主導者はどちらかと言えば采女で左京は後からついていくことが多かったのではないか、といつの間にか信じ込んでしまうかもしれない。その場合求馬の「左京は采女にまされるの所ありて」の語は、読者の無意識のうちに左京を采女と対等の高さに引き上げる。これは結構効果的な手法なのだ。

爲右衛門の姿は、卑劣という以上にその俗物性が強く読者を打つ。

有時《とき》森坂《もりさか》采女《うねめ》が弟《をとゝ》求馬《もとめ》といふ人の一座《ざ》にて爲《ため》右衛門左京事を又噂《うはさ》して若道《しやくだう》にも各別《かくべつ》の違《ちが》ひありと其座《ざ》なるに采女《うねめ》事を。言葉《ことば》ある程つくしてほめければ。

爲右衛門がここに求馬がいることを知っていたのは「其座《ざ》なるに」の一語で示される。つまり爲右衛門が声高に采女を褒め立てているのはその弟の求馬に聞かせようとしたのだ。求馬が当然喜ぶだろうと思ったのだろう。まさに度し難い愚劣な俗物根性である。求馬の言葉は当然である。

求馬《もとめ》よく〲聞届《きゝとゞ》け。是は爲《ため》右衛門殿《どの》には無用《むよう》の御褒美《ほうび》。左京采女《うねめ》いづれかあひおとるべき心底《てい》にあらず。然《しか》も左京は采女にまされるの所ありて。すこしも人におくるゝ若衆《わかしゆ》にあらず。其上《うへ》そなたにも傍輩《はうばい》の事今になってよしなき流布《るふ》せらるゝ事天命《めい》しらすなり。大勢の中にして露顯《ろけん》のうへなればかさねて申さぬとはいはせじ。

此事左京《さきやう》弟《をとゝ》左膳《さぜん》にしらせて正八幡《まん》も御じけんあれ。其身のがさじといへば。

これまたきわめて注意深く子供が大人を打ち取るという異常事態が納得いくように書かれている。最初から相手を許すまじとの決意を秘めた恐ろしい言葉だが、それと同時に決して一直線に高まるのではなく、「然《しか》も左京は釆女にまされるの所ありて」云々のあたりでは一旦舌鋒がややゆるみ、すぐその後の「其上《うへ》そなたにも」からまた急激に高まって「申さぬとはいはせじ。……其身のがさじ」と二段に構えて速度と勢いを増し最高潮に達する。このように相手を追いつめ断罪する言葉が絶頂に達した瞬間に「求馬《もとめ》天理《り》をもつてうつ太刀《たち》はやく車《くるま》に切《きり》はなち。」と白刃が一旋するという書き方は、直後の「静《しづか》に鞘《さや》におさめて立出《いづ》るを」と共に、文の勢い、その緩急の運動が一分の隙もない剣士の技に一致するかに感じさせる手法である。これがうまくいくためには相手を追い詰めてゆく長広舌がその過不足ない長さも含めて、細心の注意を払って書かれていなければならない。西鶴の文の力を認識すべきだろう。

　釆女に求馬という弟がいたことはここで初めて知らされる「有時《とき》森坂《もりさか》釆女《うねめ》が弟《をとゝ》求馬《もとめ》といふ人の一座《ざ》にて。」。左膳に到っては求馬の爲右衞門弾劾のせりふの最後で初めて出てくる。しかし求馬、左膳は兄の釆女、左京に比べてこの一話中でその重要性が劣るとは考えられない。求馬、左膳は釆女、左京の直線的で過激な武士道的性格を、一段と過激に明確に示している。釆女、左京は主人眼夢へのひたむきな忠誠心を最後まで貫こうと（往年の男色者の心情には理解しにくい点が多いが、ここではやはりそれよりも忠誠心を重視すべきだろう。西鶴もわざわざ「色《いろ》ばかりには非《あら》ず。」と書いている）。先腹切るという激越な行為に出ることによって眼夢の命を奪う結果となり、求馬は爲右衞門を一瞬にして切り倒し、左膳は次郎九郎を切り伏せる。少年四人の行為はいかにも過激、かつ弟どもの行為には

「求馬《もとめ》は鬢鏡《びんかゞみ》取出し姿《すがた》を移《うつ》して。黒髪撫付《くろかみなでつけ》てゐながら見物《けんぶつ》をしける。」や「二人一家《け》をつれて成程いそがず丹波路《たんばぢ》に入ける。」のように、わざとらしい大胆不敵さがある。眼夢、爲右衛門を代表とする大人たちとはまるで違い、大人の世代を完全に圧倒している。眼夢、爲右衛門はいかにも情けない姿を示し、その他の大人も求馬が爲右衛門を斬り倒した時のように「いづれも廢妄《はいまう》して是をとゞむる人なし。」であったり、次郎九郎の家来のように「此勢《いきほ》ひに下ゝ《したく》あさましくにげかへりぬ。」のいくじない様子が強調されている。

末尾に到って、それまで爲右衛門という卑劣漢によって不快な気分が立ちこめていたのを若者が一刀のもとに解決する。左膳は求馬のかげに隠れてしまいあまりはっきりしないが、采女、左京からの類推があるから読者は常に弟連中も二人一体と感じている。この一話の真のヒーローはこの弟二人とさえ言える。序で為朝や弁慶、朝比奈、景清などの名が出てくる。「これらは見ぬ世の事」と言っているが、このままでは豪傑談を期待した読者を裏切ることになるため、冒頭の一話にはほとんど伝説的とも言える豪胆ぶりを示した求馬、左膳を置き、締めくくったのだろう。十代の半ばにも達しない少年には、恐怖心なぞ存在せず、平気で恐るべき行為に出ることもよくあるが、それにしてもこの一話の若者、とくにより年少の二人は非現実的の感さえ否定できない。西鶴は巻一の第一では大人と若者のあり方を截然と分け人物を極めて骨太に明確に描ききり、また読者に強くしつこい読後感のなにも残らぬ一話を置いたのだ。それが冒頭にあるべき必然性は第二第三を見た上で明らかになろう。

三

巻一の第二「毒薬《とくやく》は箱入《はこいり》の命《いのち》」でまず驚くのはこの僅か数丁の一話がまことに長大なまるで年代記的と言えるほどの時間の重さを持っていることである。市丸成長後にまで筆が及んでいる上に、最後に置かれた森之丞、市丸両名による敵討成功談は、いかに簡潔に書かれていようと、この一話に長い時間の重さを与えるために重要な役割を果たしている。それを忘れてはなるまい。この挿話は諸国敵討の副題にふさわしくこの一話を敵討話に仕立てるためにのみ付加されたのではない。しかも敵討の成功で一篇が終結するのではなく、末尾が「なを筑波根《つくはね》のはたらきの後《のち》いよ〳〵恋《こひ》ぞつもりける。」と以後に続くような形になっているのもその効果を強めている。第一「心底《しんてい》を弾《ひく》琵琶《ひは》の海《うみ》」があのように完全に終結している形だから、第二話は話としても十数年を閲し、話が終ったあとも時間は依然として続いていく印象が必要だったのだろう。一、二話ともにきれいに終結する書き方だったら、両話とも以後に長く続く三十二話の全体から切り離されてしまったろう。

　叙述の密度の極端な差、精しく描写すべき場面の選び方、叙述に当たって何を取り何を捨てるか、それがこれだけの短い一話が出来事をこれだけの時間の重みを持ったまま表現するという奇蹟を成し遂げた。この一話では描かれている事件そのものの進行と、読者がそれを読むのに要する時間がほぼ一致する箇所は二度ある。豕《いのこ》の夜の、野沢の姿に形部がふと心をひかれる場面と、二月の末の花畠で小梅の弟九藏が形部をねらって失敗し、赤児市丸をさらって米藏のうちにかけ込む突発事件の二箇所である。両者とも狭い意味での描写における西鶴の筆力を示す。描写自体が伝来記三十二話中そう何十箇所も見られるものではない。もっともその特質はそれだけが一話の価値を高めるものとは限らない。前に見た巻一の第一では釆女左京の二人が小舟に乗って眼夢の庵の裏にまわる箇所と、求馬が爲右衛門を問いつめ斬り倒す箇所の二箇所で、いずれも人物の性格が骨太にこの上なく的確に捉えられてはいたが、あまりに詩的な美文だったり、形式が整い過ぎたりし、そのため現実味がやや稀薄だった。それに比べてこの「毒薬《とくやく》は箱入《はこいり》の命《いのち》」ではほとんど天上的でさえあった前話の世界に比べ、極めて現実的であり、最初の豕の夜の場面は日常的でさえあり、菊畠の場面は、現実には稀な異常事態であろうとも、それが突発した背景はありふれた早春ののどかな夕べだった。両者を見てゆく。

素人藝《しろとげい》の物《もの》まね。引語《ひきかた》りの浄《じやう》るり何《なに》の面白《おもしろ》き事もなかりけり。義理誉《ぎりほめ》に夜《よ》をふかしひとり〱座敷《ざしき》を立。男《をとこ》は旦那《だんな》ばかりにして女中《ぢよちう》は耳《みゝ》の役目《やくめ》に聞《きゝ》ぬれば。道行の中《なか》程よりしらけて三味線《さみせん》すてゝやめける。其跡《あと》は俄《にはか》に淋《さひ》しく成て東《ひかし》のかたの書院《しよゐん》に出《いで》給へば宵《よひ》は月《つき》を見しに空定《そらさだ》めなく時雨《しぐれ》て軒《のき》の松無用《まつむよう》の嵐《あらし》をおとづれ瑠璃灯《るりとう》のゆらぐを。誰《たれ》かははづせとありしに。野沢《のざは》といへる女かいどりまへして。御意《ぎよい》にしたがひこの灯《ともしび》をおろし立帰《たちかへ》る面《をも》影《かげ》何ともなくしめやかに悪《にく》からぬ身振《みぶり》。東《あつま》そだちの女には稀《まれ》なるやうに御心うつりて。後帯《うしろをび》のはしをとらへて我《われ》にいふ事ありと。口《くち》ばやに仰せられしを聞捨《すて》ににげ行《ゆき》けるが。

「何《なに》の面白《をもしろ》き事もなかりけり。」というのは主人の形部が妻を亡くして幾月もたつというのに未だに忘れかねて沈みがちだからで、「三味線《さみせん》すてゝやめける。」と、もはや一家中ひたすら悲嘆にくれているというわけでもないが、彼らが囲む心中に大きな空虚をかかえた人物としての形部の姿が読む者に伝わってくる。「其跡《あと》は俄《にはか》に淋《さひ》しく成て」と音曲が停止したときのなんとも微妙なしらじらしさがこの上なく巧みに表現されている。この夜野沢に代って小梅が形部の座敷に行ったとき、「折ふしよく此女もうつくしげに見えて。」が何の不自然さも感じさせないのも読者が形部の言うに言われぬ精神状態をちゃんと納得しているからである。それに比べれば菊畠での事件は緊迫しているだけに描き出しやすいのかもしれない。

明る年《とし》の二月のすゑに。花畠《はなばたけ》の菊植《きくうへ》かへらるゝとて。中間壱人つれられ萩垣《はぎかき》の外《ほか》に出られしを見届《とゞ》け。此ときうたずは又の時節《しせつ》もあらじと手ばしかくだんの刀《かたな》を取出し。しのびてうじろに立まはり。名乗《なのり》もかけず打太《た》刀《ち》夕日にうつりてかゝやく影《かげ》におどろきよげたまへば。すまたへ切《きり》付し間《ま》に脇指《わきさし》ぬきあはせ打つけられしに。鬢先《ひんさき》切れながらかなはじとやにげて出しが。折ふし市丸《いちまる》殿御乳《おち》の人抱《いだ》き參らせ廣庭《ひろには》に出しをうばひ取。ひつさげて米藏《こめぐら》のうちにかけ込《こみ》。

後から無言でいきなり切りつけられたのに、夕日が太刀に映ったのが見えたのでさっと身を引いて助かったという。背後でひらめいた刀は目で見るわけにもいくまい。殺気を感じて瞬間的によけたということか。そのような極めて微妙でとらえどころのない、瞬時に強く感じられるだけのものがここでは極度の緊張を高めるものとして描写されている。

豕《いのこ》の夜のしらけて俄に淋しい様子とはまるで違った感覚だが、とらえどころが無いのに鮮烈に訴える感覚を的確にとらえて表現している点、一脈相通じるものがある。いずれもその場にいなければ感じられない筈の感覚であり、それが表出されたときテクストにはこれ以上ない実感が産み出される。「三味線《さみせん》すて、ゝやめける。其跡《あと》は俄《にはか》に淋《さひ》しく成て」「名乗《なのり》もかけず打太刀《たち》夕日にうつりてかゝやく影《かげ》におどろきよげたまへば。」の二句、豕の夜の場面では聴覚、菊畠では視覚と言えるが、前者は音曲という価値と意味のある感覚が止んだあとの、沈黙静寂にも劣るただ風が出たりしてざわざわした散文的なあたりの雰囲気の与える空しさに近い淋しさ。もう悲痛で高揚した悲しみは過ぎてしまった後の空虚さという微妙な心的状況が共感され、後者は視覚と言っても現実に目にしたのかも定かではない、あまりにも短い時間に感じられた映像によって瞬時に高められた極度の緊張が伝えられる。心情と結びついた聴覚視覚が実感されるとき印象は極めて強い。

またこれらの二つの句はそれぞれの場面のはじめの方に置かれているが読者に否応なく実感を持たせる力は二場面の最後まで持続する。「此帯縁《をびえん》のむすびとなつてちよろりと人の恋《こひ》をぬすみける。」「跡《あと》にて九藏は切くだかれ形《かたち》は當座《たうざ》になかりき」までである。その持続はあまりにも強い吸引力の句で読者の意識がそれぞれの場面にしっくりと取り込まれてしまっているからであろう。また二句はそれぞれの場面の季節や天候などを「夕日にうつりて」のように内に含んだり、「俄《にはか》に淋《さひ》しく成て東《ひかし》のかたの書院《しよゐん》に出《いで》給へば霄《よひ》は月《つき》を見しに空定《そらさだ》めなく時雨《しぐれ》て」のようにそれを表わす言葉をすぐ引き出したりしている。これもこのように事件に適合している場合は実感、そして記憶の働きに効果的である。

西鶴はこのようなおのれの描写の筆力を所かまわずくり広げて見せてくれるわけではない。ぜひ必要と判断した場合にのみ、と考えるべきである。「毒薬《とくやく》は箱入《はこいり》の命《いのち》」ではこの二度だけで、あとは最初の形部の妻を亡くした悲しみも、小梅の嗔恚も、大量殺人も、九藏の苦労も、成長した市丸と森之丞のいきさつも、敵討もみなもっと粗く書かれている。粗密の度は何段階にも分かれ、その結果としてこのようなわずかな丁数、語数で描かれることが可能になっている。もし、どこでもいいがあれほどの実感をもって書かれた場面がもう一箇所でもあったならば、この一話は統一感をすっかり失ってしまい、他にも多くの場面をつけ加えねばならなくなったろう。果ては何十巻もの長さに仕上げ、読者が読むに費やす時間と疲労を利用しなければならなくなったろう。作者の禁欲が話に統一をもたらし統一があるからこそこの短い一話で年代記的長さと重さが、表現されるのだ。

ここで角度を変えて登場人物から見ていくと主人公は非の打ちどころのない立派な侍として書かれている。

むかしの人の家の紋《もん》橘《たちはな》山形部《ぎやうぶ》とて。奥州福嶋《をうしうふくしま》にて出頭《しゆつとう》此ひとり殿《との》の御心底我《ていわが》物にして。御機嫌《きげん》よろしければ榮花《えいぐは》の時をえて。武士《ぶし》の冥加《みやう》にかなひ一家《か》中此人に思ひ付《つく》事御威光《ゐくはう》ばかりにあらず。其身更《さら》に悪心《あくしん》なく智仁《ちじん》勇《よう》のかねそなはりし人。今年《こん》廿五にしてなを行末頼母《すへたのもし》子。

藩主に気に入られて出頭を重ねるというのは『武道伝来記』三十二話中大勢登場するが、いくら有能だったとしても、程度の差こそあれ皆殿の威光をかさに着て我侭を振舞う姿が描かれている。このように一家中に深く信頼されている人物はいず、きわめて特異である。有能この上ない男だがそればかりではなく「其身更《さら》に悪心《あくしん》なく智仁勇《ちじんよう》のかねそなはりし人。」であり、しかも重大なことは皆にその事が知られているという点である。若くして高い人格の力が表にも現われ、同僚の侍たちも皆形部を信頼せずにはいられないという存在である。主人公形部は徳高く人望の厚い人物と設定され「人はありて人なし形部諸事《ぎやうぶしよじ》の取《とり》まはしまねもならざる侍《さふらひ》なり。」とくり返し強調されてはいるが、読者にはきわめて人間味あふれる青年の姿を見せる。妻を失ってひたすら嘆き悲しむ姿、あの豕の夜にせっかく野沢に心魅かれながら、遠慮もなく近づいてきた小梅と出来てしまい、小梅の根性の悪いことが分かるとまた野沢に移り、そして野沢の命をねらった小梅の毒菓子で七人の女房たちが一斉に殺されたとき「此科《とが》の果《はた》す所《ところうしざき》牛割にしてもあきたらずと。」と考えられる限りの残酷な方法で処刑する。その折々の形部はすべて作者によって完全に肯定されている。

小梅は悪女として書かれている。というより『武道伝来記』一番の悪女だろう。はっきり憎むべき悪女として書かれているのは小梅だけか。巻五の第二「吟味《きんみ》は奥島《をくしま》の袴《はかま》」の女中頭野沢はあまりに端役だし、巻四の第四「踊《をどり》の中《なか》の似世姿《にせすかた》」の女は、小間物売小兵衛と密通していたとすれば悪女だがそれははっきりしない。巻六の第一「女《をんな》の作《つく》れる男文字《をとこもじ》」の薄雲のにせ手紙は一橋受難の動機になったことは否定できないが、真の原因であったかどうか大いに疑問である。小梅をしのぐ悪女はいないと言える。何人もの同僚を巻添えにしたのは軽率だったかも知れないが、野沢への殺意は何とも否定できない。また、七人の女性は散々苦しんで死んでいった。西鶴の時代には七人という数、それだけの死の苦しみがあれば出来るだけ殺人者を苦しめて殺すのが正義だったという事もあるだろう。十一日間もかかって少しずつ苦しめて殺すという処刑法の残酷さは我々を驚かすが、作者にはこの一話の表題ともなったこの処刑法への疑問は全く書かれていない。「人の命もつよし」と絶命まで長い日数を要したことに感嘆するばかりである。この小梅その弟の九藏に対しては語り手の憎しみ、いやむしろ嫌悪感は明らかである。「小梅《こむめ》といへる女お座敷《ざしき》に行て野沢《のざは》どの、帶を御かへしあそばされませいと。ひろき口をすぼめて遠慮《えんりよ》もなくちかくよれば。」と最初から偏見を持っているのではないかと思われる書き方である。しかし形部が不意に野沢に関心を持ったことから、男心の機微を読み取りその心中にある空虚さを利用し、愚図々々している野沢に代わろうとし、首尾よく成功した「ちよろりと人の恋《こひ》をぬすみける。」。だから初めから腹黒い行為とも言える。

姉のことを耳にして形部を討とうと決心する九藏の内面については何も書かれない。「此事聞て姉《あね》が科《とが》の程は外になして菟角《とかく》かたきは主人形部《ぎやうぶ》と思ひ定《さだ》め」だけである。「心をくだきねらひぬれ共たよるべき首尾《しゆび》なくて程《ほと》ふりけるこそ口おしけれ。」は一瞬九藏の心情に共感させるが、行動の大義を承認させせられるわけではない。赤児の市丸を人質に米蔵にたてこもったとき、「其斷《ことは》りも聞《き》ゝわかばこそ又其まゝにころしもせず。おのれのがるべき所にあらず。天命《てんめい》つきて待《まち》ける所に」とある。その「おのれのがるべき所にあらず」の一句は語り手の九藏への憎悪が示されているように書かれている。形部は最後まで非のうち所のない立派な侍として書かれ、一方小梅九藏姉弟への語り手の同情は全くない。小梅九藏は悪人ゆえそれ以外の書かれ方は全くないかのようである。ここでもすべてが自明のこととして明確な書かれ方をしている。読む者はこれでいいのかと省みる事もしない。少くとも初めて第一話、第二話と読んできた読者はそうである。僅かにこの一話は当時の庶民の読者に対して、武士の正しさ、義しさはある意味で空恐ろしいほどのものだと教える効果があったかと考えられるくらいである。しかし読者は、当時としては小梅姉弟のような悪人には情状酌量の余地なぞ全くなかったのだろうと考え直す。長大な時間の重みを感じさせる一篇で、時の流れのうちに堂々と進んでゆく橘山形部とその一族の歴史は、このような立派な侍をたぶらかそうとか背後から討とうとかする卑小な小梅九藏姉弟の動きなど蹴散らされてしまうことを痛感せざるを得ない。形部についての疑念と小梅九藏への同情は、間違っても読者に生じることがないように周到に描かれているのだ。

形部が完全に立派な侍と言えるのかとここで問う者はいないだろう。彼はあくまで野沢に固執すべきであった、小梅ごときに「ちよろり」と騙されてしまったのがすべての悲劇のもとではないか、形部の責任を考えれば大量殺人犯の小梅の処刑は苛酷の度が過ぎはしないか、事柄は確かにその通りだがこの一話では辛うじてそのような疑念が沸くことがおさえられている、そうした書き方と言えるだろう。そうした一話がなぜ巻一の第二に置かれるのか。少なくとも巻一全巻を読み終わらなければ答えられまい。

四

第三の「嗲嗒《ものもうどれ》といふ俄《にはか》正月」では、後半に出てくる京の太夫みよし野の花《はな》のえんの宮越十太郎への恋を読者がどう受け取るかで、一話の意味がすっかり違ってくる。この挿話は主として十太郎、最後には弟龜松の運命を語る主筋とは全く何の関係もない。十太郎はこの女と出逢ったことで精神に何の影響も受けていず、ましてそれが行動に影響するなぞという事は全くない。しかしこれを十太郎の短い生涯の終わりに生じた興味深い挿話と軽く見ることはやはりできないのではないか。作者の意図がそう望んでいないことは確かである。

この女の恋を考えてみよう。女は一目惚れというにはあまりに激しい恋に落ちてしまった。このような事はとくに遊女などには非現実的であると片付けてしまってはならない。むしろ最高位の遊女だからこそあり得て、いくら稀にではあろうとさまざまな条件が整った場合には現実に出現しうるのだと、西鶴は信じていたに違いない。当の女性がそれにふさわしくなければならない。つまらない女だったら全くだめだったろう。それ以外の点ではどんな女か。西鶴が女自身に告白させているところを見るのがよいだろう。

我《われ》ながれを立初《たてそめ》六年《ねん》の日枚《かず》ふるうちに。それにこしらへ置銀《をくかね》が敵《かたき》の身なれば。貴賤《きせん》のかぎりもなく逢見《あひ》し中に。馴染《なじみ》を恋《こひ》の種《たね》となし正《まさ》しく其御かたの心のかよひ。懐姙《くはいにん》せし程の男《をとこ》も今宵《こよひ》はじめての君にくらべて。冨士《ふじ》のけふりと長柄《ながら》の水底《みなそこ》程の思はく違《ちが》ひ。いかなる縁《えん》にや是程いとほしらしき御かたに。あひ参らするもふしぎのひとつ。

遊女になってから六年経っているという経歴が重要だろう。あまり年若くてはだめなのだ。なみなみならぬ苦労の半生だったわけだが、この女はその事のためにすれてしまった事も遂になかったらしい。これまで自分でも本当に惚れたと思っていた客もいたという。男女の仲など知り尽くしたこの女にしても十太郎に出遭って雷にうたれたように激しく深い恋心につき落されるまで、世にこんな事がありうるものと思ったこともなった、全く新鮮な体験で、自分でも不思議なのだ。遊女が最高位の太夫だったという設定は一見十太郎の相手としては不自然なようにも思われる。善太夫を討ってすぐに国を逐電すると決意したとき、母親は「壱歩五十肌着《はたぎ》の衣裏《ゑり》に縫《ぬい》こみ」とある。たとえ京の叔母の嫁ぎ先「東本願寺《ひがしほんくはんじ》のすゐの道場《だうぢやう》」が豊かだったとしても、またこの世の見おさめの女郎買だったにしてもちょっと贅沢すぎるように思われる。しかし西鶴としてはこのようなほんものの激しく無私な恋愛感情が発生するのは、何か精神的なスケールの大きさを持つ必要があり、それはどうしても太夫でなければあり得ないと信じていたのだろう。相手の十太郎が間もなく国帰って切腹しなければならない人物だという事も重要であろう。もしそういう運命になく、少くともこのような女の目には　悲劇的生涯を背に負っている人物、悲愴の影が否定しようもなくまとわりついている男でなかったら、これ程までにこの太夫の心を動かすことはなかっただろう。この女は一見して何かそのような問題を持った男は直観することのできる、そうした女だった。だから十太郎が、「我ら事おぼしめしの外《ほか》なる身にて都《みやこ》を見しも今晩《こんばん》ばかり。鶏鳴《とりなか》ば東《あづま》に行て。八月十四日に相果《あひはつ》る至極《しごく》」とうち明けて泣き崩れたとき、「太夫聞《きく》になを哀《あは》れのまさり。死《しな》せ給ひて濟《すむ》事ならば所《ところ》にかまひは有まじ。いざ自《みづから》と同《をな》じ道にと思ひ切《きつ》たる氣色《けしき》」ととくに驚いた様子も見せない。このような恋愛は死と直結するから、相手がそう定められていると知った時、すぐに自分もともに死ぬ事を考え、現実に同じ日に女の追腹を実行する。

太夫の激情が十太郎に通じることは遂になかった。「人の詠《なが》めを無理《むり》共にもらひ。酒《さけ》おもしろくかはして初会《しよくはい》とは思はれず。」と十太郎も最初は楽しみ、太夫の好意を嬉しく思うものの、間もなく死ななければならない我が身を思うと、それを受け入れることはできない。自分の負っている宿命を語り聞かせると、太夫が驚くこともなく一緒に死ぬ事を決意したとき、十太郎は遂に女の心を理解することはできなかった。この女にとって恋は容易に生命と取り替える事の可能なものだったことが、じきに死ぬ事になっているその男には分からなかった。そこで明日もう一度逢うつもりと約束して相手を辛うじてだまし「おそろしやと立歸《たちかへ》り。」とある。この「おそろしや」の一語は最終的な無理解を残酷に示す。十太郎の「おそろしや」の心中語により同日同時刻の二つの死であるにも拘わらず、また太夫は「十太郎を思ひにこがれ」と、恋人への殉死の意味を持った死であるにも拘わらず、完全に二つに切り離されている。十太郎が知らずに無くしてしまったものは大きい。それ故読者はこの二つの死を比較して考えないわけにはいかない。

太夫の死を武士の大義に殉じた十太郎の壮烈な死に比べて、可憐ではあるが私的でなにか不要の死と受け取ってしまえばそれだけだ。だが太夫の死も同じ死であるからには十太郎の死と実は大差ないのではないかと考えてしまったが最後、この死は我々読者の目にどんどん大きくなっていき、ひょっとしてこれこそ本物の死ではないかと感じられ、十太郎の死はその基本にある武士の倫理ともども、次第に相対化され、遂には偽りを多く含むものとなってしまう。

そもそもの十太郎が善太夫を討つという事件は、善太夫の家来が十太郎の弟龜松を侮辱し暴行を加えたという取るに足りない事件を、善太夫がすぐに謝りの使をよこさなかったことに端を発する。善太夫自身は三千石の大身ぶりを意識することがなかったとしても、百五十石の侍たちが、石高の差を相手が意識してこちらを侮る態度を取るのではないかと敏感になっている事実に、あまり注意を払わなかったという事はあるだろう。それが間違いだった。その場面は十太郎が覚悟を決めて善太夫を待ち伏せしていると、「善《ぜん》太夫乗馬《せうめ》ひかせ人あまためしつれきたり。十太郎を見かけて近寄《ちかより》きのふは小者が何とやらといひも果《はて》ぬに。其斷《ことは》りおそしとぬきうちにして早業《はやわざ》の首尾《しゆび》殘る所もなし。」と明確に書かれている。善太夫が昨日の事件を謝ろうとしているのを知りながら抜打にしてしまうというのだ。「其斷《ことは》りおそし」とは恐ろしい言葉である。この悲劇の要因がすべてこめられているかに思える。十太郎は善太夫の方から近寄ってきて、言いわけか謝罪の言葉を述べるのをしまいまでちゃんと聞くことができなかったのか。花山院《くはさんゐん》春林寺《しゆんりんじ》の住職のようにこの行為を「扨も手柄《てがら》」と賞讃することはちょっと出来ない。この書き方は、作者自身読者が十太郎の行為に大きな疑問を抱かざるを得ないように工夫をこらしているかに見える。こうしたことはこの一話を読み終えたあとで、少くとも太夫の見事な自害のさまを読み、十太郎の切腹にある疑念を抱いたあとで否応なく読者に生じるものである。

力は弱いにしても、その種の疑念は他にもある。善太夫の一家が宮腰の屋敷に押し寄せると

表《をもて》の門をも閉《とぢ》ず。母《はゝ》の親《をや》壱人藤縄目《ふじなはめ》の鎧《よろひ》を着《き》て。くれなひの天巻長刀《はちまきなぎなた》の鞘《さや》はづして鞍掛《くらかけ》に腰《こし》を置《をき》て。一命《めい》をしまぬ眼色《かんしよく》いにしへの巴山吹《ともへやまぶき》もかくあらんと。見し人いさぎよくほめて女《をんな》なればかまはず。

という個所の女親の姿もそうである。決死の覚悟を決めている母親の真剣さを疑う読者はいない。しかし読者はそれを充分に認めた上で、そこに一抹の芝居がかったものが混入しているのを感じる事も出来なくないのではあるまいか。

十太郎が善太夫を討ちに行くとき九才の亀松が袖にすがって自分も連れていってくれと願い涙を流す姿や、宮越の一族いよいよ滅亡かという際になって、これは私の上に起こった事が発端である、兄十太郎の代りに私が切腹する事で済むように取りはからって頂きたいと申し出るなどは感銘深いが、そうであるにしても、侍の一家に出来したこの事件、やはりどこかに一抹の不合理なもの、偽りかも知れぬものの残るのを否定できない。

最後の、十七才十五才に成長した亀松善太郎が遂に野中の一本道で出遭い、一騎打ちの戦いはなやかに相打ちに両名が果てるのも、「花紅葉《はなもみぢ》の色《いろ》みだれて。さなから化粧軍《けしやういくさ》かとおもはれ」「冬野《ふゆの》の薄眞紅《すゝきしんく》の糸《いと》をみだし。」とあり、本当は鮮血の飛びかう真剣勝負なのに化粧軍、外見だけははなやかな嘘の戦いと見えたというのは、若衆盛りの少年同志の戦いだからそう見えたのだろうが、「大振袖《ふりそで》のひるがへるは」とこの事件そのものが発端からほんの小者の

乱暴をきっかけとして大事に到ってしまった、いわば化粧軍的な事件ではないかと言うのだろう。

この箇所について西島孜哉氏は、第一の左膳求馬の敵討談、第二の森之丞市丸の敵討談と共に、『武道伝来記』にふさわしいものとなすべく、加筆され、つけ足されたものとする(2)。恐らくそれは正しい。しかしそうすると、この相討ちに終わる斬り合いが、一話にまことにしっくり適合し、とてもつけ足しなどと感じられないほど重要な一部をなしているのに驚かざるを得ない。これは美しくも無残で空しい二つの死である。八年後のこの後日談で、一話は不思議に懐かしくだが荒寥とした深い陰影を帯びる。この部分の欠けた第三は想像もできない。この一話には、武家倫理への無言の批判と共に、恐らく西鶴に、それに翻弄される登場人物たちへの無言の同情があるのだろう。それは第三で初めて出てきたものである(3)。

ところで、読者のうちには、京の太夫みよし野の花のえんが十太郎に一目で抱いた宿命的で深刻な恋を、遂に理解できない者も多いだろう。滅多にある現象ではないからだ。西鶴は特にまだ世の中を知らぬほんの少女の初恋などと誤って同一視される事のないよう懸命に書いているが、致し方ないだろう。そうした読者はこの太夫の恋と死も、驚異的ではあるが、あまりにも奇嬌と感じ、それだけに一抹の嘘を感じるだろう。だが十太郎の悲愴な死にも同様に嘘を見出さずにはいられないから、両者を等価のものと見なすだろうが、その場合にも太夫の恋と死を描くいわばこの一話の副主題が本主題の侍の倫理を相対化しているのに変わりはない。作者西鶴自身がこのように何段構えもの姿勢でいるように感じられる。ただし正反対に太夫の方が嘘で、十太郎を中心とする武家の倫理と行動が真実だとする見方は、テクストについて作品を読むかぎり出て来る解釈ではない。

この一話の真意をおおよそ右のように取ると、題名にもなった俄正月ということも内容をそれとなく象徴しているように感ぜられる。こうした社会現象はきわめて低俗だから、武士の倫理がいわば俄正月のようなものとするのは余りに大胆でもあり、作品のテクストも武家倫理、武士の行動が完全にインチキだなどとどこにも言っていないが、意味を示すのではなく、読者に何かそうした気分のようなものを漠然と伝えている事は否定できない。

五

太夫の恋と殉死が書かれたため、十太郎の行動と悲劇的運命が代表する武士の倫理は決定的に相対化されてしまった。十太郎の切腹にしても「流石弓馬《さすがきうば》の家《いへ》のほまれを残しぬ。」などといくら讃めてあっても、それは事の半面に過ぎない、半面は不合理で愚劣なのだとここでの大半の読者は諒解する。問題はこうした武家倫理への疑念がこの一話だけにとどまらないという事である。読者は第一第二の二話をふり返り、第一の空恐ろしい程見事な少年達の姿も何か割引きして考えなければなるまいと考え始める。だがそれよりも、第二の記憶されている印象が受ける影響の方が決定的である。「毒薬《とくやく》は箱入《はこいり》の命《いのち》」を読んでいる間には決して読者の脳裏に浮かぶ事のなかった主人公橘山形部の行動への疑念が生じるのだ。小梅の処刑の残酷さは、完全に正しい処置だったとしても、形部自身の誤ちが小梅の極悪の犯罪を招来した点を考えれば果たしてどうだったかとの思いが萌す。語り手は理想的なほど立派な侍として形部を賞賛し続け橘山の家の繁栄を口をきわめて慶びながらも、作者としては小梅のあのような処刑をちゃんと設定している。読者は語り手の言葉通りに、書かれた出来事を素直に承認し武士の倫理を肯定しながらも、何か些細な暗示があっただけでも直ちに事柄は別の相貌を帯びて見えてくる。第三を読んだあとでは第一第二の武士の倫理の価値自体がぐらつき、根本的に偽りに満ちたものと思える。

ところが西鶴は次の第四「内儀《ないぎ》の利発《りはつ》は替《かはつ》た姿《すがた》」では、一転していくら懐疑的に眺めようとしても否定することが全く不可能な確固たる武士の倫理を示す。これは作者としてすこぶる困難な作業だろう。すっかり懐疑的になってしまった読者に今一度真実の美徳の姿を見せ、感動をさえ呼び起こすとは並大抵のことでは出来ないはずである。それはどのようにして可能となったか。

この一話は冒頭に舞台となった国を明示しない。三十二話中これだけである。姫路という事が分かるのはかなり後になってからである。金塚枚馬、照徳寺外記が申し渡した恒例の新年謡初《うたひぞめ》に関する指令の文言から始まる。読者を初めからじかにその現場に立たせ、緊迫感をもって開始され、それはどんどん高まり、權之進が枚馬を斬る事件に達するが、權之進、細井金太夫の両主人公はちょっとした拍子に破滅という危機が続くから、読者は場所がどこかなぞ余分な詮索をさしはさむ余裕はない。臨場感は話がこれこそ本物の事件と読む者に痛感させるのにまず必要だった。

枚馬を斬った權之進が城中から足袋はだしで駆け出し、屋形町の野はづれでやっと追い付いた家来の草履を借りて履く、という姿はこの一話における作者の態度を示す。このいささかみっともない格好は第一で、爲右衞門父子を討った求馬、左膳が家来一同を連れてできるだけ急がずに丹波路に入ったのと対照的である。いくら正義の行動であろうとあまり見事で鮮やかな行為には嘘がある、第四の權之進、金太夫は虚飾の余裕などない切羽つまった危機にあり、そういう場面にこそ真実の美徳が姿を現わすのだと作者は信じている。

藩主の寵臣枚馬を斬った權之進の行為と、權之進とその妻子を生命を賭して守り抜こうとする金太夫の行為は、藩主の意志に真向から対立する。それだけを見れば不忠であり武家倫理に背く。ただ藩主に抵抗する家臣を正義とするのはこの時代でも決して珍らしくはなかったであろう。それにこの一話の冒頭に姿を現わす金塚枚馬は、僅かな語句しか費していないのにまことに憎むべき人物として活写され、いかに小身とは言え同じ武家である茶道休林を打擲し、小脇差に手をかけた休林を切り捨てるという悪辣さである。權之進が枚馬を斬る行為には私欲も私怨もない、「まつたく命をしむにあらず。存する子細ありと聲をかけて立のく」という權之進の言葉は深慮の末の行動を暗示している。それよりもここでは藩主の意志への対立は、そのことが当事者に当然もたらす異常な危機という点で重要だったと思われる。正義の士を危機に追いつめる事が、事の真実性を保証する。西鶴はそれを筆力の限りを尽くして描く。

　きひしく人をあらためて往還《わうくはん》をゆるさす權之進親類《しんしん》の輩《ともから》にはのこらず屋さがしをすべし。若《もし》行方しれすは土《つち》をかへして僉儀《せんぎ》をとぐへし。年立歸《かへ》る祝《いは》ひの先《さき》より曲《くせ》事をなしけりと。上より御立腹淺《りつふくあさ》からざるも理《ことは》りなり。

絶対的権力者の怒りほど恐ろしいものはない。右の一文、最初はきびしい公けの処置を言い、次第に直接話法的性格を強めるという西鶴得意の叙法だが、ここでは藩主の憤激の口調さえじかに伝わる。權之進が逃走し残された妻子が金太夫のもとへひそかに隠れたあと、牧馬の一族郎党が大勢權之進の屋敷を捜索する時の様子は、

　中間《けん》供部《へ》屋にはいまだ此事しらざりけるにや。木枕《まくら》にあて莨若《たはこ》をきざみ或《ある》ひは塩《しほ》をなめて酒を呑。下臺《たい》所には。朝飯《あさめし》を焼《たき》上臺所には女あまたの慰業《なぐさみわさ》にや。はや乾餅《けんぺい》を取散《ちら》し掻餅霰餅《かきもちあられ》をきさみゐしが。奥《をく》御前屋敷《しき》出を夢《ゆめ》にもしらざりき。おどろき騒《さはき》て泣《なき》出す。姨介抙《うばかいしやく》の人もこは何《いつ》方へと身をもみて一どに泣出す。

と血相をかえて權之進屋敷に踏み込んだ牧馬の家来たちの目から見た屋敷内の様子である。下々の習俗の卑近な日常性が細かく描かれ、正月というので至極のんびりした雰囲気の屋敷の中に突然ふって湧いた大事、と描かれた場

合背景がその大事の真実味を強める。金太夫が妻に事情を語ると妻も「人に情《なさけ》をしらるゝ事かゝる時なるべし。おろそかにならじ」と權之進の妻を「懇情《ねんごろ》に」いたわり、權之進妻は「嬉しさ限《かぎ》りなく」涙を流し「互《たがひ》の礼《れい》義石流《さすが》やさしく深《ふか》かりけり」という美しい情景も、極めて人間的である。捜索の手がいよいよのびてきたとき、金太夫の妻が、自分が奉公人の女に変装し、權之進妻をこの家の奥方のように装って難を逃れるのが良かろうと気付き、夫と相談の上変装して里に帰ったという計略は、成功して何とか危機を逃れる事ができた。妻の協力が無かったら破滅は間違いない所である。しかし金太夫の妻は長刀《なぎなた》を振るって敵を倒したなどという事ではなく、この計略自体はいかにもつつましい、要するに日常的な性格のものである。だがその重要性は無類である。だから「風俗《ふうぞく》を使《つかひ》やくの女に作《つく》り。眞紅《しんく》の網袋《あみふくろ》に葉付《はつき》の密柑《みつかん》を入。長文筥《はこ》を持《もち》そへ奇特頭巾《きとつきん》をかぶり。小者もつれず只《たゞ》壱人屋敷《しき》を出。はじめて玉鉾《たまほこ》の陸地《ろくち》をふみ。」とや、詳しく紹介している。權之進の幼い息女に金太夫を父とするように教えたとき「此娘《むすめ》いとかしこくも今ひとりの。髭《ひげ》のあるとゝ様《さま》はどこへゆかせ給ふと尋《たづ》ねられしに。それは伯父様《をぢさま》なるぞ我《わが》とゝ様《さま》は是《これ》ぞと。金《きん》太夫殿《との》の御ひざの上へ渡《わた》す時。」云々にも、幼女の可憐な声、そのいかにもほゝ笑ましい日常的次元のものが、恐ろしい危機と表裏一体をなしている。これらすべてが、危機とそれのもたらす緊張感を、そこに実在するかのように作品中に生み出す。偽りではなくこの第四では真実を書かねばならないと決めたとき、西鶴は空虚な勇猛さなどではなく、もっとしっかり足が地についた人間感あふれる危機をもって真なる事実を表現しようとした。

　危機に際して權之進が普段は決して仲がよいわけでもない金太夫を当然のように頼りとした事、誰にとっても不思議なこの選択を当の金太夫自身は驚いた様子もなく「金太夫少しもさはく氣色《けしき》なく。」当然の事として受け入れたこと、これは一話の根幹を成す点だがこの点はどうか。金太夫のもとへ忍んで来た弟金右衛門でさえ權之進の妻子をひそかに保護するなど「ひとつは上をかろしむるの恐《をそ》れ」があり、また普段仲の悪い人の妻子をかくまう理由はないと兄をいさめるではないか。しかし読者は一見理に反するかに見える金太夫の行為をそれ故にこそ承認する。金太夫が弟金右衛門に語る言葉に「武士《ぶし》の意氣《いき》道理《たうり》をたつる者は世《せ》間の見る目《め》と格別《かくへつ》なり。」の一句がある。凡俗の良識などとは別次元の行動規範を二人の侍の精神の高潔さで納得してしまう。それが作者西鶴の意図だった。そして「彼《かれ》此節《せつ》我《わが》心底《てい》を見定《さだ》め。是非《ぜひ》隠《かく》しとぐべき者と頼《たの》み掛《かけ》。我《われ》に預《あづけ》し女子《によし》。たとひ一命にかへても爰《こゝ》は出さぬ至《し》極《こく》なり。」という、この覚悟がもたらすものがあの息づまるような緊張、金太夫妻の機転がなければあり得なかった間一髪奇蹟的に回避された危機だった。絵空事ではない危機、それが西鶴の筆によって表現されたとき、この金太夫の決心に権之進の判断、そして二人の友情は真実のものとなる。

牧馬を討って逃走した権之進、権之進を助けた金太夫、彼らの行為は「名」のために取った行動ではなかった。それどころか金太夫の行為は正反対に誰にも知られてはならぬひたかくしに隠さねばならぬ行為だった。最後には二人とも名を揚げるがそれは決して予定されていた事ではない。西鶴の時代の読者にとってよりも、現代の読者の方がこの点を高く評価するだろう。しかし西鶴はこの点で当時の読者とは違っていたようだ。真実という事をきわめて厳しく規定している。『武道伝来記』三十二話を精密に読んだあとで結論を下すべきであろう。

大変な危機が一応去った後の叙述も示唆的である。

それにより廿日ばかりも過《すぎ》て様子《やうす》を見あはせわざと雨風《あめかぜ》さはがしき夜半《よは》にしのばせ。才金《をとゝきん》右衛門を付《つけ》て権之進《ごんのしん》隠家《かくれか》吉野《よしの》の下市と聞えければおくりとゞける武士《ものゝふ》のやたけ心ぞたのもしき。妻子《さいし》の對面《たいめん》其悦《よろこび》いくそばくぞやたとへていいはんかたもなし。此度《たび》細井殿《ほそいどの》淺《あさ》からぬ懇情《こんせい》弓矢《ゆみや》の本懐《ほんぐはい》書中《しよちう》に籠《こめ》。礼義《れいぎ》をたゞし。金《きん》右衛門は國本《くにもと》姫路《ひめぢ》にかへりぬ。世《よ》に浪《らう》人となり敵《かたき》もつ身の安《やす》からぬ事。いまだ男盛《をとこざかり》の花櫻《はなさくら》一片《ぺん》の太刀風《たちかせ》に今にもふかば散《ちる》べきと朝暮《てうぼ》の心油断《ゆたん》なく年月《としつき》をゝくりける武勇《ぶよう》の程《ほど》こそいさましけれ。

金太夫が遂に権之進妻子を救い得たことが書かれたので、語り手はあの極度に緊張した不安感から解放され、ほっとしたかのように思う存分金太夫、権之進を賛美している。「たのもしき」「いさましけれ」と。西鶴にとっては人目を避け嵐の夜にこっそりと送りとどけるのが真実の「武士《ものゝふ》のやたけ心」だと読者はもう違和感なく納得する。求馬、左膳の途方もない豪胆さではない。それに読者は主人公たちの危険を強く実感し彼らの運命にすっかり共感させられているから、権之進と妻子が再会できた時、彼らの悦びは「たとへていはんかたもなし」まことに強く実感させられる。その安堵と喜びの気持ちが、さらに次に書かれた権之進の決意にまことに自然に共感せしめる。引用文の最後の一文それだけ取り上げればまことに異様である。「散《ちる》べき」と決死の覚悟だが不安感は全くない。来るなら来たれという高揚した気分がみなぎる。自分の行動は正義だったと確信し、妻子も今は手許にい、何よりも危機に際し細井金太夫の信義と友情を知った事が、権之進をこういう気分にしている。三十二話で敵《かたき》としてねらわれている者がこういう心理状態にある場合は他にない。だが異様ではあっても読者に違和感はない。読者の関心を自在に操る作者の手法に驚く。しかし語り手のみならず作者自身も侍同志の美しい信義友情を書き得たことに満足感を感じそれがあの昂揚感を生んでいるのではないかと我々は判断する。

後日談とも言うべき勝之丞、六十郎の互いに相手を討って自分も討たれて果てたというエピソードには、一見してもはや是が非でも話に真実味を帯びさせようという作者の意欲はなさそうである。考えようによっては、御都合主義も極まれりというべき具合の良い解決である。ただ、あのような権之進の「武勇《ぶよう》の程《ほど》こそいさましけれ」という態度では彼が勝之進に討たれることはあり得ないように思われる。現実にはどうなのか筆者には分かりかねるが、真のレアリスムはむしろ西鶴の方にあるように感じられる。この一話を描ききった筆力の強さがそう感じさせるのだろう。最後の「其後《のち》權之進《ごんのしん》事は。武《ぶ》の本意《ほんい》至極《しごく》の僉儀《せんぎ》に相濟《あひすみ》て二度《たび》歸參《さん》して安川《やすかは》の家榮《いへさか》へけり。此時《とき》細井《ほそゐ》金太夫はたらきも世にあらはれ。當家《たう け》稀《まれ》なる弐人と其名《な》をあげて今の世までも語《かた》り傳へぬ」も同様である。いわばハッピーエンドだが、読者が特に遺憾に思うことはあるまい。あのような行動を取ったとき、二人には名を揚げるなどという気が全くなかった事は確かだし、作者自身にそうしなければ気がすまないところがあったか。むしろこういう結果にしなければ当時の読者の多数には二人の行為は美徳として承認されにくかったという事もあったろう。

六

以上巻一をふり返ると、作者西鶴がいかに「真実」という事にこだわってきたかが分かる。第一では主人公たちの武勇を単純に肯定し、第二では完全に肯定しながらも、深い疑念にとらわれる寸前のところで読者の意識を引きとどめ、第三では語り手の言葉を借りず遊女の死を置くことで武士の美徳を否応なしに相対化した後、第四では反転して典型的な武士の大義と友情が、人間性に溢れたものとして現実に存在し得る事を示す。この曲折した道のりは、武士による美徳とされる行為が真実であり得るかへの作者の関心を示し、読者を同じ思いにいざなう。この四話それぞれの代わりに三十二話中のいずれか他の一話を持ってくる事ができようとは思われない。またこのように置かれた四話は巻一として一旦見事に終結しながらもその話の方向を先へ先へと進めるものである事も否定できない。例えば巻二の第一は巻一の第四に重ねて、今一度主人公の行動を肯定する。千石取りの大横目という中年の侍同志の大義と友情ではなく、武家の娘による恋人のあだ討ちという、これまた人間的な真実を否定し得ぬ行動である。その後の第二第三第四が、巻三の各話が、ひいては『伝来記』の三十二話の全体が、なぜあの場所に置かれあのような書き方をされているのか。その事をありのままに見てゆくのがまず重要だろう。

註

（1）「『武道伝来記』論」『武庫川女子大学紀要』文学部篇　第31集　昭和58年2月

（2）同右　69頁

（3）井口洋氏は「続『武道伝来記』試論―相討ちについて―」『叙説』昭和54年10月　で、この化粧軍について考察し、みよし野の花のえんの恋も八年後のこの果たし合い「花軍」も、「その「花」は若くして切腹した十太郎の死を荘厳するために捧げられたものと考えるほかはあるまい。」とし、「それは、国主の公正に違いない裁定によってかえって埋もれてしまった十太郎の生と死を再び掘り起こして、その「武勇」を主題とする意義を有するであろう。」と言う（96頁）。興味深い解釈である。筆者には、テキストを離れぬ限り、花のえんの死はやはり無関係としか思えないが、井口氏がこのような解釈に導かれたのは、この八年後の果たし合いが何故か我々の心を強くとらえるからだろう。だから氏の方向は恐らく正しい。今は「作者の批判と同情」という程度にしか言えないが、より綿密な検討を必要とするように思われる。

（未完）

平成九年十一月稿

第二節　巻二の構成

一

巻二に入ると最初の第一「思《おも》ひ入吹《ふくをんな》女尺八《しやく》」では直前巻一の第四「内儀《ないぎ》の利発替《りはつかはつ》た姿《すがた》」で高揚した語り手、いや作者の気分がそのままの強さで続いていることがはっきりと感じられる。前話での安川權之進、細井金太夫とそれぞれの妻の精神と行動への讃美、それへの作者の自己投入は「思《おも》ひ入吹《ふくをんな》女尺八《しやく》」の女主人公小督《こがう》への作者西鶴の姿勢にそのまま継続している。しかも自己の創作した昨中人物に対する作者自身の人間的関心――憎悪、嫌悪ではなく讃美――は以後も時折顔を出すが、巻一の第四「内儀《ないぎ》の利発《りはつ》は替《かはつ》た姿《すがた》」と巻二の第一「思《おも》ひ入吹《ふくをんな》女尺八《しやく》」の二話におけるほど直截で、何の屈折もなくテクストの表面にそのまま露呈されているような一篇はこれ以後にはない。特にはっきりしているのはすぐ次の巻二の第二「見ぬ人皃《ひとがほ》に宵《よひ》の無分別《むふんべつ》」との落差の大きさである。

その事を考える前に「思《おも》ひ入吹《ふくをんな》女尺八《しやく》」の女主人公に対する作者の人間的な共感が並大抵のものではないことを見ておく。村之助が薮垣のすき間から隣屋敷の庭園をのぞいた時この青年の目に映った、つまり作品に最初に登場した小督の姿はこう書かれる。

東《ひかし》の池《いけ》の溜《ため》水のきよげに棚橋《たなはし》のかゝる所に隣屋敷《となりやしき》の息女《そくぢよ》と見へて。紋羅《もんら》のしろきに紅《もみ》の裏《うら》を付檜扇《ひあふぎ》のちらしかた大振袖《ふりそで》のゆたかに紫糸《むらさきいと》の組帯《くみをび》しどけなくむすびて乱《みだ》れ髪《かみ》の中程を金の紙《かみ》の平髻《ひらもとゆひ》にしめよせ房付團《ふさつきうちは》に梶《かぢ》の葉《は》

見えしは。けふ織女《をりひめ》の哥を手向《たむけ》ならんと思ふに案《あん》のごとく沢水《さは》に浮《うけ》て立帰らるゝ面影《をもかげ》天人の生移《いきうつ》しかと心も空《そら》になり

西鶴では服装の具体的な綱目が長々と列挙されている場合、その意味としてはその人物がこれから作品内で重要な役割を果たすことを前もって読者に告げ、読者の関心をこの人物に向けさせるという事がまずある。西鶴は意味なく最新流行の服装を描いて得意になっているということはなさそうである。それに「紋羅《もんら》」「檜扇《ひあふぎ》のちらしかた」「組帯《くみおび》」などの意味するところは現在では不明である。残されている現物を目にしたとしても何もわからない。西鶴の十年後二十年後にはまだ分かったろうが全く別の性格を持ち、最新流行どころか、いかにも古ぼったく野暮と感じられたかも知れない。だが西鶴という作家はそのようなことは先刻承知していたのではないか。

この服装描写で二つのことが我々今日の読者にも否応なしに強く感じられる。まずその華麗な色彩である。「しいろき」「紅《もみ》」「紫糸《むらさきいと》」「金の紙《かみ》」そして「乱《みだ》れ髪《かみ》」からは黒が「梶《かぢ》の葉《は》」からは緑が必然的に連想される。例えば「紫色《むらさきいと》の組帯《くみおび》」なるものが十年後には流行遅れになったような事があろうがなかろうが、そんなことには関係なく紫という色彩そのものは不変である。

もちろん服装、特に女性の服装をくわしく描けば多くの色彩を示す形容詞名詞がテクストに表われるのは当然である。だがここでは背景が晩夏初秋の夕暮れどきという、色彩感には最も乏しい季節が選ばれている。『源氏物語』「若菜上」の巻のおわり、柏木が女三宮を見てしまった時のように春たけなわの夕べではない。すべてが灰色につつまれた背景のうちに鮮やかな色彩で呈示されるこの女性の姿は読者の印象に強く刻印せられる。しかも舞台としてはこの女性呈示のくだりはまず「東《ひがし》の池《いけ》の溜《ため》水のきよげに」最後は「案《あん》のごとく沢《さは》水に浮《うけ》て」と水の語にはさま

れている。これは単に初秋の夕べの涼しさを強めるばかりでなく特に前の方は「きよげに」の語に連なるから、この少女に清水のようなきよらかさの性格も軽く付与している。

女主人公呈示でもうひとつ読者が感ぜずにいられないのは「大振袖《ふりそで》のゆたかに」「しどけなくむすびて」「乱《みだ》れ髪《かみ》」等の語の暗示するものである。ゆたかな大振袖とはこの服装列挙のうち、今日の読者にも当時の意味とほぼ同様の意味の感じ取られる数少い例だろうが、それよりもここでは傍点を付した三箇の形容語そのものが読者にふとある印象を与える。この色彩豊かに派手な身なりの少女はなにかある大胆さ、自己主張が強く積極的な性格、個性の強さ、といった属性を持っていることを暗示している。もちろんここではまだ確実なものとして示されるわけではなく、たとえ読み進めるに従ってそれと正反対のおとなしい性格と知ったとしても怪訝に思う者はいるまいが。しかしこの少女、ただの大胆で勝ち気な娘どころではなく類稀な強い性格の持ち主と知ったとき、これらの三語もそうした超俗性、非凡さを読者にすんなりと受け入れさせるのにある役割を果たすこととなる。

ところで西鶴では他にも見られるが、少女の顔立ちについては一語も語られていないことに注意すべきである。村之助の目に「天人の生移《いきうつ》しか」と映じ、村之助はただ茫然としてしまったことが書かれるだけだ。「心も空《そら》になり」。読者はそれを知らされても驚くようなことは全くない。それほどこの女人呈示のくだりは強力に一人の個性をそなえた美女の姿を読者に印象づける。美女の容貌を刻明に描写した場合、たとえそれが珍しく成功し、多くの読者に大凡同一の顔立ちが思い浮かぶということがあったにしても、物語・小説の人物としては成功したと言えないのではないか。この場合の西鶴のように容貌の記述なしに具体的な一人の美女が読者の内部に活きるとき、その女性がどんな運命に陥ろうともその姿を読者は見失うことがない。小督の「沢水《さは》に浮《うけ》て立帰らるゝ面影《をもかげ》」は直後の村之助と手を取り合った時ばかりでなく、必死に激しく愛しあった時、真冬に青梅をほしがったとき、男装して深編笠の姿となり尺八を吹いて旅するとき等以後のすべての姿と矛盾しない。作中人物が活きるとはまさにこういう事かと思わせる。

以上この作品にはじめ出現したときの小督の姿は作者西鶴が細心の注意を払って書き上げたものと判断できる。そしてそのことは女主人公であるこの少女への作者自身の讃美の念がいかに強いかをすでに示している。

引き続いて少年村之助と少女小督の恋の経過を描く部分はその筆自体に二人の若い恋人達への共感が溢れている。この恋はまことに進行が速く直接的で何のまわり道もなく一直線に灼熱するから、西鶴特有の疾走する文体がこの上なく適合する。

天人の生移《いきうつ》しかと心も空《そら》になり前後《ぜんご》かまはず詞《ことば》をかけ慮外《りよぐはい》ながらあの鞠《まり》にお手そへられてこなたへ返《かへ》し給はれといへば。草分衣《くさわけころも》に露《つゆ》もいとはず鞠《まり》を手《て》にふれて聲《こゑ》の通《かよ》ふ所へさし出し給へる手《て》をしめて。互《たが》ひに面《をもて》を見合《あはせ》ける社恋《こそこひ》のはじめなれ。其内にすゐの女のあまた來れば。村之《むらの》助是非《ぜひ》なく立歸り裝束《しやうそく》ぬぎ捨《すて》各〻《をの〱》より跡《あと》に殘り又竹垣《たけかき》をみれば。彼娘《かのむすめ》も殿めづらしく恋《こひ》をふくみかさねて花薗《はなその》に立出《いで》しにわりなく物いひかはして。筆にて心をかよはす迄《まで》もなく忍《しの》びてゆかばといへばそれをいやとはいはぬ女と。男に約束深《やくそくふか》く闇《やみ》になる夜《よ》を待《まち》て。裏《うら》道より高塀《たかへい》をこへ身を捨《すて》て通《かよ》へば女も僞《いつは》りなく猿戸《さるど》の鑰《かぎ》を盗《ぬすみ》出し人しれず我《わが》ねまに引《ひき》入ふたりが命をかけて二世迄《まで》かはるなかはらじと互《たが》ひに小指《ゆび》を喰《くひ》切。其血《ち》をひとつに絞《しぼ》り出し女は男の肌着《はたぎ》に誓紙《せいし》をかけば男は女の下着《したぎ》にかきかはして。後《のち》には恋《こひ》の詞《ことば》も盡《つき》て逢《あふ》たびに物はいはす泪《なみだ》に更《ふけ》て別《わか》れを惜《をし》み次才《しだい》につのるは此道のならひぞかし。情《なさけ》の日枚《かず》かさなるを天鳶兎《びろうと》の枕《まくら》より外《ほか》に知《しる》者もなかりしに思ひの種《たね》となりて雪中《せつちう》の花に見ながら靑梅《あをむめ》もがなとない物すきをして腹躰《はらなり》おかしげになりぬ。

蹴鞠の夕べに初めて出逢ったが、鞠《まり》を手渡してくれるとき相手の手をにぎってしまい、互いに相手の顔を見つめ合ったのが「恋《こひ》のはじめ」だったという。ところがほんのわずかの時間をおいて二人は言葉をかわし、それも「忍《しの》びてゆかばといへばそれをいやとはいはぬ女と」密会の約束という。恋の経過とは言っても、両者とも立ちどまって自らをふり返るなどということは全くなく最短の道すじをひたむきに相手目がけてつっ走る、そうした恋なのだ。「筆にて心をかよはす迄《まで》もなく」の語は重要である。恋文はいかに純粋な気持ちで書かれるにせよなんとか相手の気をひこうとか、相手の気にいられようとかいう雑念が入る。書いているうちに相手の恋心の強さに対する疑念も湧いてこよう。これはそうした余計な要素から完全に解放された奇蹟的な相思相愛である。作者が二人の平等性を意図していることはこの一文を一見すれば明らかである。「忍《しの》びてゆかばといへばそれをいやとはいはぬ女と」以下男と女が対になり、意味も同じ重さ、語の長さも大体同じ、あるいは主語は恋人二人となる。「男に約束深《やくそくふか》く……」「女も僞《いつは》りなく……」そして「ふたりが命をかけて」としめくくり、また「女は男の肌着《はだぎ》に……」「男は女の下着《したぎ》に……」と順をかえてくり返し「後《のち》には恋《こひ》の詞《ことば》も盡《つき》て逢《あふ》たびに物はいはす……」と二人を主語とする。巻一の第三「嘇嗒《ものもうどれ》といふ俄正月《にはかしやうくはつ》」では京の大夫みよし野の花のえんの十太郎への恋心はいかに純正で深く烈しかったとしても完全な片恋だった。読者はつい二話前という近さからこれを思い出さざるを得ない。間にはさまれた「内儀《ないぎ》の利発《りはつ》は替《かはつ》た姿《すがた》」が男女の間のことからは全く無縁だったため、この二話は並んでおかれているとも言えるわけだ。村之助と小督の恋はあれに比べればどれほど幸福だったか痛感される。しかしそれは高い障害を乗り越え、というより二人ともに生命を捨て「ふたりが命をかけて」得た、そして将来の見込みなどどこにもないという代償を払った恋である。恋人同志の間の完全な平等性が強調されたとき、その一方の死が生じた場合、残された者による敵討ちはこの上ない必然性を帯びる。

それにしても血をひとつに絞り出し互いに相手の下着に誓いの詞を書きかわすとはすさまじい。たとえ当時の流行だったにしても、この場合エロティックなほど崇高である。この恋の障害がいかに高く、一度一度の逢瀬がいかに危険に満ちていたかを物語ろう。ひき続き「後《のち》には恋《こひ》の詞《ことば》も盡《つき》て逢《あふ》たびに物はいはす泪《なみだ》に更《ふけ》て別《わか》れを惜《をし》み」とあるため誓詞などすぐ不用となってしまい、互いに相手の心は完全に信じているという状態、「逢《あふ》たびに物はいはす」はそうした究極の段階に達した事を示す。普通それは一瞬にして終るものだろうが、この場合は逢うたびにこれが最後かも知れぬという生命を賭している危機感が持続を許す。「泪《なみだ》に更《ふけ》て別《わかれ》を惜《をし》み」はそれくらいの強さを持っていると解すべきだろう。「物いひかはして」「闇《やみ》になる夜《よ》を待《まち》て」「命をかけて」「かきかはして」「詞《ことば》も盡《つき》て」とたたみかけ、息づまるような切迫した文の調子はここでこの恋の進行を語るにきわめてふさわしい。「わりなく物いひかはして」から「泪《なみだ》に更《ふけ》て別《わか》れを惜《をし》み」まで、この一文は一直線に疾駆する恋の進行を写すと同時に語り手の息づかいを生々しく伝え、読者の心理を否応なしに同化させる異様な力を持っている。（1）

ところが「別《わか》れを惜《をし》み」は「次才《しだい》につのるは此道のならひぞかし。」と続く。話者は対象である恋人二人に完全に同化していたと見えたのが、ここですっと身を離し、距離を置いてわきから恋人二人を見ている。時間を感じさせないほどせっぱつまった恋の描写に最初の「次才《しだい》に」の語がたっぷりと時間の余裕を与え「此道のならひぞかし」は決して冷淡な態度ではないにせよ、作者西鶴自身とも言うべき年配の第三者が軽い慨嘆と苦笑の調子を含んで下している判断となる。そのあとの「情《なさけ》の日枚《かず》かさなるを天鳶兎《びろうど》の枕《まくら》より外《ほか》に知《しる》者もなかりしに思ひの種《たね》となりて雪《せつ》中《ちう》の花に見ながら青梅《あをむめ》もがなとない物すきをして腹躰《はらなり》おかしげになりぬ。」までも同じ調子が続く。これは全く客観的な記述である。

ところでこの文章の弛緩の意味は、語の意味の伝えるところと同じである。互いに命を賭けての必死の恋も成功して何度も重ねられたということだ。一回ごとにこれが最後かも知れぬという逢う瀬もたび重なれば不可避的にはりつめた心の状態が多少なりとも弛緩せざるを得ない。「情《なさけ》の日枚《かず》かさなるを」はこの恋にそうした日常性が付着し始めたことを示す。また「枕《まくら》より外《ほか》に知者《しる》もなかりしに」とは言わずもがなのとうにわかりきった事実である。それをわざわざ語られると、無責任な第三者としての語り手の立場が暗示され、心理的緊張緩和が巧みに表現されることになる。少年少女の激しい恋をいかに絶賛しようとも、時間なるものの作用によってそれがいささかでもぐらつくような事があれば、目ざとく感じて表現せずにはいられない西鶴の現実認識の厳しさには驚く外ない。遂に逢びきからの帰路村之助が甚平に斬られるのも、逢びきが何度もうまくいったため村之助にある程度油断が生じていたのではないかとわれわれ読者には感じられる。「木陰《こかげ》に待臥《まちぶせ》して。歸る所を何の子細《しさい》もなく打て捨《すて》。」としか書かれていなくてもそれはちゃんと表現されていると言える。

ところでそれより以前、小督に甚平との結婚ばなしが持ち上ったときそれを拒否する小督の言葉は多くの事を物語っている。

小督《こがう》かつていさまずして母親《はゝをや》に歎《なげ》きけるは仰《をゝせ》をそむくは不孝《ふかう》の第《だい》一なれ共。思へばかりの宿《やどり》の夢《ゆめ》と極《きは》め佛《ほとけ》の道の有がたく後《のち》の世《よ》を願《ねが》ふなれは一生夫妻《ふさい》のかたらひ捨《すて》身を紋《もん》なしの衣《ころも》になし。いかなる山にもわけのぼり執《しゆ》行《ぎやう》に思ひ入ければ。甚平様へは外よりよび迎《むか》へさせ給へと

結婚などとんでもない、私は尼になって生涯を通すつもりですというのは、すでに懐妊の状態にある小督として

は外に考えようもない程当然の言い方だろうが、それだけですませてしまう訳にはいかない。幾度もの逢う瀬を重ねているにしてもそれがいつまで続くかは分からない。この前が最後でもう二度と逢えないのかも知れない——現実にそうなったが——という一寸先の未来もない宿命的な恋を小督自身が自覚していることがこの言葉からうかがわれる。「思へばかりの宿《やどり》の夢《ゆめ》と極《きは》め」の語は、母親を欺くための心にも無いことを言ったのでは決してない。村之助と自分の未来に何の見通しもないとき、この少女は人の世の無情をまざまざと感じることがしばしばあったに違いない。

そして村之助の死という事態が生じれば二人同時の死しか考えられないから「穿鑿《せんさく》」——現場検証・調査——というさわぎのとき「是迄と思ひ定《さだ》め長刀《なぎなた》振て出《いつ》るを」はこの武家の娘にとって必然的である。そして村之助の死が甚平に斬られての死という事だから乳母に必死に抱きとめられ「敵《かたき》はかさねて打品《しな》有」との暗示を受けたとき、一瞬にして自死を復讐の決意に変えることも必然的である。敵討の成功に到るまで小督にはいくつもの障害があった。例えばまず懐妊している子が男か女かで、「もしも女子《によし》ならは立所を去《さら》ず腹掻《はらかき》切て果《はつ》べし」の決心は当然である。われわれ読者にはこれほどの烈しい祈念ならばかなえられない事はあるまいと思われる。村之助死後の小督の姿のひとこまごとに我々読者は作者西鶴の自ら創作した女主人公への思い入れの深さを感じずにはいられない。敵のありかを求めて放浪する小督母子の連吹《つれぶき》の尺八の音に西鶴自身が深い思いを感じ取ったごとくにである。「須磨」、「明石」、「手習」、「夢の浮橋」など『源氏物語』の巻々の名が文に籠められ、またそもそも冒頭の状況は「若菜上」の巻末の、柏木が女三宮の姿を見るあの印象的な場面をどことなく想起させることの意味は何か。小督らが逢坂山を越えたとき、勢田の永旅《ながたび》に身を労《やつ》し氣《き》を凝《こら》し石山寺に參詣《けい》して紫《むらさき》式部《しきぶ》が源氏の間を長崎《さき》の道者開帳《かいちやう》し給ふを。結縁《けちえん》に拜《をかみ》て古《いにし》へはか〻る女も有し世と女の身には殊更《ことさら》に感《かん》じて心静《しつか》に下向するに

とある。これには深い意味がこめられている。まず冒頭部での「若菜上」の想起と以下源氏の巻名がこの作品の文章に鏤められていることに気がつかなかった読者に、紫式部の名を出して念を押しているが、『源氏物語』の想起は「思《おも》ひ入吹女《ふくをんな》尺八《しやくはち》」に何かかくされた意味のあることを教えるものではあるまい。機能としてはただの飾りにすぎない。だがこれは女主人公に対して作者が満腔の共感を抱いていることを示し、しかもそのことを密かに読者に告げようとしているのだろう。「古《いにし》へはか〻る女も有し世」と小督自身が深く感じているという記述は、浮世草子作家としての西鶴自身が、自ら神の如く尊崇する紫式部に女主人公をなぞらえているのだ。もはや単に勇敢で忍耐強い武家娘ではない。

純粋で激しく深い恋情が、恋人の死と共に不屈不倒の復讐の念となったとき、多くの偶然がこの女性の味方をした事はほとんど必然とさえ思われる。大谷勘内との出逢いもその最後を飾る。勘内という男が不在だったなら、またそれとの出合いという事が無かったなら、この先永い年月を費やしたとしても甚平を探し当てることができたかさえ不明である。勘内は十数年探し続け、今ようやくありかを知ってそこへ向かっているというのだから。それに勘内の後見がなかったら少年村丸と女二人がかかったところで「骨骸《こつから》たくましく殊《こと》に大力《りき》」とされた甚平を打つという事はとても現実的ではなかったであろう。

乳母なる人物の意味するところも興味深い。一体いつから小督の恋を知ったのかなど一切不明である。だが小督の敵討の成就にある役割を果たしているこの女は、小督のヒロイックなほど高く強い性格に感化されてしまった人物だろう。

二

巻二の第一には直前の巻一の第四と重要な共通点がある。この引続いた二話は語り手あるいは作者西鶴自身の作品への強烈な自己投入が明瞭に見られ、作者もそのことを隠していない。しかも作者のその態度は共に純正の人間的讃美と言うべきものである。前者での行動は主君の現在の意志にそむくとは言え公的な大義として認められ、それに反し後者は若い男女二人の恋物語に共感し得る者のみがその正しさを承認する、いわば私的な正義だが、西鶴がいかに技巧の限りを尽くして読者の全的な共感をかち取ろうと努力しているとしても両者の本質的な相似は変わらない。また「おくりとゞける武士《ものゝふ》のやたけ心ぞたのもしき」「朝暮《てうほ》の心油断《ゆたん》なく年月《としつき》をゝくりける武勇《ぶよう》の程《ほと》こそいさましけれ」の巻一の四のあまりにもあからさまな讃辞ではなく「思《おも》ひ入吹女尺八《ふくをんなしやく》」では、文章の表面に現れたのは『源氏物語』への言及を通じてという違いがあるにも拘らずそうなのだ。要するに巻一の第一以来、武士の美徳なるものが真実の価値を有するか、を問い続け、なんとも否定し得ぬ場合が確固としてあり得ることを読者に教えたのち、一転して純粋な恋愛というきわめて人間的、私的な行為を表に出し読者にそれを承認させる。作者の意図のままにあやつられて村之助、小督の恋を讃美するような読者には小督の敵討ほど正しい敵討は『武道伝来記』中他にないとさえ言える程である。巻六の第一巻七の第一等は敵のにくむべき姿が描かれているから読者が敵討の成功を希求する気持が強いのは当然だが、その正しさを読者が承認するのはこの巻二の一が最強なのかも知れない。村之助小督の恋を真実のそして奇蹟的なほど純粋で激しい恋として認めた読者にとっては、小督の敵討はこの恋愛のつづき、いやこの恋愛それ自体としてこの上ない必然性を持つからである。そして小督の恋も西鶴は武家の娘にして初めてあり得たものと見ていたように思われる。生命とひきかえの恋という本質は村之助の死後も最後まで続いているがそれはいかにも武家的な性格の強さに裏打ちされている。巻八の第一と比較すればよく分かる。[2]

第二「見ぬ人皃に宵《よひ》の無分別《へつ》」は第一に見られたこうした性格のすべてがきれいに欠けている。その点こそこの一話の特色である。当然作品は軽く、強い印象に欠けるがその事自体作者西鶴の明白な意図の結果と考えられる。

この一話の特徴は大きく言って二つある。第一に作者あるいは語り手の、テクストに描かれた事件との感情的なかかわりがきわめて薄いこと、第二にそれらの出来事にいささか不自然と言えるようなことがらが多い点である。第二の点をまず取り上げる。これを考えていけば第一の点の理解に資すると思われるからである。

この点は一話の後半に多い。列挙して見る。福崎軍平に討たれた善連寺外記が、和田林八と口論の末斬合になった弟八九郎の前に亡霊となって現れ、喧嘩をやめぜひ敵を討ってくれと言い残して消える。このような超自然の現象は『武道伝来記』に他に見出されない。いや巻三の第二「按摩《あんま》とらする化物屋敷《ばけものやしき》」があるが、これは亡霊出現とは全然違う。超自然の現象などでは毛頭なく、怪異とさえ言えるかどうか。それにこの挿話は話の本題とは全くつながりがない。それに反し外記の亡霊はこの話の鍵となる重要な役割を果す。これほど都合のよい設定はない。外記の亡霊が出現する必然性は次のようなものである。八九郎と林八は親友同志だが今は刀を交え「切先《きつさき》より火《ひ》を出しゝのぎ削《けづり》てあやうき時」という状態にある。敵《かたき》を討たす者は八九郎よりいないわけだが、当人の亡霊でなく例えば急ぎの使がかろうじて間に合ったというのでは「兩人眼前《かんせん》に驚《をどろ》きしばし十方《とはう》にくれけるが」という結果になったかどうか。かまわず斬り合いを続けたかも知れない。それに亡霊出現の舞台としておそらくこれは決して常套的ではなく、冬の山中「山は雪《ゆき》に埋《うづ》み」「鳥の聲《こゑ》なく風あらく」という背景は、考えようによってはいかにも亡霊の出現にふさわしいとも言える。しかしあまりにも都合のよい設定だから、いかがわしいとまでは言わぬにしても何かふと怪訝な思いを読者は軽く感じてしまう。幽霊の存在を固く信じている者にとっても、これは作品全体にまともに相手にするには何かためらわれるような性格を与える。巻二の第一、巻一の第四のみならず『武道伝来記』のこれまでの五篇のすべてが、もし亡霊が出てくる場面があったとしたら作品の緊張が一遍に解け、ごく気楽でユーモラスな気分さえ一話を支配したであろう。

外記の亡霊が出現しなければどちらかが討たれたはずだったというのに、事情を知った林八が八九郎を元気づけ助太刀となって、もろ共に二年あまりも敵軍平のありかを求めて国々を経めぐり歩いたというのは、異様ではあるが決してあり得ぬことではない。美しい友情物語である。だが最初の熊野山中の喧嘩の発端となった八九郎の言動、

日比口ほどにもなき男今から其ごとく腰《こし》ぬけてなを行さきの峯《みね》はいかにしてこゆべきやと手を打て笑《わら》ひ此度の參詣《さんけい》も汝《なんぢ》思ひ立ゆへにつれ立たるかひぞなき。小者《もの》にあれまてかたにかゝれ

はきわめて写実的と言えるが、多少意地悪が過ぎているようにも思える。外記亡霊の出現がいささか都合のよすぎる安易な設定なので、その他の点ではリアリティーを生む事に努力しているのかも知れない、とさえ考えられる。へとへとに疲労困憊していたはずの林八が斬り合いになると対等の力を発揮している点、これもよく考えてみれば現実にはいかにもありそうだと言える。ちょっと目には不自然に見えても、いかにも現実にはこういう事はしばしばあるのだと言い得る事柄はこの一話、特にその後半に満ちている。

その点最も注目されるのは福崎軍平の言動である。

軍平道傳《ぐんぺいだうてん》と名《な》をかへ世をのがれたる墨衣《すみころも》佛《ほとけ》もなき草庵《さうあん》をむすびひがしの山はらに黙然《もくねん》として年月《とし》をおくるは

さらに佛《ぶつ》心にはあらず億病風《をくびやうかぜ》に引籠《ひきこも》り世上《せじやう》をおそれての山居ぞかし。

というのはそれほど奇妙ではない。武芸の達人のこの臆病ぶりは自分は天の助けるところではないと自覚している者にはあり得る事だったろう。「黙然《もくねん》として」の語がきわめて効果的である。この語は八九郎と林八に踏み込まれた時の軍平の「手《て》を合せ降参《かうさん》して今はこの身になりて外記《げき》殿の御跡《あと》を吊《とふ》らひければ命をたすけ給へといふ。」滑稽という外ない姿に直結している。それよりも八九郎と林八に「さあ立あがれ」としきりに挑発されてこれはとても逃れられぬと遂に槍を手に取ったときの

鑓《やり》を取手を打おとせば。かひ〳〵敷《しく》も打おとされし手を左《ひだり》の手にもち林《りん》八が助《すけ》太刀を打おとし林八を切ふせる所を八九郎とびかゝり切倒《きりたを》し

というのはどうであろう。軍平はきき腕の右手を切り落とされたのに、左手でその右手を拾い上げ、それを武器にして林八の刀を打ち落とし、その刀を左手に拾って林八を切ふせたところへ、八九郎が切りかかって討たれてしまったというわけである。全体が一瞬の出来事だろう。武芸の達人にはこんな事もあるのか。今日では適確に判断できる者はいるまいが。しかしやはりどこかに不自然なところがありそうにも感じられる。八九郎の動作がほんの少し遅かった事は言えそうだが林八の死をあれほど歎きながらその事を反省している様子はない。

なんだか変だがよく考えてみれば必ずしも不自然とはいえないという事柄も、ごくたまに書かれるなら、これこそ真の現実を写したものと読者の感歎をさそうかも知れないが、このように短い一篇で次々に出てきたときは、逆

に作品そのものがいささか嘘っぽちな感を帯びてしまう。特に本篇のように最も大事な一点で亡霊の要素を利用しているようなときはそれは避け難い。西鶴はそうしたことすべてよく承知していただろう。

外記の死までの記述には妙な点は無さそうである。特に玄春後家の姿は的確に描かれている。おたねと婚礼の日、世に又もなき美女のように玄春に思い込まされていたおたねが現実にはとんでもない醜女だったと知って憤慨した軍平が、あれを即刻外記のもとへもどせと命じたとき、妙春は「捽箱《はさみ》の蓋《ふた》をあけて金子弐百両取出して」このお金はあちらのお宅が御裕福ですから送ってこられたのですと言う。「今の世《よ》の中はかうした事が勝手《かつて》つく女房がよいとて御身躰《たい》のたよりにはなりませぬ。御ためのあしき事はいたさぬといかめしく見せければ。」はいかにも俗っぽい中年過ぎの女性の様子である。気取ってはさみ箱のふたを開ける様子が目に見える。二百両で軍平が納得するという自信があったのだろう。軍平が「たまりかね」るのも当然だ。このようなすぐれた点がこの一話には乏しくない。外記の亡霊の出たのが白昼雪の山中だったという、考え方によっては卓抜な発想もそのひとつだろう。

にも拘らず最初から読み進めてきた時にこの一篇急激な力の落ちこみを感じさせる。それは特に直前の二篇、巻一の第四と巻二の第一にあった作者自身と作品に書かれた内容との密接な心理的つながりがこの一篇にはほとんど無いからである。作中人物の何ぴとも読者の人間的な関心を深くとらえはしない。だから皆なんとなく滑稽なだけだ。八九郎が林八の死骸にすがって歎き悲しんだと知っても読者は何ら同情心を動かされない。それが作者西鶴の強い意図だった。読者は熊野山中での八九郎が林八に浴せた汚い悪口とその揚句の必死の斬り合いを思い出すが読者の心中には皮肉に満ちた滑稽さが浮かぶだけだ。おたねという女性こそ真に同情に価する人物と思われるが、西鶴はこの女を中心的作中人物の一人とならないよう注意深く努力しているようである。前の巻二第一で美女小督が女主人公だったというのに醜女はそうならないというのは西鶴の偏見ではないかと非難してはなるまい。本篇では誰も読者の同情をひいたりしない事が作者の根本的意図だったのではないか。

谷脇理史氏は『武道伝来記』諸篇には武士のあり方を諷したものもあると主張し、その例とし、本篇を上げている。この作品には、「無分別で卑劣な軍平を批判する視点が明確に存し、そのような武士のあり方を諷したものと見ることに問題はないであろう[3]」これは貴重な指摘である。冷笑的というほど批判は強くないにせよ、この一篇での作者の精神的態度は醒めて冷静、且つ意識的だから、おのずと風刺に近いと言えるだろう。ただし諷されている対象は、軍平また武家の婚姻の風潮だけでなく、八九郎林八も含まれていよう。なお念のため言っておくと、巻一の第三に武家倫理への強烈な批判はあったが、それは同時に当の武士たちへの深い同情・憐憫と共にあり、両者とも作品の表面から隠されながら、悲痛とも言うべき感覚さえ生じていた。あれは決して風刺ではない。

好篇巻一の第三を経て、巻一の第四、巻二の第一と作者自身の気分の高まりと主人公たちへの二様の讃歎がうかがわれる二篇が続いたあと、来るのは作者のあくまで冷静な態度の徹底した諸篇だという事はいわば当然か。しかも三十二篇で現実を写すことを考えるならば、巻二の第二でこれが終るはずもない。現実世界に生起することは巻一の第四、巻二の第一のような出来事はきわめて稀で、多くはもっと空しく物悲しい。『武道伝来記』で作者西鶴の気分が高まるような事はもう見られず、作者と作品との内的つながりの感じられる各篇は、憤怒のほかはすべて深い観想といったものとなる。

註

（1）俗世にもまれて謂わば人一倍すれっからしになってしまい、さまざまな男女の仲のあり方など知り尽くしているような作家は、自分自身にはとうに不可能となってしまったこのような年少の男女の直情的激情的に灼熱する恋を、めったに生じぬ純粋な恋として讃美する傾向がある。例えばスタンダールは『恋愛論』で真の情熱恋愛の発生には二度にわたる結晶作用とか、疑惑とかその間のある長さの日時とか、いろいろうるさく条件を設けているが、それは遊冶郎たる自分自身が社交界なる特殊な場で現に体験中の恋愛について書いているからである。彼が後に書く、イタリア、スペイン等を舞台にした諸々の短篇小説ではそんな条件にしばられずに激しい情熱がいくつも書かれ、当の『恋愛論』の中でさえ、マホメット以前のアラビアの砂漠での灼熱する恋愛が、今日では不可能な恋愛の理想像として称揚されている。

（2）（小督は）「武家の娘として生まれたがために、愛を理不尽に踏みにじられると、その愛を貫くために、敵討ちに一生をかける。」西島孜哉『近世文学の女性像』昭和60年　世界思潮社　115頁

（3）谷脇理史『西鶴　研究と批評』平成7年　若草書房　94頁

（未完）

平成十年十一月稿

三

巻二の第二「見ぬ人皃《ひとがほ》に宵《よひ》の無分別《むふんべつ》」で、直前の二話にあった作者の高揚した気分は影をひそめ、以後ひたすら冷静かつ客観的に侍社会の葛藤を描く諸篇が続く。

岡崎義恵氏は西鶴の作家としての「熱情」の表現が「我々の詩精神に訴へ」それが一篇に「漲る感動の進行」を生むと言う。また巻一の第四「内儀《ないぎ》の利発《りはつ》は替《かはつ》た姿《すがた》」と『武家義理物語』六の二の「表向《をもてむき》は夫婦《ふうふ》の中垣《なかがき》」の二篇を例に挙げ、「西鶴が此處であらはした詩精神は感激の美に外ならないのである」と明言する。（1）

巻一の第四に続いて巻二の第一も引き続いて西鶴の詩精神が、少年少女の（いや少年は間もなく死んでしまうから少女の）直接的で激情的な恋という対象のうちにみずから飛び込み、彼らの運命を我が運命とし、少女への限りな

い賛美のうちにその恋の成就を祈念し、それを充分読者に伝えているからいかに私的な情熱であろうともこれまた「感激の美」の表現だろう。巻を異にしながら二話続いているのだ。ところがこれは以後ほとんど完全に、少くともこの二話のように純粋な形では、姿を消す。深い感銘を与える作品は以後も出てくる。我々読者が文学作品として優れていると感じる諸篇はみなそうだろう。中には巻五の第三「不断《ふだん》に心懸《こゝろがけ》の早馬《はやむま》」のようにこれまた「感激の美」の表現ではないかと思われるものもある。だが、それでも巻一の第四とはやはり微妙にまた根本的に違う。後に巻五について記すときに細説するが、巻一の四、巻二の一のように作者の必死の賛美が生む疑問の余地の無い純粋さはここには無い。

本論で前に、「『武道伝来記』で作者西鶴の気分が高まるような事はもう見られず、作者と作品との内的つながりの感じられる各篇は、憤怒のほかはすべて深い観想といったものになる」（269ページ）と書いた。だが憤怒のあからさまな表現といってもごく僅かである。例えば卑劣な侍たちの滑稽あるいは残虐な行為を記すにしても西鶴は極力自己の感情を抑え、一見驚くほど冷静である。また「深い観想」と言ったが、一篇の末尾の「あはれなり」「あはれをとゞめける」等の語が単なる言葉だけでなく実感としてどれ程の深さで読者に感じとれるか、その程度は様々であり、ひとつひとつのニュアンスさえ異なっている。

ところで『武道伝来記』は巻二の第二以降急激に質の低下を見せ、巻三の第三までの六話、内容はきわめて多様に変化しながら、また価値に多少の上下はありながら概して低調と言わねばなるまい。巻一の第四、巻二の第一があのように語り手がとくに精神を高揚させ、作者自身が自らの若々しい感動を隠そうともしていない印象を与えるため、続く第二の、描いている対象への作者の感情的かかわりの欠除という前記のような性格がとくに目立つのだろう。

前に言ったように、巻一の第一、第二とまことに立派な侍の像を疑念の兆す余地なくそのまま完全に肯定して描き、第三で主人公の行為と死は侍としてはまことに賞賛すべきものであるのに、遊女太夫の激越な真の恋愛と死を併置することによって侍の倫理は否応なく相対化され、それは溯って第二の主人公の正義の行為も、これはあまりに過酷だったかも知れぬという疑念を生む。だが、次の第四では一転して二人の主人公の姿が、いわば絶対的な正しさなるものが存在し得る事実を教える。そして次の巻二第一では、私的な次元に移ってはいるが、読者はここでも感情移入などの心理の動きを促され、主人公の行動に完全に共感しているから、その正しさは否定できない。以上巻一の四話、それに巻二の第一まで加えた五話を読んだあとではこの五話それぞれの価値基準の振幅のあまりの大きさのため、読者は以後次々に書かれる侍たちの行動が善悪美醜さまざまであろうとも、判断を誤ったり読み間違えたりするような事はあまりない。巻二の第二で仲違いした親友二人が必死に斬り合っているのに、亡霊の出現によって再び友情を恢復し、身を捨てて共に敵《かたき》のありかを探し、一方敵《かたき》となった侍は、武勇にすぐれている筈なのに臆病風に吹かれ、相手に見付かると手を合わせて命乞いするという憐れな姿を見せ、許してもらえないということになると一転して相手の一人を斬りふせる。このような不自然さは前話までで、人間性なるものはなんとも多種多様であり、人間的価値も千差万別である事を示しきったという自信から来るのかも知れない。あるいは作者として獲得した自由を行使し、一体どこまで書けるものか試してみたくなったのかも知れない、とさえ思われる。巻二の第二がもし全三十二話の冒頭、いや巻一のいずれか一話の替りに置かれたとしたならば、この一話に対する我々読者の印象はかなり違い、不自然さ、いや奇怪さが際だって感じられたのではなかろうか。

この性格が後に続くということはない。巻二の第二だけである。巻二の第三「身袋破《しんたいやぶ》る落書《らくかき》の団《うちわ》」の主人公篠原文助の見せる変化には福崎軍平の不自然さは全くない。

四

巻二第三も前話に引き続いて、文芸的価値は決して高くない。どこからそう言えるか。『武道伝来記』三十二話中、敵《かたき》とねらわれる者が已の非を悔い、自ら進んで討たれようとするのはこの巻二の第三と巻四の第一「太夫格子《たゆうかうし》に立名《たつな》の男《をとこ》」である。こういうことは当時実際の敵討には決してあり得ぬことではなかっただろうが、三十二話の一話一話が、それぞれ異なった敵討のあり方を題材とし、類似の話は二つとないという本作品のあり方からすると、ちょっと異例かとも思われる。ただし例えば敵討に出た者が遂に敵《かたき》にめぐり逢うことなく終ってしまうという、現実にはざらにあったはずのケースは一篇もない。西鶴ははじめからそれは除外していたのだ、そうした条件のもとでこれほど性格の異なる話を三十二篇も集めるという事自体が抜きんでた才能を示すが、巻二の第三と巻四の第一のこの共通点を作者は読者にしっかり意識させようとしたのか、つまり順々に冒頭から注意深く読み進めてきた読者が「太夫格子《たゆうかうし》に立名《たつな》の男《をとこ》」を読んだあとで、「身袋破《しんたいやふ》る落書《らくかき》の団《うちわ》」を必ず想起するように意図したのかは、分からない。いずれとも考えられるからだ。両話を隔てるのは五篇ということは、いずれとも考えられるように意図したとさえ考えられる。五話しかないのか、五話もあるのか。注意深い、それ故記憶も確かな読者でもこの二話の、この共通点に気付かない者もいようし、気付いても特に気にもとめない者もあろう。いずれも間違った読みではない。それほどまでこの二話は微妙にしかし本質的に異っているからである。我々はその差にこだわり、それを見てゆくわけだが、必ずしもそれが正しい読み方とは言えないだろう。特に本論は冒頭から順に読んでいく形を取っているからだが、ここで巻二の第三に重点を置き便宜上ごくざっと比較して論ずることとする。

「身袋《しんたい》破《やふ》る落書《らくかき》の団《うちわ》」は「太夫格子《たゆうかうし》に立名《たつな》の男《をとこ》」のような深い感銘を読者に残すようなことはない。(2)

両話の敵《かたき》役の篠原文助と青柳十藏の行動とその描き方及びその他副次的で些細な事柄によってその差が出てくる。巻四の第一で青柳十藏が榎坂恵左衛門を切ったのは、親しい友人だった二人が藩の掟にそむき、夜屋敷を抜け出て安倍川の遊里を乱れ歩いているうちに、酒の力も手伝って口論となり切り合った結果とされている。巻二の第三で篠原文助は人も羨む美女のもとに首尾よく婿入りを果したが、年末おし迫ったころだったので、正月に同僚たちから水かけ祝いを受ける羽目となってしまう。この風習はもともとは妻を娶ったばかりの男に正月現実に水を散々浴せかけたらしいが、しばしば喧嘩刃傷沙汰のもととなったので幕府や各藩でしきりに禁令が出されたという。詳細は不明だが西鶴がここで書いているように、「金箔《ばく》置《をき》の手桶《てをけ》五十銀箔《ばく》の柄杓《ひしやく》五十本衣装《いしやう》つくしの笠鉾《かさぼこ》十二本落書《らくかき》の大團《うちは》に竹馬《むま》壱疋《ひき》籠張《かこはり》の立烏帽子《たてゑぼし》。門《もん》口に持《もち》かけさせいはゐましての御事と急度《きつと》使《つかひ》を立ける」。つまり実際に水を浴せるのではなく、そのための道具のようなものを趣向をこらして作り上げ当人に贈るだけなのが侍の間での水掛け祝だったのか、これはより詳しく調べる必要がある。当時の侍仲間でなら現実に大勢寄ってたかって水を掛けたりしたら、怪我人や死者が続出するのは必定だから、ほぼここに書かれた程度のさわぎに過ぎなかったと判断できる。それでも文助は我慢することができなかった。「され共文《ふん》助堪忍《かんにん》せず」団扇の落書きの書体から従弟の千塚林兵衛筆跡と早合点しその家に訪ねて斬って捨てる。両話とも、はなはだ不合理な筋の通らぬ憤慨であり、今少しの我慢があれば何事もなくおさまってしまったはずだ。はなはだ瑣末で偶然的な出来事が契機となって斬り合いといった重大事に至り敵討の長く苦しい事態がくり拡げられるのが三十二話の大半である。巻一第四の金塚枚馬を斬った安川権之進のように公的意味でも正しい行為はきわめて数少ない。

それでもやはり篠原文助より青柳十藏の方が無理は少ないだろう。親友、とくに悪友というほど何の遠慮も気づかいもない間柄の二人の人物には猛烈な喧嘩が発生することは珍しくない。巻二の第二「見ぬ人皃《ひとがほ》に宵《よひ》の無分別《むふんべつ》」の八九郎と林八の例は前に見た。あそこではいささか不自然と断定したが、八九郎の言葉その他で極端に強調していることをそう言ったので、現実にはよくあることだ。

それに反して文助の行動はあまりにも我慢が足らぬと言わざるを得まい。水掛祝がしばしば喧嘩のもととなったと言っても、ただ笠鉾その他を贈ってきただけの相手に憤慨するのも当時の慣わしだったというのか。その点充分な知識はない。だが、「見物《けんぶつ》立かさなり作《つく》り物の風流《ふうりう》をどつと笑《わら》ふて果《はた》しける」とあり、この笑い声が文助の怒りの火に油を注いだわけだろうから、彼は相手は大勢ということも知っていたろう。多数では怒りをはらす手がかりも無いわけだから団扇に書かれた落書きの筆跡から無理に一人にしぼり刃傷に及ぶという行為である。これは単なる腹立ちまぎれ、何の道理も言いわけの余地もない。しかも西鶴は御丁寧にもそれさえ人違いだったと設定している。

作家の筆の残酷さはあきれるばかりである。さらに西鶴はそれに加えて実際に団扇の落書きをした枕森新藏が「扨は我《わが》筆ゆへ林《りん》兵衛はうたれぬ。此上は文《ふん》助を打て林兵衛に手向《たむけ》ん」と敵討に旅出し、間もなく病気にかかって他国で亡くなってしまったというエピソードまでつけ加える。敵討に出なければ病にかかることもなかったろう。あまりにひどい設定である。文助自身も林兵衛を斬ったのは人違いだったことを他国へ立のいたあと、後にした故郷のことは気になるから間もなく知ったはずで、「文《ふん》助心のせくまゝにはやまりけるとばつと沙汰《さた》をしけるに」という国もとの評判は居ても立ってもいられないくらいの恥辱を文助に与えたであろう。一時の腹立ちまぎれの行為は、京そだちの美女のもとに婿入りしたという幸運も僅か十日足らずでフイにしてしまい自分の立身の望みをも完全に絶ってしまった。千塚林兵衛、枕森新藏の遺族の不幸はもち論のこと、奥田戸右衛門の年来の宿願も一気に無に帰した。文助にはあとになってそれらすべてをじっくり考え続ける時間が充分にあったはずだ。このような場合いずれは自分の行いを後悔するようになり、のちに自分を敵とねらう犠牲者の子息に自ら進んで打たれようと決心するのだろうと思われる。それは極めて自然の成行の感があり、それが人を感動させることはあまりなさそうである。
　こうした文助の心境は全く書かれていず、残された林兵衛後家の惨めな長い苦労と林太郎の成長が長々と描かれる。文助は十三年後の正月に金龍寺の和尚を来訪する姿で再び登場する。

此御寺に參詣《まふで》和尚に對面《たいめん》して世の無常を語《かた》り出し。今日の亡者改《かい》名もなく千塚氏《ちつかうぢ》の何がし十三年忌《き》に相當《あた》るなり拙《せつ》者ために從才《いとこ》づからなるが不慮に相果《はて》ける御吊《とふら》ひあそばされ給はれと涙をこぼす。

　林兵衛の供養に来たということ、和尚との会話で「世の無常を語《かた》り出し」たこと、「涙をこぼす」という動作、それらから窺われる文助の心境はきわめて明瞭であり読む者はいわば当然のことと受け取ってしまう。そこに何らの驚きもない。作者西鶴が努力してそう書いているわけだ。
　巻四の第一での青柳十藏の書き方は大きく異なっている。

十藏首尾《ぞうしゆび》よく專《せん》左衛門うつて捨《すて》。取《とり》まはしよく立《たち》のき屋敷《やしき》にかへりさたなしにして世上《せじやう》を聞あはせける。

　この最後の一句「世上《せじやう》を聞あはせける」にはなんとなく狡猾で陰険な人物像が示されている。その後敵《かたき》は十藏と知れて專左衛門弟《をとゝ》專兵衛が十藏をねらい始めた時の十藏の反応「此さた屋敷《やしき》に聞えて十藏妻子《ぞうさいし》もなき者《もの》なれば。立《たち》のき行がたしれずなりて」も最初の印象を強めるばかりである。ところがそれから更に何年か経って專兵衛の息子専太郎が十藏を敵としてねらい始めたと知った時の十藏の思いに読者は驚き、多くの事を知らされ、次第に深い感銘に打たれる。

此事十藏傳《つた》へ聞て若年《じやくねん》の氣《き》をつくし。我《われ》を打べき所存《しよそん》専左衞門子なりつら〳〵世《よ》の有様を觀《くはん》ずるに莵角《とかく》は夢《ゆめ》に極《きは》まれり我専左衞門を打て後《のち》其まゝ切腹《せつふく》すべきこそ武道《ぶだう》なれ。さもしき心底《しんてい》おこりて世をしのび人のそしりを請《うけ》ぬる事もよしなし。我かたより名乗《なのり》出て子細《しさい》なくうたれて専太郎が本望《ほんもう》をとげさすべしと。

これはまことに表現力に富んだ一文である。十藏の心境が語られるのはこれが初めてだから、読者の注意を強く惹く。簡単に書かれた行動は「狡猾で陰険」な印象だった。ここで知らされる心境は全く違っている。過去の自分の行為についての単なる悔恨などというものでもない。「つら〳〵世《よ》の有様を觀《くはん》ずるに莵角《とかく》は夢《ゆめ》に極《きは》まれり」という思いはこの時急に発したものではあるまい。専左衞門を打った瞬間から胸中に萠し、人々に蔑まれ、自分でもさもしさを自覚しながら世をしのび身を隠している年月の間に、心を占めるようになったのだろう。巻二第三の文助の「和尚に對面《たいめん》して世の無常を語《かた》り出し」という姿から辛うじてうかがわれるのも同じような思いだった。巻四第一では根本的に違うのはそれに先立ち「若年《じやくねん》の氣《き》をつくし、我《われ》を打べき所存《しよそん》専左衞門子なり」の言葉があることだ。この言葉の意味するのは、種々雑多で複雑な強い思いが入り乱れた心境である。十三才という若さで苦難に耐え自分を打とうとしているとはさすがに専左衞門の子だという讃歎の思いがまず強いだろう。十藏が専左衞門に子がいたことを知らなかったかどうかは分からない。最後の「専太郎が本望《ほんもう》をとげさすべし」からたぶん知っていたのだろうと感じられるが、知っていても意識から消えていたのかも知れない。いずれにせよ十藏の驚きとそれに続く強い懐かしさの感覚、それを読者は感じ取らなければならない。そしてそう読者が感じ取り得るのは逆に「つらく〳〵世《よ》の有様を観《くはん》ずるに莵角《とかく》は夢《ゆめ》に極《きは》まれり」が引き続き置かれているからである。

極端に簡潔な語句は、その簡潔さゆえにまことに豊かな内容を表現し得る。語句と語句が呼応し合っているのだ。「専左衛門子なり」にこめられた懐かしさを中心とした万感の思い、その無限の重みはこのくだり全体がこれほど言葉少なに書かれているからこそ表現されたと言える。親しい友を斬ってしまった男の悔恨の孤独感、侍としての栄達の道も自ら断ってしまった空しい寂寥の思い、なんとか罰を逃がれようとした「さもしき心底《しんてい》」の自覚、この男の生はこのように侘しく虚ろで荒れ果てたものだった。そこへ不意に聞こえてきたのは専左衛門の子が自分を敵《かたき》とつけねらっているという噂である。それは暗い空から射す一筋の希望の光明のように感じられ、この男は亡友の遺児になんとかして打たれようと必死に出逢いを求める。

巻二の第三「身躰破《しんたいやふ》る落書《らくかき》の団《うちわ》」の文助の書き方はこれとは違っている。前にも述べたように金龍寺の和尚と対面して「世の無常を語《かた》りだし」林兵衛の菩提を弔うことを依頼し、故人は「拙《せつ》者ためには従才《いとこ》づからなるが不慮に相果《はて》ける御吊《とふら》ひあそばされ給はれと涙をこぼす」とされている。巻四第一の十藏と同質の心境である。だが文助は外側から書かれ、十藏の深い心境はない。この差は大きい。それに十藏の思いの方が強かったとも言えるだろう。十藏は自分が専太郎に打たれることこそ、この空しい世で自分に残された唯一の生の意味と知り必死に出逢いを求める。そのようなことが文助にはない。だが思いの強弱よりも重要なのは文助のそれは書かれていないという事である。それに事の発端となった文助の行動は馬鹿〳〵しいほど軽薄、無思慮だったから、たとえ彼のその後の内面が深く掘り下げて書かれたにしても同情を呼ばなかったであろう。それにもともとそのことが、文助が読者の同情を呼ばないことが、作者の意志だったと考えられるのだ。再登場する文助の姿「樒枝《しきみえだ》なから手折《た》て小者にもたせ。其身は十徳に朱鞘《しゆさや》の大脇さしひとつにて」という記述にもなにかふてぶてしさが現れている。林太郎が和尚と対談中の文助に小脇指を抜いてとびかかると「自休《たう》さそくきかして。其手を取て引ふせければ」の文助の態度も、さらにそうしたまま和尚や林太郎に事情を説明するその言葉も、決して読者の感嘆あるいは同情を引くようなものではない。

自休《たう》はすこしもおどろかずいつれもしづめて。是には様子《やうす》の御入ル事なり。汝《なん》は林兵衛が悴子《せかれ》なるへし林兵衛㝡後《さいこ》の時分《し》二才にて有しかそれより十三年過ぬれば今年十四歳《さい》なるへし兼《かね》て存じけるにも十五にならば定《さため》て我をねらふべし其節《せつ》は此方より名乗《のり》出心まかせにうたるへきと諸神かけて覚悟《かくこ》せしに今爰に居合せそれがしに出あふ事其方武運《うん》にかなふなり㝡前申あけしは此者の親が義なり。林兵衛草《くさ》の陰《かけ》にてさぞ嬉《うれ》しからん。さあ本望をとげよとて林太郎が劔《つるき》を持《もち》そへ我腹《わかはら》に差《さし》とをし目前《もくせん》の夢《ゆめ》とはなりぬ。

「其方武運《うん》にかなふなり」「さあ本望をとげよ」等の言葉の端々にも傲然たる性格があらわれている。このせりふは林太郎を引き伏せた姿勢で発せられているのだ。

巻四第一の青柳十藏は全く違っていた。生前十藏は遂に専太郎に逢うことはできなかったが、掘り起こした十藏の死骸に専太郎が「榎《え》坂専左衛門が世悴《せがれ》専太郎なるが親《をや》の敵《かたき》のからだなればうつ」と声をかけると「十藏《ぞう》死《し》骸《がい》眼《まなこ》をひらき笑《わら》ひ㒵《かほ》して首《くび》さしのはす」と書かれる。これは怪異現象などではなく、十藏が専太郎に打たれることを自分に残された唯一の至福としていかに待ち望んでいたか、その強い念願の表現である。さらに死骸の差していた刀を調べると刃をつぶし目釘竹をはずしてあったという。専太郎と斬り合いの形になって討たれようとしたので、文助のように自分の意志を高らかに宣言して死んだのではない。「さあ本望をとげよとて林太郎が劔《つるき》を持《もち》そへ我腹《わかはら》に差《さし》とをし」とはいくら相手の劔であろうと、また「持《もち》そへ」と林太郎の手もその劔を握っていようと、ほとんど切腹ではないのか。

敵《かたき》を打つ方の人物、つまり林太郎と専太郎の描き方もずいぶん異なっている。林太郎は文助の死にも心を動かされることはない。「林太郎と、めをさして親の敵《かたき》を討《うつ》事を悦《よろこ》び其首《くび》をうつは物に入御寺に御暇《いとま》を乞捨《こひすて》又備前《びせん》の國にくたり」。実際は自分が打ったわけでもない相手の死を敵討成就と大喜びし、相手の心情を思いやることなど全くなく、世話になった寺にも「御暇《いとま》を乞捨《こひすて》」と、もうこの寺にも用はないとばかりそそくさと別れの言葉を投げ捨て、という軽薄言うに足りぬ人物として書かれる。巻四の第一の専太郎は林太郎と同じ年輩、十三、四だがまるで対照的な人物である。十藏が専太郎に逢おうとして遂にならなかったので、わが故郷出羽の観音院で待っていると興津川畔に立てた札を見た専太郎は「十藏殿心底《そうどのしんてい》うたがふましきは清見寺《せいけんじ》迄《まで》尋《たづ》ね出られし所男《をとこ》なり」と観音院の住持の説明と照らし合わせて、十藏の意図もそれがいかに貴い価値を有するかも理解する。もっと幼い頃の姿もはっきりと描き分けられている。専太郎は「其後《のち》専《せん》太郎九歳《さい》になればおとなしく伯父《をぢ》専兵衛を恨《うら》み母《はゝ》をかなしみながらへてせんなしと。命《いのち》を捨《すつ》るを抱《だき》とゞめ」敵十藏を探して旅立つときには、「いづれもに暇乞《いとまごひ》て思ひ立行《たちゆく》心入《いれ》石流《さすが》侍《さふらひ》の子也とてをの〳〵涙にくれける」とまわりの田舎人たちの心も動かすいじらしさで、大人びてこの世のあわれも深く感じ取ることのできる心を持った少年として書かれる。十藏を理解し、許すことのできる少年である。

一方、林太郎の方は十一才にもなって「浦《うら》邊の業《わざ》を見ならひ塩にて馬刀《まて》を取貝《かい》ひろふなど姿《すがた》から心までいやしくなりぬ」とされている。「いやしくなりぬ」とはほとんど読者にとって衝撃的とさえ言えるが、専太郎が父に死に別れたのが七才で母のかなしみもなんとか感得できる年になっていたのに、林太郎は二才ということで、合理的には説明できる。それにすぐその後、「津の國金龍寺《りうじ》にのぼしおかれけるに。石流《さすが》筋目をあらはし外《ほか》の兒《ちこ》よりおとなしく」と書かれるから衝撃も少しは薄らぐ。

林太郎と専太郎のこのような違いはそれぞれの敵《かたき》、篠原文助と青柳十藏の違いに呼応している。いや林太郎と専太郎をあのように描き分けることによって、文助と十藏の人間像と行為の性格をより明確になし得たのだ。これは主人公および敵の討ち手という重要な作中人物ばかりではない。他にも多くの事柄が同じ役割を果たす。最初のきっかけとなった事情が巻二の第三では水掛祝という騒がしく軽薄でインチキくさい出来事だった。それに対して巻四の第一で専左衛門と十藏の喧嘩の起こるのは阿倍川のにぎやかな女郎町——とは言ってもこれは今日ではすっかりすたれてしまっているから、人々の思い出に残るばかりのありし日の歓楽境ということで、そのさわがしさが何か夢幻のヴェールにつつまれている。

吸付若莨《すひつけたばこ》の煙冨士《けふりふし》を夜《よる》見る女郎《ぢよらう》町。安倍《あべ》川のさはぎ三嶋《みしま》屋が格子《かうし》の前《まへ》に。立《たち》かさなり聞耳《きゝみゝ》を駿河《するが》なる時花太夫《はやりたゆふ》。相模吉野《さがみよしの》がつれ哥《うた》かはりさんさのふしも。色にうつりて人皆悩《みななづ》みふかく。身袋《しんだい》やぶれ菅笠《すげかさ》とうたひしもふるきむかしとはなりぬ。

と、美女たちが唄い、聴く者に悩ましいあこがれの思いをかき立てたかはりさんさの節、それも遠い過去のものになってしまったとされ、冒頭部の文章に郷愁の色濃い詩情が漂う。一話の冒頭、短くとも工夫を凝らした文に始まることは三十二話中に多く、その一話が過去の出来事である事を明示、暗示するのが普通だが、音曲が過去の薄靄に覆われるというのはここだけである。これは巻四第一の暗く沈んだ物語全体にいかにもふさわしいと言えよう。それに対し巻二第三の水掛祝は極度に現実的かつ散文的で、主人公文助のあゝした姿を描くのにぴったりの描き方である。かつては間違いなく卑劣漢と言えた青柳十藏も、その孤独な心情を知ることによって、読者は自ら進んで討たれたいという彼の意志を充分高い価値あるものと認め、深い感銘に討たれる。それに反し文助の場合は作者は読者がゆめそうした心理におち入らぬよう細心の注意払っているのだ。そうしてそれはおそらく林兵衛未亡人に読者の関心をより強く引きつけようとしたからである。夫が不意に討たれた時妻がまだ幼い男の子を育て上げ、やがて敵《かたき》を討たそうとする話は『武道伝来記』中に何話もあり、それぞれニュアンスは違うが共通するのはそれがいずれの場合も大変な苦労を伴うという事実である。多くは突然生じた事態であり、運命の激変を伴う。「うき世に武《ぶ》士《し》の妻女程定《さいちよほどさだ》めなきものはなし」（巻二第三「身躰破《しんたいやふ》る落書《らくかき》の團《うちわ》」）である。この巻二第三でもその長年の苦労のほどが詳述されている。二歳の林太郎を連れて国を異にする家里に帰るが、母は亡くなっていて継母には腹違いの妹が三人もいるという状況で、なんとか如才なく対応して切りぬけるという毎日だったが、やがて林太郎を抱いてその家を出、隣国へさまよい行き、昔、我が家に仕えていたが今は漁師をしている男のもとを頼る。武士の妻に生じる運命の激変を下層の人々は深い同情を持って見守るという事が西鶴にはしばしば見られるが、この漁師も林兵衛未亡人を自分の妻の姪ということにして世話をしてくれる。

　こうした苦しい日々を送りながらも、亡夫の面影を片時も忘れず、「悪《にく》や其文《ぶん》助目《め》を林太郎成《せい》人してうたせ給へと諸神に大願をかけて心の劍《つるぎ》をけづり利道《りだう》の一念骨《ねんほね》に通て此勢《いきほ》ひ。千尺《しやく》の岩《いは》屋に籠《こも》り七重《ぢう》の鉄門《てつもん》をかまへたり共安《あん》隠《をん》にはおかし」と激しい復讐の執念が内心に燃えさかっていたことが書かれる。未亡人の思いがこれほどの激しさで表現されているのは他にはない。巻二の第一でさえ小督の甚平への憎悪が露骨に書かれるようなことはなかった。文助が進んで林太郎に討たれ、林太郎がその首級を母親に見せたとき「年來《らい》のおもひを此時晴《はら》し給ひぬ」さしもの復讐の執念もきれいに消え去った。この一話もここで完結していたなら『武道伝来記』中一、二を争う散文的な物語で終ったであろう。だが後日談として林兵衛未亡人のもとへ文助未亡人が夫の敵討として斬り入り、林兵衛未亡人に引きすえられて懇々と説得され自分の短慮に気づき、道理をさとり、林兵衛未亡人と共に出家し、共に草庵に祈りの日々を送り、林兵衛・文助の跡をとむらった。林太郎も法体となって一生無言の行者となり二人の尼をいたわったという結末になっているため、一話の俗悪さはかなりの程度弱められている。林兵衛未亡人が文助未亡人を引きすえながら言う言葉は、少し前に同じ姿勢で、つまり林太郎を引きふせて文助が言った単なる宣言としての言葉とは違い、相手を説得するものだった。「いかに女なればとて道理《たう》を聞わけ給へ」以下の林兵衛未亡人の言葉はまさに道理と言うにふさわしい。今日の我々には常識とさえ思われるが当時の武家の一般にはどうだったか。「夫が討たれたことの恨みとおっしゃるなら私の方こそあなたへ言うことではありませんか」以下、

妻《つま》うたれての恨《うら》みをいはゞ自こそこなたへ申べけれ。元林兵衛殿を文助殿討てのき給ふを林《りん》太郎が親の敵《かたき》うてばとて我らを其恨《そのうら》みはふかくなり。文助殿あやまり給ふ心ざしあらはれ此たび討れ給ふ首尾《しゆひ》石流武士《さすがぶし》の正道《たう》なり。

文助の首級を見たことで「年來《らい》のおもひを此時晴《はら》し給ひぬ」とは、物事をここまで透徹した眼で見ることを可能にした。おそらくそれがこの一話の眼目なのだろう。あれ程激しく文助を憎んでいた林太郎未亡人が自分にはもう夫を討たれたことへのこだわりもう残っていないと言う。進んで討たれる気になった文助の心事を推しはかり、それこそ武士の正道を行くものとして深く感じ入ったことが分る。言葉は更に進んで、

うつもうたるゝも先生《せん》よりの因果《ゐんくは》今もつて何か互《たか》ひに恨《うら》みはなしかく手に入ければ御命取事やすけれ共さりとは〳〵われは格別《かくべつ》の心中自《みつから》をころし給ふが本意《い》ならは。思ひのまゝにし給へと心の劔《つるぎ》を捨《すて》至極《しこく》を段《だん》〳〵いひ給へば。

文助未亡人が説得されいっしょに出家する気になったのも当然と思える。なにか無思慮で軽薄な所のある林太郎まで「一生《しやう》無言《こん》の行者」になったとは、いささか極端のようにも感ぜられるが、もち論これはひたすら母親の影響で、母親の姿や言葉の影響力の大きさを表現しようとするものだろう。以上この一話その大半はかなり散文的で、篠原文助の自ら敵《かたき》として討たれようとする決心も読む者を感動させるなどということは全くない。子細に検討したようにそれは作者の意図だった。文助を討った後の林兵衛未亡人の「うつもうたるゝも先生《せん》よりの因果《ゐんぐは》」という悟りをことさら際立たせて読者に訴えようとしたのだ。

この一話だけ読めばこれは敵討なるものに対する作者の考え方を端的に示していることになるが、例によって西鶴ではこの一話にのみ当てはまる真実である。「思《おも》ひ入吹女《ふくをんな》尺八《しやくはち》」には通用しない。林兵衛が討たれたあとの妻の苦労は前にも述べたように詳しく書かれているが、なにかいわば庶民的な卑俗ささえ言えるところがある。それも文助を討って後に彼女が達した悟りの境地の庶民的論理での正しさとぴったり適合している。

以上巻二の第三を総括するとこうなる。この一話は決して優れた一篇ではない。その理由は発端となった出来事が些小で馬鹿馬鹿しいばかりではなく、その馬鹿〳〵しさが特に強調されているということと、そのため本来なら読者にある感動を与える筈の文助の殊勝な決心が決してそうはならなかったことである。それは作者西鶴の意図に違いないのだが、その意図が作品の価値を低下させたとは言えないだろうか。作者は対照的に林兵衛未亡人の長年の苦労と復讐の執念、それがついに成し遂げられた時の澄み切った心境と宗教的な高い境地、それを力をこめて書いているが、すべての発端となったあの事件をあれ程巧妙に描いたためその影響は最後まで残り、読者の感銘をさまたげるのだ。林太郎の変貌に我々が奇異の感を持つのもその証拠である。

五

巻二の第四「命《いのち》とらるゝ人魚《にんぎよ》の海《うみ》」で、人魚なる生類は冒頭、次のように書かれている。

奥《をく》の海には目なれぬ怪《け》魚のあがる事其例《ためし》おほし後深草院《ごふかくさのゐん》寶《ほう》治《ち》元《ぐはん》年三月廿日に津輕《つかる》の大浦《うら》といふ所へ人魚《きよ》はじめて流《なか》れ寄《より》。其形《かた》ちはかしらくれな井の鶏冠《とさか》ありて面《をもて》は美女《ひ》のごとし。四足《そく》るりをのべて鱗《いろこ》に金色のひかり身にかほりふかく。聲は雲雀《ひばり》笛のしづかなる音《こゑ》せしと世のためしに語《かた》り傳《つた》へり。

「語り傳へり」と噂に尾ひれがついて次第に極端に変形されてきた姿としては、さほど奇怪ではない。「怪《け》魚」というが珍しい海獣といったところである。そのあとこの一話に実際に登場する人魚はなんの描写もされていない。

白波《しらなみ》俄《にはか》に立《たち》さはぎ五色《しき》の水《みづ》玉敉《かす》ちりて浪《なみ》二つにわかりて人魚目前《きよもくせん》にあらはれ出しに。

舟の人々はみな仰天したが中堂金内が矢を放つと「手こたへして其魚忽《うをたちまちママ》ちしづみける。それより高浪靜《たかなみしつか》になりて」とある。これはかなり大型の生物というだけで、面が人間のようだったなどという怪しさは全くない。ごく普通の海獣である。当時膃肭臍《おっとせい》などは薬用その他貴重な海産物として知られていたらしいから大阪町人出身の西鶴が知らないはずはなく、その乾物や皮などを見たことがあるかも知れず、人魚なるものもこうした海獣のもっと珍しい種が言い伝えられたものと合理的に解釈していたのだろう。この作品に出てくる人魚は天変地異など凶事の前兆になったり、その肉を食うと長寿が得られるなどといったことのありそうな代物ではない。ただし題名の「命《いのち》とらゝ人魚《にんぎよ》の海《うみ》」は金内の死がいかにも人魚を射た祟りだったかのようにも思わせるし、挿絵の人魚は胸から上は完全に女体で、当時の通念の人魚なる代物は大槻玄沢が『六物新志』で西洋の人魚を紹介する以前から、やはりこのようなものだったかと思わせる。挿絵としてはこうしか描きようがなかったということもあったろう。本文とは大きく異なってはいるが他にも挿絵では物言いたげにこっちを向いている人魚を金内が鉄砲でねらっていて、半弓で射止めたという本文の記述とこれも食い違っている。こちらの方のひと目でそれと分かる食い違いは、人魚の姿の本文との大きな違いに読者の注意を向けようとでもしたのか、ともかくこの二つの点には共通点があり、作者西鶴の意図によることは間違いなかろう。

さてこの一話で目立つのは青崎百右衛門である。「今年《ことし》四十一迄いまだ夫妻《ふさい》もなく世を面白《をもしろ》からずわたりぬ」いつも不機嫌で意地悪かつ我が儘ばかり言っている。西鶴の言う「悪《あく》人」のひとつの典型で、まことに生き〳〵と活写されている。

金内《こんない》此度《たび》人魚《きよ》の事を偽《いつは》りのやうに申なし。惣《そう》じて慥《たしか》に見ぬ事は御前《せん》の御耳《みゝ》に立ぬがよし。鳥《とり》に羽《はね》有魚《うを》に鰭《ひれ》有。それ〳〵に其身かしこく自由《じゆう》にならぬためしには拙者《せつしや》が泉水《せんすい》に金魚《きんぎよ》有。わづか四五間《けん》の浅水《あさみづ》を樂《たのしみ》とするに此程《ほど》雀《すゞめ》の小弓《ゆみ》にて二百筋《すぢ》ばかりもゐかけしに。是にさへ當《あた》らぬ物兎角生物《とかくいきもの》には油断《ゆだん》がならぬ世に化物《ばけもの》なし不思儀《ふしき》な

し猿《さる》の面《つら》は赤《あか》し犬《いぬ》には足《あし》が四本にかぎると。檢校《けんげう》の下座《げざ》に相勤《つめ》しを物語《かたり》の相手にして。無用《むよう》の高聲《たかこゑ》

これは金内がその場から立ち去ったあとのことだろう。でなければすぐ斬り合いになったに違いない。憎々しげな声高の口調さえ耳にきこえて来るような生々しいこのせりふの前半は、金内が人魚を射たはずがない、嘘っぱちだと言い立てているわけだが、間違いのない事実だということはすでに読者は知っている。だが内容は次第に移ってこの世には不思議な生類などいないという主張に変る。するとその座にいた野田武蔵が我慢しかねたかのように百右衛門に向かい、貴殿の知っている狭い世界ではそうなのかも知れないが、この広い世界には何が住むか分からないのだと言い、三つの例を挙げる。

古《こ》代にも人王十七代仁徳天《にんとくてん》皇の御時飛驒《ひだ》に一身兩面《しんりやうめん》の人出る。天武天皇の御宇に丹波《たんば》の山家《が》より十二角《かく》の牛《うし》出る。文《もん》武天皇《わう》の御時慶雲《けいうん》四年六月十五日に長《たけ》八丈《でう》横《よこ》一丈二尺。一頭《づ》三面《めん》の鬼《をに》異《ゐ》國《こく》より來る。か丶る事共も有なれば此度《たび》の大魚《うを》何かうたがふべき物にあらずと。分別皃《ふんべつかほ》にて申ければ。

この三つの例はいずれも、いや少くとも第三の例など馬鹿馬鹿しいほど荒唐無稽、具体的イメージを思い浮かべる事さえいささか困難だろう。西鶴は意図的にそうした例を挙げたのだ。金内の射とめた人魚はこうした怪物とは全然別物である。むしろ百右衛門の「世に化物《ばけもの》なし不思議《ふしき》なし」の方がこの場合より真実を衝き、あの人魚にも当てはまるかに思われる。特に野田武蔵が相手をいさめようとしていかにもしたり顔に「分別皃《ふんべつかほ》にて」言ったという滑稽さだからその感は強まる。

とは言え別に金内が作り事を言ったわけではない。考えてみれば同僚に百右衛門のような悪人がいた場合、金内ほど不運な男はいないと言える。人魚と言われる珍しい大魚を射殺したなら上司に報告しないわけにはいかないだろうし、報告された方も皆これはめったにないお手柄だ、殿様にも申し上げようと言うのも当然だろう。そのとき同僚に百右衛門がいて一見もっともらしい理屈を挙げて、金内の言葉を作りごとのように言い立てたらどうするか、百右衛門の言い分を認める者もいるのだ。「世間《せけん》の人心なれば。百右衛門悪敷《あしき》と沙汰《さた》するも有。又金内何事か申もしれずと笑《わら》ふも有」百右衛門を打ち果したりすればますます虚言かと疑われる。射った人魚の死骸をなんとか探し出すよりなく、見つからなかったら窮死のほかはあるまい。百右衛門はまことに憎むべき存在となり、娘と妾による敵討はこの上なく正当と感じられる。ところで娘は病死とのみ思いこんでいた父の死が、実は百右衛門の悪口雑言からだと野田武蔵の言葉から初めて知ったわけだが、直ちに「其百右衛門は自《みつから》を縁組《えんぐみ》みしきりに申懸《かけ》しに金内請《きんないうけ》給はぬ恨《うら》みにやこれ武士《ふし》たる心入にあらず。然《しか》らは百右衛門を討《うつ》べし」と、百右衛門の動機に思いつく。野田武蔵も読者も初めて知った事情だが、これは娘の善良な性質を示している。そのような事情なぞまるでなかったにしても百右衛門はおなじことを言ったに相違ないからだ。意地悪な人間のねじくれた根性は、普通の善良な人間の判断に余る。いずれにせよ金内の名誉を救うためには娘と妾による見事な仇討以外には手段がないことを藩主や同僚の藩士もみなよく知っていたらしい。「野田武蔵《のたむさし》上意《しやうい》にてかけ付」の「上意《しやうい》にて」の語がそのことをはっきり示している。だから百右衛門が女二人に討たれたのは浪人増田治平の助力のおかげというより、殿様をはじめ藩内の大部分が女二人の側に立っていたからと言うべきである。[4]

「翌日《よくじつ》御僉義《せんぎ》の時分《しぶん》おの〱日比《ひころ》に悪《にく》みあるなれば。老中諸役《らうちうしよやく》人口を揃《そろへ》てあしく言上《ごんじやう》申其家滅亡《そのいへめつぼう》させける」はそのことをよく示している。非合法な私闘だったこの敵討が公的なものとして立派に承認され賞讃されたわけだ。

この一話から感じられるのは、正義の方は言うことに少々無理があっても勝ち、皆に憎まれている悪人の方はたとえ言い分が少々正しくても負けるという幾分不気味な真理である。最後に人魚の死骸が上ったという後日談でもこれは不思議でも化物でもなく、単なる「目なれぬ魚《うを》」に過ぎない。それでも金内の矢がささっていたから「皆〻《みなく》感《かん》じてなき跡《あと》にてさふらひの名をあげける」とされ、悪人百右衛門の敗北は決定的となる。当時の読者でも、人魚の書き方が怪《け》魚らしくない事に気付いた者は、一話の語るこのまことに微妙な事実を娯しんだに相違ないが、単純に人魚談として読み、悪の滅ぶ結末を悦んだだけの読者でも、決して誤った読み方とは言えないだろう。

註

（1）岡崎義恵「西鶴の詩精神と散文精神」『芭蕉と西鶴』昭和21年　文倉書林　68頁

（2）巻二の第三をすぐれた一篇とする意見がある。江本裕氏はこれを『武道伝来記』中の「幾篇かの輝ける作品」の一つとし、巻一の第四「内儀の利発は替た姿」と併称している。「討たれた者が敵を狙い、念願を果たすと同時に狙われる者に逆転するという、果てしなく続く敵討の虚しさを吐露して深い感銘を感じさせる「身躰破る落書の団」」「西鶴武家物についての一考察―『武道伝来記』と『武家義理物語』との意識をめぐって」（『日本文学研究資料叢書西鶴』昭和41年　有精堂　169頁）巻一の第四を称揚するのは大賛成だが巻二の第三はちょっと解しかねる。その点をこれから述べていくつもりだが、それよりも江本氏の態度で貴重なのは『武道伝来記』三十二話には優劣があると言っていることだ。三十二篇が等価と考えては作者西鶴の意図を読み誤る。

（3）前田金五郎氏によればこの点西鶴は『本朝年代記』によったらしいという。（岩波文庫版『武道伝来記』補注五二　昭和42年）これは貞享元年刊というから当時流布していたのだろう。

（4）「中堂金内の娘の敵討ちはまことに恵まれたものであった。」井口洋『西鶴試論』和泉書院　平成3年　109頁

第三節　巻三の構成

一

巻三の第一「人指《さし》ゆびが三百石」は一読して軽く明るい印象を受ける。それが作者西鶴の意図だったことは作品から明らかである。ここには侍同士の意地の葛藤もそれほどのしつこさを持つわけでなく、永年に亘る情念がまざまざと描かれることもない。敵《かたき》はみごとに討たれるが、ここではそれが読む者になんらかの感動を与えるわけではない。とは言えこの一話がそれほどないがしろに書かれているわけではないことは、例えば同様に軽い一話、巻八の第二「惜《をし》や前髪《まへがみ》箱根《はこね》山颪《やまおろし》」などと比較しても明らかである。作者が力を入れて書いている箇所を探していくことにする。

冒頭はこう始まる。

菖蒲《あやめ》の節句《せつく》は幟甲《のぼりかぶと》のひかりをかざり。屋形町《やかたまち》は殊更《ことさら》び丶しく

前話巻二の第四は、悪者が退治されて一応目出たい終りを示しているとは言え、悲劇性がすっかり解消されてしまったわけでもなく、何となく暗い雰囲気が消えなかったのに、巻が改まるとにわかにさわやかな初夏の風が吹き込むかのような新鮮さがある。

殊更《ことさら》び丶しく中居茶《なかゐちや》の間《ま》の女《をんな》の手業《てわざ》に。粽《ちまき》の小笹《をざゝ》は恋《こひ》の山出羽《では》の國庄内《くにしやうない》に。昔日《そのかみ》德岡《とくをか》伊織《いほり》とて

と続いて本題に入っていく。

「恋の山」の語は後に展開する仁七郎と木工左衛門の衆道、特に木工左衛門が討たれたあと兄分の敵を狙う仁七郎の真情を予告するが、この冒頭部では文章の表面に或る明るい楽しさを軽く付与する役割を果たしている。次いで語られるのは、律儀で質朴な老武士伊織の過去青年時代のささやかな武勇談が公けになり、彼が面目をほどこすというエピソードである。次のように書かれる。

五日の未明《びめい》より家中残《かちうのこ》らず大書院《しよゐん》に相詰《あひつめ》大殿唐獅子《とのからしゝ》の間《ま》に御安座《あんざ》あそばされ近習《きんじゆ》の諸役《しよやく》人怒《いかめ》かしく列座《れつざ》して独《ひと》り〳〵召出《めしいだ》させられ目《め》見へうけさせられ御手づから御菓子《くはし》を給はる事御作法《さほう》なり。伊織罷《いをりまか》り出て首尾《しゆび》よく頂戴《てうだい》仕る時右《みぎ》の人さし指《ゆび》のなかりしを御らんあそばし。其方《そのはう》が指《ゆび》はと御意《い》あそばされし時跡《あと》へしさりて若《わか》ひ時の過《あやまち》とばかり申上《あぐ》る。

ごくありふれた家中の儀式である。広間にぎっしりと居並んだ藩士たち、小部屋に安座した藩主、いかめしく列座した側近の武士。「未明《びめい》より」「家中残《かちうのこ》らず」「相詰《あひつめ》」の語は何かただならぬ重大なことが行われているかに感じさせ、「怒《いかめ》かしく列座《れつざ》」の特に「怒」の文字がこの場を覆う緊張感をさりげなく強調する。だが人物にいかに緊張感があろうとも、読者の心中にはむしろのどかな気分が漂う。作者には余裕があり筆先にはかすかな微笑が残る。

それは嘲笑といった敵意ある笑いではなく、好意さえ感じられる。この大袈裟な儀式で一人一人殿様から親しく拝領するのが「御菓子《くはし》」というのが滑稽だというのではない。「御作法《さほう》なり」つまりこの藩でのきまりというのだから。だが「御菓子《くはし》」よりもっと価値の高いものだったり、逆に全然無価値のものだったら、あるいは藩士によって異なる品物だったりすれば、ここに生まれる気分は微笑をさそうようなものではなかっただろう。

「伊織罷《いをりまか》り出て首尾《しゆび》よく頂戴《てうだい》仕る時」この「首尾《しゆび》よく」はこんな場合のきまり文句で、あとの「仕る」と同じ敬語的表現だが、この語は伊織の心中にあった、いやこの場自体に存在した緊張感に読者の注意を向け、それは例のかすかに感ぜられる半ば好意的な微笑をさそう働きも持つ。

殿様が伊織の右手の人さし指がないのを見てどうしたのかと尋ねたというのは、伊織は側近の侍でなくこれまでずっと「外様《とざま》の番所《ばんしよ》」に勤めていたからだし、年に一度のお菓子を給わる儀式でも今までは殿様も気付かなかったか、気付いても別に聞いてみる気にもならなかったか、ともかく今日それを尋ねたのはとくに気になったというわけでなく、ふとした出来心のように不審を感じたにすぎない。だから伊織も後退しながら若い時の過ちでございますとしか言わなかったのだろう。この主従の問答「其方《そのはう》が指《ゆび》はと御意《い》あそばされし時……若《わか》ひ時の過《あやまち》とばかり申上《あぐ》る」は、直接話法とも間接話法とも言える西鶴独自の——ということははっきり作者としての目的意識をもって書かれた——会話である。もっとも実際に殿様の発言したのは「其方《そのはう》が指《ゆび》は」の八音だけだったとも言えるし、伊織の「若《わか》ひ時の過《あやまち》」も、後退しながら小さい声でぶつぶつ言っただけだから、そのあとに続いた言葉が殿様には聞きとれなかったとも言える。だから直接話法の性格が強い。儀式の席上での、普段とくに親しいというわけでもない主従のやりとりといった、まことにありふれた光景であり、それを描く西鶴の筆はのびやかで、豊かながら過不足なく、読む者は一種の生理的快感さえ感じる。これは書き手の気が伝わるのだ。

文章のこうした性格は大目付の豊田隼人が大殿に語る説明にも続いている。

折ふし御ぜんに豊田隼人《とよたはやと》といふ大目付有合《めつけありあは》せ。伊織指《いほりゆび》の義《ぎ》は古主相州《こしうさうしう》さまに罷在《まかりあり》し時同《をな》じ家中鳥本権左《かちうとりもとごんざ》衛門と中者の留主《るす》をかんがへ。夜盗《よたう》あまたしのび入財寶《ざいほう》をうばひとりそれのみ其老母《そのらうぼ》をさしころしうら道《みち》を立のく節《せつ》

傍線を付した文字が全体の語調とは違って、隼人の口調が幾分残るかのようである。もちろん隼人の言葉そのものではなく、単にそれを暗示するのみだが、最初は語り手の声、口調、顔の表情まで彷彿たらしめる。だんだん傍線は間遠になって見えなくなりいつの間にか地の文ととけこみ、読者は隼人の報告なることを忘れ、伊織の過去の武勇談へ続くと、その珍しさ面白さに引きこまれるが、「伊織《いをり》十八の年《とし》と申あぐれば。」で現実に戻る。そしてこれは簡潔にきわめて要領よく、必要な事柄をすべて語りながら、読者にはそれを感じさせない。「其老母《そのらうぼ》をさしころし」とは、伊織の功績の価値を高め、彼が盗賊共に対して苛酷すぎたのではないかとの疑惑など、間違っても生じさせない。「伊織《いをり》二人とらへ兩脇《りやうわき》にはさみ」とは、当時の侍にはいくらでもできたはずで驚くに価しないが、盗人が「身のせつなきまゝに指《ゆび》を喰切《くひきれ》どもはなさず。」はどうか。今日の我々には考えられもせず、当時の人にとってもおそらくそうで、侍なるものの恐ろしさを感じさせるが、全くあり得ない事ではなかったとも考えられる。だが重要なことは、強盗の被害に遭った鳥本権左衛門は伊織にとって同じ家中というだけの間柄であり、伊織はまだ盗賊団が鳥本の老母を刺し殺したことも知らないという事実である。要するに伊織はただ偶然「野ずゑを通《とを》りあはせ」たに過ぎない。追ってきた権左衛門若党が「それ盗《ぬす》人頼《たの》みます」と叫んだので細かい事情は知らないままで二人とらえた、いわば第三者なのだ。だから指を喰い切られても両腕をゆるめず、しかも「子細聞届《しさいきゝとゝけ》て縄《なは》をかけ権《ごん》左衛門

屋形《やかた》に渡《わた》し。」と指のことなど忘れたように冷静沈着に振る舞っている、というのはやはり大変な手柄である。伊織のこのときの行動はこのように簡潔的確に語られ、何の疑念も残さず、すべてが青年伊織の行動の完璧さを示す。それに続く「其比若《しやく》年にしてよくも仕りける」という藩主の言葉には、このような部下は藩主としてまことに貴重な存在に感じられたに違いない、その満足感とよろこびがある。このあたりの筆には作者西鶴の余裕が感ぜられると前に述べたが、それはこの一話の未来がめざましい仁七郎の手柄で終り、木工左衛門が打たれたこと以外消してしまうことのできない悲劇が背後に多くひそむということがない、『武道伝来記』のうちでも数少ない明るい一話だという作者の意識から来るものである。しかも巻一の第四のように、作者自身が感動のあまり昂奮の極に達し文章またそれを反映するという話ではなく、あくまでおだやかに拍手を送るべき一話となっている。

この一話から才筆ぶりの際立っている個所を他に求めると藤村佐太右衛門が伊織の面目にケチをつける罵言がある。

藤村《ふぢむら》佐太《さだ》右衛門といふ男《をとこ》。人の咄《はな》しを外《ほか》になして先新《まづあたら》しき事は伊織養子《いほりやうし》に仁七郎行《ゆく》に極《きはま》れり。此若衆《わかしゆ》も念者《ねんじや》に指切《ゆびきつ》てとらせければ。又三百石御加増取《かぞうとる》べし十本切《きれ》は三千石が物。食《めし》は人にくゝめられても知行《ちぎやう》になる指《ゆび》を切給はんかと大笑《わら》ひして。

悪人の大言壮語が生彩を放って紹介されているのは、前話「命《いのち》とらるゝ人魚《にんぎよ》の海《うみ》」での、青崎百右衛門の苦虫をかみつぶした顔を彷彿させる憎々しげな言葉があった。ここでの佐太右衛門は一人で「大笑《わら》ひして」の罵言である。また「下戸《げこ》の口から」と酔っ払っての放言ではないことを記しているから単なる冗談ではなく、伊織の幸運へのなみなみならぬ羨望から来る悪意に満ちた大笑いである。さらに佐太右衛門の意識のうちには、武士たる者指を喰いちぎられたくらいで捕らえた盗人をとり逃がしたりするものか、三百石御加増になるならその位のことは俺にだってできるという無責任な判断があると想像し得る。伊織の働きが全く無償の犠牲的行為で、しかも盗人が権左衛門老母を殺したことをまだ知らないから、伊織自身、自分の行為にどんな価値があるか知らなかったという事情を全く無視している。前話の青崎百右衛門の言い分に一分の理があったのと違って、佐太右衛門の大笑いはひたすら我執に満ちて醜く無神経なだけである。悪人像を描き出すのは西鶴の得意とする処だが、「知行《ちぎやう》になる指《ゆび》を切給はんかと大笑《わら》ひ」と佐太右衛門の声調さえ感じさせる一句に凝集する簡単な言葉で、明瞭的確にこの男の人柄まで粗描してしまう西鶴の筆力に驚く。

駒谷木工左衛門と佐太右衛門の決闘場面は次のようになっている。

今はひかれぬ所にて才《をとゝ》佐太《さた》九郎と心をあはせ。木工《もく》右衛門に渡《わた》りあひそも〳〵より助太刀《すけたち》うしろには下人を四五人まはし置《をき》ぬ。木工《もく》右衛門随分《ずいぶん》はたらきぬれ共病《やまひ》あがりにして氣勢《きせい》なく。初太刀《しよたち》は勝《かち》をえたれ共。相手大勢《あひてをほぜい》なればつゐにうたれて哀《あは》れや。

「随分《ずいぶん》はたらきぬれ共」「初太刀《しよたち》は勝《かち》をえたれ共」のやや卑近な語調が決闘を実見した者の報告の感を与え、その報告者は木工左衛門びいきである。「初太刀《しよたち》は勝をえたれ共」は一層印象的である。今日の我々には意味はよく分からない。「初太刀」の語だけなら巻五第一にもあるが、初太刀は少々の勝ちがあったとはどういうことか、下人の一人や二人斬ったところで勝ちとは言えないから、弟の佐太九郎か他の有力な助太刀でも倒したというのか。これはおそらく半ば専門的な言葉だが、そのため一層無責任な野次馬による、斬り合いの戦評めいている。意味は明瞭でなくても、その気分調子だけは残り、この一句がこの場面にある現実味を帯びさせているのは確かである。「相手《あひて》大勢《をほぜい》なればつゐにうたれて哀《あは》れや」の「哀れや」の語、直前に「つゐにうたれて」があるため、これは憐憫の感慨を述べるだけでなく、うたれた直後の木工左衛門の死体の様子さえ想像させる。一種の描写になっているのだ。簡潔な語句を注意深く配置することでそれが可能となった。

仁七郎の敵討成功談には、特筆すべき工夫や表現が少ない。仁七郎が佐太右衛門は自分がねらって来た敵《かたき》だからなにとぞ譲って頂きたいと頼むのに、丹右衛門が「慮外《りよくはい》なるでつちめ」と乱暴にはねのけ、たまりかねた仁七郎が斬りかかると、「丹右衛門倒惑《たうわく》して其義ならは相待べしといふ。」この丹右衛門の言葉が彼の卑劣さを露呈し、少年の純粋さと対比された大人のいやらしさをあからさまに示している。それ位のものである。

仁七郎が佐太右衛門と丹右衛門の果し合いの報を聞き、おっ取刀で駆けつける時の道行めいた七五調の情景描出も、さほど効果的であるとは言えない。「暮《くれ》ての道《みち》の朧《をほろ》月歸鳫《きがん》はるかに聲《こゑ》つゞき。沢《さは》田の蛙雨《かはつあめ》を乞《こひ》」きまりきった言葉で木工左衛門が討たれてほゞ一年経ったことを教えるが、ここにこのくだりが置かれたのは、作品をここで具体的な場のうちに置き直して展開させようとしたからである。ずっと後の「石塔《せきたう》の手向《たむ》け水をむすび口に灌《そゝく》所へ」も同様。前に「少年《せうねん》の塚《つか》のみ立《たて》竹の哀《あは》れに詠《なか》め」があったから、同じ場所を強調しているわけだ。それに叙述に或る間を置くにはこのようなきまり文句の情景描写は都合がいいのであろう。

以上「人指《さし》ゆびが三百石」は伊織若い頃の、地味で公けにはなりにくく人に真価を誤解されることもありそうな武勇談と、仁七郎の、敵討とそれを邪魔した侍の二人を続けざまに討ち取るという誰しも賞讃の声を惜しまぬ武勇談の二話を書く。仁七郎自身自分の手柄を充分意識し「二つの首《くび》を長刀にて小者にかづかせ」て帰国したとされている。いかにも少年らしく勝ち誇った態度である。見てきたように西鶴内心の価値観からすればどうやら伊織の方に軍配を挙げたいだろうが、読者が両者の対比にさそわれることはまずないだろう。仁七郎の敵討はそれほど派手で圧倒的だからである。伊織の面目、仁七郎の武勲ともに何の欠陥もない。この一話はこの上なくめでたい話である。木工左衛門の討死は暗い悲劇性を後に残すことが全くない。仁七郎が敵《かたき》佐太右衛門を探し出すのに一年かかっているが、これは短い方だし、「さま〴〵の難《なん》義」に遭ったとしても、いずれも敵討にはつきもののいわば型通りの難儀に過ぎず、読者の印象に強く訴えることがない。仁七郎の運命はすべて型通り、いわば典型的な敵討談とも言えるだろう。

二

巻三の第二「按摩《あんま》とらする化《ばけ》物屋敷《しき》」も言わば軽い話である。ここでもめでたく敵《かたき》は討ちとられる。梶《かち》田奥右衛門は念友大津兵之助に助けられ苦心惨憺敵《かたき》を探すが、いかにして敵討ちを果たすべき事件が発生したかについての記述が全く欠けていることもあって、話はそれほど深刻にならない。冒頭のエピソードは敵討とは全く無関係の、ただ奥右衛門の大胆さを語るだけのものである。だが奥右衛門と化狸のやり取りは出色の筆で描かれ、読む者に強い印象を残す。

其後十四五なる女と顯《あらは》れ貞宗《さたむね》の刀孫《かたなまご》六の大脇指《わきさし》拵《こしらへ》の有のまゝ持《もち》來りて自《みつから》は此御屋敷の片陰《かたかけ》に住《すむ》者なり今迄は人をたぶらかし此打物奪取《うばひとり》しが何事もおぢさせ給はぬ御心中《しんちう》又ためしなき御侍《さふらひ》向後悪《きやうかうあく》心さって世の人にわさを致《いた》さじ。此まゝに住《すみ》なれ穴《あな》御借《かし》あそばされ下されよと尻聲《しりこゑ》短《みちか》く申にぞ。奥右衛門おかしくて扨は年へし狸《たぬき》なるべし。其理《ことは》りならばゆるし置《をく》也　弥《いよ〳〵》人に形《かたち》を見する事なかれ。今宵《こよひ》は殊更淋敷《ことさらさびしき》に夜《よ》すがら是にて語《かた》れといやがるを引とゞめ。無心《むしん》なれ共頼むと明《あけ》かた迄肩《まてかた》をうたせければ。後《のち》には狸《たぬき》あくびして自《をのづ》から面影《をもかげ》まことをあらはし。身の毛《け》立てにげ行それより何の事なくおさまりし。

直前の「八角《かく》の牛《うし》の形《かたち》」で寝ている奥右衛門に近づいた時には、奥右衛門も捕まえてやろうと油断なく身構えていたから緊張があったが、ここでは彼もすっかり打ち解けてのんびりした気分が漂っている。両者の様子や心理状態も的確に表現されている。特に重要なのは引用の中心部分にある「尻聲短《しりこゑみちか》く申にぞ。奥右衛門おかしくて」である。狸の長広舌の声の調子を一語で要約し「尻聲短く」、それを聞いた奥右衛門の感情を一語で言う「おかしくて」。この二語でこの場面はにわかに引きしまり読む者にすべてを伝える。「尻聲短く」とはいかにも十四五才の娘の言葉らしくもあり、狸としては習い覚えたせりふを懸命にその通りに唱えている滑稽な様子もうかがえる。だから奥右衛門の「おかしくて」はこの上なく自然である。狸を引きとゞめて肩をうたせたのも、ゆったりした呑気なその場の雰囲気からいかにもありそうな事となる。奥右衛門は女に化けた狸を長時間引きとめておいたならいずれ正体を現すだろうという計略も少しはあったのかも知れないが、せっかく人に化けた狸だ、もう少し見ていたいという気になるのは当然だろう。狸の反応を示す「いやがるを引とゞめ」「後《のち》には狸《たぬき》あくびして」「身の毛立てにげ行」の三語もそれぞれ前の語とのちょっとした意味上の齟齬が表情豊かにその場の情景を表現している。敗者狸の方は奥右衛門を恐がっているが、それもそんなに強くなく、あくびが出、油断の気持からうっかり術が解けて狸の姿にもどったから、慌てて逃げていったわけだ。以後何事もなかったというのも当然である。

西鶴はなぜこの一話の冒頭にこのような場面を置き光彩あふれる文章でそれを表現したのか。もちろん奥右衛門の勇気と沈着ぶりを伝えるためである。忘れてならないのは、西鶴の時代には狐狸が人に化けたり人をたぶらかすことを大多数の人々が信じ怖れていたということである。我々にとっては、奥右衛門が評判の化物屋敷に平気で住み込んだことはなるほど当時としては勇敢な行動だったのだろうと納得するが、化狸と奥右衛門のあのようなやり取りを読むと、これがなぜ勇者の証明になるのか分からない。西鶴が狐狸は怪異を起こすと信じていたかどうかは別として、もしそういう事実があったとしても怖いことなぞ何もないではないか、一度でもそれを体験してみたいと思っていたくらいであろう。狐狸による怪異談はちっとも怖いことなどなく、むしろ楽しいとさえ言える。その際筆が楽しげに走るのは、実は西鶴にはここでは奥右衛門の勇気を賞讃するのとは別に一つの意図があったからである。すなわち、突然奥右衛門にふりかかった兄の敵討という義務なるものが、化物退治などといかに異なった大変な仕事だったかを言おうとする。そのためには化物退治の方は楽々と片付けられたとした方がよいのか、化物退治も奥右衛門のような勇者にのみ可能な大変な仕事だったが、敵討の方は比較することもできないくらいな大仕事だったと書くべきなのか。もちろん後者の方が辛苦に満ちた敵討の意味をより強調するが、怪異をあまり信じないらしい作者はつい前者に傾き、読者にとっても、時代により後者から前者へ意味が次第に移ってきている点は否定できない。

奥右衛門の遠縁の者からの早飛脚による急報はいかにも突然らしいあわただしさだが、これによって奥右衛門の運命は大きく転回する。

当月二日牛の上刻《こく》の事。御同名奥之進殿《しん》不慮《ふりよ》の喧嘩《けんくは》相手は戸塚《とつか》宇左衛門即座《そく》にうつて立のく。風聞《ふん》仕るは方人《かたうと》枚多《あまた》の由其者分明《ふんみやう》ならず。

兄奥之進が打たれたのはただ「不慮《ふりよ》の喧嘩《けんくは》」と言うだけである。これほど簡単な説明は『武道伝来記』三十二話中これだけである。巻一の第二「毒薬は箱入の命」の末尾で、森之丞の兄森右衛門が「不慮《ふりよ》の喧嘩《けんくは》」で相手三人に討たれ、弟分市丸の助けをかりて森之丞が敵討に成功するとあるが、これはあの一話の本題ではない。本題の敵討は小梅の弟九藏が姉の敵《かたき》と形部をねらい失敗する話の方である。「按摩《あんま》とらする化物《ばけ》屋敷《しき》」で敵討の因となる先行談が書かれていないのは、敵討の主体たる主人公による狸退治が書かれているからである。いきなり否応なく振りかかった敵討の義務である。細かな発生事情、争いの詳細や正否のありかなどを切り捨てることによって、これは化狸事件と同一平面に並べることが辛うじて可能になった。だがこの全く性質の異なる二つの武勇談を時間の順に並べることによって、この人物の人間像はこれほど僅かな丁数文字数では考えられない程の深みを持つこととなった。急報を受けるや否や藩主の許可を得、翌日にはもう敵探《かたき》しの旅に出発している。化け狸をとっちめるときには超人的と言えるほどの力と冷静な判断力を示した奥右衛門も、敵探《かたき》しとなるとそううまくはいかない。

土佐にも行讃岐《さぬき》にも越さま〳〵身をやつし敵の有家《か》を尋ねしに。深《ふか》く身を隠《かく》してしれがたく。二年あまり心をつくせしかひぞなく。むなしき年月を爰《こゝ》にて送《をく》る無念《むねん》なり。

狸退治のエピソードでの奥右衛門には「無念」などという感慨さえ想像できない程だったから、ここで我々は勇者奥右衛門の新しい別の一面を目にすることになる。このことは以後何度かくり返される。

この時代の侍だから奥右衛門も当然男色者であり、四国に滞在中彼は大津兵之助という少年と念友関係になり、「此世の外《ほか》まで申あはせて心中残《のこ》さず互《たかひ》にうちとけしうへに。敵《かたき》うつ子細を語《かた》りければ。」とこの少年をも敵討にまき込むこととなる。この少年の登場により奥右衛門は二人一体ということになり、敵を討つ者の心理や行動は、より細かにまた鮮かに照らし出され表現されることが容易となる。奥右衛門は大病に倒れ危篤に陥り日夜兵之助の手厚い看護を受けるが、こんなことも化狸を屈服させていた頃の彼の姿からは想像もできなかった。奥右衛門がまだ病床にある間だから敵《かたき》宇右衛門に遭遇したとき兵之助は一人で戦い、相打ちに両者左の腕を失う。こうなっては兵之助も奥右衛門を介さずにじかに宇右衛門と敵対関係に立つことになるわけだ。両者とも左の腕ということは、兵之助宇右衛門の相互性を強調するし、兵之助は奥右衛門の敵《かたき》を取り逃がしてしまったことを無念がる余り、また自分も片腕を失くしてしまいこれでは武士を立ててゆくことも出来まいと思ったか、切腹さえ考えたほどなのだから。

兵之助の負傷が治りかけたころ奥右衛門もやっと病から恢復して杖にすがって兵之助を訪ねてくる。「只ふたり此程つもる事のみ語《かた》るも聞《きく》も涙《なみだ》」敵《かたき》のありかを探す者の苦労が筆舌に尽くし難いことが強調される。盃かわしてのちぜひにと兵之助につづみを所望する奥右衛門の姿は、狸にあんまを所望した時の彼の姿とそう変りはない。「居《ゐ》相撲《すまう》」ということになって奥右衛門が兵之助に抱きついて、左手の無いことにようやく気づいた時は「是はとおどろきいかなる事そと氣《き》を取乱《みだ》す時」とある。驚いたり気を取乱したりする奥右衛門は昔はなかった。さらに兵之助が宇右衛門と出遭った次第をはじめて物語った時の奥右衛門は次のように書かれる。

奥右衛門涙《なみだ》に沈《しつ》みしばし氣《き》を取うしなひけるをやうくに本性《ほんしやう》になし。大事の身の敵《かたき》を討《うた》ぬうちに其心入よはしとしかれば。いかにも〳〵宇右衛門目を打取ての後《のち》に分別《ふんべつ》有とてかけ出しを。袖にすがりて引とゞめて

小憎らしいほど冷静沈着な奥右衛門はどこに行ったのか。宇右衛門に会って斬り会ったとき、奥右衛門はまだ病

中だからと思案してすぐには報告しなかった兵之助は冷静だった。あの時の判断は全く正しかったことがこれでわかる。奥右衛門が変ったのではない。いかな勇者とは言え人間的弱さは持っている。それが少しずつ読者の目にも明らかになってゆく。奥右衛門はこうして人間的魅力にあふれる侍の一典型として確立される。それがこの一話の意味だったことは明らかである。最初完璧な人物が劇的事件の続出によって次第に人間味あふれる弱みを露呈してゆくという手法は、注意深く操作していけば魅力あふれる人間像を創出することになる。西鶴はそれをねらったのだ。単に相手が人間ということになると化狸とは比較にならないくらい大変だというだけではない。遺憾ながら全三十二話中の一話、僅か数丁という分量ではその完全な成功はかなり無理だろう。それにしてもよくここまで表現できたものと感服のほかはない。

三

巻三の第三「大蛇《だいじや》も世《よ》に有人か見た様《ためし》」では、初めに書かれているすべての発端となる事件は以下の如くである。伊豫宇和島藩の侍たちが興に乗って小船で海へ出、大いに楽しんでいるところへ、舟のすぐ下に「五丈《てう》ばかりの龍《りやう》うねり迴《まは》」り今にも舟を覆そうとした。その時槍をかまえて舳先に仁王立ちとなり大音声に龍を叱りつけ退散させた勇者もいたというのに、恐怖にかられてみっともない姿をさらした侍も二人いた。このことは家中で評判になり、その後藩士数名が世間ばなしにふけっている夜、臆病侍二人の噂も出て一座がどっと大笑いの時、二人のうち一人の子息成川瀧之助が人知れずそれを聞いてしまい、声の主は久米田新平に間違いないと判断し、これを父を侮辱した敵《かたき》と決めて討つ機会を狙うこととなる。

「龍」については特記すべき点は何もない。例によってこうした怪しく不思議な動物に対する西鶴の懐疑的態度が表れている。この龍あるいは大蛇は俄かに嵐をよぶわけでもなく、昇天の気配も見せない。舟をひっくりかえそうとするだけで、いつの時代にも誰でも知っている鮫や鱶の大型のものといっても通じるだろう。西鶴は龍などと言っても単なる未知の生物に過ぎず、その存在に何の不思議もないと思っていたのだろう。巻二の第四の「人魚」と同じことなのだ。舟がひっくりかえりそうになったとき、勇敢な石目彈左衛門は別として、他の侍たちもみな慌てふためいたはずで、成川専藏と木村土左衛門がとくに目立ったのは、二人がおかしな事を口走り、専藏の方はおかしな振る舞いに出たからである。それを左に引用する。成川専藏の方は、

船頭《せんどう》をあらけなく呵《しかり》てこんな所へ乗《のせ》て來《く》るものか夕《ゆふべ》の夢《ゆめ》見あしきにこまいといふたを。女共がそれでは約束《やくそく》の義《ぎ》理が欠《かけ》るといふて此様《やう》なこはい目をさせると啼出《なきいた》すと着《きる》物みなぬきて大小にくゝりつけ犢鼻褌《ふんどし》まて放《はつ》して

もう一人の木村土左衛門は、

またかたはらより扠《さて》も殘りおほい事は瓢單《ひやうたん》をもって來《く》ればまざ〳〵と水を飲《のん》では死《しな》ぬ物をと悔《くや》む何も心にかゝる事はなけれど祝言《しうげん》してから十日にもならぬ女《にう》ばうが晩《はん》から淋《さび》しからふと涙《なみだ》ながら我《わが》屋敷の方を詠《なが》めやりとてもこち共は水心はしらぬと手を懐《ふところ》に入て舷《ふなばた》に寄《より》かゝつて念仏くりかへし

二人ともひとり言にあのような言葉を吐かなければ臆病ぶりがあれほど評判にならなかったはずだ。「若《わか》き衆《しゆ》の悪口《わるくち》に臆病《をくひやう》なる事を。夕《ゆふべ》の夢《ゆめ》み十日にならぬ祝言《しふげん》とはやり詞《ことば》にしなしける」は、二人があの通りのことを他人にも

聞こえるように口にしたことを示す。

ところでそもそもの発端となる事件だというのに、この場面さほど光彩ある筆で書かれているとは言いがたい。突然海が荒れて舟が転覆しそうになった状況と、二人の臆病者が慌てふためいた様子がしっくり一致していないように思われるのだ。成川専蔵が泣きながら着ている物を全部ぬいで大小の刀にくくりつけ、ふんどしまで外して泳ぎ仕度をしたとあるが、この緊急の大事の折にどこにそんな時間的余裕があったか、分かりにくい。それに二人とも、あんな事を他人に聞かれて記憶される程はっきり口に出して言ったというのも不自然である。木村土左衛門の、念仏を唱えながら舷側に寄りかかっている姿はいかにもありそうな動作で自然だが、その前の、祝言して十日にならぬ女房云々のせりふは別の人物でもよかっただろう。瓢箪を持ってこなかったことを後悔しているのも土左衛門だから、一人で三つの態度を引き受けるのは不自然でもあり、ちょっとくど過ぎもする。「夕《ゆふべ》の夢見」と「十日にならぬ祝言」という二つのキーワードもあまりに陳腐すぎる。このくだりは臆病者を生彩をもって描き滑稽さの極致を現出することもできただろうが、あまりうまくはいっていない。だがそれは西鶴の失敗ではなく意図だったとも考えられる。これについては後に論じる。

この一話で特筆すべきは、瀧之助が父専蔵の臆病話に触れずに、巧みに久米田新平を自分の相手とし、果たし合いに引きずり込むくだりである。剣道の練習試合で、

新平おとなげなくせいて品柄といふては疵《きつ》かつかぬによつて其證據《しやうこ》しれず。生若輩《なましやくはい》なる口よりいはれぬ事をいはんより。勢を出せばつゐしれる事瓜《うり》の蔓《つる》に茄子《なすび》はならずとつぶやくを瀧之介猶《なを》きかぬたくみなればいなたとへを承《うけたま》はることに品柄《しなえ》では證據《しやうこ》のしれぬとは眞劔《しんけん》では拙者《せつしや》得《え》いたすまいとおほすか弓矢《ゆみや》八幡《まん》のがし申さずよ

く覚《をぼ》へ給《たま》へと云捨《いひすて》て歸り。

舟遊山で舟が沈みそうになったときの専藏、土左衛門のせりふに比べても比較にならぬくらい新平の独り言はリアリティーに満ちている。巻五の第二にも似た表現の出てくる「いはれぬ事をいはんより」など今日では正確な意味がやや分かりにくいにも拘らず、全体がどういう方向の意味でどういうニュアンスをこめ、どんな表情で言われたかさえよく分かる。新平のつぶやきとそれに対する瀧之介の返答、作者はここに精魂を込めた。

この一話にはもう一つ考えるべき点がある。『武道伝来記』を順に読んでくると、ここで出てくる衆道なるものが前話「按摩《あんま》とらする化《ばけ》物屋敷《しき》」でのそれと大きく違っていることに気付かざるを得ない。瀧之介が夜分兄分井田素左衛門を訪ねひそかに玄関まで来たとき、素左衛門宅には数名の来客があるらしく話し声がする。ふと耳に入った話題は、父親専藏が舟遊山の際のみっともない臆病ぶりの次第だったので、

　はつと思ひ。暫《しば》したゝすみて聞届《きゝとゞ》くれは親仁侍《さふらひ》の一分も立《たゝ》ず腰抜《こしぬけ》の取さた座中大笑《わら》ひなれば。是堪忍《かんにん》ならぬ所よし〳〵是までと降《ふり》つゞく雨《あめ》にそほぬれて座を立《たつ》を待かけ物の見事に打果《うちはた》さんと思ひながら。いや〳〵此事をいひつのりてかふなる時はいよ〳〵親仁《をやじ》の卑《ひ》氣《け》恥《はぢ》の上の恥辱《ちしよく》こゝは分別《ふんべつ》所なり。かへつて不孝《かう》の科《とが》をのがれず。堪忍《かんにん》ならぬ所なれ共胸《むね》をさすり歯《は》をくひしばり。所詮《しよせん》今の物語は久米《くめ》田新平相手《あひて》に不足《ふそく》なしと無念《むねん》ながら宿《やど》に歸り。其後《そのゝち》素《そ》左衛門新平に逢《あへ》とも色《いろ》に出《いだ》さず時を過《すご》しぬ。

瀧之助が「物の見事に打果《うちはた》さん」と思ったとは誰を打とうというのか。先客として素左衛門宅にいる侍たち全員

だろう。では主人素左衛門自身はその中に入っているのか。「座中大笑《わら》ひ」つまり皆いっせいにどっと笑ったのが聞こえたから、そういう時の瀧之助としてはこの笑声は敵意に満ちたものと感ぜられたに違いない。念者素左衛門にも裏切られたと明瞭に意識したかどうかは分からないが、ここでは世間全体が自分の敵になってしまったから、素左衛門だけが味方であり続けるなど考えもしなかったろう。

「其後《そのゝち》素左衛門新平に逢《あへ》ども色《いろ》に出《いだ》さず時を過《すご》しぬ」と、新平だけでなくわざわざ素左衛門の名が記されているのはそのことを示す。素左衛門の方では皆と一緒になって瀧之助の父を笑い者にしようなどという気はなかった。そのことを読者はすでに知らされている。弟分の瀧之助が今夜行くと手紙をよこしたから楽しみに待っているのに、客がなかなか帰ろうとしないので閉口していらいらしている。「いづれもの長座氣の毒《どく》の所へ」とはっきり書かれている。これが最後の果たし合いのとき、それを耳にした素左衛門が瀧之助の助太刀に駆けつける事情へと通ずる。

一旦は父を笑い者にしている侍たちを切り捨てようと決心しながら、そんな事をしたらかえって父が笑い者になると思い返し瀧之助は久米田新平一人に相手をしぼる。これはいささか無理だが止むを得なかった。上の文で「打《うち》果《はた》さんと思ひながら」から「所詮《しよせん》今の物語は久米《くめ》田新平」までの文章の長さは、考えるまでもなく新平が敵《かたき》と即座に意識されたわけでない事を示そう。大体父親が臆病者と取沙汰されそれが家中全体の話題となったら、いかに口惜しくてもその仇を取るなど無理なのだ。ここでは面白おかしく語っているのが久米田新平ということで新平を相手と決めたと書かれているが、「相手《あひて》に不足《ふそく》なし」というから、単に家中でも評判の剣士だったから半ば無意識のうちに選んだとも言える。

前話の梶田奥右衛門は弟分兵之助に自分が敵《かたき》を探している身であることを打ち明け、兵之助は奥右衛門の敵《かたき》宇左衛門を己が敵とする。ここでの瀧之助は大きく異っている。「其後《そのゝちそ》素左衛門新平に逢《あへ》ども色《いろ》に出《いだ》さず時を過《すご》しぬ。」

ほとんど素左衛門も敵の一人と感じているほどだ。どっと父を笑う声を聞いたのは素左衛門の屋敷だった。それを思えば敵《かたき》を新平ではなく素左衛門と決めつけても間違いではなかった。瀧之助は素左衛門が心中客を早く帰したがっていたことはまるで知らなかったのだから。それ故敵《かたき》は新平としたのはやはり念者に対する遠慮――ひとつの想いがあったのも事実である。

果たし合いが決まったとき、瀧之助が素左衛門といろいろしめし合わせていれば、完全な勝ちかどうかは別として結果は違っていただろう。新平の弟分弁四郎の登場はそのことを痛感させる。弁四郎も新平としめし合わせたわけでなく自分独りの判断で来たのだから、素左衛門と同じことで、偶然弁四郎の方が僅かに早かった。それが決定的だったが、完全な偶然か何か意味があるのかはわからない。何も書かれていない。

果たし合いの場面は読者を誘い、多くの意識的無意識的な心理的意味を想像させる。それは西鶴の意図である。弁四郎はそれまで瀧之助と互角に戦っていたのに名を名乗った途端打たれてしまう。首を切り落とされるという決定的なやられ方である。何故か。こんなことは斬り合いでは別に不思議でもなかっただろうが、何故だろうと考える読者がいたとしたら皆ほぼ同じ理由に達するだろう。瀧之助は弁四郎を弁四郎と知ったから切り伏せることができた。それまでは弁四郎を新平と信じていたから致命的な一撃を加えることができなかった。さらにここで今一度何故かを考えることができる。なぜ新平に致命的な一撃を加えられなかったのか。これには答えがいくつかある。瀧之助には新平の方が自分より力が上だという意識があったからか。それよりもひとつの解釈として思いつくのは、新平を敵《かたき》と肝に銘じ、いかに激しく憎んでいたとしても、そもそも新平を敵《かたき》と決めつけたことに無理があったのではないか、ということだ。新平が敵《かたき》というのは果して正しいのか。例えば積極的に父専藏の臆病ぶりを声高に笑う者はいなかったとしても、新平以上に敵《かたき》にふさわしい者は家中にいくらもいたろう。そのことが無意識のうちに刀の切っ先をほんの僅か鈍らせたのではないか。次に、瀧之助を間一髪救った素左衛門が新平と斬り合いを続けじきに斬られてしまう。ちょっとあっけなさ過ぎる感があるがこれは何故か。実力に圧倒的な差があったことは想像できる。剣の腕前では自信家らしい瀧之助が「相手《あひて》に不足《ふそく》なし」と認めていたのだから。しかし心理的解釈を加えるくせがついてしまった読者にはすぐ次のような解釈が可能だ。新平の弟分弁四郎は先程斬られてしまっている。素左衛門の弟分瀧之助は苦戦中とはいえまだ生命を取られてはいない。新平は弟分の仇ということで阿修羅のようになっている。一方素左衛門は瀧之助の助太刀に来たのだが、このところ弟分瀧之助と心をひとつに通わせ一心同体の状態になることが少ない。これは両者の剣の勢いの差となって現れるのは当然だろう。次に、危なかった瀧之助が絶命前に奇蹟的に新平を討ち取ることができたのは何故か。素左衛門が助太刀に来たからだ。素左衛門に対してさえ瀧之助はあまりすっきりしない感情を持っていた。それも苦戦の原因の一つだったが素左衛門が「素左《そざ》衛門なるはと勢《せい》を付」危いところで瀧之助を救い、そのまま討たれてしまう。心理は説明されていないにせよ、必死の戦闘のさなか瀧之助の胸中には衆道のまことが甦ったのは間違いない。「口惜《くちをし》くも爰《こゝ》にて両人共に討《うた》るゝ、社《こそ》本意《い》なけれ。」両人という意識が復活しているのだ。最後に、あのような結果になったのは何故か。これは完全な私闘だから、もし勝ったとしても瀧之助の切腹は当然である。彼の性格からして他国への逃亡は考えられない。切腹によって彼の勝ちが決定する。だが現実には、瀧之助には切腹するもう一歩の力が残っていず、そのまま絶命したから、勝ちでなく相討ちということになった。これもやはり新平を敵《かたき》と決めたことの非合理性が、無意識のうちに自身の勝ちをぎりぎりの所で妨げたのではないか。

　以上のような説明は可能な一解釈に過ぎない。しかし西鶴がこういう解釈も可能なように技巧を凝らして書いているのも事実である。瀧之助が新平を父の敵と定めたことと、素左衛門の玄関先という場所の偶然、これはもちろん作者の意図である。それが瀧之助の意識的無意識的心理を微妙に曖昧なものとした。さらに語り手の語調に、敵討の運命を進んで引き受ける瀧之助への同情と讃歎があるため、表現は一段と複雑となっている。しかしすべてが西鶴の意図だったとしても、西鶴は作中に謎を仕掛けたわけでは決してない。答えが出ているわけではない。知的遊戯と見ては間違いだ。では何か。ただひたすら現実に近づけようとしたのだ。傍観者の目に映ずる現実世界には、ある瞬間には事の経過に心理的必然が貫かれているように見え、次の瞬間にはすべてが偶然としか見えない、このような事はざらにある。西鶴は作品にそれを実現しようとし、異様な現実味を与えた。

（未完）

平成十二年十一月稿

四

巻三の第四「初茸狩《はつたけかり》は恋草《こひくさ》の種《たね》」の叙述は、本作品の他の多くの篇と共通して悠然と開始される。

作州《さくしう》津山《つやま》の古《ふる》き城下《じやうか》に沼菅藏人《ぬますげくらんど》子息《しそく》半之丞《はんのぜう》美少《びせう》ならびなく。

冒頭まず主人公なり主要人物なりの紹介から始めるのは三十二話のうちいくらもあるが、この冒頭部はいささか平凡である。例えば巻五の第二に比べて見ればそう言える。「古《ふる》き城《じやう》下」この「古き」は他の諸篇の冒頭部に多い「むかし」や「昔日《その》」同様、これから語られる物語が過去に生起したことを示すが、同時に「古《ふる》き」と「美少《びせう》」が軽く対比され、しっとりと落着いた城下町に存在する美少年を印象づける。

半之丞の美少年ぶりを説く「春《はる》は限《かぎ》りみちがき櫻《さくら》を欺《あざむ》き秋《あき》は月の滿《みつ》るを闕《かく》ると見たへ惱《なづ》まぬはなし」は一読はなはだ類型的な凡句だが、何か或るわざとらしさがあり、それが貞享ごろの美貌自慢の若衆を描くのにふさわしい。「櫻を欺《あざむ》き」とか「月の滿《みつ》るを闕《かく》ると見」などの誇張法《イペルボール》、桜の花の盛りの短いのをこよなき長所のように言う態度など、これは美女の描き方とは違う。またこのあたり「みぢかき」とあるべき所を「みちがき」とし、「見たて」あるいは「見るさへ」を「見たへ」とする。一見誤刻だが、この美少年のかぶき者的性格を表現しようとして意図されたものか、あるいは他に何か一話全体にかかわる意味があるのか。後にもう一度考える。このようないかにもくせの強い言葉で半之丞の美貌を説明したあと、三行ほど場所と人々の説明があってから、半之丞はいわば思わせぶりたっぷりに登場する。

此所《ところ》は海遠《うみとを》く久米《くめ》の皿山《さらやま》と聞えし麓《ふもと》に初茸枚生《はつたけかずをひ》て。草分衣露《くさわけころもつゆ》にそぼち。諸士是《しよしこ》れに狩《かり》して勤《つとめ》の暇《いとま》を慰《なぐさ》み折《をり》からのつれ〲をもなだめぬ。半《はん》之丞《ぜう》もけふは

「海遠く」はその場所に落着いた静かさの性格を与える。波のとどろく音が遠く聞こえてくるか否かには関係ない。もっとも海からの長い距離は瞬間的に感得される。だから、「海遠《うみとを》く久米《くめ》の皿山《さらやま》と聞えし麓《ふもと》」は、「海」「山」そして「麓」と巨視的また鳥瞰的に地形の映像を読者に感じさせる。そして直後に「初茸枚生《はつたけかずをひ》て」と、それとは対照的に小さなもの半ば隠されたものに読者の注意を強く引き付け、「草分衣露《くさわけころもつゆ》にそぼち」と人の出現を予告しながらも、詩的性格を保ち、すがすがしい初秋の朝の気分を表現する。久米の皿山が歌枕ということも詩的感覚のために効果的であり、「初茸」の「初《はつ》」の字もある新鮮さを生んでいる。「諸士是《しよしこれ》に狩《かり》して……」と記述が人事に移り、

複数の侍が出てきて世俗的雰囲気が漂うが、茸狩をするわけでもない半之丞はそれとは違うと言う。

　半《はん》之丞《ぜう》もけふは霧《きり》の絶間《たへま》かちに尾花吹《をはなふく》あらし静《しづか》なるに若黨纔《わかたうわつか》めしつれ潜然《ひそか》に立出編笠《たちいであみがさ》を被《かづ》き姿自慢《すがたじまん》の色香《いろか》をふくみ嶺《みね》の紅葉《もみち》一枝《えだ》手折《たをら》せ

　これは一挙手一投足すべて人に見られることを意識している動作であり、それを完璧に行っているとの自信に満ちている。一語一語見てゆく。「霧の絶間かちに」この「霧」の語は少し前の「露」と呼応し、このくだり全体に文字通りのみずみずしさを与えている。霧が今朝は晴れがちであることを言い、次の「尾花吹《をはなふ》くあらし静《しづか》なるに」と共に天候の説明だが、「半之丞もけふは」の語が前にあり、「若黨纔《わかたうわつか》めしつれ」と後も半之丞の動作だから、半之丞が外出するに至った事情を示している。ところで「尾花吹《をはなふく》あらし静《しづか》なるに」の「あらし」の語が読者の注意を引く。冒頭から静かな初秋の朝をひたすら印象づけてきたこの文中で特に目立つ。「あらし静《しづか》なるに」と嵐の存在はすぐに否定されるが、季節は秋だから間もなく激しい嵐に襲われる可能性もあるのだと読者に思わせることは確かである。本篇は劇的な事件が不意に起こる、それをかすかに予徴している。もし霧が立ちこめていたり嵐だったりしたら半之丞は外出できないのか、もち論そんなことはない。もともと他人の目は大切だから、今日は天気が良いから茸狩に出ている侍たちも多かろうと期待したり、霧が立ちこめているよりも自分の姿が人にはっきり見えるだろうと計算したり、というようなこともあったのだろうが、それよりもやはりこの天候とこの風景を美貌のおのれの背景としていかにもふさわしいと判断したから外出したのだ。それは「若黨纔《わかたうわつか》めしつれ潜然《ひそか》に立出《たちいで》」の動作、特に「纔《わつか》」や「潜然《ひそか》に」の形容語があからさまに示している。この両語は語り手が半之丞の姿を見て形容しているというより、半之丞の方が自分の動作を「纔《わつか》」「潜然《ひそか》に」と充分な満足感を持ちながら意識していたことを示す。

　編笠《あみがさ》を被《かづ》き姿自慢《すがたじまん》の色香《いろか》をふくみ

半ば顔を隠すことによって美貌の効果を高めるという動作は、今日では女性にあってもわざとらしさ、不自然さゆえあまりほめられた事ではないが、この時代のかぶき者の流れをくむ流行の先端をゆく若者には、そのわざとらしさ不自然さが、価値あるものとされたのだろう。「嶺《みね》の紅葉《もみち》一枝手折《えだたをら》せ」も、いかにも美貌の若衆にぴったりの動作ではあるが、自然な行為と見てはならない。半之丞の動作行動は現実に今他人の視線がおのれに集中しているか否かにかかわらず、かくあるべきと自ら思う通りの動作なのだ。いわば人目の全く無い所でも他人の眼を強く意識している。こうした半之丞のあり方は次に登場する竹倉伴藏と対照的に大きく異なっている。

　同家《とうか》中大道孫之進《ちうだいだうまごのしん》にかくまはれて國《くに》の守《かみ》を望《のぞみ》し竹倉伴藏《たけくらはんぞう》これも茸狩《たけかり》に片山團《かたやまだん》右衛門といふ男《をとこ》にさそはれて出《いで》しが寂前《さいぜん》より半之丞《はんのせう》をみて恋沈《こひしづ》み跡《あと》をしたひて同《をな》じ庵《いほ》にたよりながら卒尓《そつじ》に詞《ことは》をかくべき便《よすが》もなく彳亍《たゝずむ》所に。

伴藏の登場もおだやかである。この作品のこれまでの雰囲気をこわすような働きは何もない。半之丞の登場の記述と対照的に、平凡な一人の浪人にふさわしく淡々たる説明である。「半之丞《はんのせう》をみて恋沈《こひしづ》み」の語が読む者の注意をひく。他の用例如何は措くとして少くともこの場合、この語は、伴藏の半之丞への片思いは成就の見込みなど始めから無く、伴藏はおのれが一介の浪人に過ぎぬことを充分認識していたことを示す。伴藏の恋は絶望と共に生まれた。ただあとを慕ってついていくだけである。「卒尓《そつじ》に詞《ことは》をかくべき便《よすが》もなく彳亍《たゝずむ》所に」一挙手一投足が美の規範にかなっていなければ自分で承知できないわざとらしさに満ちている半之丞に比べて、伴蔵の動作はいかにも不器用素朴でまた自然である。それがもうこの辺で充分表現されている。

テキストではこの人物のことを「伴蔵《はんぞう》も兼《かね》て此道《みち》を好《すけ》るやさ男《をとこ》にて」という。少しあとでは「水野《みづの》何《なに》がしの流《ながれ》れを汲《くむ》の武道《ぶだう》みがきなりしが」とあり、この二句が直接に伴蔵を定義している語である。これは作品を読んだ読者の感じ取るものとは違う。「やさ男《をとこ》」「武道《ぶだう》みがき」は一人物に両立しないこともないが、その場合には文武両道に通じた幅の広い人格を示すことになる。テキストが明言する以上否定のしようもないが、これは単なる能力などでなく人柄や性格はどうだったのだろうと、一段内側の人物像を読者は求めざるを得ない。そのために、この男の別に矛盾してはいないが、一人の人物の二面ということになると興味を引かれざるを得ない二語がある。ここまででわかったこの男のそれより深い本性は、素朴さというものだった。半之丞が庵の僧と「楓林の月」を題に漢詩のやり取りを始めると、そこへ割り込んでいく。「加様《かやう》の推量《すいりやう》は高《たか》き賤《いや》しき隔《へだて》ぬならひ疎忽《そこつ》ながらと卽座《そくざ》の對句《ついく》に枚《かず》の思ひをこめて綴《つゞ》れば」と。「高《たか》き賤《いや》しき隔《へだて》ぬならひ」は浪人の身であるおのれへの伴蔵の自覚がうかがわれるが、この姿に厚かましさを感じるのは必ずしも感じ過ぎではない。なぜならそれに対する半之丞の反応「扨《さて》〳〵かたじけなき御心ざしどなたは存《ぞん》ぜすと頂《いたゞ》き給ふ」に対して伴蔵は「頂《いたゞ》き給ふを調子《てうし》に竹椽《たけえん》にねぢあがりて」という態度であったと記されるからである。庵の僧と漢詩を唱和するという半之丞の行動は、先に述べた美貌の若衆の、あらゆる動作発言を美の規範で律しているわざとらしさを持っている。その延長上に見知らぬ男が唱和にわり込んできたとき、邪魔者扱いになどせず、このように礼儀正しく受け取るという行為があるのだろう。それをいいことにして竹椽にねじ上げるとはいささか厚かましい。「頂《いたゞ》き給ふを調子《てうし》に竹椽《たけえん》にねぢあがりて」の語調にはこの行為を否とする語り手の気分が現れている。

同じことは翌日の伴蔵についても書かれ「伴蔵付《ばんぞうつき》あがりして」と憎々しげな感覚は強められている。そこまでのくだりを引用する。

頂《いたゞ》き給ふを調子《てうし》に竹椽《たけえん》にねぢあがりて名乗《なの》りあひけれ共。あらはにしては心の浅《あさ》く酌《くま》るゝもはづしくよい程《ほど》に挨拶して歸《かへ》り。其翌日《よくじつ》たまり兼《かね》て半之丞方《ぜうかた》へ見舞《みまひ》折をうかゞひ心底《しんてい》をかたれば。思し召千万《めしせんはん》　忝《かたじけな》し。さりながら我らごとき者《もの》にさへかまひ申者《もの》あると申せば事おかしく。され共それ程《ほど》の御深切《しんせつ》あまり過分《くはぶん》に存《ぞん》ずる上《うへ》せめてはと玉《たま》の巵《さかつき》の底意《そこい》なく見えしを伴蔵付《ばんぞうつき》あがりして御念比《ねんころ》の御方《かた》はどなたと問《とへ》ば。

伴蔵の厚かましさと不器用さが全般に感じられるが、「あらはにしては心の浅《あさ》み酌《くま》るゝもはづしく」と妙な羞恥心も持っている。

翌日半之丞宅へ訪ねて心底を語ったというのはどういうわけか。この時代美貌の若衆に念者がいないはずはないではないか。昨日何句かの対句を半之丞が「かたじけなき御心ざし」などと謝意を示して受け取ってくれたのを最大限自分に有利に解釈したのだろう。勝手な解釈、勝手な見込みの当てが外れて何か腑に落ちない感じがしたのだ。一句まことに巧みに伴蔵の心的状況を示す。「事おかしく」は、深い落胆や絶望はもっと後、半之丞が目の前にいなくなってからの事だという事実を教えてくれる。とくに「され共それ程《ほど》の御深切《しんせつ》あまり過分《くはぶん》に存《ぞん》ずる上《うへ》せめては」と酒盃を出してもてなす態度に出られた場合、衝撃的な落胆に襲われるというような事はない。だから伴蔵は落胆どころか「付《つき》あがりして」念友はどなたかなど尋ねたりする。半之丞の答えは、是《これ》はいな事御尋《たづ》ねに預《あづか》り近比迷惑《ちかころめいわく》いたす。私《わたくし》是程《これほど》の心ざしに其《その》御詞《ことば》は御自分様《じぶんさま》には似合《にあひ》ませぬ。いか程仰《を、せ》られても此段《だん》は申さず

と当然の反応と思える。これは言葉全体として親しくもない客人に対する礼儀を充分に保っている。「御尋《たづ》ねに預《あづか》り」「御詞《ことば》」「御自分様《じぶんさま》」「仰《を、せ》られても」。同時に相手の非は強い口調で指摘する。「いな事」「近比迷惑《ちかころめいわく》いたす」「此段《だん》は申さず」。さらに、せっかくだから酒盃を与えているではないか、その俺の気持ちがわからぬのかの心中を「私是程《わたくしこれほど》の心ざしに」で明示する。若衆の取るべき行動発言の規範を一歩も踏み外すことのない発言であり、礼儀を崩すことなく相手に真実をたたきつける、胸のすくような言葉である。

この半之丞の言葉を聞いて伴蔵の胸には直ちに失望、そして絶望が萌した。伴蔵は盃を頂載したくらいで有頂夫になるべきではなかった。「念者《ねんじや》をいたはるの心ざし面《をもて》にあらはれてつよく云切《いひきる》に力《ちから》なく」、つまり半之丞と念者が心が結ばれている事実をあからさまに見せ付けられてしまう。「御念比《ねんころ》の御方《かた》はどなた」と問うた時の伴蔵のつもりでは、半之丞の念者なぞ今相対して語っている半之丞と自分にとって遠くにいる第三者だったのだが、それを聞いた半之丞の言葉と表情は突如半之丞と念者が一体であり、伴蔵など何の関係もないことをいやという程思い知らす。伴蔵の単なる関心でさえ無残にはね返されてしまう。「念者《ねんじや》をいたはるの心ざし面《をもて》にあらはれて」は伴蔵の目に映じた半之丞の表情である。

力なく承《うけたまは》りかゝるからは承《うけたまは》らねばおかず。又存《ぞん》じたる者《もの》に聞《き、》ませんと歸《かへ》り。なんなく聞出《き、いだ》しける。

ここでの伴藏の言葉、直前の半之丞の礼儀を保ちながらも厳しかった言葉と同様、完全ないわゆる直接話法などではなく、言ったことの調子や心理的な意味合いをも逃さず、そうした意味をむしろ強めて要約した言葉だが、力なくぶつぶつ呟いた語調を適確にとらえている。半之丞への言葉としてはちょっと無礼ではないかとも思われるが、「承《うけたまは》りかゝるからは」など、もはや親しく半之丞に語りかける言葉ではない。ほとんど独り言である。ショックと落胆と不満はそのまま表現されている。くどくど心理を説明するよりも、単なる暗示された語調で、多くの事を一瞬にして伝えるという手法である。相手の厳しい態度に対して思わず漏らした不満と感じられ、「存じたる者《もの》に聞《きゝ》ませんと歸《かへ》り。なんなく聞出《きゝいだ》しける」は、意地を張って半之丞の念者が誰であるかを探ったわけだ。

ここで伴藏なる人物についてまとめてみる。この男は一言で言ってごく自然な人物である。「半之丞《はんのせう》をみて恋沈《こひしづみ》」からそれは感じられる。自分の思う通りに行動し発言する。もち論ある程度の自然な恥らいの感覚も持つ。「あらはにしては心の淺《あさ》く酌《くま》るゝもはづしく」しかしこれはかえってこの男の「竹椽《たけえん》にねぢあが」った行動を際立たせる。自他に対して正直そのものであるが、語り手はそれを決して好意的に語ってはいない。やはりどうしても適切な遠慮に欠けることが多い。半之丞が知り合いの僧と連詩を吟唱するのに強引にわり込み、相手がこちらの唱句を受け入れる。と、それをきっかけとして「竹椽《たけえん》にねぢあがり」と、やはりなんとも厚かましさは否定できない。

またこうした伴藏の人間像は沼菅半之丞と対照をなしている。半之丞は行動や言葉のすべてが自ら意識され、美事に規範にかなったものであり、多くの場合わざとらしささえ否定できないほどである。伴藏は正反対だった。両者の食い違いははっきりしている。最も重要なのは半之丞が美貌の若衆らしく、相手の厚かましい要求や行動を、如何にも好意を持っているかに受取るという態度に出た場合、伴藏はそれを本気に、最大限自分に有利に解釈してしまう点だろう。

扨〻《さて〳〵》かたじけなき御心ざしどなたは存《ぞん》ぜずと頂《いたゞ》き給ふ
され共それ程《ほど》の御深切《しんせつ》あまり過分《くはぶん》に存《ぞん》ずる上《うへ》せめてはと玉《たま》の巵《さかつき》の底意《そこい》なく見えし

これらの半之丞の行動は、美貌の若衆の取るべき態度としてまことにふさわしく、時宜にかなっていたが、伴藏はそれを理解できず、相手の好意の表れと都合良く解釈してつけ上る。半之丞はこのような男にはもっとも冷淡にすべきだった。生国、加州の人とするのは決して野暮な田舎侍というわけではないが、このような勝手な男はどこにでもいる。そこを示そうとしているのか。

このような人物に伴藏を設定した理由、それは能登屋藤内を伴藏が叱りつけ圧伏してしまうという驚くべき事件を作品に実現させるためである。これは恐らく普通には考えることもできない不思議な事件だった。「町六方《はう》のかくれな」い「男達《をとこだて》」の藤内が一介の浪人である伴藏に叱りつけられて震え上がり、泣きながら命乞いしたというのだから。なぜそんな事が可能だったのか。西鶴はこの作品でそれが現実にあり得るものとして描きだした。それは何よりも伴藏・藤内両者の心理が辿る一分の隙も無い必然の道筋の結果としてである。

伴藏の人柄が如何なるものか、以上のように読者は充分納得している。こういう人物でなかったら、一人でのこのこ出かけて行って藤内を高飛車に怒鳴りつけるような行為に出ることなど無かったろう。もちろん「武道《ぶだう》みがき」としての自信は、まず基本的条件として必要だろうが、それよりも普通人の常識とは別の次元で行動する自然児という性格が重要だった。それにしても伴藏は怖くなかったのか。この場合伴藏には激しい怒りがある。恐怖心を消し去るほどの怒りは彼を半ば盲目にしていたのだろう。ところで、すごすごと半之丞宅を辞した後の伴藏がいかに怒りを募らせていったかはひと言も書かれていない。読者はテクストからそう想像させられるだけだ。

なんなく聞出《きゝいだ》しける。其男《をとこ》は本《ほん》町二町目《てうめ》能登屋《のとや》藤内《とうない》とて名《な》を得《え》し町《まち》六方《はう》のかくれなく。心達《だて》の結構《けつかう》なる御　侍《さふらひ》は是《これ》が簱下《はたした》に御機嫌取程《きけんとるほど》の器量《きりやう》勿論身袋《もちろんしんだい》よろしきにはかまはず。心底《しんてい》のいさぎよき男町《をとこまち》人にはしほらしきと思ふ折《をり》から御姿《すがた》を見初《みそめ》一命《めい》を御返事《へんじ》なき先《さき》に参《まい》らせたるよりかはゆがらせられ此三年《ねん》の念比《ねんごろ》ぞかし。

この藤内についての記述は伴藏が聞出し得た事実ではあるが、伴藏に伝えられた形でではなく、つまり伴藏に語った町の人達の言葉の要約などではなく、この機会を利用して語り手が読者に向けて説明し直している形である。それにしてもここに記された藤内の姿は堂々たる威容を誇っている。本町二町目と住む町名を言うのは町奴だからだろうが、それさえ何か重要な肩書でもあるかのように聞こえる。「心底《しんてい》のいさぎよき男《をとこ》」などは讃美の気分に溢れる。伴藏に語った町の人の話の調子とも取れる。この語はそのまま「町人《まちにん》にはしほらしきと思ふ折《をり》から」と半之丞の心理へと移り、もはや伴藏は聞き手としても姿を消す。「御姿《すがた》を見初《みそめ》一命《めい》を御返事《へんじ》なき先《さき》に参《まい》らせたるよりかはゆがらせられ此三年《ねん》の念比《ねんごろ》ぞかし」若衆半之丞の方で押しかけていって弟分となったことを告げるこのくだりは衆道の甘ささえ匂わせる。しかも三年間続いているというから、昨日始まった伴藏の片思いなぞ何の意味もない。伴藏が耳にしたこれらの事柄は彼をたたきのめしたに違いない。彼は諦めなかったのか。諦めて半之丞・藤内の前からそのまま消えてしまわなかったのは何故か。それは彼が藤内に面会に行き、頭ごなしに叱りつける言葉のうちに明瞭に示される。「なんなく聞出《きゝいだ》しける」以下の数行は伴藏にとっていかにも手ひどい打撃だったが、にも拘らず彼が藤内に逢いに行ったなら、それはそれだけ激しい形を取る筈である。伴藏は鬱憤を爆発させるだろう。その事を読者は知っている。意外ではない。期待通りだったが、それは期待をはるかに上まわる激しさである。

尋《たつ》ね行《ゆき》て藤内《とうない》を門外《もんぐはい》に呼出《よび》し頭《あたま》から刀《かたな》の反《そり》を返《かへ》し町人《てうにん》には腰《こし》が高《たか》し下《した》におれと只《たゞ》一のみに眼《まなこ》を見出《いだ》しねめ付たる氣色《けしき》。藤内《とうない》まづぎよつとして我《われ》に是程《これほど》に物いふ者《もの》なし。いか様公儀《さまこうぎ》の權威《けんゐ》もありやと三指《ゆび》になってうかゞひぬるに。半藏刀《はんぞうかたな》に手《て》を懸《かけ》ながら聞《きけ》ばおのれめはかたじけなくも沼菅殿《ぬますげどの》の御惣領《そうれう》を勿躰《もつたい》なくも兄才分《きやうだいぶん》とする事是《これ》を摩利支丹《まりしたん》も憎《にく》しと思しめさん。なれ共彼《かれ》は形《かたち》を見せ給はず我今弓矢《われいまゆみや》八幡《まん》大丼《ぼさつ》の神勅《しんちよく》に任《まかせ》てこゝに來《きた》る殊《こと》にけふ半之丞様《はんのぜうさま》の御姿《すがた》を拜《をが》み奉り御流《ながれ》をいたゞき向後《きやうかう》よりおそらく桓武帝《くはんむてい》の末孫竹倉半藏 平 正澄《はつそんたけくらはんぞうたいらのまさずみ》御 後見《うしろみ》を仕る。只今《たゞいま》八月廿八日より其方彼《はうかの》御門外《もんぐはい》にもからすねを運《はこ》ぶ事を堅《かた》く停止《てうじ》す。推參《すいさん》千万言語道斷《ごんごだうだん》びく共せば首《くび》と胴《どう》とのきぬ〳〵さあ只今返事《たゞいまへんじ》は〳〵と大道《をゝみち》に兩劔《りやうけん》を横《よこ》たへ白昼《はくちう》の往來《わうらい》とゞまつて見物《けんぶつ》す

凄まじい伴藏の見幕だが、この伴藏と藤内の対決の模様、いや藤内に浴びせる伴藏の言葉に藤内屈服の次第が表現されている。それは第一に伴藏と藤内の立場の違いである。上で見たように伴藏は怒りによって恐怖に打ち勝ち、その怒りを爆発させた。昂奮と緊張の極にあったであろう。一方藤内はそのような心の準備は何ひとつできていなかった。完全な不意打ちである。大体普段から高飛車に怒鳴りつけられる経験がまるでないというのが間違いのもとである。「まづぎよつとして我《われ》に是程《これほど》に物いふ者ものなし。いか様公儀《さまこうぎ》の權威《けんゐ》もありや」は合理的な判断だろう。またこうした男伊達どもは「公儀の權威」にはすこぶる弱かったようだ。町奴は旗本奴とは抗争をくり返すが、幕府や奉行所、藩庁の公式命令には唯々諾々と従ったらしい。だがこの場合公義などでない事はすぐわかる。それよりもここで重大なのは「いか様公儀《さまこうぎ》の權威《けんゐ》もありやと三指《ゆび》になってうかゞひぬるに。」この姿勢を取ったことがま

ず敗北を決定的にしたとも言える。今日でもやくざや政治家など喧嘩を商売にしている連中は誰でも知っている。はじめから覚悟の上でじっと相手の弱点をねらいながら低い姿勢を保つというのは全く別だ。ここの藤内のように「まづぎよつとして」「公儀《こうぎ》の権威《けんゐ》もありや」と慌てて三指の姿勢になったのは最悪なのだ。伴藏の言葉でまず気がつくのは冒頭の「聞ばおのれめは」の一句である。藤内に関する情報、半之丞と藤内の間柄についての知識、いずれも伴藏にとっては何とも聞きづらいものだったろうが、語り手が読者に知らせただけでなく、ほぼ同じことを伴藏も聞いて来たのだと分かる。次に伴藏の言葉から強く感じられるのは、彼の怒りには身分主義的偏見が大きく関与しているという事である。藤内などたかが町人ではないか、俺は侍なのだ。それなのに浪人で貧しく、一方藤内は町人の分際で派手に景気よく、侍を子分にしたり半之丞のような美少年を侍童としたりして勝手に振舞っている。言語道断の不公平ではないか。「聞《きけ》ばおのれめはかたじけなくも沼菅殿《ぬますげどの》の御惣領《そうれう》を勿躰《もつたい》なくも兄才分《きやうだいぶん》とする事是《これ》を摩利支丹《まりしたん》も憎《にく》しと思しめさん」、大声に、しかも「かたじけなくも」「勿躰なくも」がいささか妙な具合に重なり、せき込むような激しさで言われた語調を巧みに伝えているが、この二語は実際に伴藏の実感だったのだろう。自己の階級的優越感を最大限度燃え上がらせている。武家の守護神、摩利支天や八幡大菩薩の名を引き、おのれを「桓武帝の末孫竹倉半藏平正澄」と名乗る。平正澄など恐れ入るが、この時代平家の末裔を自称する者ほとんどの家系が虚構の系図であり、虚実に拘らず——というより誰も真偽を気にする者なぞはいず——いわゆる「歴々」の侍の大部分は皆立派な家系である。「桓武帝《くはんむてい》の末孫《はつそん》竹倉《たけくら》半藏《はんそう》平《たいらの》正澄《まさずみ》御後見《うしろみ》を仕る」この伴藏の言葉はあらん限りの力を込めて、俺は武士だぞ、お前は町人ではないかと必死に相手を圧倒しようとする意思が込められている。そして藤内は完全に圧倒されてしまったというわけである。貞享ごろの町奴の意識を探ることは難しいが、町人として厳しい身分制社会が確立し、昔のように上の階層へ登ってゆくなどもう全く考えられず、諦める以外にない。何とか日常の種々の瑣事のうちに現実をごまかして一時の錯覚を得るくらいのものだ。藤内の「心達《だて》の結構《けつかう》なる御侍《さふらひ》は是《これ》が籏下《はたした》に御機嫌取程《きげんとるほど》の器量《きりやう》」という事情、また何よりも侍の子息の美少年半之丞を弟分としていることなど、藤内にとってはそういう意味がある。上の階層でも「心達《だて》の結構《けつかう》なる」者は、藤内的立場の人物に対して階級の差を強く感じたりすることはない。こうしたかってのかぶき者の末流たちは、むしろ社会一般の藤内的人物に対する偏見から、おのれは離脱して自由であることに大きな価値を置いてい、それが得意でさえあるのだろう。半之丞などはその典型だ。しかしそうした連中は少数で、侍のほとんどは伴藏のように身分主義的偏見に染まっている。そしてそうした保守的侍たちと、上昇志向の藤内的町人の間にこそ階級的摩擦が最も露骨に表れる。伴藏が藤内を怒鳴りつけたというのはそうしたドラマの一例である。それにしても、こうした階級意識なぞとは全く無関係で一種精神的自由さえ持つ半之丞的美意識と、伴藏の偏見と憤懣に満ちた世界観、これ程互に相容れにくいものも無いだろう。ここでは前者が後者によって無遠慮に崩される様子が書かれているわけだ。伴藏は半之丞の行動が全く理解できなかったことは前に述べた。この場合、「只今《いま》八月廿八日より其方彼《はうかの》御門外《もんぐはい》にもからすねを運ぶ事を堅く停止《ていじ》す」と命じ、これからは俺が半之丞の「御後《うしろ》見《み》を仕る」などと言っているがそれが可能だなどと考えているわけでもない。だがそれにしてもまことに勝手な言い分である。面白いのは「御流《ながれ》をいたゞき」とまたここでもあの盃を給わったことを半之丞が自分に好意を持ったあかしとして、最大限都合よく解釈している点である。このことは半之丞にとっては何の意味もないことは、伴藏があのとき「付《つき》あがりして」手ひどく叱られたからよく分かっている筈なのに、このことにしがみつく以外に伴藏には何もないのだ。自分に執心の男の衆道の申し出を断るとき、意地悪くつっけんどんに断るなど美貌の若衆の取るべき態度ではあるまい。酒を出すのがこうした場合の衆道の掟というわけでもないだろうが、半之丞の振る舞い決して間違っていず見事とさえ言えよう。ところで伴藏が己が由緒ある侍であることをあれ程強調したのはまことに自然であり、それ以外に考えられないほどだが、これはほとんど伴蔵の意図をはるかに越えて藤内の心理的弱点を正確に撃った。藤内はいくらある種の侍たち——かぶき者的意識がまだ残っていて社会の掟や因習からある程度は自由な「心達《だて》」の結構《けつかう》なる御侍《さふらひ》」——を子分にしたり、半之丞と衆道関係にあったりしても、いやそれだけ一層自分が町人の身分であることを内心——というより意識下で気にしていたろうからである。

以上のように見てくると、この喧嘩で伴蔵が藤内を圧倒し去るのは当然の成り行きだったように思われる。この事は奇蹟的と言っていいくらい珍しいものだったのだろうが、それをこのようにしっかり書き上げたのだ。人物の性格やその時の偶然的事情もすべてそれを可能にするべく準備した。

石流《さしも》の藤内《とうない》此勢《いきほひ》に胸轟《むねとゞろ》き雷《いかづち》の落《をち》かゝる心ちしてふるひ〳〵いかやう共御存分《ぞんぶん》にあそはし私《わたくし》一命《めい》おたすけ頼《たのみ》奉《たてまつ》りますると涙《なみだ》をうかべけるに不便《ふびん》まさりて半蔵《はんぞう》は宿《やど》に歸りぬ。是程《これほど》に名《な》を得し男達《をとこだて》もさすが長袖《ながそで》のわりなく胸《むね》のほむらは塩釜《しほがま》の浦《うら》見は半之丞《はんのぜう》かの男《をとこ》と盃迄《さかづきまで》せし事思へば堪忍《かんにん》ならぬ所。世《よ》の思はく人の嘲生《あさけりいき》てかひなく直《ぢき》に屋敷《やしき》にかけ込《こみ》て

以上をまとめると、藤内屈服の理由は、まず不意を打たれたことである。伴蔵は昂奮の極にあり、自分の怒りをいやが上にも燃え立たせているというのに、藤内は心の準備などまるで出来ていなかった。次に藤内が三つ指の姿勢になったこと。姿勢が心理や人格にさえ影響するのは普通である。第三に、伴蔵に浴せられた言葉の中に、藤内の階級コンプレックスを鋭く衝く言葉が何度も繰り返されたことである。ところで伴蔵は相手の心理を深く読み計

算づくでああいう態度に出たわけでは決してない。いくら自然児と言うべき伴藏といえども、怒りをいやが上にも燃え立たせて、恐れの思いを消し去ったのだ。そしてその場合彼の怒りには身分意識が充分に現れてくるのは当然だ。それにしても藤内、もっと外の対応の仕方がなかったのか。泣いて命乞いをするなどということは男伊達の絶対に取ってはならぬ態度であり、これはまさに自分の存在自体を無にすることである。築き上げてきた男伊達の評判、それは他人の目におのれがどう映るかにかかっていたが、西鶴は無残にもその肝心な点を一語に示す。「白昼《はくちう》の往來《わうらい》とゞまって見物《けんぶつ》す」と。だが藤内がほかの態度を取ることは難しかったのかも知れない。虚を突かれることの恐ろしさである。

一方伴藏の方は「不便《ふびん》まさりて半藏《はんぞう》は宿《やど》に歸りぬ。」とある。「不便まさりて」は心理を記すが、心理をじかに記す言葉をこの一句にとどめたため、一句が実にさまざまな事柄を豊かに語ることになった。己の完全な勝利を見とどけた途端すっと緊張が解け、敗者への憐れみの念が胸に拡がる。それが実感として読者に感じとられるのだ。ためらうことなく藤内の門前へ来たのだろうが、その時彼の心理的緊張がいか程のものだったかが示される。それに伴藏が敗れた相手に対してこれ見よがしに勝ち誇るような卑しい心性の持ち主ではないことも分かる。また、今後はこの俺が半之丞様の「御後見《うしろみ》を仕る」と宣言したのだったが、そんな事が実現しようなどと本気で考えていたわけでもなかった事さえはっきりする。

藤内の凄惨な敗北の恨みが如何なるものだったかも明確に書かれている。この敗北は自分自身に対しても何の言い訳も効かない救いようのない敗けである。「さすが長袖《ながそで》のわりなく」と簡単に書くが、普段は自分自身にも他人にも隠し切っている町人根性をさらけ出してしまった。自分でも意外だったろう。男伊達として名を挙げることによって克服した筈のコンプレックスが露呈したのだ。半狂乱に陥るのも当然である。怒りは当然自分自身に向けられるべきものだ。だが人間たるものこういう場合、誰か無理やり罪を帰すべき第三者を探し出し、それに怒りをぶつける。ここでは半之丞しかいない。「かの男《をとこ》と盃《さかづきまで》迄せし事思へば堪忍《かんにん》ならぬ所」。伴藏がおのれにはこういう事を言う資格があると主張するその根拠として辛うじて引っ張り出してきた、盃を給わった経験、それを今度はなんと藤内が事の原因を何とか半之丞に結びつけようとして、伴藏の怒号のうちから拾い上げ、半之丞への不当な怒りの種にしようとした。伴藏だって自分が「付《つき》あがりして」厳しく半之丞に咎められたのだから盃を給わったことに何の意味も無いことは知っている。藤内は自分を威圧する伴藏の言葉のうちに聞き取った言葉だから、つい過大評価してしまったのか。いやそれよりもやはり何とか半之丞に怒りを爆発させるべききっかけを見つけたいので、何の意味もない盃をもらっただけのことを無理やり重大なことにしてしまっただけだろう。何故なら身分意識を衝かれた瞬間の藤内には、半之丞も武士階級の人間であり伴藏と同類だという事実がひしひしと感じられた筈だ。その二人が盃のやり取りをする。藤内が半之丞に恨みの対象を転嫁することは、呼びさまされた身分意識によって容易だった。

半狂乱の体で沼菅の屋敷にかけ込んだ藤内の精神状態はこのようなものだった。テクストに忠実に読めばそれ以外にはあり得ない。駄言を弄したのは藤内の行為の原因を嫉妬とする見解が散見するからである。(注)「是程《これほど》に名《な》を得し男達《をとこだて》もさすが長袖《ながそで》のわりなく」は生まれは争えないもので、底に残っている町人根性ゆえに藤内は屈服してしまったのだと語り手が説明し、「胸《むね》のほむらは塩釜《しほがま》の浦《うら》見は半之丞《はんのぜう》」と歌語を用いながら心中怒りがむらむらとこみ上げる様を描き、その怒りは自分自身ではなくすぐさま第三者の半之丞へと向かい、「かの男《をとこ》と盃《さかづきまで》迄せし事思へば堪忍《かんにん》ならぬ所」とその怒りの一見正当な根拠を直ちに見出す。「世の思はく人の嘲《あさけり》生《いき》てかひなく」大勢の目の前であのような意気地ない姿をさらしたのは、恥というだけではない、男伊達の存在価値をゼロにしてしまったことだが、藤内自身には何よりも「世」「人」の目として意識され、それはもうどうしようもない。「生《いき》てかひなく」は読者も共感できる自然さを持っている。「直《ぢき》に屋敷《やしき》にかけ込《こみ》て」まで、極めて簡潔ながら藤内の心の動きにぴったり即した叙述、いやむしろ描写である。「半之丞《はんのぜう》に逢《あひ》て」だけが単なる説明だが、すぐ「段〻《だん〴〵》いひもはてず」と描写に戻る。

段〻《だん〴〵》いひもはてず藤内《とうない》脇指《わきざし》切付《きりつけ》るをひらりとのきさりとてはそれには様子《やうす》あり。先心《まつこゝろ》を鎮《しづめ》て物《もの》を聞《きゝ》給へとと、むるをも聞入《きゝいれ》ず。ひた打《うち》にうつ太刀《たち》に

藤内半狂乱の姿である。あの男と盃までしたとは堪忍ならぬなどと、半ば支離滅裂な言葉を叩きつけいきなり斬りかかった。「ひらりとのき」は若衆らしい動作である。相手を押しとどめて説明しようとしたが、当然ながらいつもの藤内とは違い、聞入れる様子もなく無闇矢鱈に斬りかかってくる。

ひた打《うち》にうつ太刀《たち》に半之丞《はんのぜう》右の肩先《かたさき》をあやまり此さはぎに家老家《からういへ》の子《こ》共はしり出かけ隔《へだ》たり藤内《とうない》を微塵《みぢん》に斬砕《きりくだ》き半之丞深手《はんのぜうふかで》に見へさせ給ふと各肩《をの〳〵かた》にかけ内《うち》に入《いり》。

寸分の隙なく一語の無駄もない描写で危機的場面を描く。半之丞が背負われて中へ入るより藤内が斬殺される方が記述が先になっているのも、瞬間的なあわただしい動きを自然に表現するが、半之丞が藤内の弟分になっていることを面白く思わない者が家来たちにも大勢いたこともはっきり分かる。「微塵《みぢん》に」「斬砕《きりくだ》き」の二語が家来たちの

気持を雄弁に語る。まことに簡潔きわまる文章だが、この簡潔さは次に書かれた恢復途上の半之丞の、秋の夜長の悶々たる思いのくどいとも言える叙述と対照的である。このあたり、伴藏が帰って行ってから藤内の死まで――はやはり経過部とも言うべき箇所だった。

半之丞《はんせう》さまでの手《て》とも思はざりし難《なん》ぎ九月十二三日の比《ころ》より驗氣《げんき》をえて倩《つら〳〵》藤内仕《とうないし》かたあまりに短氣《たんき》にて仕損《しそん》じ給ふ時。我《われ》此手《て》を屓《をは》ずは家來《けらい》の手にかけてやみ〳〵と殺《ころ》させはせまじもの。悔《くやみ》てかひなき事ながら去年《こぞ》の明日《あす》の夜《よ》は竊《ひそか》におぬしの部屋《へや》にともなはれ。みづから東《ひがし》の窓《まど》を明南面《あけなんめん》の簾《すだれ》を巻《まき》てしめやかに話《かた》りなぐさみ弐人《ふたり》が中にかはす枕《まくら》は傾《かたふ》く月の桂《かつら》ならではしるものなく籬《まかき》の菊《きく》の滴《したゞ》りを受《うけ》ては不老《ふらう》ぶ死《し》の仙藥《せんやく》を求《もとめ》ても契久《ちぎりひさ》しからん事を誓《ちか》ひしに。思ひの外《ほか》のうき別《わか》れ其詞《そのことば》もはや夢《ゆめ》になりたるよな。此懐《なつか》しき心の中をば露《つゆ》もしり給はずはかなく消《きへ》給ふ時《とき》さそそれがしを恨《うら》みと思しけん。そふではない心底《しんてい》を。とてもかなはぬうき世《よ》に竹倉伴藏《たけくらばんそう》がにくき仕業《しわざ》ゆへまざ〳〵かうしなし。死《しな》ば倶《とも》にといへる人を先《さき》に立《たて》たる始末《しまつ》これはいかなる因果《ゐんぐは》めぐり來《き》て今《いま》のかなしみ。思へば兄《あに》ぶん藤内《とうない》殿の敵《かたき》は伴藏《ばんそう》なるもの南無《なむ》三寶《ほう》をくれたり。のがさぬ〳〵といまだ疵《きづ》の半《なかば》も平愈《へいゆ》せざるに欠出《かけいで》ては絶入狂《たへいりくる》ひ出てはふしまろび。

半之丞の述懐は、途中「去年《こぞ》の明日《あす》の夜《よ》は」と書かれ明確に日にちが決まっているが、不思議なことに、読んだ印象では幾夜も続いたものとの感覚も得る。「九月十二三日の比《ころ》より」と冒頭にあるのも一因だが、それよりも述懐の内容、更に夢中で駆け出しては失神して倒れるという動作に至るまで、ここでは敵《かたき》は伴藏と初めて気づいた瞬間が書かれているのは確かだが、恐らく秋の夜の夜毎に長い時間に亘り、幾夜となくまた毎夜大差なく繰り返されたのだろうと感じさせる。

藤内を「あまりに短氣」と言うがこれはまさに半之丞の実感だった。あれほど短気な藤内の姿を見たことは無かったろう。だがこの「短氣」一語で半之丞には藤内の心情が何ひとつ分かっていないことが示される。俺の説明をよく聴いたら納得して怒りを鎮めただろうというのだから。藤内は短気どころではなく自暴自棄の状態だった。「仕損《しそん》じ給ふ時」藤内によってこの俺が斬られればよかったという思いが裏にあることが感じられる。そう強くはないが、それは自分が斬られず藤内も無事であったら一番良かったからである。「我《われ》此手《て》を屓《をは》ずは家來《けらい》の手にかけて」これは強い後悔の思いである。だが「家來《けらい》の手にかけてやみ〳〵と殺《ころ》させはせまじもの」ははなはだ非現実的な仮定である。藤内がやみくもに振り回す刀から無事である半之丞なぞ想定不可能だ。とは言え、この悔恨の思いは藤内の死を描くくだりを知っている読者には痛切に迫る。たとえ半ば気を失い、声を出すことも立ち上ることも出来なかったにせよ、眼前で瞬時に経過した惨劇である。「俺がこの傷を負いさえしなければ」は繰り返し腹の底から絞り出された声であり比類ない実感を伴って表現されている。心がや、落着いた時には死んだ藤内の思い出がある甘さと共に甦る。「悔《くやみ》てかひなき事ながら」と「思ひの外《ほか》のうき別《わか》れ」という、音が八五、七五と同じ形で情緒的意味もよく似た二句にはさまれた四行半は、「去年《こぞ》の明日《あす》の夜《よ》」と特定された一夜の思い出を語る。この四行半には悔恨悲哀怨恨等を直接に示す語はほとんどない。「月の桂」「籬《まがき》の菊の滴《した、》り」等歌語やそれに類する言葉を配しながらも、回想として人物二人の動作を具体的に順次示していき、「東《ひがし》の窓《まど》を明南面《あけなんめん》の簾《すだれ》を巻《まき》て」などあまり深い意味のない些細な動作を書くことで、回想された世界の平和と静けさしめやかさを巧みに表現している。そして「竊《ひそか》におぬしの部屋《へや》にともなはれ」「しめやかに話《かた》り」「弐人《ふたり》が中にかはす枕《まくら》」など内密で私的なうち解けた気分を表す句は、同時に露骨なほどはっきりと男色の記憶を語る。二人称代名詞「おぬし」は半之丞が亡き念友との男色の経験を思い出したとき、そこに或る楽しさを感じているらしいことを示す。その感覚と、「月の桂」はとも角「不老《ふらう》ぶ死《し》の仙《せん》薬《やく》」などの語とがいささか相容れず調和を欠くように思われるのは現代的感覚のなすところか。しかし元禄以前の男色家の感覚などもっとわけの分からないものだったろうが、それにしては分かり易く書かれていることに驚く。この四行半は一時的に静かで落着いた気分が支配するが、もちろん直前の一句もあり悲哀の感は当然通奏低音のように続いている。回想に或る甘さがあったとしても「契久《ちぎりひさ》しからん事を誓《ちか》ひしに」とひと度未来への誓いを思い出すと、相手の決定的不在がひしひしと感じられ、寒々とした現実へ意識が引き戻される。「其詞《そのことば》もはや夢《ゆめ》になりたるよな」と。この「よな」の語尾は半之丞の肉声を聞くようななまなましさを持つ。「此懐《なつか》しき心の中をば露《つゆ》もしり給はずはかなく消《きへ》給ふ時さそそれがしを恨《うら》みと思しけん。」死んでいった愛する者が全くの誤解から死の瞬間自分を恨んでいただろうと信じられたとき、生者には救いがない。いつの世にも変らぬ真実である。この文、半之丞の藤内への無限のいとしさも現れている。「懐《なつか》しき心」や「はかなく消《きへ》給ふ時《とき》」のような凡句が、これ程の豊かな表現力を持つのは不思議なほどだが、直前に半之丞があのような回想にふけり、この上ない懐しさを持っていた事を我々も実感できたからである。「そふではない心底《しんてい》を」俺を恨むべき理由などまるでないのはすぐにでも分からせる事ができたのに相手は死んでしまった。誤解だ誤解だといくら心中に叫んだところ〔原文「とこと」〕でもう何にもならない。絶望は完璧である。しかしくり返しこの思いは襲ってくる。この言葉はそうした不条理にのたうつ者のうめき声をそのまま声に聞くかのようである。その働きは先に見た「夢《ゆめ》になりたるよな」の語尾に似るが、こゝでの方が半之丞のどうしようもない絶望に読む者がより深く感情移入している。うねり、くねり、上下する感情の推移をそのまま伝える。テクスト全体の動きに読者の意識が乗せられているからである。「とてもかなはぬうき世《よ》」はよく考えてみるといささか意味曖昧だが特に気にはならない。町奴を念友にすることなど反対や妨害が多かったろうし、男色関係自体が「不老《ふらう》ぶ死《し》の仙薬《せんやく》を求《もとめ》ても契久《ちぎりひさ》しからん事」を望むなどということとは矛盾した性格のものなのに、伴藏のせいでそれも突如断ち切れてしまったというのだろうが、直前の「そふではない心底《しんてい》を。」があるためその意味が続いていて、俺の真情はそうではないといくら念じても相手には届かないという絶望を表しているとも解し得る。後者の意味もかすかにある陰影を与えていることは否定できない。「とてもかなはぬうき世《よ》に竹倉伴《たけくらばん》藏《そう》がにくき仕業《しわざ》ゆへまざ〳〵かうしなし。」ここでやっと伴藏の名が出てくる。藤内の死を悔み、悩み続けているとき伴藏の如きは意識に上らなかった。「にくき仕業《しわざ》ゆへ」と伴藏の行為を意識しているが、直ちに敵《かたき》は伴藏と結びつくわけではない。遅れは三行にも亘っている。「竹倉伴藏《たけくらばんそう》がにくき仕業《しわざ》ゆへまざ〳〵かうしなし。死《しな》ば倶《とも》にといへる人を先《さき》に立《たて》たる始末《しまつ》これはいかなる因果《ゐんぐは》めぐり來《き》て今《いま》のかなしみ。思へば兄《あに》ぶん藤内殿《とうないとの》の敵《かたき》は伴藏《ばんそう》なるもの」。「いかなる因果《ゐんぐは》めぐり來《き》て」と答を探し「思へば」と今一度立ち止まって考えた揚句、やっと伴藏が敵《かたき》だったと気がつく。気がついた途端「南無《なむ》三寶《ほう》をくれたり。のがさぬ〳〵」と「欠出《かけいで》ては絶入狂《たへいりくる》ひ出てはふしまろび。」という状態になる。半之丞がすぐに伴藏を敵《かたき》として思いつかなかったのは何故か。伴藏などという存在は藤内の死の直接原因などと考えられなかったのだろう。半之丞の世界観からすれば藤内と伴藏は次元が違うのだ。かけ込んできた藤内の気狂いじみた怒号の中には伴藏の名もしきりに出てきただろうし、自分がその伴藏と盃をしたことを許し難しと言っていたことは良く知っているが、今一つよく腑に落ちては理解できなかったのだ。当然である。藤内の怒りはもともと支離滅裂なのだから。半之丞は何を知り一体どう判断していたのか。伴藏が藤内の屋敷に押しかけ自分が盃を与えてやったことを奇貨としてあたかも自分が伴藏と心を通わせたかのように主張した。藤内はそれを真に受けおそらくは嫉妬にかられて沼菅邸へ怒鳴り込み、短気にも刀を振り回して家来たちに斬られてしまった。こういう判断では、まず藤内のあまりの短気さが全ての元として考えられるだろう。それにこれも先述したが、自分が不用意にも負傷してしまったこと、そのことの不運、そうしたことが大きく考えられ、伴藏は目に入らない。述懐の終りのあたりで竹倉伴藏の憎い行為によってこうなってしまったとはっきり理解しながら、それ故今の悲しみがあるわけだが、それは一体どういう「因果」が巡ってそうなったのかと考え、いろいろ思いを巡らし事の道筋をたどったあげく、やっと伴藏がすべての原因と気付く。だが半之丞は伴藏に完全に屈服したときの藤内の心中を知らない。男伊達が侍におどされて命乞いをするという事の意味も完全に分かっているわけではない。藤内の心中いや意識下深く隠されたいやしい町人根性など半之丞が知る筈もない。だから首尾よく敵を討ったとしてもそれはいわば偶然に正しい敵を選んだのだと言える。「はかなく消給ふ時さぞそれがしを恨みと思しけん。」という悲痛な真情のこもった句も、その推定は間違っていた。いや大いに恨んでいたかも知れないが、半之丞が考えていたように他の男と心を通わせたからという嫉妬めいた感情などでなく、下の階層が上の階層に対して抱く憎悪という、何とも散文的しかし深刻な身分意識だった。半之丞の思い違いはこの十六行ほどのくだりに如何ともし難い虚しさをもたらすが、それは全体に漂うまことに沈痛な感覚と調和し、互いを強めている。ここでは主人公の心理を一見自然な動きのまゝに表現していきながら、語順や言葉の数さえ計算し、読む者の意識を悶々の思いに苦しむ若者の心の動きに同化させている。これだけの短さでそれが実現されているのに驚くが、特定の一夜の出来事でありながら、同じような夜が幾夜もくり返されたかに感じさせるのは、文章の短かさも大きく役立っている。

以下は簡略に記す。力の入った表現はもう見られない。寝ていた半之丞がいきなり駆け出して父や家来に静止されたとき、「此下心《したこゝろ》をしれる程《ほど》の者《もの》は殊更哀《ことさらあはれ》に袖《そで》を絞《しぼ》りける」とある。「興覚《けうさめ》」た人達と対照された少数者、これは単に衆道の理解者と言うより「心達《だて》の結構《けつかう》なる御侍《さふらひ》は是《これ》が籏下《はたした》に御機嫌取程《きげんとるほど》の器量《きりやう》」とされた侍たちと通ずるのではないか。もちろん少数派で元禄以後は激減するのだろうが。西鶴がここで彼らについてひと言書いたのは半之丞と伴藏の社会的性格の差をよりはっきりさせるためであろう。

「藤内《とうない》才《おと、》藤《とう》八」なる人物が出てきて「兄《あに》やみ〳〵と討れたるを無念《むねん》に思ひ。詰《つめ》。所詮《しよせん》敵《かたき》は半之丞《はんのぜう》年來《ねんらい》の心底《しんてい》　飜《ひるがへ》したる侍《さふらひ》畜生《ちくしやう》」と半之丞を兄の敵とつけねらう。ここにも一人思い違いをしている男がいるわけだ。半之丞が伴藏を敵《かたき》と判断したのは結果的に正しかったから、その思い違いに気付かない、あるいは無視する読者は多いだろう。そうした読者に、考えてみれば半之丞だって藤八と同じこと、と思わせる機能を持つ。

半之丞が伴藏を討った場面は書かれなかった。当然だろう。本話はすでに藤内邸玄関前での伴藏の怒声と、秋の夜の半之丞の思いという性格の対照的に異なった二つの場面を書いている。共に西鶴が筆に精根込めたときの空恐ろしいほどの文章だった。それに加えて主人公二人の決闘場面など考えられない。前の二場面を無力化し、作品を崩壊させただろう。それに伴藏がどのように半之丞に討たれたかは、書かれたことだけで大凡は想像できる。半之丞が藤八を訪ねたのは「十月十九日の夜半《やはん》」とされている。負傷は八月廿八日であの述懐は九月十二三日頃だった。とてもまだもと通りに恢復していまい。「武道《ぶだう》みがき」の伴藏が手もなく討たれたというだけで、伴藏の心のありかたを教えられる。伴藏は藤内の最後についてその心理的背景はともかく、何か聞いていたであろうから、半之丞が敵討に来ることを予想していたかも知れない。自然児である伴藏が傷み衰えた半之丞にまともに太刀打ちできようか。男色家が自分の惚れている若衆に刀を向けることがあるのか、これはよく分からない。が、いずれにせよ伴藏は抵抗の姿勢を保ちながら内心従容として死んでいったのだろう。不思議なことは何もない。当然至極の成り行きである。伴藏の死を描いたなら読者の同情を引いたかも知れない。それは避けるべきだった。

伴藏の首をよく洗った上、下着の片袖を引きちぎってその首をつつみ、それを藤八の前に投げ出しそのまま前に倒れ鎧通しで心臓をさして自害という半之丞の姿には、最初の頃に強調された美貌の若衆としての他人の目を意識した美事な行動が完全に戻っている。それに接した藤八は「あきれ果《はて》何事も前世《ぜんぜ》の業《がう》なるべきを是程《これほど》いさぎよき心《しん》底《てい》しらずして今迄半之丞《までばんのぜう》を恨《うら》みたるよしなや……」と書かれる。半之丞が属する世の少数派、かぶき者の流れを引く自由な精神の持ち主の美学が藤八に感銘を与えた。それこそがいつまでも続く敵討の堂々めぐりを停止させたと言える。それは本篇の唯一の救いである。本話の語り手は終始半之丞的美学と倫理に同情と共感を惜しまない。

本篇でも歌枕久米の皿山を最初の舞台に選んでいること以外に、劇的な場面で歌語が用いられることの意味は何か。「塩釜《しほがま》の浦《うら》見は半之丞《はんのぜう》」「傾《かたふ》く月の桂《かつら》……籬《まかき》の菊《きく》の滴《したゞ》り……不老《ふらう》ぶ死《し》の仙薬《せんやく》」これらは表現に制約を与えたり、表現すべきものをゆがめたりすることはなく、むしろそれぞれの場面で表現上適切な用法とさえ云えることは、他の諸篇でも同様である。ここでは立ち入って考えることをしないが、殺伐きわまる話にある余裕を与えていることは確かである。

この一話は誤解、意地、意識下の偏見など、人物の心理の複雑微妙な綾がなまなましく表現された一篇となっている。これほど簡潔きわまる文章で、不思議なほど豊かな内容を盛った作品は西鶴にも少ない。しかしそれがいかに苛烈といえども、結局ただのありふれた喧嘩話に過ぎないことは、読む者になんともうつろで虚しい感を与える。末尾の簡略でしらじらしい終り方はいかにも本話にふさわしい。

註

「（敵討の原因で）悪口に次いで多いのは嫉妬である。これも同じく十例ある。（中略）沼菅半之丞、町人の能登屋藤内と男色の関係があったが、竹倉伴藏との仲を疑った藤内が押しかけて来たのでこれを斬る。藤内の弟藤八が仇

討に来たが伴藏の首を差し出して自害する。」野田壽雄『日本近世小説史　井原西鶴篇』（平成2年　勉誠社　393頁）

「伴藏との仲を疑った藤内」と云うのは言葉が足りない。正確には仲を疑ってなどいない。嫉妬しているかのように行動しているだけだ。本気で自分を欺いて、今おのれは嫉妬に狂っていると思っているにしても、実態は盲目的な怒りである。次のような文もある。

「藤内は直に屋敷にかけ込んで、半之丞に逢って詳しく話しもしないうちに脇差を抜いて斬りつけた。藤内は思慮なく感情的にいかり狂うのは、自分が愛している半之丞が相手に盃を与え、嫉妬の感情に悩まされるがそれに対してどうすることもできないからである。強い愛はあるが、町人である限りどうすることもできない。愛が強い故に悩み乱れ遂に相手を殺そうとする。藤内にとって半之丞への愛が人生のすべてであった。従って半之丞をとられることは己の人生の破滅であった。それは愛における許しによって回避できるものではなかった。」白倉一由『西鶴文芸の研究』昭和59年　新典社　400頁

筆者には藤内の半之丞への「強い愛」など、作品のどこからも読み取ることができない。だがこの解が今日支配的なのかも知れない。冨士昭雄氏の新編日本古典文学全集64（平成12年）でも、「町人にはしほらしきと思ふ折から御姿を見初一命を御返事なき先に参らせたるよりかはゆがらせられ……」を「藤内の方から半之丞のお姿を見初め……」と現代語訳しているからである。（同氏による明治書院版対訳西鶴全集も同じ）。誤りとせざるを得ない。兄分の方が手紙をよこしたり、積極的求愛を行うのは普通だが、ここでは町人の藤内が歴とした侍の子息半之丞に対してそういう行為に出るとは考えられない。しかし、いずれとも取れるように書いたのは西鶴の意図なのだ。侍の息子が町奴に恋い焦がれるなど、公に問題になった時の用意に、ことさら曖昧に書いたのだ。

（未完）

平成十三年十一月稿

第四節　巻四の構成

一

小論は西鶴の『武道伝来記』をはじめから順に見てきた。ここで巻四の第一「太夫格子《たゆふかうし》に立名《たつな》の男《をとこ》」を扱うわけだが、この作品についてはすでに本章第二節三で触れた。巻二の第三「身袋破《しんたいやぶ》る落書《らくかき》の団《うちは》」を論じる際、敵《かたき》としてねらわれている者がいさぎよく討たれることを願うという主題が巻四第一と同一だったからである。その時、基本の大枠は同一でも両話はまるで違った作品であることを言い、その違いがそのまま両作品の本質を明らかにするとした。巻二第三を論じることが主旨だったから、巻四第一には触れることのなかった点がいくつかある。それを見てゆく。

まず重要なのは榎坂専《ゑさかせん》左衛門弟《をとゝ》専《せん》兵衛の存在である。まだ部屋住みの身だろうが、当然のこととして専兵衛は専左衛門の未亡人と遺児を介抱し、兄を討った敵《かたき》が誰か明らかにしようとし、青柳十藏と分かった後は探し出して敵を討とうとする。だが敵《かたき》の行方を尋ねあぐねているうち、ある日突然「出來《でき》心にて兄娌《あによめ》を思ひ初《そめ》」、兄嫁に迫ったので、兄嫁はせん方なく専兵衛を刺し殺し、みずからも自刃して果てる。生真面目な青年とのみ見えた専兵衛の最後の行動に我々読者は驚かされる。だが不思議なことに違和感はなく、不自然さは全く感じられない。この人物の描き方には細心の注意が払われてい、当然の成り行きと感じられるからだ。それを見てゆく。

専兵衛は専左衛門が青柳十藏に討たれた記述のすぐあと登場する。

専《せん》左衛門 才《をとゝ》専《せん》兵衛其夜《よ》の明かたに聞つけ其《その》所に行て。さま〳〵せんさくすれ共遊女町《ゆうぢよまち》の者相手《ものあひ》はしらぬ極《きはま》り辻番任女《つぢばんねだれ》言てかひなく。先《まづ》死骸《しがい》を取置《とりをき》て其後《のち》屋形《やかた》に立帰《たちかへ》り無念《むねん》かさなり身をもだへて。うち手分明《てふんみやう》ならねば是《ぜ》非《ひ》なし。然《しか》も掟《をきて》をそむき夜中《やちう》に屋敷《やしき》を立出《たちいで》。其上所《うへところ》あしき身の果彼是《はてかれこれ》御立腹《りつふく》あそばされければ。御長屋《ながや》にたまりかね

早朝から駆けつけてさまざまに捜査を開始したというのは当然だ。注意をひくのは、空しく屋形に帰ってからの「無念《むねん》かさなり身をもだへて」の語である。なすべきことはちゃんとする。「無念《むねん》かさなり」は普通の反応と言えるが「身をもだへて」と続いているので、を読む者はこの一句でもう感じ取る。「無念《むねん》かさなり」は普通の反応と言えるが「身をもだへて」と続いているので、それがいささか異常となり、この青年が兄専左衛門――夜中に屋敷を抜け出して遊里を遊び歩く呑気で浮わついた楽天家と想像される兄――とはまるで違った性格の持ち主、几帳面で生真面目、常に未来を暗く考えずにはいられない男であることを示す。だから「是非《ぜひ》なし」の語は、それできれいさっぱりあきらめたというのではなく、ひたすら専兵衛の心に重苦しくのしかかる思いであり、「然《しか》も掟《をきて》をそむき夜中《やちう》に屋敷《やしき》を立出《たちいで》。其上所《うへところ》あしき身の果《はて》」は次に書いてある藩主が立腹したことの説明だが、それと同時に専兵衛の心中次々に生起した兄専左衛門の死のどうしようもない具合悪さが「然《しか》も」「其上《そのうへ》」とたたみかけて彼を苦しめたことを巧みに表現してもいる。「うち手分《てふん》明《みやう》ならねば是非《ぜひ》なし。然《しか》も」と続いているから、是非なしの専兵衛の苦しい想いが次の語にも続くことになるわけだ。誰とも知れぬ敵《かたき》に対する憎悪はあろうが、死んだ兄への恨みも生じただろう。藩主が「彼是《かれこれ》御立腹《りつふく》あそばされければ」とはもはや当然の成り行きである。だがこれは専兵衛の悲観主義的な見方以上に重要だろう。敵が知れ専

兵衛が敵討に旅立ったとしても、それは決して藩全体の公的な援護も心理的な支持も受けたものでなく、もし敵討に成功したとしても前知、亡兄の石高を保証されたものとも言えまい。前途の希望のない敵討である。

次にあらわれる専兵衛の記述は次の通りである。

専《せん》兵衛は安倍《あべ》川のほとりにしのび行て喧吪《けんくは》の次第《しだい》世《よ》の噂《うはさ》を聞《きけ》どもいよ〳〵相手《あひて》はしれざりき。この事無念《むねん》なれ共是非《ぜひ》なく色《いろ》〳〵思案《しあん》めぐらし。兼《かね》て愛拶悪敷《あいさつあしき》人もやと吟味《ぎんみ》せしに其思ひ當《あた》りし事もなし。分別《ふんべつ》つきはて世間《せけん》の人にあふも恥《はづ》かしく。脇道《わきみち》にさしかゝり

前の専兵衛の記述と全く同様である。懸命にあの時の兄の喧嘩相手を探しているが何の手がかりもない。「無念《むねん》なれ共是非《ぜひ》なく」と、前と同様の言葉が繰返され、「是非《ぜひ》なく」が諦めきった心境ではないことも前と同じであり、読者の専兵衛に関する判断をひたすら強めている。「是非なく」と言いながら「色〳〵思案《いろいろしあん》めぐらし」と頭をしぼり、考えるべきことはもらさず考えぬいているが、兄の親友の青柳十藏とは思いつかない。思いつくためには推理に或る飛躍が必要である。無念がり溜息をつきながらでは思いつけない。「兼《かね》て愛拶悪敷《あいさつあしき》人」はいかにも専兵衛の考え出しそうな対象である。「安倍《あべ》川のほとりにしのび行て」また「分別《ふんべつ》つきはて世間《せけん》の人にあふも恥《はづ》かしく」は、相手が全くわからず当惑し切っていることを恥と感じる気持ちもあるのだろうが、何よりも不名誉きわまる兄の死が専兵衛を苦しめるのだ。その姿を見て健気と感ずる者の存在など専兵衛自身には考えられもしまい。くどいほど強調される専兵衛の苦しみである。それはただでさえひどいのに専兵衛の性格のために幾倍にも強められているというわけである。

次いで喧嘩の夜乞食の拾った羽織から相手が知れるが、専兵衛の忍耐もほとんど限界に来たところで、幸運にもある展望が開けるわけだ。専兵衛が何事かと近寄ったときの乞食たちの様子は「専兵衛勢《いきほひ》におそれてとがめぬ先《さき》に聲《こゑ》をふるはし」とある。当時乞食非人たちにとって侍は危険きわまりない恐ろしい存在だったろうが、それにも増してその時の専兵衛は沈痛な暗い絶望を身の廻りに漂わせていたはずで、それを充分に表現している。専兵衛が羽織と引き換えに「有合《ありあは》せたる金子《きんす》」を与えたのは、不意に敵《かたき》が知れて嬉しかったこともあろうが、もともと彼は特に意地悪な性格などではなかったことを示す。彼はひたすら几帳面なのだ。

此紋所《もんところ》を證據《しやうこ》に十藏《ぞう》をねらひける。此さた屋敷《やしき》に聞えて十藏妻子《ぞうさいし》もなき者《もの》なれば。立《たち》のき行がたしれずなりて専《せん》兵衛なを悔《くやみ》て。おのれとしれぬうちこそなれ。天をわけ地《ち》をさがし此本望《ほんまう》とぐべしと一筋《すぢ》に思ひ定《さだ》め。十藏《ぞう》生國出羽《しやうこくでは》の山形《がた》の者《もの》なれば。

せっかくほんの偶然のことから敵《かたき》が知れたというのに逃がしてしまったというのだが、このくだりを読むともっと早く何とかならなかったものかと思われる。十藏を逃がしてしまったのは大変なヘマだったが、「天をわけ地《ち》をさがし此本望《ほんまう》とぐべし」という固い決意にもかかわらず、もし専兵衛にとって十藏を討つことが本当の喜びだったなら、相手に知られるより先に十藏を捉え詰問し斬り合いに持ち込めたのではないか。「此紋所《もんところ》を證據《しやうこ》に十藏《ぞう》をねらひける。此さた屋敷《やしき》に聞えて十藏妻子《ぞうさいし》もなき者《もの》なれば。立《たち》のき行がたしれずなりて」は、こんな場合の行動の記述としてはどこか間が抜けている。専兵衛がその足で十藏を斬りに行ったのではなく、正式の規定通りに敵討を出願したのではないかと疑わせる。専兵衛にとっては単なる私闘にしたくなかったに違いない。だがそれでは相手に逃げられるのは当然である。それに本当に憎い相手を討ち、恨をはらす喜びだけではなく、やはり敵討は一つの義務でもあったのだろう。逃げられたから「専《せん》兵衛なを悔《くやみ》て」と口惜しさが幾層倍にも感じられる。自分の苦しみの基である青柳十藏への憎しみもそれだけ強くなっただろう。「おのれとしれぬうちこそなれ。天をわけ地《ち》をさがし此本望《ほんまう》とぐべしと一筋《すぢ》に思い定《さだ》め」は強い決意である。だが、この時になってようやくここまで到達したとも言える。

専兵衛のこうした性格、兄専左衛門が斬られたときのあのような不名誉な事情、これらを考えれば普通の人間にとってもあれ程辛く苦しい敵《かたき》を求めての旅がいかにひどいものであったかが理解される。

十藏《ぞう》生國《しやうこく》出羽《では》の山形《がた》の者《もの》なれば。爰《こゝ》に立越《たちこへ》一年《とせ》あまりもねらひしにいまだ故郷《こきやう》へは歸《かへ》らぬに極《きはま》り。又駿河《するが》に戻《もど》りてむなしき年月《としつき》をくるうちに。

十藏の生國で一年余見つからなかったから駿河へ戻ったという行為は、多くのことを我々に教えてくれる。『武道伝来記』一篇だけを見ても敵《かたき》が発見出来なかったからと言って国へ戻ってぶらぶらしているという人物は他にはない。だが専兵衛には、全くの当てなしに全国をしらみつぶしに敵《かたき》を探して歩き廻るということができなかったのだろう。後に専太郎に討たれようとして懸命に追って歩く十藏とは対照的だ。それに第一、彼の敵討への旅立ちは前にも述べたように、公式に藩士仲間の賛同と支援を受けたものではないし、敵討に成功したからと言って、その先自分の運命が開けてくるというわけでもない。後に専太郎の敵討への門出も同じだった。だが専太郎にはいわば身近かな庶民達の真実の同情があった。「いづれもに暇乞《いとまごひ》て思ひ立行《たちゆく》心入《いれ》石流《さすが》侍《さふらひ》の子也とてをの〱涙にくれける」昔専左衛門につかえた小者まで自ら志願してついてきてくれた。一年余も十藏を探しあぐねてまた興津に戻って来た専兵衛は、前途に一筋の光明もなく、「むなしき年月《としつき》をくる」ほかない。生真面目な青年が兄嫁にあしたとんでもない野望を抱くということが作品内で可能となるために、西鶴は作家としての力量の限りを尽くしている。長い間追いつめられ絶望の果てにある心理は充分納得のゆく書き方をされている。専兵衛が「其夜《そのよ》から出來心《でき》にて兄娌《あによめ》を思ひ初《そめ》」たというその一日の情景も、きわめて簡潔ながらその雰囲気をも写し、意識的無意識的を問わず専兵衛の心理を読者に納得させる。

頼《たの》みし宿《やど》のあるじ一子《し》に娌《よめ》をむかへけるに。草《くさ》ふかき所《ところ》なれば祝言《しうげん》の作法《さはう》も弁《わきま》へなく。専太郎母人《せんはゝ》に尋《たづ》ねける。此人都《みやこ》そだちにして万事《ばんじ》心え給へは銚子《てうし》の取《とり》まはしすへ〳〵の女《をんな》にをしへられしよそほひ。昔《むかし》の姿《すがた》残りてうつくしき生《むま》れ付なり。専兵衛は眞那板《まないた》にかゝり結《むす》び昆布《こんぶ》など拵《こしら》へしが其夜《そのよ》から出來心《でき》にて兄娌《あによめ》を思ひ初《そめ》。

専左衛門の遺族が厄介になっているひなびた庶民の家で娌とりの晴れがましい儀式が行われる事になり、専太郎の母は京育ちだったので祝言の作法を皆に教えたという。この女性については、専左衛門が討たれ専兵衛の世話でここに越してきたときの嘆き、しかし一旦は海に身を投げることを思いながら思いかえし、嘆きを内に押し殺し専太郎を鍛える。そうした健気な姿を読者は知らされていた。品の良い都育ちのしかも生来の美女だったことはここで初めて知らされるが、それが意外でないのは海に身を投げようかと思ったときの夜の海の光景、清見寺の鐘の音、それを聞いて思い出す謡曲『三井寺』、それらによって、この女性は悲哀に満ちた抒情性を身に漂わせて印象づけられていたからである。田舎女たちに作法を教えているときの「昔《むかし》の姿《すがた》残りてうつくしき生《むま》れ付なり」の一文は毎日「愁《ふれへ》を胸《むね》にふくませ面《をもて》は鬼《をに》に見せて」専太郎をしごいているこの女性が、ふと見せた女らしさを表現し、普段はいかに化粧など忘れていようと、もともと美貌の持ち主だったと言うのだが、「をしへられしよそほひ。昔《むかし》の姿《すがた》残りてうつくしき生《むま》れ付なり」には言葉そのものに或る品の良い美しさがある。このとき「専兵衛は眞那板《まないた》にかゝり結《むす》び昆布《こんぶ》など拵《こしら》へしが」とあり、彼もこの田舎屋でのつましくもめでたい行事に参加している。世話になっているのだから当然だろうが、この姿は現在の彼の存在の意味をそのまま示しているかの感を与える。特にこの「結《むす》び昆《こん》布《ぶ》」という具体物の名が何故かその感を強める。縁結びにかけて縁起の良さからこのような祝に使われるのだろうが、そうした意味とは全く無関係に、専兵衛が眞那板でこの卑小な具体物を扱っているということが我々を強く刺戟する。それが他の人物、専兵衛のような事情を持たない人物であれば、たとえ高禄の侍であったとしても何ということもない。専兵衛が前途を完全に閉ざされた青年であり、本人もそれを痛いほど自覚しているから、この情景、特に結び昆布が彼自身を象徴するのだ。

ところでこの日の夜になって「出來《でき》心にて兄娌《あによめ》を思ひ初《そめ》」という文は何を示すのか。専兵衛はこれまで兄嫁を見てもその美しさに気付くことはなかったのか。その通り。兄嫁を美しいと思うことは専兵衛にとっては当然の、ひとつの意識されていない禁忌だったのだ。その禁忌が取り外されてしまったとは、専兵衛の絶望がここでついに限界を越えたことを示す。もうどうなっても良いといった自暴自棄的な心の動き、それはすぐに恋情へと進み、あれ程彼の心情と行動を強く縛っていた「武士の義理」など瞬時に忘れられ行動へと進んで兄嫁を口説きにかかる。それにしても専兵衛の行動「専《せん》兵衛更《さら》に聞分《きゝわけ》ずして猶《なを》〳〵無理《むり》を進《すゝ》み夜着《よぎ》の下臥《したぶし》する時」は女性を口説くにしては、あまりに拙劣である。専兵衛にはこうした経験が乏しかったという以上に、彼が今全く自棄的になってしまったことを如実に物語っている。これは絶望の行為なのだ。

西鶴が以上のように専兵衛を丹念に描き、破滅に至る道筋を極度の合理的必然性をもって描いたことの理由は何か。このような専兵衛は作品でどのような役割を果しているのか。このあまりの美事さは、西鶴が自分はいかに人の心をよく知り、それを簡潔に表現するすべを心得ているかを読者に対して誇りたくなったとも考えられるだろう。しかしそれは枝葉末節のことである。それだけではないとしたら専兵衛がこの作品でどういう意味で設定されているのかをまず見てみる必要がある。するとすぐに次のことが分かる。専兵衛は青柳十蔵との対比に於いて書かれているということだ。一話の前半で十蔵なる人物は「十蔵首尾《ぞうしゆび》よく専《せん》左衛門うつて捨《すて》。取《とり》まはしよく立《たち》のき屋敷《やしき》にかへりさたなしにして世上《せじやう》を聞あはせける。」だいぶ経って専兵衛に敵《かたき》は十蔵と知られた時の「十蔵妻子《ぞうさいし》もなき者なれば。立《たち》のき行がたしれずなりて」で読者に知られるのみである。第四章第二節四で述べたように「世上を聞あはせける」には何となく狡猾な人物像が示されているだけで、専兵衛を中心とする専左衛門遺族の苦しみと絶望の様子が語られる間十蔵は背後に隠されている。専兵衛も専太郎母も亡くなり、専太郎は十三才に成長していよいよ敵十蔵を探しに旅立ってから、ようやく十蔵に筆が及ぶ。それは言葉を惜しんだかのような途切れ〳〵の十蔵自身の述懐である。述懐としては専左衛門死の直後の妻の歎きがあった。あれと対比せざるを得ない。あの五七調の抒情的な、淋しく月光の魔力の照らす夜の光景を背景に『三井寺』を思い出して母としての決意を新たにするくだりである。それと対照的に十蔵のそれはごく散文的、ひとり心中につぶやいた言葉の片鱗にすぎず、リアリティに溢れる一方、何と言っても無量の思いを説明するには言葉が足りないと感じさせる。しかし読者は、その行為がこれ程の悲劇を多くの人々にもたらした青柳十蔵は何を考えているのだろうと、無意識のうちにも十蔵の心の中の示されるのを心待ちにしていた。こうして「此事十蔵傅《つた》へ聞て」以下語り出される十蔵の内心は強い表現力を持っている。

此事十藏傳《つた》へ聞て若年《じやくねん》の氣《き》をつくし。我《われ》を打べき所存《しよそん》專左衞門子なりつら〳〵世《よ》の有様を觀《くはん》ずるに莵角《とかく》は夢《ゆめ》に極《きは》まれり我專左衞門を打て後《のち》其まゝ切腹《せつふく》すべきこそ武道《ぶだう》なれ。さもしき心底《しんてい》おこりて世をしのび人のそしりを請《うけ》ぬる事もよしなし。我かたより名乘《なのり》出て子細《しさい》なくうたれて專太郎が本望《ほんもう》をとげさすべしと。

言葉の足りなさが逆に多くのことを語る。一語一句が豊かな意味に溢れていることを感じさせながらも生々しく読者に訴える。「若年《じやくねん》の氣《き》をつくし。我《われ》を打べき所存《しよそん》專左衞門子なり」それでも冒頭のこの一文、衝撃的な強さを持ちながら正確な意味ははっきりしない。読む人ごとに違うだろう。それは十藏が專太郎のことをどれだけ知っていたと判断するかで変ってくる。專左衞門と親しい友だったから総領の男の子がいたことくらいは知っていたろうし、少しあとの「專太郎が本望《ほんもう》をとげさすべし」の語調からは、專太郎の名も知っていたとも受け取り得る。一応その推定が最も可能性が高いとし、正反対の、專太郎の名もその存在自体もこのとき初めて知ったとする仮定とを比較してみると、この一文の意味あいがかなり違ってくることに気づく。初めて專太郎のことを知ったとすると「專左衞門子なり」は極めて強く、さまざまな感慨を込めた思いが一気に十藏をとらえたということになる。專太郎の存在もその名も知っていたとすると、――その場合でも普段は忘れてい、專兵衞はやっかいな存在と意識していたのと違って、專太郎のことを考えることはあまりなかっただろう。この時改めて思い出させられたのだ。そしてその場合には「專左衞門子なり」の背景に潜む感情は衝撃的な強さを持つなどということはあまりない。だが「若年《じやくねん》の氣《き》をつくし。我《われ》を打べき所存《しよそん》」で読者の想像させられる十藏の心理はにわかに深く複雑なものとなり、我々は多くの想いを強く実感せずにはいられない。ある驚異の念とともに、自分を探している專太郎のあれこれの姿を思い描き、それは当然辛苦に満ちたものと想像し、年令を考えて痛々しささえ感じている。「專左衞門子なり」

はさすが専左衛門の子だというささか身贔屓な判断だが、ここでもう十藏は専太郎に対して一種父性愛的な感情を抱いていることが示されている。巻二の第三の篠原文助との差はそこにある。「我かたより名乗《なのり》出て子細《しさい》なくうたれて専太郎が本望《ほんもう》をとげさすべし」は当然の願望ということになり、それから必死で専太郎を探し続けたのも十分理解できることとなる。

西鶴はこの一篇で語り手をして手放しに青柳十藏を讃美させている。「専太郎に手むかひせすうたる、覚悟《かくご》の心入ためしなき男《をとこ》なり」。目録では「大夫格子《たゆふかうし》に立名《たつな》の男《をとこ》――形《かたち》は埋《うづ》めと武士《ぶし》は朽《くち》ざる事」とある。十藏のことを言っているわけで、「武士《ぶし》は朽《くち》ざる事」があるから「立名《たつな》の男」もはっきり名誉の名が立ったということになってしまう。このことから判断できるのは、当時の大かたの読者は――武士だろうと町人だろうと――青柳十藏に対して否定的なことが予想されたので、作者はことさらに己の人間的価値観を闡明にしておこうとしたということである。読者をして十藏と専兵衛を比較させたのもそのためである。ふとした口論から斬り合いになって友を討ち、卑怯にも逃げ廻った揚げ句、友の子が敵《かたき》として自分をねらっているのを知っていさぎよく討たれようと決意する男と、兄を討たれたため敵《かたき》をねらうが、兄の討たれたのが遊里で、しかも夜中に屋敷を抜け出してなど不名誉な死だったために、敵討ちの前途が悲観的で、敵《かたき》もなかなか見出せず、絶望のあまり兄姫に出来心で恋情を抱き、犯そうとして殺される男、一見どっちもどっちといった二人である。この一話の書き手は決して専兵衛を悪く書いてはいない。最後の兄嫁への出来心も、そこまで達するには充分心理的な必然性のあったことを示していた。我々読者は専兵衛のこの行為が心理的に充分理解できるのだ。ではなぜこの等価とも思える二人の男の一方のみがあれ程讃辞を浴びせられるのか。夢のようなこの世の中で両者とも善悪両面を備え、間違ったり正しい道を進んだりする。憐れむべき弱い人間というだけではないか。専兵衛は正から邪へ、十藏は邪から正へ、先か後かの違いは当然大きいがそれだけではない。西鶴はこの二人の間に本質的な差を見た。しかもそれは西鶴にとって極めて重要だったらしい。書き手をして十藏をかくも立派な侍と称揚せしめたものそれは、専太郎が自分をねらっていると聞いたときの十藏の心中に萌した感情、前に父性愛的感情と言ったものである。この人間的感情の有無が十藏と専兵衛を画然と分かった。もち論複雑極まる感情で父性愛的なものが大きいがそれに限るまい。「つら〳〵世《よ》の有様を観《くはん》ずるに菟角《とかく》は夢《ゆめ》に極《きは》まれり」以下十藏の胸は万感交々である。自分が討った旧友専左衛門へのある懐しい思いもあり、逃げ廻っている間の、さもしく生をむさぼり、希望もなくうつろで荒れ果てた日々の記憶もあり、悔恨もありといった具合である。だが専太郎に討たれることが、十藏にあってはいかに唯一の生の希望、真実の人間的な願望であったかを示すために西鶴は多くの設定をしている。専太郎に出逢うべく国中追って廻ったが、すれちがいを重ねたこと、それに死に瀕したときの、「死去《しきょ》の後形《のちかたち》を此ま丶土中《どちう》に筑込《つきこめ》。専太郎尋《たづ》ね來《きた》らばたとひ白骨《はくこつ》となる共。二たび我を堀出《ほりいだ》し敵《かたき》をうたせ給へ」の強い言葉など、すべて彼の熱意がいかに鞏固だったかを示す。十藏の死骸が埋葬してから百日以上経っているのに、「ありし姿《すがた》のさのみかはらず。生ある人の眠《ねむ》れるごとくなり。」という点、さらに「はしり寄《よつ》て聲《こゑ》をかけ。榎《え》坂専左衛門が世忰《せがれ》専太郎なるが親《をや》の敵《かたき》のからだなればうつといへば。十藏《ぞう》死骸《しがい》眼《まなこ》をひらき笑《わら》ひ皃《かほ》して首さしのはす。」も同様といえるか。ここではむしろ作者西鶴が、死んだ後でもなんとか専太郎に討たれたいという十藏の熱意をいかに表現したがっているか、それを意識的に読者に伝えようとしている。当時の読者にはここに書かれたことをごく普通の怪異現象と受け入れ、成る程十藏の念願の強さはこんなことも可能にさせたのかと感心する者もいたろうが、世に怪異現象など存在すること自体全く信じない者も、多くはないだろうがいた筈である。後者は百日の間「さのみかはらず」という事はあり得るし、死骸が目を開いて首さしのばすということも土中から堀り出されたのなら不思議ではないし、「笑ひ皃《かほ》」は半ば腐敗しているからそう見えただけだろうと判断して安心する。だが西鶴が考えていたこうした読者こそ、作者は余程このことが書きたかったのだと推察し納得する。

以上、西鶴は十藏の決意と死を極めて価値高いものとすることによって、自己の倫理感の一端を明確に示した。十藏自身が「今となりての病死《びやうし》。さりとは武勇《ぶよう》の本意《い》にあらず。」と武勇という言葉を用いている。専太郎も十藏のことを「男なり」と言う。これは公的な武家道徳としてもひろく認められ賞揚さるべきものと西鶴は主張しているわけである。だが十藏のこの決意の基となったのは専太郎のことを耳にして「専左衛門子なり」と内心に呟いたときの極めて人間的な感情だった。敵《かたき》として討たれるべき者が前非を悔い自ら進んで討たれようとするのは現実に多くあったか否かは問わず、当時の武士道でも当然認められ賞せらるべき行為であっただろう。「身袋破《しんたいやぶ》る落書《らくがき》の団《うちは》」の文助である。だが第四章第二節四でも述べたように西鶴は読者が文助の行為を肯定し讃嘆するようなことがあり得ないように努力して書いた。それに反し「太夫格子《たゆふかうし》に立名《たつな》の男《をとこ》」の十藏は思う存分賞揚している。それはこの人間的感情のためである。そのことを西鶴は専兵衛なる人物を創り出し巧妙に十藏と対比せしめることによって明確にしている。この章、冒頭から懐旧的な詩情に溢れる中で、人物の複雑微妙な心理と行動が適確に描かれ、両者相まって十藏の述懐にあった「菟角《とかく》は夢《ゆめ》に極《きは》まれり」の浮世観がこれだけの言葉数で表現されている。秀作と呼ぶべき一篇と言えよう。

二

巻四第二「誰《たれ》が捨子《すてご》の仕合《しあわせ》」では、樫崎茂左衛門が弟茂右衛門の敵《かたき》矢切團平を討つとき、弟に息子も甥もいなかったので捨子を拾って弟の養子とし、首尾よく敵討を果たした話が語られ題にもなっている。その茂右衛門が團平にだまし討ちにされた話、それに隠されていたこの事件が露顕に及んだ次第も興味深い。それは團平が家来の九市郎を少しの科《とが》で手打ちにするが、明日は処刑と決まった前夜九市郎が婚約者の久米に主人團平の過去の悪事を語り、久米は九市郎の言いつけ通り、彼の刑死の直後茂右衛門の兄茂左衛門宅に駆け込んでそれを語って死ぬという話である。この三挿話からこの一話が成り立っている。詳しく見てゆく。

ところでこの一話は『武道伝来記』中目下の者をいじめる非道な侍を描く最初の章であろう。これまでに出てきた大勢の悪人たちから探すと、巻一第四「内儀《ないぎ》の利発《りはつ》は替《かはつ》た姿《すがた》」で茶堂休林の坊主頭を扇子で打った金塚牧馬が一見それに近い。しかしよく考えてみれば、いくら家老と茶坊主でも同じ家中の藩士として基本的に身分は対等のはずである。茶坊主は他の藩士たちから馬鹿にされる存在だったらしいが、頭をひっぱたくなど公然の恥辱を加えることは行き過ぎで、伝統や慣習は無視し、権力を振るう出頭家老の牧馬だから犯した誤りである。己の若党九市郎を些細な科で手討ちにする矢切團平は、この時代の世間にはいくらもいた残忍な侍だが、目下を苦しめる侍となると『武道伝来記』の主要人物としては最初の者だ。だが同じこの章の冒頭に出てくる團平と茂右衛門に上意討ちにされる辻岡角弥は、團平に先立ってまずそうした侍として書かれる。

心の海《うみ》を横《よこ》わたしにむかし嶋原《しまばら》の舟つきに。辻岡角弥《つちをかかくや》とて浦《うら》の吟味役《ぎんみやく》人して有しが御奉公疎略《ほうこうそりやく》して。明暮奢《あけくれをご》りを極《きは》め京《きやう》より美女《びぢよ》を取よせ。其上他國《たこく》よりの縁組《えんぐみ》をかたく御法度《はつと》を背《そむ》き。泉州堺《せんしうさかひ》の手前《てまへ》よろしき町《まち》人の娘《むすめ》をよびむかへ。さま〳〵我《わが》まゝかさなりしを家老中《からうちう》ひそかに敉度異見《すどいけん》くはへられしに。一圓承引《えんせういん》いたさず女を幾人《いくたり》か手打《てうち》にせし事。其外《ほか》十二ケ条《でう》の悪事横目役《あくじよこめやく》より言上《ごんじやう》申せば御僉儀極《せんぎきはま》り。

角弥の方が後の團平よりも派手に悪事を重ねている。まるで自暴自棄のように思い切ったふるまいだが、上意討ちの危険を感じなかったのかと不思議でさえある。十二ケ条の悪事と言うがここではっきり書かれているのは「女を幾人《いくたり》か手打《てうち》にせし事」だけである。堺の町人の娘を嫁に取ったこと等も当然入っているのだろうが書かれず、その意味でこの一句は目立つとも言えるが、角弥の数々の悪事が列記された最後にそっと付加されているから、語り手の意志としては強調する気はなさそうだが、そっと付加された言葉は実はひどく目立つことが多い。つまり西鶴は声高に饒舌にではなく小声でそっと言いながら読者に印象づけようとしているわけだ。「京より美女《びぢよ》を取よせ」とあるから角弥は女好きと知れ、この手打ちは巻一第二「毒薬《どくやく》は箱入《はこいり》の命《いのち》」で橘山形部が小梅を処刑したような、厳しい正義の執行などというものではなく、腹立ちまぎれ、あるいは加虐嗜好からと想像される。この頃まではしばしば見られた目下の者に対する侍の残忍非道な行為である。これを一話の冒頭にしかもこのような形で書いた理由は何か。いろいろに考えられるが実際にこの句が働いている動きを見ると、主題である團平の非道がこれによってより普遍化されていると言えるだろう。「奢《をご》りを極《きは》め」た角弥の悪行の方が「いつとなく奢《をご》りて」の團平よりひどかったのはいわば当然で、團平は悪虐の道に入って間もない新入り、角弥は大先輩として印象づけられ、「家來《けらい》に情《なさけ》をかけず」家来に対する酷薄さが顕著な侍など珍しくもなかった事実を当時の読者といえども再確認させられる。

　角弥上意討ちの場面だが、これは生彩あふれる書き方で、今日の読者には極めて難解な場面なのかも知れないが、的確な用語のせいか動作が眼前に彷彿し、動作から茂右衛門團平両名の性格までうかがわれる。

　兩人上意《じやうい》請《うけ》て角弥濱屋敷《はまやしき》に案内《あんない》なしに入て。仰せ渡《わた》さる丶段〻《だん〱》聞給へと茂右衛門書《かき》付讀仕舞《よみしま》へど。團平おくれて不首尾《ぶしゆび》の時。茂右衛門ぬき打に子細《しさい》なく角弥《かくや》をと丶めまでさして立《たち》のく時《とき》。團平言葉《ことば》あらく寂前《さいぜん》申合《あはせ》て鬮《くじ》を取。其方はケ条書《かでうかき》を讀役《よむやく》此方打役《うつやく》に極《きは》めしに無用《むよう》の出來《でか》しだて。八幡堪忍《まんかんにん》ならずと眼色《がんしよく》かへてつめかくる。

茂右衛門はこのようなせっぱ詰まった場面でも落着き払って行動しているのに、團平は「おくれて不首尾《ぶしゆび》」だったという。剣の力に劣っていたのか度胸に欠けていたのか、おそらくその双方だろう。こういう場合書付を読み終わった瞬間、つまり相手が殿様からの御書付だというので神妙に聴いている、その態度から回復するより前に間髪を入れず斬りつけなければなるまい。一瞬の遅れが相手に必死の反撃の機会を与える。團平はもたもたしたと言っても遅れはほんの少しだったかも知れないが、「不首尾《ぶしゆび》の時」とあるから角弥は刀の柄に手をかけたか、刀を抜いてしまったか遅れがはっきり形にあらわれたのは間違いない。後に九市郎も「主《しゆ》人おくれて首尾《しゆび》あしき故《ゆへ》に」と言っている。つまり茂右衛門ひとりがこの瞬間團平が遅れたと判断して、團平に先んじて刀を抜いたわけではない。團平のせいで当初は遅れて討ち損なったが茂右衛門だからすぐに相手を討ち倒すことができたということであろう。それなのに團平は、自分が不首尾だったことを茂右衛門も自分自身もよく知っており、自分がそれを知っていることを相手も又知っていると知りながら、茂右衛門が早まって籤での決定に背いて角弥を斬ってしまったと難癖をつけ、血相を変えてつめ寄ってくる。こういう馬鹿者は何時何処にでもいるもので、たぶん自分自身に対して無性に腹を立てているのだろう。的確に描いた西鶴に舌を巻く。

茂右衛門すこしもさはがず此義二人《き》承れば。いづれか前後《ぜんご》の論《ろん》に及《をよ》ばず是兩人の働《はたら》きなり。角弥首尾《かくやしゆび》よく打取《とる》こそ仕合《しあはせ》なれ。御前《ごぜん》の御機嫌《きげん》なるべし急《いそ》ぎ給へと首羽織《くびはをり》につゝみ立のく所を。うしろより茂右衛門を切付《きり》しに茂右衛門は落着き払っている。團平に理屈を言ってやり込めるでもないし、團平に恥をかかせまいとするでもない。彼はいつも同輩の間で一人傑出しているような存在なのだろう。「此義二人承《き》れば」以下の茂右衛門の言葉は大人びて理性にあふれ、いつもリーダー役をつとめ、自分でもそれは当然と考えることに慣れてしまった男の言葉である。茂右衛門は團平のような卑怯者の心理を知らない。「首羽織《くびはをり》につゝみ」の動作もいかにも物慣れた様子だが、まさか團平が背後から斬りつけるとは知らなかった。だが「是兩人の働《はたら》きなり」はちょっと甘いかも知れない。藩の上層部ではどちらの手柄が大きかったのかしつこく詮索するのが普通なのではないか。

次に團平のこの隠された悪事が露れる話で、明日手討と決まった家来の九市郎が牢の格子を隔てて恋人の久米にそれを語る。

たがひのうきを語《かた》りつくし我命《わかいのち》をとらるゝ程《ほと》の事にはあらず。さりとはむごき仕《し》かたなり。此怨念外《をんねんほか》へは行《ゆく》まじそなたもかく成行《なりゆく》身の程《ほど》さぞ不便《ふびん》に思はるべし。何事も主命《しうめい》なれば是非《ぜひ》もなし。され共身にあやまりなくて死《しす》る事後《のち》の世《よ》迄の迷《まよ》ひなり。旦那《だんな》に此恨《うら》みをなして此家失《いへうしな》ふ事こそあれ。日外《いつそや》の上《じやう》意《い》打柏崎《うちかしさき》茂《も》右衛門殿手に掛《かけ》て角弥《かくや》殿をうたれしに。主《しゆ》人おくれて首尾《しゆび》あしき故《ゆへ》に茂右衛門殿を角弥《かくや》うたれし處《ところ》を切伏《きりふせ》たるやうに御前《ごぜん》へ披《ひ》露《ろう》申されしが誠《まこと》は茂《も》右衛門殿《との》を旦那《だんな》だまし打《うち》にして世《よ》には手柄《てがら》ふれける。是畜生《これちくしやう》なれば此事茂右衛門殿兄《あに》茂左衛門殿《どの》に告《つげ》しらせて主人團平《しゆじんだんへい》をない物にせば我相果《われあひはて》ても思ひは殘らじと涙《なみだ》をこほす。

何度も言うがこの頃（貞享・元禄期）までは、九市郎のような若党が手打ちになる事件は珍しくもない。しかし手打ちと決まった家来が九市郎のように仕返しのために主人の秘密をばらすということはめったに無かっただろう。

恋人にそれを洩らす一夜の余裕、それに久米のような人物を近くに持つ者は少なかったであろう。しかしそれよりも、たとえそうした事情に恵まれた者でも、敢えて主人の秘密を守ったまま殺されてゆく者の方が普通だったと思われる。九市郎のような行動は飽くまで例外的だったに違いない。不当に殺される者が自分を不当に殺す者の悪を言わない。なぜならそれは自分の主人だから、と言うのがむしろ当時の常識だろう。

侍のなかで、知行取り扶持人など普通の藩士、あるいは今は浪人だがどこかの藩に抱えられることを望んでいる者と、それらの侍に仕えている侍との間には画然たる身分上の格差がある。藩士の間の知行の差、藩で果している役職の差などはたとえ石高が百倍であろうと身分の差にはならない。本論では仮に前者を上級武士、後者を下級武士と呼ぶ。下級武士が自分の主人である上級武士に対する忠義なるものは盲目的な程強固だった。上級武士にもそれを当然とする意識があるから、服従は絶対的なものとなり、限度を超えると陰惨なドラマが発生する。上級武士の自分の主君たる藩主に対する忠義はこれとは大分違う。藩主の命令は一応絶対的であっても、諫死などと死を賭せば反対できた。役柄が上の者はそれが職務という者もいた。石高がかなり低くとも上級武士には藩主と身分的には同じという意識があったと推察される。

だから上に引用した、死を前にして久米に語った九市郎の言葉は、当時はほとんどあり得べからざるものであった。だが西鶴はそれを書いた。そして読者の意識が九市郎の裏切りを憎むべき不忠の一語で非難して片付けてしまうことの無いように様々な状況を整えている。立派な侍だった茂右衛門を無言のまま背後から斬りつけるという團平の卑劣さを極力印象づけ、藩主をはじめ世間をだまして茂右衛門の成した仕事を自分の功績と偽り、名誉を自分のものとした狡猾さを強調している。さらに團平の悪行が茂右衛門の残された妻にいかに癒し難い悲しみをもたらしたかを書き、読者の同情心を呼び起こして團平に対する憎悪をかき立てようとする。

しかし九市郎の不忠を読者をして問わしめないためにはやはり何といっても九市郎と久米という当事者二人の書き方が重要である。久米の姿を見ると、九市郎が手打ちになったとき「腰元《こしもと》の久米《くめ》は屋敷《やしき》をぬけ出茂《も》左衛門殿にかけ込《こみ》。此段〻《たん〴〵》語《かた》り舌喰切夢《したくひきりゆめ》よりはかなく消《きへ》ける」とある。九市郎の言った通りをすぐに果たした久米の行為はやはり九市郎同様に不忠の極みである。読む者が彼女の不忠に怒り出さないようきわめて簡潔にしかも哀れ深く書いている。「此段〻《たん〴〵》語《かた》り舌喰切夢《したくひきりゆめ》よりはかなく消《きへ》ける」と書かれた久米を糾弾できる者はいまい。

以上いくつかの背景と説明のあとで、九市郎の久米に語った言葉を検討する。雨の夜人寝静まったあとにぼそぼそと語る語調を感じさせながら、不当に命を取られる者の恨みが重々しく沈澱している。一方、ひと晩中久米と語り合ったせりふをこのわずかな語数に要約し、簡潔で論理的でさえある。正反対の二つの性格を九市郎の言葉に与えているのだ。

「我命《わがいのち》をとらるゝ程《ほど》の事にはあらず。さりとはむごき仕《し》かたなり。此怨念外《をんねんほか》へは行《ゆく》まじ」九市郎の言葉には何の屈折も裏もなくこの上なく直截で簡単明瞭である。命を取られる方の男が自分に加えられる仕打ちのむごさを痛感しその不当さをひたすら恨んでいる。相手の心事への推量、自分の行為への悔恨、反省そのようなものは一切無く、すぐにも「怨念《をんねん》」の語が出、「外《ほか》へは行《ゆく》まじ」とその怨念の運動の直線性を強調する。この単純にして明解な論理は、西鶴がまず事の残虐性そのものを強く読者に訴えようとしていることを示す。次いで「そなたもかく成行《なりゆく》身の程《ほど》さぞ不便《ふびん》に思はるべし」と続く。「かく成行《なりゆく》身の程《ほど》」は恐りと怨みはやや薄らいで少し高い視点から自分のこれまでの人生を顧み、それは明日終わりになるから初めて悲しみの感情も入ってくる。姿勢が悲哀感のため少し軟化したので「そなたもかく成行身の程さぞ不便に思はるべし」と恋人の同情に訴えている。「何事も主命《しゆめい》なれば是非《せひ》もなし。され共」前述のように主命には絶対服従というのが九市郎のような下級武士の掟である。いくら「むごき仕《し》かた」

でも「是非《せひ》もなし」と諦めるよりほかない。と言いながら「され共」と思い返し、思い返すべき理由を言う。それは罪や過誤の自覚なくして死ぬのは「後《のち》の世《よ》迄の迷《まよ》ひ」だから旦那に恨みを晴らすのだと。これは九市郎の言葉の最後の「主人團平《しゆじんだんへい》をない物にせば我相果《われあひはて》ても思ひは殘らじ」と同じである。「忠」という絶対的な掟に対抗して、西鶴が死後の世界まで続く「迷ひ」、この世に残る「思ひ」、というはなはだ人間的な要素を立てて拮抗させ、最終的に後者に勝利させているとも言えるが、西鶴の描き方の巧みさゆえ、死を前にした九市郎はこの理屈に藁にもすがる思いで救いを求めているようにも受けとることができる。一般に死すべき人物がその死をもたらした人物に恨みを晴らして死んでゆくとはこうしたものだろう。忠義の儒教道徳に抵抗するのは死の真実が結局は最も強力であると西鶴は考えたのか。それにしても「旦那《だんな》に此恨《うらみ》をなして此家失《いへうしな》ふ事こそあれ」とは恐ろしい言葉である。先に「雨の夜人寝静まったあとにぼそぼそと語る語調」と言ったが、内容の恐ろしさが自然にこうした語調を感じさせるのだ。論理を積み上げ必然の道筋で出てきた言葉だが、一方死を前にした者の怨恨が、通常言うべき筈の無い人物に言わせた生々しさを持つ。そして出てきたのはあの角弥上意打ちの折の團平の卑劣な悪事、だまし打ちのいきさつである。「日外《いつそや》の上《じやう》意《い》打柏崎《うちかしさき》茂《も》右衛門殿手《て》に掛《かけ》て角弥《かくや》殿をうたれしに。主《しゆ》人おくれて首尾《しゆび》あしき故《ゆへ》に茂右衛門殿を角弥《かくや》うたれし處《ところ》を切伏《きりふせ》たるやうに御前《ごぜん》へ披露《ひろう》申されしが誠《まこと》は茂《も》右衛門殿《どの》を旦那《だんな》だまし打《うち》にして世《よ》には手柄《てから》ふれける」これは人物の心理の彩など一切抜き去った簡潔な報告である。だがこの犯罪の性格、つまり團平の卑劣さ加減「だまし打《うち》にして」とか、藩主までたぶらかした反社会性「御前《ごぜん》へ披露《ひろう》」「世《よ》には手柄《てから》ふれける」は個々の語が冷静的確に指摘する。あの場に九市郎がいたことを読者は初めて知って驚くが、團平が悪事をすっかり見ていた九市郎を意識的にか無意識にか気にしていて機会をとらえて亡き者にしようとした、と解釈するのは間違いである。そんな事は團平の内面には全く無かった。そうでなければ後で多少面倒でも即座に斬っただろうし、一晩牢に入れたにしても人が近付かぬようにしたろう。続く「是畜生《これちくしやう》なれば」もはっとする程生々しいが、上意打ちの際の團平の行為の真実を衝いた言葉と感じるからである。「侍畜生」とはこの時代侍に対する悪罵の言葉だが、ここでのように通常はそれを最も言いそうにない立場の人物が声を潜めて、当然の真実を語るという言い方で語るから空恐ろしさと、この上ない説得力を持つ。

西鶴の意図通り当時の読者が九市郎の裏切りに正義を見たかは分からない。当時はこのように主君を裏切るなど、たとえ主君に不当に処刑される人物によってであろうと極悪非道の悪、不忠だった。それを西鶴は何とかしてひっくり返そうとあの手この手で努力している。今一度それをまとめると第一に主君の方の悪を強調、特にとんでもない不忠を含んだものとし、これ以上ない程の反社会的な性格も持たせた。第二に主君の悪行によって生命を失い、または不幸な身の上に陥る人の運命を列挙する。直接表に出ているだけで五名にもなる。第三には当然ながら処刑される人物を極力同情に価する存在と描き出そうとした。ここでは九市郎の許婚者久米である。九市郎はことさら読者の同情を惹くような描かれ方ではない。不忠の臣にこだわる読者の意に背かないようにしているのだろう。だがこの裏切りの不忠という性格以外に九市郎には憎むべき姿が全く見られない。

最後に、茂左衛門による弟の敵討ちの成功については言うべきことがあまりない。気付いた点を箇条書きで述べる。

一、茂左衛門が「才《をと》ながら是は各別義《かくべつ》なれば」と敵討を出願したとき、藩が逆敵討として許可しなかったのは、藩主以下、茂左衛門が何とかして美事に敵討を果たすことを期待し、形式的にも非の打ちどころのないものにしたかったのだろう。これは全藩の心理的支援を受けた敵討ちである。

二、團平は極悪非道の悪者だが茂右衛門を後から斬りつけるという最初の腹立ちまぎれの卑怯な罪が基になり、それが次第に大きく膨らんで行ったということもある。冒頭の辻岡角弥の完全な悪党ぶりとは差がありそうだ。「團平《だんへい》其後《そのゝち》は世間《せけん》のよきまゝにいつとなく奢《をご》りて」とある。自分の犯した卑劣な犯罪に世間の人々が一向に気付かず、その犯罪のおかげで名誉と富を得るなど世間的に成功した場合、次第に別の非行・犯罪に走ることのない人物は稀だろう。卑劣さの自覚がますます自分に卑劣な行為を犯させる。この一句はその真実をそれとなく、そして的確に示している。(1) 茂左衛門が團平を討ったときの「八月十四日時節《じせつ》を待宵《まつよひ》の月見。所の人をさそひ。團平《たんぺい》濱邊《はまべ》に出《いで》しを」はちょっと意外の感を与える。近所の人をさそったというのは以前の團平と違っている。團平は自分の最初の悪事が露われてかえってすっきりしたのではないだろうか。八月十四日の月のように澄みきった心境かどうかは別として。

三、当然の成り行きとして茂左衛門の敵討ちは成功する。この一話の語り手は諸手を挙げて讃美している。「天晴《あつはれ》はたらき殘《のこ》る所なし」「武勇《ぶよう》此時國中《こくちう》に其名《な》をあげける」「家《いへ》の悦《よろこ》びをかさね菊酔《きくゑひ》をすゝめて。千秋樂《せんしうらく》を諷《うた》ひ柏崎《かしさき》の名《な》をいはゐけるとぞ」だがこの祝福すべき結末の強調は、團平の悪の数々の被害者の、とり返しのつかない不幸を逆に照らし出しもする。西鶴はその効果もねらったのだ。

四、捨子を養子にした茂左衛門の才覚は大成功だった。藩主がその事を完全に肯定していることは、敵討の成功に対する藩中の期待の強さを示す。それをぜひ「子方《こかた》の者《もの》」でなければならないとした当時の制度は形式主義的だとする批判は読みとれない。(2) それよりもこれは誰の子とも知れぬ茂吉が、立派な武士に成長するかも知れぬ可能性を示し、支配層たる武士にふさわしいか否かは決して生まれではないことを強く言う。團平や角弥はもち論武家の生まれだろうが、支配層の一員には全くふさわしくなかったことをはっきりさせている。

この話は当時現実にしばしば見られた、目下の者に対する武士の極悪非道を『武道伝来記』中ではじめて描いている。既存の善悪の規範など顧みようともしなかった西鶴でも、残虐な行為を悪とすることだけはまず否定できない真実だったように思われる。そうした残虐行為が一番発生しやすいのは上級武士と下級武士の間だろうが、西鶴はおのれが町人階級の出身だからと言って、特に下の階層の側に立つでもなく、かなり冷静に事の次第を見つめていると言える。そのために強固な倫理の基盤たる「忠義」の力を多少ぐらつかせる必要があったのだ。

註

（1）西鶴のこうした犯罪観がまざまざと表現されたのは『本朝二十不孝』巻二の二「旅行の暮の僧にて候」であろう。拙稿「西鶴の描いた恋愛――フランス十七世紀文学と対比して――」（本書第一部第二章参照）

（2）敵討の捨子利用は興味深いので、この作品については次の見方が普通なのかもしれない。

「…この話は、武士の一分や義理を守るための敵討ち遂行に必要な形式を整えるために捨子を利用するというもので、武士社会の習俗として形式化された敵討ちのむなしさを示している。」植田一夫『西鶴文芸の研究』昭和54年　笠間書院　129頁。だが、この一話が「敵討ちのむなしさ」を書いているというなら、説明が必要だ。

（未完）

平成十四年十一月稿

第五章　『日本永代蔵』の二話——没落談に見る西鶴の人間表現の特質——

一

『日本永代蔵』巻三の二「国《くに》に移《うつ》して風呂釜《ふろがま》の大臣《だいじん》」の主人公萬屋三弥は、父の遺産を受け継いだのち、堅実勤勉に家業に専念し、殖産事業さえ興して巨富を築いていったが、初めて京に遊び女色を知ったとき、人生観と生活態度を一変させる。その後の驕奢を極めた生活を作者は筆を尽くしてこう書く。

色《いろ》よき妾者《てかけもの》十二人抱《かゝへ》て豊後《ぶんご》に下《くた》り居宅《ゐたく》を京作《つく》りの普請美《ふしんび》を盡《つく》して軒《のき》の瓦《かはら》に金紋《きんもん》の三の字《じ》を付ならべ四方《はう》に三階《かい》の寶藏廣間《たからくらひろま》につゞきて大書院《おほしよゐん》。六十間《けん》の廊下東西《ろうかとうざい》に筑《つき》山南《みなみ》に粼《すはま》を堀《ほら》せ岩組西湖《いはくみせいこ》を移《うつ》し。玉《たま》の蒔石唐木《まきいしからき》かけ橋亭《はしちん》に雪舟《せつしう》の巻龍銀骨《まきれうきんほね》の瑠璃燈《るりとう》をひらかせ。瑪瑙《めなう》の釘隠《くぎかく》し青貝《あをかい》の椽鼻《たるきはな》。眞綿《まわた》入の疊《たゝみ》に天鳶兎《びろうど》の縁《へり》を付其外《ほか》の結構記《けつかうしる》し難《かた》し雪《ゆき》の朝《あした》を詠夏《ながめなつ》の夕涼《ゆうすゝ》み。玄宗《けんそう》の花軍《いくさ》をやつし。扇軍《あふぎいくさ》とて枚多《あまた》の美女《びぢよ》を左右に分て其身は眞中《まんなか》に座《ざ》して汗《あせ》しらぬ姿《すがた》を兩方より金地《きんぢ》の風《かぜ》に扇《あふ》ぎ立《たて》られ風つよきかたの女《をんな》になびきまげたる方《かた》の扇は。捥取《もぎとり》て池《いけ》にうかめ扇《あふき》ながしを慰《なくさみ》の一景《けい》。むかしの眞野《まの》の長者《ちやうじや》も此奢《をごり》には何としてかは及《をよ》ぶまじ内證《ないしやう》は人しらねばとて天《てん》の咎《とがめ》も有べし。一家《け》是《これ》を悔《くや》めと更《さら》に止事《やむ》なし。[1]

このくだりの前半は、居宅の贅を尽くした造りのさまを、使われた高価らしい具体物の名を列挙し、「其外《ほか》の結《けつ》構記《かうしる》し難《かた》し」とその一部を例示しただけであることを断りながら描く。後半では、そこでの主人公の愚行と呼ぶほかない遊楽の具体的なさまが書かれ、しかもそれがひとつの例に過ぎないことは、このくだりの冒頭「雪《ゆき》の朝《あした》を詠《ながめ》夏《なつ》の夕涼《ゆうすゝ》み」と毎日の安逸な生を言い、その中での遊びのひとつ、夏のそれとして書かれていること、また最後の「慰《なくさみ》の一景《けい》」の句からも暗示される。他にも似たような贅沢極まる愚行はいくらもあったと想像させるのだ。

この極端な奢侈ぶりは読者に嫌悪感を催させるほどである。そして「天《てん》の咎《とがめ》も有べし」なる地の文の中の一句は、前後の「内證《ないしやう》は人しらねばとて」「一家是《けこれ》を悔《くや》めと」の二句で、憂慮したのは家の者たちと分かるものの、この愚行を何か空恐ろしい罪深いものとして印象づける。読者も主人公の破滅が近いことを予想させられ、だが同情はなく、むしろ冷ややかな好奇心を持って先を期待するのみである。

ところが、これ以上あるまいと思われた主人公の驕奢は、次に更に一段とその度を進める。永年家に仕えた手代が急死して、すべての財産を主人公が自由にできるようになったあとの様子はこう書かれる。

> 其後《のち》は鑰《かき》ども請取《うけとり》て心まかせの奢《をこり》を極《きは》め。我住國《わがすむくに》の水の重《をも》きを改《あらた》め兎角都《とかくみやこ》の水に増《まし》たるはあらじと。音羽《をとは》の瀧《たき》のながれを毎日汲《まいにちくま》せ。先《せん》ぐりに幾樽《いくたる》か遙《はるか》なる舟路《ふなぢ》を取よせ。手前《まへ》に湯《ゆ》屋風呂屋《ろや》を拵《こしら》へ日毎《ひこと》に焼《たか》せける。むかし千賀《ちか》の浦《うら》を六条《てう》に移され塩釜《しほかま》の大臣《だいしん》あり。是は都《みやこ》の水《みつ》を桶《をけ》に移《うつ》されければ。風呂釜《ふろかま》の大臣《たいしん》とぞ申ならはし。追《をつ》付朝夕《つけてうせき》の煙絶《けふりたへ》にし事を待《まち》みしに案《あん》のごとく

これは恐らく作者西鶴の想像し得た限りの奢りの極みであろう。実際、ぎりぎりのところで話を幻想談に陥らせ

ない現実性を保たせるとするなら、まずこのあたりしか考えられまいと思わせる。前のくだりでは「むかしの眞野《まの》の長者《ちやうじや》も此奢《をごり》には何としてかは及《をよ》ぶまじ」と、伝説に残る長者以上としていたのを繰り返し、「むかし千賀《ちか》の浦《うら》を六条に移《うつ》され塩釜《しほかま》の大臣《だいしん》あり」以下、一層身分の高い源融なる周知の過去の人物を引合に出し、それと対等、いや融が難波から京へ海水を運ばせたのに比べこちらは京から豊後、しかも連日順繰りという、皇子を凌ぐ奢りだったとする。そしてこの気違い染みた奢侈は、莫大な費用を要したということ以外にいくつかの属性を持つが、それはすべて作者によって意図されたものと見倣すべきであろう。第一に、源融を凌ぐ贅沢でありながら、融にあった風流の精神は皆無だということである。融の河原院造営が誇張された典型として示すものは、或る美的価値のために払う犠牲の大きさ、さらにはその背後に潜む求道の精神の存在であり、それ故にこそ、いかに凡俗の常識から懸け離れていたとしてもなんとか許し得るものとなる。この主人公の三弥の場合それが無い。全く即物的、現実的な動機であり、憎むべく嫌悪すべき行為とされる。そして第二に、この愚行は、いかに現実的、利己的であろうとも、一方では、張本人たる三弥自身にとっても恐らくそれ自体の価値を持つものではなかったという点がある。茶の湯の水でもあろうことか、風呂の水である。「我住國《わがすむくに》の水の重《をも》きを改《あらた》め」というのだが、主人公は風呂水の水質を感得するほどの神経の持ち主とも皮膚病患者とも設定されていないから、作者はこれを無意味な行為、京への憧憬の強さを物語りはするが主人公にとってもほとんど象徴的意味しか持たない、無償に近い行為として設定したことになる。第三には、これが他人の生命財産を直接奪うといった、普遍的に嫌悪すべき結果を伴うものでない点にも、作者の用意を見るべきだろう。読者がいかに呆れ果て、侮蔑し、あるいは戦慄しようとも、その対象は純粋にこの行為の贅沢さという点にだけ集中するように設定されているわけである。さらに、前のくだりでは他人に知られぬ屋敷内の奢りだったのに、ここではおおびらなこととされ、「風呂釜《ふろかま》の大臣《たいしん》とぞ申ならはし」が示すように、何人の憎悪をもかき立てずにはおかぬほどのこの奢りに、主人公は他人の思惑など眼中に無く、傍若無人の境に達したことが知られる。だからもちろん虚栄でもない。他人に見せびらかして快を得ようという意識はこの男の行動の根底に全然感じられない。

以前の奢りですでに「天《てん》の咎《とがめ》」が示唆され罪の匂いが立ちこめていたが、ここで読者は、憎悪、嫌悪感とともに一種不思議の念に襲われざるを得ない。愚行であることは確かだが、その意味は何だったのか。こんなことを為出かす人間は何を求めているものなのか。怖れは無かったのか。財を蕩尽してしまう心配ではなく、この世の価値観に挑戦するかのようなおのれの行為そのものに対して。だがその答えはここでは暗示されさえもしていない。そのことが読者をして深く考え込ませる。水は毎日汲ませたのだから、この犯罪的愚行は一時的な過ちではあり得ない。毎日ということなら、慣れはあったにしても、逆にふと事の重大さに気付くこともまたあってもいい筈ではないか。また、僅かな象徴的意味以外は全くの無駄という事実自体に、荒んだ心情がようやくかすかな快楽を感じ得たのだったとしたら、同じことが何日も続くことはあるまい。主人公の内部でこれを可能にしたものは一体何だったのか。

答えをその動機に求めて読者は作品を遡り、まず主人公が変貌した契機を思い出す。それはごく単純でありふれた、それゆえ納得しやすいものだった。

其後《そのゝち》母親《はゝをや》同道して京《きやう》の春《はる》に逢《あへ》り。何國《いつく》も花《はな》の色香《いろか》に遠《ちが》ひはなくて。花みる人に遠《ちが》ひ有。おもしろの女﨟《ぢよらう》の都《みやこ》や山も川もちらぬ花の歩行《ありく》をみて。かなしやいかなる因果《ゐんぐは》にて田舎《いなか》には生《むま》れけるぞと我國元《わかくにもと》の事を忘《わす》れて毎日《まいにち》の遊興《ゆうけう》に氣を乱《みだ》しける。され共限《かぎ》り有て歸《かへ》るさに色《いろ》よき妾者《てかけもの》十二人抱《かゝへ》て豊後《ぶんご》に下《くた》りつまり、この男も初めて女色の興を知ったのが動機となったのだ。『日本永代蔵』中数多く描かれた財産蕩尽、破滅の一例である。しかも豊後から出てきたこの男にとって、「おもしろの女﨟《ぢよらう》の都《みやこ》や」と、大抵の素人女さえ目を瞠るばかりの美しさだったから、その男の遊里での遊興は、京大阪の堅物が初めて遊里に足を踏み入れた場合よりも、昨日までの日常との落差ははるかに大きかったろうというわけだ。そして京阪の遊冶郎は遊里の中で財を費消するから目立つこともないのに、この男は田舎に帰らざるを得なかったから遊興があのような形を取ることになった。

だが、それでもなお我々読者は完全に得心がゆくというわけにはいかない。扇いくさの挿話はともかく、あの風呂水の一件の衝撃はあまりに大きいから、その謎はしこりのように残る。遡り続ける読者のこの人物への関心は、まず、変貌以前の彼の姿を想起し、変貌の大きさにあらためて驚く一方、愚直で融通が利かず、一旦思い込んだら最期自分の考えを容易に改めようとしない性格からは、後のあのひたむきな奢侈ぶりもある意味で不自然ではなかったと気付く。そして読者の意識は、甚だまともで家業に精出し事業に励むこの男の姿から、さらに遡って、その姿勢の一因でもあるとして書かれた、作品冒頭の父の死の場面とそれに直面したときのこの男の感慨に行き着かざるを得ない。そして、このとき我々は、主人公の変貌の底にあったもの、さらにはあの全くの無意味かつ恐るべきものだった奢侈の意味を、このくだりが完全に明らかにしてくれることに気付く。

國《こく》中の醫師《くすし》見放《はなし》既《すで》に末期《まつこ》の水今ぞ生死《しやうじ》の海《うみ》蛤《はまぐり》貝《かい》にて入けるに是さへ咽《のんど》を通《とを》りかね。いづれも手足《あし》を握《にぎ》り是〳〵西《さい》方極樂《ごくらく》へ只一道《みち》に。とこへも寄《よら》ずに參る事を忘《わすれ》給ふな親仁様《をやじさま》と進《すゝ》めければ。又中眼《がん》に見ひらき我《われ》は行年《かう》六十三定命《ちやうめう》さし引なしに浮《うき》世の帳面《ちやうめん》さらりと消《けし》て閻魔《えんま》の筆《ふて》に付かゆるに胸筭用《むねさんよう》を極《きは》めければ。何をか思ひ殘す事なし汝等《なんちら》過賄《すぎはひ》の種《たね》を忘《わす》れなと。云《いひ》おかる丶も外の事なく往生《わうじやう》いたされしを各〻《をの〳〵》歎《なげ》きを止《やめ》て取置《をき》ける。扨も死《しん》では何《なに》も入ぬぞ帷子《かたひら》ひとつと銭六文を四十九日の長旅《なかたひ》のつかひ地獄《ごく》の馬《むま》に乗《のり》給ふも成《なる》まじきと終《つゐ》に行道《ゆくみち》をおもひやりける。

開巻劈頭、いきなり瀕死の人物と、それを取り囲む家族らの慌ただしく切迫した様子を、最初の句読点まで九音から十三音という近い音数の短い五句を叩きつけるように連ねて表現し、読者をじかにある危機的場面に連れ込んでしまう。(2) 作品のこの異常なほど印象的な開始は、少なくとも『日本永代蔵』中には他に無い。全くの異例である。「又中眼《がん》に見ひらき」と生々しく描写されながら、何者のいかなる死なのか、「國中の醫師《くすし》」と言うからにはよほどの富豪かというくらいで、時も所も事情は最初なにひとつ明らかでない。だが、それ故にこそ、冒頭の数句はただならぬ気配を伝えるとともに、その意味が純粋な死そのものの属性を適確かつ濃厚に表現し得ていると言える。「醫師《くすし》見放《はなし》」の与える絶望感、「末期《まつこ》」「生死《しやうじ》」の生と死自体あるいは両者のはざまを強く意識させる語、「咽《のんど》を通りかね」の意味する肉体的苦痛など、いずれもそうだが、特にひと呼吸の切れ目を置いて直接連なっている「海《うみ》」と「蛤貝《はまぐりかい》」の二語の与える連想は微妙かつ強烈である。これは諸注によれば、末期の水を蛤貝で臨終の者に飲ませる風習通りの情景を描くものに過ぎない。だが、海と貝殻のイメージは、同一風景の内に平穏に共存し得るものでありながら、救済と無関係の死の思いと結び付いた場合、その大きさ重さ深さと、小ささ軽さ浅さの絶望的な差ゆえに、両者の対比は時として精神を萎えさせるほど圧倒的となる。これは、死の想念に取り憑かれた者が、死の本質をいわば永遠の苦患に満ちた虚無と感じたとき、脳裡に去来する映像の好例となろう。そうした苦しい思いを、ここでのこの二語は一瞬読者に想起させる。(3)

次第に事情を明らかにする「是〳〵西《さい》方極樂《ごくらく》へ」以下臨終の老人を取り囲む人びとの言葉も、切羽詰まった調子で発語された通りを直接話法的に紹介する形で、この場の雰囲気を明確にするが、一方ここではこの死がそれほど特殊な人物の特殊な死ではないことをすでに想像させる。もっとも、ここまでで大町人ということははっきりしている。病人自身の言葉は、「浮《うき》世の帳面《ちやうめん》」以下の町人らしい比喩を使いながら、むしろさっぱりと覚悟を決めた大往生たることを示し、「何をか思ひ残す事なし」と、生への未練を残さざるを得ない事情など全く無く、読者も死にゆくこの人物の心情を思いやることを強要されない。これは、死それ自体以外には何の不幸も伴わない、最も平均的でありふれた謂わば純粋の死であり、それが外側から書かれているのだ。

「扨も死《しん》では何《なに》も入ぬぞ」以下、周囲の一人物の内面に入り、直後の「其後親《をや》の家督《かとく》を取て」で死者の息子の述懐と知れ、その名「萬屋三弥」も間もなく教えられる。ところでこの述懐は、冒頭あのようにして読者の心中に生と死への思いを瞬間的にせよ生じさせたあとで紹介されるので、読者の共感を可能とするものになっている。また、この死が富裕な町人の死ということを唯一の特色とする死なら、述懐は当然そうした性格の死についての述懐となる。主人公がいつまでも父の死を忘れぬとしても、それは別段そこに何か深い悔恨を残すような事情があったわけでもないということになる。ただ、現世でいかに財を積もうとも、死出の旅路は銭六文、現世的価値は死の前にすべて無に帰するのだという思いが、この述懐に深く込められる。「扨も死《しん》では何《なに》も入ぬぞ」というこの上なく通俗的、常套的な一句は、それ故、たとえ心中にこう発語した者自身がその通俗性を意識していたとしても、死についてこれまで常識としてきた真実を改めて強く実感したのであろうと想像させるほどの、強い表現力を持つ。

さらに、息子を含む病床を囲んだ者たちの言葉では「西《さい》方極樂《ごくらく》へ」だったのが、後の息子のみの述懐では「地獄《ごく》の馬《むま》に乗《のり》給ふも成《なる》まじき」と、極楽から地獄への転換が生じている。これは、臨終の老人自身の死の覚悟がたまたま「閻魔《えんま》の筆《ふで》に」云々と表現されたため、息子は、単純に死後の父を地獄に堕ちるものと想像してしまったように書かれていると言えよう。そして、他の者は皆、老人の覚悟を決めた大往生に「各〻《をの〳〵》歎《なげ》きを止《やめ》て取置《をき》ける」が示すようにひと安心したのだが、息子だけは父の死を思い続ける。この単純な男にあっては、亡父が極楽浄土にまっすぐ達したと想像できたなら、父の死の意味も別様に感じたであろうとも考えさせる。地獄と信じたから、死なるものが絶望的な虚無ないし永遠の苦患そのものとして感得されたか、あるいは逆に、死をそうしたものとしてしか感じられなかったから、父は地獄に堕ちたものと信じ込んだとも云える。だが、いずれにせよ、ここでは父を悼む感情が基になっているにしても、それに触発されて、死そのものの本質を考え続けたと取るべきであろう。「終《つゐ》に行《ゆく》道《みち》をおもひやりける」は、亡父の辿る黄泉路を想像したというのか、おのれの死後を思ったのか、あるいは、おのれを含めて万人の行くべきあの世ひいては死そのものを思ったのかはっきりしない。この句だけを取り出せば第三の解だが、直前の「地獄《ごく》の馬《むま》に乗《のり》給ふも成《なる》まじきと」がはっきり父のことを云うから第一の解の可能性も出てくる[4]。この曖昧さは恐らく作者によって意図されたものなのだ。

富豪だった父の生前の姿と、「帷子《かたひら》ひとつ」また棺に入れる「銭六文」なる具体物のひからびた醜悪さとの落差の実感が、死の真実に直面したときの現世的価値の空洞化を、なにかひんやりした感覚と共に、一瞬のうちに主人公に悟らせたのであろう。「帷子《かたひら》ひとつと銭六文を四十九日の長旅《なかたひ》のつかひ地獄《ごく》の馬《むま》に乗《のり》給ふも成《なる》まじき」とは、いかにも卑俗で幼稚な死の形象であり、蒙昧さに満ちているが、むしろそれだからこそ、そこで把握された或る真実、そしてまた「死《しん》では何《なに》も入ぬぞ」という感慨がこの男の内面に深い傷痕となって残ったと思わせる。そして、それこそ後年、凄絶な奢侈に財を蕩尽していったとき、絶えず意識無意識の心理に甦って、その行為を励まし続けたに違いない。あれほど破滅的で無意味な行為へのひたむきな耽溺は、生を虚妄と感じ、現世の価値の有限性を悟った体験を持つ者にして初めて可能だったのだ。

だが、この男が愚行に耽り始めるのは父の死の直後ではない。その前に、堅実な生を真面目に送りさらに産を殖やした何年もの長い歳月が置かれている。そのため変貌が一層強烈な印象を与えるのだが、この長い歳月は、冒頭に暗示された主人公の内的体験が後半に書かれた行為の心理的基礎となっているとする上記の解釈と、なんら矛盾するものではない。この中間のくだりは、主人公の内面の発展の一過程をなし、あの突然の変貌をより必然的たらしめている。

其後親《をや》の家督《かとく》を取てむかしにかはらず豊後《ぶんご》の苻《ふ》内に住《すみ》て萬屋三弥とて名高《なたか》し万事掟《しをきて》を守《まも》り三年か程《ほと》は軒端《のきば》の破《は》損《そん》も其まゝに愁《うれへ》を心根《こゝろね》にふくみ命日《めいにち》を吊《とふら》ひ慈悲善根《じひせんごん》をなし。独《ひと》りの母《はゝ》に孝《かう》を盡《つく》せば何事も願《ねが》ひに叶仕合《かなふしあはせ》なり。親仁遺言《をやじゆいごん》にすきはひの種《たね》を大事《たいじ》と申置《をか》れしが。菜種《なたね》は油《あふら》のしぼり草《くさ》此種《たね》の事なるべしと。一筋《すぢ》に思入いつぞは此買置《かいをき》するか又は是を作《つく》らせて。分限《ぶんげん》になる事を明暮工夫《あけくれくふう》めぐらしける。有時里《さと》をはなれし廣野荒《ひろのあれ》て古代《こたい》より眇〻《へうへう》と薄原《すゝきはら》を通《とを》りけるが。かゝる所《ところ》を狼《をほかみ》の臥戸《ふしど》にするも國土《こくど》の費《ついへ》とおもひ付。竊《ひそか》に菜種《なたね》を蒔散《まきちら》して心見けるに。其時節《せつ》に花咲実《はなさきみ》がのりておのづからさへ是なれば新田に申請《うけ》て十年は無年貢《むねんく》爰《こゝ》を切平《きりなら》して。所〻《ところどころ》に幾村《いくむら》か人家《じんか》を立《たて》つゞけ鋤鍬《すきくは》とらせ耕作《ものつくり》させけるに。毎年《まい》徳《とく》を得《え》て人しらぬ金銀溜《きんぐたま》りそれより上方《かみかた》への船商《ふなあきな》ひあまた手代にさばかせ。西國《さいこく》にならびなき次第長者《しだいちやうじや》となりて何《なに》の不足《ふそく》もなし。其後母親《そのゝちはゝをや》同道して京《きやう》の春《はる》に逢《あへ》り。

右のくだりは「終《つゐ》に行道《ゆくみち》をおもひやりける」で終る最初の父の死の場面に続き、「其後親《をや》の家督《かとく》を取て」の冒頭の一句は、次のくだりの冒頭「其後母親《そのゝちはゝをや》同道して」と対応するから、主人公の生涯において前後を区切られたひとつの期間を描くこの部分が、形式的にもひとつのまとまりをなしていることがわかる。「三年か程は」とあるこの三年は、諸註によれば年忌の年限になることはないというから、この主人公のあたかも喪に服しているかのような様子だったその期間が三年の長きに亘ったことを云うために設定されたわけである。「軒端《のきば》の破損《はそん》も其まゝに」と変貌後の「軒《のき》の瓦《かはら》に金紋《きんもん》の三の字《じ》を付ならべ」との対照が代表的に示すように、三年の間の主人公の様子は「愁《うれへ》を心根《こゝろね》にふくみ命日《めいにち》を吊《とふら》ひ慈悲善根《じひせんごん》をなし。独《ひと》りの母《はゝ》に孝《かう》を盡《つく》せば」と、この素朴な男の亡父を悼む心情の深さと世のしきたりに従うすなおさを示すが、もし主人公が父の死に際して死そのものの真実を把えたと感じる瞬間があり、それに一朝一夕で消えることない深い衝撃を与えられたとするなら、このような態度を本人は亡父を悼む思いと意識していたにせよ、事実は死の想念そのものに抵抗しそれを糊塗しようとする心の動きの表れだったということにもなる。死の存在によって完全な空虚と化すように思われた生なるものに、何かの価値と意味を満たそうとする無意識の努力と言うべきかもしれない。だからこそ三年という長い年月続いたのだ。そして「何事も願《ねが》ひに叶《かなふ》仕《し》合《あはせ》なり」とは、外面的な成功を言うとともに、その努力によってある程度心の平穏が得られたことも示唆するということになる。

菜種の大規模な殖産事業に成功するくだりについても同じことが言える。これはまず第一に、『日本永代蔵』中繰り返し語られた成功談の一例である。多くの場合、成功には勤勉だけでは足りぬ才覚も必要だとされるが、この場合のように、一旦思い込んだことを執拗に続けたため成功する場合もある。他には例えば巻四の一「祈《いの》る印《しるし》の神《かみ》の折敷《をしき》」の主人公桔梗屋など。それに、ここではこうした愚直さが、主人公にあのような変貌を遂げさせるため必須の性格でもあった。だが一方、菜種の挿話も亡父の遺言――主人公にとって決定的な意味を持ったあの体験に際して脳裡に焼き付いた臨終の父の言葉――がその契機となっている。この男にとっては、父を悼み続けその遺訓を遵守することが、父の最後の姿が教えた死の絶望的な空しさの強迫観念から逃れる唯一の途だったとするなら、菜種によって富を得ることを一日中考え続けたというのは、ほとんど必死の祈りにも似た行為である。父の言葉の「すきはひの種《たね》」という句の意味を知らなかったため菜種と取り違えた愚かで滑稽な誤解と言うよりも、――それが表面の意味であることは確かだが――、実は無理にこじつけてでも父の最後の言葉の内に縋るべき手掛りを見出そうとしたということではないか。救いを求める迷信的行為にこうした動機は珍しくない。そして「三年か程《ほど》」とは、菜種による本格的開拓事業を開始するまで父の死から三年ばかりあったとも受け取れる。父の遺言の内にあった菜種での事業に打ち込むことができたとき、ようやく主人公はあの死の妄念から徐々に解放されていったと想像される。

勤勉と致富の努力がこのような意味を持つ場合、その成功がいかなる結果を本人にもたらすかはほとんど自明であろう。もともと、ひたむきに努力を重ねてある目的が達せられた場合、その目標に実際以上の価値を付与していたことに気付いて幻滅を感じるなどということはありふれた現象だろうが、特にこの主人公の場合のように、その努力そのものが絶対的虚無としての死に侵蝕されてしまった生を満たす唯一の内実だった場合、目標の達成、努力の終焉は、精神に不意に大きな空洞を穿つであろう。人は無意識裡にであろうとも、必死でそれを埋める価値を求めようとする筈だ。引用部の末尾近く次第に亡父を悼む語句が無くなっていることは、死の妄念からの解放を暗示するとともに、あのような意味を持っていた努力が終焉に近づいたことを示す。「西國《さいこく》にならびなき次第長者《しだいちやうじや》となりて何《なに》の不足《ふそく》もなし」はまさに、充足した主人公の表面を語ることで、内面の空虚感の大きさを実感させる力を持つ。

そのとき遭遇した京の美女の群れが主人公に衝撃を与えたのは当然である。「母親《はゝをや》同道して京《きやう》の春《はる》に逢《あへ》り」と、わざわざ母親を登場させているのは、「独《ひと》りの母《はゝ》に孝《かう》を盡《つく》せば」の孝子たる姿が、ここまではまだ続いていることを示す。つまりそれは、美女なるものがこの世に存在することを知ったのが、自ら求めてではなく全くの偶然だったこと、またそれがこの男にとって唐突な事件だったことを教える。

このように見てくると、「かなしやいかなる因果《ゐんぐは》にて田舎《いなか》には生《むま》れけるぞ」は、初めて上京して美女ばかりいるのに仰天した田舎者が常に心中に発するであろうところの、恐らく当時も既に手垢にまみれた常套句であるにも拘らず、ここでは豊かで深い意味が込められていることが感じられる。全く異なる新しい価値として、現世的逸楽なるものの存在を知り、永年の間生を充たすべきものと信じて日夜重ねてきた致富の努力、それに伴うすべての事柄を、主人公は痛恨こめて否定しているのだ。この一句は、その表面の俗悪さおよび、その意味がコンテクストによって持ち得た意外に深い内容という二面性によって、あの「扨も死《しん》では何《なに》も入ぬぞ」と対をなす。作者は明らかに対をなすものとしてこの二句を置いている。それは、「扨も」「かなしや」の冒頭の詠嘆、「ぞ」という末尾、ともに主人公の心内語である点などの共通する性格で工夫されている。だが何よりも、句中の「死」と「生」の語が、この二句が対として特に目立ち、読者に強く意識さるべき理由を示している。前には、主人公は死の何物をも空しくする力を悟り、長い年月の後、今度は生の価値を新しく現世的逸楽にありと悟ったのだ。

以後の気ちがいじみた奢侈は以前のおのれの生への復讐である。女色と無意味な浪費とは主人公にとってひとつのものだったであろう。そしてその間、父の死に際して胆に銘じた現世的価値の無意味さが、主人公の意識無意識の内面に蘇り続け、主人公を凄絶な愚行へと駆り立て続けた。

なお、主人公が一段と奢侈の度を進めたとき、そのきっかけとなったのが家久しい手代の死だったという設定にも、主人公の内面の動きを暗示しようとする意図があるのかもしれない。

世《よ》は無常《むしやう》なり此男《をとこ》五十八の冬《ふゆ》のはじめ霜《しも》の朝風《あさかぜ》といふばかりにむなしくなりぬ

世は無常という作者の述懐めかした地の文は、主人の浪費に怖れ戦く一家中の者が、この頼るべきただ一人の男の急死に感じた当惑を代弁し、また今後は破滅あるのみという必然の運命を話者として予言しているわけだが、それにしてもその死の記述は具体的に過ぎるように思われる。父の死のときと違ってその状況が描写されているわけではないが、年齢、季節、病因が書かれているのだ。その詳しさは、主人公自身にも何がしかの感慨を与えたことを読者に想像させるためのものかもしれない。特に五十八という年から。主人公の父の死亡年齢を読者は思い出そうとし、当然の連想として、主人公も、どの程度の強さでかは全く不明ながら、かつて父の死に際して感じたのと似たことを再び感じたに違いないと想像させる。だが最後に残った庫の鍵を手に入れたこと以外にも、それがこの手代の死後の奢侈の激化の心理的原因なのかは、読者には知る由もない。ここでもただ想像の素材を与えられるだけである。

最後の数行——

追付朝夕《をつつけてうせき》の煙絶《けふりたへ》にし事を待《まち》みしに案《あん》のことく一年《とせ》の暮《くれ》に惣勘定《そうかんちやう》せしに五千貫《くはん》目《め》余《よ》のさし引に壱匁三分本銀《ほんぎん》に不足出來《ふそくでき》そめ。夫《それ》より次第《しだい》に穴明《あなあき》て千丈《でう》の堤《つゝみ》も蟻穴《ぎけつ》よりもれる水《みづ》に滅《めつ》するごとく其身に悪《あく》事かさなり一命迄《めいまで》ほろび世に残れる物は人の寶《たから》とぞなれり

一匁三分の具体的数字で示された僅かな金額は、冒頭亡父の棺にしきたりとして入れられ主人公の感慨のもとと

なった銭六文と呼応するかに感じられる。もちろん、一匁三分の方が十数倍の高額ではあろうが、ともかくその僅かな金額が、没落そして破滅の開始を告げるものだった。だがそれ以外にはほとんど何も書かれていない。あの風呂水の挿話が書かれてしまったとき、既に破滅も死も確実であり、ただその通りとなったことを伝えさえすればよく、破滅の具体相やその過程、生命を失った事情などは、むしろ作品の以上の意味を曖昧にするから、これは当然である。またこのことは、この一篇にあってモデルの存在はいかに無意味か、読者のモデルに関する知識がいかに不必要かを示すものであろう(5)。

以上、要するにこの一篇は、きわめて有機的な内部構成を有し、緊密に組み立てられ、それは結局、主人公の変貌とその後の行動の奇怪さを、意識的無意識的な心理の必然を僅かばかりの手掛かりによってごく暗示的に示すことで、読者に想像、解釈させ、そのようにして主人公の人間性の深部を表現するものだったが、以上の検討中常にその一端に触れていたように、他面、読者の心理をも導くことで、主人公の内面への洞察をより的確にしようとしている。指摘しなかった例を挙げると、冒頭の場面で、主人公は父の地獄堕ちを父の言葉の端から信じたのだったが、地獄と極楽の語が同じ重さで一諸に出てくることは、向じように読者の心理に働きかけるこの場面の衝撃的な書き出しと相まって、読者にこの対概念を相対化させて、それが死後の世界についての虚構に過ぎないことを意識させ、それとは無関係な純粋の死そのものの意味を考えさせる働きを持つ。また、主人公の奢侈の罪悪としての性格から破滅が必然化されたわけだが、この驕奢への憎悪は主人公の周囲にいた人びとのみならず読者の感情でもあったから。その過程がより現実的になったわけである。

この点に関して付言すれば、この愚行を罪悪として書き、憎むべきものとし、読者にもそう感じさせる書き方をしたのは、実はこの愚行が、死を絶対的なものと感じたとき生のあらゆる意味が喪失することへの必死の抵抗としてなされ、その意味で主人公にとって豹変前の善行と同じ意味であり、そのことを読者に実感をもって伝えるために、作者は、作品の冒頭でもある程度そうした生と死の意味と価値について、主人公の感得したものを共有させるという危険を冒したため、そうした価値の相対化をここで緩和しようとしているのではないか。西鶴にとって、それは人の知り得べからざるものであるか、多くの真実の中のひとつに過ぎないかのいずれかだったのだろう。だから、読者を悪に誘う可能性を作品から取り除くためにも良識による倫理的判断を下しておくに若くはないということになる。いや、あるいはこうも考えられる。作者西鶴の主人公に対する憎悪はほんもので、一切の現世的価値を無にする死の本質を一瞬感じることがあったにも拘らず、そうした虚無の実感から立ち上がりその認識の上に自己の生を改めて築き始めることをせず、迷信性の勤勉や奢侈などごまかしで済まそうとする、この主人公の行為に現れた人間一般のどうしようもない弱さと愚かさに、作者は真底から腹を立てているのかも知れぬ、と。二つの解はまるで懸け離れているが、両立することも考えられる。西鶴が読者に期待したのは前者の解で、彼の内面の実相は後者だったというわけである。

二

このような、一見事件への興味を目的としたかに見える話が同時に人物の心理の動きを解釈する素材を提供するという暗示的な方法で、一種の人物の心理の表現を行い、それが他方では、話の面白さを追う読者の心理を導いて人物の行動の理解を助けるという、精妙きわまる技巧は、同じ『日本永代蔵』巻一の二「二代目に破る扇の風」に、より明瞭に見て取れる。

極端な始末、倹約で産を成した扇屋を継いだ二代目は、父親勝りの始末屋で並外れた拝金思想を持つ吝嗇家である。それが、あるきっかけで遊里の遊びを覚え、莫大な財産を蕩尽する。前後の落差の大きさは、萬屋三弥の場合よりむしろ甚だしい。変貌の意味も原因も全く違う。そして、これほどの変化が一人の人間において生じ得たことを、作者は渾身の力を込めて我々読む者に説得しようとする。(6)

人物の豹変を書くだけなら容易だ。それは奇談であり、むしろ説話の範疇に属する。そしてその場合も、読む者の好奇心はその人物の人間像に向けられ、やがて人間一般の不可思議を感じ取ることはできる。だがそれは、その変化を現実のものと仮定し、仮定と承知の上で空想の翼を羽搏かせるに過ぎない。驚異の念は超自然の出来事に対するそれに等しい。ところが西鶴は、多くの場合単なる絵空事で済まそうとはしない。いかに大きな変化変貌でも、それが現実に生じ得るための諸条件を整え、ひとつひとつは現実的な偶然必然様々な事件を設け、変化する当の本人の意識・無意識の心理の深奥にそれが働きかける可能性を充分検討しては、控え目に表現する。だから読者は、奇蹟とも云うべき人物の大きな変化も、ひょっとしたら現実にあり得ることではないかとの実感を持たざるを得ない。事は真の驚異となり、変化の落差は読者に人間性の深淵を一瞬かいま見させ、作品は、広く人間そのものが、様々な生の条件に規制され限界を劃されながらもなお秘めている可能性の大きさを啓示する。

この場合条件の設定として、第一に作者は主人公の特殊な性格をしっかりと描いている。まず、父親以上の始末屋として吝嗇ぶりが強調されるが、それとともに、むしろそれと矛盾する筈の、心情の優しさをも併せ持つとされる。それをよく示すのは次のくだりである。

去年《こぞ》のけふぞ親仁《をやじ》の祥月《しやうつき》とて旦那《だんな》寺に參《まい》りて。下向《げかう》になをむかしをおもひ出して泪《なみた》は袖《そて》にあまれる。此手紬《てつむき》の碁盤嶋《ごはんしま》は命《いのち》しらずとて親仁の着《き》られしが。おもへはおしき命今廿二年生給《いき》へは長百《ちやう》なり。若死《わかしに》あそばして大ぶん損《そん》かなと是にまで欲先《よくさき》立て歸るに。

萬屋三弥も亡父を悼んだが、ここでの扇屋の二代目は、ひたすら単純に心情の優しさが強調されている。「泪《なみた》は袖《そて》にあまれる」の方が「愁《うれへ》を心根《こゝろね》にふくみ」より悲しみの度合いが強いというのではなく、むしろ扇屋のその後に続く述懐ぶりがそれを示す。つまり、父の着古しを今自分が着ているというのは、吝嗇ぶりを物語ろうが、そのことを思い出しながらしきりに父を思っているのは、身につけている具体物の感触の実感から、懐しさには真情が籠ることになる。ところが一方、その述懐には「長百《ちやう》」といった金銭用語がすぐ現れ、高齢で死んだ父を思って嘆く真情が、「若死《わかしに》あそばして大ぶん損《そん》かな」と、損得の概念で表現される。このくだりは、主人公の拝金思想がいかに強固であるかを示しながら、その下に隠された守銭奴にあるまじき純情と優しさが、それとの対比によって一層強調される。また同時に、この吝嗇ぶりは、そのすなおさと孝心ゆえに父の価値観をそのまま受け入れ身に着けてしまったものらしいとわかる。この優しさ人の善さゆえに、拾った金を届けるという行為に出ることになったのだが、それはまた後に幇間どもやり手らのおだてにまんまと乗せられる騙され易さに通じるとともに、一層重要なのは、その優しさこそ、数々の色恋沙汰にのめり込んで行くべき、またそこで目覚ましい成功を収めるべき大本の要因とされていることで、財を蕩尽し始めたとき、単なるお大尽ではない、遊里における模範的花形というべき存在に達し得た基本的な資質だった。

偶然拾った手紙の挿話も決定的に重要である。作者は一字一句細心の注意を払ってこの単純な内容の手紙を創作し、次いで、それを読んだ主人公の反応を「読程《よむほど》ふびんかさなり」と簡潔に記して、主人公の心理についての読者の判断の基礎を方向づけている。読者は、主人公の意識無意識の心中に去来した多様で微妙に絡み合った想念を、自由に、しかしかなり的確に想像することになる。

扨彼《さてかの》ふみを讀《よみ》けるに戀《こひ》も情《なさけ》もはなれて。かしらからひとつ書《かき》にして。時分《しふん》からの御無心《むしん》なれ共。身にかへてもいとほしさのまゝ春切米《はるぎりまい》を借越《かりこし》つかはし參らせ候此内弐匁はいつぞやの諸分《しよわけ》その殘《のこ》りは皆合力《みなかうりよく》。年〻《としく》つもりし借錢《しやくせん》を濟《すま》し申さるべし。惣《そう》して人には其分限想應《ふんげんさうおう》のおもはく有。大坂《ざか》屋の野風《のかぜ》殿に西國《さいこく》の大臣菊《だいじんきく》の節句仕舞《せつくしまひ》にとて。一歩《ぶ》三百をくられしも。我らが一角《かく》も心入は同《をな》じ事《こと》ぞかし。あらば何か惜《をし》かるべしと。哀《あはれ》ふくみての文章《ぶんしやう》。讀程《よむほど》ふびんかさなり。いかにしても此金子《きんす》をひろふてはゐられじ。此存念《そんねん》もおそろし。其男《をとこ》にかへさんとすれは住所《すみところ》をしらず。

「哀《あはれ》ふくみての文章《ぶんしやう》」は地の文の中の一句だが、作者の判断をじかに示すというより、これを読んだ主人公の感想である。手紙文だけ取り出して読者が判断するとすれば、これは必ず「哀《あはれ》ふくみて」と読めるかどうか疑問である。読者によって微妙に異なるにせよ、いずれとも取れるというところであろう。いずれとも取れるような文を作者は創ったわけである。だが、主人公の判断を通してであれ、地の文でそう断言され、さらに手紙の直前でも、「戀《こひ》も情《なさけ》もはなれて。かしらからひとつ書《かき》にして」と説明されていることによって、この手紙がほとんど用件だけを走り書きしたような簡潔さのため、かえって真情がこもって哀れ深いと読者に感じさせ、主人公への共感を容易にしている。だが「讀程《よむほど》ふびんかさなり」というほどなのかと、読者は次の瞬間その共感から離れ、改めて守銭奴根性の底に隠された心根の優しさという、この男の特異な個性についての判断を一層明確化する。用件主体のこの手紙文中の「身にかへてもいとほしさのまゝ」といった何気ない文句が、この男を次第に感動させたのだが、何よりもこの拝金主義の守銭奴は、無一文の男が壱歩という大金を恋する遊女に送るという想像を絶する自己犠牲に驚いたのだ。つまりこの手紙は、あのような個性のこの主人公にまさにぴったりの手紙である。「西國《さいこく》の大臣《だいじん》」云々のくだりも、この男の心中に複雑な波紋を投げたことが想像される。主人公にとって壱歩は大金だが、実は、手紙の書き手にとってこそ大変な金なので、西国の大尽同様金満家の主人公にとっては、書き手と同じ意味で大金なのではない。そのことを主人公に思い知らせた筈である。主人公は、一歩という大金を女に送るという自己犠牲の大きさに驚くとともに、一歩ごとき僅かな金で苦労する貧者もいるという事実を痛感もした。しかも「我らが一角《かく》も心入は同《をな》じ事《こと》ぞかし」と、一角が一歩三百に匹敵するという論理が存在することをこの男は初めて知る。一が三百に等しいとは、金の価値の相対化である。しかもそれが「人には其分限想應《ふんげんさうをう》のおもはく有」に先立たれ、「あらば何か惜《をし》かるべし」に続いているため、まさに自分はその金のある男なのだという自覚を促し、何かこそばゆい感覚を主人公に与えたであろう。生まれて初めて、同じ一歩という金が、おのれの懐に入るよりも他の誰かの手にあった方が価値が高い場合のあることを、この利己的なところの全く無い守銭奴は知った。

結局のところ、「讀程《よむほど》ふびんかさなり」の反応は、この男にこの手紙ということであれば、きわめて必然的である。手紙の主の自己犠牲への驚歎が基にあるわけだが、驚歎から「ふびんかさなり」と、西国の大尽云々の言葉に触発されて貧しい恋人たちへの共感に進むということは、この男がこうした色里の恋愛沙汰に強く惹かれてゆくべき素質の持ち主だったことをはっきり示し、さらに、むしろそうした世界への憬れが、自らはそうした世界とは生涯無縁の存在と諦めてはいても、この男の意識の底にやはりあったのではないかと想像させると云えよう。もしかしたら、金を返しに行くという行為は、そうした意識下で憧れていた色恋の世界の中に、恋の助け手という粋な役どころでちょっと入ってみる機会、つまりその世界と一時の繋がりを持つ機会であり、いや、我が身にも何かそれに類した事件が起こるかも知れないという無意識裡の期待がさせた行為ではないかと疑わせる。後になってこれらの想像は当たるからこれは心理的伏線である。

以上を要するに、この手紙を拾う挿話が作品全体において果たす機能は、単に物語の進行上主人公をして島原に立ち入らせる契機を与えるだけのものではない。これは、主人公が実はそうした色恋の世界の英雄たるべき心情と精神の資格を備えた人物たることを読者に教え、さらに、結局このような心理的反応を起こし、島原へ手紙と金を持ってゆくという行動に出たのは、そうした世界への憧れがすでにあったのではないかと疑わせる。また、「あらば何か惜《をし》かるべし」といったこの手紙の文句の記憶が、後に遊びの世界に入ったとき主人公の意識下の記憶に残って、財産の蕩尽に一層の拍車をかけさせたのかもしれないと、後になって読者に気付かせる役割も果たしている。

主人公の起こした行動は次のように書かれる。

其男《をとこ》にかへさんとすれは住所《すみところ》をしらず。先《さき》のしれたる嶋原《しまはら》に行《ゆき》て花川をたつね渡《わた》さんと。すこしは鬢《ひん》のそゝけを作《つく》りて宿《やど》を立出《たちいで》し後《のち》此一歩只《ぶたゞ》かへすも思へばおしき心ざし出て。五七度も分《ふん》別かへけるが。程《ほど》なく色里《いろさと》の門口《もんくち》につきてすぐには入かね。しばらく立やすみ。揚《あけ》屋より酒取《さけとり》に行男《ゆくをとこ》に立寄《たちより》此御門《ごもん》は断《ことはり》なしに通《とを》りましてもくるしう御ざりませぬかといひければ。彼男《かのをとこ》返事《へんし》もせずおとがひにてをしへける。さてはと編笠《あみがさ》ぬぎて手に提《さげ》。中腰《ちうごし》にかゞめてやう〳〵に出口《てくち》の茶《ちや》屋の前《まへ》を行過《ゆきすぎ》て女郎町《ちよらうまち》に入。一文字《じ》屋の今唐土《いまもろこし》出《て》掛姿《かけすがた》に近寄《ちかより》。花川《はなかは》さまと申御かたはと尋《たづ》ねけるに。太夫やり手のかたへ皃《かほ》を移《うつ》して私《わたくし》はぞんじませぬと斗《はかり》。やり手青暖簾《あをのうれん》のかゝるかたに指《ゆび》さして。どこぞ其あたりで聞給へといへば。跡《あと》なる六尺目《め》に角《かど》を立《たて》其女郎《ちよらう》つれておじやれ見てやらふと申せば。つれ参《まい》る程《ほど》なれば御まへさまに御尋ねは申ませぬと。跡《あと》へさがりてあなたこなたにたづねあたり様子《やうす》を聞《きけ》ば弐匁どりのはしけいせいなるが。此二三日氣色《きしよく》あしくて引籠《ひきこも》り居《ゐ》らるゝよしそこ〳〵にかたり出ければ。彼文届《かのふみとゞけ》ずかへりさまに思ひの外なる浮氣《うはき》おこりて。

予想通りの主人公の野暮で滑稽な姿が、にぎやかな廓の風俗のうちに鮮やかに描かれているこの場面について、諸註は当時の廓の風習を細かに説明し、主人公の行動がいやが上にも非常識であることを教えてくれる。編笠を脱いでしまう姿、いきなり太夫に話しかけるなど。ところで、この場面が生きているのは、ただ単に、廓の風俗とこの男の野暮ぶりが活写されているからだけではない。この場面もまた、実は、直接には一語も書かれていない主人公の心理を生々しく伝え、またそれが後の放蕩ぶりに大きく影響するものとして設定され、同時に、読者の関心をこの主人公に強く惹きつけ、それがこの直後から始まる主人公の変貌と発展を可能とし、その意味を明らかにしているからである。それを以下追い追い説明する。

「すこしは鬢《ひん》のそゝけを作《つく》りて」は、色の道の第一人者ともなり得るこの男の本性の現れであり、例の漠たる半ば無意識の期待のもたらした行為である。何度も分別を変えたというのは、その本性と矛盾し今まではそれに勝っていた、もう一面の本性たる守銭奴性の抵抗が強かったことを示し、またそれだからこそ、この金を返すという行為がこの男にとっていかに大きな自己犠牲を伴う大変な決断だったかを強調する。いや、門口であれほど躊躇していたのに遂に中に入ったのは決して決断ではない。入っても構わないのかを尋ねたとき、別段入る決心が最終的についていたわけではない。だが、いわば参考のためにとばかり尋ねてしまい入ってよいことを事もなげに教えられたとき、ついうかうかと入ってしまった。入ってしまえば金を返すのは自明のこととなる。こうした心理の機微は、このあたりの文章に見事に暗示されている。特に「さては」といういささか理屈に合わない語の表現力は絶大である。色町に入ってからのこの男の挙止態度は、読者がこれまでの作品中で示されあるいは想像させられてきたこの男の姿を裏切ることが全く無い。この男ならいかにもさもありなんと思わせる。この男にとっては、存在することを知ってはいたものの、世にも恐ろしいところと教えられてきた場所だが、恐らく意識下ではこの上ない魅力に満ちた姿を見せる折もあり、しかしいずれにせよ、自分とはこれまで全く無縁、将来も当然無縁と考えていた場所に、思い掛けなくも来てしまったのだ。おどおどした態度は、その精神状態を的確に現す。だが一方、これまでは無縁だったその世界と自分との間に、今、重大な絆が出来たという自覚がある。自分は今、他人の恋路を助けるという、この世界の本質に連らなり、この世界においては極めて高い価値を持つ筈の重大な所用でここに来ている。それは大変な自己犠牲を要するものだったがそれだけに素晴らしい行為という自信もあるのだ。この世界に住む人びとから少しは賞讃されてもいい筈だくらいに思っていたかも知れない。だが、現実にはこの男は、まず酒取りに行く男から始めて、彼ら全員から、自分らには無関係の人間として洟もひっかけられないといったあしらいを受ける。少し前に、父親の散々着古した形見の着物を着ていたほどの男である。それと同じかは別として、今日も粗末で野暮ったい服装だったであろう。あの「すこしは鬢《びん》のそゝけを作《つく》りて」がそのことを教える。髪型も遊里に縁のありそうな男のそれでなく、おどおどと物慣れぬ態度からも、彼等には仲間に入れてやるべき男とは見えなかったであろう。びくついて色里に入りながら、いきなり出掛け姿の今唐土《いまもろこし》に話しかけたのは、この男がすっかりあがってしまっていて、相手の華麗な偉容に圧倒されるどころではなかったのであろう。その美しさから花川の仲間と思ったか。

太夫遣手六尺と三者三様ながらその態度は、主人公の独りよがりのこころざしをまるで邪険に扱ったことになるから、反発心が湧いてくるのも当然だろう。「つれ參《まい》る程《ほど》なれば御まへさまに御尋ねは申ませぬ」と。だが、「あなたこなたにたづねあたり」と、こうした滑稽な衝突はこれきりでなく、何度も繰り返されたことが暗示される。ようやく尋ね当てた店でも「そこ〳〵にかたり出ければ」と、これほど大切な用事なのにぞんざいな扱いを受ける。

読者には、この男の心情が手に取るように分かる。我ながら素晴らしい行為の筈だったのに、まるで無価値と決めつけられたわけである。皆の不人情で粗末なあしらいによって、おのれの御目出度さ加減をいやという程思い知らされたため、花川なる遊女もその恋も、おのれの思い描いていたようなものではなかったと思われてくる。一方、そうした幻滅感とともに、そういう幻滅を与えられたことへの口惜しさ憤ろしさもあり、それは花川を含めたこの世界全体に対してのものであろう。だから金を返すのをやめてしまう。

かへりさまに思ひの外《ほか》なる浮氣《うはき》おこりて。元此金子《もとこのきんす》我物《わがもの》にもあらず。一生《しやう》の思ひ出《で》に。此金子切《きんすぎり》に。けふ一日の遊興《ゆうけう》して老《をひ》ての咄《はなし》の種《たね》にもと思ひ極《きは》め。揚《あげ》屋の町は思ひもよらず。茶《ちや》屋にとひ寄藤《よりふぢ》屋彦《ひこ》右衛門といへる二階《かい》にあがり。昼《ひる》のうち九匁の御かたを呼《よび》てもらひ。呑《のみ》つけぬ酒《さけ》にうかれて。

これもほとんど必然の心の動きである。さすがの守銭奴も、今更この金を持って帰って莫大な財産に一歩を加える気にはならなかったのであろう。そのためにはあまりにも大きな意味をこの金は持ってしまった。そこで遊びに使おうというのだが、これはこの数時間、自分を疎外し続けたこの世界に、正当な資格でちょっとだけ入ってやろうとしたのだ。またもともと、嶋原への道すがらの心境が、「此一歩《ぶ》只《たゞ》かへすも思へばおしき心ざし出て」と書かれていたのは、ただこの金が惜しい、何か代償が欲しいというよりも、他人の恋路を助けるという行為自体は、自分を色恋の世界のすぐ近くまで連れてゆくにしても、結局その中に入れてくれるものではないから、自分の身には何も起こらないかも知れないという事実を時折感じ取ったことを暗示するだろう。だからこそ、遂に廓の中へ入ったとき、それは見事な行為と自覚されたのだが、来る道すがらのこうした思いは、まさにこの金を使ってという思い付きの潜在心理的伏線となっていよう。ともかく、せっかくの一大決心で、この禁じられた世界と或る繋がりを持とうとしたのに、それができぬまま帰ることの味気無さは読者によく理解できる。万が一にでも何かが我が身に起こることを、この、色恋沙汰の素質を持ち、おそらく恋への憧憬をも秘めたこの男は、無意識裡にでも期待していたから、当然のこととして全く何事も身に起こらず、しかもこの世界から疎外されたままで帰ることになったとき、いかにもわびしく思われたに違いない。「一生《しやう》の思ひ出《で》に」「老《をひ》ての咄《はなし》の種《たね》にも」は、今、帰ってしまえば、再びこのようなことは生涯あり得ぬという認識のあったことを示す。また、当然、今唐土を初めとして出逢った遊女たちの華やかな美しさも、この男の頭を酔わせていたことであろう。

以上は、主人公本人が必ずしもすべてを意識していたとされているわけではないが、読者が想像できるように作者によって設定された、主人公の心の動きの概略である、だが、萬屋三弥にあって、父の臨終に感じ取った死の虚無性が、後年の犯罪的奢侈の潜在意識的伏線となり、その不可解と云うべき行為を説明するものだったように、二代目の扇屋が生まれて初めて飛び込んだ遊里での最初の体験は、その直後にひとたび遊興の味を覚えたとき、この吝嗇家があれほどまでの激しさで財産を蕩尽していった説明のひとつとなっている。もちろん財産の蕩尽の理由は、第一に蕩尽すべき財産を持っていたことであり、第二には、あのような優しさ善良さ、恋への憧れなど、色恋沙汰の達人たるべき天性の資質が備わっていたことであろう。金の力に物言わすだけのお大尽として嫌われたなら、たとえ産を傾けたとしてもすべてを四五年で失うようなことは無かった筈である。あの善良さでは、抜け目なく途中で遊びを止めてしまうことなど考えられもしなかったろう、ということもある。だが、この日の体験が心の疵となって残り、この異常な財産蕩尽を助けたということもあるのだ。まず、この日疎外され通しだったことも、やがて、この世界のすべてを知らずんばという思いのもとになり「太夫残《のこ》らず買出《かひいだ》し」といった行為を生んだのかも知れない。さらに、あれほどの犠牲を払いみずからその心意気を自讃した、恋愛沙汰の助け手としての善意を踏みつけにされた口惜しさは、後にそのマイナスを恢復しようとする。つまり、いかに野暮だったにしても、おのれはあのときあのようにびくつく必要は毛頭無かったし、踏みつけにされ続ける必要も無かった。何故なら、莫大な財産というこの世界で第一の価値ある資質を備えているのだから、と思い知ったとき、それはその財産をふんだんに費消する行為をもたらそう。これを知ったのはずっと早く、あの当日茶屋の二階で呑みつけぬ酒に浮かれたときだったであろう。「此金子切《きんすぎり》にけふ一日の遊興《ゆうけう》」のつもりが、この始末屋にあって「手習《てなら》ふはじめ」になった大きな理由である。

ところで、こうした主人公の心の動きは、それを書くくだりを読む読者の心理と連動する。色里に初めて足を踏み入れた主人公の野暮で滑稽な姿に読者は微笑し、それはこの、一見作者によって突き放して書かれたかに思えるこの人物への、読者の同情と共感を誘う。再読以後の読者は、この場面の主人公を、後のこの世界の第一人者として盛名を馳せる人物と重ね合わせ、その差の大きさに改めて感歎し、この場面が主人公にとっては宿命的な体験であり、この極くありふれた些細な情景が、実は色道における一英雄のそもそもの誕生の場面であることを思って、その対照に驚かざるを得ない。だが、初読再読を問わず、読者はこの場面の主人公に一種むず痒いような焦れったさを感じるのも事実である。それは、今このように度し難い野暮さ加減のために、廓の各層の人間から粗略、邪険に扱われてはいるが、実はこの男、色道の第一人者たるべき内面的資質を持ち、いや何よりも、莫大な資産というこの世界でまず第一に重視される価値を身に備えているにも拘らず、誰ひとりそれに気付く者無く、この男自身もこの後者の点には後に気付くとしても、このときは一向それを意識もしていないことから生じる感覚である。この焦れったさによって、読者は否応なしに、また初読再読にかかわりなく、この男がその資性を充分に発揮し、財産を惜し気もなく費消して、この世界を征服してくれることを、内心ほとんど希求するに到る。

作者はこうして読者の心理を巧みに導いて、遂にこのような突飛な希求さえ抱かせてしまったあと、それをこの上ない完全な形でかなえてくれる。

茶屋の二階に上ったあとはこう書かれる。

呑《のみ》つけぬ酒《さけ》にうかれて。これより手習《てなら》ふはじめ。情文《なさけふみ》の取《とり》やりして次第《しだい》のぼりに太夫殘《のこ》らず買出《かひいだ》し。時なる哉《かな》都《みやこ》の末社《まつしや》四天王。願西神樂《ぐはんさいかくら》あふむ乱酒《らんしゆ》にそだてられ。まんまと此道《みち》にかしこくなつて。後には色作《いろつく》る男《をとこ》の仕出《しだ》しも是がまねして。扇屋《あふぎや》の戀風《こいかぜ》様といはれて吹揚《ふきあげ》人はしれぬ物《もの》かな。

この、一気に書かれ、息詰まるほど緊迫し昂揚する文章の美しさは比類が無い。度し難い野暮男だった主人公が、この世界の第一人者に変貌するさまを説明するのだが、それを、夾雑物をそぎ落とした短い句を、せき込むばかりの激しさでたたみ込む、急上昇するリズムで表現し、それがこの男の生の軌跡を、急角度に発展、飛躍するものとしている。(7) 語句はリズムのみでなく意味にも細心の注意を払って選ばれている。「手習《てなら》ふはじめ」から「次第のぼり」「吹揚」と、急上昇を示す語がこの短い文中に点綴されているのもそのひとつの現れである。この初めの方に置かれた「情文《なさけふみ》の取《とり》やりして」と「太夫殘《のこ》らず買出《かひいだ》し」は、作品中でこれまでに語られた主人公の以前の姿を読者に一瞬振り返らせる。「情文」は、そもそもの切っ掛けとなったあの手紙を思い出させ、あの手紙に感動したこの男自身が書く恋文はいかなるものであったかを思わせる。また、「太夫残らず」の語は、その中にあの今唐土がいたかどうかにかかわりなく、あのとき蔑まれ畏縮していたこの男の姿を想起させ、すでにここで読者は変貌の大きさに感歎する。だから次の「時なる哉《かな》」が、論理的には「都《みやこ》の末社《まつしや》四天王」以下に続くものでありながら、その感歎をも受け、それを裏書きする機能も持つ。「都の末社四天王。願西神樂《ぐはんさいかぐら》あふむ乱酒《らんしゆ》にそだてられ」は、個有名詞の列挙によって華やかな色遊びのさまを暗示し、(8)「まんまと此道《みち》にかしこくなつて」と一層の飛躍的進歩、完全な変貌を言い、「後には色作《いろつく》る男《をとこ》の仕出《しだ》しも是がまねして」と、主人公が遂にこの虚栄の世界に覇者として君臨したことを示す。「扇屋《あふぎや》の戀風《こいかぜ》様といはれて」この世界の花形として艶名を謳われたというわけだが、まさにこの主人公にぴったりの、この渾名の美しさと優しさは、そのために作者は主人公を扇屋と設定したかとさえ思われるほどである。だから、ただそう呼ばれておだてられ騙されただけではないことになる。この男がここで逐に真のあるべき自己を実現したと痛感させるのだ。「吹揚《ふきあげ》」は、第一義的には莫大な財産の一挙の蕩尽を言おうが、その意味から離れて、いわば栄光の絶頂に達した主人公がそこから更に虚空高く飛び散ってしまったかのイメージを生じよう。(9)「人はしれぬ物かな」は「時なる哉《かな》」に続くこの短いくだりで二度目の感歎文である。前者が主人公のずんずん急上昇する過程に発せられたに対し、これはクライマックスにおいてであり。これこそまぎれもなく作者が思わず発した嗟歎の声と感じさせるが、それは読者の思いと完全に一致する。「吹揚」の一語が、このくだりのひいては全篇のクライマックスをなす。以下主人公の運命は急転直下して一篇を終える。

吹揚《ふきあげ》人はしれぬ物《もの》かな。見及《をよ》びて四五年此かたに。弐千貫目塵《ちり》も灰《はい》もなく火吹力《ひふくちから》もなく。家名《いへな》の古扇《ふるあふぎ》残りて一度《たび》は榮《さか》へ一度《たび》は衰《をとろふ》ると。身の程《ほど》を謡《うたひ》うたひて一日暮《くら》しにせしを。見る時聞時《ときききくとき》今時はまふけにくひ銀《かね》をと身《み》を

持《もち》かためし鎌田《かまだ》やの何《なに》がし子共に是をかたりぬ

「今時」以下を除いて「見る時聞時《ときききくとき》」まで、この運命の急落を記すくだりは、直前の急上昇と全く同じリズム同じ速度が続いている。急上昇と急降下は一線の軌跡なのだ。「塵《ちり》」「灰《はい》」「火吹力《ひふくちから》」はすべて「吹揚」の縁語だから、クライマックスの「吹揚」はすなはち破滅を意味していたわけだ。「家名《いへな》の古扇《ふるあふぎ》残りて」はあの「扇屋《あふぎや》の戀風《こいかぜ》様といはれて」と皮肉な対照をなす。まさに「一度《たび》は榮《さか》へ一度《たび》は衰《をとろふ》る」の、零落して門付して歩く謡の一節通りである。またこの一節を「身の程《ほど》」と自覚していたとするなら、主人公が色里での財産の蕩尽をなんら後悔していないことを示す。得意の絶頂にあった短い月日こそ、おのれの栄えの時だったのであろう。また「謡《うたひ》」の語は、冒頭近く、吝嗇な先代の扇屋が、趣味としては「小謡《うたひ》」をひとり小声で謡うばかりだったという印象的な記述を思い出させる。要するにこの主人公にとって、短い栄光の後の零落とは、父の代から続いて、「しはひせんさく」に明け暮れしていた日々に戻ったことに外ならない。

今一度振り返って総括する。主人公が最初廓に入ってきたときの情景が描写されていたのに、運命の急上昇と破滅がこれほど簡潔に引締って書かれた理由は明らかである。遂に決意して廓に足を踏み入れたとき、主人公は、上昇する生の軌跡の出発点から歩み出したのだった。だから初めは進行が緩やかで、今唐土の一行と出逢った挿話は、事柄がごく日常的、散文的であるとともに、事件の進行と読者の読み進める時間がほとんど一致していると云えるほど、叙述の速度は弛緩していた。廓の中をうろついて茶屋の二階に上るまでは、叙述の肌理がずっと粗くなり、茶屋に上ってしまったあとは、叙述というよりは、あのように、この上なく暗示に富んではいるがむしろ抽象的で本質的な語句を連ねて、四五年が数行のうちに述べられ、進行速度がこれ以上は不可能なほど高まり「吹揚《ふきあげ》」の語で絶頂すなわち破滅に達する。狂気のような速度の亢進と調子の高まりは、主人公の生の的確な表現だった[10]。

だが一方、これは、読み進める読者の時間を操作する技巧でもある。あれほどの野暮天だった主人公が粋人の範というべき存在に変貌するということの、生々しい卑俗さにも拘らず、いやむしろそれ故にこそ、主人公がそうなることを読者は心中期待いや希求させられ、それが期待以上の素晴らしさで実現されてゆく作品のメカニズムのお蔭で、読者は、主人公の急上昇する運命をただ傍観者として眺めるのではなく、この数行間、はとんど主人公とともに驚異と歓喜に満ちて運命の急勾配を破滅に向かって一気に駆け上る。そして文章表現の奇蹟とも云うべきこの現象には、叙述の粗密と、リズムが生む、目くるめく加速のダイナミズムが決定的な役割を果たしている。単に主人公の運命の的確な表現というだけではないのだ。

最後の「身《み》を持《もち》かためし鎌田《かまだ》やの何《なに》がし子共に是をかたりぬ」で、読者はこれが「大福新長者教」と銘打った短篇集の二番目に位置する教訓談だったことを思い出すが、この一行はそれと同時にもうひとつの機能を果たしている。この最後に急上昇し急降下する物語は、もし、以上の話は誰それの語ったものなりという二重の話者の形式がクッションとして存在しなかったならば、終結部にとても均衡が取れなかっただろう。それほどこの作品のダイナミズムは、緩急、低高の振幅が激しい。

またこの「鎌田《かまだ》やの何《なに》がし」の語は、この作品が、致富、治産を説き遊蕩を戒める教訓談でもあったことを直ちに読者に思い出させるが、恐らく当時の読者といえども、作品の終り近く、主人公の上昇転落する生に共感させられ、精神を昂揚させるほどの飛翔感によって既に常識的町人道徳から解放されていたから、『長者教』への連想は、その教訓の干からびた味気無さを思い出せるばかりだったであろう。鎌田屋の名はむしろそのために選ばれたのかも知れない。

以上、数丁に圧縮された叙事詩とも呼ぶべきこの一篇は、終始主人公を突き放して書きながらも、その驚くべき変貌を可能なものとして表現し、人間なるものへの驚異と讃美に読者を向かわせる。それは、「新長者教」という教訓談の体裁が外装あるいは口実に過ぎないことを早くも読者に教え、巻一の二というほとんど冒頭に近い場所にあって、金銭を絶対視する価値観を、すでに否応なしに相対化している。

以上検討を加えた二篇は、ともに主人公の驚くべき変貌を描き出す。そこに見られる、幻想を完全に排した作者の厳しい現実認識と、近代小説の常識からは想像もできない種々の表現手法において、二篇は本質的に共通する。なるほど、そこに見られる基本的な価値観、倫理観は一見まるで違っている。だが、それは決して作者の矛盾ではない。主人公の行為に対する作者の態度が肯定、否定の両極を示すとしても、それは、それぞれの行為が、あのように意味を全く異にするものとして創造されたからである。作者はこの上なく一貫しているのだ。だが、それにしても、没落談という同一の主題における、一見ほとんど互いに他を相対化しかねないほどの意味内容の差は、手法の共通性と対照されて、我々読者にはいやが上にも強く意識される。そして、何よりもこれは、どうしようもなく矛盾に満ちた豊かな現実世界の本質を端的に表現するものとなっているのだ。このことは実は『日本永代蔵』中の他の没落談、いや、成功談も含めた三十篇のすべてについて言え、すべてをひっくるめて考察したとき一層明らかになろう。

註

（1）引用は定本西鶴全集による。

（2）この点は多くの評家が指摘するところだ。「単刀直入に作品世界へ読者を引き込む文体…」（谷脇理史『西鶴研究論攷』第三章「『日本永代蔵』の文体」昭和56年　新典社　156頁)。だがなぜそうなっているのか、それが作品に果たしている機能は何かについての言及は管見に入らない。

(3)　青木清彦氏は「『生死の海蛤貝にて入けるに』考―日本永代蔵から―」(『解釈』第22巻第8号　昭和51年8月)で「末後の水蛤貝にて入けるに」と、当時の風習を描くとすればあるべきところを、そこに「生死の海」を挿入した理由は何かと探索し、「蛤で海をかへる」という諺を見出している。やはりこの二つのもののイメージは、その容積の絶対的な差として意味されたのだ。青木氏によれば、『宝物集』巻五に「大施太子の事」なる仏教説話があり、大施太子は蛤貝で海を汲み干し竜宮を顕したという。愚考するに、単なる不可能事を言うにしては、無限ノイローゼ的な苦しいイメージがあるからこそ、それから解放してくれるものとしてこの仏教説話があるのであろう。

(4)　先学諸氏の注釈はこの点分裂している。例えば、「誰もが終に行く死出の旅をおもひやるのであった」(佐藤鶴吉『日本永代蔵評釈』(昭和5年　明治書院　145頁))「親父の行く冥土の路を心配するのであった」(守随憲治『日本永代蔵精講』(昭和28年　學燈社　171頁))

(5)　日本でも名高いほどの巨商の物語を書く場合には、人物と事件にモデルは必要である。巨商となれば実在でなければ、絵空事に堕し、かえって話に普遍性が失われる。作者はここで「豊後の府内に住て萬屋三弥とて名高し」と、早いうちに実際の地名と屋号を記し(名前の三弥は虚構という)、読者に、モデルへの注意を喚起している。五十年ほど以前の事件というが、恐らく当時の大抵の読者は、萬屋某なる人物とそれにまつわる異様な事件について、なんらかの知識があったのだろう。そうした読者にとってこの一篇は、破滅への心理的過程に関する一解釈を教えてくれるものだったわけである。だが、以上の検討で明らかになったと思うが、この一篇は、もとになった事実に関する知識を全く前提としていない。それは『日本永代蔵』の他の諸篇、また西鶴作とされている多くの作品中、現在モデルの存在が判明しているほとんどの作品について同様である。創作と出版に関して西鶴の置かれていた立場からすれば、西鶴が、おのれの作品を直ぐに読むであろう同時代の読者を意識しその反応を計算しない筈はなかったであろう。だが、西鶴は、そのためにいささかでも作品の自律性が損われることをおのれに許す作家ではなかったと云える。その点で妥協はほとんど見られない。だから、敢えて言えば、西鶴が創作に当って意識した読者は二通りあったわけだ。現実の事件についてなんらかの知識があり、作者の下した解釈に強い興味を持った現実の読者と、風俗、モチーフ、いや言語についての知識は前提とされるから時空を超越した純粋な読者とまでは云えぬにしろ、より普遍的な読者、作者の創作時の精神によってのみ仮想される、その時の作者自身にきわめてよく似た、理想の読者である。

（6）人物の大きな変化は、『日本永代蔵』でも他にいくらも取り扱われている。例えば巻二の三「才覚を笠に着大黒」で主人公は蕩児から身を立て直すという変化を見せる。またそれが強い説得力で語られている。詳細を検討する余裕は無いが、西鶴の描く人物の変化は、変化の度が大きければ大きいほど、それを現実的にするため種々の工夫が凝らされているのは確かである。

（7）同様な解をひとつ例示する。「呑みつけぬ酒にうかれ以下、文章の進行は、主人公のすさみ行く心の姿をそのまゝ見るやうな勢である。「手習ふ」から「情文の取やり」へ続けた縁もおもしろく、「時なる哉」の歎息詞を挿入した前後の語句は、主人公の豪遊ぶりをよく現してゐて力づよい。」（佐藤鶴吉註（4）前掲書　30頁）

（8）個有名詞の列挙は、特に源氏名や個性的な芸名の場合、虚構であれ実在の人物であれ、また実在らしいとしても、その時代の評判や他の作品への登場が一切不明でも、純粋な列挙だけで或る賑やかさを表現し得るが、大籔虎亮氏はさらに具体的に次のように述べている。「末社の語から四天王と続けてゐるが、神樂に依って四天王寺の楽人が聯想され、鸚鵡に依って酒席の詞、鸚鵡返の盃が聯想され、更に乱酒と続いてゐるので、一體に酒宴の座が聯想される。」（大籔虎亮『日本永代蔵新講』（昭和12年　白帝社　44頁））もっとも大籔氏は、同時に、この四人の実在の太鼓持について、その事蹟と他の西鶴作品での言及、登場を報告している。

（9）註（7）に引用したように佐藤鶴吉氏はこの部分の文章の持つ力を六分認めながらも、「主人公のすさみ行く心」とこの放蕩そのものをマイナスにとらえていたが、暉峻康隆氏は、すでに『西鶴　評論と研究　下』（昭和25年　中央公論社）で、これを「人間性の解放」と言い切っている。「第一世が人間性を抑圧することによって蓄積した

富が、さけがたい偶然を契機として、第二世の人間性解放の手段と化したのである。」（同書75頁）

（10）谷脇理史氏は「『日本永代蔵』の方法と読者の問題」（『日本文学』第32巻第7号　昭和58年7月）で「現在では未詳の「扇屋の恋風様」も、西鶴の意識する読者には分っていたはずであり、西鶴はそのことを前提に、知られざる没落以前の一挿話を面白おかしく虚構化するという方法をとり、それゆえに秀作を書くことができたのである」（傍点原文ママ）と云っている。扇屋の二代目にモデルがいたらしいことは、説明は略するが、筆者にも感じ取られる。そして西鶴の意図は谷脇氏の云う通りなのであろう。「没落以前の一挿話」というよりむしろ没落についての一解釈というべきかも知れない。だから当時の読者の知識が何だったかを明らかにする作業の重要性はいくら強調してもし足りないと云える。だが西鶴の大部分の作品などの場合、それだけでは作品の本質はなんら明らかにならない。西鶴のような作家の場合、直接の読者だけを意識し、終始最初の意図のみに忠実に創作を進めたとするのは誤りである。決してそこに留まり得なかった。作品をその書かれた状況に立ち返って考察すべきは当然である。だが、それは決して、書かれた周囲の状況や作家の第一義的な意図に限られてはならない。それらを明らかにすることはもちろん必要だが、ある種の作家の場合それだけに限るのは、作品の理解を誤る。創作時の作家の内面に立ち入って考えなければ、作家の意図に関してさえ正当に判断できない作品もある。そしてその際の手掛りは、結局、その作品そのもの以外にはあり得ない。谷脇氏は、「最後の部分で「扇屋の恋風様」と替名を出されるこの主人公のモデルを現在知ることはできないが、西鶴は、そのモデルを読者が知っているということを意識しながらこの作品を書いていると見ることさえできる。なぜなら、島原に通い始めてから没落して放浪している主人公を書く部分（いわば読者の知っている部分）はすこぶる簡略に記述され、没落の契機となる知られざる部分の記述に本章の面目が賭けられているからである」とも言う。末尾の簡略な記述の理由としてこのことも恐らく事実だろう。だが本文で述べたように、叙述の粗密は、作品の本質にかかわる機能を有し、最後の部分が簡略に記述されているのもそのことの必然の要請でもあるのだ。両方とも、創作時の西鶴の意識にはっきり存在したと考えるべきだろう。簡略な叙述が当然であるという事情を西鶴はいわば利用したわけだ。註（5）でも言ったが、『日本永代蔵』中現在モデルの分かっている作品すべてについて、そのために作品に何らかのゆがみが生じていることはほとんど無い。モデルへの知識を持たなくとも読めるように書かれているのだ。

第三部

秋成を読む

第一章　『雨月物語』「白峯」論

序

『雨月物語』の「白峯」については、これまで多くの先学によって、作品の細部に亙る綿密な読みが示されてきた。[1]そして、それら諸氏の意見は、筆者の見るところ、大筋で一致し、多く納得のゆく説明がなされ、我々の読みを導いてくれる。この一篇は、大きく異なる複数の解釈が並立し得るたぐいの作品ではなく、ほぼ普遍的な理解が可能であり、作者もそう意図した作品なのであろう。

にも拘らず、筆者が敢えて新たに論を立てようとするのは、先行の諸論考に導かれ示唆を受けつつ読みを深めながらも、様々に示されてきた細部の読みに関し、時として筆者のそれとの間にずれがあるので、それをはっきりさせてみようとするからであり、作品全体の構成と個々の細部の機能に関して、具体的にその働きを指摘する作業がまだ完全に終ったとは判断できないので、多くの点で試解を提出すべきであると考えるからである。つまり、この一篇が技巧の粋を凝らした作品であることが指摘されながら、私見によれば、その技巧のすべてが解明されたとはまだとても言えないから、いくつかの観察結果を付け加えることは無意味であるまいと思われ、さらに、そうした技巧の駆使は、作者秋成のいかなる意図によるのか、それらが何を表現せんとしているのかも、もう少し考えるべきだと感じられるということである。

一般に、文学作品に対しては、表現の技巧を軽視してはならない。技巧のための技巧、すなわち例えばいわゆる「趣向」のように、それ自体が知的構成物として読者の或る美感に訴えるもの、それに、作者の虚栄心がその絶妙な出来栄えを誇示するため、ことさら作品中にそれをしつらえた場合などは別にして、技巧なるものは、作者の内部に次第に発酵し、表現を求めて溢れ出たものを、どうにか定着させて読者に伝えようとする、作者の鏤骨の努力を示す、そうした場合もあるのだ。それが成功した場合、その生み出す効果は読者に強く働きかける。このように、作品の力の源泉が、作者の明確な意図に発し、それゆえ、近似的にせよ普遍的な正しい読みが存在し得るたぐいの芸術作品にあっては、我々読者は、作品から受ける印象、すなわちその力に動かされた自らの意識の跡、を克明に辿ることで、作者が作り上げた作品の有機的構造を浮かび上がらせることができる。読みを重ねれば必然的にそうならざるを得ない。いやむしろそうした作品の場合、そこまで読者は要請されているとさえ言えよう。

「白峯」は、そのような醇乎たる芸術作品に属する。表現の手法のあり方そのものが作品の基本的な意味を教えると思われるのだ。だから、例えば西行と崇徳院の亡霊との問答が作品の思想内容のすべてであるとするなどは、単純な誤りである。それはその一構成分子に過ぎない。

ところで、この「白峯」は『雨月物語』の他の諸篇と同じように、素材と語句に数多くの典拠を持つことが、諸先学の研究によって指摘されてきた。今後もなお発見が続けられるのであろう。このように、和漢の古今に亙る既存の作品からの無数の引用が全篇を織り成しているとすると、これはもはや創作に当たって依拠すべきものとしての典拠ではなく、作者秋成は、無数の先行作品から、場面、事件、表現、語句を自由に選び取ったものと見なされる。つまり、最初依るべきものとしての典拠が決まっていたため、創作の作業がそれによって規制され束縛されるということは皆無だったのではないか、さらには、作品の発想が先にあり典拠ないし典故は、それと関連しそれと通底するものとして、あとから求められ、表現のために用いられたのではないかとさえ考えられるが、そうなると、逆に、これほどまでに先行作品から引用した理由は何かが大きな疑問となる。自由に選択したのだったとするなら、いかなる規準で選択したのか、ただ単にできるだけ数多くの広範な既存の文学作品を想起せしめ、関連づけたいがためなのか。(2)

なるほどこれは一面近世的表現の一特徴でもあろう。それは確かだが、そのほかそれとは別に、引用された先行作品への連想といった機能を含めて、いかなる表現上の要請があったのか。ともかく創作時の秋成の意識はどういうものだったのか。「白峯」一篇の作品そのものの意味が明らかになれば、この難問についても少なくとも推測の手掛かりくらいは得られるかもしれない。

冒頭部の観察

虚心にこの作品を読み進めるとき、読者が共通に受ける強い印象、つまりそれを否認する読者を無視して論を進めることが許される作品の普遍的効果としては、まず、最初旅僧西行が、白峯の山中に崇徳院の陵墓を前にして佇んだときの、さらに日暮れて夜が更け故院の亡霊が出現する前後の、異常な強い実感があろう。それは、さながら旅僧と共に読者もその場に立ち、その場における経験をみずからの意識と五官に受容せざるを得ないほどの鮮やかさであり、しかもこれは、繰り返し読むことによって弱まることのない感覚である。

この神秘的なほどの表現力を生むものは一体何かを観察する。作品の具体的ないかなる機能が、いかなる工夫と技巧がそれを可能にしたのか。そして、それほどの努力を重ねて成就された実感は、作者秋成の意図したこの作品の本質的な意味と決して無関係ではあり得ないであろう。それはただ単に亡霊の出現という超自然の事象をまことらしく見せようがためだけのものではあるまい。

二度に亙って深められる強い実感の最初のものは、冒頭から僅か一丁足らずにして実現されている。このことは実は驚異的な現象と言えるが、それは冒頭からのすべてがこの上なく緊密精妙に構成され、有機的に作用し合い、ために表現内容がこの上なく深まり、豊かになっているからである。以下それを確認する。まず亡霊の出現までの冒頭部を引用する。(3)

白峯《しらみね》

あふ坂の関守《せきもり》にゆるされてより。秌こし山の黄葉《もみぢ》見過しがたく。濵千鳥の跡ふみつくる鳴海《なるみ》がた。不盡《ふじ》の高嶺《たかね》の煙《けふり》。浮嶋がはら。清見が関。大礒《いそ》小いその浦〳〵。むらさき艶《にほ》ふ武藏野の原塩竈《しほがま》の和《なぎ》たる朝げしき。象潟《きさがた》の蜑《あま》が笘《とま》や。佐野の舟梁《ふなばし》。木曾の棧橋《かけはし》。心のとゞまらぬかたぞなきに。猶西の國の哥枕見まほしとて。仁安三年の秋は。葭《あし》がちる難波を經《へ》て。須磨明石の浦ふく風を身にしめつも。行〳〵讃岐の眞尾坂《みをざか》の林《はやし》といふにしばらく筇《つゑ》を植《とゞ》む。草枕はるけき旅路の勞《いたはり》にもあらで。觀念修行《くはんねんしゆぎやう》の便《たより》せし庵《いほり》なりけり。この里ちかき白峰といふ所にこそ。新院の陵《みさゝき》ありと聞て。拜みたてまつらばやと。十月《かみなづき》はじめつかたかの山に登《のぼ》る。松柏《まつかしは》は奥ふかく茂《しげ》りあひて。青雲《あをぐも》の輕靡《たなびく》日すら小雨《こさめ》そぼふるがごとし。兒《ちご》が嶽《だけ》といふ嶮《けは》しき嶽背《みねうしろ》に聳《そば》だちて。千仭《じん》の谷底《たにそこ》より雲霧《くもきり》おひのぼれば。咫尺《まのあたり》をも鬱悒《おぼつかなき》こゝ地《ち》せらる。木立《こだち》わづかに間《すき》たる所に。土墩《つちたか》く積《つみ》たるが上に。石を三かさねに疊《たゝ》みなしたるが。荊蕀薜蘿《うばらかづら》にうづもれてうらがなしきを。これならん御墓《みはか》にやと心もかき

この里」(丁一表)

くらまされて。さらに夢現《ゆめうつゝ》をもわきがたし。現《げ》にまのあたりに見奉りしは。紫宸清涼《ししんせいりやう》の御座《みくら》に朝政《おほまつりごと》きこしめさせ給ふを。百の官人《もゝつかさ》は。かく賢《さかし》き君ぞとて。詔恐《みことかしこ》みてつかへまつりし。近衛院《このゑのゐん》に禪《ゆづ》りましても。藐姑射《はこや》の山の瓊《たま》の林《はやし》に禁《しめ》させ給ふを。思ひきや麋鹿《びろく》のかよふ跡のみ」（丁一裏）見えて。詣《まうで》つかふる人もなき深山《みやま》の荊《おどろ》の下に神がくれ給はんとは。萬乗《ばんじやう》の君にてわたらせ給ふさへ。宿世《すくせ》の業《こう》といふもの丶おそろしくもそひたてまつりて。罪《つみ》をのがれさせ給はざりしよと。世のはかなきに思ひつゞけて涙《なみだ》わき出るがごとし。終夜《よもすがら》供養《くやう》したてまつらばやと。御墓《みはか》の前のたひらなる石の上に座をしめて。經文《きやうもん》徐《しづか》に誦《ず》しつ丶も。かつ哥よみてたてまつる

　松山の浪のけしきはかはらじをかたなく君はなりまさりけり

猶心怠《をこた》らず供養《けうやう》す。露いかばかり袂《そで》にふか丶りけん。日は没《いり》しほとに。山深き夜のさま常《たゞ》ならね。石の牀《ゆか》木葉の衾《ふすま》いと寒く。神清骨冷《しんすみほねひえ》て。物とはなしに凄《すざま》じきこ丶ちせらる。月は出しかと。茂《しげ》きが林《もと》は影をもらさねば。あやなき闇《やみ》にうらぶれて。眠《ねぶ》るともなきに。まさしく圓位《えんゐ》〳〵とよぶ聲す。」（丁二表）

まず第一に、主体である旅僧が西行という史上の人物であることは「圓位」の名が呼ばれるまで暗示的にしか示されず、しかも、「露いかばかり袂《そで》にふか丶りけん」によって、はっきりこの旅僧が記述者とは別の第三者とされるまでは、叙述は一人称、三人称のいずれとも読み取れ、また、はっきり完了と過去を明示する助動詞が、この「けむ」以前では「便せし」「庵なりけり」の各一回しか用いられていない等のため、読者がこの旅僧の意識に同化して読み進めやすいことが指摘できよう。（傍点引用者、以下同じ。）

だが何よりも、読者が最初に強い実感を持ち得るくだり、「木立《こだち》わづかに間《すき》たる所に。土墩《つちたか》く積《つみ》たるが上に。石

を三かさねに疊《たゝ》みなしたるが。荊蕀薜蘿《うばらかづら》にうづもれてうらがなしきを。」は、主体の眼前に現に在るもののつぶさな具体的描写であり、しかもそれは、冒頭以来これが最初だということがある。そして、追い追い説明するが、その描写性は漸次高まってここに到っている。この特異な叙述の形式、それにその他様々な構成要素の働きによって、ここまでの時間・空間の表現がきわめて巧みに実現され、故院の陵墓を前にしたときのこの場面が、読者に今ここに居るという感覚――いわば作品世界への現存感ともいうべきもの――を生ぜしめることに成功しているのだ。そのことを中心に以下やや詳細に順を追って観察していく。

「あふ坂の関守《せきもり》にゆるされてより。」逢坂という万人の知る地名が冒頭に置かれることによって、この一句はきわめてなだらかに作品を開始させる。つまり読者は常套的とも感じられる開始の手法のおかげで、安心して無理なく作品世界の内部に引き入れられる。しかもその世界とは、幾たびとなく歌に詠まれ、物語に書かれたこの地名の与える暗示により、或る格調とみやびの支配する世界であろうことがそれとなく予想される。

この一句は、そのほかこの一篇の時代を過去に位置づけるという機能を果たしている。いつの世とも知れぬがともかく逢坂に関の設けられていた時代なることを読者に教えるのだ。

また逢坂は東国への出発点ということが通念になっているから、これは一句にして京から東国への旅立ちを示す。「より」はここでは第一義的には時間的な起点を示すが、逢坂よりといった空間的出発点をも必然的に伴い、時間的空間的起点がまず設定されることとなる。そのことは、以下の地名の列記が旅の通過点を示すことを可能とし、またその旅から一篇の物語へと漸次移行してゆく書き方を助けるであろう。

『撰集抄』では、「あふ坂の関守とゞめかねし」とあったのが、「あふ坂の関守《せきもり》にゆるされてより」と改まっているのは、関守でなく旅立つ人物の方をより強くこの場の主体として打ち出すためであろう。

また、「関守」なる者は、この一篇では西行と崇徳院の霊以外の唯一の他者である。(4) それが、「関守にゆるされてより」と叙述が開始することによって、主人公が煩わしい他者からまず冒頭で解放されたかのような状態にあることを読者に印象づけ、以下その状態が続いて主人公と崇徳院の霊以外の第三者がまるで登場しない事実が、読者に不自然を感じさせない。この「関守にゆるされてより」は末尾近くの「人にもかたり出ず」と呼応している。ここでも他者は排除されているから、この枠内に書かれたすべてが純粋に西行一人の意識に終始し、登場する人物は故院の霊のみであり、一方それと際立った対照をなして、院との対話のうちには古今の無数の人物が登場するという、作品の基本構造の一面が末尾に到って読者にはっきり印象づけられることとなる。

続く「烁こし山の黄葉《もみぢ》見過しがたく」は、この東国へ旅立つのがいかなる人物なのか、旅の目的は何かを、一句にしてかなりの程度明らかにする。これは、決して先を急がぬが遠路を厭わず、詩的な景勝を訪ね、それを見ることを願って旅する風雅の求道者というべき人物らしい。(5) 早くもここで、読者が西行を典型とするような旅の詩人をそれとなく連想することもあり得よう。少なくとも後に西行たることが明らかにされたとき、読者がその意外さに驚くということは起こらない。それはこのように前もっていわば伏線が敷かれ、しかもこれはその一端に過ぎず、西行への連想は一貫して次第に強まっていくからである。(6)

「烁こし山」の秋の語は、物語の主部を成す白峯山中の一夜が「十月《かみなづき》はじめつかた」とされているのに連なり、一篇の基調を秋の情趣で統一するが、これについては後に述べる。

この第二句によって風流の旅人が暗示されたため、ずっと先第十二句に到り「心のとゞまらぬかたぞなきに」と一応締めくくられるまで、第二句「濱千鳥の跡ふみつくる鳴海《なるみ》がた」以下列記される地名＝歌枕は、すべてこの旅人が見、かつ賞でたものであることは、この締めくくりの第十二句が教えてくれるより前から、すなわち列記の十句を読み進めているときすでに読者には了解されていることとなる。歌枕は、様々な古歌の記憶が積み重なって形成された、もはや動かし難い特定の含意と情調を備え、歌や文にこの固有名詞が用いられると、普遍的な、だが時には類型的な表現を生み、意味がほとんど概念化される場合さえある。それがここではいささか趣きを異にし、そうした類型性は減じている。その原因の一つにこの第二句の存在があるわけである。第一句のあふ坂の関と第三句の鳴海がたに狭まれた第二句の烋こし山は、鳴海がた以後地名の列記が始まると、これも同様の地名であるかの外観を帯びてゆき、あふ坂も含めたこの列記の中で違和感を感じさせないが、実は秋の訪れた山なる意味の普通名詞であり、これだけが地名でもなく、はっきり歌枕でもないわけだ。誤読する読者はまず居まい。それが「烋こし山の黄葉《もみぢ》見過しがたく」となっているのは、事実をそのまま素朴に記し、旅立った人物が旅路の途次歩みを止め、あるいはわざわざ山に登りなどして、色づき初めた初秋の山の景色を見、その美しきに感銘を受けたという事情を教える。そこで第三句以下の歌枕の列記へと読み進めてゆくとき、この第二句からの自然の類想が読者の意識下に働いて、列記された歌枕にも主人公が同じ態度をもって接したように読者は感じる。その時、第三句以後は、第二句の「見過しがたく」のような意志的な行動の裏にある心理や感情を暗示する語が、「心のとゞまらぬかたぞなきに」と再び心理を記す第十二句で締めくくられるまでの歌枕列記の間に全く存在しないこと、および「烋こし山」が固有名詞であるかの如き外観を持つことの二点が、この読者の類想の働きを助けていることは明らかである。

このようにして、この風雅の旅人は、単に古来あまたたび歌に詠まれてきた歌枕たる名所に自分が今立っているという満足感を持つだけでなく、目に映じる現実の自然的景観そのものを賞味し、深く心にとどめていることが暗示され、読者の意識において、歌枕に纏わり付いているブッキッシュな類型性は減殺され、新鮮な詩的情緒がかなり取り戻されている。

このことは、含意に多少の変化さえ生ぜしめる。例えば「象潟《きさがた》の蜑《あま》が笘《とま》や」である。多くの読者にとって普通この歌枕象潟とそれに伝統的に付随する景物たる苫屋の意味は、荒れた浜辺の茅屋に落魄の身を横たえて物を思うといった観念だろうが、ここでは苫屋はあくまで外から、しかも遠くに眺められたイメージとなっていよう。目路の果てまで遙かに延びる荒涼たる海辺にあるか無きかに点在する眇たる苫屋の映像さえ生じているのは、第二句で、見るという態度が確立され、しかも直前の「塩竈《しほがま》の和《なぎ》たる朝げしき」まで、読者の意識が遠望に馴らされてい、また象潟は列記された地名の極北だからである。

歌枕の列記が常套性を脱し新鮮さを取り戻しているのには、その他道行文の類型的な七五語から解放され、調子の良すぎるリズム感とは別のもっと重厚な緩急の流れが生じていること、さらに第三句以下の九句には地名と幾つかの付帯的景物だけが列記されていること自体も大きく与っている(7)。

『撰集抄』の道行文が改変されて歌枕が東国から陸奥、出羽へと辿る主人公の遍歴の道順通りに並べかえられ、その旅路に点在するものとなっているのも、これら地名に現実感を添える。ほとんどすべて著名な歌枕の中で「大磯《いそ》小いその浦〳〵」とくに小いそは、列記の中に置かれているため歌枕の外観を保ってはいるものの、おそらく歌枕ではなく、少なくともほとんどの読者にとって歌枕の普遍性を持たない。そのことも、主人公の歩む実際の順路としての現実味を増すのに役立っていよう。ともかく、「烋こし山」にしろ「大磯小いそ」にしろ、『撰集抄』のあのくだりでの語句を採用しながら、それらの語の持つこうした潜在的性格をここでは充分に引き出しているとも言える。

『撰集抄』の歌枕に「むらさき艶《にほ》ふ武藏野の原」「塩竈《しほがま》の和《なぎ》たる朝げしき」「象潟《きさがた》の蜑《あま》が笘《とま》や」の三者が加えられているのは、歌枕の積み重ねが生む全体としての印象の多彩さを一段と豊かにしているだけでなく、主人公の更に遠く遙か彼方の国への遍歴を表現しているが、その意味については後述する。

東国、奥州への遍歴を表現するのに、往路のみ歌枕がおびただしく列記され、帰路は「佐野の舟梁《ふなばし》」「木曾の桟《かけ》橋《はし》」だけという不均衡は、距離こそ行きと帰りでそう変らぬにせよ要した時間は帰りがずっと少なかったことを暗示するが、この甚だしい不均衡が不自然あるいは奇異の感を与えないのは、帰路の二つの歌枕がともに橋ということが大きく作用している。橋なるものは、向こう岸とこちら岸を繋ぐものであるから、谷あるいは川などをへだてた両側の二つの地を必然的に伴い、二つの橋で遠景から近景への四つの地が暗示されることとなる。木曽の桟橋が普通の橋というよりむしろ桟道といったものだったという事実はあまり関係ない。また、歌枕が主人公の歩みゆく路順通りに並べられ、そのため読者の意識は主人公の移動につれて動いているので、その先に帰路二つの橋が記されているとなると、橋の持つ彼方からこなたへと人を渡すものとしての意味が強められることとなる。二つの句がともに「□□の△△はし」と同一の音構成を持つことも、そのなめらかさで一路京へと帰還する主人公の移動を読者に感じ取らせることに役立ち、帰りはかなりスムースで早かったことも納得させる。地の果て、ほとんど異境ともいうべき象潟から現実世界たる都へと帰還できたのは、このような設定によって初めて可能となったのだ。二つの橋の代りに山や原などの名が二つ記されていたなら、往きと帰りの歌枕数の不均衡はかなり強い違和感を生んだであろう。

だが、このように、新鮮に読者の感性に訴えながらも、姨こし山、小いその浦を除いてこれらはあくまで歌枕たる地名と、慣習的・伝統的にそれに付随する若干の景物の名の羅列であり、その基本的に備えている観念的な性格は当然残っている。これらは後に崇徳院の墓に対するような、生きた実写の感を与えない。印象は新鮮でありながら観念性はそのまま保つ。相反するとも言えるこの二つの性格の際どい同時共存こそ、秋成が意図したものである。

歌枕を持ってきたこと、そしてその記述と配列に上述のさまざまな操作を加えることでそれが可能となった。

その目的は何か。冒頭部のその特性は作品の中でどのような機能を果たしているか。

結論を先に言うなら、これは故院の墓前に佇んだときの現在に対し過去を表現するためのものである。以下そのことを説明する。

「木立わづかに間《すき》たる所に。」以下の四句は、前にも言ったように、冒頭部東国奥羽の歌枕の列記とは、その描写性において、まさに対極をなす叙述であろう。これ以上相互にかけ離れた表現は存在しまい。ところで重要なのは、その二者が直接続いて鮮やかな対比を見せることはなく、その間には経過的な部分があり、叙述が段階的に漸次変質してここに到っていることである。

冒頭からの長い一文は八行目半ばで、「しばらく笻《つゑ》を植《とゞ》む」とようやく終止する。その長大さは東国奥羽、帰京してまた西国へとゆっくりと続けられた長い旅がこの林なる土地でようやく一時の休止を見た、その連続と停止を表現するのにまことにふさわしい。

ところがこの文は途中帰京を暗示する箇所を境として前後に分けることができる。すなわち第十二句「心のとゞまらぬかたぞなきに」と第十三句「猶西の國の哥枕見まほしとて」は文として切れていないにも拘らず、意味上はその間にはっきり節目がある。「佐野の舟梁《ふなばし》、木曾の桟橋《かけはし》」で帰京が暗示されたあとのこの二句は、東国奥羽への旅が終って今度は西国へ向かわんとする主人公の姿を示す。京は要《かなめ》の地点にあるわけだ。しばらく京にとどまったかどうかは示されないが、いずれにせよ、文の連続は読者の意識に旅をひと続きのものとして印象づけ、主人公においても当然そうだったであろうと教えるが、それは「…なきに。猶…」という二句の末尾冒頭の密接な呼応によって強められている。

この二句はそうした地理的結節点を示すだけではない。それはこういうことである。第十二句は先行する十一句の歌枕列記を受け、冒頭からのすべてを総括している。もちろん、総括すると言っても、それまでの歌枕の列記の間に、それらがすべて先に行って総括されることを予期して読者が先を急ぐということは全くない。この列記は総括を予想させない。読者の読みは悠々とひとつひとつの歌枕ごとに立ち止まって列記を辿り、それが終ったところで総括が来る。「心のとどまらぬかたぞなき」とは、これまで歴訪して来たすべての歌、景勝の地を言うから、これは主人公の心理として過去をふり返っている。ところが「西の國の哥枕見まほし」は同じ主人公の心理を記しながら、期待・願望として未来が志向されている。つまり、冒頭からここまでずっと現在のまま進行して来ながら、この時点でこれまでが過去としてひとまず締めくくられ、改めて西国への旅立ちが開始するわけである[8]。

そしてその叙述は第十一句までとはかなりの違いを見せる。第十三句から変化は始まっている。「西の國の哥枕」のように直截にそのものを総称する普通名詞はそれまでにはなかった。しかもこれは具体的な歌枕名難波・須磨・明石・讃岐に先立ちまず最初に出てくる。第十二句・第十三句ともに心理を述べ、その意味で対称的関係にあるとは言え、第十二句では、過去の旅路を総括するのに「東國陸奥の哥枕」などという言葉は用いられず、およそそれとは性質を異にする「心のとゞまらぬかたぞなきに」であった。かた、というはなはだ漠然とした名詞、それにこれは、「…ぬ…ぞなき」の二重否定によって存在自体が曖昧にされているとさえ言えよう。だから「猶西の國の哥枕見まほしとて」は、読者になるほど東国陸奥の道順に沿って列記された地名も歌枕だったのだと改めて意識させ、今まで漠然としていた何かが、急にはっきり見えてくるといった感覚を伴って新たな開始を告げる。

次の第十四句「仁安三年の秋は」に、その性格はより明確に現れている。仁安三年とここで初めて年紀と季節が示されているのは、まずこの旅人が西行であることを読者にそれとなく教え、のちにはっきりそうと分かったときの意外感を軽減する伏線としての役割を果たしている。とはいえ「過にし仁安のころ」とする『撰集抄』、「仁安三年冬の比」とする『保元物語』の記載を読者に想起させる意図があったというわけではないであろう。この両作品を知らずとも、まるで不明だった時代的背景が明らかになり、源平騒乱の直前の頃と判るだけで、その伏線としての機能は充分果たされる。だがこの一句は、年代の具体性ということ自体において重要である。前句の「哥枕」の語にもましてこの句は、第十二句までの茫漠とした世界をこれ以後にわかに具体的かつ明瞭なものにする。

冒頭第十二句までの部分にも、その第二句に「烁」の語があった。ここでまた繰り返されるのは、前述のように作品世界全体を秋の気分で統一するが、この二つの「秋」ははっきり対応している。第十四句の「秋」の語で読者は第二句の「烁」を想起せざるを得ない。第二句の秋はいずれの年の秋とも知れず、また「烁こし山」と、季節そのものを示すよりも、山なる名詞を形容する句の中の一語としての働きが主だった。第十三句の「仁安三年の秋」という、作品世界の時間をただ一度しかない季節に端的に特定する語とはまるで性質を異にしていたわけだ。しかもこの著しい対照性は読者の視覚にも訴えるべく工夫されているようにも思える。字体が「烁」と「秋」であり、各々その行での位置がほぼ同じなので、この二語は間に四行を隔てて向き合っているのだ。いずれにせよ二つの秋の語は、冒頭部五行十二句とは性格が一変してここから作品世界がより具体的になることを、その対照性対称性によって強く印象づける。

文体の上でも、第十二句までと第十三句以下第十六句までとは違っている。句と句の結びつきが後者ではより緊密になっている。前者の第一句「ゆるされてより」は、意味の筋道の上ではじかに第二句に係っていかない。関守に許されたことと黄葉を見過し難かったことの間には、誰にでもすぐ理解できるような因果関係はほとんど存在しない。この「より」は、ひたすら時間的そしてある程度空間的な起点を示すだけである。だから、ずっとあとのこの文の末尾「笻《つゑ》を植《とゞ》む」で長旅が終るまで、文全体にかかってもいるのだ。第二句と第三句の関係についても同じことが言える。連用形あるいは中止形としての「…しがたく」は、その後に来る語句との間に何らかの論理的意味的なつながりを持つ、少なくとも響き合う語句を伴うのが普通なのに、ここでは、次句「濱千鳥の跡ふみつくる鳴《なる》海《み》がた」との間が意味の上から完全に切れている。もっとも、普通の道行文では、中止形が次句以下に緊密につながらないのは常態と言える。それを利用しているから、異様さや不自然さは感じられない。このように、冒頭部は句と句がごく緩やかなつながりで開始されるため、叙述の歩みも緩慢であり、ひとたび緩慢な歩みで開始されると、それは次の歌枕列記にも及び、第三句以下、読者の意識はひとつひとつ現れる歌枕ごとに立ち止まって、その含意を充分に反芻しながら読み進めることとなる。ようやく第十二句が、列記を総括するものとして、「木曾の棧橋《かけはし》」以前の句に自然に連なっていると言えよう。

第十三句以下はその点違っている。第十三句冒頭の語「猶」は第十二句末尾の「……なきに」を受け、この二句が密接につながっていることは前に言った。第十三句の末尾の「とて」は、第十四句以下に自然に連なるが、この「とて」はむしろ第十四句を越えてその先の句へと連なるものとしても感じられるはずである。それゆえ第十四句「仁安三年の秋は」は、いわば挿入句だが、ここに時を示す挿入の句が入ることはごく自然であり、第十四句は、第十三、第十五の二句の間にしっくりと挟まっている。第十五、十六句も、その語尾は統語法的にも意味の上からも密接に次の句につながっている。第十三句の「とて」以後「秋は」「經《へ》て」「しめつも」これらはいずれも、東国奥羽の歌枕列記と違い、読者の意識を先へと誘う。そして第一句、第二句の語尾と異なり、その先にある次の句はすんなりとその動きを受け止める。意味の上からは、「秋は」と「葭がちる」とでは後者は前者の季節の一景物であり、「難波を經て」と難波を過ぎれば「須磨明石」は地続きであり、「身にしめつも」は「行〳〵」の動作を形容するからである。

西国への旅では、歌枕は難波、須磨、明石だが、これらは東国陸奥の旅の際と異なり単なる列記ではなく、主人公の動作を示す語が「經《へ》て」「身にしめつも」「行〳〵」さらに「笻《つゑ》を植《とゞ》む」とその間に示され、旅の叙述が具体的なものになっていることも注目すべきである。その動作は進行、通過、停止を示す。「身にしめつも」の「身にしめ」はそうでなくとも、「つ」はその性格を持とう。第十一句まで東国奥羽への旅の叙述には進行を記す語は無かった。第二句の「黄葉《もみぢ》見過しがたく」の「見過し」は通過を示すと言えるが、「がたく」とそれが否定されていた。また「浦ふく風を身にしめつ」という、主人公の旅の途次の感覚とそれが生む感情を直接記す語も、十一句までには無かった。以上のことから、東国陸奥への旅はかなりゆったりした歩みで、歌枕ごとに立ち止まってその眺めを味わっていたのに、西国の旅はむしろ先を急ぎ、歌枕たる土地もただ通過するのみで、停止することはなかったという印象を与える。だが、実はこのことには別の機能もある。後述するように記憶の遠近をも示しているのだ。

「行〳〵讃岐の眞尾坂《みをざか》の林《はやし》といふにしばらく笻《つゑ》を植《とゞ》む」、第十三句以降叙述全体が旅の進行を示していたのがここで停止する。讃岐─眞尾坂─林と、国名から、順次その中に包摂されるより小さな土地の名へと三段階で、林という小さな一点が、あたかも焦点が絞られるように決定される。間に助詞の「の」を入れて繰り返すことでその効果は高まっている。こうして、この林という一字の地名を持つ場所は、ひとつの決定された地点としての趣を帯び、冒頭部からの長い旅が停止する一点としてふさわしいものとなり、さらに「しばらく笻《つゑ》を植《とゞ》む」が停止の実感を生むこととなる。

第十三句以来叙述が帯びてきた具体性は、眞尾坂そして林といった、知る人もない地名によってさらに強められている。これはもはや歌枕ではない。「林といふに」の語はこの地名の無名性を強調している。ありふれた、どこにでもあり得る、身近で日常性さえ感じさせる、それだけに具体的な地名である。

こうして冒頭からの長い一文で表現された主人公の旅は、こうした叙述法によって、時間的空間的に長大な旅だった、それがやっと一時的に停止したのだという実感を読者に与えることに成功しているが、直ちに次の第十八句が読者のその印象を裏書きし、強め、確定している。「草枕はるけき旅路の勞《いたはり》にもあらで」と。この「はるけき旅路」こそは、この作品が冒頭からここまでの部分で、あれほどの努力と技巧によって表現し得たものにほかならない。草枕なる枕詞さえ、ここでは夜ごと果てしなく続いた旅寝を暗示して、まことにふさわしい用いられ方である。

このように、「はるけき旅路」の一語がこれまでのすべてを取り纏め、ここまでに読者が得た印象を端的に言い当てたため、読者は必然的に、冒頭からここまでを一瞬振り返ることになる。この一語は、読者の意識に対してその動きを促すためにある。そして振り返ったとき、叙述の性格があのように幾つかの点ではっきり二段階に分けられていることが、はるけき旅路を辿り来たった過去の時間を読者に実感させるのに役立っているのだ。長く続いた旅の、京からここまでは近い過去であり、東国奥羽への旅はそれより前の過去となる。前者は現在に直接続く時間、この庵に到って停止する旅であり、だから記憶が具体的で鮮明、そして旅するという行為そのものの感覚も意識に残っているのに対し、後者ははるか以前のはるかに遠い旅で、その途次の処々方々の景勝が与えた強い印象は鮮やかに心に残るものの、それらは、全体が忘却の裡に没している中で、途切れ途切れにそこだけがあたかも明るい点のように思える、といった想い出である。このような、読者の受ける印象・感覚は当然主人公たる旅僧のものでもあり、我々読者はそれに感情移入しているだけだとの思いがあるから、実感がより強められるわけでもある。

そして、「労《いたはり》にもあらで。観念修行《くはんねんしゆぎやう》の便《たより》せし庵《いほり》なりけり。」と、主人公は旅の想い出に耽って時の経つのも忘れるなどという態度はまるで無かったことがはっきり示されているからこそ、かえって、勤行の合い間合い間には、主人公の意識に旅のさまざまな記憶が浮かんでは消える折もあったことが暗示されることになる。旅僧の意識における過去の旅の記憶は、僅か数行前に読者が読んだばかりの、時間にしていくばくもない過去、それが脳裡に残っているあり方と、強さは違っていても質的には相似の感覚であろう。過去の時間の遠近の感覚がそれであろうし、また例えば、旅僧の想起する景勝のイメージは、何度も心中に繰り返されて固定化し、観念的な性格も帯びていたはずだが、これは、前述のように冒頭部の歌枕がある程度新鮮な性格を備えながらも、歌枕としての常套性観念性を保つという、読者の受ける印象に相通じる。

ここで、歌枕の列記について、まだ触れなかったひとつの点を指摘しておく。前述のように、歌枕は旅程の順に並べられ、逢坂から始まって東海道を東国へ、さらに北上して遠く象潟に到り、内陸を京へ戻ったあとさらに西行して四国に達したことが分かる。だが、そこに選ばれた歌枕、地名のほとんどには、誰でも気の付くひとつの際立った特徴がある。それは、海浜に存在するものが多いということである。清見が関も海を見渡す名所、そして武蔵野も海のような大平野である。第一句第二句の逢坂と秋こし山の示すある程度高い地点から下っていったように次の鳴海潟が来る。そこから、同じ潟である遙かに離れた象潟まで、東国奥羽への往路は、不尽の高嶺のけむりを除きすべてそうである。大海原を見晴らしつつ旅したということは、これが遠い彼方への旅だったことをより強く読者に印象づける。例外と言える不尽も浮島が原また時には清見が関と共に歌われることも多いから、裾野の広々とした平野、さらにその先に広がる海を想像させるし、また特に「煙」という景物は、人口に膾炙した歌への連想から、旅人が西行であることを暗示するためもあろうが、長く棚引いて遠く空に消えてゆく空漠たるイメージは、平原や海のそれに通うと言えよう。『撰集抄』に無い「むらさき艶《にほ》ふ武蔵野の原」「塩竈《しほがま》の和《なぎ》たる朝げしき」「象潟《きさがた》の蜑《あま》が苫《とま》や」の三者が付け加えられているのは、一層の遠国への遍歴を出すためだが、その三つの地名も叙上の性格を持ち、このように重ねられることでその効果が決定的に強められる。目路の果てまでも広がる大原野を越えてはるばる陸奥へ、さらに北の出羽の国へと遠く旅し、そこでまた海を望むというのだ。「むらさき艶ふ武蔵野の原塩竈の和たる朝げしき」と句読点なしに続いているのは、恐らく誤刻ではなく、このかなり離れた二つの歌枕の中間に、例えば白河の関などを置かない不自然さを緩和するためであろう。あのような性格の歌枕はこの二つの間に見出し難いからである。[9] さらに、一旦立ち戻った京都からそのまま西へと歩みを進めここまでくる旅も、芦がちる難波須磨明石の浦と、原や海辺だった、つまり冒頭からの旅は水平の方向に遥かな距離を移動したのであり、ようやく眞尾坂の林というある程度の高度を示す地点に到って停止する。ある程度の高みにあって振り返っているから、これまでの、あくまで水平に万里の彼方へと旅した、その長い距離の実感が強まる。

　現実に我々が長旅を重ねたあと、それを振り返ったときに、それが「はるけき旅路」、つまり遠距離・長時間を費したことを沁々感じる度合は、ひたすら水平に遠くへ赴いた旅であり且つそう記憶している場合が最も強いとは必ずしも言えないであろう。だが作品それもこのような短い文章で表現された旅を読むとき、旅する主体にある程度同化し得た読者が、自身の感覚に遙か彼方への旅を確実に感受することができるのは、それがこのように書かれた場合が最も多いとは断言できる。彼方を遠望しながら遙か地の果てまで飽くまで水平に移動し続け、帰路は意外に速かったという設定であり、それを今、ある程度高い場所に停止して振り返っているとされる場合である。

　振り返ったその旅路の叙述が二段階に分けられていることが、以前の旅を現在には直接繋がらない過去のものとし、ここに到る第二段階の旅を、現在に連なる記憶も鮮明な時間と表現していることは前に指摘した。つまりその設定は時間的に長旅を実感させるのだが、同時にこの二層性は空間的にも、回顧した旅の長大さの印象を強めている。旅する主体の常住の地を起点とし、今いる場所からはその起点を超えた向こう側、まさに反対の方角にその遙かな旅はひたすら重ねられたのであり、奇蹟的にその起点に戻った後、反対のこちら側にまたはるばるとやって来て今ここに停止している。かつての旅はここから遠く離れた故郷よりさらに遠くに赴いたということで、遠さの印象が強められるわけだが、それればかりでなく、かつての旅の道筋に通過した諸々の地点や到達点は、今、ここからそれらを望むとき、間に起点となった地点、長く住み馴れ親しんで日常性を帯びてしまった地点が存在するので、いわばそれに隔てられて見えにくく、その先にあるものとして非日常性も強め、雲烟万里のうちに没するように感じられるということもあろう。そしてこの点では、我々が現実のそのような旅を振り返ったときも、作品中にそう設定されているのに接した場合も、受ける効果は同等だろう。いずれの場合も、現在点、起点、反対側の到達点が、同一直線上にあることが、時間的および空間的にその遠さを実感させるのは間違いない。

「草枕はるけき旅路」の一語が持つ、旅への回顧を促す機能は以上の通りだが、枕詞まで動員することによって間違いなく読者の意識に回顧を生じさせた直後に、「労《いたはり》にもあらで」とそれがいわば振り切られ、そのため読者の意識は必然的にその先を期待する。すると次の第十九句、すなわちこの二句から成る、そして冒頭から二つめの短い一文の後半「観念修行《くはんねんしゆぎやう》の便《たより》せし庵《いほり》なりけり」には、その期待に応じるように新しい要素がもたらされている。この第十九句にはまだ前句での旅の回顧の余韻が残ってはいるものの、「観念修行」という行為はこれまでこの主人公について教えられることがなかった。これは、これまでの歌枕歴訪と遠国への旅に宗教的意味を付け加え、この主人公の性格をより明確にし、いよいよ西行に近づける。いやむしろ逆に西行という例が知識としてあるから、歌枕歴訪と真剣な仏道修行の同一人物での結びつきが読者に違和感を与えないとも言える。

しかしこれはただ西行という固有名詞を出す伏線というだけではない。この主人公が物語の進行とともに示すことになるこの作品世界での基本的な在り方は、崇徳院の亡霊に向かって迷いを捨て浄土を望むことを説いて止まない、まさに仏道修行者としての義務を果たしてゆく態度である。だからこの一句は、単に主人公の本質を提示するのみならず、作品自体の今後をも予示している。文の前半第十八句が、来し方を振り返ってそれを総括しているのと対照的に、後半第十九句は、すでに作品世界の未来を志向し始めているのだ。

同時にそれが「便《たより》せし庵なりけり」とここで初めて過去ないし完了を明示する語で表現され、特に、「けり」によってこの一文を終えていることは重要である。見てきたように、冒頭からここに到るまで、叙述が二段階に分けられるその結節点（第十二、十三句）が現在を暗示し、時間もそこで二分されながら、過去や完了を示す助詞助動詞が用いられていないためもあって、現在の時の流れとともに叙述が進行している感覚を生み、しかもそのような構成そのものによって現在の感覚は次第に強められてきた。さらに最後の段階になって、既往が回顧されることにより、また、仏道修行という全く新しい要素が導入されることにより、その感覚は大きく高まった。その途端、その最後の瞬間そのものが、二つの助動詞によってまぎれもない過去として決定されてしまう。もちろん、それまでの長い時間はそれ以前の遠い過去となる。この設定の目的は何か。それが果たしている機能、生み出す効果は明らかである。要するにこれは、直後に続く「この里ちかき」以下の叙述が今度こそ現在のまま進行することを、一段と強く読者に感得させるためにある。もちろん、過去を示す語、特に助詞助動詞の類が用いられないことが絶対の条件だが、読者はここで、物語が改めて現在として語り始められ、今こそ自分が作品世界のまぎれもない現在にいることを悟る。その出発点となる「この里」以下の数語が、或るみずみずしい新しさを持っているのは、主としてそのためである。

また、「この里」は、先ほどの「眞尾坂《みをざか》の林《はやし》といふ」なる無名の地を受けているばかりでなく、「この」という指示語による、現前するものとしての具体性と、「里」という語の持つひなびた印象は、冒頭部に列記された歌枕とはまるで異なる地味な日常的性格を強めている。またこれが、表丁の最後の語であることは意図的かもしれない。数ある歌枕の中でもひときわ名高く、歌に詠まれさまざまな物語に登場してきたあの「あふ坂」が丁の冒頭におかれ、正反対の性格というべき、知る者もない、素朴で地味な「この里」が末尾に位置するからである。丁全体を眺めた場合、まっすぐ対角線の反対の極に位する二語の置かれた位置が、そのことを直接視覚に訴えている。

この前後の「眞尾坂《みをざか》の林《はやし》」「観念修行《くはんねんしゆぎやう》」「庵《いほり》」「この里」等の語が持つ具体性と日常性は、主人公の旅の停止と一時的居住と結びついてきわめて自然だが、そうした性格は、叙述がここから改まって、物語の進行が新たに開始するその出発点としての機能を果たすものとなっている。なぜなら、物語はこれ以後、主人公がある日庵を出て再び移動を開始し、山へ登ってゆくのと比例して、急速に非日常性を強め、異次元的世界に入ってゆくからである。

「この里」は、「この里ちかき白峰といふ所にこそ」と続く。つまり丁が裏になると直ちに「白峰」なる語が現れるが、この地名からしてすでにそうした非日常の性格を色濃く帯びている。「ちかき」の語で日常性そのものともいうべき「この里」と近接し繋がっていることが示されながらも、「白峰」という語の意味と語感の持つ神秘で高雅な印象は素朴でありふれた「この里」とはまるで違っている。[10] それに一篇の題として表丁の最初に大きな文字で掲げられていた語が、いよいよここに出現したことで読者は緊張せざるを得ず、しかも「所にこそ」と、この地名は強調されているのだ。「といふ所」とその無名性がことさら指摘されているが、現実には白峰寺は四国霊場のひとつとして『雨月物語』が書かれた頃にはかなり名高かった。西行四国行脚の時代には無名だったということであろうが、それよりもこれは、「白峰」という名の与える神さびた印象にも拘わらず、冒頭に列記されたような歌枕や名所ではなく、その点「眞尾坂の林」と同等の地位にある地名である事実に、読者の注意を促すためのものであろう。すなわち、歌枕のように、選別され、価値高いものとして特殊化され、特定の意味が染み込み、観念性を帯びてしまった地名とはまるで違って、その意味を知るのに知識はなんら必要とせず、語感そのものと作品中での位置とが与える新鮮な印象をそのまま受け取ることが許され、またそうすべきことを、読者に教えるためのものである。このことは少し後に出てくる「兒《ちご》が嶽《だけ》といふ嶮《けは》しき嶽《みね》」についても同様である。

「白峰といふ所にこそ」の「こそ」の語は場所「白峰」のみならず、そこに在る次句の「新院の陵《みさゝき》」をも強く打ち出し、読者の注意に訴える働きを持つ。そして、この「新院の陵」なる語は、霊廟なるものの通常の属性から、これも当然異境的性格を帯びている。特にその場所があのような性格の「白峯」だから一層そうである。もっとも、紀行文的な調子にまだ変化は認められない。それに、「ありと聞て」は、主人公がまだ里にいることを読者に念を押し、日常的性格を備えている。ここでは、それを教えた、単数か複数か、特定か不特定かは別として、里人という他者の存在をさえ暗示する。この里にしばらく留まったから当然だが、前述のように西行と崇徳院の霊以外の他者が排されているこの作品の基本構造が、いわば危うくされているわけで、それほど日常的世界が侵蝕して来ていると言えよう。

それに続く「拝みたてまつらばや」の一句は、篇中最初の心中語である。それは、「ばや」「と」の助詞、「たてまつる」等の語から明らかだ。読者は、冒頭以来ここまでに、遙けき旅路を共にした感覚を得ているから、かなりの程度主人公に感情移入し終えている。それゆえ出現した心中語を抵抗なく自然に受け入れる。むしろ心中語や独り言の持つ親密さによって、一層この主人公の内面におのれを密着するよう誘われると言える。

ところで、この「新院」の語、その新院の墓に参ろうとする旅僧の姿、これらはかなりはっきりと西行なる存在を指し示している。だが読者は、そうではないかという疑問に捉えられたり、はたと気付いて膝を打つなどということはない。実に何気なく、ほとんどそれと気付かぬうちに、読者はこの人物が西行であることを次第に当然のこととして受け入れてゆき、同時にその西行に自己を同化させてゆく。だから、これらの設定を伏線と呼ぶのは実は正確でない。主人公への読者の自己同化が進むのと正比例して、いやぴったりと一致して、西行としての性格が漸次明確化する。そのように構成されているのだ。

「十月《かみなづき》はじめつかたかの山に登《のぼ》る」言うまでもなくこの時の限定は「仁安三年の秋」に続いていて、特定の一日へと焦点が絞られているわけで、これはこの作品世界が次第に具体性を増してくるその一端でもあり、この句自体がその働きに寄与してもいる。前述した作品世界の基調としての秋の情趣を再確認する機能を持つことももちろんである。「かの山に登る」と、再び主人公は移動を開始するわけだが、今度は長旅ではなく、たぶん一日余のことに過ぎず、そのため以後の叙述が前の旅よりも詳しく具体的であることが許される。当然のことと感じられるからだ。そこで、途中の風景が描かれるという、前の旅には絶えて無かった表現上の新しい性格が生じることになり、それは、物語世界の現在の時のまま叙述が進んでいる印象を一層強める。

この白峯行はごく普通の紀行文の調子で始まるが、そこでもすべてが意図された効果を生むべく構成されている。まず「松柏《まつかしは》は奥ふかく茂りあひて。青雲《あをぐも》の軽靡《たなびく》日すら小雨《こさめ》そぼふるがごとし」の一文である。作品冒頭の歌枕列記でも、その第二句は「秌こし山」だったから、当然樹木が存在した。しかしそれは主人公の眼が見ているものとして描写されたのではない。また、華やかなイメージを与える「黄葉《もみぢ》」だったのに対し、ここでは、季節はやはり秋ながら、常緑樹たる松柏の深い茂みとされているため、重々しく暗く、文字通り森厳の感を与え、深山の趣を伝えるのにふさわしい。ところで、描写が始まったと言っても、ここでその対象たる「松柏《まつかしは》」は無限定に広がっている。松柏の森をひと所に立ち止まって眺めているのではなく、それは奥深くどこまでも続いているからである。「小雨《こさめ》そぼふるが如し」が、その欝蒼たる中を進んで行く体験を暗示しているように感じられるからだ。

文の後半を成す「青雲《あをぐも》の輕《た》靡《なびく》日すら小雨《こさめ》そぼふるがごとし」の句において、青い空、白い雲、ふりかかる露など、松柏の森同様、主人公の体験しつつあるものとしての諸事象は、決してあの歌枕列記の間には見られなかった。そこに記されていたのは、それぞれの歌枕につきものの景物に過ぎなかった。しかし、この句の表現するものも、まだ完全に現実的対象の描写とは言えない。少なくとも、遂に故院の墓前に佇んだときの、眼前に在るものの描写ではない。その原因のひとつは、これが「……ごとし」と、比喩として用いられていることである。「ごとし」は遡って文中どこまでを受けているのか、句の冒頭「青雲」の語から全部をか、「小雨」以降か、その点ははっきりしない。諸家の指摘する古歌「伊夜彦《いやひこ》のおのれ神《かむ》さび青雲《あをぐも》の棚《たな》引く日らに小雨《こさめ》そぼふる」（『万葉集』巻六）を用いていることを強く意識して読むなら、全体が比喩になろうが、そうでないなら主人公が白峯に登っていった日は「青雲《あをぐも》の輕《た》靡《なびく》日」であり、それなのに深い森の中では霧がふりかかった、それはまるで小雨のようだったということになろう。だから、漠然とその両極の中間に意味を求めるのが普通の読みであろう。また二つの句は無関係でそれぞれ独立した情景を叙するとも読み得る。森が深かったから樹々のしずくがしきりと落ちたと言うのか、森とは別に森を出たあとで晴天に小雨がぱらついたというのか、その点も実は不確かである。この曖昧さは描写性を幾分減じるのに役立っているから、意図的なものとも見なし得る。曖昧さにも拘らず、この句が鮮やかな印象を読者に与えるのは、比喩にせよ、晴天に小雨がぱらつくという特殊な天候のイメージがここに出てくるからである。万葉の歌では比喩でなく、その天候そのものが歌われているわけだが、それは神の御業の故とされていた。現実にはいくらもあり得る現象だが、言葉で表現されたとき、これは一種の撞着語法となる。少なくとも青雲と小雨は新鮮な対照を成し、両者が互いに他をくっきりと際立たすこととなり、それゆえ、描写か否かには拘らず語句自体が新鮮な感覚を生む。このいわば軽度の撞着語法、少なくとも、意味や連想の方向にずれのある二つの語または句を結びつける手法は秋成に時折見られるが、この作品ではこれが初めてである。すぐ後の「兒《ちご》が嶽《だけ》といふ嶮《けは》しき嶽《みね》」もそのひとつと言えるだろう。兒《ちご》という優美可憐な意味の語と嶽とが結びつき、しかもそれは峨々たる嶮峻だという。これは実在するというが、現実社会で用いられる場合には特にどうということのない山の名も、このような厳選された僅かな語句が注意深く用いられている作品中に置かれると、その撞着語法的性格が新鮮さを生む。

「兒《ちご》が嶽《だけ》といふ嶮《けは》しき嶽《みね》背《うしろ》に聳《そば》だちて。千仭《じん》の谷底《たにそこ》より雲霧《くもきり》おひのぼれば」これは遂にまぎれもない描写である。前の文のいつまでも続いた松柏の森、陰晴定めなき空模様など、視覚の焦点を定め難い情景との対比においてそうなる。読者も、それらを知覚しながら長時間歩き続けたあと、そびえ立つ山岳が姿を現したかの感覚を得る。だがそれでもなお、「背《うしろ》に聳《そば》だちて」とされていて、今それを眼前にしているという印象はまだ注意深く避けられている。それはあくまで、陵墓の描写のために取って置かれているのだ。また、この二句を構成する語句が、「兒が嶽」の名の前述した性格以外は、「嶮しき嶽《みね》」「千仭の谷底《たにそこ》」の形容語など、すべて常套的で平凡きわまるものであり、具体的で対象の特性を的確に捉える生き生きとした語句など皆無であることに驚かざるを得ない。それが峻嶮の印象をこれほど鮮やかに生じているのは、まったくここまで幾重にも重ねられてきた叙述のおかげである。特に直前の一文二句が、篇中初めて描写性を持つことで強い印象を与えながら、あのように無限定的な対象であり、また曖味さを残していたこととの対照によるところが大きい。叙述のひとつひとつのくだりが順次、次第に描写性を高めるように配置されているとき、そのひとつひとつの新しい段階が現れるごとに、それはこれまでになかった新鮮さを帯び、それゆえ描写の生む実感はどこまでも高まる。その極限に陵墓の描写が来るわけである。

また、「兒が嶽」の語が行の頂点に位し、行末の「谷底より」まで一行に書かれ、縦一直線をなしているのも、読者の視覚――いやむしろ視線の運動――に訴えて効果的である。いずれにせよ、背後に聳え立つ険峻と、まっすぐ落ち込んでいる目眩めく深渓、これはもちろんここが日常の世界とは隔絶した深い山中たることを如実に示すが、それだけではない。それによってここに表現され得たこの圧倒的な垂直性それ自体が、作品の構成上重要な機能を果たしている。これは、作品を読み進め旅僧と共にようやくここに達した読者に、その今こそが作品世界の現在なのだということを、否応なしに納得させるのに、大きく役立ってもいるのだ。それはこういうことである。

前述のようにまず東国奥羽へ、転じて西国へと向かい、ようやく讃岐に到った遙かな旅は、眞尾坂なるある高さの地点にあって一旦回顧され、そのことによってはっきり過去に決定された。それは海と平原のイメージを重ねることで、ひたすら水平の方向へ重ねられた旅の記憶として、読者の脳裡に刻み込まれて残っている。過去の記憶としてある、その果てしなく延び広がった水平性の感覚と、一旦の停止からさらに高みへと移動し、今ここに立ったとき、この場に君臨する圧倒的な垂直性とは、読者の意識の中で著しい対照をなし、互いに他を強め、遠い旅がますますぼんやりと感じられる遠い過去として、神秘の山中に今立っているのだという強烈な現在の感覚がいやが上にも現在そのものとして、意識されるに到る。そして、この水平性と垂直性は、単なる過去と現在の象徴というより、その意味そのものが、それぞれ過去および現在と直結していると言えよう。過去の記憶が、遙かな国への旅のそれなら、遠く広々と解放されている筈であるし、今、現実に非日常的世界に佇んでいるとするなら、あたかもそこに捉えられ閉じ込められ、時が停止したかに思われる不安感は、まさにこうした巨大な断崖絶壁の存在が与えるものと同一であろう。(11)

「千仞《じん》の谷底《たにそこ》より雲霧《くもきり》おひのぼれば。咫尺《まのあたり》をも欝悒《おぼつかなき》こゝ地《ち》せらる。」で、「雲霧《くもきり》」は皃が嶽の山容のこうした厳しさを和らげてもいようが、一方この深山の情景に、一層神秘な趣きを添え、山の霊気の如きものさえ伝える。それはともかく、この一文は第一義的には、山道に山霧が迫るので、すぐ足許もはっきりしないほどである、というのだが、巨大な天地、峻険と断崖に圧倒されながらひとりとぼとぼと山路を辿ってゆく主人公の頼りなげな心理をも伝え、読者が感じている不安を裏書きし、またそのことによって主人公への感情移入を容易にしている。特に「おぼつかな」の語に「欝悒」の文字が当てられていることは意図的であろう。諸注がこの語の源泉と指摘する万葉の挽歌「夢《いめ》にだに見ざりしものを欝悒《おほほしく》宮出《みやで》もするか佐日《さひ》の隈廻《くまみ》を」でこの文字を読ませた「おほほし」の語のこの歌における意味は、ほとんど今日の「憂鬱」とあまり変わらぬ意味らしいからである。主人公がこのような深山幽谷に迷い込んで気分が晴れず、ある想念に心が鎖されていることが暗示されている。新院の陵を訪ねる途次だから当然である。むしろ、このような山中にいるからというよりも、山路を辿りながら崇徳院の悲劇に思いを致しているのであろう。すぐあとで、陵を見出して涙とどめあえぬ主人公の姿から振りかえって、読者はそう納得する。

以上のように、ここで読者の作品世界における現存感がようやく完成し、何であれその場に存在するとされる物が、主人公の眼に映じるままという形で、名が記されさえすれば、読者がそれをまざまざと眼に見る感覚を持つことになる状態に立ち到ったところで、陵墓の描写が来る。しかも、「雲霧おひのぼれば」の語によって、一旦視界が鎖され何も見えなくなったかの如き感覚の後に、まるで霧の中から姿を現したかのようにこの陵墓は出現する。視界が山霧に鎖されているという設定は、あの嶮峻深谷の記述以来ここまでの間、その他の山中の状景が一切描かれていないことを可能にするという機能をも果たしている。描写された物象が雲霧以外には無くとも、目に見えるものの忠実な記述すなわち描写は続いていることになるからである。描写性が一貫して強まりつつありかなりの強度に達しているここでは、主人公の見た物の記述が故意に省略されている印象を与えてはならず、一方、陵墓の出現に先立つしばらくの間、他の具体物を記すわけにはいかない。山霧はその難問を解決した。また、上述の意味を含んだ「欝悒《おぼつかなき》こゝ地《ち》せらる」の語に先行されていることもひとつの効果を生んでいる。心が物想いに鎖されていたとき、茫然と見開かれた眼にまざまざと映じたものとしての、ありのままの具体性をもって御陵が姿を現すことになるからである。

「木立《こだち》わづかに間《すき》たる所に。土墩《つちたか》く積《つみ》たるが上に。石を三かさねに疊《たゝ》みなしたるが。荊蕀薜蘿《うばらかづら》にうづもれてうらがなしきを。」この四句によって陵の具体的な様子が記されるが、ひとつひとつ読者の注意に念を押すように各句の冒頭に置かれた四つの中心的具体物が、「木立《こだち》」「土《つち》」「石」「荊蕀薜蘿《うばらかづら》」と、いずれも、ごくありふれたものであることは、読者がそれを見る感覚を得るのに役立っている。あまりにありふれた物体だから、荊蕀薜蘿《うばらかづら》はやや別として、特殊な意味が付着していることが少なく、あるいは意味から脱却しやすく、余計な連想を免れるからである。その記された順序も注意が払われている。主人公たる旅僧が御陵を確認する意識に沿っているのだ。まず少し離れたところから、林間の空地という、周囲を含んだやや広いその場所にふと気付き、これがそうかと視覚に注意力を集中して近づき、土が盛られ切り石が置かれているのを見て、それと確認する。「土墩《つちたか》く積《つみ》たる」より「石を三かさねに疊《たゝ》みなしたる」の方が、数詞も使われてやや具体的になっているが、これはより細部に注意が向けられたことを示す。荊蕀薜蘿《うばらかづら》は塚の表面を覆っているから、最初から目に入っていた筈だが、まず陵を確認するに急で土と石に注意が向いたので、そうと確認し得たあと、生い茂った雑草を意識する。「間《すき》たる所に（○）」「積たるが（△）上に（○）」「疊《たゝ》みなしたるが（△）」と、同音、同助詞の反復、特に最初の二句の句尾の「に」の反復は、最初不意に気付いたあと直ちに陵を確認しようとする性急さを示す。音数が十五音から十三音へと短くなっていることもその効果を強める。第三句が十六音なのは三かさねの切石で確認が終了したからだ。同音反復は記述の速度を早め、感傷の入る余地を排するが、確認し終えたあとの第四句は、前三句での反復された音は全く無くなり、また十九音と音数が増えたのは緊張が解けて心理的余裕が生じたからである。そこで荊蕀薜蘿《うばらかづら》という付属物に注意が向き、さらに「うらがなし」と情緒的判断が生じる。このようにして、すべてがここで、読者に、御陵を眼前にしたかの実感を与え、また主人公の旅僧に感情移入させる機能を果たしている。

「うらがなしき」は、御陵を見て旅僧の内面に喚起された情緒的印象であるとともに、旅僧の判断を通しての描写としての性格も強い。その「うらがなし」という情緒乃至判断が、ここでごく自然と感じられるのは、上皇陵としてあまりに粗末な佇いであること、そのことが、奥深い森や雄大な山容が描かれたあとに、ありふれたささやかな物象を示す名詞で記されているため、読者に強く実感されるからであり、特に生い茂った荊蕀薜蘿なる具体物は、盛り土や切り石と違って、連想的意味や固定した情緒を有し、「うらがなし」は、その情緒の中心的な一性格を表す語だからである。荊蕀薜蘿は陵全体を覆っているから、この情緒も陵全体に及ぶ。このようにして読者は、まざまざと眼前にしたかの感覚を得たこの陵の姿に対し、ごく自然にまた必然的にうらがなしの印象をも持つことになる。

「うらがなしきを。これならん御墓《みはか》にやと心もかきくらまされて。さらに夢現《ゆめうつゝ》をもわきがたし。」の文中、「これならん御墓《みはか》にや」は、篇中二度目の心中語だが、人物がその時その場でただ一回心内に発した言葉そのままを写すものとしての、いわば直接話法性は、前の「拜みたてまつらばや」には無かった。さらに遡ってそれ以前に主人公の心中を記す「西の國の哥枕見まほし」は、むしろ心理の説明であり、心中語とは言えないものだった。だからこの点でも描写性の漸増を指摘し得るが、それは読者の主人公への感情移入の漸次の深化を直接助けているわけである。

心中語は一旦途切れて心理の記述が来るが、すぐ前の描写としての「うらがなし」からすると、短い心中語を挟さんで悲哀の念が格段に深まっている。「心もかきくらまされて。さらに夢現《ゆめうつつ》をもわきがたし」とは、悲哀感としては極限に近い強さであろう。にも拘らず読者がこれに何の誇張をも感ぜず、そのますんなりと受け取って共感するのは、読者の作品世界への現存感が成就したことによって、旅僧への意識の一体化が完成しているからである。そして「これならん御墓にや」の心中語には万感の想いがこめられていることも感じ取ることになる。

旅僧のこの大きな悲しみが読者の共感し得るものであっても、次いで、「現《げ》にまのあたりに見奉りしは」以下、再び記され始める心中語はその点少なからず趣きを異にしている。

思わず内心に呟いた短い心中語、次いで心理状態の記述へ、さらにそこからまた心中語に入ってゆくこの進行はごく自然な流れである。そしてこの心中語が今度はまず主人公の回想から始まることも自然である。だが重要なことは、回想であるからそこには当然過去の世界が繰り広げられ、いや少なくとも読者がその一端をかいま見せられ、ところがその世界とは、作品の冒頭以来読者が次第に引き入れられ、今や深くその内に入り込んでしまった世界とはまるで様子が異なっていることであり、その異なり方が明らかに強調されていることでもある。つまり、ごく自然に心中語が再開されながら、そこには直ちにある落差の如きものがあり、読者に微かなだが確実な衝撃を与える。極度な感情の高まりを共感させながらもきわめてなめらかな叙述の進行のさなか、その流れをなんら乱すことなしに突然感得されるこの落差、これは読者にとって不思議な体験である。これはどこから来るのか。それはまず、心中語の冒頭「現《げ》にまのあたりに見奉りしは」の句、さらにはその冒頭の「現《げ》に」の語である。振り仮名は「げ」だが、「現」の字が当てられているから、この副詞は、ここで深い思いを籠めて「げに」と内心に発せられた言葉というだけでなく、「現《げん》に」の意味をも併せ持つことが意図されていよう。少なくとも読者の受ける印象はそうである。つまり、陵墓の主の生前の姿を過去において現実に目にしたことをも言っていよう。いずれにせよ、これは回想の心中語の冒頭の語としてごく当り前の語である。だが読者は、直前の句「さらに夢現《ゆめうつゝ》をもわきがたし」の「現《うつゝ》」の語を強く意識せざるを得ない。同一の文字が、間に僅か仮名七字を隔てるのみで続いているからである。この「現《うつゝ》」とは何だったか。作品の冒頭以来のすべてが有機的に作用し、読者の意識はようやくここで旅僧と一体化し、今ここに陵墓を目のあたりにしている感覚さえ得た。その現在こそ作品世界の現実、「現《うつゝ》」なのだ。ところが当の旅僧はここで悲しみと深い想いのため茫然として夢うつつも分きがたい心境に陥ってしまう。読者の現存感の高まりと旅僧の感情の昂進、そして「現にまのあたりに見奉りしは」と続く句と併せて、眼前の荒れ果てた陵墓、それにそれを目のあたりにしているおのれが現実なのか、そのときありありと眼底に甦った生前の帝の姿が夢なのか、さえ疑われるという心理状態にあることが如実に示される。

「現」の字が近接して置かれていること、それが「まのあたりに見奉りし」に続いていること、これらは明らかに意図的である。旅僧の心理を記しながら、いわばそれを利用して、旅僧の茫然たる意識が回想する過去の世界に、初めから、作品世界と対等の、第二の作品世界とも言うべき強さと実在性を与えようとしているのだ。読者の現存感の最強度への到達は旅僧の感情のきわまりと一致し、作品冒頭からここまでのひとつのクライマックスを成す。その瞬間、突如異質な世界が出現し、四行ほど続いて消える。「紫宸清涼《ししんせいりやう》の御座《みくら》に朝政《おほまつりごと》きこしめさせ給ふを。百《もゝ》の官人《つかさ》は。かく賢《さかし》き君ぞとて。詔恐《みことかしこ》みてつかへまつりし。近衛院《このゑのゐん》に禪《ゆづ》りましても。藐姑射《はこや》の山の瓊《たま》の林《はやし》に禁《しめ》させ給ふを。」読者は「現《げ》に」の語、さらにそれに続くこのくだりで、作品世界とは別の現実があることを知る。読者は陵墓を眼前にしているのに、旅僧が陵墓の主の生前の姿を見たことが、それも「見奉りし」とはっきり過去のこととして知らされるのだ。そして、そこに現れるのは、突然旅僧の脳裡に現在と対比させられてまざまざと浮かび上がった映像だから当然と言えようが、本来の作品世界の、読者が共有するに到った私的な時間の世界と異なり、過去が過去から現在までの時間の重みを伴って感じられることがまるで無い。それは、読者の知っている、いやすでに読者のものとなった、東国陸奥への旅からこの山中に到る過去とは別の次元の過去なのだ。もちろん、旅僧は西行、見奉った帝は崇徳院とすでに悟っている場合でも、心中語にいきなり現れたのが未知の過去であることに変わりはない。西行東国陸奥行の旅と保元の乱の年代的前後関係を考えることはできようが、そのこととは何の関係もない。前者はすでに読者にとってひとつの体験となっている。それに反してこの第二の作品世界は、読者がその内に現存し得るか否かなどにはまるで無頓着に闖入し、読者の意識とは無関係に、アプリオリに存在するものという性格を備えて出現する。これは、端的に言って物語世界・物語的時間に対する歴史的世界・歴史的時間である。そしてここでは、その一端がくっきりと姿を現したあと、僅か四行足らずで消えてしまい物語世界に戻るが、これは実は後に西行と崇徳院の亡霊の間で交わされる対話の先触れをなしている。そのことは後述する。

古今東西の小説、物語作品に稀有な例と言えるが、この作品では、二つの異質な作品世界はこの上ない調和を保っている。落差の衝撃を伴って第二の作品世界が姿を現したあと、急に二つに重なった時間の流れの層の間に分裂はなく、当面融合することもなく、いわば次元を異にして共存して行く、奥行きの深い重層性を呈するのだ。それは先に行っていよいよはっきりするが、この発端の場面ですでにそうした性格が準備されていると言える。それは第一に、以上述べたように、この時点で読者の現存感が異常な強度で完成し、読者が作品世界の内に長い過去の時間の記憶さえ持つに到っているところへ、第二の世界が過去として、登場の初めからまぎれもない対等の実在性を強調しつつ現れることだが、いまひとつ、それ自体がこれまでの作品世界とはまるで性格を異にしていることが指摘し得る。際立った異質性がかえって調和を生む。まず「見奉りし」「つかへまつりし」「のがれさせ給はざりし」と助動詞「し」の語による過去の強調である。第一の作品世界では過去と完了を示す助動詞は、進行する叙述の節目節目に置かれるのみで、すでに見たようにここまでは「便せし庵なりけり」だけだった。次に、読者が第一の作品世界で眼前にしているうらさびれた陵墓とはまるで対照的に、旅僧が過去にまのあたりに見たことを想起している第二の作品世界は、陵墓の主のかつての姿をめぐって展開する華麗きわまりない世界だということがある。もっとも、当然のことながら第一の作品世界と違い、それは読者の眼に映じることはない。映像というより、特徴ある語彙そのもののイメージや文意が鮮明な印象を与えるのだ。第一の作品世界では単語自体の働きやその佇いを読者が意識することはなかった。今度はそれが四行足らずの短いスペースに凝集していることが、そのあいだ別世界をかいま見させられた感覚を与えるわけである。「見奉りしは」の直後の壮麗な宮殿の名称たる「紫宸清涼《ししんせいりやう》」は意味上も陵墓との対照が鮮やかだが、語自体が漢語特有の硬質の美しさを持つ。「百《もゝ》の官人《つかさ》」は、前述のように冒頭の関守以来だれ一人登場しなかった作品世界特にこの人里離れた山中と対照して、大勢の貴顕が華やかに集うさまを示し、「かく賢《さかし》き君ぞとて。詔恐《みことかしこ》みてつかへまつりし」は前の「朝政《おほまつりごと》きこしめさせ給ふを」に応じ、陵墓の主の生前得意の様子を記し、ある明るい目出度さが感じられる。「かく賢《さかし》き君ぞ」は直接話法性は薄いものの、ある人声を暗示することは確かで、それが多数の廷臣のものとされているから、にぎやかさの印象を与える。「近衛院《このゑのゐん》」「藐《は》姑射《こや》」「瓊《たま》の林《はやし》」「禁《しめ》させ給」などの語も優雅で華やかな趣を持っている。もっとも近衛院に位を譲ったということで陵墓の主の生前の名は明らかになるし、「藐姑射の山」の語は、致仕の際詠んだ『山家集』の歌を連想させ、旅僧が西行たることをいよいよ確かにする一端を成す。

　このように過去を回想したあと、「思ひきや」の語を境として心中語はまた不意に現在のこの場に戻る。旅僧が現在と過去のあまりにも大きい違いを深く感じ入っているのだから、それは自然な意識の移行そのままと言え、また当然ながら、この過去から現在への再転換は、その間に時の経過が暗示されるようなことはない。「思ひきや…とは。」の文型がそれを確実にしている。助動詞「き」は過去、助詞「や」はそれを現在の時点で問うから、ここに過去と現在の結節点があり、過去に予想もしなかった現在の姿がそのあとに記される。読者の受ける印象は、このかいま見せられた過去の華やかな世界が、物語本来の時の流れとはくっきりと区切られ、あたかも鮮やかな、だがすぐに消えてしまった幻像のように異質の世界として意識され、いつの間にか再び人気のない薄暮の秋の山中に立ち戻る、というものである。ただ「麋鹿《びろく》」というあまり一般的でない漢語のみ、まだ第二の作品世界の記憶がここに尾を引いていることを示すかのようである。(この語については、それとは違った角度から後にまた触れることがあろう)

「深山《みやま》の荊《おどろ》の下」になると、あの「荊棘薜蘿《うばらかづら》にうづもれて」の語句を想起させ、特に「荊」の語が共通しているから、かつて現存感が頂点に達したあの場に戻ることになる。だが、一旦異質の世界に意識を奪われたあとだから、あの強い現存感は薄れていよう。それでも読者は「万乗の君にてわたらせ給ふさへ。宿世《すくせ》の業《こう》といふもの、おそろしくもそひたてまつりて。罪《つみ》をのがれさせ給はざりしよ」という過去と現在の対比から生じる旅僧の深い思いを籠めた述懐には共感し得る。二つの世界の鮮やかな違いが読者にもある感慨を持たせるからである。さらに、感慨とともに、あのような過去がこのような現在となったことの理由およびそのことへの旅僧の判断が、ここで初めて簡略に示されている。すなわち君民を問わずあらゆる人間が生まれながらに等しく負っている業というものゆえに非道の行いがあり、その酬いとして罰として死後のこの現状は必然なのだという考えが旅僧にあることがわかる。この認識は、やがて旅僧と崇徳院亡霊との対話において、微動だにせぬ信念として開陳される。

この長い心中語は、回想すなわち第二の作品世界の一端の開示から、夢のような現在つまり第一の作品世界に意識が戻り、さらに述懐が加わるという、三つの部分にはっきり分けられる。心の動きとしてはあまりに自然なので特に読者がそれを意識することはないのだが、実はそのことにはひとつの意味がある。それには今は触れぬが、ここではこの重要な心中語がいかにテクスト内にはっきり際立つように置かれているかを次に指摘する。説明の便宜上、左に分解して符号を付し図示する。お断りしておくが、これは飽くまで説明の便宜のためであり、読み進める読者の脳裡に作品のテクストがこのようにいくつかに分かれて見えてくるというわけでは決してない。せいぜい、読者の意識下に作用する有機的な力の軌跡に過ぎない。一句でつながっている乙と丙を二分する無理を敢えてしたのもこの意味である。もっとも丁と符号した中心となる長い心中語は、テクストで一丁の裏四行~二丁の表三行に亙ってい、しかも心中語以外の語は最初に前行から続く「かたし。」最後に「と。」のみで、心中語はほぼ七行全部を占める。つまりひらかれたページの中央に、他を排除して据えられているのが目につくわけである。

甲　石を三かさねに畳《たゝ》みなしたるが。荊蕀薜蘿《うばらかづら》にうづもれてうらがなしきを。

乙　『これならん御墓《みはか》にや』と

丙　心もかきくらまされて。さらに夢現《ゆめうつゝ》をもわきがたし。

丁イ　『現《げ》にまのあたりに見奉りしは。紫宸清涼《ししんせいりやう》の御座《みくら》に朝政《おほまつりごと》きこしめさせ給ふを。百《もゝ》の官人《つかさ》は。かく賢《さかし》き君ぞとて。詔恐《みことかしこ》みてつかへまつりし。近衛院《このゑのゐん》に禪《ゆづ》りましても。藐姑射《はこや》の山の瓊《たま》の林《はやし》に禁《しめ》させ給ふを。

ロ　思ひきや麋鹿《びろく》のかよふ跡のみ見えて。詣《まうで》つかふる人もなき深山《みやま》の荊《おどろ》の下に神がくれ給はんとは。

ハ　萬乘《ばんじやう》の君にてわたらせ給ふさへ。宿世《すくせ》の業《こう》といふもの、おそろしくもそひたてまつりて。罪《つみ》をのがれさせ給はざりしよ』と。

戊　世のはかなきに思ひつゞけて涙《なみだ》わき出るがごとし。

己　『終夜供養《よもすがらくやう》したてまつらばや』と。

庚　御墓《みはか》の前のたひらなる石の上に座をしめて。

辛イ　經文《きやうもん》徐《しづか》に誦《ず》しつゝも。かつ哥よみてたてまつる

ロ　松山の浪のけしきはかはらじをかたなく君はなりまさりけり

ハ　猶心怠《をこた》らず供養《けうやう》す。

壬　露いかばかり袂《そで》にふかゝりけん。

長短三つの心中語乙丁己は鍵括弧で括ったが、乙と丁の心中語のあとに来る丙と戊の二句が非常によく似た句であることが、まず指摘し得よう。両句とも「……て」によって二分され、その音数が丙は十二―十五、戊は十四―十二の数となり、いわば、ほぼ前後逆の対称を成してい、合計数はほぼ同じになる。語尾も、丙は「がたし」戊は「ごとし」と、今日の文法では別の品詞だが、音はそれぞれガ行とタ行のア列音とオ列音それに「し」で終る点も共通している。意味の上からも両句は似ていて、ともにその前の心中語の主たる旅僧の心理を記す。詳しく見ると、「……て」によって二分される前半が、丙ではむしろ心情の強さの生理的現れで後半がより純粋な心理の記述、戊ではもっとはっきり、前半が心理の記述で後半が生理現象と分けられる。つまり、音数と呼応して意味の上でも前後逆に対称をなしているのだ。このことは二つの効果を持つ。乙と丁がともに「……や」「……よ」とおなじヤ行

で終り、心中語として当然ながらともに「と」で次に続いていることと併わせ、長短の大きな差にも拘らず、心中語を交えながら叙述が進行してゆく印象を与えること、それがひとつ。もうひとつは、長い心中語丁を中心に、このくだりがいわばピラミッド型を成しているように感じられ、中心部たる丁の重要性が強調される、ということである。この第二点は、戊のあとにまた短い心中語己が置かれることでより強められている。その短かさ、それに両者とも「や」の音で終っていることと併わせ、乙と己は対称の位置にあるかに感じられるのだ。さらにそのひとつ外側にある甲と庚においても、甲の陵墓の「石を三かさねに」は遠く庚の旅僧の座たる「たひらなる石」と呼応しているかに思えまた「御墓《みはか》」の語もほぼ対称の位置にあるから、中心部丁の強調は一層はっきりしている。

だが、叙述全体は決して静的なものではなく、進みゆくひとつの流れとして、あくまで動的に感得すべきものである。だから、第一の効果の方が、読み進めるとき、より強く印象づけられると言えよう。丙と戊では意味も共通するとは言え、その内容たる心理＝生理現象は丙の方がはるかに強い。なにしろ、悲しみのあまりほとんど昏倒せんばかりというのだから。丙から丁の初めにかけて、ここは前述のように小さなクライマックスを成している。そして、読者の強度の現存感とともに、この上なく張りつめた感情も、丁のイ—ロ—ハと進むうち次第に弱まって戊に到る。戊は、単なる感傷とそれに伴う落涙と言うには深く強すぎるにせよ、ともかく「思ひつゞけて」と、丙のような瞬間的緊張でなく、ある時間その心的状態が続いたことを告げる。短い心中語己も、乙のような切迫した強さは無い。庚の「たひらなる石」は、心中語丁の中の「荊」の語と同様、第一の作品世界に戻って、叙述が具体的になったことを示すが、この具体物には、「石を三かさねに畳みなしたるが」にあった注意力の集中、精神の緊張と、それゆえ読者も旅僧と共にそれを見るかに感じた、あの強い映像の実感は無い。辛までくるとこれはもはやピラミッド型の構成部分の外にあるのだろうが、ここに示したのは、小クライマックスたる丙と丁の冒頭を頂点に丁のイ、ロ、ハ、戊、己、庚と、どんどん緊張が解けて、調子の強さが失われてきているという、その下向きの方向がここにもまだ続いていることを説明するためである。辛イの二句は、九音プラス五音、七音プラス五音と、音数を漸減しながら、ほぼ同じ調子を繰り返し、きわめてなだらかに進みながらも次第に調子を低め力を緩めてゆく。「徐《しづか》に」の語がそのまま静かで穏やかな情趣を添えるし、「經文《きやうもん》徐《しづか》に誦《ず》しつゝ」と、乙、丙、丁とはまるで違って、低声にいつまでも続く読経の声さながらの、落ち着いた静けさが表現される。そして、「……つ、も。かつ……」とあるため、ロの歌はその調子のまま、静かに歌い出されることとなる。この調子は歌のあとのハにも続いている。意味が「供養」つまり低声の読経もなお続くことである上に、「猶」を除けば、八音プラス五音と、歌の前のイの二句に等しいからである。

辛ロの歌は全篇に四首挿入された歌の最初のものである。歌そのものを取り出せば、かなり強い調子で亡帝を悼み、その破滅を直截に嘆いている歌であろう。『山家集』の「なりましにけり」が「なりまさりけり」と変えられているのも悲劇的性格を強めている。だが、この作品の叙上のコンテクストすなわち、悲しみの感情のあのような高まりが表現され、陵墓を前にして亡帝生前の罪をさえ思っていることが記されたあとだから、それほどの激しさは感じられない。むしろそれらの感情を統括しているとも言えよう。その上、あの感情の高まりから次第に調子が沈んで、なだらかに叙述が続く中にごく自然に置かれているため、或る穏やかささえ感じられる。

「白峯」一篇の四首の挿入歌のうち三首までについて言えるが、この歌も冒頭のあの歌枕列記を想起させる。海や浜辺の景物の名が含まれるからである。「かたなく」は潟無くを掛けると諸注は教えるから、これは歌枕の二つの潟が想起されるし、ともかく、歌枕列記が終ってからのち作品世界が次第に深い山中に移って来ているところで、再び「浪のけしき」の語が現れると、読者にとってあの既に過去のものとなった冒頭部の作品世界が、脳裡をかすめることは確実である。

また、この歌は、名の明かされぬ主人公の旅僧を漸次西行として特定してゆくあの一連の動きの一端ともなっている。もちろん西行白峯詣での逸話を知るほどの読者にとっては、この歌によって旅僧がここで一挙に西行としての正体を現すというようなことはもはやない。それでも、ここで既知の西行の名歌が出現したことで、読者の作品世界への現存感が決定的に薄れてしまうのは確かである。そのことも意図されていると見てよかろう。

そして壬の「露いかばかり袂《そで》にふか丶りけん」が、「いかばかり」そして「けん」の語によってそれを徹底させる。現存感は薄れてきているといっても、ここまではずっと主人公旅僧に即して叙述が進められてきたのに、過去の推量の助動詞が使われるということは、主人公の行為が、少なくともある程度は、叙述する主体からさえ見えなくなることを意味する。書き手と主人公が一致しているかとも感じられる叙述から、そうした一人称性がここで払拭され、西行は完全に外側から描かれることになる。そして読者はいつの間にか自分が作品世界の外に出てしまっていることに気付く(12)。

だが、そこに不思議と違和感が感じられないのは、直前に、誰知らぬ者ない歌人西行の、しかも著名な歌が掲げられていたからである。西行は歴史的人物であり、名歌はそれ自身の生命を生きてきたのだから、直後にこのような書き手の視点の転換はむしろ必要とさえ言えるだろう。途中で西行とはっきりしたのに、今までと等しく読者がそのままなんのけじめもなく、その主人公への意識の同化を誘われるなら、物語の虚構性がかえって痛感されてしまうだろう。

ところが、そのようにして、一旦読者を物語世界の外に連れ出し、歴史的人物である旅僧を外から見る視点が確立され、叙述が完全に三人称のそれとなった上で、秋成は、驚くべき筆の力を駆使して、その三人称の主体たる主人公に、再度読者の意識を密着させ、読者はまるで深みに吸い込まれるように、急速に作品世界の中に引き入れられる。

「露いかばかり袂にふか〻りけん」に続くこのくだりを、説明の便宜上、一句ごとに符合を付して左に引用する。

イ日は没《いり》しほとに。ロ山深き夜のさま常《たゞ》ならね。ハ石の牀《ゆか》木葉の衾《ふすま》いと寒く。ニ神清骨冷《しんすみほねひえ》て。ホ物とはなしに凄《すざま》じきこゝちせらる。ヘ月は出しかと。ト茂《しげ》きが林《もと》は影をもらさねば。チあやなき闇《やみ》にうらぶれて。リ眠《ねふ》るともなきに。ヌまさしく圓位《えんゐ》〳〵とよぶ聲す。

直前の「猶心怠《をこた》らず供養《けうやう》す」は、具体的描写から大きく離れてほとんど説明であり、「猶」と、既知の行為が続いているに過ぎないことを言い、そして「露いかばかり袂にふか〻りけん」は過去の推量であり、先に「涙《なみだ》わき出るがごとし」があったため推量の内容も読者にとって既知のものであり、その上「いかばかり」の語によって、それがかなり長時間続いたことが暗示されていた。これらのことはすべて、描写の密度をここで極度に希薄にしていた。

それに続くこの第一句イは、その場の背景の具体的説明ということだけでも、直前の部分との対照によって単なる記述の域を越え、早くも描写の力を持つことになり、読者を再び作品世界の現在のこの現場に引き戻そうとする。前述の「観念修行《くはんねんしゆぎやう》の便《たより》せし庵《いほり》なりけり」が、それまでを過去として総括する働きを持ち、次の「この里ちかき…」以後の叙述に一新されたみずみずしさをもたらしていたと同じ手法で、この場合も直前の文が「けむ」と過去として示されたため、「日は没《いり》しほとに」以下が、今度こそ現在の時のまま叙述と描写が進んでいくのだと読者に教える、ということもある。

　そしてまた、この「日は没《いり》しほとに」の過去の助動詞「し」そのものも、一旦「けむ」で過去のこととされてしまった物語世界全体を、再び、読者の読み進める時の進行とともに進行するものとするのに与って力があるのだ。読者はもうこのあたりでは、これは過去の物語だから、その中で起きた日没も、物語の語られる現在、読者が読んでいる現在から見て過去の事柄なのは当たり前である、として、「し」も、その過去を示すものとして読む。だが、それだけではない。次句ロは「山深き夜のさま常《たゞ》ならね」と、穏やかな調子から一変して異様な雰囲気を盛り上げ、読者の注意力を強く喚起しその場の情景へと引き付けるから、夜に入ってしまっているこの場が現在として強調され、その現在から見て、日没がしばらく前の過去であった、とも解されることになる。供養を続けている間に、ふと気が付くとあたりはすっかり夜になっているというわけだ。「日は没《いり》し」の「し」を、読者はそうした直前の過去を示すものとも受け取って読むことになるであろう。助動詞「し」によって表現される時間関係がこのように二重であるため、全体の作品世界そのものの過去性は相対的に弱まる。闇に鎖されてしまったこの夜は過去における現在と感じられ、読者の意識は作品世界の中に連れ戻される。

　ヘの「月は出しかと」も同様であろう。ト以下の句は月の出たあとの状況ということになり、月が出たのは直前の過去だから、それ以後は過去の作品世界における現在として強調されることになろう。このくだりで過去の助動詞はこの二つだけである。イヘ二句の挿入は、ともに過去の助動詞「し」によって、その都度、直後に読者の意識を現在に立ち返らせるから、このくだり全体のかなり長い時の経過を、これだけ僅かな句によって、描写の密度の希薄を感じさせずに表現することを可能にしている。また、それがきわめて自然なのは、この主人公がひたすらじっと石の上に座り、心静かに供養を続けているとされ、つまり主人公の内面にも外界にも急な動きはなにも起こらないからであろう。

まず、ホまでの五句を見てゆく。前述のように、イはその直前との対照によって第一の作品世界の再開としての力を初めから持っている。「日は没《いり》しほとに」は、日没という宇宙的現象そのものを描くわけではないにしても少なくとも暗示はしている。この句だけでも、主人公を取り巻いているこの上なく大きな自然の姿が示されるのだ。次のロにおける夜の山の雰囲気いわば山の霊気は、大自然が主人公により近く、主人公を取り囲んでいるものと言える。「山深き夜のさま常《たゞ》ならね」とここが異境とも言うべき深い山中であることは、陵墓発見以前から様々な叙述により、また心中語によっても、読者は強く印象づけられてきた。この句はそれを想起させ、あの高まった現存感を甦らせようとするが、ここでは更に日没後ということで、時が経って今ここに到ったことを教え、「常《たゞ》ならね」といよいよ神秘の度が加わり、この場が新しい局面に入ったことを感じさせる。それにしてもこの「常《たゞ》ならね」の語は異常な力を持っている。この語自体が、まさにただならぬ気配を、作品世界以前の、テキストそのものの表面に漲らせてしまう。句ロは、いまだ半ばは語り手の読者に対するそうした自然の説明でもあるが、半ばは主人公の感じたものを伝えているとも言えよう。次のハでは、石、木の葉と、主人公のすぐそばにある自然の細部に視点が急速に接近する。「石」は「たひらなる石の上に座をしめて」の石と同一物だから、描写の密度の濃淡、読者と作品世界との距離の遠近といった屈折にも拘らず、表面的な叙述の流れ自体は平明に続いていることとなる。「石の牀《ゆか》木葉の衾《ふすま》」の比喩的表現は、主人公の外にある自然が主人公の身体に密着していることを強調する。牀そして特に衾は「露いかばかり袂《そで》にふかゝりけん」の「袂」を想起させる。だが、両者は、確かに叙述の上で或るつながりを持ってはいるが、あれはあまりにも常套的な表現だった。これはまるで違う。牀、衾は石、木の葉の具体物を比喩し、それらの主人公との密着を示すためのものであり、しかも「いと寒く」と、それらの存在は神経そのものに訴えてどうにも否定できない強さを持つ。この「いと寒く」から描写は否応なく主人公の身体内に入り、主人公の自覚的・意識的な感覚を告げることになる。そこでニの「神清骨冷《しんすみほねひえ》て」は、ただならぬ夜の気配つまり夜の山の霊気、それにそれと区別できぬ寒さが、主人公の皮膚の表面から、石、木の葉を通して内に入り、骨髄に達し、抵抗し難い力で精神を冴え返らせることを直截に表現し、主人公の心理と生理そのものが文字に現れたほどの強さを持つ。各句の音数を見ると、イがさりげなく八音で始まり、ロが十四、ハが十七と急増していることも、作品世界への急速な沈降を訴え、その後のニが九音と急に短くなっていること、さらに各句を構成する語も五音七音が支配的であるのに、ニの前半「神清《しんすみ》」の四音がはっきり独立して四音であるということ、これはこの語をひときわ鮮やかに浮かび上がらせ、そこに力が凝集して叙述のひとつの頂点を成すこととなる。以上イからニまで、周囲の大自然、日、山から、石、木の葉を経て旅僧の心身の中枢へと、叙述は骨髄に沁み入る冷たい夜の霊気そのものとともに、求心的に一挙に深まっている。だから、このくだりの直前、主人公から遠く離れ、この人物を外から見、作者の説明を聴いている我々読者は、かつてはひとたび完全に感情移入できた人物の内部へと、僅か四句にして、軽い眩暈を覚えるほどの力で再び吸引されてしまう。先ほどの陵墓を前にしたときの実感が視覚に訴えるものだったのに反し、ここでは寒さというもっと本質的根源的な感覚が主体だから、それはほとんど抵抗し難い。

　ところが、ここまでは意味が素直に続いて、すさまじいほどの実感の深化が実現したのに、次のホの句では急にそれが和らげられてしまう。「物とはなしに凄《すざま》じきこゝちせらる」で、「常《たゞ》ならね」「いと寒く」「神清骨冷《しんすみほねひえ》て」に意味の上で連なるのは「凄《すざま》じき」の語だが、それを前後にほぼ等しい音数で挟む「物とはなしに」と「こゝちせらる」が、その意味を大幅に緩和しているからである。ロ、ハ、ニ、まで順接したあと、ホははっきりと意味の方向が屈折しているのだ。前述した軽度の撞着語法のひとつである。もちろん、特別に何か恐ろしい現象が生じたわけでもないから、「物とはなしに」というのはまことにその通りであり、「凄《すざま》じ」も、そう感じられたに過ぎないのだから「こゝちせらる」は当然だが、あの強い緊張の弛緩、それを強調してきた動きの停止は否定できない。一方、句ホは深山の霊気にも動ずることのない旅僧の心理として記され、我々読者はささやかな驚嘆の念を持つ、ということもある。剛毅にして平静な道心の法師の姿の片鱗をかいま見させ、後の亡霊との対話における毅然たる態度の先触れとなっているわけだ。だがそれと同時に、この句は、まさにこのくだりを読んでいるときの読者の心的状態をもぴたりと言い当てている、とも言えまいか。過度の思い込みなしに読み進めるなら、再度旅僧に自己を同化し得、作品世界の中に入り得た読者の実感は、いかにそれが鮮烈であろうとも、やはり「物とはなしに凄じきこゝちせらる」といった程度であろう。いや、そのように感じさせただけでも、言語芸術の偉業である。そこで、読者はこの句ホによって、否応なしに自己と旅僧の感じ方の強さがほぼ一致したことも納得せざるを得ない。そのようにして主人公の意識への同化は揺るぎないものとなって、次へ続く。

ホで一旦緊張が緩んだあと、へから再び自然の描写が始まる。「月は出しかと」は、イの「日は没《いり》しほとに」にぴったり対応する。(13) そしてまたこの句は、日没以来どの程度かは知らず、或る時間が経ったことを暗示もする。月の出はこの場に或る安堵感の如きものをもたらしてはいるが、「出しかと」と一応否定され、さらにト、チと続くことによって、月光はむしろ暗黒を強調してさえいる。トはまた、月が出てから中天に懸かるまでの時間を暗示する。イとへが、同音数、日没と月の出と、明確な対応関係を示しているだけでなく、へ以後リまでも、天体現象から主人公を身近に囲む自然、そして主人公の意識の内側まで、焦点が求心的に深化するという点で、イから二までと対応する。もっとも、イ—ニの系列に見られたその動きの直線的な強烈さは、へ—リの系列には無い。暗黒が強調されているとは言え月が空に懸っていることは事実で、イ—ニのつるべ落としの日没から夜の闇への急変とは対照的に、ある穏やかさが暗示されているためでもあろうし、句の音数も、イロハが8—14—17と急増して異様な高まりを示しニのクライマックスに到っていたのに対し、ヘトチリは、8—15—12—8と、むしろ漸減する。表現の勢い自体がイ—ニとはまるで違って下降し沈下し、読者の意識にも同じ動きを誘うのだ。チとリ「あやなき闇《やみ》にうらぶれて。眠《ねふ》るともなきに」は、ハニの「いと寒く。神清骨冷《しんすみほねひえ》て」と、まさに意味の上で対照的であり、同一人物の心理乃至生理としては矛盾しているとさえ見えるが、これは時の経過とともに生じた変化を示してむしろ自然であろう。暗黒と静寂のうちに身じろぎもせず座り続け、山の霊気と寒さが身に沁み通り、その感覚で心身ともに冴え渡った状態が長く続いたので、主人公は次第にこの寒さという感覚にさえ麻痺をきたし、うら悲しく果敢ない感情はそのままながら思考力は停止し、精気も失われ、生命力が最も不活発になった中で、時のみ過ぎゆくということなのだ。チとリはそれを絶妙に表現し得ている。ホまでで完全に旅僧の内面に同化し、作品世界のこの場に戻った読者の意識は、この、視覚が失われ、寒さの感覚さえ麻痺してしまった旅僧の心的状態とともに、ひたすら沈み込んでゆく。そこに現れる句ヌの「まさしく」の語は、あの「神清《しんすみ》」のように、七音五音八音の語が続いたあとの四音ゆえ、またその意味そのものゆえに、読者の注意力を不意にかき立てる。そして続く「圓位《えんゐ》〳〵」の、冒頭以来初めての人声、主人公のすべての感覚が沈み込んで底に達し、自己の存在感さえ消えかけたときに、かすかに聞こえてきたとされるこの声は、完成された作品世界への現存感によって、読者自身がまさにおのれの幻聴かと一瞬疑うほどの実感を持っている。

　陵墓を前にしたときの実感が、主人公の視覚に依存するものだったのに反し、ここではあらゆる感覚が麻痺した状態で辛うじて聴覚に訴えるのだが、こうして一旦注意力が覚醒させられれば、主人公は「眼をひらきてすかし見れば」と、直ちに他の感覚すなわち視覚によって事態を認識しようとするのは当然である。そして「其形異《さまこと》なる人の。背《せ》高く痩《やせ》おとろへたるが。顔のかたち着たる衣の色紋《いろあや》も見えで。こなたにむかひて立るを」と、ぼんやり闇の中に浮かんだ人物の細密な描写へと続くが、ここにはすでにその実感に、「まさしく圓位《えんゐ》〳〵とよぶ聲す」の空恐ろしいほどの強さは失われている。これはむしろ、細部の様子の不分明さを強調し、後にぎらぎらと燃え上がる陰火に照らされたとき初めてまざまざと目に見えることになるこの人物の具体的な姿を、対話のあいだ不明のままにおくためのものである。

崇徳院霊の喚び声が圓位であって西行でなかったのは、やはり、この主人公を次第次第に西行として定着していくという、冒頭部のあの基本構造のひとつがしからしめたのであろう。西行の方が圓位よりも人口に膾炙している度が高いから、ここで西行と名を呼んだなら、圓位は西行のもとの名と知っている読者にも、やはり種明かしの唐突さを感じさせ、幻聴にもまがうべきあの実感は損なわれたであろうし、可能なかぎりの自然さでこの人物が西行であることを悟らせてゆく意図にも反することになる。[14]すぐ後で「西行もとより道心《だうしん》の法師《はふし》なれば」と、遂に西行の名が明かされるときも、それがまことにさりげないのもそのためである。

以後、作品は崇徳院霊と西行との対話に移る。それまでのこの部分が、いかに精緻この上ない技巧を尽くして構成され、その効果がいかなるものであるかの一端を見てきた。これほどの彫心鏤骨は、決して効果それ自体を目的としたものではあり得ない。それは作品全体の意味と深くかかわる。以後、稿を改め、筆を速めてそれを解き明かしていかねばならない。

後記　本稿は「『雨月物語』「白峯」解」と名付く一文の序および第一章に当たる。第一章とは言え、全文のかなりの部分を占め、これだけで独立してもいるので、切り離して一篇とした。しかし作品全体の解明は全篇の観察が必要である。早いうちに他の機会を得て発表を予定している。

註

（1）後藤丹治氏の数々の出典研究など、貴重なモノグラフの類は措くとしても、『雨月物語』には多くの詳細な評釈が成され、基本的知識を提供し、また少なくとも「白峯」の読みについては聴くべき意見が多いように思われる。直接参照し得たのは下記の如くである。重友毅『増訂版雨月物語評釈』（昭和32年　明治書院）中村幸彦「雨月物語注釈一—十二」（『国文学解釈と鑑賞』昭和33年3月—34年10月）中村幸彦『上田秋成集　日本古典文学大系56』（昭和34年　岩波書店）鵜月洋『雨月物語評釈』（昭和44年　角川書店）高田衛『雨月物語評解』（昭和55年　有精堂）

（2）この点に関しては、高田衛「前掲書」36頁の説明が最も当を得ているように思われる。高田氏は、秋成のこうした手法は、和歌における「本歌取り」に等しいものとし、さらに「古典や中国文学（『剪灯新話《せんとうしんわ》』など）からの修辞の摂取は、秋成の立場からいえば自己の文章を、古典や中国文学という〈雅〉（俗的なものに対して、趣味の高いもの）の世界に位置づけ連続させることになる。」と言う。

（3）引用は国立国会図書館蔵『雨月物語』によるが、古典文学大系の中村幸彦氏の翻刻を初め、諸家による多くの翻刻を参照した。

（4）相模は「化鳥」すなわち異類である上、もともと人格と個性を備えた「登場人物」では決してない。これについては後述する。

（5）「風雅三昧にやせる、歌枕に執念の人」中村幸彦「雨月物語注釈四」（『国文学解釈と鑑賞』昭和33年7月）

（6）読者が一体どのあたりで、この人物は西行ではないかと気付くべきなのか、作者秋成の期待ではどのようだったか、さらに、無数の典拠に関しても、読者はどの程度それを読み取るべきなのか、この二つのことは、読者が前もって持っていることを要求される教養と知識はどの程度かという点で重要な問題である。「読者の方では、既に「仁安三年」の冬と知らされ、『撰集抄』を借りての諸国遍歴の道行文を読まされ、しかも主人公が僧侶で、讃岐の白峯陵に詣でたという事実を提示されているのであるから、その焦点はおのずから西行法師にしぼられ、この主人公のイメージを西行として本文を読み進んでいくわけである」（鵜月洋「前掲書」34頁）これはかなり高度の知識を備えた読者を秋成が念頭に置いていたとする見解であろう。中村幸彦氏も、典拠に関して「雨月物語注釈四」で「彼（秋成）が雨月物語の読者と予想したのは如何なる教養の人々であったろうか。」と問い、「（桂）眉仙の如き同好同臭の士、例えば俳友勝部青魚の如き、師の都賀庭鐘の如き、友の木村蒹葭堂、高安芦屋など物知りや小説好きを、秋成はその読者の一部に予想しなかったであろうか。もし、そうだとすれば、秋成がどのような出典出拠を用いても、彼等は、それを観破するとしなければならない。秋成たるものそれは覚悟の上。観破して、その用い方の巧妙に拍案驚奇するのが高級な読者の眼識、させるのが作者の手腕であったと考える。」と述べている。それに対し植田一夫氏は「「雨月物語」における理性と狂気―「白峯」論」（『同志社女子大学学術研究年報』32―3　昭和56年11月）で、「作品がそれ自体としての統一性を保ち完結性を持つものであるとの前提に立つならば、歴史的知識や典拠によって補充するという読み方とは違った読み方をすべきではないだろうか。」とし、また「物語と歴史とを混同すべきではない。「白峯」の読み方として、文芸作品についての極めて白明な一般原則を基に反省を必要とするのは、この話が歴史的知識や典拠に頼らなければ鑑賞できないというような作品ではないからである。」と主張している。現在植田説の方が少数意見のようだが、これは重大な問題提起である。我々は諸家の詳細な注釈とすぐれた研究によって、中村氏のいわゆる「当時の高級な読者」に近づくことができ、小論もその側に立って読み進めていくわけだが、一方、この作品は、典拠や西行、崇徳院についての知識を必須の前提条件として要求するようなことがまるで無いのも事実である。これは不思議な程である。まるで無知な読者、極端に言えば西行の名も知らぬ読者であっても、作品の真の意味を理解し得ないとか、必ず大きな誤読を犯すといったことにはならない。逆に、出典出拠のすべてを読み解きさえすれば正しい読みが成り立つという作品でもない。「白峯」は、すぐれた洒落本のように作者と対等の知識人のみを対象にして知的遊戯に耽けるような秘儀的作品ではない。そういう面があるにもせよ、あらゆる知識の段階の読者に対して開かれているのだ。だが、私見によれば、それは恐らく幅広い読者を作者が念頭に置いて創作したからというよりむしろ、作品自体以外の何物にも依拠せず自立し、自律的に運動する醇乎たる作品を目指したが故に、この普遍性がおのずと獲得されたのだ。

（7）「（撰集抄の道行文を）秋成は用いて、活用語を削った。為に名詞と名詞の間に、断截が生じた。その間は読者をして、この名詞即ち歌枕についての回想を可能ならしめる効果を生んで、活用語で説明した原典よりはかえって内容を豊富にして、羅列の美しさをかもし出す。」中村幸彦「前掲論文」。

（8）このような叙述が可能となったのは日本語の特性による。時制なるものが日本語には存在せず、過去は副詞や副詞句、それに助詞、助動詞によって表現される。それらが無い場合に、文は決して現在として強調されることがないのだ。だから「白峯」冒頭部は、西欧諸語のいわゆる「歴史的現在」では決してない。「歴史的現在」なるものは、散文作品や叙事詩等で、描く事件が眼前に生起しているかの効果を生むための叙法だか、動詞の現在形を用いるため読む者はそれを意識せざるを得ず、かえってそれが過去の事柄であることを意識させられてしまう。

（9）もっとも、拙論ではほとんど触れなかったが、歌枕列挙部全体のリズム感からの要請という面も大きい。

（10）「白峯」を作者秋成が「しらみね」と読ませているもその意図であろう。鵜月洋「雨月物語研究ノート――その一「白峯」の巻――」（日本文学研究資料叢書『秋成』平成元年　有精堂）によれば、現地における呼称も、秋成が典拠とした諸書でもすべて「しろみね」だったという。浅野三平氏は「雨月物語「白峯」考」（井浦芳信博士華甲記念論文集『芸能と文学』昭和52年）で、近世文芸では「しらみね」の読み方がむしろ多いと指摘しているが、直接の典拠がすべて「しろみね」だったとする鵜月氏の指摘は重要である。私見によれば、「しろみね」と「しらみね」ははっきり別の語である。一般的に言って、あとに二音三音の語が付いてひとつの単語を形成する場合、「しろ○○」と「しら○○」では意味が異なってくる。オとアの母音の閉口開口の差、また形容詞としては、必ず

「しろし」「しろき」「しろい」とのみ用いられる事実から来るのだろうが、「しろ○○」では、後に来る名詞が他の色ではなく白の色彩を持つ具体的事実を説明するだけの機能が大きい。白の意味、が限定されるわけだ。それに反し「しら○○」と読めば、白さの持つ、純粋さ、神秘性、高雅な美、空漠たる広がり、距離感、服喪、等々、様々なコノテーションが暗示され、意味が大きく広がる。白雲、白雪、白菊などが「しら○○」と読まれるのはその理由による。逆にまたそうしてすでに成立した読み方への連想が、こうした詩的コノテーションを強める。「秋成は、ここで現実の〈白峯〉を書いたのではなく、現実の地誌を参考にしながらも、書いていったのは雲霧《きり》の彼方《かなた》にある、虚構としての、つまり人外境としての異常空間〈白峯〉なのである」（高田衛「前掲書」36—37頁）恐らく秋成はどうしても「しらみね」でなければならぬと信じたのであろう。若木太一氏も『学問的根據』による正否ではなく、語感によって選択したと考えてよさそうである。」「〈白峯〉の造型——典拠からの溯源——」（『近世文芸』32　昭和55年3月）と言っている。ともかく、このことは、芸術作品としての完成度を高めるためには、秋成がいかに自由に典拠の改変を敢えてしたかを示す一例だろう。

（11）　これより先、眞尾坂の林に一時停止したとき「しばらく笻《つゑ》を植《とゞ》む」と植の字が用いられていたのもこの意味だったであろう。旅の杖はここでまっすぐ地面に植《た》てられたのであり、その垂直性は、続けられてきた旅の一時停止を最初の現在となし、水平方向のこれまでの旅を過去として振り返る意味を強めるものだった。

（12）　「ここまでずっとこの僧形の人の行動は物語的な現在形ですゝめて来て、ここで初めて、「けん」と過去の推量の助動詞でとめている」中村幸彦「雨月物語注釈五」「この直後に作中人物が西行であることを明かさなければならないのであるから、ここで作中人物と続者との間に少し距離を置こうとする作者の準備であろう。」大輪靖宏「雨月物語に使われた技法」（『上智大学国文学論集7』昭和49年1月）大輪氏は少し前の「涙わき出るがごとし」の「ごとし」もすでに「間接的な表現」で、「少しずつ作中人物と続者とを離していくための用意であろう。」としている。

（13）　意味内容の対応性以外にも、二句ともにそれぞれの行の末尾にあり、いや正確にはイの最後の「に」は次行にくり下がってい、そのため二句とも、あるべき濁点の欠けたそれゆえ特徴的な「と」が行末に来、形の類似を強めつつ、一行を隔てて並んでいることで、この対応性は読者の視覚にも強調されている。

（14）「かりにここで「円位」のかわりに「西行」の名が呼ばれたとしたならどうであったかを考えてみるといい。その間延びのしたひびき、またあまりにも一般に親しまれてきたその名は、おそらくこの場面の息づまる緊張と恐怖の感情とは別のものへと、読者をみちびいていったにちがいない。」重友毅「前掲書」15頁

第二章　『雨月物語』「夢応の鯉魚」論

『雨月物語』「夢応の鯉魚」は、まず第一に芸術家を描いた作品である。主人公三井寺の僧興義は、著名な画家として設定され、特に鯉を描いた絵は神品とも呼ぶべき傑作で、寿命尽きるとき鯉の絵を湖に散らすと、描いた鯉が皆紙を抜け出して泳ぎ去ったという。古来日本の絵画は、対象たる事物の神髄を捉えていることが、すぐれた芸術作品を測る尺度のひとつであった。末尾に「其の弟子成光《なりみつ》なるもの。興義《こうぎ》が神妙《しんめう》をつたへて時に名あり。閑院《かんゐん》の殿《との》の障子《しやうじ》に鶏《にはとり》を画《ゑがき》しに。生《いけ》る鶏《とり》この絵を見て蹴《け》たるよしを。古き物がたりに戴《のせ》たり」とあり、その『古今著聞集』「画図」の部を見ると、それ以外にも、犬が怖がって吠えた獅子の絵の話や、巨勢金岡の障子に描いた馬の絵が夜毎に画面を抜け出て近隣の田畠を荒らしたなどという逸話が載る。「かきたる絵生《いき》たる物のごとし」「まことにいきてはたらく様なり」等の評語も見られる。時代が下って『雨月物語』の書かれた江戸中期以後には、魚類や鳥や昆虫などをリアルに描くことが行われていた。博物学的興味から、細部までおろそかにせず、色彩も現実の対象に酷似させた写生である。死んだ標本ではなく、生きた姿を描き芸術的に高めた物としては円山応挙の絵がある。「描かれた鯉が泳ぎ出すという類の怪談乃至名人説話は、それこそ枚挙に遑がない程であるし、絵に打ち込み、心を凝らす余り、自分がその対象物と化してしまうといった話にも事欠かないと云える。[1]」と矢野公和氏は言う。興義も漁夫の捕らえた魚を買い取って湖中に放し、それが泳ぎ回る様子を観察して描く。長年それを繰り返し、「細妙《くはしき》にいたりけり」とある。また絵を描きながら精神を集中させたためつい居眠りをすると、夢の中で自分も湖に入って魚たちと遊び、覚めると、夢で見たそのままの魚の姿を描いて「夢応の鯉魚」と名付けたという。眠りと夢が人間の創造力に及ぼす絶妙の働きを冒頭に記して、興義の描いた鯉魚の絵がいかに対象の真実を捕らえ気韻溢れるものであったかを語る。その意味ではこの作品は傑出した芸術家とその芸術の物語である。興義はジャンルこそ違え、『雨月物語』上での上田秋成に似る。ほとんど同類の芸術家である

秋成は興義の描く鯉魚の絵を文字によって表現したと言えないか。魚の形を取ることができてからの興義の姿は、鯉に化した僧であると同時に、一尾の鯉そのものの姿を内側から生けるが如くに示している。あのきわめて高く称揚されている琵琶湖遊泳のくだり、さらに捕らえられて斬られるまでの姿、これはそのように取るべきであろう。魚と化した僧侶の、魚としての本能や感覚を備えながら僧としての意識も持ち続けるという、現実にはあり得ぬ存在の姿を、もしあり得ればまことにこのようなものでもあろうかと読者に生々しく感じさせる異常なほどの筆力とそこに漲る気品の高さ、これを描くとき、秋成は主人公興義の鯉魚の絵の神韻を、文字によって表現するのだという、芸術家としての野心と誇りを持たなかった筈はない。そして、もともと魚を描こうとする場合、魚服すなわち人間が魚の形を借りて泳ぎまわる姿を、その意識から描くという設定は、これ以上考えられない好都合の形であろう。

> 或ときは絵に心を凝《こら》して眠《ねふり》をさそへば。ゆめの裏《うち》に江に入て。大小《さばかり》の魚とともに遊ぶ。覚《さむ》れば即《やかて》見つるまゝを画《ゑか》きて壁《かべ》に貼《お》し。みづから呼て夢応《むをう》の鯉魚《りきよ》と名付けり。(2)

これは冒頭近くの一節である。興義が夢の中で水中に入り魚どもと一緒に泳ぎまわったという事は普段から何度もあったことが分かる。もし作品が魚服のモチーフを充分に利用して、興義は病に苦しんで仮死状態に陥り、水中に入って魚に化する夢を見、そのため魚の画像が以後すばらしい迫真力を備えるようになったとするならば、この一節はむしろ不要、邪魔でさえあろう。ここではむしろ作者上田秋成が、この作品をすでにここで前もって予言していると言える。「ゆめの裏《うち》に江に入て」とは、この作品がやがて存分に語るところであるからだ。また、「夢応の鯉魚」と名付けられたのは興義の描いた絵ばかりでなく、この作品そのものもそうである。しかし秋成が、しばしば鯉魚となった夢を見たなどとは考えられない。『雨月物語』で驚くべき実感をもって描き出されたのは、鯉と化した興義の意識だけではないからである。だが、おそらく意識的にそれに近い対象への迫り方があって初めてこの九篇の作品のいくつかの迫真の条りが成ったと言える。それにしても、後に興義が病気のため仮死状態になり夢で魚に化してからの体験は、このいち早く示された予言と大きく異なっている。大小の魚とともに遊ぶようなことはなく、単純でのんびりとした楽しさとは無縁の世界であった。

＊

興義魚服の様子は次のように描かれる。

去《さり》て見えずなりぬ。不思義のあまりにおのが身をかへり見れば。いつのまに鱗金光《うろこきんかう》を備《そな》へてひとつの鯉魚《りぎよ》と化《け》しぬ。あやしとも思はで。尾《を》を振鰭《ふりひれ》を動《うご》かして心のまゝに逍遥《せうえう》す。

河伯《がみ》の出現とその言葉を不思議と感じているのに、自分の身が鯉魚になっていると知るとあやしとも思わずに遊泳を始める。不思議と思うのとあやしと思うのとでは、正確には意味に差があろうが、ここではかなり同義に近いだろう。ということは、この二つの動作の間に或る変化が意識に生じていることになる。魚服を当然のこととしてすぐに受け入れてしまうのだ。この二語が僅かな間隔で置かれているのは、それを示すための意図的な操作である。以後の興義の意識は半ば以上鯉魚のそれに外ならない。

まつ長等《ながら》の山おろし。立ゐる浪に身をのせて。志賀の大湾《おほわだ》の汀《みぎわ》に遊べば。かち人の裳《も》のすそぬらすゆきかひに驚《おど》されて。比良《ひら》の高山影うつる。深き水底《みなそこ》に潜《かづ》くとすれど。かくれ堅田《かたた》の漁火《いさりび》によるぞうつゝなき。ぬば玉の夜中《よなか》の潟《かた》にやどる月は。鏡の山の峰に清《すみ》て。八十《やそ》の湊《みなと》の八十隈《やそくま》もなくておもしろ。沖津嶋山。竹生嶋《ちくぶしま》。波にうつろふ朱《あけ》の垣《かき》こそおどろかるれ。さしも伊吹の山風に。旦妻船《あさづまぶね》も漕出《こき》れば。芦間《あしま》の夢をさまされ。矢橋《やばせ》の渡りする人の水《み》なれ棹《さを》をのがれては。瀬田の橋守にいくそたびが追れぬ。日あたゝかなれば浮ひ。風あらきときは千尋《ちひろ》の底《そこ》に遊ぶ。急《にはか》にも飢《うゑ》て食《もの》ほしけなるに。彼此《をちこち》に奮《あさ》り得ずして狂ひゆくほどに。忽文四が釣を垂《たる》るにあふ。其餌《ゑ》はなはだ香《かんば》し。

この一節は多くの先学の詳しく語るところであり、ここに私見を述べても屋上屋を架すことにもならず、先学の諸説から一部ずつ取ってきて繋ぎ合わせることにしかなり得ぬかも知れないが、(3)名手の描いた鯉魚の絵に相当するその筆致を辿って見てゆく必要はあろう。「尾《を》を振鰭《ふりひれ》を動かして心のまゝに逍遥《せうえう》す。まつ長等《ながら》の山おろし」の「まつ」の語がここから作品世界の雰囲気が大きく変化することを予示したあと、最初に現れる自然には一変した広大さと威厳さえ伴った厳しさがある。「長等《ながら》の山おろし」と。山おろしの風は通常強く吹き冷たい。諸注の指摘する『続拾遺集』の慈鎮の歌「しがの浦やしばし時雨の雲ながら雪になりゆく山嵐の風」はそうした気分を歌っている。それまでの河伯との問答の、のんびりとした説話的雰囲気とは一変し、この一句で読者はまず緊張を強いられる。しかも続いて「立ゐる浪に」と、その山おろしの風のために湖に波の立ったことが教えられる。冒頭での大規模な自然の波瀾を秘めたこの厳しさが、以下のこのくだり全体に或る気品を与えている。しかし鯉となった興義は「身をのせて。志賀の大湾《おほわだ》の汀《みぎわ》に遊べば」（傍線引用者）と、その自然に身を委ね、直前の「心のまゝに逍遥《せうえう》す」の気分はいささかも損なわれることはない。「志賀の大湾《おほわだ》」は琵琶湖そのものを言うか、南西部の湖岸を指すか二説あるという事だが、いずれにせよ「大湾《おほわだ》」の語は広い場所を暗示し、のびのびした自由な解放感が生じている。「かち人の裳《も》のすそぬらすゆきかひに驚《おど》されて」この湖中遊泳のくだりには人間が何度も姿を現す。それらの無名の人々は直後の漁師文四のあり方とは違って、そのふるまいがいかにも優雅であり、このくだりの格調高い美の世界の景物となり得ている。「裳《も》のすそぬらすゆきかひ」とは、この大きな風景の中できわめて微細なものが初めて写されているが、動作にはほとんど故意にそうしているかのようなわざとらしささえうかがわれる。「驚《おど》されて」はこのくだりでの興義のそうした人間たちに対する基本的な態度であるが、ここで早くも鯉魚の姿を興義は示していると言える。「魚となった心理状態を描いているわけである」[4]。重要なのは、さほど深刻な恐怖心に駆られたというわけではないということである。水中を悠然と泳ぐ大きな魚が、人の足音などにつと向きを変えて去るといった、しばしば見られる本能的な動作から、その意識を想像し、そうした魚の何気ない動作を巧みに捉えた表現である。「比《ひ》良《ら》の高山影うつる。深き水底《みなそこ》に潜《かづ》くとすれど」遊泳する湖を巡る光景は必然的に平面的になり勝ちであろうが、ここで自然を垂直に捉えた視点が導入されている。「「高山」と次の「深き水底」が対句になっている[5]」。この垂直性はこのくだり全体の自然の厳しさに神々しいほどの透明な深ささえ付与する。「潜《かづ》くとすれど」と、一匹の鯉魚としての興義の動作は、そのような自然の中に織り込まれている。だがその垂直の世界の中に沈むことはできない。「かくれ堅田《かたた》の漁火《いさりび》によるぞうつゝなき」宵闇迫る湖上に遠く仄めく漁船の灯火は夢幻の境に人を誘い込む。ここでは前句の垂直性の世界に続き、高山と水底の中間点である水面上、つまり水平の方向にあるものとして記されていることも人を引きつける不思議な力を強める。一般に灯火なるものの持つこうした神秘の力を、秋成は『雨月物語』でも「浅茅が宿」「吉備津の釜」で、その神秘性が乗り移ったかのような筆で記し得ている。「かくれ堅田《かたた》」なる語は「潜くとすれどかくれ難し」の意味のほかに、なにかこのあまりに名高い近江八景の堅田に、人に知られぬ一景があるようでもあり、半ば隠されたという性格はこの「漁火」にも及んで、その神秘性を強めているであろう。そしてここまで来ると、あの「長等《ながら》の山おろし」「立ゐる浪」の動的な要素が完全に鎮静し、読者を誘い込んでしまいそうな幽寂の世界となっている。振り返ると、最初「まつ長等の山おろし」で、鯉魚の視界を遙かに超えた高く大きい自然が示されたのは、語句そのものが水中に奔騰する巨いなる鯉魚の運動を暗示するものであったことに我々は気づく。それ以後、高さ広さ深さそして水平の方向へと、縦横に緩急自在の筆で記された変転する動きは、意味のみならず語調そのものも、すべて野生の鯉魚の遊泳と停止のさまを象徴的に映し出すものであった。また「漁火《いさりび》によるぞうつゝなき」を鵜月洋氏は「注意されていたにもかかわらず、おのずと漁船の漁火に引寄せられていくのも、魚になった本性であろう[6]。」と言っている。だがそれと同時にこの語は、このくだりより前、興義が病熱に苦しみ、杖をついて外へ出て解放感を味わい、水に入るときの「湖水《こすい》の碧《みどり》なるを見るより。現《うつ》なき心に浴《あび》て遊びなんとて」の語を思い出させる。この「現《うつ》なき心」とはまさに死に臨んだときの興義の霊魂の夢想を、覚醒した今自ら許しているのだが、その同じ夢の続きで魚となり、夢幻のうちに漁火に惹かれていく心境を「うつゝなき」と判断しているわけで、この不思議なほど実感の伴う湖中遊泳を、まさに現実のものかと読者をして受けとめさせる、という働きも持っている。少しあとの「芦間《あしま》の夢をさまされ」も同様である。「ぬば玉の夜中《よなか》の潟《かだ》にやどる月は。鏡の山の峰に清《すみ》て」前句より夜がさらに更けた様子である。この二句だけを取り出せば、この湖中遊泳のくだりの中で最も平板と言えるかも知れない。歌枕「鏡の山」は月それも煌々と照る月と共に歌われることが多いだろう。しかし意味の上からは次の句とひとつづきのものとして読まれるべきであろう。「八十《やそ》の湊《みなと》の八十隈《やそくま》もなくておもしろ」である。諸氏の注釈に『万葉集』の高市黒人の歌が挙げられているが、「八十《やそ》」の語を繰り返すこと自体、また月の光で八十隈もないという発想もこの上なく万葉調さらに言えば民謡風である。「ぬば玉の夜中《よなか》の潟《がた》」も万葉風だから、月が「鏡の山の峰に清む」という、王朝・中世和歌風の発想と措辞が、前後を万葉の発想・措辞にかこまれ渾然となり全体が精彩を取り戻している。「八十《やそ》の湊《みなと》の八十隈《やそくま》もなく」は視界が広大な対象に拡大されたことを示し、解放感は頂点に達していよう。「おもしろ」は、月光に照らされた湖岸の風景に、鯉となった興義が感歎の声を発しているのだが、この三句全体の見事さも、まことにそうと思わせ、さらにこの高揚した解放感が思わず発した二句でもある。「沖津嶋山。竹生嶋《ちくぶしま》。波にうつろふ朱《あけ》の垣《かき》こそおどろかるれ」。沖津島山はいかにも万葉風、竹生島は有名な脇能を思い出させるが、謡曲の内容がここに関連あるものと考える必要はあるまい。島名を二つ連ねただけで、そうした伝統文芸の印象を持つ語が詩的な情緒を生む。竹生島の垣は前句の大きく広がる視界が一点に集中し、濃い緑の背景と水に朱の玉垣が映るというこのくだり唯一の鮮烈な色彩が示されることを可能にする。「おどろかるれ」は「その美しさに驚嘆した、それが波に映る朱の色を見て思わずはっとした、の意[7]」であるが、鯉魚となった興義の感性がこのあたりでは生々しいほど鋭敏になっていることを示し、この上なく臆病な傷つきやすい性格を備えるに到ったことも教えている。読者にはそれが魚類一般のものとして感じられる。「さしも伊吹の山風に。旦妻船《あさづまぶね》も漕出《こき》れば。芦間《あしま》の夢をさまされ」、再び景物は動き出す。「伊吹の山風」は初めの「長等の山おろし」のような恐ろしさは全く無い。山風と山おろしの差もあろうが、連想される実方の有名な歌の持つ遊戯的な性格のためもあろう。だが、やはりある寒々とした感覚はある。旦妻船は、米原付近の朝妻から大津へと、東岸を南に下る渡し船だったというが、ここでは朝の語が不可欠のところである。単に時刻が朝になったというだけではなく、ここでは、山風の冷ややかさ、漕ぎ出る舟と覚醒、等と結びつき「朝」は或るしらじらしいかすかな幻滅感をもたらし、それがここでは意図されているからである。この「芦間の夢をさまされ」は覚醒の空しさを表現するばかりでなく、少し前の「漁火によるぞうつゝなき」と同様の機能をも果たしている。魚服以前の興義について、彼自身の言葉として「現《うつ》なき心」とともに、最初水に入ったときすでに「今思へば愚《おろか》なる夢ごゝろなりし」があった。夢であることを強調してさえいたのに、今度はその夢の中で夢がさめたことを言う。もちろん鯉としての夢だが、二重の夢であることに変わりはない。目覚めて見た事物の現実感を強めようとするのであろうか。しかし、もともと目覚めの一抹の物悲しささえ帯びたうつろな感覚は、幻滅と言えるほど醒めた実感を持つ。ここでは特にそれが巧みに表現されている。実感の警は夢の中で夢から醒めたという不自然さを全く感じさせない。「夢をさまされ」の語自体が、その実感を強める機能を果たしている上に、夢中での覚醒がまさに真の覚醒となり得ていることを、作者秋成は自信をもって強調しているのであろう。「矢橋の渡りする人の水《み》なれ棹《さを》をのがれては。瀬田の橋守にいくそたびが追れぬ」。矢橋、瀬田と名勝の地名を挙げ、興義の化した鯉魚の人間との関係がここでまた表現されている。「のがれては」「追はれぬ」とあっても「かち人の裳《も》のすそぬらすゆきかひに驚《おど》されて」と同様、深刻な恐怖はあまりない。不安感は否定し難いが、二句ともむしろ鯉魚が人間の生業に戯れているといった気分が強い。それよりもここでは、日常の人間のいとなみが、「裳のすそぬらすゆきかひ」ほどではないにしても、甚だ優雅な風情を伴って印象づけられる。「水なれ棹」「瀬田の橋守」「いくそたびか」等の語句が、高度に詩的な情緒を持つ語だからである。「いくそたびか追はれぬ」など、追われる鯉魚にも追う橋守にも、ほとんど含羞の優美ささえもたらしている。「日あた、かなれば浮ひ、風あらきときは千尋《ちひろ》の底に遊ぶ」「長等《ながら》の山おろし」以下、あまりにも詩的香気の濃い文章が続いてきたので、次の「急《にはか》にも飢《うえ》て食《もの》ほしけなるに」以下、新しい展開の始まる前に、意味の弱い句を二句連ねたものであろう。だがこの二句は、鯉魚が、自然に恵まれている時はもちろん、「風あらきとき」自然が厳しい様相を示すときにも、それに煩わされることは全くなく悠々たる遊びを続けることを言っている。「長等の山おろし」以下の句ですでに言われていたことをくり返し念を押している。鯉魚を悩ますものは自然の裡には無い。それはひたすら人間の行動、人間的なものからのみ来る。

　ここで以上述べたことを一旦要約し、言い残したことを付け加える。

興義の化した鯉魚は孤独である。他の魚と群れることは全くない。かつて絵に心を凝らして居眠りしたときには「江に入て。大小《さばかり》の魚とともに遊ぶ」とされ、また魚に化する直前に、自由に遊泳する魚の姿を見て羨む心を起こし、傍らの大魚と問答し、「許多《あまた》の鼇魚《うろくず》を牽《ひき》ゐて浮ひ来たり」とされる河伯と言葉を交わす。それらの記述と対照されてこのことは意図的に際立っている。魚服後には他の魚の存在は暗示もされない。文字によって秋成が描き出そうとする鯉魚の姿は、この一尾に集中している。

　興義の化した鯉魚は湖中を自由に泳ぎまわるが、人の姿や人の営みに接するたびに警戒心を発して逃れる。その様子はいささか過敏と思われるほどだが、一方それほど強い恐怖心に駆られているわけでもない。「驚《おど》されて」「おどろかるれ」「夢をさまされ」「のがれては」「追れぬ」、これは「尾《お》を振鰭《ふりひれ》を動《うご》かして心のまゝに逍遥《せうえう》す」と、悠然と四囲の光景を眺めて泳ぎ回りながらも時折ふと人間の気配を感じては発作的に身を隠そうとする大きな鯉魚の生態を、そのまま生々しく表現しているのではないか。人間への漠然たる不安と警戒心は秋成の認識する魚類の意識としてあり、それがここに忠実に映し出されているのであろう。僧が化し、感覚や本能も半ば以上鯉魚のものになっているという設定で、鯉魚の内面に光が当てられた。この湖中遊泳を描くくだりは、中に四句ほど七・五の句が散在し、名所・歌枕が順に出現してくるから道行である。通常の道行の七五調は旅人の単純な歩行の律動を写すものであるから、それがここで崩れているのは鯉魚の心のままの逍遥を伝えている。それよりも重要なのは、道行として特定されることによってこのくだりは思うままに詩的な語句を連ねることが可能となるということである。背後に幾多の古歌が暗示され、様々な濃度で隠顕し、いやが上にもこの文の格調を高めている。上に述べたように、鯉魚をめぐる自然は、動から静へまた動へ、大から小へ、と緩急自在の筆致が詩的気韻を生み、何度か現れる人間の営みまでがこの上なく雅びな佇いをみせる。これらはすべて、この水中に自由に舞う大いなる鯉魚の繊細にして優美な動きそのものを伝えるものであろう。(8) このくだりは、ほしいままに湖中に遊ぶ鯉魚を、その内面にさえ深い共感を通わせながら、無限の賛美を寄せつつ秋成が的確・精妙に描き出した、文章で描いた一幅の鯉魚の図である。

*

湖中遊泳のくだりに続いて、興義の化した鯉魚が飢えを覚え、漁夫の釣り餌に掛かって捕えられ、膾にされてしまう様子が記される。指摘されているように、これは『説海』の「魚服記」(『太平広記』の「薛偉」とほぼ同文)の翻案であり、漁夫趙幹と下吏張弼のやり取りが省かれているほかは、言葉や文脈そのものもすべて原話通りとされている。その細かな異同は鵜月洋氏の前掲書に詳しい。同書はまた、『醒世恒言』の「薛録事魚服証仙」にも「物語を具象化するための小説的モティーフ」を発見していたとするが、骨子は「魚服記」そのままで、無意味な内容を付け加えて可能な限り文を引き延ばし、あまりにも冗漫にして「魚服記」の文芸的価値を喪失したこの駄作が、「魚服記」と同じ機能で「夢応の鯉魚」にかかわっていたとはとても言えまい。(9)「魚服記」と「夢応の鯉魚」の意味の違いに論及しているのは勝倉壽一氏の諸論である。(10) 以下これらを参照しながら「魚服記」との差をここで今一度見てゆく。

まず言っておくべきことは、以後の叙述も湖中遊泳から連続し、鯉魚の姿を描くという点ではそれまでと対等の性格で進んでゆくことである。興義の化した鯉魚という意識が前よりやや強くはなっているが、断絶を感じさせるものではない。

急《にはか》にも飢《うえ》て食《もの》ほしけなるに。彼此《をちこち》に餈《あさ》り得ずして狂ひゆくほどに。忽文四が釣を垂《たる》るにあふ。其餌《ゑ》はなはだ香《かんば》し。

俄而饑甚。求食不得。循舟而行。忽見趙幹垂鉤　其餌芳香(11)

「食《もの》ほしけ」「狂ひゆく」は「魚服記」を遙かに凌いで、愚かな魚の動物的な心理・本能と生態を如実に示している。「彼此《をちこち》に餈《あさ》り得ずして狂ひゆくほどに」という叙述のうち傍点部分は、秋成が加えたものであった。これが「飢《うえ》て食《もの》ほしげ」なる魚の心を強調すると同時に、魚と僧侶の身のアイロニーを示す効果的な措辞となっていることはいうまでもない。「「養《あさ》り得ずして」には、『万葉』から「求食《あさる》」の語を選ぶと同時に、原拠の「求食不得」（食を求むれども得ず）の文脈を生かすという技巧が加えられていた。(12)」それにしても「循舟而行」は不自然である。野生の魚類が、腹が減ったからといって舟の後を追ってゆくことはあるまい。「魚服記」の薛偉は、自分は実は人間だという意識があるから舟について行く。「其餌《ゑ》はなはだ香《かんば》し」は「其餌芳香」そのままである。共に主人公が魚の本能と生理をすっかり身に着けてしまったことを示す秀逸な一句だが、次に続く部分のために「夢応の鯉魚」の方がその意味がずっと明確になっている。つまり

心又河伯《がみ》の戒《いましめ》を守りて思ふ。我は仏《ほとけ》の御弟子なり。しばし食《もの》を求め得ずとも。なぞもあさましく魚の餌《ゑ》を飲《のむ》へきとてそこを去《さる》。

心亦知戒。不覺近口。曰。我人也。暫時為魚。不能求食。乃呑其鉤乎。舍之而去。

仏の御弟子が魚の餌を飲む方が、人が鉤を呑むというよりも、破戒の罪を犯すからより刺戟的である。さらに「餌《ゑ》」は「鉤」よりもより生々しくおぞましい。原話にない「あさましく」の二語を付け加えているが、この語は「其餌《ゑ》はなはだ香《かんば》し」の意味を露骨に伝え、代物がまだ生きて動いている蛆でもあるかに思わせ、それに惹かれる魚としての本能の力が「魚服記」より明確に現される。また、反射的に「仏の御弟子」の自意識が湧いてくることをより必然的にしている。ここでは鯉魚の本能と自分が僧であるという自覚が、興義のうちに両立していることがはっきり示される。それに続く部分、一旦捨てた餌にまた戻ってきて遂に飲んでしまう場面でも同じことが言える。

しばしありて飢《うえ》ます〱甚しければ。かさねて思ふに。今は堪《たへ》がたし。たとへ此餌《ゑ》を飲《のむ》とも鳴呼《をこ》に捕《とら》れんやは。もとより他《かれ》は相識《しる》ものなれば。何のはゞかりかあらんとて遂《つひ》に餌《ゑ》をのむ。

有頃。饑益甚。思曰。我是官人。戲而魚服。縦呑鉤。趙幹豈殺我。固當送我歸縣耳。遂呑之。

ここでも「夢応の鯉魚」の方が、実際の魚のあり方としてはより自然であろう。「魚服記」では「縦呑鉤」つまり餌の中に仕込まれた釣針の存在を充分承知し、餌を呑んだら必ず捕えられることを自覚して疑わない。こんなことは魚にはない。薛偉は魚に化した人間なのだ。興義の鯉魚は意識がかなり魚のものになっているというばかりでなく、ここに描かれた鯉魚はまさに釣られようとする魚の生態を如実に表現している。魚は釣られることを覚悟して餌に食いつくなどということはあり得まい。ただ空腹に堪えかねて食いつく。鉤が仕込まれていることは知らずとも薄々危険は感じている。——河伯の戒めを思い出すとは本能的警戒心を発したと読み替えることができる——。危険でも飢えが警戒心を上回り食らいつく。「たとへ此餌《ゑ》を飲《のむ》とも鳴呼《をこ》に捕《とら》れんやは」とは、いくら腹が減ったからと言って、不条理なほど勝手極まる言い訳で、読者の笑いをさそう。「仏《ほとけ》の御弟子」の自意識ももはやなく、ここでの興義の心中は、まさに餌に食いつく魚に意識があったならこうでもあったろうと思わせる。魚の姿の描き方は的確無比である。もし魚がここでの興義のように釣り糸を垂れている人間をよく知っているなどということがあったとするなら、警戒心は一段と弱まったろう。そのように現実にはあり得ないことまで納得させるのだ[13]。

「魚服記」では「我人也。暫時為魚」「我是官人。戲而魚服」の語句が繰り返される。釣られ、下吏趙弼から取り上げて役所に下げて行く時にも、薛偉は「我是汝縣主簿。化形為魚遊江河」と趙弼に向かって叫ぶ。この、自分は人間で、今一時的に魚の形を取っているだけだという意識を示す語句、特に「暫時為魚」「戯而魚服」の類の語は「夢応の鯉魚」には一語も無い。これは重要である。興義にとって魚となったのは決して「暫時」のことでも「戯」れでもなかった。薛偉は本当に魚になっているとは言えない。魚としての本能・意識ははるかに薄い。「魚服記」の面白さは、偉い役人が無力な捕われた魚と化し、役人仲間はいいとして、下僚や漁夫や自分がいつもこき使っている料理人にもひどい目に遭わされ、にも拘らず自分は偉い役人であるという意識から最後の最後まで抜け出せない、ということの面白さが眼目である。趙幹が欲張ってこの大魚を隠し、張弼が見つけて没収し、趙は薛偉の同僚裴察の命で鞭うたれるという殺伐な空騒ぎは、その面白さを助けるために効果的と考えられたのであろう。「夢応の鯉魚」で平の助の館の人々は漁夫文四を労い、桃を与え酒を三献飲ませたりし、それが魚としての興義が見た現実世界の確かな事実として後に告げられることになるが、このように背景を平和的に変えたのは、魚と人が全く別の世界に住むことを強調し、魚服の愉悦の代償として、あるいは釣餌の誘惑に負けた罰としての完全に疎外された立場をはっきりさせ、「対話の不能という凄惨な現実の一面[14]」「芸術家と現実生活の問題[15]」等々の多様にして豊かな寓意を作品にもたらすことを可能にするものであった。

　鯉魚に化した興義が最初に釣り上げられたときは「こはいかにするぞと叫《さけ》びぬれとも」、平の助の館に入った時は「我其とき人〳〵にむかひ声をはり上て。旁《かたぐら》等は興義《こうぎ》をわすれ給ふか。宥《ゆる》させ給へ。寺にかへさせ給へと連《しき》りに叫《さけ》びぬれど」、まな板に乗せられた時は「我くるしさのあまりに大声をあげて。仏弟子《ふつでし》を害《がゐ》する例《ためし》やある。我を助けよ〳〵と哭叫《なきさけ》びぬれど」と、いずれも同一の語尾で終る。釣り上げた大きな魚がじたばたと暴れ、苦しそうに口をぱくぱくさせ、それは何かを叫び訴えているのだが人間の耳には何もきこえないという状態は「魚服記」にも表現されているが、秋成はそれを利用し、少しずつ変えることでその効果をより高めている。語尾の単調さは喘ぐ魚の単調な動作を写す。薛偉は最後の最後まで役人根性が抜けきれず、助けを求める叫び声に理屈が入ってくる。社会的身分の高い者がひどい目に遭うという逆転の面白さが第一の目的で、魚らしさは二義的だからである。「あなた方とは同僚だ。それなのに殺させようとするのは仁ではないではないか」「王士良よ、お前は私の使用人ではないか」等である。「夢応の鯉魚」ではもっと単純化された叫び声になっている。「宥《ゆる》させ給へ。寺にかへさせ給へ」は、鯉魚の愚かさ、苦しまぎれの非合理を示して秀逸である。寺に帰してもらってどうするというのか。これは「魚服記」の「固當送我歸縣耳」から来ているのだろうが、後者ではまだ餌を呑む前、釣られる前のことで、漁夫趙幹が自分を役所に送り返してくれるだろうという甘い予想に過ぎず、発言の非合理性は弱い。興義の方はすでに捕えられ、平の助など人々を前にしての切羽詰まった必死の歎願である。最後の絶叫の「仏弟子《ふつでし》を害《がゐ》する例《ためし》やある」も、ここで僧としての自意識が出てきたが、それは今や殺されようとする瞬間に立ち到ったからでまことに自然である。仏弟子の姿をしているわけではないからどうしようもないのに、そう叫ぶのは畜生の愚かさを示している。薛偉のように自分の社会的身分を最後に到るまで振り回しているわけではない。

このように「魚服記」と比較して観察してくると、「夢応の鯉魚」がいかに鯉魚の姿を的確に捉えたくみに表現しているかがわかる。しかもこれは単なる鯉魚ではない。僧が魚服して、意識にははっきり僧と鯉魚の双方が入り混じっているという、現実にはあり得ない鯉魚である。興義と薛偉では魚に化した後、その内面に魚が占める割合が違っている。興義の方がその割合が高く、かなり魚になり切っている。薛偉では魚の割合が低いということもあろうが、それよりも魚と人の割合が一定していないように感じられる。初めのうちの「其餌芳香」は魚の本性をすでに身に付けてしまったことを示すきわめて巧みな表現だが、折角成ったそのイメージが一貫しない。その後、自分は人間である役人であるという意識が強く打ち出されると、釣餌に芳香を感じたのは一体何だったのかということになる。興義は、その点細心の注意を払って一貫して書かれ、画僧が魚服したという現実にはあり得ぬ鯉魚を、その意識から書くことによって、鯉魚の外見をも目に見るかの感を与える入神の説得力をもって読者に示す。

＊

以上のように「夢応の鯉魚」では、まず湖中を自由に泳ぎ回り、次いで餌にかかって釣り上げられ殺されるまでの鯉魚の姿が描かれている。くり返すが、この各段階での鯉魚の姿と事の本質が、まさにさもあろうと思われるほどの迫真の筆致で書かれることが可能となったのは、これが主人公興義が仮死状態のうちに夢で化した鯉魚であり、僧たる意識もまだ残っているという形式のためである。この設定のもと、秋成はひたすらこの鯉魚を描くことに力を注いでいる。テクストから読みとれるのはまずその事であり、だからそれがこの作品の意味であると筆者は考える。最低限それ以上に言えることは、秋成は『雨月物語』でのおのれの芸術の秘密を語っているということであろう。仮死して魚服した画僧の体験を語り、その魚の姿を生けるが如くに書いたということは、画僧の鯉魚の図が持っていたという真実を把えた神韻を、その文章がそのまま伝えたこととなり、それは実は『雨月物語』の他の八篇にも通底する真理を語っていると考えられる。[16] いずれの場合も、興義が魚服したように対象の内部に入り込むすべを秋成はこころえていたという事なのであろう。それは必ずしもその対象の主観から一方的に書くというわけではなく、外側から書かれているかに見える場合でもそうなのだ。このような作品がおのずと寓話的な性格を帯びるのは当然であり、そこに読者がそれ以上の様々な寓意を読み込むことは恐らく許されるのであろう。

註

（1）矢野公和『雨月物語私論』「夢応の鯉魚」昭和62年　岩波ブックサービスセンター　92頁。
（2）「夢応の鯉魚」の引用は、『上田秋成全集』第七巻、中村幸彦編集代表　平成2年　中央公論社による。各種複製本を参照した。以下の節においても同様である。
（3）本稿が特に依存することの大きかったのは中村幸彦校注　日本古典文学大系56『上田秋成集』昭和34年　岩波書店、鵜月洋『雨月物語評釈』昭和44年　角川書店（解説は中村博保氏の手による）、高田衛『雨月物語評解』昭和55年　有精堂の三点である。
（4）『雨月物語評釈』301頁
（5）同右
（6）同右
（7）同右　302頁
（8）『雨月物語』論（4）「「夢応の鯉魚」あるいは〈母胎回帰〉の逆理」坂東健雄『詩論』15号　一九九四年五月55〜56頁は次のように言う。「〈魚〉の視点からは《志賀の大湾》もなにもあったものではない。つまりここでもまた一方で志賀の浦を俯瞰する古歌の視点が保たれているものといえよう。」「〈魚〉の視点からは比良山の《影》などは見えるはずもない。湖上からの俯瞰である。この視点が、つづく《深き水底に潜く》という〈鯉魚〉と化した興義の所作の表出によって湖中へと急転換され、さらに漁火にさそわれる〈魚〉の本能のままふたたび湖面に浮上することになる。」「《八十の湊の八十隈もなくて》の叙述はあきらかに湖上の広範囲を見渡す位置からなされたものである。」「《波にうつろふ朱の垣》云々も、『松葉集』所収歌《めにたてて誰か見ざらん竹生島波にうつろふあけの玉垣》等の古歌に依っているとするならば、湖面に映る《玉垣》を湖上から眺めやった叙述であるはずだろう。その情景を湖中から見上げた〈魚〉の視点へと急転換させるのが《おどろかるれ》の措辞である。」等と指摘し、「激賞されてきたこの叙述の美的効果の正体は、いま見たような〈人〉から〈魚〉あるいは〈魚〉から〈人〉への、めまぐるしく繰り返される視点の急転換にある」と言っている。これは重要な指摘である。この湖中遊泳のくだりのうちにはまさに鯉魚の視点から見た光景が幾度か織り込まれてはいるが、一貫してすべてが鯉魚に化した興義の目から見た光景でないことは事実だからだ。しかしだからといって、互いに急転換し得るような、〈魚〉の視点と同じ次元での〈人〉の視点がここにあるとは言えまい。背後に古歌を秘めた語句も、湖上を鳥瞰するかのような叙述でさえも、これは〈視点〉などというものではない。景物の叙述の形を借りて、鯉魚に化した興義の開放された心の躍動と沈静を映し出し読者に共感させる、その動きの振幅の大きさと多彩さが野生の鯉魚の遊泳を目の当たりにし、また実感するかの如き不可思議な力を生み出しているということなのだ。

（9）『醒世恒言』「薛録事魚服証仙」にあり「魚服記」にない語句が取られているからといって、「夢応の鯉魚」は「薛録事魚服証仙」にも拠っているとか、これが存在しなかったら「夢応の鯉魚」はこのような形であり得なかったというのは間違いである。その語句だけが多分なかったというだけである。影響は純粋にその語句だけだ。むしろそれらの語句によって、秋成は無理にも自作を「薛録事魚服証仙」に近づけようとしていると考えるべきである。

（10）「「夢応の鯉魚」の主題」『文芸研究』第六十七集　昭和46年、「「夢応の鯉魚」の構想」『解釈』昭和48年1月号、『雨月物語構想論』第四章「夢応の鯉魚」昭和52年　教育出版センター。

（11）「魚服記」の引用は、嘉靖甲辰年の序のある儼山書院刊『古今説海』東北大学図書館蔵による。「薛偉」は、中華民国六十七年文史哲出版社刊『太平廣記』を参照。これを参考して引用に句点を付した。「薛録事魚服証仙」は『醒世恒言』昭和60年ゆまに書房刊の複製本によった。羅山の「魚服」は『怪談全書』日本名著全集第十巻『怪談名作集』昭和2年同刊行会刊を見た。

（12）（4）と同じ鵜月洋著『雨月物語評釈』の中村博保氏による解説。同書314頁

（13）勝倉壽一氏は、興義が釣りの餌を呑んでしまう部分を「魚服記」と比較して、次のように言っている。『解釈』昭和48年1月号「「夢応の鯉魚」の構想」47頁「……典拠「魚服記」と比較すると、薛偉は、自分はいま仮に魚に化しているが、本来は人間なのであるから、飢えたからといって釣の餌をたべることはできないと一度は欲望の起

る心を自戒するが、飢えが耐えがたくなると、海神の戒めを破ろうとする自分の心を正当化してしまうのに対し、興義は、仏弟子として煩悩の起ることを強く自戒するが、耐えがたい飢えに迫られると、魚としての欲望に負けてしまうことに違いが見られる。」とし、「夢応の鯉魚」は興義が「自由な生活を象徴すると考えられていた魚の生活の内部にある本能と、それを自制する心との戦いを身をもって知るとともに、死の危機に直面してはじめて僧侶として世俗的な煩悩を超越したはずの自らの心の奥にひそむ弱さを自覚する、という主題のもとに構想されている。」としている。的確な評価で付け加えるべきものは少ない。ただ興義が僧侶である点を強調したのはまことにその通りだが、延長というはるか昔の三井寺の高僧という設定になってはいるものの、私見によれば、興義にはそれほど高い宗教心は感じられない。決して破戒僧というわけではないが、江戸中期頃の村の寺の住職といった趣が感じられる。

(14) 『上田秋成研究序説』 高田衛著　昭和四十三年　寧楽書房　205頁

(15) 日本古典文学大系56『上田秋成集』 中村幸彦校注　昭和三十四年岩波書店　解説　13頁

(16) 矢野公和氏は『雨月物語私論』108頁で「この説話《ものがたり》に於いて、自己解放の夢が絵画という芸術の問題とからめて取り上げられている以上、恐らくそれは秋成自身にとっての文学の問題と密接にかかわっているはずである。」と拙論の出発点と似た立場に立ちながら、「一心不乱にただ魚の絵ばかりを描き続け、疲れはてて眠気を催すや夢の中で迄魚に変身して遊泳するような、一種偏執狂的な人物は、断じて軽妙でも洒脱でもあり得ない。むしろ、こういう冗談に韜晦しなければならない程に、彼の心は二重三重に鬱屈していたと見るべきなのである。」（93頁）「恐らく彼は、寺に在ること、云い換えれば僧侶として存在することそのものによって責め苛まれていたのである」（97頁）と、理解に苦しむ解釈を展開する。いくら立論自体が整然たる論理的秩序を保っていようとも、作品をむりにねじ曲げ、全く書かれていない事柄を読み込むことによってなされているなら、無意味である。植田一夫氏も『雨月物語の研究』昭和63年　桜楓社（94頁）で「解放を希求しなければならなかった興義の内面は暗かった。」と言う。論の構築がいかに美しかろうとも、論理に論理を重ねていくうちにテクストに無い事柄がいずれかの段階で入り込んでいるなら、対象とは無関係である。またこれらの誤ちの原因として、作者たる秋成の生涯の現実を作品の中に無条件に持ち込むということがあるかも知れない。そのため作品に描かれた鯉魚の姿の迫真性に気付くのが充分ではないのだ。重要なのは矢野氏が、興義は「「杳の後」まで長生きしたにもかかわらず、手元には「数枚」の絵しか残っていなかったという。あれ程大事にしていた絵を手当たり次第に人に与え、たまたま数枚だけ残っていたとは考えがたい以上、興義はもう絵を描くのを止めてしまったと考えざるを得ないであろう。」（106頁）としている事である。作品に書かれていることをそのまま受け取れば、「数枚」しか残っていなかったとは、興義が鯉魚の真実を捉えたと自信を持てた絵が数枚だったということに外ならない。それよりもすぐに連想されるのは『雨月物語』も僅か九篇から成るのみという事実である。初期の浮世草子は別にして、この頃までほかにどれだけ鏤骨の習作があったか、それらは存在さえ知られないではないか。

平成七年三月稿

第三章　『雨月物語』「菊花の約」解

上田秋成（享保十九年〔一七三四〕―文化六年〔一八〇九〕）の『雨月物語』（安永五年〔一七七六〕刊）中の一篇「菊花の約」は、中国の短篇小説集『古今小説』（別名『喩世明言』）中の一篇「范巨卿雞黍死生交」（以下「范巨卿」と略す）に依拠して書かれた。「范巨卿」の筋は次のようなものである。

漢の明帝の頃、張劭字《あざな》は元伯という秀才がいた。三十五歳で妻子無く読書にいそしんでいる。老母と弟がいて、弟が農業に励み家政を支えている。科挙の試験を受けるため都にのぼるが、途中ある旅宿で熱病に苦しむ旅の人を見、感染を恐れる宿の者がとめるのも聞かず、親身に看病した。これは四十五歳になる范式字は巨卿という男で、やはり挙に応じて上洛の途中。彼は山陽という所で商業を営み、妻子がある。張の看病で元気を取り戻したが二人とも試験の期日には遅れてしまった。だが二人はたがいに肉親に対するほどの情を覚え、兄弟の誓を立てた。半年ほどそこにぶらぶらしていたが、やがて連れ立って故郷に向かい、別れ道に来て酒屋で別れの盃をかわす。盃に茱萸の実を泛べているのを見て今日が重陽、菊の節句だと気づく。そして来年の今日には、范が張の故郷を訪ねて張の母にも面会しようと固く約束して別れた。張が帰って母に語ると、母は彼が科挙に応じられなかったことを惜しまず、良き友を得たことを喜んでくれた。一年は矢のように過ぎて再び重陽の日となった。張は朝早く起きて范をもてなすべく仕度を整えて待つ。終日待ったが来ない。夜に入って母を先に休ませてなおも待つ。月も沈んだ頃やって来た。歓喜して迎え酒肴を勧めると眉を蹙めて拒む。そして、自分はこの世の人ではない、陰魂である。君と別れて妻子の許に帰ってから、生活に追われ日常の瑣事に煩わされてまたたく間に一年が過ぎ、今朝よそから茱萸酒を送られたのを見て今日が約束の日だったと気づいた。君の家までは千里の距離がある。とうてい一日で着けるものではない。約束を違えたら君は自分のことをどう思うだろう。だがどうしようもない。ふと、魂は一日に千里を行くことができるという話を思い出し、妻に張が来るまでわが屍を葬らないでくれと言い残し、自ら首をはねて死に、魂となって来たのだ。願わくは弟よ、愚兄を憐み過ちを許して、わが屍に逢いに来てくれ。そう言い終って涙を流し立ち去ってしまう。張は声を放って泣いたので母と弟の目を覚まさせた。お前は夢を見ていたのだろうという彼らを説得し、兄の范は信義を全うするために死んだ、私も今からすぐ出掛けて、それに酬いなければならぬと言い、慟哭しつつ母に別れを告げ弟に後事を託して出発した。何日かかかって范の家に着いたが、門が鎖されているので近所の人に聞くと、今日、范の亡骸を郊外に埋葬するため葬列が今、家を出たところだと言う。張は駆けつけて柩の埋められる寸前にやっと間に合った。柩の前に香燭紙帛を捧げ、泣きながら祭文を読み、棺の蓋を開け范の亡骸と対面して慟哭し、范の妻に私を范の側に葬ってくれと言い残し、自ら首をはねて死んだ。このことは明帝の御耳にも達し、二人には位が贈られ、墓前には廟が建てられて信義之祠と名づけられ、范の遺児は進士に取りたてられた。今なおその古跡は残っている。このことを歌った詩も古来数多い。

以上の紹介でも筋の酷似は明らかであろう。だが両作品を読み比べるときそれ以上に目立つのは、いくつかの場面が殆ど翻訳と言えるほど原文そのままに近いこと、さらに頭注にもその幾分を示したように、そういう場面以外でも原文の無数の語句が採られ利用されていることである。これは利用と言えるかどうかも問題で、何ゆえ秋成がなまの語句さえ残したかは検討を要する事柄と思われるが、ともかく彼がこの「范巨卿」なる作品に強い感銘を受け、よほど愛読していたためと一応は考えられよう。

だが秋成はこれを翻案するにあきたらず、翻案のごとき外見のもとに全く独自の作品を作り上げた。師の都賀庭鐘が念頭にあったろう。誰が読んでもすぐ何か中国種の翻案とわかる、あの『英草紙』の中のいくつかの物語、その轍を踏むまいとしたに違いない。このことは作品の基本的な要素のいくつかを大幅に変えてしまうことによって成功した。

まず主人公二人の基本的な設定がすっかり変えられている。秋成は中国小説を利用して日本の武士の物語を創作した。「范巨卿」で張は范を看病するために平気で出世の機会を失したが、これは義をもって重しとしたからで、義を強調するための設定と言える。丈部左門はもっと出世に背を向けた、俗塵に染まらぬ高潔の士として強調されている。赤穴宗右衛門と范とを比べればその差はさらに大きい。赤穴はもとより身分の高い侍で、その才幹により諸侯から望まれる身でありながら、彼らの器《うつわ》にあきたらず、あるいは利害によって動く当代の風潮をきびしく却け、左門との友情の方をより貴いものとし、左門母子のもとに帰って貧しく暮らさんことをえらぶ。范のごとく、生活に追われ世事にまぎれて友との約束を忘れるような人物とは全然別物である。死んで亡魂となって友のもとへ行く理由があのように変えられたのは当然である。要するに赤穴と丈部は二人共、孤高の存在、稀に見る精神貴族に属する。しかも二人ともそのことをはっきり自覚している。そうした二人の出逢いは奇蹟であり、その友情はそれだけ貴重で高貴な性質の友情である。そしてその高貴さが作品そのものの基調を成すことになった。

そもそも「范巨卿」は、主人公の一人が自殺して亡魂となり陰風に乗って来るという非常手段で、忘却していた再会の約束を果たしたということと、もう一人が遠い道のりを駆けつけて、友の亡骸の前で自殺し、共に葬られることによってその信に酬《むく》いたということ、この事件自体の珍しさ面白さが眼目で、いわば信義なるものを教訓的な主題とした奇談というべきであった。

ところが「菊花の約」では、まず事件に先立つ主人公二人の友情の篤さが描かれる。これは「范巨卿」ではごくおざなりにしか説明されていなかった。最初の出逢いの状況は、それを描く語句までもが「范巨卿」と酷似しているのだが、左門が部屋に入って行った時の赤穴の様子に「范巨卿」には無い「人なつかしげに左門を見て」の語がつけ加えられている。この一語は千鈞の重みを持ちきわめて印象深い。一室に打ち棄てられ、何日ものあいだ覗いてくれる者もいなかった、瀕死の病人の頼りなさを示すばかりでなく、赤穴がひと目で左門の人柄についても何か感じ取るところがあったであろうことを暗示する力も持ち、友情が発生する伏線をなす。また、病人が恢復してからの二人の友情の濃やかさは「范巨卿」では殆んど全く書かれていなかったのが、「菊花の約」では言葉を尽くして語られる。とくに、「かつ感《めで》。かつよろこびて。終《つひ》に兄弟の盟《ちかひ》をなす」、「左門歓《よろこ》びに堪《たへ》ず」、「よろこびうれしみつゝ。又日来《ひごろ》をとゞまりける」とこの「よろこび」のくり返しは感動的である。単語自体が、その憚るところない手放しのくり返しのために、ここでは単なる記号であることをやめ、殆んど生命に息づきふるえているかに感じられ、稀なる友を得た主人公二人の歓喜を、「老母よろこび迎《むか》へて」と左門の母の歓びを含めて、じかに読者に伝える。

「范巨卿」の作者が、おそらく信義ということ自体を重んずるあまりであろうが、いかに主人公二人の友情を無視しているかは、「菊花の約」と比較するとき随所に感じられる。例えば、約束の日に、范が到着してから饗応の仕度をしても遅くはあるまいと老母が言うのに、張は「范は信士だから必ずやって来る。約束を破る筈がない」と言った後、「范が入ってきたとき御馳走が並んでいるのを見れば、私が長く待ったことがわかるだろう。来てから仕度に取りかかったら、私が待ちくたびれていたことがわかるまい」という。日本と中国の物の考え方の違いもあるかもしれないが、ともかくこんな理由づけは友情とは矛盾する。作者の不用意というべきだろう。

友情の強調によって秋成は、物語に対する読者の共感をとらえることに成功した。それは主人公二人のその後の行動に必然性を与え、信義を全うするという主題をより人間的な行為に変えた。つまり、この読者の共感があるために、例えば赤穴の最後にしても、それがこの上もない痛恨事として読者に実感されることになったわけである。「范巨卿」の持つ抜き難い説教臭、空疎な美談の調子が「菊花の約」に痕跡をとどめていないのもこのことが原因である。

だが、物語に必然性を与えている力の説明は以上の指摘だけでは足りない。主人公たちの社会的地位はかなり異なっている。にもかかわらず友情が成立し得たということを、秋成は二人があのような高貴な魂の持ち主であったからとするにとどまらず、身分の高い方の赤穴が病気で見捨てられた状態にあったという、出逢いの瞬間の外的条件を「范巨卿」から借りて設定することで可能とした。赤穴が病気で悲惨な境遇にあるという偶然がなかったなら、友情が成立したかどうかは疑問だということを、秋成の厳しい現実認識は充分心得ていた。

作品の初めの方で赤穴が登場するくだりの叙述に、そのような秋成の細心の用意が表われているように思える。まず何某《なにがし》のあるじの言葉でなにげなく「士《し》家《か》の風《ふう》ありて卑《いや》しからねと見しまゝ」と前もって紹介されたあと、しばらくたっていよいよ左門が実際にその病人を見るのだが、「其人を見るに。あるじがかたりしに違《たが》はで。倫《なみ》の人にはあらじを」とあるじの言が確認される。あるじの説明では、病人の様子についてほかのことはなにも言われていないことと、左門の目に直接映じた病人の姿についても、まず第一にあるじの言の確認が来ること、これは作者が意図的に赤穴の貴族的風貌を強調していることを示すと言えるだろう。そしてこの強調が、その少しあとに来る、あの「人なつかしげに左門を見て」の一句を強度に印象的で感銘深いものにしている。「倫《なみ》の人にはあらじ」は友情の成立という点ではむしろ否定的な方向の意味を持つから、「人なつかしげに」がそれと著しく対照されて一層際《きわ》立ち、友情の成立を予感させるものにさえなり得ているわけである。そしてこの両者の間に矛盾が全然感じられないこと、「人なつかしげに」の語が無理なくここに書かれることが出来たこと、これは赤穴が悲惨な境遇にあるという事情のためであり、それゆえ秋成は二つの句の間に、「病深きと見えて。面《おもて》は黄《き》に。肌黒《はだへくろ》く瘦《やせ》。古き衾《ふすま》のうへに悶《もた》へ臥《ふ》す」と、頭注に示したように「范巨卿」の語句を利用してはいるが、簡潔ながら赤穴の病状のよほどのひどさを明瞭に描き出す言葉を入れているわけである。

老母を含めて三人の人物がよく描かれていることも「范巨卿」との大きな違いで、これまた物語の世界に読者の人間的な関心を強くひきつけるもととなっている。左門の母は賢母とされているが、登場する僅かばかりの場面で、その姿はむしろありふれた老母の典型として生き生きと描かれている。「范巨卿」ではそのようなことは全然ない。老母のせりふは両方の作品に似ているものが随分多いから、これは不思議なくらいである。二人の主人公を見ると、彼らが共に高潔なる精神貴族に属するという前に述べた点のほか、たがいに相手と異なる個性を持ち、その個性が読者の脳裡に明瞭なくっきりした二つの像を残すということも、「范巨卿」と比べたときの大きな違いである。ところで赤穴と左門はその描かれ方が異なっている。赤穴の具体的な性格は左門に比べて、事実をもって活写されることが少ない。彼は佐々木氏綱や尼子経久を拒否するきびしさと左門の友たるやさしさをあわせ持つ。それ以上のことは、彼の過去、彼が置かれている立場、その凄愴な最後など必ずしも彼の意志にかかわりなく彼の身に起こる事件自体が、その悲劇的なきびしい性格を読者の実感のうちで彼に付与している、といった描き方をされている。彼の高雅な、だが陰翳に富んだ姿は、このようにして読者の印象に鮮やかに残る。丈部左門はまことに生き生きと描かれている。いわば赤穴の陰に対してこれは陽であり、陰陽あるいは光と影のように、二人の個性は作品中で調和を保ち、それが作品に奥行きを与えている。赤穴が左門のように力をこめて描き尽くされるようなことがあったら、二つの個性のぶつかり合いは短篇小説の枠を越え、作品を破綻させてしまったであろう。赤穴に出逢う前の左門は孤独ではあるが、それが世を拗《す》ねた人間嫌い故と読者が決して誤解しないように、秋成は配慮を怠っていない。彼の孤独は真の友を求める高い精神の孤独であり、世間並みの意味では彼は非社交的ですらない。彼が佐用氏に敬愛されているという説明、赤穴に逢った当日も何某のもとで話に興じていたという設定、これらは秋成のそうした意図を示す。さらに冒頭の部分からいくつかの例を見ると、「口腹《こうふく》の為に人を累《わずらは》さんや」といったさっぱりした語調、「左門笑ていふ」のようなちょっとした描写、「これらは愚俗《ぐぞく》のことばにて吾儕《ともがら》はとらず」という誇らしげな気位の高さ、それにこんな言葉を平気で言い放ちながら相手を傷つけるわけでもなさそうなことなど、すべて彼が昂然としておのれを高く持しながら、明朗闊達で飾り気なく、人から敬愛される性格たることを如実に示す。物語の進行もこのような冒頭に描かれた左門の性格の好ましさを裏切らない。病人を親身に看病するこまやかな心情、喜びと悲しみを素直に表出する自然さ、西国へ下向しようとする赤穴に向かって言う言葉の無邪気さ、など。そしてこのような左門の高潔さ、爽やかさが、やがて作品そのものの性格となり得た。それはどのようにして可能であったか。

結末が「范巨卿」とすっかり違ってしまったのは、赤穴の悲劇の原因があのように設定されたことから当然といえるが、それよりも左門のこうした性格の必然の帰結として結末の行為が置かれていることに注目すべきである。左門の性格には虚飾やかげが無く、全篇にわたってその描写は何か隠されたものを暗示するようなことがない。心中期するところがあったに違いない出雲への途上の姿さえ、「飢《うえ》て食《しょく》を思はず。寒きに衣をわすれて。まどろめば夢にも哭《なき》あかしつゝ」と、「范巨卿」の語句をそのまま利用した描写には、逡巡あるいは気負いの影は全然感じられず自然さそのものである。丹治を一刀両断斬り捨てるという、結末の、まさに「抜打」の言葉が出てくる最後の最後まで、全然伏線によって暗示されることがなかった、それゆえ読者にとって全く思いがけないこの行為は、読者に驚きを与えると同時に、それまで書かれてきた左門の姿のこのような自然さのために、これはきわめて当然のことなのだと読者に納得させる。これはそのままで充足し、自己完結した行為である。それゆえいかにも左門にふさわしい行為であり、左門の性格とこの行為の間には一分のずれもなく両者は完全に一致する。こうした行為は特にその思いがけなさによって、それに接する者――すなわちここでは読者――に、その行為者への畏敬の念と讃嘆とを喚び起こす。作者の秋成自身、近代的な自意識などがまといつくことのないこういう行為には憬れを感じていたに違いないのだ。

この行為は、赤穴の精神の高貴さゆえの悲劇が書かれることによって、作品が必然的に帯びることになった沈痛な鬱屈した雰囲気を一挙に吹き払う。これは悪役が退治されて読者が痛快を感じるなどということとは全然別のことであり、あくまで左門の行為のこのような爽やかさ、そして読者の驚きと讃嘆がもたらした効果である。

さらにこのくだりの構成と文体も、ひたすらこの効果を高めるべく工夫されている。丹治に対面した左門の言葉は、作品中で人物のせりふとしては最も長く、数行にわたっている。もちろんこれは、作品のバランスを破壊するどころか、構成上必要な長さなのだ。商鞅と公叔座の故事も、その意味内容よりもむしろその語られる長さが、最後のクライマックスをより高めるために必要とされた。はじめ長々とそれが語られ、「左門座をすゝみて」の中断をきっかけとして次第に非難の調子が加わり、語調が高まって相手を問いつめ、やがて急激に盛り上って、「さるから兄長《このかみ》何故此国に足をとゞむべき」、「吾今信義を重《おも》んじて態《わざ》〳〵ここに来る」、「汝は又不義のために汚名をのこせ」と順次音数の少なくなる句でたたみかけるように迫って殺気をみなぎらせ、一挙に頂点へと突入する。その頂点としての「いひもをはらず抜打《ぬきうち》に斬《きり》つくれば。一刀《かたな》にてそこに倒《たを》る」だから、これが悲劇そのものをも一刀両断して、作品を一挙に完結させる力を持ち得た。

秋成はこのクライマックスのあとで、例えば左門が母に再会するといった、その後のいきさつなどはいさぎよく切り捨てることにより、また「咨軽薄《あ、けいはく》の人と交はりは結《むす》ぶべからずとなん」と冒頭を想起することによって、より明確に作品を完結させた。ここで、左門の性格とその純粋な行為、クライマックスにおける悲劇の解決、それを描く文体など、すべてが与える爽快感は、作品自体のものとなった。形式と内容の完全な一致である。

今までふれなかった、この作品のもうひとつの重要な要素についても同じことがいえる。それは作品中にいくつか挿入された、自然の美を写す短い文章である。「きのふけふ咲ぬると見し尾上《をのへ》の花も散はてゝ。涼しき風による浪に。とはでもしるき夏の初《はじめ》になりぬ」、「あら玉の月日はやく経《へ》ゆきて。下枝《したえ》の茱萸《ぐみ》色づき。垣根の野ら菊艶《にほ》ひやかに。九月《ながづき》にもなりぬ」、「菊の色こきはけふのみかは。帰りくる信《まこと》だにあらば、空《そら》は時雨にうつりゆくとも何をか怨《うらむ》べき」これらは直接の自然描写ではなく、物語の背景としての季節が音もなくゆっくりと移ってゆく、その大きさと静けさをそのまま伝えて、われわれを深い感慨にさそうが、その感慨とその美ゆえに、これらは主人公二人の友情の高貴さを象徴するものとなり得ている。同様に個個の自然物でも、菊の花はこの作品で重要な役割を果たし、その清冽な香気が彼らの友情の香り高さと入りまじり、作品自体の香りにまでなっている。「菊花の約」とはまことに適切な題であった。「范巨卿」では、菊の字が出てくるのは一度だけ、張が范をむかえる仕度をしている場面で、「遍挿菊花於瓶中」とあるだけで「黄菊しら菊二枝三枝小瓶《こがめ》に挿《さし》」の簡素ながらいかにも匂いやかな表現に遠く及ばない。そして菊花の約ではなく「雞黍之約」つまり御馳走する約束を示す語が、題名をはじめとして何回も使われる。

古語・漢語の入り混じった秋成独自の文章についても、これがこの作品の内容にふさわしいものであることが指摘出来ようが、それはむしろ彼の他の作品と比較するとき明らかになるから、ここではふれないこととする。

以上を要するに、「菊花の約」における秋成の独創性は、第一に「范巨卿」の原話をはるかに人間的で現実性の強いものに引き上げ、物語に必然性を与えたこと、第二に、主人公二人の友情、左門の性格、物語の筋、作品構成、自然美の点景などすべてが一致し、また一致することで互いに他を強め、作品の統一性をこの上なく強固にしたこと、つまり高貴な題材には、あらゆる点でそれにふさわしい高貴な作品をもってしたということ、の二点である。

第四章　書評 佐藤春夫著『上田秋成』

この本（桃源社、昭和三十九年 二七七頁）は故佐藤春夫氏が生涯に亙って幾たびか接近し傾倒してはまた離れていったらしい上田秋成の人と作品について、様々な折に様々な形で発表した諸稿を取り纏め著者自身の指示による配列で刊行された。

各篇とも固定された手法に従うアカデミックな堅苦しさは全く無く、自由な精神が感じ考え理解したものを卒直に語っている。著者の、詩魂と鋭敏なモラリストの感覚に加うるに、そのタブーを知らず憚るところない奔放な態度があったればこそ、時を隔てた古人秋成の人や作品の真の生命に端的に触れることができたのであろう。伝記一篇、人と作品について語ったもの六篇、口語訳七篇、大別すればこうなるが、書かれた年代がまちまちな上著者の態度もそれぞれに異っていて、作品の評価などは思いがけなく変化し、また漸次読みが深くなったりしている。これこそ本書の特徴であって、私は秋成と著者佐藤春夫双方について今まで知らなかった面からの理解や理解への手がかりを得ることが出来、また後代の詩人の先人との出逢いという事に関して様々な夢想をうながされたものであった。

巻頭の伝記は別に新しい史実の発見があるわけでなく、著者も断っているように既知の史実を簡略にまとめた略伝であるが、秋成の国学者としての発展とか業績についても殆ど触れず、著者の関心が主として向けられているのは、不幸な出生の秘密、養母と継母に対する秋成の温かな感情と、それと対照的な実母への態度、彼の手に畸形を生ぜしめた幼時の大患、妻たま女の性格、老境に入って睦ましさを増す夫婦の情愛、妻の死に遭った秋成の悲歎、以後十数年の晩年の孤独と惨苦、隣家の幼童への秋成夫婦の愛情といったもので、要するに秋成の生涯の欣戚を淡々たる筆致ながら同情こめて綴るのである。著者は「秋成は一代のひねくれおやぢであったかもしれないが、それでも放蕩無頼のすれっからしや、へんくつな意地悪だけではなかった筈である。さういふ心情では何時どんな時代のどんな種類の文芸だって立派なものの出来る筈のものではないから、外見はともあれ、一片の氷心の玉壺に在るものがあったに相違ない。」との信念に基いてその一片の氷心をひたすら求めているわけである。私は「胆大小心録」などを読んで得た現実の秋成の姿らしい愛すべき意地悪じじいのイメージが、「雨月」「春雨」の格調高い諸篇から想像した作者の姿といささか違っている事に不安を覚えていたのであるが、佐藤春夫のこの信念だけでは作家と作品がくっつきすぎていて、芸術家の創造の秘密ということを充分説き得ていないような、何やら物足りない気持もするのである。だがこの点については堀大司先生の名著「秋成とメリメ」が充分答えてくれる。そしてまさに佐藤春夫氏こそ、詩心を潜めた人柄そのものから何の屈折もなく直接に作品を生み出した人だったと思えば、一種床しさを禁じ得ない。

この略伝は昭和十三年発表だが、最も古いものは大正十三年の「あさましや漫筆」である。これには更にそれより五年ほど前著者が芥川龍之介、谷崎潤一郎と三人で「雨月」「春雨」の諸作品を気軽に論じあった思い出を述べている。谷崎がいかにも谷崎らしく「蛇性の婬」を「雨月」第一の傑作と賞め、芥川も同意したのを著者は強く反対している。「蛇性の婬」と「吉備津の釜」が最も嫌いだ。「蛇性の婬」は力作であることは認めながらも「あの作は持ってまはってゐる。一本調子なくせにくどい。それにいやらしい。」と。谷崎はそのくどくていやらしい所こそ好いのだと云い、芥川は、小説なるものは本来くどくていやらしいものだ、「それが好きでなけや小説家にはなれないのさ」と云う。この三人の発言は、各人の文学の特質や気質の相違を考え合わせると、はなはだ興味深いものがある。

著者は「雨月」では「菊花の約」を一等とし、「春雨」では三人共一致して「血かたびら」を推し、また三人共「樊噲」の未完を惜しんでいる。これ等については後述するとして、一体佐藤春夫が「蛇性の婬」をくどくていやらしいというのは、より詳しくはどういうことなのか。

「あさましや漫筆」から十余年後の「上田秋成を語る」(昭和九年)では、「蛇性の婬」をある程度認めるようになったことを告白している。だがまだ「どこまでも一脈の通俗味を脱し得ぬのを僕は喜ばないのである。」認めるようになった契機は、これを再話する必要上精読したためだそうである。さいわい当の再話もこの著に収められている。

これは「上田秋成を語る」とほぼ同時に発表されたものであるが、原文と対照してみると大部分は忠実な口語訳なのに、二箇所ばかりかなり短縮した処がある、紙数の制限があったためでもなかろう。真女児の家の荒涼たる有様など原文以上に言を費した箇所もある。やはり原文のくどさいやらしさを取り除こうと努めた結果に違いない。ひとつは出逢いの翌日豊雄が真女児の家を訪ねるくだり。原文では、豊雄が玄関で帰ろうとするのをかむろと二人して無理にとどめて奥へ上げ様々にもてなす。豊雄が夢心地になっていると、真女児は夫に死に別れた寄辺ない身の上を語り今後一生おつかえしたいと、雅びな媚を含むうちにもかなり積極的な求愛に出る。父と兄に厄介になっている身を省みてはかばかしい返事もできないでいると、女は心細がって、今の言葉は酔った上でのまがごととして無かったことにしてくれと云うのを、豊雄は恋心を打ち明け、すると女は喜んで亡夫の形見といって立派な刀をくれる。泊っていってとしきりにとめるのを、親に叱られるから、明晩には何か口実をつくってきっとと云って帰る。佐藤春夫のは「途中で行き遇うたのが例の小ざっぱりとした小女。それが先に立って直ぐ近くにあった家へ案内して行く。家の構から女あるじのもてなしぶりやらも何もかもみな夢のとほりなのに、現が夢よりも反ってなほたよりないやうなうれしくおぼつかない気持であった。」経験を積んだ女とうぶな男の対照が生き生きと描かれた艶なる語らいをくどいと感じたのでもあろうか。それよりも重要なモチーフである刀の贈り物の一件は、真女児が正体を男に知られる結果になるのに思い及ばなかったのかと、読者には畜生の浅智慧と解され、しかし同時にそれは、想う男も自分を恋してくれているのだと知った時の嬉しさの余りの女心として美しく描かれてもいる。女と蛇とがここでは殆ど密着しているのである。読者には真女児の正体は屈折を経て次第に明らかにされ、最後に三尺ばかりの白蛇たる裸身を露呈するが、それまでの現われはどこまでも現実の美女なのである。読者を引っ張っていくこの手のこんだ手法は確かにくどいが、どうやらそれよりも蛇＝美女という主題そのものが佐藤氏の気に入らなかったのではないか。

もっとはっきりしているのは、吉野へ花見に行った箇所。「あさましや漫筆」では「くどい。持ってまわってゐる。吉野へまで引っぱりまはさなくてもよかろう。」との言が記されている。このくだりは半信半疑だった読者にも真女児が始めて妖怪たる本性を暴かれる大切な部分であるが、それを「真女児が吉野へ行きたがらなかった次第は後に思ひ当る節がある」と書き出し、春霞に烟る吉野の美しさも省略し、真女児が滝に踊り込むさまも、とたんに今までののどかで華やかな春景色が一転して嵐になる様も、原文の描写を簡単な説明に変えてしまった。しかも「滝が逆に天に向って湧き上ったその間に大小二匹の蛇の姿ははっきりと見えた。」など、秋成が結末でやっと見せてくれて効果をあげているなま身の蛇の姿を、何故かここで読者の視覚に印象づけてしまっている。

無神論者ながら妖怪を信じていたらしい秋成とは違い、われわれには真女児の立ち居振舞、含羞の美、愚かしさ、しほらしさ、残忍などすべてあまりになまなまと美女の現実味をもって描かれているために、美女は蛇の偽りの姿であることを忘れがちである。楽しい花見の宴の途中突如あわてふためいてあられもなく滝壺にとび込むのは、我々にとっては蛇ではなくて美女なのだ。ここに不気味さと云おうか一種の異和感、残酷なエロチシズムが生じる。鏡花の妖怪に感じるものとは逆である。佐藤氏が執拗にいやらしいと云い張るのはこのことではないだろうか。だから、女でなくて蛇なのだと強調するのであろう。「吉野へまで引っぱりまはさなくてもよかろう」というのは秋成の女主人公に対する残酷を非難しているのである。真女児の断末魔の絶叫「あな苦し、你何とてかく情なきぞ、しばしこゝ放《ゆる》せよかし」を、それまで通りの雅び言葉で「ああ苦しい。どうしようというのです。少しの間お手をおゆるめ下さいもう息の根がとまります」としているのも同じ意味で、フエミニスト佐藤春夫が女主人公を屈辱から救っているのである、ともかく佐藤訳「蛇性の婬」は原作のくどさいやらしさ共に稀薄になっていることは確かである。

「あさましや漫筆」では、谷崎が「菊花の約」についてその読者を引っぱって行く手法の巧みさを云い、佐藤春夫はそれにつけ加えて、「交りは軽薄の人と結ぶことなかれ」の結句が起句と照応し、結末から冒頭にと気分が循環してくる点を指摘している。ところで大正十三年のこの文では、秋成が自分の愛読書だったのは十年以上も前のことで、今では「菊花の約」の冒頭さえ思い出すのにおぼつかないと云いながら、昭和二十一年の「『菊花の約』を読む」では、はじめて「雨月」を手にした十八九の頃から、この作が好きで二三十度は繰り返して読んだろう、冒頭は暗誦するまでになっている事が記されている。著者がいかに秋成に接しては離れつつも、また接近し年久しきに到ったかがわかる。そしてこの「『菊花の約』を読む」はまさに、かく愛読をくり返したあげく、遂にこの作品の真に傑作たるゆえんを具体的に解き明すに到り、それを報告したものなのである。

現代語訳を試みたとき、「咨軽薄の人と交はりは結ぶべからずとなん」の最後の「なん」がどうしても現代文に訳せない。文脈が絶えたような絶えないような余韻の嫋嫋が伝え難いため、この余韻が原文にあってどれ位重要なものであろうかと考えているうちに、起句と結句との間に隠されていた無限の謎にはたと思い当ったと、優れた詩人が優れた作品の秘密を発見した機微が示され、続いてその発見が語られる。起句の「青々《せいせい》たる柳、家園《みその》に種《うゆ》ることなかれ」こそ「菊花の約」を解くべき鍵であって、支那原典の直訳などとは片付けられない。原典のこの一句から思いついて、秋成はこの清冽なる友情の物語に配するに我国土の自然美とその四季とを以てしたのである。簡略な省筆を重んじた間に、季節をいう言葉と季節を写す文字を他との調和を破らぬ程度に多く記入している。「園の柳、咲きて散る尾上の花、涼しき風による浪などのうちに垣根の野菊、秋晴、時雨などの簡潔な表現の間には、『夏の初めになりぬ』『あら玉の月日はやく経ゆきて』『九月《ながづき》にもなりぬ』など月日の経過を直叙する言葉をさえ加へてゐる」と著者は云う。冬は示されていないが秋成は浪華の人でもあり、赤穴の身の上話の裏にかくされていると云えるし、主力は春と秋に置かれ、特に秋は「月光や天の川、秋晴の空から小春日和ののどかな旅人の群やほんの言葉だけにしろ時雨まで取り入れて道具立が揃ってゐるのは作者がこの季節を好んでゐたからではなからうか」とまで著者は大膽な考えを進め、この物語が「青々たる柳」にはじまって、一年の季節をみな表現乃至暗示し、それ故にこそ四季の運行の繰り返すのをさながらに、結句からもう一度書き出しのところに還って行く文勢を持つのだと説明している。

著者はここに留らず更に考えを押し進めて、この四季の絵巻という性格が、この物語全体のうちでどういう役割を果しているのかを問い、第二の重大な発見を行った。それは表面には現われていない赤穴宗右衞門の心境である。彼が幼くして両親を失ったらしい事は暗示されている、主君は滅び、周囲の者は敵将に仕え、彼にも利を説いて同じ行為を強制する、明日からの渡世の難渋ははっきりしている。という全く孤独、しかも身は幽閉されている、彼に残されたものはみじめな死あるのみ。著者はこう説明してから、「夙に一死は厭はないがせめては武士として大義名分のために死にたい。今はこの大義名分を捜すばかりといふ場合に菊花の約に赴いて信義に殉ずるといふ名目を見つけたが、実は身体谷まった絶望のための窮死以外の何ものでもない。」と云っている。赤穴の凄惨な心境、その絶望の深さは著者の指摘によって初めて気づいた私ではあるが、菊花の約は武士らしい死のためのやっと見つけた名目というよりも、こういう絶望のうちにあったからこそ、宗右衛門にとって左門の友情の想い出はますます貴いものとなり、その信義に殉じることは自己の死の悲惨さに打ち勝つことのできる唯一の救いであったと、ニュアンスを変えて解釈したく思う。著者は、こうした悲惨事を言外に深く秘し表面は清らかに温雅な装飾を施すのが、近代小説とは違う伝統的な日本の文学の好尚であるとし、更に「それにしても自然と人事とを過不足なく綯ひ交へる事も亦日本の文学の好尚である。友情の話だけでは人事に即し過ぎるから、秋成は、原文の起頭詩から思ひ浮んであの意匠をほどこした。自然現象のなかに人間を入れる事は人間の不幸を緩和するものと思ったのであろう。わけても歳月の運行のなかに人間を投げ込む事がさういふ効果があると思へたのだと考へられる。」とその読みは一層の深みへ達する。

この一文は詩人たる著者にしてはじめて成った、学んで及び得ぬ感のある explication de texte の最高のもののひとつであろう。喜ばしい限りである。「あら玉の月日はやく経《へ》ゆきて。下枝《したえ》の茱萸《ぐみ》色づき。垣根の野ら菊艶《にほ》ひやかに。九月《ながつき》にもなりぬ」例えばこのような句がいかに新鮮な印象を与えてくれたかを、私は佐藤先生の説明を読んではっきりと思い出した。そしてそれが作品の構成要素として重要な役割を持っていることに、私が全く無頓着であったことも痛感させられた。

このexplicationは作品の核心を把握するものであって全般にわたってはいない。ここで私も著者の仕事に触発されて、誰にでも気づく事だろうが作品の構成上重要と思われる一事をつけ加えると、終り近く丈部が抜き打ちの一刀に丹治を斬り捨てるのも、敵役が倒されて痛快だと云えば通俗的に聞こえようが、やはり作品の完成美を高めるのに見逃がせない役割を持つと考えられる。赤穴の悲惨な死によって発した読者の心の屈託は白刃一閃、ここで瞬時に晴らされ、悲惨事がきっぱりと（否定されるのではなく）いわば締めくくられる。これがそれだけの力を持つのは、第一に読者に予期されていなかった事である。丈部はどちらかと云えば文弱な印象をそれまで与えていた上に、出立の際、母には「せめては骨を蔵《をさ》めて信を全うせん」と云い、出雲への道中でも「飢て食を思はず。寒きに衣をわすれて。まどろめば夢にも哭《なき》あかしつゝ」と、内につつみかねて外に現われた殺気など微塵も無い。ここでは丈部の心理は全然書かれていないのである。そして第二に、しかもこの抜き打は決して不自然ではないからである。丈部の性格の高潔さを思えばむしろ当然の帰結という感さえあり、更に丹治の不信を問いつめて次第に語気鋭く迫り云いも終らずの抜打ちだから決して唐突の感を与えない。ここで作品は端正なその姿を整え、単なる沈痛から凛乎たる気を具える。だからこそそのすぐ後で、再び静かに「咨《あ》軽薄の人と交はりは結ぶべからずとなん」と続くことができるのである。

次に口語訳について云うと、前述の省略の多い「蛇性の婬」を別として、古いものほど神経がこまごまと行きとどいているように思われる。例えば昭和十三年の「夢応の鯉魚」「青頭巾」などであり、特に努力の跡も見えずごく自然に現代の言葉に置き換えた感があり、原文と照らし合わせても特に気になる点もなく、全体の印象はよく原文の風格を伝えていると感じられる。それが年とともに次第に無雑作になるようである。「菊花の約」（昭和二十年）では「老母あり、孟氏《もうし》の操《みさほ》にゆづらず」を「この人の母親といふのが孟子のお母さんそこのけの賢母で」などと、くだけた云い方もちょいちょい見え、「樊噲」に至ると相当に大雑把である。佐藤春夫には、小手先の技巧など無視して、感興の赴くままに訳して行けば原文の優れた点は自ずと訳にも現われるものだという信念のようなものさえ感じられるのだ。小説の場合も同じなのであろう。彼の小説にしばしば湧き出る香わしい詩も決してねらって出来たものではなくむしろ徹底して無意識、無技巧であるからこそ、作者の陶酔がそのままこちらに伝わるのであろう。「目一つの神」を口語訳した「邪神」は趣を異にする。深夜の山中に酒くみ交して放談する怪異な隻眼の神に秋成は己を擬して、同時代の歌人に対する痛快な批判を放つが、あろう事か佐藤春夫は秋成を押しのけて自分が目一つの神になり代ってしまい、同時代の、というのは戦後日本の文化人やら文壇やらを思いきりやっつけてとどまる所を知らず秋成の原文に数倍する長談議を展開している。最晩年の諷刺詩「現代日本を歌ふ」まで一貫している精神である。

この「目一つの神」は昭和九年の「上田秋成を語る」では、「雨月」「春雨」のうち、「菊花の約」さえしのいで最高作と讃え、もし「樊噲」が完成していたとしてもその神韻は終に「目一つの神」に及ぶべくもあるまいと断じ、かつてその価値に全然気がつかなかったのを恥じている。そして「ますらを物語」をその「目一つの神」以上と絶讃している。

「樊噲」が全貌を明らかにしたのは戦後のことであるという。そして主人公の豪邁高潔な性格、作品の語る徹底的に人間中心の倫理観宗教観こそ、佐藤春夫の心を強く把えるべきものに違いない。全篇を読み得た時の彼の喜びは想像に難くない。昭和九年には秋成を徹底的な芸術至上主義者と解し、作品に徳義的精神が扱われていても、それは只作品の効果を強める手段に過ぎないと云い、秋成を無思想の作家にしているが、「樊噲」全篇を読んでさえいれば避け得た誤解であろう。昭和三十四年の「知性の作家・上田秋成」は、短文ではあるが個々の作品としてはただ「樊噲」の名だけをあげ、「作家秋成の全部をここに注ぎ盡した傑作」と断じている。著者の作品評価のこのような変遷はそのまま止むことない精神の若さを示すものであろう。

以上は、この書に教えられ考えさせられたことのほんの一部に過ぎない。なおも読み返せば更に一層豊かな収穫があるだろうと思われる。

初出一覧

本書掲載論文の初出は次のとおりである。原題をそのまま章題としたものについては、原題を記さない。『好色五人女』論と『武道伝来記』論は、内容のまとまりごとに、分割、統合した。

第一部　比較文学の視点から読む

第一章　秋成とポー

「秋成とポー」（『講座　比較文学』第三巻〈東京大学出版会　一九七三年八月〉所収）

第二章　西鶴の描いた恋愛—フランス十七世紀文学と対比して—

「西鶴の描いた恋愛—フランス十七世紀文学と対比して—」（『西鶴新展望』〈勉誠社　一九九三年八月〉所収）

第三章　井原西鶴の表現手法

「井原西鶴の表現手法」（『十七世紀日本の比較文化論的研究　研究成果報告書』一九八四年二月）

第四章　論評　堀大司『秋成とメリメ』

「書評　堀大司著『秋成とメリメ』」（『比較文学読本』〈研究社　一九七三年一月〉所収）

第二部　西鶴を読む

第一章　『好色五人女』解

第一節　巻一「姿姫路清十郎物語」論

「『好色五人女』解（上）」（『日本文化研究所研究報告』一五　一九七九年三月）の前半部

第二節　巻二「情を入し樽屋物かたり」論
「『好色五人女』解（上）」（『日本文化研究所研究報告』一五　一九七九年三月）の後半部
第三節　巻三「中段に見る暦屋物語」論
「『好色五人女』解（中）」（『日本文化研究所研究報告』一六　一九八〇年三月）、「『好色五人女』解（下）」（『日本文化研究所研究報告』一九、一九八三年三月）
第二章　西鶴の描いたヒロインたち—『好色五人女』の世界から—
「西鶴の描いたヒロインたち—『好色五人女』の世界から」（『日本古典文芸に見る女性像（東北大学開放講座）』一九九一年三月）
第三章『本朝二十不孝』解
第一節　巻四の一「善悪二つ車」論
「『本朝二十不孝』巻四の一—「善悪の二つ車」について—」（『文芸研究』一三九　一九九五年七月）
第二節　巻四の二「枕に残す筆の先」論
「『本朝二十不孝』巻四の二—「枕に残す筆の先」について—」（『日本文化研究所研究報告』三二　一九九六年三月）
第四章『武道伝来記』論
第一節　巻一の構成
「『武道伝来記』論—巻一の構成」（『東京家政学院筑波女子大学紀要』二　一九九八年三月）
第二節　巻二の構成
「『武道伝来記』論　その二」（『東京家政学院筑波女子大学紀要』三、一九九九年三月）「『武道伝来記』論　その

三」(『東京家政学院筑波女子大学紀要』四　二〇〇〇年三月)

第三節　巻三の構成

「『武道伝来記』論　その四」(『東京家政学院筑波女子大学紀要』五、二〇〇一年三月)「『武道伝来記』論　その五」(『東京家政学院筑波女子大学紀要』六　二〇〇二年三月)

第四節　巻四の構成

「『武道伝来記』論　その六」(『東京家政学院筑波女子大学紀要』七　二〇〇三年三月)

第五章　『日本永代蔵』の二話―没落談に見る西鶴の人間表現の特質―

「『日本永代蔵』の二話―没落談に見る西鶴の人間表現の特質―」(『日本文化研究所研究報告』二〇　一九八四年三月)

第三部　秋成を読む

第一章　『雨月物語』「白峯」論

「『雨月物語』「白峯」論―冒頭部の観察―」(『東北大学文学部研究年報』三六　一九八七年三月)

第二章　『雨月物語』「夢応の鯉魚」論

「『雨月物語』「夢応の鯉魚」について」(『日本文化研究所研究報告』三一　一九九五年三月)

第三章　『雨月物語』「菊花の約」解

「『雨月物語』―「菊花の約」―」(『比較文学読本』〈研究社　一九七三年一月〉所収)

第四章　書評　佐藤春夫著『上田秋成』

「書評　佐藤春夫著『上田秋成』」(『比較文学研究』九　一九六五年三月)

佐々木昭夫先生　業績一覧

Ⅰ　編著

『日本近代文学と西欧―比較文学の諸相』（翰林書房　一九九七年七月）

Ⅱ　論文

「鷗外とメリメ」（『比較文学研究』一〇　一九六六年二月）

「ポーの創作態度―短編小説について―」（『無限』二五　一九六九年三月）

「『雨月物語』―「菊花の約」―」（『比較文学読本』〈研究社　一九七三年一月〉所収）

「秋成とポー」（『講座　比較文学』第三巻〈東京大学出版会　一九七三年八月〉所収）

「ロンサールのソネ“Comme on voit sur la branche……”の印象批評的解明」（『日本文化研究所研究報告』一二　一九七六年一一月）

「『好色五人女』解（上）」（『日本文化研究所研究報告』一五　一九七九年三月）

「『源氏物語』―「わかむらさき」と「さかき」から―」（『文章の解釈』〈東京大学出版会　一九七九年一一月〉所収）

「『好色五人女』解（中）」（『日本文化研究所研究報告』一六　一九八〇年三月）

「『源氏物語』における六條御息所のもののけ」（『神観念の比較文化論的研究』〈講談社　一九八一年二月〉所収）

「『好色五人女』解（下）」（『日本文化研究所研究報告』一九　一九八三年三月）

「井原西鶴の表現手法」（『十七世紀日本の比較文化論的研究　研究成果報告書』一九八四年二月）
「『日本永代蔵』の二話―没落談に見る西鶴の人間表現の特質―」（『日本文化研究所研究報告』二〇　一九八四年三月）
「『雨月物語』「白峯」論―冒頭部の観察―」（『東北大学文学部研究年報』三六　一九八七年三月）
「西鶴の描いたヒロインたち―『好色五人女』の世界から」（『日本古典文芸に見る女性像（東北大学開放講座）』一九九一年三月）
「土井晩翠作『ミロのビーナス』と西欧詩」（『文芸における美術の意味　研究成果報告書』一九九二年三月）
「土井晩翠作『ミロのビーナス』と西欧詩」（『比較文学』三五　一九九三年三月）
「西鶴の描いた恋愛―フランス十七世紀文学と対比して―」（『西鶴新展望』〈勉誠社　一九九三年八月〉所収）
「『雨月物語』「夢応の鯉魚」について」（『日本文化研究所研究報告』三一　一九九五年三月）
「『本朝二十不孝』巻四の一―「善悪の二つ車」について―」（『文芸研究』一三九　一九九五年七月）
「『本朝二十不孝』巻四の二―「枕に残す筆の先」について―」（『日本文化研究所研究報告』三二　一九九六年三月）
「『武道伝来記』論―巻一の構成」（『東京家政学院筑波女子大学紀要』二　一九九八年三月）
「『武道伝来記』論　その二」（『東京家政学院筑波女子大学紀要』三　一九九九年三月）
「『武道伝来記』論　その三」（『東京家政学院筑波女子大学紀要』四　二〇〇〇年三月）
「『武道伝来記』論　その四」（『東京家政学院筑波女子大学紀要』五　二〇〇一年三月）
「『武道伝来記』論　その五」（『東京家政学院筑波女子大学紀要』六　二〇〇二年三月）
「『武道伝来記』論　その六」（『東京家政学院筑波女子大学紀要』七　二〇〇三年三月）

Ⅲ　書評

「小林正著『「赤と黒」成立過程の研究』」（『比較文学研究』七　一九六三年九月）
「佐藤春夫著『上田秋成』」（『比較文学研究』九　一九六五年三月）
「堀大司著『秋成とメリメ』」（『比較文学読本』〈研究社　一九七三年一月〉所収）

Ⅳ　翻訳

W・H・マクニール『世界史』（共訳）（新潮社　一九七一年三月）
L・ハンケ『アリストテレスとアメリカインディアン』（岩波書店　一九七四年三月）
ジョン・W・ホール「君主制から封建制へ」（『講座比較文化6　日本人の社会』〈研究社　一九七七年九月〉所収）
W・H・マクニール『疫病と世界史』（新潮社　一九八五年五月）
アルフレッド・クロスビー『ヨーロッパ帝国主義の謎―エコロジーから見た十～二十世紀』（岩波書店　一九九八年四月）
W・H・マクニール『疫病と世界史　上・下』（中央公論新社〈中公文庫〉二〇〇七年一二月）

Ⅴ　講演等

「F. Brunetiere における進化論」（共同研究「日本における進化論の受容とその展開に関する比較思想史的研究」一九七六年一〇月一日）
「上田秋成と中国小説―『菊花の約』の場合」（共同研究「江戸後期の比較文化的考察」一九七七年五月二七日）

「雨月物語の『青頭巾』の意味―秋成における伝統と創造―」（共同研究「江戸後期の比較文化的考察」一九七七年九月三〇日）
「浮世草子について―西鶴における人物の行為表現の一特性について―」（共同研究「江戸後期の比較文化的考察」一九七八年七月五日）
「浄瑠璃管見」（共同研究「江戸後期の比較文化的考察」一九七九年五月一六日）
「雨月物語の素材」（共同研究「江戸中・後期の比較文化的考察」一九八〇年五月一三日）
「上田秋成『雨月物語』の「白峯」における和歌」（共同研究「文学における詩と散文の表現機能」一九八〇年五月三〇日）
「『日本永代蔵』の周辺」（共同研究「十七世紀日本の比較文化論的研究」一九八一年七月一日）
「日本古典文芸の特質の一端」（第二十回日本文化研究施設公開講演会　一九八五年一一月九日）
「今日の日本における比較文学の任務」（日本比較文学会四十周年記念第五十回大会シンポジウム「いま、比較文学とは」一九八八年六月一九日）
「阿部次郎著『徳川時代の芸術と社会』をめぐって」（日本文化研究施設創立二十五周年記念シンポジウム「江戸文化再考」一九八八年一一月一三日）
「土井晩翠作『ミロのヱーナス』について」（共同研究「文芸における造形芸術の比較文学的研究」一九八九年六月一五日）
「西鶴の文藝」（第二十六回日本文化研究施設公開講演会　一九九一年一一月二日）
「西鶴文芸における『おそれ』と『わらい』」（共同研究「『おそれ』と『わらい』の比較文化論的研究」一九九三年七月一日）
「西鶴を読む」（日本文芸研究会第四十七回研究発表大会公開講演　一九九五年六月一〇日）
「西鶴一斑」（第三十回日本文化研究施設公開講演会　一九九五年一一月一一日）
「日本派比較文学私見」（日本比較文学会東北・北海道支部一九九五年度研究発表大会特別講演　一九九五年一一月二五日）

あとがき―美しい学問―

本書には、東北大学名誉教授故佐々木昭夫先生の御論文のうち、西鶴論と秋成論を収録した。「まえがき」に詳しく書かれているように、東京大学で島田謹二の薫陶を受けられた先生は、「秋成とポー」についての比較文学研究を皮切りとして、近世文学の御研究をはじめられた。ことに、一九七七年東北大学文学部国文学講座の兼任教官となられてからは、比較文学研究においてすでに高い評価を得ていた正確で深いテキスト解釈の手法によって、西鶴や秋成作品の新たな読みの地平を切り拓いていかれた。先生の御論を、いつでも何度でも読めるようになった喜びは大きい。

先生は含羞の人でいらっしゃった。先生がご自身のご業績をことあげなさることはなかった。先生が亡くなられてから、マクニールの名著『疾病と世界史』（初版は一九八五年　新潮社。二〇〇四年　中公文庫として再版）を翻訳なさったことを知った。この本が、日本で多くの読者を獲得し再版に至っているのは、内容のすばらしさに加えて、翻訳文が正確無比でわかりやすい日本語であることによるだろう。大病をされたあとにいただいた年賀状に、「リハビリのために翻訳の仕事をしています」と書いていらっしゃった。先生が亡くなられてから、それがクロスビーの『ヨーロッパ帝国主義の謎―エコロジーから見た10～20世紀―』（一九九八年　岩波書店）のことだったと知った。先生の翻訳の文体は、無駄がなく美しい。原文の表現と厳しく正確に向き合われる翻訳の姿勢は、西鶴や秋成のテキストを真摯に読みこまれるお姿とぴったり重なりあう。

緻密で正確なテキスト解釈のありようは、西鶴では『好色五人女』巻三「中段に見る暦屋物語」論、秋成では『雨月物語』「白峯」論にもっとも強く表れているように思う。前者については、学部三年生のときに国文学特殊講義において拝聴する幸運に恵まれた。また、後者については、大学院時代に文字通り先生の研究室に入りびたっていたころ、成稿の過程を目の当たりにすることができた。西鶴や秋成について語るとき、先生はとても楽しそうでいらっしゃった。先生のような方を〝理想の読者〟というのだろう。

先生は、晩年、『武道伝来記』研究に取り組んでおられた。東北大学御退官のあと、東京家政学院筑波女子大学に移られてから、「その一」から「その六」までを書き継いでいらっしゃる。公職を退かれてからは、『武道伝来記』論をまとめあげることに心血を注いでおられた。「その一」から「その六」の御論には、別々の論文であるにもかかわらず「一」から「一七」までの節があった（本書ではわかりやすいように章毎に節を改めた）。通し番号の節番号と、論末の「未完」の語に、先生の気魄のようなものを感じる。未完とはいえ、質量ともに、『武道伝来記』全体を理解するために充分なものである。「その一」の冒頭部分で先生は次のように述べておられる。

丹念に読み込むと、作品に描かれた様々な同時代の武士の姿に対する作者の倫理的な態度は、極めて至妙ながら何か確固たるものがあり、それは作者のこの上ない正確さと表裏一体をなすことがわかる。

先生の作品論こそが、「この上ない正確さと表裏一体」であることはいうまでもない。『武道伝来記』が、武士の姿を、あらゆる角度から検証し、ときに賛美しときに批判した書であることを明らかにされた。各話の多様性と全体性とが、武士の姿を「ただひたすら現実に近づけ」ているという『武道伝来記』の新たな解釈を提示された。未完ではあるが、『武道伝来記』の卓越性が充分検証された御高論といえるだろう。

未完であるという点において、先生の御論はわれわれ後進に開かれたものでもある。それは、西鶴作品が読者に対して大きく開かれた地平をもつことと通じあう。一方、先生はしばしば西鶴がそれ以下でもそれ以上でもない完全無比な表現で人間の真実を表現していることを強調なさっている。これもまた、先生の御論そのものにも当てはまることだ。先生のような西鶴の読み手は二度と現れないのではないかと思われる。そうはいっても、われわれは先生にお示しいただいた道をまっすぐに歩いていかなければならない。

先生は、美術や音楽への御造詣が大変に深かった。無類の映画好きで、プロ野球チーム中日ドラゴンズの大ファンでいらっしゃった。珈琲の出涸らしを好んで飲まれた。アルミ箔で包んだトーストを研究室に御持参されていた。外見にも地位にも頓着されなかった。御令室佐々木淑子様は、先生が助教授から教授に昇進されたことを、御昇進から半年ほど過ぎたころ、同じ官舎に住む御同僚夫人からうかがったそうである。

芸術と文学をこころから愛された高潔な精神から美しい学問が生まれた。

先生が亡くなられて五年。ようやく先生の墓前に本書を捧げることができる。本書が成るまでにお世話になったみなさまにこころより御礼申し上げる。

（平林香織記）

近世小説を読む
西鶴と秋成

発行日	2014 年 2 月 28 日　初版第一刷
著　者	佐々木昭夫
発行人	今井　肇
発行所	翰林書房
	〒101-0051 東京都千代田区神田神保町 2-2
	電 話　(03) 6380-9601
	FAX　(03) 6380-9602
	http://www.kanrin.co.jp/
	Eメール● Kanrin@nifty.com
装　釘	須藤康子＋島津デザイン事務所
印刷・製本	メデューム

落丁・乱丁本はお取替えいたします

ISBN978-4-87737-363-4